Céline Minard

Tovaangar

Rivages

Retrouvez l'ensemble des parutions
des Éditions Rivages sur

editions-rivages.fr

Collection dirigée par Émilie Colombani

Occitanie Livre & Lecture a accompagné l'autrice
de cet ouvrage par une bourse d'écriture
(financement Région Occitanie, DRAC Occitanie).
Cet ouvrage a été écrit en partie en résidence
à la Villa Albertine.

À Los Angeles

« Lorsque j'entre dans une rivière, je n'entre pas dans la rivière et ce n'est pas moi qui y entre. »

Héraclite d'Éphèse

PAAYME PAXAAYT
Bazine
TUJUNGA WASH
Toluca Lake
Village de huttes véliste
Cahuenga Peak
Bois sacré
Frog-Toh
ARROYO SECO
Devil's Gate
Jardin Monde Huntington
Yaanga
Down-Toh
La Craque
PAAYME PAXAAYT
RIO HONDO
COMPTON CREEK
Four Leaf
PAAYME PAXAAYT
Long Beach
OCÉAN PACIFIQUE
Pimungna

contre la paroi, les bras souples, occupées à dessiner et colorer des pans entiers de muraille, suffisait à lui prouver qu'une évolution était possible le long de cette verticale aride, et peut-être une vie.

L'idée s'était formée peu à peu dans son esprit que la sauvagerie n'était pas une limite, mais une part du monde – considérable.

Elle se souvenait précisément du moment où cette pensée avait germé dans sa conscience. Une semaine après, Fah, la plus courue des Tech-Expés de sa génération, la plus savante, l'acceptait en formation.

Amaryllis Swansun sentait les émanations huileuses pénétrer dans ses narines, sa respiration était courte. L'odeur était si lourde qu'elle la voyait presque, une nappe de gaz grise, à peine remuée par ses expirations. Elle devait être au sol, couchée, sûrement sur le côté gauche puisque l'autre épaule était chaude, il devait faire jour, elle devait être dans un rayon de soleil.

Fah lui avait appris à ne pas ouvrir les yeux trop rapidement. Analyser sa propre position pouvait être la clef d'une entreprise de survie. Percevoir la vie alentour avant de manifester la sienne était une attitude élémentaire. Il s'agissait autant de prudence que de respect.

Elle ne flairait rien d'autre. Elle n'entendait le crépitement d'aucun feu. Elle n'éprouvait pas son poids et cela n'avait rien de rassurant. Elle ne captait aucun mouvement vital, aucune aura. Elle s'efforçait d'accepter la pauvreté de ses perceptions.

Amaryllis Swansun s'était aventurée dans les territoires les plus déserts. Elle était pourtant venue au monde dans des conditions favorables. Personne ne l'avait blessée ou chassée, elle avait été choyée de son plus jeune âge à sa dernière Expé, et maintenant, elle se trouvait là, dans une nappe de gaz désagréable à respirer, une épaule au chaud, une épaule au frais, toute sa tête et personne à ses côtés.

Même Mianeh avait disparu. Sa petite boule techno et sa ceinture en poil de lapin. Amaryllis la lui avait fabriquée, elle s'en souvenait, pour fêter son premier retour fructueux. Trois jours avant de rentrer au bercail avec sa prétendue prise, elle avait tiré de son sac une étole et en avait prélevé une bande large de deux pouces, elle l'avait cousue à petits points en expliquant à Mianeh pourquoi il valait mieux qu'elles se présentent toutes les deux couvertes de la même fourrure soyeuse. C'est un signe d'accord, avait-elle dit à la Dronote encore intimidée, j'ai une coiffe de ce poil, je la porterai. La texture du vêtement indique les intentions. Nous ne pourrons pas apparaître plus avenantes et pacifiques.

Hormis celle de la panthère noire, la peau de lapin était la plus tendre dans l'ordre de la pelleterie des Auboisières. Dans le genre brutal, bien sûr. Les Toges se couvraient plutôt de tissus d'écorce, de pellicules de bouleau, de lamelles de papyrus, de pétales aussi.

Amaryllis ne devait pas se laisser distraire par ses souvenirs. Que disait Fah déjà ? Être présente est la chose la plus difficile au monde. Non. Être complètement présente est une possibilité qu'il faut apprendre à métaboliser. Écoute.

Elle entendait vaguement, au-delà du battement de son cœur, un vrombissement diffus. Des basses. Ce pouvait être une illusion, mais plus elle se concentrait, mieux il lui parvenait. Il montait dans la gamme. L'odeur était toujours la même, elle se déportait. Il y avait un courant d'air. Le vrombissement s'approchait, l'odeur glissait, elle sentait quelque chose couler autour d'elle, elle était couchée sur le côté. Subitement, le son s'éleva au-dessus d'elle et fendit l'espace comme une lame tandis que l'odeur s'enfuyait. Elle ouvrit les yeux et se tourna sur le dos d'un même mouvement.

La lumière l'aveugla, une douleur pointue traversa ses omoplates, son cœur bondit dans sa bouche, il en sortit, et Mianeh vint le lui renfoncer dans le gosier avec une goulée d'air frais.

– Enfin ! dit la Dronote en envoyant deux courants chauds autour de sa nuque pour contrebalancer l'inspiration un peu sévère qu'elle lui avait imposée. Te voilà de nouveau parmi nous, Ama !

Mianeh était nue, toute en titane vibrant, une aura blanc poudré tressautait autour de sa coque. Sa couleur équivalait à un sourire, mais la pulsation électrique qui l'accompagnait était inquiète.

Ama avala son cœur et respira par le nez. Débarrassé de l'odeur, l'air lui tourna la tête. Elle avait les mains au sol, les paumes à plat, appuyées sur les graviers enrobés dans le matériau, elle sut immédiatement où elle était. Son premier contact avec la sauvagerie avait été celui-là. Le bétume. Le bétume inimaginable et puant, l'indice même du Désert.

Comment expliquer aux non-initiés en quoi cette couche de boue huileuse solidifiée avait son charme ? Il fallait être une Expé, avoir emprunté des chemins forestiers à en percer ses mocassins et s'être retrouvée d'un coup sur une allée chaude, lisse comme un ruban de cheville, saisie par une impression de glisse pour comprendre la fascination que pouvait exercer cet élément impossible. Il fallait avoir vécu le choc de l'artifice avec son corps.

Ama et Mianeh étaient aux confins de la commune auboisière, sur le tablier tronqué d'un ouvrage qui avait dû enjamber la rivière jaune, quatre cents mètres en contrebas. Il était arraché en son milieu, elles étaient au bord de la cicatrice, au pied des grimpantes infiltrées dans la structure du revêtement, accrochées aux rambardes et aux piliers fracassés. Les lianes se balançaient dans le vide jusqu'à frôler le courant. Le site était vertigineux. Magnifique.

Le regard embrassait trois vallées et le volume dans lequel elles s'étaient creusées. Les plis montagneux s'élevaient dans l'espace ouvert sans effort. Les bois couvraient les pentes d'un tapis d'aiguilles serrées, les ombres étaient tragiques, la lumière noyait les roches découvertes, accusait les arêtes et dévalait dans les gorges. La rivière absorbait la puissance solaire dans sa lente reptation retenue, conservant pour elle la chaleur et la vie sous sa surface étincelante.

Amaryllis chérissait cet endroit. La zone de rupture ou de contact entre deux dimensions incommensurables.

La persistance fragile des ruines au cœur de l'excès et des soulèvements millénaires, le poids de l'air en ce lieu, les ions, les sons qui circulaient autrement, tout cela la prenait aux poumons, aux viscères. Elle aurait traversé dix contrées minérales semées d'embûches pour parvenir à ce point de vue. Elle l'avait fait.

Elle se tâta l'intérieur de la bouche avec la langue, elle avait soif. Assise, elle exécuta deux rotations du torse, et passa une main dans son dos.

– Qu'est-ce qui me gêne ici, Mianeh ?

La Dronote se plaça au-dessus de la tête d'Amaryllis, un instant stationnaire, puis tourna autour de son crâne et de son buste, avant de remonter en spirale à une vitesse foudroyante. Aspirée par le courant ascendant, Amaryllis se retrouva debout avant d'avoir pu l'anticiper.

– Rien de grave, lui dit Mianeh en lui tendant une pointe de flèche émoussée au bout d'un fût de bois. Superficiel, j'ai suturé au laser.

– Les Extracts ?

– Les Extracts n'attaquent qu'en dernier recours, je n'ai pas assisté à l'action, mais d'un point de vue technique, je pencherais plutôt pour un exercice gros-cerveau.

– Et ma cabe ? demanda Amaryllis en se touchant le biceps.

– Objet de négociation. Si mon analyse est bonne, ils doivent attendre notre premier mouvement dans leur nid le plus moussu en ce moment même.

Ama soupira. Les Gros-Cerveaux avaient une culture du vol et de la restitution assez difficile à circonscrire. Ils étaient nombreux à errer autour du tablier en quête d'une bonne fortune ou ce qu'ils considéraient comme tel au moment d'agir, et qui pouvait aussi bien n'avoir plus aucune valeur l'instant suivant. Pour ce qu'elle en savait, ils avaient pu la prendre en chasse pendant cinq jours, s'emparer de sa cabe au terme d'un stratagème longuement mûri, et très efficace puisqu'elle ne se souvenait même pas du choc, et la laisser tomber dans le fleuve sur le chemin du retour aux grottes. Cette perspective fit courir un frisson glacé dans son dos. Elle secoua la tête et tapa des pieds pour soulever un peu de poussière. Le bétume résonna jusqu'au fleuve.

Amaryllis examina ses jambières et les ailes courtes de son pourpoint sous ses bras. Tout avait l'air en ordre. Elle hocha la tête à l'adresse de Mianeh.

– On y va ?

– C'est parti, répondit la Dronote en sautant une fois devant Ama avant de disparaître.

Ama la suivit d'un petit bond, la tête la première, les bras collés aux flancs, les jambes serrées pour faciliter l'accélération. En apnée, elle déploya ses courtes ailes cent mètres avant la surface d'impact et opéra un demi-tour radical avant de rebondir et de marcher sur l'air comprimé entre sa chute et l'eau boueuse de la rivière. Elle avait calculé sa trajectoire pour traverser à pied sec, ses mocassins ne furent même pas éclaboussés. Elle souriait en rejoignant Mianeh occupée à scanner sous les branches à trois cent soixante degrés.

LA RESTITUTION

Les Gros-Cerveaux étaient délicats, ils ne laissaient que des indices mineurs de leur passage. Sauf s'ils pensaient avoir affaire à des demeurés, il n'était pas dans leur habitude de lâcher une pyramide de déjections sur une pierre saillante. Amaryllis aurait bien aimé en voir une pourtant, posée au milieu d'un chemin évident, la négociation en aurait été simplifiée.

Mianeh décrivait de petits cercles concentriques autour d'un tronc lisse où perlaient quelques gouttes de nectar. La piste olfactive était apparemment la plus claire. Ama fronça le nez et tendit l'oreille. Elle regrettait parfois d'avoir refusé l'amplification virale de ses sens. Elle se demandait de temps à autre si ce qui l'avait retenue n'était pas la peur archaïque du parasitisme plutôt qu'une question politique.

Mianeh émit un trémollo et s'enfonça sous les branches. Son aura était bleue, elle avait trouvé la piste. Ama la suivit après avoir posé sa main à plat sur le tronc en guise de salut. Elle ne connaissait pas cette portion de forêt. Il s'agissait d'être polie.

La canopée était dense, la lumière passait tout juste entre les couronnes, les fûts larges montaient haut avant d'ouvrir leurs branches maîtresses et déployer les ramilles. Les feuilles bruissaient sur leur passage, Ama écoutait. Les commentaires allaient bon train, la Dronote et l'Auboisière n'étaient pas les premières à fouler les sous-bois ce jour-là. Des Corps rapides les suivaient dans les hauteurs en caquetant, des oiseaux prévenaient de loin en loin, des quadrupèdes détalaient avant de les voir. Elles étaient très annoncées.

Mianeh cherchait un talus, un tumulus, un tas de blocs rocheux. La moindre fente dans un tertre pouvait être l'entrée d'un habitat gros-cerveau.

Ce fut Ama qui repéra une fissure au pied d'une élévation couverte de mousse. Elle grimpa au sommet et frappa les six coups longs de la demande. La réponse ne se fit pas attendre, deux coups brefs et l'apparition d'un petit Gros-Cerveau qui leur adressa un signe de la main après avoir passé la tête pour les regarder avec des yeux ronds écarquillés. Ce devait être son premier contact avec d'Autres Corps.

Les petits Gros-Cerveaux ne sortent du nid qu'après un apprentissage rigoureux de la topographie souterraine. Le système de galeries et de chambres qu'ils habitent est si complexe qu'il faut plusieurs années pour en acquérir une carte mentale suffisamment fiable. Une fois qu'ils ont mémorisé les coordonnées de chaque entrée et l'agencement des tunnels, les petits sont capables d'échapper à peu près à n'importe quoi où qu'ils se trouvent dans le territoire. Leur première sortie est l'occasion d'une fête et le spectacle qu'ils donnent alors est incongru. Ces boules de poils roux lâchées en surface, gonflées d'énergie, libèrent une puissance explosive. Ils courent dans tous les sens, grimpent aux troncs, secouent les branches, sautent, remontent, chantent, creusent, dansent, tambourinent des pattes, bombent le torse, et se saoulent littéralement de lumière directe. Les Anciens les ramènent épuisés dans les nids. Certains ronflent couchés au sol ou agrippés aux branches où on vient les cueillir. Le lendemain est dédié à la récupération, au soin des blessures et à une lente digestion de l'espace absorbé à pleins poumons.

Le grand jeu de cache-Trésor est enseigné après la première sortie. Il fait l'objet d'un autre apprentissage presque aussi long que le précédent. Les règles, tenues secrètes, sont incompréhensibles pour les Autres Corps. À tel point que certaines Toges prétendent qu'elles n'existent pas. L'organisation souterraine des Gros-Cerveaux dépend toute entière de ce jeu. Elle est si subtile que cette hypothèse ne résiste pas à une visite des lieux, fût-elle parcellaire.

Le petit devançait Ama. Il se retournait tous les quatre pas sans oser regarder directement la Dronote qui vibrait et se maintenait à distance de ses doigts aux longues griffes noires. Mianeh était très consciente de la curiosité des Gros-Cerveaux. Elle espérait secrètement qu'ils ne mettraient pas une demi-journée à atteindre la salle de négociation. Elle fut exaucée, la capitulaire apparut moins d'un kilomètre après l'entrée. Elle était vaste, haute de plafond, intégralement tapissée de mycélium et de toile tissée. Des flambeaux avaient été déposés contre les murs, ils brûlaient en tremblant dans l'atmosphère surchargée et soulignaient la transparence du travail et la résistance des matériaux. Le jeu des ombres mouvantes recomposait les dimensions de la pièce à chaque instant. Le silence était épais. Le petit se faufila plus vite et ne réapparut pas. Il fallait attendre.

Mianeh fit le tour de la salle et repéra les boyaux de sortie. Elle scanna les filaments et prit deux clichés d'ensemble pour ses archives.

– Les flambeaux sont pour toi, Ama. Les Gros-Cerveaux ne les utilisent qu'à des fins protocolaires.

La délégation arriva avant qu'Ama ne puisse répondre. Elle ne comprit pas d'où ils étaient sortis. Ils étaient là, soudain, au centre de la salle, comme s'ils venaient de se matérialiser. Mianeh elle-même eut un petit sursaut de surprise. Ce n'était pas des hologrammes, mais de vrais Corps immenses, couverts de la fourrure rousse caractéristique de leur espèce. Ils leur faisaient face, légèrement courbés, les yeux camouflés par l'os frontal proéminent et la touffe de poils ébouriffés dont la longueur et la densité attestaient leur rang. Leurs griffes noires frôlaient le sol. Elles avaient affaire à trois Gros-Cerveaux d'importance et cela ne leur parut pas très bon signe.

Ama s'inclina et se présenta en tant qu'Auboisière Expé en libre vadrouille. Mianeh vibra sur un registre inaudible pour Ama. Les Gros-Cerveaux s'assirent.

Le plus grand et le plus touffu était Arak Tibute Dol Bargain, accompagné de son parent, Atlal Allat Dol Chairn, et du doyen de la colonie, Massagrav Bichak. Celui-ci leva un sourcil et leur jeta un coup d'œil aveuglant.

– Pourquoi le page vous a-t-il conduites jusqu'à nous ? demanda-t-il sans préambule.

Mianeh lâcha la pointe de flèche et son bout de fût à leurs pieds. Ama répondit.

– Mon Trésor est-il arrivé jusqu'à vous ?

Arak Tibute Dol Bargain grogna dans sa barbe.

– Mon parent est sage et savant.

– Ton parent est habile, assura Ama après quelques secondes de silence. Ma mémoire s'est enfuie, son intervention fut un soupir.

Atlal Allat ne put réprimer une expression faciale. Ama distingua les deux sabres de sa denture un instant découverte, elle espéra que les Toges ne se trompaient pas, qu'il s'agissait bien d'un sourire.

Dol Bargain était un maître négociateur, sans doute le tuteur du voleur. L'Ancien était peut-être présent pour valider une étape de son éducation secondaire. Ama prit cette hypothèse pour fondement.

– Quelle offrande puis-je faire à l'aspirant ?

Atlal secoua la tête de gauche à droite. Dol Bargain haussa les épaules. Tout ce langage corporel échappait à Ama qui n'avait pas suivi les modules d'enseignement corporatifs de façon très assidue.

– Propose, oppose ou cherche, dit le doyen comme s'il récitait une formule.

Ama savait qu'il était inutile de chercher un objet caché par un Gros-Cerveau, inutile de les attaquer par la force. Elle proposa la première chose qui lui vint à l'esprit. Une Expé. À savoir un déplacement aventurier en autonomie complète et en majeure partie subterrestre. Atlal en eut le souffle coupé.

L'action se déroula très vite. Massagrav Bichak commença à se balancer d'avant en arrière, les yeux fermés, la tête contre la poitrine. Dol Bargain sortit de sa fourrure un tube court qu'il tendit à Atlal Allat Dol Chairn. L'instant avait quelque chose de solennel, une décision était sur le point de se prendre, son importance était manifeste. Atlal saisit l'objet, le fit disparaître dans sa toison dorsale, il sortit de son autre main la cabe d'Ama et la lui tendit au bout de trois griffes noires.

Amaryllis savait qu'elle scellait un pacte en l'acceptant. Elle n'avait jamais entendu parler d'un Gros-Cerveau en Expé, ce devait être une première, et à entendre le chant du doyen, c'était une première considérable.

Peut-être révolutionnaire. Atlal allait s'éloigner du réseau souterrain qui constituait les trois quarts de son monde et qu'il connaissait comme elle connaissait l'enveloppe forestière des Auboisières et les lignes de sa main. Il allait abandonner son nid, son horizon, son terreau, sa parentèle. Pour une espèce aussi casanière, c'était une rupture cosmique. Cet exil tenait-il de l'épreuve ? Atlal avait-il quelque chose à cacher ? Ama balaya ces considérations d'un revers de main : pour ce qu'elle en savait, Atlal pouvait aussi être un esprit scientifique porté sur l'expérimentation directe.

Le chant prit fin. Le doyen se leva, le tuteur se leva, Atlal se tint devant eux tête baissée. Ils échangèrent un dernier regard et les deux Anciens disparurent en reculant dans l'obscurité de la grotte. Atlal Allat se retourna et présenta ses paumes lisses à ses nouvelles partenaires en signe d'assentiment.

Ils firent le chemin inverse sans escorte. Mianeh, en éclaireuse, illuminait la galerie de son aura jaune, un soulagement. Lorsqu'ils émergèrent de la fissure, le jour baissait.

Atlal n'en rabattit pas moins ses sourcils fournis devant ses yeux, le temps de s'habituer à la lumière extérieure. Il prit une énorme inspiration avant d'emboîter son pas dans celui d'Amaryllis qui marchait légère, toute à la joie d'avoir retrouvé une partie d'elle-même. La cabe pressait de nouveau son biceps gauche et lui conférait une force et une confiance dont elle n'avait pas soupçonné l'intensité avant de la perdre. Les expressions courantes comme « risquer sa cabe » ou « parier sa cabe » avaient désormais un autre sens pour elle, et elle n'était pas prête à les utiliser sans y réfléchir à deux fois.

Elle décida de rester à couvert pour la nuit et de ne pas les engager tout de suite dans la sauvagerie. Elle voulait en savoir plus sur Atlal et donner le temps à Mianeh de le scanner discrètement. Quand le soleil fut couché, elle proposa un bivouac dans les branches. Le Gros-Cerveau n'avait pas lâché un mot depuis leur départ. Il marchait en regardant le sol qu'il semblait sonder à chaque pas. Ses griffes raclaient l'humus du sous-bois et laissaient de longues tranchées derrière lui. Ama repéra une belle arbre Ceiba et proposa de s'y poster pour la nuit. Pour toute réponse, Atlal se creusa un trou et s'y enfouit en ramenant ses pattes contre son torse, sa tête sur son ventre. Ses bras verrouillèrent le tout en s'accrochant dans son dos. En approchant de la cavité, on ne voyait qu'une masse de fourrure inerte et six griffes entremêlées. Ama n'insista pas et grimpa les pics échelonnés de la Ceiba. Elle trouva vite une fourche aux dimensions adéquates et installa sa cabe en hamac entre les branches. Le bruit de succion que produisit celle-ci en s'arrimant pour la nuit la fit sourire d'aise. Elle s'y coucha en remerciant et se plongea dans le spectacle des feuilles ceibas, clef de voûte de la forêt, clef du ciel. Mianeh se posa entre ses pieds.

Qu'est-ce qui pousse une Auboisière heureuse à quitter son enveloppe naturelle, celle qui l'a vue naître et lui fournit la nourriture, l'eau, l'air, les jeux, les semblables, et les Autres Corps à profusion, si ce n'est le plaisir de la retrouver égale à elle-même ou subtilement différente. N'était-ce pas cela que les Créates avaient essayé de faire dans les grandes largeurs ? Perdre le sens de l'enveloppe, des interactions, la notion même d'échange, pour mieux les regagner. Hormis qu'ils s'étaient méchamment égarés. Elle avait beaucoup de chance. Elle s'endormit en soupirant.

Lorsqu'il plut durant la nuit, la cabe poussa doucement autour d'elle pour lui faire un toit.

LES CRÉATES

La zone était trempée. Le bétume luisait, les parois étaient noires d'humidité, les bandes blanches au sol glissaient dangereusement. Amaryllis avait amené Atlal dans l'endroit le plus créate qu'elle connaissait. Ils avaient quitté la forêt d'un coup, sans passer par une lisière progressive, sans traverser la moindre haie. La futaie s'était coupée devant eux, tranchée par une lame invisible. Ils avaient l'impression d'avancer sur une incision à peine refermée. Quelques pionnières tentaient de camoufler le reg ou de l'investir, sans trop de succès. Les voir essayer était néanmoins émouvant. Atlal respirait mal depuis qu'ils avaient pris pied sur cette surface. Elle était trop dure pour ses griffes, il laissait une trace olfactive derrière lui, mais aucune empreinte. Il serait incapable de creuser si le moindre danger s'annonçait. Il se trouvait dans une situation où la stratégie de repli des Gros-Cerveaux ne pouvait être employée. Autant dire à un cheval qu'il ne peut pas courir. Atlal était au bord de l'affolement et s'efforçait de le masquer en se frappant la poitrine chaque fois qu'ils s'arrêtaient.

Ama n'avait pas besoin du scan de Mianeh pour percevoir son malaise. Elle n'avait pas besoin d'explications : elle se souvenait très bien de son premier contact avec l'élément sauvage. Passé la surprise exaltée d'une nouvelle forme de glisse, elle s'était sentie terriblement oppressée. Tout ce qui l'entourait était mort. Elle était arrivée aux confins du monde et ce n'était pas à proprement parler un trou ou un vide soudain comme au bord d'une falaise face à la mer, mais autre chose, une aspiration de la vie par un invisible vortex, une éradication.

Elle avait senti les liens ténus qui la connectaient habituellement à tous les êtres, aux minéraux, à la matière qu'ils partageaient et qu'ils manifestaient sous des formes si diverses, elle les avait sentis s'évanouir, se recroqueviller, comme des membres desséchés, soudain fantômes.

Si Mianeh n'était pas apparue à ce moment précis, elle aurait fait demi-tour en courant le plus vite possible et ne serait pas revenue sur ses pas. La Dronote était pourtant un drôle d'Autre Corps, mais elle avait su lui montrer qu'un Désert ne l'est jamais tout à fait. Les interstices de vie, voilà ce qu'elle devait faire découvrir à Atlal, c'était son tour à présent.

Le sol était étanche, mais le gros pavé droit qui se détachait sur l'horizon était percé. Des flottantes pendaient devant les ouvertures et s'agitaient dans un courant d'air, de quoi peut-être rassurer le Gros-Cerveau.

Ama se mit en marche, décidée. À mesure qu'ils approchaient, ils distinguaient de mieux en mieux les détails.

Atlal avait les oreilles dressées, tournées vers l'avant, pour mieux capter les bruits qui auraient pu sortir du cube. Ses sourcils étaient complètement relevés sur son front, il avait une allure ébouriffée qui révélait sa tension, et sa stupéfaction.

Il voyait un corps géométrique non sphérique pour la première fois. En partie flouté par les lianes qui l'avaient pris pour support, et cela était bon, une raison d'avancer, cependant, la structure globale était à la fois claire et aberrante à ses yeux. Pas une de ses lignes ne résultait d'un tracé naturel. L'ensemble était tout à fait inédit.

Atlal avait l'impression d'être confronté à une ahurissante simplification. Ce n'était pas une grotte bien qu'il y ait des seuils à différentes hauteurs. Ce n'était pas une forêt et néanmoins ce pouvait être une enveloppe. C'était droit comme un fût, mais sans division, droit comme plusieurs fûts, sans profusion. La canopée était plate, une ligne parmi d'autres, et ce qu'il voyait était, en quelque sorte, le contraire d'un vrai volume.

Ama saisit la sidération du Gros-Cerveau. Elle tendit son index vers le sol pour attirer son attention et sentit la pression décroître.

Un lacis de graminées avait investi le bétume. Des jeunes poacées s'étaient implantées en souplesse et couraient sur la surface stérile. Leur simple présence contredisait l'inertie de la matière dans laquelle elles prenaient racine. Le Gros-Cerveau se détendit.

Alors qu'ils étaient à deux perches de l'entrée basse principale, une bande de Muridés sortit en trombe à leur rencontre. Mianeh prit aussitôt de la hauteur, en se retenant d'émettre des sons dans les aigus. Atlal se jeta par terre les bras en croix, pour accueillir la troupe de petits rats. Ils se ruèrent dans sa fourrure et le couvrirent des pieds à la touffe de tête en poussant des couinements d'allégresse.

Le Gros-Cerveau se tortillait sous leurs pattes et leurs museaux pointus. À croire qu'ils se connaissaient depuis toujours. Ce qui était sûrement le cas. Quand ils en eurent fini avec les politesses de Corps Copains, ils firent le tour d'Ama pour grimper à ses jambières, et lever la tête vers Mianeh qui ne descendit pas pour autant. Puis ils invitèrent le trio à passer le seuil.

Les rats ambassadeurs étaient parmi les Corps les plus nombreux dans les zones sauvages. Ils connaissaient les moindres recoins du territoire, ils savaient où se ravitailler, où se faufiler, comment se cacher, se protéger, où nidifier. Ils avaient trouvé une abondance dans le Désert, et peut-être un calme relatif, une sécurité.

Ils entrèrent dans le pavé et Atlal fut tout à coup à son aise. La réception des Muridés l'avait mis en confiance, le plafond plein qui coiffait la grande salle finit de le rassurer. Il était arrivé dans un terrier, c'était une certitude, et bien qu'il soit très étrange de forme et percé en dépit du bon sens, il en reconnaissait la fonction et en déduisait une communauté de besoins avec ceux qui l'avaient creusé.

C'était une singulière excavation, ses parois étaient trop fines et l'ensemble trop aérien à son goût. Mais Atlal bomba le torse, il se sentait prêt à découvrir des modes de vie différents du sien, il était là pour ça, en partie du moins, soudain impatient d'affronter le monde dans ses extravagances.

Ama s'installa sur un plan ligneux entre deux poteaux très durs. Elle sortit de son pourpoint une briquette d'amidon fermenté, en distribua des miettes aux Muridés avant de mordre dedans.

Atlal se rendit compte qu'il n'avait rien avalé depuis son départ, son ventre émit aussitôt un bruit sourd. Les rats de la grotte l'entendirent, et se débandèrent immédiatement. Mianeh en profita pour se poser à côté d'Ama.

– Ici, Atlal, c'est une hallte. Pas à proprement parler un terrier, mais on peut s'y reposer, profiter du couvert et rester tranquille en regardant par les ouvertures. Il y a aussi un tube pour faire du feu.

Les sourcils d'Atlal se plissèrent sur son front. Il se dirigea vers le foyer désigné par Ama, l'inspecta, renifla les morceaux noircis qui s'y trouvaient et se mit aussitôt à fouiller la salle à quatre pattes. En trois tours, il ramassa suffisamment de brins pour construire quelque chose. Il installa un quinconce pyramidal, sortit le Trésor que Tibute Dol Bargain lui avait confié avant son départ, en effleura le sommet de son ouvrage et regarda le feu prendre.

Il s'assit, présenta ses pieds et ses mains ouvertes devant les flammes, les griffes bien écartées, les sourcils complètement relevés, le dos rond, et commença d'émettre un ronronnement grave qui engourdit toute la salle.

– Il récupère, dit Mianeh à Ama par un canal silencieux. Ces basses fréquences sont déclenchées par une oscillation neurale dans les situations de plaisir, de détente, voire de douleur en vertu de leurs propriétés curatives. Ce faisant, il renforce ses os, ses muscles, ses tendons, et relâche la pression psychique.

– Je vois, répondit Ama en bâillant. Il médite.

– En quelque sorte, mais le plus beau avec les Gros-Cerveaux, c'est que leur ronronnement est capable de s'étendre aux Autres Corps à sa portée. Personnellement, je suis blindée.

Ama se secoua sur son banc. La nourriture lui avait procuré une sensation agréable que la chaleur accentuait. Mianeh avait raison, passer en mode alpha maintenant n'était pas forcément une bonne idée.

Elle se releva et grimpa les degrés qui menaient au niveau supérieur. Le ronronnement d'Atlal y était encore perceptible, amorti. Elle regarda à l'extérieur et s'efforça de distinguer des changements dans le paysage désertique depuis sa dernière visite.

La silhouette des deux grandes tours qui se détachaient au-dessus de l'horizon avait la même allure générale. Leur toit était plus volumineux, arbustif, un nuancier de vert s'y mouchetait de taches colorées qui n'étaient pas là la saison précédente. Les ouvertures ne s'étaient pas laissé obstruer, certaines miroitaient dans la lumière. Une coupole mobile renvoyait des rayons blancs sur une zone qu'Ama ne pouvait pas voir depuis son poste.

Du toit des tours pendaient de longues lianes tressées qui parvenaient maintenant jusqu'au sol. Certains faisceaux avaient été surélevés pour se connecter à des structures basses. Ils formaient des voies souples entre différents modules droits. La plupart des cubes étaient reliés entre eux par des hubs végétaux.

La rame de verre et d'acier était toujours au même endroit, perchée sur un rail aérien isolé. La rouille disparaissait sous un tapis de lichen qui avait trouvé là une exposition idéale. Des bacs potiers avaient été placés sur le toit des wagons et déversaient alentour des masses de fougères et de dégoulinantes.

Les palmiers du point rond avaient grandi.

Le quadrilatère bétumeux qui marquait le centre de la zone sauvage était luisant, intact, comme frotté à l'encaustique. Ses bordures, néanmoins, s'étaient frangées et les artères qui en partaient dans les quatre directions se maculaient de moisissures et de plages poussiéreuses. Les vents avaient poussé contre le moindre obstacle des dunes de sable et de limon qui montaient jusqu'aux premier et deuxième niveaux des façades exposées au vent dominant. Sur ces formations, des rigoles d'écoulement s'étaient creusées et des succulentes timides en suivaient le cours.

Des prélèvements avaient été faits, Ama distinguait de larges traces de dents dans les flancs de plusieurs élévations. Des cuvettes se dessinaient à différents endroits, plus sombres que la masse qui les contenaient, certainement gorgées d'humidité. Les rectangles bleus qui s'enfonçaient dans le sol avaient changé de couleur, ils s'étaient comblés de poussière, de sable ou d'eau. Des touffes de joncs en bordaient certains, des tapis de lentilles en couvraient d'autres.

Comme les ouvertures verticales des tours, les ouvertures horizontales du sol ne s'étaient pas toutes bouchées. Ama allait appeler Mianeh pour lui demander de scanner un bac où l'activité semblait importante, quand son œil fut attiré par un mouvement dans les lianes des tours.

Une petite troupe de Créates courait sur les voies suspendues. Ils procédaient par petits bonds enchaînés et se suivaient les uns les autres de façon désordonnée sans pour autant se bousculer ni s'entraver. Ils n'étaient qu'une dizaine, elle les compta, mais leurs déplacements rapides suivis d'arrêts brusques les faisaient disparaître et se fondre dans le tressage végétal, et procuraient une impression de grouillement. Elle se gratta. Mianeh se posta derrière Ama et analysa la scène.

– Ce sont des petits. Ils jouent à saute-mouffette sur les grandes artères. Le premier arrivé au sommet du long cube aura gagné une descente en tyrolienne. Les autres devront avaler le filin une fois que le gagnant aura profité de sa victoire. Ils vont vite. C'est une équipe bien entraînée, je dirais.

– Saute-mouffette, vraiment ?

– Sans ambiguïté. J'ai chargé l'intégralité des ethno-modules Autres Corps dans le vivarium auboisier, le rituel est décrit en détail dans le volume trois des humanimalités. C'est un jeu assez ancien.

– Je vois, dit Ama en bâillant de nouveau. Il en a pour longtemps en bas ?

– Va savoir. Les sessions de ronronnement vont par sept, c'est tout ce qu'on peut dire.

Les vibrations commençaient à l'absorber. Ama regardait dehors sans focaliser sur un élément plus que sur un autre. Sa vision globale lui transmettait des informations flottantes.

La composante minérale du Désert fondait peu à peu, comme une calotte glaciaire soumise à un redoux constant. Il lui semblait, alors que les proportions étaient loin de s'être inversées entre les glacis bétumeux-cémentaires et les pluricellulaires, que les fissures s'étaient multipliées depuis son dernier passage.

Les tons étaient toujours ceux du goudron et du sable, de l'acier, la transparence, celle du verre, mais les taches, les traînées, les accrocs étaient plus profonds. Enracinés.

Le travail de sape et de recolonisation des microbiotes était en bonne voie et les Créates, apparemment, ne s'y opposaient plus aussi obstinément qu'ils avaient pu le faire par le passé.

Ama se laissa envahir par une vague tiède, claire, qui émanait autant d'elle que des impressions qu'elle recevait. Bercée par un rythme ajusté sur une fréquence secrète insondable, elle ne s'occupait plus de comprendre ni de comparer. Elle se sentait sur le point de quelque chose, non pas tant de basculer que de se laisser porter comme on entre en apesanteur dans l'eau pas à pas, et que l'attraction terrestre s'allège, les mouvements s'assouplissent, les vitesses se distendent, les sons s'assourdissent.

Elle vit la course des Créates s'accélérer, se changer en une continuité de sauts qui dessinaient des arcs de cercle. Ils approchaient du haut de la tour, trépidant sur les lianes secouées par leur poids, avalant la distance avec la gravité, légers, emportés par le jeu. Et puis, juste avant d'atteindre le toit, les trois Créates de tête firent un ultime effort, le troisième passa au-dessus du deuxième, une flèche tirée haut, un superbond. Le premier hoqueta de surprise, dépassé, et le deuxième tomba comme une pierre au pied du grand cube.

Ama sursauta. Mianeh émit un son d'alarme et sortit directement par l'ouverture de l'étage pour se projeter sur le lieu de l'accident. Ama descendit à vive allure et la suivit en courant. Elles se retrouvèrent dans la cour carrée.

Les Créates s'étaient rassemblés et formaient une haie qui leur bouchait la vue. Ils frappaient le sol de leurs pieds. Le son montait autour d'eux, faisait résonner la surface, soulevait des nuées de poussière. Le tempo était soutenu, aucune cadence ne s'imposait, l'émission était explosive. Mianeh allait dire à Ama que la durée et le contenu spectral des signaux étaient stables, quand elle la vit fendre la foule, qui s'écarta comme un aimant repoussé.

Le petit Créate ne s'était pas écrasé au sol, il enchaînait les acrobaties sur une scène ronde, tendue entre six piliers de bambou à cinq mètres du sol. La voile qui le supportait était élastique et très réactive. Ama observa le phénomène avec intérêt. Il surfait sur la vitesse résiduelle de sa chute initiale et décollait encore d'une dizaine de mètres en alignant les roulades et les grimaces avec beaucoup de joie et de vélocité. Les Créates autour de lui se tenaient les côtes et piétinaient de plus belle.

– Ils applaudissent, dit Mianeh. C'est un comportement culturel qui marque le contentement, l'admiration ou l'accord.

– J'avais compris, répondit Ama à voix haute.

Les Créates l'entendirent, ils réagirent en s'écartant un peu plus. Ama était désormais au centre d'un cercle vide. Tant que les évolutions du petit sur la voile se poursuivraient, ils resteraient à proximité. Ama se doutait que la foule s'évanouirait aussitôt l'événement passé. Elle en profita pour les examiner. Elle ne s'était jamais trouvée dans de si bonnes conditions d'observation. Ils étaient entre eux, en confiance. Il ne fallait rien brusquer.

Mianeh restait à proximité immédiate d'Ama et vibrait doucement en répliquant le comportement des Corps Copains avec lesquels les Créates étaient intimes. Elle camouflait sa nature et tentait d'intégrer le groupe des présences tolérables. Elle alla jusqu'à émettre des triolets sifflés assortis d'un choix de cliquements simples.

Les Créates ne les regardaient pas. Ils savaient qu'elles étaient là, l'espace de sécurité qu'ils ménageaient autour d'elles était flagrant, mais aucune oreille ne se tournerait dans leur direction, aucune tentative de contact n'aurait lieu. La distraction était leur façon d'aborder la nouveauté. Dans leur processus de protection, le déni était l'étape suivante. Si la nouveauté devenait un problème, ils en effaçaient psychiquement l'existence. Ils agissaient alors exactement comme si la difficulté ou le conflit ne se présentaient pas, ne s'opposaient pas.

Ama avait vu des Créates évoluer sur des dévers où les reinettes à ventouses elles-mêmes ne se risquaient pas. Leur méthode d'abrogation mentale était une ruse et une arme puissante. À la fois technique de guerre et d'évitement, elle avait failli les mener à l'extinction complète. Si une génération de Créates immatures n'avait pas transgressé des tabous et imposé des échanges exogènes, ils auraient disparu jusqu'au dernier.

Depuis, les très jeunes étaient considérés comme porteurs de parole à fort potentiel, inclus dans les parlements et respectés dans leurs actes. Leur premier réflexe devant une contingence ou une émergence inhabituelle restait néanmoins la négation.

Ce comportement stupéfiait Ama. D'un côté, elle admirait cette foi absolue dans la puissance psychique, la volonté féroce qu'elle supposait, l'effort de résistance persistant de ces puristes qui soutenaient sincèrement que le conflit réside dans l'esprit du Créate et non dans le monde.

De l'autre, elle était atterrée par la fixité, l'étanchéité et la démesure qu'il supposait.

Les Toges l'avaient bien prévenue au sujet des Créates. Ils étaient dangereux pour eux et pour le monde, une espèce à risque majeur.

Sous leurs yeux, le jeune perdait de la hauteur, il ne tournait plus qu'un double salto, il allait bientôt rouler sur une voile à peine houleuse et puis s'y asseoir dans un lotus des plus stables. Les applaudissements diminuaient, certains spectateurs se détachaient de la foule et s'éloignaient. Le cercle autour de Mianeh et d'Ama était de moins en moins géométrique et s'agrandissait. Que devait-elle faire pour qu'ils restent là, qu'ils les considèrent, et les voient ? Comment s'y prendre pour établir un contact visuel avec de tels êtres ? Le petit descendait sur une dernière roulade arrière. Ils allaient partir. Elle sauta sur la voile.

Ce fut un choc. Une vocalise saisit la petite foule, en même temps que la voile rejeta l'élan de son saut. Elle fut projetée beaucoup plus haut que ce qu'elle avait anticipé. L'air sifflait à ses oreilles, ses cheveux avaient décollé, ses pieds vibraient d'électricité, elle sentit ses mains crépiter.

Le cylindre dans lequel le petit avait évolué était chargé d'énergie.

Ama réfléchit pendant son ascension. Elle atteignit presque le milieu de la tour et inversa sa position. Elle tomba aussi vite qu'elle put.

Juste avant de toucher la voile, elle s'assit jambes et bras ramassés, en pesant le plus possible sur l'air comprimé et en s'efforçant d'offrir la surface de résistance appropriée pour un amorti important.

L'air et la charge se dispersèrent horizontalement autour de la voile. Les Créates les plus proches reculèrent. Les autres derrière eux approchèrent.

Ama battit des pieds en remontant et gagna une dizaine de mètres. Elle dépassait maintenant le dernier tiers de la tour. Elle ouvrit les mains à hauteur de ses yeux, et lentement les bras, en laissant courir entre ses paumes un flux visible, mouvant. Quand elle entama la descente, il était bleu vif et se tordait furieusement.

Elle repartit sans toucher la voile, avec un battement plus ample, elle atteignit le sommet de la tour, surprit le regard des deux petits restés là. Le mouvement se renversa. À la moitié du trajet, elle écarta les chevilles, les ailerons de son pourpoint claquèrent et la firent légèrement remonter. Sa vitesse diminua graduellement, elle descendait en s'appuyant.

Elle avait rapproché ses mains l'une de l'autre et tenait maintenant en suspens une boule de lumière pâle qu'elle tournait et retournait sur elle-même. Elle la laissa s'échapper vers le ciel juste avant que ses pieds se posent sur la voile. Elle n'eut pas à fléchir les genoux, l'atterrissage était doux. Les Créates s'étaient figés sur place. Le silence qu'ils produisaient formait un dôme épais, il les englobait.

Ama baissa la tête, persuadée de les avoir perdus. À sa grande surprise, elle entendit un battement de pieds tomber du toit, suivi d'un autre, les deux accordés.

Les petits qui étaient restés en haut et dont elle avait saisi le regard frappaient la surface bétumée du toit. Ils poussaient des cris et tendaient la tête pour mieux la voir, tous les deux en rythme, sur une cadence qui se maintenait.

Elle ne bougea pas, une poche d'air gonfla sa poitrine, elle commençait à sourire, la frappe continuait, passait par les lianes, descendait jusqu'au sol et les Créates assemblés devant elle se mirent à osciller sur leur axe.

Ama vit le son couler jusqu'aux tiges de bambous qui soutenaient la voile, monter autour de ses chevilles et peu à peu l'engloutir. Il grimpa jusqu'au toit, où les petits l'accueillirent avec des exclamations de joie.

Au moment où Ama se demandait s'il fallait rester dans ce bain ou en sortir, les deux jeunes sautèrent et la firent décoller comme un projectile. Elle doubla le niveau de la tour, écarta bras et jambes à l'apogée de sa course et redescendit toute la hauteur en roulades enchaînées pour enfoncer la voile de sa masse augmentée et renvoyer en l'air les petits Créates qui n'attendaient que ça.

Ils s'envolèrent en riant. Les applaudissements s'arrêtèrent au moment où ils descendirent, les trois, de la voile qui tremblait comme une peau. Il y eut un instant d'hésitation, mais les petits le rompirent en se plaçant chacun aux côtés d'Ama et en lui prenant la main. Ils lui arrivaient à la taille. Le contact de leurs paumes lisses lui fit monter les larmes aux yeux. Ils lui apprirent à saluer en baissant la tête jusqu'au milieu du corps. En relevant le buste, Ama eut le souffle coupé.

Les Créates la regardaient, directement. Elle était entrée dans leur champ de conscience volontaire, ils la considéraient, son corps, ses actes, ses yeux. Ils étaient capables de la dévisager et de l'affronter.

Mianeh joua alors sa carte et vint la rejoindre, elle se posa vingt centimètres à côté de sa tête, juste au-dessus d'un des deux petits. Ils la prirent avec le reste. Puis la foule s'éparpilla en douceur, les Créates retournèrent à leurs occupations. Restaient les deux petits, toujours accrochés aux mains d'Ama, qui la fixaient avec de grands yeux bruns sans blanc, sans demande particulière mais avec une curiosité pétillante. Elle les emmena avec elle, il était temps de voir où en était Atlal.

VISITE AU DÉSERT

Ils ronflaient tous. Le tapis de Muridés qui entourait le Gros-Cerveau respirait, les cages thoraciques montaient et descendaient, synchrones, et soufflaient une note unique en fin d'expiration. Une vocalise sifflée, involontaire, prolongée par Atlal dont la capacité pulmonaire était bien supérieure à celle des rats couchés autour de lui, sur le flanc, sur le ventre, sur le dos, dans les positions qu'ils avaient pu prendre avant d'entrer dans la méditation contagieuse du Gros-Cerveau.

Celui-ci était allongé en décubitus dorsal, les bras le long du corps et son ventre était celui d'une Baleine au milieu d'un banc de pilotes gris. Il les avait fait plonger profondément, il les guidait dans des contrées souterraines dont il connaissait les bifurcations, les boyaux étroits, et les volumes inattendus.

Des ballots de nourriture s'alignaient contre les murs de la salle, tassés les uns contre les autres, ils en faisaient le tour. Petites boules de grain, pelotes de graminées, de feuilles mâchées, pâtés jaunes et bruns, corbeilles tressées de baies minuscules, les rats avaient apporté leurs réserves et les avaient soigneusement disposées avant de sombrer. Ils étaient béats, absolument détendus, occupés par leur exploration invisible, pressés entre eux contre le grand Corps roux qui les précédait de peu et les menait tendrement dans les sombres galeries tièdes qu'il connaissait comme sa main.

Au seuil de la hallte, encadrée par les deux Créates, Mianeh postée au-dessus de l'oreille droite, Ama observait la scène en penchant la tête. Elle guettait l'émergence du son et sa disparition, elle n'arrivait pas à discerner le moment où il entrait dans l'espace ni celui où il s'évanouissait. Il y avait des plages silencieuses, les Corps enflaient, les Corps dégonflaient, et progressivement, à la fin de l'exhalation, le son apparaissait comme une matière dans une autre matière mais homogène, continue, il ne bousculait rien, il ne s'immisçait pas, il était là où il avait toujours été.

Ama repensa à la rencontre avec les trois Gros-Cerveaux dans leur grotte, la façon dont ils avaient d'un seul coup et sans heurts pris place sous ses yeux. Peut-être en avait-il été de même pour les Créates à la fin de son tour de voile, elle était devenue tout à coup présente, enfin perceptible à leurs sens, acceptable.

Elle aussi commençait à se détendre. Sa respiration s'était calée, troisième voie entre celles des Muridés et celle d'Atlal, elle s'assouplissait. Sa cabe se serrait autour de son biceps. Ama tourna la tête. Le petit Créate était en train de tendre les doigts vers le bracelet de fixation, elle le voyait agir au ralenti, un demi-sourire aux lèvres. Sans lâcher sa main, elle monta le coude pour lui faire comprendre qu'il ne fallait pas la toucher. Il eut un geste brusque et détourna le regard, soudain furieux, les poils de la nuque hérissés.

Amaryllis sortit de sa torpeur et constata que l'autre Créate était fixe au bout de son bras. Elle les entraîna aussitôt à l'extérieur et fit quelques pas en les tirant sans trop de ménagement. Elle s'assit avec eux sur le sol bétumeux, demanda à Mianeh de fermer le cercle, et leur ordonna de toucher le sol des deux mains. Les poils du colérique se couchèrent peu à peu et l'autre retrouva une certaine mobilité. Ama se concentra pour rassembler les rudiments de langue créate qu'elle connaissait :

– Rituel de présentation ! ordonna-t-elle en retournant ses paumes vers le haut.

Les petits eurent un sursaut de surprise. Ils ne savaient pas qu'un Autre Corps pouvait parler. Le colérique se reprit le premier et tourna les mains.

– Mon premier nom est Daï.

L'autre suivit son exemple.

– Bye est le mien.

Ils enchaînèrent :

– Shever, mon deuxième.

– Sheyney, mon deuxième.

Et puis ensemble :

– Dallut, notre commun.

Ama hocha la tête, se présenta, Amaryllis Swansun, Auboisière Expé, et regarda Mianeh et son aura bleuissante.

– Miawarin Askel Nepher-Hiwritmyl, vous pouvez m'appeler Mianeh.

Daï et Bye ouvraient la bouche et rien n'en sortait. Qu'un Autre Corps Organique puisse parler était déjà une information difficile à digérer, mais qu'une boule métallique volante puisse le faire aussi, et sans accent, voilà qui n'était pas de bon augure.

Ils appliquèrent la mesure d'urgence numéro un du protocole de prudence non verrouillée, ils suspendirent leur jugement et s'adressèrent à Ama.

– Le grand Corps roux est-il mort ? demanda Bye.

– Sec ? demanda Daï. Est-il sec, en manque, en affres, ou en formation orageuse ?

– Pas du tout. Le grand Corps est un Gros-Cerveau, il se nomme Atlal et il fait un voyage intérieur avec ses amis Muridés. Ils ont été heureux de se trouver en présence les uns des autres, ils célèbrent la rencontre.

Les deux Créates n'en croyaient pas leurs oreilles. Il n'y avait jamais eu de Gros-Cerveau dans leur Désert. Les rats qui vivaient ici ne pouvaient pas le connaître, encore moins le reconnaître et, par ailleurs, leur immobilité était suspecte. Ce que disait l'Auboisière n'avait aucun sens. Ils renforcèrent la mesure d'urgence numéro un au bord du verrouillage. Ama comprit à leur mine que l'explication ne passait pas. Elle changea de sujet.

– Bye et Daï Shever Sheyney Dallut, je suis honorée de votre attention, heureuse d'avoir évolué avec vous sur la voile et constaté vos habiletés voltigeuses. Mes hommages à vous deux, Corps légers, Créates de fierté.

Les Dallut se regardèrent, interloqués, avant de se mettre à rire aux éclats. Elle avait décidément une drôle de façon de s'exprimer. Ama attendit qu'ils se calment et reprit :

– J'ai vu les tours inertes, les quadrilatères vides et secs, la rame brûlée par le soleil, le bétume recouvert par le sable. La saison dernière. Je vois maintenant des lianes tomber des toits, des zones sombres dans les sables, des bacs potiers sur la rame. J'ai vu la voile. Un attroupement a-t-il eu lieu ?

Attroupement n'était pas forcément le bon mot. Les petits froncèrent un peu. Bye hésita, puis se lança, il n'y avait pas de bonne réponse, il y en avait rarement.

– Nous avons avisé un Autre Corps voyageur qui passe, comme toi, très noir de peau, beaucoup plus haut que toi, des bandes jaunes sur les joues et les membres. Il jase aux Créates disséminés, à tous les Autres Corps qu'il croise sur son chemin.

Ama hocha la tête : une Hydro.

Mianeh triait frénétiquement les fiches dans ses archives. Bandes jaunes ornementales, haute taille, Hydro détachée, leur visiteuse était vraisemblablement issue d'une population des fleuves.

– Viens voir ! dit Daï en se mettant d'un bond sur ses pieds.

Il courut en avant, Bye à ses trousses, et leur fit traverser l'esplanade inerte à toute vitesse. Ama s'était levée avec un temps de retard, elle avait du mal à suivre en dépit de ses longues jambes et de son entraînement d'Expé. Les petits étaient des bombes d'énergie. Quand il arriva devant un trou carré, Daï ne s'arrêta pas. Il sauta dedans. Une gerbe cristalline jaillit, et retomba en éclaboussant. Mianeh eut juste le temps de déployer un champ magnétique déperlant, Ama en prit plein la figure.

Bye souriait et trépignait sur place. Il avait très envie de se lancer mais n'y parvenait pas. L'eau remuait comme un bouillon, Daï s'agitait au fond, la surface noire se bousculait, des taches huileuses s'enfonçaient pour réapparaître plus loin. Daï sortit la tête, inspira, et disparut de nouveau. Quand il remonta, il tenait entre ses dents un Corps musclé dont les mouvements saccadés étaient dramatiques. Le Créate mordit et secoua la tête. Le Corps rompit et s'arrêta de battre. D'une gifle bien sentie, Bye le fit gicler de sa bouche et le mordit à son tour avant de déclarer, rayonnant :

– Mort mais non sec. Raffolez.

Ama déclina le plus poliment possible. Les écailles éparpillées au sol étaient couvertes d'une couche grasse rebutante. Daï s'extirpa du bassin et s'ébroua.

– Viens voir ! On a coupé les trottoirs, dit-il avant de s'élancer de nouveau au pas de course sur une voie bétumée qui bordait des bâtiments bas et des cuves enterrées à proximité.

Daï dévala l'allée en pointant le sol de l'index à intervalles réguliers. Ama regarda les endroits désignés. Devant chaque ouverture, il y avait un rond de sable et de limon au milieu duquel une petite branche était fichée, parfois rien, une graine qui n'avait pas levé, parfois une cactée, le plus souvent une bouture d'arbre à fruits. L'Auboisière en elle fut agréablement surprise.

Les Créates étaient connus pour maintenir leur lieu de culture à l'écart de leur lieu de vie. Au cours du temps, ils les avaient peu à peu rapprochés les uns des autres, mais ce qu'elle voyait là était le signe d'un basculement fondamental. La porosité n'était pas une qualité de Créate et pourtant, Ama ne pouvait que constater les changements.

Les juvéniles avaient amorcé l'installation d'un système de récupération des ruissellements et d'irrigation gravitaire.

Elle suivit la trace sombre qui courait sur la pente derrière l'arbrisseau. Elle menait à un déversoir abouché à une cuve rectangulaire. Celle-ci était à moitié remplie de terreau. Des creux étaient ménagés autour de rejetons frêles et de pousses au stade quatre feuilles. Il s'agissait clairement d'une culture volontaire. Bye, à côté d'elle, retroussait les lèvres. Il lui reprit la main.

Ils parcoururent ensemble les vingt-huit stations d'écoulement aménagé. Les petits s'en étaient donné à cœur joie et avaient fiché ce qui leur était tombé sous la main dans les cuvettes humides. Certaines initiatives étaient couronnées de succès, beaucoup de places restaient néanmoins chauves, hérissées d'un seul bâton sec.

Au bout de l'allée, Daï s'agitait comme un sémaphore. Il y avait beaucoup à voir. Il tendait un bras en hauteur et moulinait de l'autre pour les faire avancer plus vite. Ama leva les yeux vers ce qu'il montrait de loin. Une énorme coupole posée à l'horizontale sur un tube maçonné haut de plusieurs niveaux. Plus haut que les tours à vrai dire. Ama n'était jamais venue jusque-là.

Depuis la hallte où elle s'était prudemment arrêtée lors de ses précédentes visites, il était impossible de voir l'ouvrage qui excitait tellement Daï. Un collecteur. Immense, ventru comme un arbre bouteille Beaucarna, recouvert de blanc, coiffé d'une section conique évasée dont la circonférence dépassait la base jusqu'à lui faire de l'ombre sur un périmètre appréciable. Le pied du collecteur était percé et laissait passer de gros tubes coudés. Ils étaient enterrés, et ressortaient aux pieds des bacs et des cuves.

Daï lui fit suivre le trajet du plus gros. À plus de soixante-dix mètres de distance de son point de départ, la canalisation montait sur la façade de la plus haute tour. Daï grimpa le long de la gouttière, elle était solide. Bye poussa sur les fesses d'Ama pour l'encourager et monta derrière elle.

Au sommet, le tube se déversait dans un labyrinthe de rigoles minuscules. Le fil de l'eau se divisait et se rassemblait à l'autre bout de la terrasse pour être récupéré dans une conduite descendante qui poursuivait sa course en distribuant au passage les plateformes aménagées au bord des ouvertures d'étages. En se penchant, Ama compta dix-huit tablettes arrosées au goutte-à-goutte. Sur chacune, un être végétal essayait de s'installer. De ce côté de la tour, chaque niveau était investi. L'air qui s'en dégageait était frais.

Au centre du toit s'élevait un monticule auquel les grimpantes étaient arrimées. Elles dégringolaient jusqu'aux cubes les plus bas pour former une large voie verte verticale.

– C'est très impressionnant, leur dit-elle en balançant la tête de gauche à droite comme elle les avait vus faire.

Bye et Daï se mirent à secouer le chef à l'unisson, un large sourire aux dents, avant d'attirer l'attention d'Ama sur la petite mare rectangulaire au centre du labyrinthe de rigoles.

Elle avait à peine un mètre de profondeur et un mètre de largeur, elle était recouverte de minuscules feuilles trilobées bombées d'un vert tendre.

Bye s'en approcha et toucha l'eau d'un doigt timide, comme il l'aurait fait pour une peau. La surface ondula en réponse.

Avant que l'onde n'atteigne le bord opposé de la mare, deux globes dorés à l'iris sombre, à peine plus gros que les feuilles qui l'entouraient, firent surface, précédés d'un museau rond. Les narines s'ouvrirent et se fermèrent, un œil fut occulté par une paupière, puis l'autre. Et Bye dit à Ama :

– Ranamassa Anoura, frère-cousine.

Ama porta sa main gauche à son menton et baissa le front. Elle connaissait les mœurs des Anoures arboricoles avec lesquels elle avait passé plusieurs modules d'apprentissage, elle espérait ne pas commettre d'impair en utilisant ce salut. Ranamassa répondit en ouvrant la bouche jusqu'aux commissures. Voir la langue d'une Anoure est bon signe dès lors qu'on est plus gros qu'elle. Ama se montra satisfaite.

Bye tendait son doigt vers la frère-cousine avec un brin de fébrilité. Lorsque celle-ci lui lécha l'index d'un coup de langue rapide, il tressaillit violemment mais n'ôta pas sa main avant de retomber sur ses pieds. Daï hulula dans les aigus en se tenant les côtes, puis disparut d'un bond avant que Bye ne l'atteigne.

Ils avaient sauté tous les deux dans les lianes, au jugé. Ama et Maneh les entendirent se poursuivre le long de la voie verte et sur la surface de l'esplanade. Bientôt, il n'y eut plus aucun bruit et ce fut comme si les Créates avaient été absorbés. Tous les Créates, d'un coup, à nouveau enfouis, ravalés par le Désert qu'ils habitaient. L'Anoure émit un coassement grave et se renfonça dans l'eau, la tête sous les lentilles, les narines à peine visibles, au point de rencontre de deux éléments fondamentaux.

Ama avait entendu parler des Hydros. Fah, sa Tech-Expé, lui avait raconté comment leur corporation s'était constituée et combien leurs déambulations et leurs jases avaient contribué à lier ce qui ne l'était plus, à défragmenter, à rétablir les flux. Il y avait parmi elles différentes sensibilités, mais leur mouvement était homogène, qu'elles dévalent ou remontent les rus, les ruisseaux, les rivières, les fleuves, qu'elles touchent les mers et les océans, qu'elles plongent ou qu'elles planent sur les stagnantes, leur soin commun, leur plaisir, et leur charge, étaient de faire couler l'eau.

Fah avait vu dans sa jeunesse une Hydro la peau sur les os, un bâton, la tête comme un ballon, ouvrir la bouche sous la seule feuille du seul être végétal persistant dans une clairière pelée et attendre. Au point de rosée, tous les matins. Que la goutte se forme sur le tissu, qu'elle s'augmente, alimentée par la transpiration des infimes nervures, qu'elle se rassemble, atteigne son poids de chute et commence à tomber. Elle la recueillait sur sa langue et se mettait alors à courir sans fermer la bouche et surtout sans déglutir jusqu'au lit d'une rivière asséchée dont on devinait la force passée.

Elle déposait la goutte à la même place tous les matins, couchée par terre, au ras du sol, sous un galet qu'elle soulevait et rabaissait avec le nez comme le couvercle d'une boîte à Trésors. Puis elle revenait pisser sous la feuille et Fah disait qu'elle l'avait vue bouger sans l'aide du vent.

Cette Hydro-là était quadrupède, courte sur pattes, les doigts ronds et collants, émaillés de plaques rouges, en robe noire, luisante, mais les Hydros, bien sûr, avaient toutes sortes de formes. Comme tout le monde.

Ama rompit le silence :

– Tu crois qu'elle est partie depuis longtemps ?

– Le temps de prendre contact avec les Créates, d'enclencher un attroupement et de mettre en place la logistique, il a pu se passer une saison sèche. Elle a dû attendre la première pluie et prendre congé ensuite. Je dirais qu'elle a une ou deux révolutions d'avance.

Elles avançaient sans faire de bruit, Mianeh avait cessé de produire les sifflets et les claquements censés rassurer les Créates, Ama glissait sur ses mocassins. Elles arrivaient sur l'esplanade désertique, la hallte n'était plus très loin.

– Tu crois qu'on peut la retrouver ?

Mianeh se mit en stationnaire un instant. Son aura s'épaissit. Ama regardait loin, plein sud, où elle savait que son enveloppe l'attendait.

– Possible.

SUR LES TRACES DE L'HYDRO

Dans la hallte, les petits pâtés circulaient. Atlal saisissait du bout des griffes les minuscules bouchées que les rats faisaient tourner dans l'assemblée à nouveau consciente. Assis le ventre exposé, appuyés au mur, ou couchés sur le côté, ils tendaient les pattes et attrapaient prestement ce qui passait à leur portée avant de se mettre debout d'un bond, par vagues, et de prendre la place des serveurs qui s'arrêtaient immédiatement et se gavaient à leur tour. On n'entendait que le piétinement des Muridés contre le sol dur et les mastications.

Ama eut l'occasion de saisir un panier rempli de baies roses et d'y goûter. Acides et sucrés, les fruits envahirent sa bouche d'arômes frais, ses glandes salivaires réagirent abondamment. Elle déglutit en regardant Atlal. Le poil lisse, les yeux enfoncés dans les plis orbitaires, il semblait se régaler du service autant que des mets. Il acceptait tout. Les croûtes crémeuses, le cru, le cuit, le lait fermenté, les liquides clairs ou épais, les gouttes de miel, les tresses de graminées, les compotes, les chapelets de graines trempées ou non, les gousses entières. Ses oreilles frémissaient quand la bouchée était particulièrement bonne et ses doigts de pieds s'écartaient. Les Muridés regardaient le phénomène quand il avait lieu, secouaient les vibrisses et reprenaient la sarabande. Leur danse frétillante dura le temps d'épuiser les provisions. Quand ils s'arrêtèrent, Atlal fit un effort pour ouvrir les paupières et remercia.

– Un festin. Une excellente session et un festin. Arvicoles, Dendros, Murinaes, Gerbilles et consorts, vous serez les bienvenus dans mon terrier en saison froide, d'orages, de disette, de feu brûlant, d'abondance, n'importe quand. Vous connaissez les seuils et les grandes travées, demandez Atlal si vous hésitez, Atlal Allat pour être compris, Dol Chairn pour être complet, et je vous recevrai.

Aussitôt le nom se faufila parmi les rongeurs excités et se transforma en un murmure ininterrompu, feutré, Atlal, Atlal, Atlalalat, Tlalalat, Tlalat, Halalat, ponctué de Dol Chairn rythmiques plus percussifs. Pendant qu'ils apprenaient ce chant, Atlal se tourna vers Ama et parla.

– Nous avons échangé les Rêves.

Ama attendit. Elle n'était pas sûre de savoir ce que cela impliquait.

– *Est-ce qu'il faut féliciter ?* demanda-t-elle à Mianeh en privé.

– *Discrètement, si tu veux, c'est admis.*

Ama n'eut pas le temps de mettre au point une formule adéquate, Atlal reprit la parole et comme rien n'agaçait plus les Gros-Cerveaux que les émissions verbales entrecroisées, elle ravala sa future phrase et hocha la tête en guise d'encouragement.

– Échanger les Rêves est une pratique courante dans la parentèle étendue. Une marque de confiance, un partage de connaissance, l'équivalent d'un traité. Les Muridés m'ont chanté la Songline de leur territoire, ils m'ont accueilli et guidé. En retour, j'ai chanté ma grotte au complet. Ils ont montré, j'ai montré, nous avons parcouru. Je connais maintenant les chemins de leur terrier, la carte flottante souterraine, hormis les caches, l'ensemble des circulatoires principales. Jusqu'aux confins de leurs mondes. Nous pouvons nous engager.

– Tu veux dire. Attends, tu peux entrer dans leur terrier ?

Ama avait les yeux écarquillés.

Atlal fut pris d'une quinte de toux monumentale.

– Entrer dans leur terrier ! Moi !

Il se mit debout, toujours toussant, et tendit les bras. Il touchait le plafond et son corps obstruait le plus gros de l'ouverture par laquelle ils étaient passés.

– Les Auboisières changent-elles de volume comme elles le veulent ? demanda-t-il en s'arrêtant brusquement de tousser.

C'était une vraie question. Certaines souris, certaines félines sont capables de se désépaissir de manière spectaculaire et de passer par des trous ou des brèches plates dans lesquelles elles n'auraient pas introduit une patte l'instant auparavant.

– Non, répondit Ama, nous n'avons pas cette faculté.

Atlal expira.

– Je ne peux pas parcourir leur terrier de l'intérieur, mais je peux le lire au travers de la croûte superficielle puisqu'ils me l'ont fait rêver. À partir d'ici, par exemple, dit-il en désignant une fine crevasse au bord d'une paroi.

Il montrait une craquelure, le coin d'un mur écaillé pas plus large qu'un trait sombre qu'on aurait pris pour un brin de paille : autant de portes vers le dédale souterrain des Muridés. La hallte en était truffée. Ama demanda à Mianeh de scanner le sol et les murs en détail et d'archiver la hallte en tant que carrefour d'activité. La Dronote la balaya de ses rayons ultraviolets, et quand elle eut intégré les irrégularités et les différences de texture, elle projeta une carte holo où les seuils indiqués par Atlal clignotaient en vert. Celui-ci l'examina un instant pendant que les rats passaient et repassaient sous la simulation en couinant. Le ton montait.

– Doit-on l'éteindre ? interrogea Mianeh qui s'inquiétait des aigus majoritaires.

– Ils essaient de parcourir les chemins entre les portes, mais l'espace est trop condensé. Pouvez-vous l'élargir ?

La carte enfla jusqu'à occuper la hallte en entier. La course des Muridés s'accéléra en proportion. Leurs déplacements devinrent plus lisibles et plusieurs courbes cohérentes furent inscrites au sol. Cependant ils évoluaient sur un plan, ce qui les perturbait, et lorsque certains individus se mirent à gratter frénétiquement leurs ongles sur la surface inattaquable, Ama décida qu'il était temps d'arrêter.

Mianeh enregistra les données et afficha brièvement un aperçu des résultats. La hallte était une passoire. Un écheveau de tunnels imbriqués les uns dans les autres, un nœud enterré dont la complexité évoquait celle d'une constellation. Rien à voir avec le moyeu d'une roue, les carrefours étaient souples, aléatoires, il n'y avait pas de centre dans cette organisation, des roulements, des vagues, des tendances qui se contredisaient et ne formaient ni point ni plan définitif, mais une ambiance de mouvements possibles, très intriquée.

– Une perruque, dit Atlal.

Ama se demandait pourquoi la hallte ne s'était pas effondrée. Son sous-sol était plus aéré que sa structure subsuperficielle et sa masse était énorme.

– Une perruque ?

– C'est ainsi qu'on nomme les creusures à forte densité. Les Muridés sont des fouisses très savants, ils savent où se trouvent les roches porteuses et les graviers déblayants.

Atlal marqua une pause.

– Je n'ai entendu parler qu'une fois de galeristes incompétents. Des cyclopes, bipèdes, glabres. Extravagant ! Qui aurait besoin d'une vision frontale pour tracer, je vous jure ?

Et il partit d'un rire intérieur qui lui secoua les épaules.

– Même en cas d'écroulement d'argile, ajouta-t-il en frissonnant.

Les Gros-Cerveaux n'avaient pas peur que la terre leur tombe sur la tête, mais ils savaient que les sédiments ne sont pas inertes. Parmi les événements bouleversants dont ils avaient connaissance, les avalanches, les sturstroms, les éruptions, les phénomènes sismiques, ce qu'ils redoutaient le plus était lié aux infiltrations brutales. Ou massives. Ils pouvaient généralement en percevoir les prémices. L'humidité quand elle dégageait une certaine odeur était un signe avant-coureur fiable. Certains sons, des craquements de dégel profonds, un crépitement rocheux inhabituel, des variations magnétiques. Tout cela pouvait déclencher des mouvements d'exil immédiat.

D'immenses territoires gros-cerveaux avaient été évacués dans les années sombres et chaudes. La plupart du temps, à cause de précipitations inabsorbables. Les Gros-Cerveaux ne détestaient pas l'eau, mais ils fuyaient la pluie torrentielle qu'ils tenaient pour une puissance hors de contrôle, privée de direction et d'exutoire, une armée folle innombrable lâchée sans but sur la surface de la Terre et capable de pénétrer et d'enfoncer les structures profondes, n'importe lesquelles, jusqu'aux karts les plus résistants. Durant les années sombres et chaudes, chaque forme de vie avait connu l'expérience de l'exil et de la peur sous une forme spécifique.

Dans la hallte, les rats s'étaient volatilisés. Absorbés par les trous comme les Créates l'avaient été par l'espace bétumeux. Le Désert était décidément un milieu propice à l'évanouissement rapide. Et peut-être était-ce cette caractéristique qui en faisait un milieu de vie possible.

Atlal ne semblait pas troublé de se retrouver seul avec Ama et Mianeh, qu'il évitait encore cependant de regarder directement. Aucun Corps n'était dans l'obligation de justifier par formule sa présence ou son absence, si soudaines qu'elles soient.

– T'es-tu restauré, Atlal Allat ? Es-tu en bonne condition ? demanda Ama.

– Oui, Auboisière. Veux-tu que nous nous mettions en chemin ?

– Es-tu en mesure de pister ?

– Jusqu'aux confins du Rêve des Muridés, oui, Auboisière. Si tu me donnes un objet de quête.

Sur un geste d'Ama, Mianeh produisit une image hypothétique de l'Hydro en affichage transparent. Noire de robe, haute sur pattes, tête et membres barrés de jaune. Elle fit défiler plusieurs versions possibles, bipèdes et quadrupèdes, toutes plus grandes qu'Ama, et s'amusa à lui prêter différents types de locomotion. Les informations des Créates n'avaient pas été d'une précision absolue. Sur leur base, une seule chose était certaine : elle n'était pas un volatile. Néanmoins, elle pouvait être équipée d'une voile portative et capable de planer.

Atlal semblait écouter l'animation. Sa tête penchait d'un côté et de l'autre en fonction des mouvements qu'il percevait.

– Sub ou Sout ? demanda-t-il.

Mianeh et Ama s'aperçurent en même temps qu'elles n'en savaient rien et qu'elles avaient supposé qu'elle était Sub, comme elles. Elles en furent gênées. Mianeh ajouta aussitôt une version sout.

– Invraisemblable, fut la conclusion d'Atlal.

Après quelques échanges, il apparut qu'Atlal, chasseur de Trésors gradué, major dans son terrier, avait besoin d'une empreinte physique pour initier une action cynégétique. Elle pouvait être fragmentaire, érodée ou maquillée, mais il ne pouvait rien entreprendre sans un marquage tactile. De l'impression laissée dans une boue ou une terre sèche, il déduisait la démarche, le poids et la condition générale de sa proie. De la trace olfactive, il tirait des informations personnelles sur son régime alimentaire, sa maturité sexuelle, son état émotionnel. Et lorsque le passage était récent, il était capable de lire dans le volume de l'air et de voir le Corps qui venait de traverser comme s'il était sous ses yeux et à portée de main. Mais les holos ne lui servaient à rien, surtout hypothétiques.

Ama réfléchit. L'Hydro était certainement venue de la rivière. Elle devait remonter ou descendre son cours et pénétrer dans les terres à partir de cette veine centrale. Puisqu'elle s'était arrêtée dans le Désert des Créates, qu'elle y avait séjourné et œuvré, elle était probablement en mandat.

Ce serait un honneur et l'occasion d'un apprentissage important s'ils pouvaient la rejoindre et l'observer dans ses fonctions. Si cette supposition était la bonne, elle avait dû s'enfoncer plus loin dans la région désertique, au-delà du monde des Créates qu'Ama avait parcouru, dans une contrée dont elle ne savait rien, qui pouvait être intégralement minérale et sauvage au dernier degré. Le regard d'Ama devint vague. Mianeh s'ébroua discrètement.

Elle évitait de lire dans les pensées d'Ama quand celle-ci n'était pas sur un canal de partage, mais elle la connaissait suffisamment pour décrypter ses expressions faciales et leurs changements, si infimes qu'ils soient. En l'occurrence, Mianeh savait dans quelle dérive l'Auboisière s'égarait. Le fantasme de la grande sauvagerie indemne, la fascinante, l'imparcourue, l'inconnaissable zone intégralement bétumée, fin et début du monde, source et confins de toutes choses, de la mer inféconde et du ciel étoilé, ténèbres brumeuses, etc. Elle intervint :

– Elle peut aussi être redescendue vers le fleuve.

– Et poursuivre sa voie en amont ou en aval, je te l'accorde, enchaîna Ama, vite et sur un ton un peu plus sec qu'elle ne l'aurait voulu.

Atlal gratta ses pieds sur le sol. Il tordait ses orteils l'un contre l'autre, mal à l'aise.

– Nous pouvons aussi procéder par cercles excentriques et accepter ce que nous trouverons.

La tension retomba et sa proposition fut acceptée.

Atlal les entraîna sans attendre et commença par faire le tour de la hallte à quatre pattes, au pas de course, le nez au sol. Il penchait la tête de temps en temps pour coller une oreille contre une cavité, puis reprenait sa progression. Il spiralait, Ama et Mianeh à ses trousses. Ils encerclèrent l'esplanade, les tours, la rame, le réservoir, les bacs à culture, l'ensemble des cubes, et bientôt, ils atteignirent une savane dorée, pelée, aux buissons étiques où des rubans bétumés s'étiraient à perte de vue. Ils en traversèrent plus de cinq dans leur largeur.

Atlal hésitait, il cherchait un signe qu'il ne trouvait pas. Il revint sur ses pas. Et repartit au galop sur une courbe corrigée. Il s'arrêta brusquement devant un tas de sable. Il se mit debout, les mains contre sa gouttière orbitale, tourna sur lui-même, la tête droite, les oreilles tendues vers l'avant. Puis il se jeta au sol et creusa au pied de la butte.

La bouche d'un large tunnel s'ouvrit sous ses griffes. Il y colla sa tête et souffla dedans de toutes ses forces. Il ressortit plâtré de limon collé, les narines obstruées, il se moucha dans ses doigts et cracha avant de parler.

– Peut-être cette voie.

Apparemment, cette piste de confins était la seule à avoir été empruntée récemment. Il ne savait pas par qui. Les autres embouchures, scrupuleusement relevées durant leur circumnavigation, avaient été exclusivement parcourues par les Muridés et quelques Corps à cuirasse de petite taille. Fourmis, Scorpions, Carabes, personne du gabarit recherché.

– Rien n'indique que l'Hydro voyage en sous-sol, fit remarquer Mianeh.

– La boule a-t-elle remarqué quelque chose en surface ?

Mianeh verdit et recula sous l'affront. Ama vit l'œil rouge de son laser s'ouvrir et pointer le Gros-Cerveau à la base d'une oreille. Elle l'arrêta d'un cri bref silencié. Atlal regarda l'Auboisière, incertain.

– Vous avez entendu quelque chose ?

– Non, Atlal.

– Mis à part une insulte gratuite délibérée et inacceptable.

– Elle n'était pas délibérée, Mianeh, calme-toi.

– Que se passe-t-il ?

Atlal était désorienté par l'échange.

– Mianeh n'est pas une boule, Atlal. Et tu n'es pas un sac à puces, à viande, un demeuré préhistorique jamais sorti de sa grotte, un Grout. Ni moi une bâtarde fin de race remontée dans les arbres, une freak. On parle bien et on se considère, d'accord ?

Le Gros-Cerveau s'assit lourdement et posa la tête entre ses genoux. Avant qu'il ne rassemble ses mains dans son dos et ne verrouille ses griffes, Ama le toucha à la nuque et regarda Mianeh avec insistance. Le laser s'était éteint mais elle était toujours verte.

– Approche-toi.

– Hors de question !

– Viens, Mianeh, les Gros-Cerveaux sont sensibles aux rapprochements physiques.

Son aura passa du vert à l'orange dégoûté.

– N'en rajoute pas, s'il te plaît.

Ama se concentra sur Atlal.

– Mianeh est une Dronote consciente, Atlal, un être technologique complexe en circuit ouvert, autorégulé, elle est vivante. Ses organes ne sont pas éternels, elle a incubé en cocon externe comme nombre d'individus que tu connais, elle apprend, elle peut se répliquer, elle consomme de l'énergie tout comme nous.

Atlal releva la tête et s'efforça de regarder la Dronote en face.

– Miawarin Askel Nepher, je vous expose mes regrets pour ce manquement dans ma désignation.

– Hirwit Myl, répondit Mianeh, Nepher-Hiwritmyl est mon nom de maison complet. Je suis surprise que vous en ayez retenu aussi long.

– Mianeh ! lança Ama.

– Et j'accepte vos expositions. Par ailleurs, pour répondre à votre question, j'ai remarqué de nombreuses traces d'évolution dans le sable et sous les buissons, mais aucune qui pourrait être attribuée à un Autre Corps de mensurations supérieures à celles d'un Marsupial macropode de taille moyenne.

Il fut donc décidé qu'ils suivraient la piste souterraine. Elle faisait partie du Rêve des Muridés, néanmoins Atlal pensait qu'elle les contiendrait. La largeur du tunnel évoquait le lit d'une ancienne rivière. C'était en partie pour cette raison qu'il avait considéré cette voie comme la plus vraisemblable. Une Hydro essaie de se déplacer au contact ou pas trop loin de l'eau. Au cœur d'un Désert aride, un cours vide et fossilisé est pour elle la meilleure option. Atlal passa devant, fit quelques mètres, et encouragea Ama et Mianeh à le suivre.

À la qualité de l'air qui baignait le tunnel, il pouvait dire qu'il était relié à plusieurs seuils ouverts et qu'ils ne s'engageaient donc pas dans un cul-de-sac ou un boyau de cache fermé.

Ils plongèrent d'une cinquantaine de mètres sous la surface.

Au fur et à mesure qu'ils descendaient, le Gros-Cerveau était de plus en plus alerte. Atlal avançait rapidement, collé au sol, ses quatre membres repoussaient la paroi derrière lui avec des mouvements continus, coordonnés comme ceux d'un nageur. Ama progressait de façon plus chaotique, à demi courbée, les genoux fléchis, ses mains touchaient la terre de temps à autre et raclaient les côtés quand le dénivelé s'accentuait. Mianeh flottait sans effort. Son aura éclairait la paroi autour d'elle et délimitait un anneau de lumière au centre duquel elle prenait garde de se maintenir.

Ils parvinrent à un plateau. Le tunnel bifurqua soudain à quatre-vingt-dix degrés vers l'est. La roche était creusée en arrondi, usée par des siècles de frottements ininterrompus. La rivière avait été puissante, elle avait contourné la résistance karstique et poursuivi son chemin dans la matière plus souple qui l'entourait. Le goulet d'étranglement avait comprimé sa force qui s'était décuplée, passé l'obstacle, pour creuser une salle profonde, haute de plafond, dans le calcaire poreux qu'elle avait terrassé.

Le trio fit une pause. Ama était essoufflée. Ce n'était pas tant l'effort que la pression qui affectait sa respiration. Elle sentait peser sur sa poitrine la masse incommensurable du manteau rocheux qui la surplombait. En place du ciel, il y avait au-dessus de sa tête des millions de tonnes de terre compacte, de sédiments et de minéraux immobiles. Elle ne voulait pas trop y penser et mobilisait ses forces mentales pour en rester à une représentation supportable de la situation. Elle était avec deux Autres Corps bienveillants sur un chemin facile au cœur d'une forêt peut-être un peu ancienne mais parfaitement respirable. Tout irait pour le mieux pour peu qu'elle n'enterre pas trop profond ce chemin dans sa carte. Se contenter des données immédiates, comme le conseillait Fah. Ne pas projeter, ne pas reculer.

Atlal inspectait le sol.

Mianeh le regardait faire du coin de ses capteurs optiques en prenant soin de camoufler son intérêt. Le Gros-Cerveau avait une façon très personnelle de sonder. En appui sur ses quatre membres, il semblait léviter à quelques pouces du sol et respirer les présences potentielles ou simplement passées.

Mianeh l'entendait calculer. À cette profondeur, l'isolation était celle d'un labo. Elle était en mesure de percevoir l'activité électrique d'un cerveau. Atlal crépitait. Il allait de-ci de-là dans la salle, ventre à terre, très lentement, et frappait le sol de la main à intervalles réguliers. Il regardait comment la poussière soulevée par son corps retombait, quels orbes décrivaient les minuscules particules et l'agencement qu'elles adoptaient en atterrissant. Il procéda ainsi, longtemps, de façon à couvrir le périmètre de la salle.

Puis il agrippa une stalagmite qu'il entoura des jambes et des bras, tranquille, le menton posé sur la fine pointe du pic.

Ama redouta qu'il entre en méditation. Elle avait beau se concentrer sur la valeur de l'Expé en cours, elle aspirait secrètement à refaire surface.

À sa grande surprise, Mianeh s'approcha d'Atlal. Sans vibrer, sans s'auréoler d'orange ni de vert. Ils restèrent tous les deux dans cette posture, un temps qui parut à Ama une éternité.

Elle aurait bien aimé les rejoindre. Incapable de bouger dans ce silence, elle les regardait regarder, de leurs deux façons si différentes, et elle se sentait comme l'imbécile de la fable, focalisée sur l'index plutôt que sur la lune qu'il désigne. Les Toges avaient tellement raconté cette histoire qu'elle était prête à ressurgir à la moindre stimulation piquante. Ama se secoua.

Elle grimpa sur une pierre plate surélevée et s'efforça d'accommoder son regard. Elle ne distingua pas grand-chose d'abord, des traits sombres, désordonnés, des bourrelets infimes, un élevage de poussière sans direction ni cohérence apparente, puis des reliefs apparurent où il n'y en avait pas, des crêtes peut-être, quelques collines, des volumes en creux, elle commençait à déchiffrer, au travers des liens, des articulations, des marques, peu à peu.

Elle laissait sa vision divaguer, se former librement, sans chercher à l'organiser. Et, tout à coup, en rapportant son champ visuel au centre de la salle sans plus le laisser dériver, en un instant, elle lut tout le tableau.

Sur le sol de la salle sans âge, les formes de vie qui avaient eu lieu ici, et s'étaient mélangées, croisées ou succédées, avaient impressionné la roche.

Elles y avaient déposé un discours visible, enchevêtré, fait de restes, de Corps fossiles, mais aussi de mouvements inscrits, répétés, de fluctuations, de déchets, de cosses, de grains infimes et de pratiques architecturales, culturelles, sociales.

Des aquaphiles avaient vécu en ces lieux. Des volatiles pêcheurs, des siècles plus tard. Le passage des Muridés était rapide, clair, celui des Lynx, des strigidés, des ursidés, des félins, plus durable. Leurs proies, leurs désirs et leur disparition étaient épars, étalés sur le sol, Ama avait l'impression de les voir bouger tous ensemble, traversant les parois souples d'époques séquentielles rendues à la même pâte du temps, simultanées, toujours présentes.

Ce n'était pas un peuple, mais une foule qui remuait sous ses yeux et s'imbriquait, se défaisait, reprenait forme et puissance autrement, sans cesse réorganisée et fondue. Quel monde dans cette salle ! Quelle constance dans les fonctions générales des Corps. S'alimenter, se décharger, se recharger, se reproduire, naître et mourir, les grands axes d'une existence étaient là, reconnaissables, au travers d'une foison de pratiques dissemblables, néanmoins unies par leurs fins.

Comment trouver la pelure d'une Hydro de passage parmi cet amoncellement mémoriel, ce ballet ?

Mianeh isola le premier indice. Elle braqua son laser sur une bosse parmi d'autres, et fit tourner la petite lumière autour de l'excroissance.

Atlal produisit alors un son de caverne, sourd, un son capable de traverser l'épaisseur des océans évaporés.

La salle vibra comme un gong sous ce coup feutré et, au centre de la bosse éclairée par Mianeh, ils virent se détacher, subreptices, nettement, les six doigts ventouses de l'Hydro qu'ils cherchaient.

Elle s'était appuyée là des deux mains, elle avait repris son souffle, la tête tournée vers le sol ou humant l'air à la recherche d'une ventilation, du souvenir de l'oxygène dans l'eau qui avait coulé là, des millénaires avant sa naissance. Ils l'avaient trouvée, ils étaient sur sa piste.

Ama ne savait pas ce qui l'amenait à cette conclusion, elle en était pourtant certaine. La bosse était à une toise du sol, sur le mur est où s'ouvrait un boyau horizontal.

Ils grimpèrent dedans. Atlal en s'agrippant des mains, en poussant sur ses pieds d'un seul élan, suivi par Mianeh qui éclairait les prises d'en haut pour Ama.

Le tunnel était large, la rivière avait foré en force, mais il s'amenuisait à mesure qu'il avançait, il se faisait sinueux, il contournait les blocs trop durs, il travaillait à l'économie.

Atlal désignait les traces de l'Hydro, de plus en plus fréquentes, il commençait à avoir une idée précise du Corps qui les précédait, de sa vitesse et de sa vigueur. Mianeh enregistrait pour son compte et rassemblait les données. Ama les talonnait, la tête pleine d'hypothèses. Et si l'Hydro n'était pas ce qu'elle croyait ?

Hormis la lueur de Mianeh, la nuit était totale autour d'eux. Elle n'enveloppait pas, elle aspirait, elle pompait l'énergie. Ama suivait la Dronote la tête appuyée sur la lisière de son aura. Elle regardait ses doigts se poser devant elle et disparaître. Elle progressait par à-coups, secouée, ne cessant de se reprendre. Chaque avancée était d'abord une chute, un trou dans le vide, un saut qu'elle rattrapait. Toucher le sol la soulageait, puis la terrifiait l'instant suivant quand il fallait ôter sa main et la reposer plus loin, sur une surface qui allait fondre instantanément dans la matière noire où elle avait l'impression de s'enfoncer. Un parcours en apnée dans la vase la plus collante, un voyage extravéhiculaire en solo sans ligne de vie l'auraient moins terrifiée.

Elle se mit à chanter. C'était un recours traditionnel, archaïque, une technique du corps assimilée *incapsula* et même avant ça, un comportement génétique, à la fois diversion et sauvegarde. Elle chantait pour entendre l'espace qu'elle occupait, pour qu'il existe et se donne des limites appréciables, qu'il se rapporte à elle, à ses proportions, à ses sens, qu'il reprenne sa qualité d'enveloppe et qu'il l'enserre sans la contraindre, la berce sans la brusquer, la porte sans l'empêcher. C'était beaucoup demander à une ligne mélodique, c'était également simple comme bonjour. Et ça fonctionnait. Ama, peu à peu, récupérait.

Elle se cogna la tête contre Mianeh lorsque celle-ci s'arrêta brusquement. Atlal s'était figé sous un puits de lumière, debout, les oreilles en alerte. Il tendait les bras vers le ciel. Sous la douche lumineuse qui le couvrait, son visage était hérissé de fourrure rousse dorée, les yeux enfoncés sous la barre des sourcils, le nez et la bouche avalés par une barbe mousseuse, monumentale.

– Elle est sortie ici, de cette façon.

Atlal posa son pied gauche sur une lame de tuf d'un demi-pouce, Ama eut peur qu'elle casse sous son poids, mais le Gros-Cerveau allongeait déjà la main droite vers une autre prise, beaucoup plus haut, en se projetant sans peser, et il enchaîna ainsi six mouvements dynamiques comme s'il connaissait la voie dans ses moindres détails pour l'avoir parcourue mille fois.

Mianeh s'éleva verticalement avec précaution et proposa à Ama l'aide de son treuil sous-ventral. Celle-ci accepta aussitôt qu'elle se retrouva seule au fond du puits, entourée de matière noire, la peur au ventre, sans se soucier de son honneur d'Expé. Elle accrocha le mousqueton en un clin d'œil et se retrouva dehors, pantelante, reconnaissante, abasourdie par l'immense dégagement du ciel au-dessus de leur tête.

À nouveau, elle sentit sa cabe enserrer son biceps avec l'insistance d'un contact retrouvé, intime et amical. Elle respira ensuite beaucoup mieux. Le temps qu'elle récupère complètement, et vérifie l'état de ses ailerons que l'air raréfié des sous-sols aurait pu endommager, Atlal et Mianeh avaient échangé leurs relevés et abouti à une construction commune. La Dronote projeta un holo complet.

L'Hydro était immense, ses pattes à trois doigts s'ouvraient largement, le pouce et la queue étaient préhensiles, elle pouvait évoluer indifféremment en bipédie ou en quadrupédie ou adopter une reptation exclusivement ventrale. Elle était dotée de branchies permutantes qui lui permettaient de capter l'oxygène de l'air et celui de l'eau, et ce dispositif s'augmentait d'une respiration épidermique. Sa régulation thermique était assurée par la langue et les écailles dorsales de la queue, où la peau s'affinait jusqu'à apparaître translucide et laissait voir le réseau de capillaires sanguins.

Mianeh projeta le scénario du réchauffement en fixant la variable au maximum. L'Hydro se mit debout, langue pendante jusqu'aux genoux, le bas du dos et l'axe caudal hérissés d'ailerons d'un rouge éclatant. Avec sa haute taille élancée, sa peau noire et ses ornements jaune soleil, le tableau était saisissant. Sa tête était ronde, ses oreilles formaient deux fentes latérales placées au-dessus d'orbites proéminentes. Elle avait trois paupières et la dernière se fermait latéralement depuis le coin de l'œil lorsqu'elle dormait, mourait, s'absentait délibérément ou rencontrait des problèmes gastriques.

Elle était carnivore de préférence, elle pouvait aussi absorber des végétaux en cas de nécessité. Si elle était sortie par ce puits, c'est qu'elle avait senti l'eau en surface.

Le trio scrutait l'horizon. Ama se demandait quel genre de sensibilité elle pouvait avoir pour tenter sa chance dans un milieu aussi sec. Ils étaient arrivés sur un plateau d'ocre rouge, râpé jusqu'à l'os. Des buissons à coyote, une poignée d'Oaks vénéneux parsemaient ici et là l'étendue aride qu'ils avaient sous les yeux. Où qu'ils se tournent, poussière, sécheresse, plantes étiques lourdement armées. Le Désert créate, en comparaison, était une jungle enchanteresse.

Si l'Hydro était vraiment en mission, elle était extrême. Il faisait chaud. La cabe d'Ama était en train de faire pousser une membrane respirante autour de son biceps, elle remontait déjà jusqu'à son épaule et elle allait peu à peu couvrir tout son corps sous ses vêtements et enrober sa tête. Elle conserverait ainsi son eau et sa lymphe à l'abri de l'évaporation. La cabe ventilerait dès que le taux d'humidité extérieur serait remonté ou bien encore si Ama était tout à coup au bord de l'ébullition.

L'Auboisière n'appréciait pas beaucoup la succion et la sensation de rupture que ce mode de protection impliquait. La perte de contiguïté, quelque forme qu'elle prenne, était pour elle l'équivalent d'une amputation, l'aliénation d'un sens. C'était le paradoxe des Expés. Elles devaient en passer par des phases de désunion alors même que leur aspiration première était d'élargir et augmenter leur surface sensible et la variété de leurs échanges.

Atlal, avec sa fourrure fournie, s'en sortait mieux. Il s'était ébouriffé au maximum, et laissait l'air immobile baigner chaque poil de son manteau. Mianeh, elle, se contentait d'une aura bleue pas tout à fait glaciale, une simple précaution.

Les traces de l'Hydro n'étaient pas difficiles à repérer. Sur le sol poudreux, et dans cette atmosphère stagnante, les empreintes ne disparaissaient pas aisément.

À peine sortie de la cheminée, elle s'était dirigée sans hésitation plein ouest. Elle avançait debout, sa queue traînait derrière elle, elle avait laissé une ornière entre ses pas, rectiligne. Apparemment, son objectif était un Chêne bas dont la silhouette se découpait, noire sur le fond rouge du terrain. Encore un Oak vénéneux. Même si elle savait se garder des sucs végétaux, Ama pouvait maintenant compter sur la protection de sa cabe.

Elle se demanda si cette Hydro-là avait une goutte d'eau dans la bouche et si elle l'avait déposée au pied de l'arbre. Elle gravit le dénivelé en dérapant sur les pierres. L'Hydro s'était adossée contre le tronc. Elle avait goûté son ombre et ne s'était pas souciée de ses propriétés urticantes auxquelles elle devait être insensible, les entailles légères provoquées par ses écailles l'attestaient. Elle s'était restaurée. Une poignée de coquilles plates gisaient à portée de main, disséminées. Visiblement, elle était ambidextre.

Atlal assura qu'elle était fatiguée en repartant, car elle s'était aidée de sa queue préhensile pour se relever et n'avait enchaîné que quelques pas en bipédie avant d'adopter le quatre-pattes, plus économique en énergie. Selon lui, reprendre la route lorsqu'on est épuisé ne pouvait avoir que deux ou trois explications. Une exigence de ponctualité, la fuite, et l'irrépressible désir de rentrer chez soi ou de trouver un abri. Les trois motifs pouvaient d'ailleurs se combiner.

La suite de sa piste montait en crête. Atlal élimina la fuite. Aucun Corps sensé ne monte sur une ligne exposée en situation d'esquive. Ama, pour sa part, pouvait imaginer de nombreuses autres raisons pour quitter l'ombre maigre d'un Oak solitaire en terre karstique. Elle ne toucha pas le bois, malgré sa double peau, parce qu'elle ne pensait pas obtenir une réponse de la part d'un sujet à ce point cantonné. Aussi fut-elle très surprise lorsqu'elle entendit frémir les feuilles en guise de salut. Elle y réagit immédiatement en enlevant la capuche transparente qui couvrait sa tête et en secouant ses cheveux. L'arbre émit une fragrance de bienvenue. Ama sortit alors les trois flacons de conversation qu'elle portait sous son pourpoint.

Elle décapsula brièvement le premier, le plus gros des trois, un godet à ventre rond de couleur verte. L'Oak répondit en dispersant trois grains de pollen. La suite de l'échange fut à l'avenant, Ama débouchait, rebouchait, mélangeait plus ou moins les émanations et les envoyait avec beaucoup de dextérité sur des microflux aériens qu'elle orientait de la main. L'Oak répliquait principalement par messages chimiques et manifestations dynamiques. Par bonheur, il n'y avait pas un souffle de vent, le dialogue fut limpide.

Ce qu'il avait à dire était surprenant. Il connaissait l'Hydro depuis longtemps. C'était une familière. Il n'était pas, pour sa part, un individu cantonné, ni même pionnier comme l'avait cru Ama, mais une vigie avancée. Il guettait l'arrivée et la coulée de l'eau quand elle se présentait. Il était hydrographe et la familière qui venait de lui rendre visite était une de celles qui s'occupaient des relevés. Ce que le trio avait sous les yeux était un territoire aride qui pouvait se transformer dans le laps de temps d'une unique révolution en zone humide saturée, et se ramifier ensuite, suivant la pente, en réseau de distribution étendu.

Le Chêne sentinelle s'était planté sous la ligne du partage des eaux pour réguler ce seul flanc de colline. Il avait indiqué à Ama qu'elle trouverait ses rejets et ses semblables sur l'autre versant, et l'avait prévenue qu'ils seraient plus nombreux, qu'ils avaient constitué un digne tapis et une canopée d'envergure. Le Chêne s'était poliment étonné que l'Auboisière en elle ne les ait pas déjà captés. Ama avait rougi, libéré l'odeur d'humus de son enveloppe, et le Chêne était convenu que les essences et leurs modulations étaient différentes des siennes. Il avait enfin remué une branche basse et frôlé les cheveux d'Ama pour lui souhaiter une bonne motilité.

Atlal avait assisté à ce qu'il devinait être des palabres avec la plus grande attention. Il avait enfoncé ses griffes dans le sol lorsque l'arbre avait touché Ama, avant de les retirer aussitôt, de peur d'érafler une racine. Il s'était fendu d'un mouvement de tête dans la direction du tronc avant de se mettre en route vers la crête sous l'impulsion d'Ama, revigorée. Rencontrer un segment de forêt était immanquablement vivifiant pour une Auboisière, particulièrement lorsque celui-ci était disert et enclin aux échanges biochimiques.

Le trio grimpa lentement le reste de pente. Les pierres roulaient sous leur poids, Ama distinguait maintenant le souvenir des rus et des cours qui sillonnaient et tramaient la colline jusqu'à son pied. Ils étaient grêles. Il n'avait pas dû pleuvoir depuis des lustres. Le soleil baissait. Lorsqu'il fut derrière la crête, la température chuta d'un seul coup. La cabe se rétracta, rejoignit sa place, et Ama respira par tous les pores de son corps. C'est ainsi, dotée de l'intégralité de ses facultés de liaison, qu'elle découvrit la forêt de l'avers dont le Chêne lui avait parlé. Elle couvrait les collines à perte de vue. Immense, basse et fournie, la forêt n'avait rien laissé à nu de l'immensité qu'ils avaient devant eux. Comme les vagues d'un océan, les coteaux se succédaient dans un mouvement ininterrompu, calme et vigoureux. Ils semblaient répliqués et parfaitement dissemblables, ils se suivaient les uns les autres en montrant chacun une particularité, une masse différente, un profil accentué, un dos rond, une épaule découverte, un amas de roche dormante, une place, un éboulement récent, une falaise. Ils étaient innombrables.

La forêt accompagnait le plissement terrestre avec sa souplesse caractéristique, elle épousait la force, soulignait la fluidité, estompait l'escarpe. Le soleil couchant caressait les volumes et semblait glisser une histoire à chacune,

une touche de chaleur, un dernier rayon avant la nuit, doré, enchanteur. Les monts s'éteignaient progressivement, des flaques d'ombre montaient sur leurs flancs, envahissaient des cirques et des plis oubliés, une barre rocheuse étincelait un instant, et la ligne de crête éblouissante s'embrasait et s'effaçait en un clin d'œil.

Lorsque l'ombre bleue, pas encore noire, l'ombre du soir eut tout épousé, il y eut un instant de silence attentif. Les Corps de la nuit patientaient, les Corps du jour s'étaient tus, les arbres ne bougeaient plus. Chacun prenait la mesure de l'espace inoccupé, pour y trouver sa place, mieux s'y lancer peut-être, et définir sa trajectoire, chacun goûtait l'ouverture, l'indéterminé, la nuit à venir et le jour qui la suivrait comme si toute action était à ce moment possible, secrète, demandant seulement d'être engagée. Et chacun savait que le moindre mouvement la déclencherait.

Ama frissonna avec la brise. Le souffle tiède du jour à peine évanoui la traversa, emporta son odeur et son esprit vers la forêt immobile et elle la parcourut une première fois. Planante.

Atlal s'était recueilli à sa manière. Il sondait, concentré, engoncé dans sa fourrure. Le Rêve des Muridés avait pris fin au premier tournant de l'ancienne rivière souterraine, mais, en ce lieu, le Gros-Cerveau percevait le foisonnement des cavernicoles et d'autres formes de vie sout, inconnues de lui. Il écoutait monter les résonances, les griffes enfoncées dans ce sol, les coussinets pressés, les paumes à plat. Il écoutait au travers de la corne et de la peau douce de ses mains, connectées aux réseaux enterrés, à leurs nappes et à leurs strates emmêlées. Il ne touchait pas les fonds, n'épuisait aucun chemin. Son sonar tactile était saturé d'informations. Mianeh aurait donné son laser pour avoir accès à sa carte mentale.

Ils se tenaient aux portes d'un monde complet, une région biotique homogène, ils en devinaient les capillaires, les méandres, les réserves, les habitats et les habitants.

Ama était époustouflée. Jusque-là, ses Expés n'avaient pas eu cette amplitude. Elle avait usé ses mocassins sur bien des chemins, elle avait parcouru des distances importantes et installé des camps loin de son enveloppe. Elle avait séjourné dans des écolieux remarquables, et s'était aventurée dans des coins de sauvagerie brute impressionnants, mais ils étaient fragmentaires. Pliés sur eux-mêmes, autonomes, étriqués, à la limite de l'éclatement. Jusqu'ici, elle était entrée dans des bulles qu'elle pouvait circonscrire en quelques jours, qui maintenaient leur équilibre interne au moyen d'apports et d'échanges réduits au strict nécessaire. La pure sauvagerie était parcellaire, les écolieux l'étaient également.

Au cours de ses dizaines d'Expés, elle n'avait découvert que trois ou quatre secteurs, dont les dimensions étaient égales à celles de son enveloppe native.

Ama avait une conscience aiguë, presque douloureuse de l'espace vivant qui s'ouvrait devant eux. Il était énorme, plus grand, plus complexe, plus ouvert que tout ce qu'elle avait pu imaginer. Et, d'une certaine façon, sa présence effective, indubitable, faisait voler en éclats sa conception du monde.

Un instant, elle comprit instinctivement le réflexe de protection créate.

Elle eut l'idée de tourner le dos à ce qu'elle voyait et pressentait alors même que cette expérience était la justification et la cause de sa vocation d'Expé. Elle fut, la durée de quelques battements de cœur, au bord de refuser ce qui était offert pour la seule raison que cela dépassait son imaginaire.

La nuit tombait vraiment et masquait en partie la souveraineté du lieu. Elle parvint à sourire de sa réaction. Elle regarda Mianeh qui n'avait pas bougé non plus depuis leur arrivée sur cette crête et qui arborait une aura contradictoire. Elle lui sourit franchement en croisant son regard et elle toucha Atlal à l'épaule pour le faire revenir en surface.

Le Gros-Cerveau s'extirpa lentement, une griffe après l'autre, avec beaucoup de précautions, comme s'il ne voulait pas rompre brutalement avec les connexions établies ou provoquer un affolement des flux. Une fois revenu à lui, il avait l'air abasourdi. À vrai dire, ils étaient dans le même état. Ama se souvint du protocole de détresse et s'y conforma.

Il fallait prendre une décision, quelle qu'elle soit. Elle demanda à Atlal de trouver des racines comestibles, et à Mianeh de définir un site de camping pour la nuit. Elle se chargerait des aromatiques. Elle leur donna peu de temps et un périmètre défini du nouveau côté de la crête, à la lisière de la forêt. Sa voix était ferme, ils s'éparpillèrent sans hésiter. À peine la durée fixée écoulée, Mianeh siffla pour signaler la position du campement. Atlal la rejoignit, les bras chargés de racines et de bulbes, puis Ama avec une cueillette de baies et d'odorantes.

Mianeh avait choisi une place herbeuse de petit diamètre. Un amas de blocs rocheux, qui pouvait faire office de paravent pour un feu ou une couchette, et des grosses branches de bois mort qui serviraient d'assise ou d'étais pour un abri provisoire, étaient à disposition sur place. Mianeh avait tracé le périmètre d'une cuvette. Il suffisait de donner trois ou quatre coups de griffes pour obtenir une vasque dont le fond se remplirait, selon ses calculs, en une dizaine d'heures seulement. Atlal se chargea du feu.

Ama fit brûler une pincée de feuilles que Mianeh vint siphonner au moyen d'un capteur télescopique creux de la taille d'un crayon. Il servait à l'analyse chimique des émanations atmosphériques, mais Ama avait remarqué que certaines odeurs traditionnelles, parmi lesquelles la Sauge brûlée, augmentaient considérablement les capacités de recharge de Mianeh. Elle sacrifiait d'autant plus volontiers au rituel qu'elle-même était sensible au réconfort que pouvait apporter une feuille bien choisie et bien inhalée, surtout si la combustion en était lente.

Elle fit rôtir les racines, râpa les bulbes, usa de divers condiments sortis de ses fioles, et des aromatiques qu'elle avait trouvés. Elle servit le tout sur une pierre plate. Atlal ne se fit pas prier, les petites bouchées des Muridés étaient loin. Même s'il avait mangé une partie de sa récolte avant d'arriver au campement, il était affamé.

La sonde est une pratique énergivore, plus elle est profonde, plus elle est exigeante, et plus elle est coûteuse. Atlal estimait avoir fourni un effort monumental, ne serait-ce qu'en essayant de tâter le réseau sout qu'ils avaient sous leurs pieds.

Le Rêve des Muridés l'avait charmé et diverti, mais les Rêves emmêlés de tous les Souts inconnus qui vivaient dans cette croûte, quelques brasses en contrebas de leur campement, le débordaient. Ils étaient trop nombreux.

En une seule prospection, pas vraiment approfondie, ce bout de monde enterré avait dépassé ses capacités d'absorption.

Il avait été repéré. Le contact n'avait pas été désagréable. Personne ne lui avait signifié de rebrousser chemin, de retirer ses griffes et de retourner d'où il venait, les signaux étaient ceux de l'ouverture et de la libre circulation. Il n'y avait pas trace d'exclusivité territoriale ou autre tentative d'obturation, au contraire, il s'était propagé dans le grand système avec l'aisance d'un familier à qui on ne demandera rien, sinon qu'il avance puisqu'il s'est engagé.

Atlal était partagé entre l'angoisse et le soulagement. Il mâchait avec soin. La préparation de racines était à son goût. Ama savait combiner les épices, le sucre et l'acide coexistaient avec bonheur. Il se dit qu'il devait prendre les événements de cette façon, comme ils venaient. Il n'était pas dans l'obligation de choisir entre l'angoisse et le soulagement. S'il pouvait se tenir entre les deux, en équilibre, et même si c'était fatigant, ce serait une bonne chose pour commencer.

Les bruits nocturnes s'étaient installés. Ils avaient pris place en douceur, il n'y avait finalement pas eu de cri ou de craquement décisif, ils étaient nés de la nuit tombée, aussi simplement que les étoiles. Il commençait à faire frais. Le feu chauffait par-devant, mais le dos d'Ama était froid.

Elle contracta le biceps, il était temps de penser à s'abriter pour dormir.

Le moment était peut-être venu de faire cabe commune, ou du moins, de le proposer. Ama se racla la gorge avant de parler.

– Atlal Allat Dol Chairn, la nuit sera frissonnante, voulez-vous partager la cabe agrandie avec nous ? Mianeh et moi-même.

Le Gros-Cerveau montra carrément ses yeux. Il n'en revenait pas. Ama se retint de sourire et précisa :

– Il ne s'agit en rien d'une proposition à caractère sexuel. Le partage de calories est une pratique communément admise, à couvert ou à découvert, par les Auboisières et les Corps Copains. Je ne connais pas les règles et les usages du sommeil sout, j'ai néanmoins entendu dire que les entassements dans les chambres ne sont pas rares, ni connotés, en dehors des périodes reproductives. Est-ce que je me trompe ?

Atlal resta coi pendant un moment. L'Auboisière abordait bien directement la question des promiscuités. Il n'était pas loin d'être choqué. La suggestion elle-même était inattendue, son expression était concevable, néanmoins complètement déplacée.

Ama le regardait se voûter avec un peu d'impatience. Atlal n'arriverait pas à répondre, et elle était assez fatiguée. Elle préleva trois petites branches dans le feu, s'écarta de dix pas, défit le bracelet de fixation de sa cabe qu'elle pressa après l'avoir posé devant ses mocassins. La cabe déploya aussitôt un périmètre. Elle couvrit le sol autour des bûches, Ama leva un pied, puis l'autre, pour la laisser croître. Lorsque le cercle fut complet, Ama tendit l'index vers le ciel et l'abri se boucla sur lui-même. Un oculus pour cheminée. Avant qu'elle ne se ferme complètement, Mianeh rejoignit Ama d'un bond.

Il n'y avait pas de porte, elles se retrouvèrent d'un coup au chaud sous le dôme, Atlal de l'autre côté, devant son muret, la bouche ouverte, les yeux clos comme des galets.

Ama se fit un oreiller, Mianeh se coula contre une jambe de l'Auboisière, qui réitéra :

– Si jamais vous changez d'avis, Atlal Allat, il suffit de claquer des doigts.

Le Gros-Cerveau ferma la bouche et se replia dans sa fourrure, les mains derrière le dos. Avant de s'endormir, il visualisa l'Hydro pour entériner son allure.

La Grotte

ET LE MOYEN D'EN SORTIR

Choeps Yanev était entrée dans la grotte d'hibernation par hasard. Elle ne l'avait pas cherchée, ce n'était pas la saison, le sol était largement hors gel, elle ne s'en souvenait pas et n'avait en aucun cas essayé de retrouver son emplacement. Mais elle était retombée dedans. Par un cylindre de concrete envahi d'algues glissantes, un seul faux pas et une incontrôlable culbute.

Elle connaissait pourtant le terrain subforestier.

Erreur de débutante.

Elle s'était redressée dignement. Avait inspecté sa mise. Ôté d'un geste la boue de ses épaulettes. Elle avait attendu debout, les bras croisés, les yeux au plafond, en s'efforçant de refermer discrètement ses glandes parotoïdes. Elles s'ouvraient un peu trop vite à son goût ces derniers temps. Le moindre stress les sollicitait directement.

Comme toutes les Hydros, Choeps Yanev appréciait de faire usage de son cerveau. Si elle avait glissé dans ce tube de concrete, c'est qu'un Corps quelconque y avait intérêt.

Les Batraridus ne connaissant aucun prédateur passé leur stade larvaire, Choeps Yanev s'impatientait. Elle revenait d'une mission ressource de plusieurs cycles, elle n'avait aucune envie de rester coincée dans un trou d'hibernation à seulement quelques miles-brasses de sa commune.

Elle ne faisait pas mine de chercher une issue, ni de jouer les effrayées. Les Corps qui se risquaient à la mordre relâchaient la pression aussitôt que leur salive entrait en contact avec sa peau et les sécrétions de ses fameuses glandes. Elle espérait d'ailleurs que celui qui l'avait piégée là-dedans fasse une tentative. Le voir écumer et vomir un litre de mousse acide la dédommagerait de cette perte de temps. Ce n'est pas un spectacle appétissant au début, cependant lorsqu'ils comprennent qu'ils ne pourront plus ouvrir la mâchoire après avoir dégluti leur flot, c'est distrayant. La paralysie étant temporaire, les Batraridus ont coutume d'en rire sans arrière-pensée.

Choeps Yanev était satisfaite de sa mission, elle avait pourtant hâte de retrouver ses Corps Semblables, de parler sa langue et de manger correctement. Elle avait passé trop de temps loin de chez elle, sa peau commençait à se tendre, elle avait besoin du bain de vapeur de son bassin natif. Rien ne la délasserait mieux, ne la réhydraterait plus efficacement. Le jaune de ses épaulettes lui-même commençait à se ternir et ce phénomène était un symptôme d'affaiblissement et de laisser-aller que les Batraridus ne prenaient pas à la légère.

Elle tapa du pied. À bout de patience, commença à examiner la poche d'hibernation pour y déceler les escaliers de sortie ou la trappe d'urgence. Les murs étaient lisses.

Elle rassembla ses souvenirs. Il s'agissait bien de la même poche. Les escaliers ne s'étaient pas éboulés, ils avaient fondu. La trappe était condamnée. Choeps Yanev sentit sa gorge gonfler sous ses maxillaires. Elle n'avait rien avalé depuis deux révolutions complètes, sa dernière Droso était loin. Elle devait se calmer, faire descendre d'un gros tempo le battement de ses flancs et réfléchir. Puisqu'elle aimait se servir de son cerveau central, le moment était venu de le faire. Elle était suivie, mais les suiveurs ne tendaient pas de piège en avant de leur proie. Et elle n'était pas une proie.

Est-ce qu'elle allait vraiment devoir creuser ? C'était ahurissant. Elle détestait ça. Les Batraridus ne sont pas équipées pour la fouisse, elles profitent occasionnellement des cavités existantes, elles ne sont pas pour autant habilitées à les remanier, ni à les entretenir.

Personne ne se montrait. Aucune tête d'imbécile heureux ne se découpait sur l'ouverture de la grotte. Les algues pendaient mollement au bord du tuyau de descente. Elles ne tombaient pas assez bas pour servir de corde et, quoi qu'il en soit, elles étaient beaucoup trop glissantes.

Choeps alluma ses réflecteurs. Elle tourna la tête lentement de façon à couvrir les parois dans leurs moindres détails. Rien à signaler, des bosses, des creux, des plats boueux, pas l'ombre d'un graphe. Ou si ? Choeps se déplaça vers le fond de la grotte. Il y avait quelque chose derrière un pan de mur sombre. Une vague lueur. Elle tendit la tête et reconnut, à moitié englué sous une coulée de limon, le pycto de l'hibernation. Elle n'était guère avancée.

Elle dégagea le reste du graphe avec ses doigts délicats, le contact de l'humidité résiduelle lui procura un petit plaisir immédiat. Elle fut surprise de constater que l'inscription s'étendait au-delà du signe, et continua de gratter en passant derrière le mur. Elle découvrit quatre brasses de pyctos liés sur une portée de trois intervalles. C'était riche. Elle renifla les enduits, tâta les gravures du bout de sa pulpe la plus sensible, et conclut qu'elle était en présence d'un ouvrage ancien. Bien plus ancien que la dernière ou l'avant-dernière stase glaciaire. Une hibernation chasse l'autre. Les Batraridus ont une excellente mémoire, mais le temps géologique est lui-même assez profond pour enfouir les récits circonstanciels d'une ère et les faire ressurgir dans une autre. À la faveur d'un glissement de terrain, par exemple.

Choeps Yanev cligna des yeux. Sa troisième paupière recouvrit un instant ses globes oculaires. Les degrés de l'escalier avaient fondu. La trappe d'urgence avait disparu, elle était certainement engloutie. Un séisme avait pu avoir lieu. Un petit. Il avait pu secouer la grotte comme un rocher, combler des accès, détruire des constructions, et dégager d'anciens boyaux.

Choeps Yanev se mit à frotter frénétiquement la paroi. Elle ne voyait déjà plus la salle dans laquelle elle était tombée. Les graphèmes se révélaient les uns après les autres sous ses doigts. C'était encore plus ancien. Elle reconnaissait la plupart des signes, mais ils avaient un air lointain, une teinte étrange. Leur sens n'était pas évident. Il s'agissait clairement d'une narration batra, Yanev était suffisamment familière avec l'inscrit pour déchiffrer du hiéroglyphe et du pétroglyphe courant, elle était formelle. Ce qu'elle était en train de découvrir avait été tracé par de grands ancêtres.

Les époques révolues ont diverses manières de réapparaître. Les grottes d'hibernation sont des lieux privilégiés pour l'émergence et la résurgence. La croûte nous parle – Choeps Yanev en était convaincue. La Terre a son propre discours. Son vocabulaire est constitué des langages et des Corps des vivants. Passés et présents. Elle les articule dans le temps long et donne à lire, de temps à autre, une poche enfouie à un quidam qui passe. Choeps Yanev était pour l'heure cette passante et son humeur avait beaucoup évolué depuis sa chute dans la grotte. Elle se frictionnait les coussinets avec enthousiasme. Elle était prête à se rouler dans la boue jusqu'à disparition de ses ornements s'il le fallait, pourvu qu'elle puisse lire la portée dans son ensemble. Apparemment, un récit d'hibernation.

Les Batras ne dorment pas durant la saison froide. Elles ralentissent. Leur métabolisme et leurs activités physiques sont rapportés au minimum. La période de retraite est dévolue à l'*exercice de pensée* et aux *fabriques imaginaires*. Les traces en sont nombreuses et fonctionnent comme des archives consultables à loisir.

Si un Corps quelconque cherche un renseignement au sujet d'une mission, d'un groupe ou d'un individu, pour ce qui touche à ses actions et à ses réflexions d'hiver, il lui suffit de descendre dans la grotte correspondante, et de regarder. Les récits restent en place et se superposent d'une saison à l'autre, c'est parfois difficile à débrouiller, mais il est rare qu'il y ait le moindre manque. La seule difficulté est de savoir qui est descendu dans quelle grotte à quelle période. Les archivistes batras sont généralement en mesure de répondre à ce genre de question après enquête.

Lorsque l'époque est ancienne, ou l'individu, l'investigation peut être longue. Lorsque la grotte elle-même a disparu, que son entrée a été perdue ou complètement comblée, l'enquête est inadéquate.

Le cas dans lequel se trouvait Choeps Yanev était une autre affaire. La grotte ne s'était pas dissipée. Son entrée était aléatoire, ce qui n'était pas courant, et surtout, les murs les plus récents s'étaient engloutis alors même que de plus anciens s'étaient révélés.

Choeps ne doutait pas qu'on pouvait retrouver les dernières œuvres en date dans la coulée de boue qui tapissait la grotte. Elle ne s'en souciait pas, d'ailleurs, toute à la découverte d'un temps bien plus caché, jusque-là hors de portée. Elle grattait minutieusement. Ses réflecteurs étaient grands ouverts et décelaient les moindres variations du graphe, les nuances de couleurs, les moments où l'instrument scripteur venait d'être rechargé, les endroits où le support avait été préparé, gratté, aplani ou enduit. Elle scrutait les différences de pression entre un trait et un autre, essayait de deviner l'enchaînement des mouvements. Tous ces éléments faisaient partie du langage, pas seulement les formes résiduelles qui s'étaient maintenues sur la paroi, mais la force et l'amplitude des gestes qui les avaient produites.

Choeps Yanev tentait de reconstituer une danse très antique à partir d'une simple lecture. Les Batraridus étaient rompues à cet exercice, c'était le fondement de leur technique de chasse. La transmission directe des mouvements était une part importante de cette science. On ne sait pas si un demi-cercle est obtenu par triple ou simple salto sans avoir vu le tracé en acte. Et ce que Choeps Yanev déchiffrait avec tellement de curiosité la plongeait dans des abîmes de perplexité.

Elle pouvait seulement supposer que tel ou tel trait résultait de tel ou tel geste. La danse qu'elle recomposait était pleine de trous, de questions. Elle en était à se demander quel genre de locomotion ses ancêtres avaient utilisé.

La reptation semblait récurrente, cependant certaines courbes ne pouvaient pas avoir été obtenues sans une adaptation efficace au saut, voire au saut maintenu. Et par-dessus ces difficultés, la catégorisation des traces elle-même était indécidable.

Le marquage courant qui précise si le graphe est un *souvenir*, un *exercice logique* ou une *fabrique imaginaire* était absent. Systématiquement.

Choeps Yanev ne parvenait pas à comprendre comment c'était possible. Si on mélangeait ces trois registres, aucun récit ne pouvait être tenu. Il s'effondrait sur lui-même.

Elle avait essayé d'attribuer au graphe une catégorie, puis une autre, aucune ne fonctionnait plus longtemps que quelques mesures. La portée dans son ensemble linéaire était truffée de contradictions.

Elle lisait, par exemple, la description d'un territoire fait uniquement de concrete, sol de concrete, habitat de concrete, excavation tapissée et enduite de concrete, construction sub et sout entièrement de concrete. Jusqu'au lit des rivières, aux fonds des lacs. Jusqu'au mobilier intérieur et extérieur. Et, bien sûr, Choeps Yanev avait tendance à distribuer ce récit dans la case *fabrique imaginaire*. Mais passé la description, et sans interruption ni marque d'un changement de régime, le graphe enchaînait sur ce qui ne pouvait être que les traces mnésiques personnelles de l'écriveuse ou d'un Corps Semblable extrêmement proche.

Cette partie était très dense et correspondait en traduction à plusieurs dizaines de volumes papier.

Choeps Yanev ne pouvait pas classer l'évocation du bain de vapeur nocturne et sa fragrance de tilleul, qui tout à coup provoquait un infime souvenir involontaire lui-même relié à un autre, puis un autre, de façon à reconstruire une mémoire tout entière, celle d'une époque, d'un esprit singulier, et d'un monde disparu – autrement que dans la catégorie *souvenir marquant.*

Quel esprit se serait engagé dans une *fabrique imaginaire* de cette précision, de cette profusion, et dans quel but ? Cela lui paraissait impossible, déplacé.

Mais si cet énorme extrait du graphe était un *souvenir marquant*, cela impliquait que la description du monde de concrete n'était pas une *fabrique imaginaire.* Ce qui était très dérangeant, car aucune histoire batra ne mentionnait un état du monde de cette nature.

Elle ne pouvait pas non plus admettre que le graphe entier soit intégralement un *exercice de pensée.* Il contenait trop de détails, pas assez d'abstractions, une quantité très élevée de digressions, en aucun cas pertinentes dans cette catégorie.

Choeps Yanev était perturbée.

Plus elle progressait dans sa découverte et dans sa lecture, plus elle était troublée. Faire l'hypothèse d'une distribution aléatoire des trois catégories revenait à supposer l'écriveuse ou son monde, ou les deux, en proie au dérèglement le plus terrible. Elle commençait à penser que c'était la raison pour laquelle le graphe avait été escamoté jusqu'à présent. Le monde dont il témoignait s'était forcément effondré, comme le récit, à force d'incohérences et de contradictions internes. La grotte antique avait été comblée dans la confusion. Choeps était tellement embrouillée qu'elle regrettait maintenant d'avoir ôté la boue du signe d'hibernation incomplet. Elle aurait mieux fait d'utiliser son énergie pour creuser des marches de remonte ou même appeler à l'aide, on n'en meurt pas.

Tomber sur un tel galimatias était une épreuve. C'était indéniablement un travail batra. Impossible de prétendre le contraire. Son espèce était clairement impliquée et elle avait connu une époque de folie collective. Les grandes ancêtres avaient-elles voulu en faire disparaître les preuves, la cavité avait-elle été volontairement remaniée, bouchée de façon à ne laisser qu'une salle aux murs nus, prêts à recevoir des récits nouveaux un peu plus organisés ?

Les questions se bousculaient dans sa tête. Elle était affamée, elle revenait d'une mission lointaine. Elle n'avait qu'une seule idée en tête : retrouver sa commune et ses bains, et voilà qu'il lui fallait tomber sur le vestige intact et néanmoins illisible d'une époque dont elle ne pouvait pas décider si elle avait existé ou pas. C'était beaucoup pour un seul Corps. De plus, elle était suivie. Le Chêne sentinelle lui avait fait passer le message avant qu'elle ne tombe dans cette fichue buse pleine d'algues.

Au point où elle en était, Choeps Yanev résolut de s'asseoir et d'attendre.

Quels qu'ils soient, ses suiveurs ne devaient plus être très loin.

Elle se sentait étrangement flottante. Les heures qu'elle venait de passer à découvrir et déchiffrer le graphe allégeaient son humeur. Malgré sa perplexité, elle se trouvait dans un état agréable, comme au réveil lorsqu'un rêve s'efface doucement et laisse derrière lui quelque chose de son mystère.

Elle ne comprenait pas tout à fait ce que sa lecture changeait de ses microperceptions, ce qu'elle avait déplacé dans son esprit, dans son savoir et dans ses représentations. La texture du monde s'était imperceptiblement modifiée, Choeps Yanev se laissait imprégner par cette nouveauté incertaine, sa peau se détendait.

Les deux boules dégringolèrent par le tube aux algues. Elles ne la firent pas sursauter. Elle n'ouvrit même pas les yeux. Sa troisième paupière maintenait ses réflecteurs à un taux d'humidité idéal. Elle n'allait pas rompre ce bien-être pour une irruption qu'elle avait prévue. Par ailleurs, elle avait retrouvé suffisamment d'élasticité pour y réagir sans agacement.

Les deux impromptus, en revanche, étaient survoltés. À peine atterris, ils se mirent à courir dans tous les sens, aveuglés par le changement soudain du niveau de lumen. Ils se cognèrent au graphe. Au lieu de s'arrêter pour faire le point, ils détalèrent aussitôt en sens inverse vers la bouche de clarté qui les avait crachés et commencèrent à griffer la paroi boueuse dans l'idée de remonter. Ils ne l'avaient pas vue, ils n'y voyaient rien, ils ne l'avaient pas captée non plus.

Choeps Yanev les laissa exprimer l'énergie de la peur et les écouta se grimper l'un sur l'autre pour monter plus haut et retomber d'autant. Ce fut assez long. Ils devaient être très jeunes et très effrayés. Difficile de penser que ces énergumènes lui avaient préparé ce piège.

Lorsque leurs mouvements furent moins frénétiques, elle se racla la gorge. Les deux petits Corps sautèrent jusqu'au plafond, sautèrent contre la paroi et plongèrent la tête dans la boue jusqu'aux oreilles. Alors, elle les reconnut. Ils allaient s'étouffer si elle ne les sortait pas de là. Elle alluma ses déflecteurs et les appela par leurs noms.

– Shever Sheyney, Créates de petit Désert, ô Dallut, ôtez la tête de ce mur, nous sommes copains-cousines ! Regardez-moi, je suis Yanev, écoutez-moi, je suis Choeps Yanev de la commune Frog, nous avons vécu, nous avons tracé ensemble, nous sommes Relatifs.

Les deux boules de glaise collées à la paroi remuaient, mais ne s'en détachaient pas. On aurait pu les prendre pour des grosses billes à jouer tant elles étaient couvertes de terre. Leurs oreilles dépassaient tout juste de la croûte. Des billes à courtes pattes, accrochées au mur et frétillantes, voilà à quoi ils ressemblaient. Choeps Yanev s'autorisa un sourire avant de les approcher et de les prévenir en parlant un peu fort.

– Bye et Daï, je vais vous sortir de là !

Elle avait une grosse voix, les petits redoublèrent d'efforts pour s'enterrer. Yanev les attrapa par la peau du cou et les tira doucement vers elle avec des mouvements latéraux pour qu'ils se décollent sans s'arracher la peau. Sous la couche d'argile, Daï était bleu et Bye n'était pas mieux. Ils appuyaient leurs mains sur leurs yeux. Fermés. Bien entendu. Choeps Yanev décréta qu'elle n'allait pas se vexer. Elle avait passé plusieurs décades avec ces deux-là et une trentaine des leurs, ils avaient fait beaucoup de choses ensemble, partagé des repas et des siestes, ils étaient incapables de la reconnaître hors contexte, il fallait qu'elle l'accepte. De leur point de vue, ils avaient été pris de court par leur chute, plongés dans le noir et confrontés à une présence étrangère, ils étaient Créates, ils *devaient* refuser la situation, ils ne pouvaient pas faire autrement. Pour commencer, du moins.

Elle choisit de leur chanter une berceuse. Ils la connaissaient, c'était la berceuse par excellence, celle que tous les petits entendaient depuis des générations, dès leur naissance et jusqu'à ce qu'ils soient en âge de s'en passer, c'est-à-dire jamais, car les adultes et les vieillards avaient l'excuse de la répéter pour les plus jeunes. Une ritournelle hypnotique. Choeps la fredonna en boucle sans s'arrêter à la reprise, comme ils aimaient le faire. Ce fut long aussi. À la quinzième reprise, Bye se risqua à écarter les doigts devant son œil droit et à jeter un regard. Il sursauta et s'exclama « Yanev ! » sans pour autant retirer ses mains.

Il poussa Daï du coude et du pied et ajouta :

– Daï, c'est Yanev, elle existe, regarde !

L'autre l'imita, œil gauche, et s'exclama également :

– Yanev !

Choeps Yanev se demanda combien de temps elle devrait encore chanter quand tout à coup ils comprirent que c'était vraiment elle et lui sautèrent au cou en ouvrant les yeux et les bras. À sa grande surprise, l'Hydro fut submergée par une vague de chaleur douce qui la déstabilisa. Ils roulèrent au sol tous les trois, et se couvrirent de boue avec beaucoup de plaisir. Lorsqu'ils se relevèrent, les ornements jaunes de Yanev n'étaient plus visibles, et les deux petits, en partie débarrassés de la boue, avaient diminué de volume. Ils étaient hilares :

– Alors, alors, que fais-tu dans cette grotte ? demanda Daï tandis que Bye tentait d'ôter des morceaux de la grosse couche de glaise qui lui couvrait le crâne.

– Je lis, répondit l'Hydro, en tournant la tête vers le graphe.

Sous ses déflecteurs à plein régime, celui-ci brillait d'une lumière tremblante qui semblait lui appartenir. Les couleurs vibraient entre les traits, les volumes du support s'animaient, et selon l'angle que Yanev donnait à son regard, les pyctos changeaient de sens et d'orientation.

Bye arrêta de s'éplucher pour mieux regarder. Les deux Créates s'approchèrent de la paroi d'un même élan. Alors qu'ils avaient affaire à une production inconnue, loin de marquer un refus ou ne serait-ce qu'une réticence, ils avançaient, aspirés comme la limaille par un aimant.

– Somp, souffla Daï.

– Somp, somp, renchérit Bye.

Yanev connaissait ce mot qu'elle n'avait jamais réussi à traduire. Il était prononcé à l'occasion de découvertes choquantes et positives. C'était à la fois une conjuration et un jugement de goût. Mais c'était également une forme de salut respectueux, honorifique, et, dans certaines circonstances, une déclaration amoureuse.

Les petits se collèrent au pycto d'hibernation et remontèrent la piste comme Yanev l'avait fait. Leurs yeux riboulaient. Ils semblaient lire tout en même temps, les tracés, les couleurs, les vibrations, les espaces, les ponctuations. Ils captaient l'ensemble en simultané. Ils se promenaient dans cette matière avec force marques d'enthousiasme, comme dans un Désert ancestral bien connu. Yanev commençait à croire qu'ils comprenaient ou reconnaissaient quelque chose de très familier, dans ce qui lui paraissait à elle un logogriphe inexplicable.

Ils parcoururent le graphe plusieurs fois dans un sens et dans l'autre. Plus excités et plus attentifs à chaque passage. L'Hydro savait d'expérience qu'il ne servait à rien de les interrompre, sinon à perdre du temps. Elle se contenta de les observer, puis elle referma sa troisième paupière dans l'idée d'en deviner plus par les autres sens. Elle n'eut pas le loisir de pousser très loin l'analyse tactile de leurs déplacements, Bye s'était arrêté devant elle et lui parlait, sans préambule, comme à son habitude.

– Hidden. C'est le nom du Désert.

– Pardon ?

– C'est le nom du Désert de ton graphe. Il n'est pas indiqué dans la trame, mais il en a les élémentaires.

– Les élémentaires ?

– Oui.

– Qu'entends-tu par les élémentaires ?

– Yanev ! Tu ne te souviens plus de rien ? s'exclama Daï qui les avait rejoints. Les élémentaires sont les composants principes du Désert primitif, dégradés mais témoins. Tu dormais, pendant les conférences ?

Bye ficha un bon coup de coude à son fratel.

– Yanev est copain-cousine, je te signale, reste poli !

– Oh là là ! N'en fais pas une écuelle. Il faut écouter les vieux quand ils jasent.

– Je suis d'accord, Daï. Et j'ai écouté, contrairement à ce que tu as l'air de croire. Je suis seulement surprise que tu projettes Hidden sur l'hypotypose du graphe.

Daï se frappa le front à plusieurs reprises sous l'œil réprobateur de Bye. Un geste grossier.

– C'est ton couac, Yanev. Il faut lier, cueillir et recueillir, et non pas projeter. Tes déflecteurs sont très utiles pour les galeries, mais ce graphe n'en est pas une. C'est une œuvre.

– Une œuvre ?

Daï leva les yeux au ciel. Choeps Yanev avait fait preuve de beaucoup d'ingéniosité et d'initiatives étonnantes pendant son séjour dans leur Désert. Grâce à ses connaissances pratiques, les Créates avaient résolu de nombreux problèmes de ressources, en commençant par l'écoulement et les travaux de retenues poreuses. Le microclimat avait changé à part entière depuis son passage, et les Créates étaient plus souples en termes hydros, à savoir, plus détendus des membranes.

Choeps Yanev avait-elle considéré les conclaves comme un passe-temps sans intérêt, s'était-elle contrainte d'y assister pour faire bonne figure et gagner leur considération, ou bien avait-elle vraiment porté attention sans rien en tirer du fait de l'éloignement culturel ? Si c'était le cas, les Créates n'auraient pas pu, eux non plus, adapter leurs actions aux conceptions de Yanev.

Daï se frappa le front de nouveau. Bye l'écarta sans ménagement et se plaça devant Yanev, bien campé, les yeux dans les yeux.

– De ce que tu nous as révélé de ta culture, il faut laisser courir le fleuve quand le lit est tracé. Ne tiens pas compte des gestuelles de mon fratel, il est pignouf dans son palais, personne n'y prête garde, tu t'en fous. Une œuvre est une manifestation. Une invention poétique qui préside à la langue, qui précède la prose. Avec tes cases, une œuvre est une *fabrique imaginaire*, un *exercice logique*, et un *souvenir marquant* tout à trac.

Yanev fit une drôle de grimace. Sa troisième paupière recouvrit la moitié de ses globes et ses glandes parotoïdes eurent une convulsion désagréable. Bye recula d'un pas.

– Ne nous émouvons pas. Tu sais combien les Créates sont étanches et manquent à ton goût de ces petits trous hydrophiles qui leur iraient bien s'ils en avaient, bon. Les Créates, comme vous dites, nous en avons. Mais pas sur la peau. Une œuvre, tiens-toi tranquille, est une fabrique de réalité, imaginaire, oui, qui ne s'oppose ni au souvenir, ni au savoir, mais les contient. En plus serré. Comme l'eau liquide est plus serrée que l'eau vapeur. Capté ? Et par ailleurs, le savoir est toujours un souvenir.

Choeps Yanev avait les yeux bien ouverts, elle regardait fixement le petit être plein de convictions qui s'adressait à elle, surprise.

Bye n'était jamais au premier rang quand il s'agissait de se lancer dans une nouvelle construction, de creuser un banc de sable ou d'installer un filin à grimpantes. Il était du genre effacé. Il avait des accès de vitesse et d'excitation dans le jeu et s'il talonnait Daï du mieux qu'il pouvait, il n'était pas dans le peloton des très rapides.

Pourtant Bye avait été un des rares à tenter une approche physique après la tentative de contact numéro douze. Bye n'était pas fermé aux Autres Corps.

Sur ce point, selon les normes créates, il était franchement aventureux. L'Hydro se demanda un instant si ses critères étaient adaptés pour juger d'une personnalité non-hydro.

Dans sa commune, la recherche plombière était la discipline des élites. La formation, la culture, la science, les travaux et la pensée des Hydros avaient une matière unique, l'eau. Les jeunes de cinq saisons faisaient naturellement montre de curiosité pour un canal de drainage lors de leur première sortie en bassin. Personne ne pouvait rester indifférent devant un ouvrage distributeur, un collecteur, ni même une simple rigole, pour peu qu'elle ait été tracée au plus juste de la pente. La pluie les scotchait tous. Certaines averses étaient divines, on les révérait. On connaissait les torrents par leur nom, bien sûr, et par leur qualité d'âme. On échangeait avec eux, on demandait conseil et force, on récupérait à leurs côtés, on plongeait dedans. Ne pas s'intéresser à une coulée, quelle qu'elle soit, était un signe de mauvaise santé.

Choeps Yanev savait que les Autres Corps n'étaient pas tous habités par l'eau, ou du moins, n'avaient pas tous conscience de l'être car ils l'étaient de fait, mais elle avait eu des difficultés au début de sa mission à ne pas considérer les Créates comme de grands malades.

Outre leur étanchéité xénophobe, ils restaient inertes devant des spectacles qui auraient enchanté un bébé batra dans le premier âge.

Yanev se souvenait avec émotion du petit ru qu'elle avait réussi à générer dans leur Désert après des calculs complexes et de gros efforts de terrassement. Le terrain était tellement abîmé, tellement pauvre. N'importe qui aurait eu les larmes aux yeux en voyant ce filet d'eau libre courir à petits bonds sur son lit improvisé. Mais pas les Créates. Les adultes n'avaient pas voulu voir, certains l'avaient piétiné en faisant mine de ne pas sentir l'humidité, la plupart s'étaient détournés comme si rien de neuf, de vivant, ne coulait à leurs pieds. Ce moment avait été un choc pour Yanev. Une révélation négative. Le filet d'eau entre eux était devenu un hiatus profond dont elle n'aurait su dire, sur le coup, si elle était capable de le franchir, de le réduire.

Les petits, heureusement, avaient eu une attitude plus saine. Et, parmi eux, Bye et Daï s'étaient montrés inventifs. Ils avaient détourné une coque de bois dur, grosse comme un petit pouce, et l'avaient posée sur le flot minuscule, pour la regarder descendre, l'accompagner à pas comptés et aplanir les obstacles quand elle en rencontrait. Choeps Yanev avait repris espoir en les voyant faire ce que font tous les enfants en présence d'une force vive. Des jeux, des expériences, des hypothèses. Ils ne s'y étaient pas intéressés longtemps, mais ils avaient joué et suivi la forme liquide comme un fil conducteur. Yanev avait décidé que c'était suffisant, qu'elle pouvait poursuivre sa mission puisque deux d'entre eux, au moins, avaient une sensibilité.

Si Bye ne s'était pas montré très actif par la suite, dans la période des travaux, c'était peut-être après tout parce qu'il n'aimait pas la physique.

Son explication, elle le comprenait confusément, démontrait qu'il avait un sens aigu, peut-être déplacé, de la fluidité.

– Un savoir est toujours un souvenir, Bye ?

– Au moins un souvenir d'apprentissage, sinon un souvenir de lignée, un intégré archaïque, un ancien contact.

– Ah.

Yanev se pressa le coin des yeux de deux pulpes sèches. Elle espérait que le mal de tête qu'elle sentait monter n'allait pas s'installer.

– J'ai vraiment besoin d'un bain de vapeur maintenant.

– D'accord. Pas de couac. Tu te colles sous le tube de glissade, je monte, Daï monte et il sort.

– Et puis ?

– Et puis, il trouve une liane, il la noue, il l'envoie et on sort.

Ça semblait simple et facile.

Choeps Yanev traversa la grotte et colla son dos à la paroi. La lumière tombait de la buse sur ses épaulettes sales. Elle fit en sorte de ne pas y prêter attention. Elle se campa solidement, les genoux légèrement fléchis pour que les petits aient un point d'appui accessible, et elle leur fit signe.

Bye s'élança, bondit, et atterrit sur ses trapèzes. Ses ongles de pieds lui griffaient le cou, mais elle ne dit rien, elle voulait sortir de là au plus vite. À son tour, Daï s'élança et percuta sa hanche avant de se rattraper à son bras et de l'utiliser comme une rampe pour grimper sur sa tête et, de là, sauter sur celle de Bye, rebondir et fuser hors de la buse sans toucher aux algues qui l'auraient renvoyé d'où il venait. Il fut à l'air libre en un clin d'œil. Bye et Yanev l'entendirent courir autour du trou en criant comme un possédé.

Yanev ferma les yeux et soupira.

– Daï va-t-il oublier sa mission ?

– Penses-tu, pas tellement.

Très clair. Choeps Yanev puisa dans ses réserves de patience, ce n'était pas le moment de s'énerver, pas avec Bye perché aussi près de ses glandes parotoïdes.

– Tu peux descendre, peut-être ? En attendant.

– Unanime, je descends.

Bye sauta sans prévenir, et laissa une estafilade superficielle sur l'épaulette sale. Yanev y porta les doigts, sentit un filet d'humidité et grimaça de nouveau. Il y avait des jours compliqués. Si elle n'avait pas été déshydratée, elle n'aurait sans doute pas senti la griffure. Mais la chute, le graphe aberrant, les deux Créates excités, et pas l'ombre d'un creux où se baigner dans un avenir proche, cela faisait beaucoup.

– Qu'est-ce que vous faites là, par ailleurs ?

Bye releva la tête de ses doigts de pieds qu'il inspectait avec attention.

– On a glissé. Patiné dans le tuyau, mouliné, et dégringolé sans contrôle.

– Je m'en doute. Mais que faites-vous loin de votre Désert ?

Bye se figea. C'était une question délicate. Il tourna la tête vers le graphe plongé dans l'obscurité et plissa les yeux.

– Ce rouleau, dit-il, est-ce une œuvre de référence dans ta culture ? Objet de rituels d'émergence ou équivalent ?

– Ne change pas de sujet, s'il te plaît. Je connais vos techniques d'évitement, elles sont transparentes.

Bye se renfrogna aussitôt. Yanev avait pris le risque de le vexer et de le voir se fermer pour des jours. Elle avait fait beaucoup d'efforts avec ses Corps butés durant sa mission. Elle ne supportait plus ce statut scientifique qui l'obligeait à l'observation objective et détachée. Elle venait de s'impliquer émotionnellement de façon irréversible, elle n'en avait que faire et elle était prête à aller beaucoup plus loin s'il ne lui répondait pas rapidement.

– Me suiviez-vous ? Étiez-vous sur ma piste ? Pour tomber dans cette buse, il fallait être sur ma piste. Dans quel but me suiviez-vous ? Bye, nous ne sommes plus dans ton Désert. Ton fratel est dehors, tu es seul avec un Autre Corps dans une grotte qui ne relève pas de ton monde, tu ferais bien de répondre.

Presque une menace. Le petit tordit la bouche comme s'il avait une patate chaude à l'intérieur, puis la laissa ouverte. Sa main droite exécuta un geste répétitif qui ressemblait à chasser les moustiques autour des oreilles, il se calma. Incapable de supporter un contact visuel avec Yanev, il tordit le cou vers la lumière et se décida à parler.

– D'Autres Corps sont venus et repartis. Une grosse fourrure, une petite. Peut-être un troisième qui n'est pas un Corps, mais qui parle créate, une énigme.

– Et puis ?

– Daï veut toucher l'accessoire que la petite fourrure porte au bras. Il pense que c'est un objet magique d'avenir.

– Si c'est eux que vous suiviez, vous les avez dépassés.

Bye lissa ses poils de tête du plat de la main. Un peu plus, il l'aurait mouillée pour mieux les plaquer. Un peu plus encore, il aurait rougi.

– Moi, je ne voulais pas.

– Tu ne voulais pas quoi ?

– Toucher l'objet. Il n'est pas magique. La petite fourrure, elle et la boule et l'autre, elles cherchent une Hydro. Je crois.

Sa voix s'éteignit sur ces mots, visiblement sa gorge se serrait au point de ne plus laisser passer un vocable.

– Je le sais, Bye, l'Oak m'a prévenue. C'est moi qu'ils cherchent ?

Bye hocha la tête frénétiquement.

– Et tu voulais me le faire savoir ? Tu as quitté ton Désert pour me dire que d'Autres Corps étaient sur mes traces ?

Bye continuait ses hochements et lui lança un regard furtif.

– Je suis très touchée que tu te soucies de moi, Bye.

Cette déclaration était grandiloquente pour une oreille créate, mais Bye s'était familiarisé avec les excès de Choeps Yanev, il lui rendit son sourire.

Elle laissa passer un moment et reprit :

– Hidden, c'est le nom de l'agglomérat mythique, n'est-ce pas ? Celui dont vous chantez les beautés durant les répétitions de conclave. Concrete sur concrete, grands carrés à l'infini ?

– Oui !

Le petit se mit à réciter :

– Ruban bétumé trois fois triples voies, rambardes d'acier, glissières. Sauvagerie principielle, agglo source et confins de terre sombre et ténèbres scintillantes, prémices, dénouement…

– D'accord, d'accord, Bye, je me souviens du chant. Et, selon toi, le graphe parle de cet Hidden, c'est un graphe batra pourtant.

Le petit haussa les épaules, il ne voyait pas le problème.

– La culture batra n'a pas de mythe hiddenique. Le monde batra n'est pas né de cette sauvagerie. Nous avons d'autres récits et conjectures scientifiques dans lesquels Crin d'Azur Sombre, Plouto et de nombreux Corps Spirituels Océaniques jouent un rôle essentiel, mais aucune agglo de concrete.

Bye haussa les épaules de nouveau.

– Une œuvre n'est pas fermée sur elle-même. Les composantes peuvent être échangées, transmises et fabriquées. Dans l'eau gazeuse on circule vite, dans l'eau liquide on circule mieux.

Choeps Yanev ne pouvait qu'être d'accord avec cette dernière assertion. À la pensée des différents états de l'eau, tous merveilleux, elle ressentit à nouveau la soif épidermique. Que faisait Daï en surface ? Du tourisme ?

Un instant, elle pensa qu'il avait pu se faire courser par une féline et servir en ce moment même de repas à sa portée, elle frissonna. Un tambour résonnait dans sa tête, elle ne voulait plus réfléchir à rien, que le graphe et ses suiveurs se perdent dans les limbes et les entrailles des forêts profondes, elle voulait sa commune et ses bains avant de sécher sur patte.

Un gros paquet explosa au sol en soulevant une vague de poussière molle. Il était retenu par une longue corde et se déroulait de lui-même à leurs pieds. Une liane vive. Verte, barbue, bien épaisse, elle se tortillait pour libérer ses anneaux et montrer toute sa longueur, dont elle devait être assez fière.

La tête de Daï se découpa dans l'ouverture de la buse, il leur hurla depuis là-haut :

– Oyez, là-bas, je vous introduis Clématis, elle a admis de descendre pour visiter, c'est une artisse. À vous de jouer pour la remonte ! Je vais cueillir, j'ai la dalle.

La Clématis se tordait comme un serpent et sifflait en rampant, elle cherchait le graphe. Daï avait dû le lui vanter sérieusement, elle était pressée.

Bye fit signe à Yanev d'allumer ses déflecteurs pour abréger la recherche. L'Hydro ne se fit pas prier et braqua ses maigres feux sur la paroi du fond. La liane fila aussitôt. Elle se colla au graphe, complètement.

Elle adhérait et remuait par petites oscillations. Yanev avait besoin de sa haute définition oculaire pour distinguer les minuscules ventouses qui collaient au mur et lui permettaient de monter. Leur déplacement était lui-même minuscule, mais il y avait de si nombreux téguments le long de la tige que sa vitesse lente était impressionnante.

Clématis remua de bas en haut et de haut en bas à plusieurs reprises. Elle épousait les bosses et les creux, ses vrilles tâtaient le moindre relief, supports et gravures étaient perçus et analysés en détail, dans une concentration tellement soutenue qu'elle climatisait la grotte.

Yanev oublia son mal de tête. Elle observait la délicatesse dévorante de la liane avec autant d'admiration que de dégoût. C'était presque, à ses yeux, une scène d'accouplement silencieux. Une relation sexuelle inégale dans laquelle un des partenaires était trop passif pour être consentant et l'autre trop entreprenant pour ne pas le savoir. Elle en était stupéfaite. L'ambiguïté était fascinante et insupportable. Elle devait faire un effort pour ne pas intervenir et se souvenir que le graphe était un artefact. Mais c'était un artefact batra et quelque chose en elle ne put résister très longtemps. Elle s'approcha en vitesse squamate.

– Ça va aller comme ça. Descendez.

La liane décolla une portion de tige et plaça son extrémité devant les yeux de Yanev qui recula d'un pas.

Elle eut un mouvement de fouet qui siffla de façon désagréable. La grotte en résonnait encore lorsque Bye décida de prendre part à l'échange.

– Clématis, Clématis, soyez la bienvenue en ces lieux, mille grâces d'y être descendue. Nous vous espérions. Que dites-vous de nous remonter, nous avons un bain à prendre, une tête à calmer, un ventre à remplir, un gosier. Remontez-nous et nous deviserons au soleil, nous vous mènerons à Hidden.

– Pardon ? Hors de question que cette liane me touche, elle poisse.

– Ferme ta bouche et ta mandibule, Yanev, on négocie, on pare au plus pressé. Clématis est une artisse, il ne faut pas la chiffonner.

– Je n'en peux plus de cette grotte !

Choeps Yanev rassembla le reste de ses forces en un flux d'intensité maximale et, sans rien demander à personne, ni aux Créates ni à la tige indiscrète, elle prit son élan et courut sur le corps de la liane dont l'autre extrémité était toujours à l'extérieur. Du sol à la buse au plein air, il lui suffit d'une seconde et demie, pas le dixième d'une inspiration. Elle s'effondra sur le sol de brindilles sèches avec un soupir de soulagement.

Il y eut en bas des pourparlers dont elle n'avait que faire. Choeps Yanev se contenta un moment de rester couchée et de gratter le sol du bout de ses pulpes pour dégager un peu de fraîcheur. Elle se demandait si elle n'allait pas faire un somme dans cette litière en attendant que son mal de tête s'estompe. Elle envisageait de fermer trois paupières quand elle vit surgir un drôle d'attelage.

La liane avait enveloppé Bye de son unique bras, trois tours bien serrés, et elle montait au-dessus de la buse, appuyée sur un tronçon resté au sol dans la grotte.

Bye avait placé ses mains sur le bourrelet ligneux et souriait de toutes ses dents, les yeux plissés dans la lumière. L'ascension lui plaisait. Ils avaient donc dû s'entendre. Grand bien leur fasse, pensa Yanev en clignant de fatigue. Elle n'eut pas le temps de s'écarter, Clématis ouvrit son bras juste au-dessus de son ventre et Bye dégringola. Il rebondit avec un bruit creux, Yanev en eut le souffle coupé. Elle battit des bras comme une forcenée quand elle vit la liane se pencher sur son cas, sans parvenir à respirer. Sa cage thoracique était bloquée. Bye la regardait pâlir et ouvrir la bouche sans comprendre ce qui se passait.

Clématis fit un nœud avec son extrémité, de la taille d'une bonne tête, et le laissa tomber d'un coup sur le plexus de l'Hydro. Yanev convulsa, ses yeux sortirent de ses orbites, ses glandes s'ouvrirent sous le choc, mais elle inspira un grand coup, décoincée.

Elle haleta un bon bout de temps avant de pouvoir dire :

– Pouvez pas faire attention, non ?

Bye avait reposé sa main sur la liane à trois pieds de la tête qu'elle avait formée pour libérer Yanev, sur ce qui aurait pu ressembler à un cou ou carrément à une crinière étant donné la masse de lichen accrochée à cet endroit, et il la caressait. Il s'adressa à l'Hydro pour calmer le jeu.

– Elle n'a pas agi expressément, Yanev, tu imagines bien qu'elle n'a pas d'organe de la vision, ni déflecteurs ni boîte à ultrasons. Elle est aimable.

– Oui, eh bien, elle n'a pas raté mon diaphragme, ni à l'aller ni au retour, merci bien.

– Elle possède d'autres sens.

– C'est bien ce que je dis. Finissons-en, j'ai un bain à prendre. Je calte.

Choeps Yanev se mit debout, s'épousseta et tourna le dos au Créate, à la liane, et à Daï qui arrivait, les mains pleines de coquilles.

– Fringale, Yanev ?

– Pas question. Et je vais vous dire quelque chose, les Dallut, arrêtez de me suivre, je rentre dans ma commune comme j'en suis partie, libre et seule, compris ? Débrouillez-vous avec votre Clématis, vos petites et grosses fourrures, vos œuvres complètes et tout ce que vous voudrez inventer, laissez-moi tranquille. Maintenant ! ajouta-t-elle en criant du fond de la gorge et en tapant du pied.

Les Créates et la liane disparurent aussitôt, un enchantement. Les feuilles soulevées par son coup de talon n'étaient pas complètement retombées, Choeps Yanev n'avait plus personne sous le nez. Envolés ! Bon débarras. C'était un peu trop rapide pour être honnête ou seulement durable, elle le soupçonnait, mais pour l'instant c'était ce qu'elle voulait. Marcher solitaire sur le chemin familier. Sentir le sol souple sous ses pulpes, imaginer son retour, savourer par avance l'accueil des siennes, l'apparition de sa commune et son petit val dédié aux bains de vapeur. Oublier le graphe. Oublier les buses glissantes, les lianes vivantes. Cesser d'être un objet de quête.

Et pourquoi pas, oublier toute sa mission.

Du côté de Frog-Toh

JAMAIS DEUX FOIS

À Frog-Toh, la brume matinale s'élevait doucement au-dessus du flot. Les échassiers se tenaient à l'affût les pieds dans l'eau, le bec plaqué sur le jabot, alignés comme des joncs. Leur aigrette seule prenait le vent et s'agitait passivement. De temps en temps, ils se rengorgeaient brièvement ou tendaient le cou pour se délasser, mais, en dehors de ces décharges réflexes, leur immobilité était celle de la pierre. Ils chassaient. La brume fine était un phénomène passager, elle n'allait pas s'installer ni s'opacifier. Il fallait composer avec ce mince filet de vapeur blanche pour camoufler les armes qu'ils portaient, et surprendre les proies avant qu'elles ne perçoivent l'éclair de l'attaque.

Les nageurs étaient petits à Frog-Toh. Pour en vivre, un échassier devait redoubler de vitesse et de précision et avaler un tiers de son repas au moins au lever du jour. Une fois la brume évaporée, la lumière se faisait sans restriction et l'exercice se compliquait.

Les Grandes Pattes évitaient de se tenir proches les unes des autres. Sans avoir de territoire défini, ni dans l'eau ni sur la rive, elles prenaient soin de ne pas se gêner. La distance de cinq longueurs de bec était la minimale respectée, le confort commençait à quinze, la menace à trois.

Hernone connaissait les mesures. Pour en avoir fait les frais durant sa formation et pour les avoir enseignées ensuite aux plus jeunes et aux Pattes Roses portées sur la prise de risque. Mais elles étaient comme toutes choses en rivière, flottantes. Et Hernone avait remarqué que son voisin d'amont n'était pas une fine flèche.

Soixante-cinq pour cent de ses attaques manquaient leur but. Il semblait voir le gibier en double ou ignorer les corrections sommaires de la visée en milieu flexible. Son arme entrait de biais dans l'élément et miroitait de mille feux avant de frapper. Les gros nageurs et même les petits en étaient immédiatement prévenus et s'échappaient d'un coup de queue avant même de savoir ce qu'ils faisaient.

Hernone avait observé soigneusement et calculé les dérives. Quarante-cinq pour cent des cibles donnaient de la bande vers le large selon un angle récurrent de trente degrés. Elle s'était donc placée à quatre longueurs de bec, les pattes immergées jusqu'aux rotules, le cou enroulé en position médiane, et elle s'était enfilé les ratés du voisin avec la célérité d'un lanceur de couteaux.

Le poste était si favorable qu'elle avait dû rester le bec ouvert en rétroversion suspensive en attendant que la pêche descende complètement. Son estomac s'était rempli comme une outre en moins de temps qu'il n'avait fallu au soleil pour éparpiller la brume dans le ciel sans nuages. La journée s'annonçait délicieuse.

Elle se campa sur une patte pour digérer à son aise et profiter de la chaleur en position méditative.

Sur le banc de galets sous les Sycomores, les doigts fermés sur une branche à demi immergée, au soleil, le ventre plein, elle était bien.

Le voisin d'amont avait pris ses distances en lui lançant un regard bouillant, elle avait cligné de l'œil en réponse, il n'y avait pas eu d'incident. Les Pattes Roses la connaissaient suffisamment pour faire un détour, elle décida de clore ses paupières.

La brise douce soulevait son aigrette, elle sentait son battement irrégulier contre sa nuque, comme elle sentait les heurts veloutés du courant sur ses tarses. Elle était roseau, un fin plumet les pieds dans l'eau, une agrafe posée entre deux éléments flous, un bijou.

Son masque bleu, sa robe dégradée de gris, de blanc bleuté, son poignard et son aigrette noire la signalaient comme un îlot de grâce meurtrière aux yeux de ceux qui vivaient sur la rive, dans le cours et dans le fond du long Corps de l'eau.

Dans ces moments, elle était totalement Hydro. Les courants aériens se confondaient avec ceux qui faisaient et défaisaient le lit de la rivière. Ils étaient le même couloir, la même poussée vitale portée dans la direction sinueuse inévitable, et elle était elle, Hernone, un fétu immobile, insensiblement embarqué sur la pente longitudinale.

Dans ces moments, il n'était pas bon de la déranger. Anaximède le savait, mais sa quête personnelle matinale l'amenait souvent dans les environs de la branche d'Hernone et bien qu'il respectât l'exercice spirituel en général, il ne se retenait pas toujours de l'interrompre. Il prenait garde, bien sûr, de se manifester hors de sa sphère kinesthésique, un coup de poignard est vite parti, et sa carapace de mucus toxique devait absolument être identifiée pour remplir sa fonction d'arme dissuasive.

Ce matin, il avait choisi de se glisser sous le perchoir d'Hernone et de lui lécher un doigt. La grande Héronne fit un bond terrible. Elle déploya ses ailes comme une cape, baratta l'air à grand bruit et lança son bec dans trois directions au risque de se briser le cou.

Anaximède était friand de ce genre de spectacle. Les ailes qui s'ouvraient et frappaient, immenses, l'exposition du bréchet et des puissants pectoraux, le duvet au-dessus des tibias, affriolant, et l'œil noir furibond soudain braqué sur son corps et ses bosses minuscules. Ce regard, qui le transperçait avant de se raviser, lui procurait la dose d'adrénaline dont il avait besoin au cours d'une matinée.

On pouvait être petit et grandement joueur, il ne cessait de le répéter à ses interlocuteurs. La taille, les pustules, la robe ne préjugent de rien. Et quand on était comme lui, Anaximède, maître habile en camouflage, on pouvait se permettre de faire quelques blagues à ses riverains.

Hernone ficha trois coups de couteau directs devant sa tête, entre ses pattes et derrière son cul. Il ne bougea pas d'un iota, et se contenta de ruisseler en souriant.

– Bien mangé, ce matin ?

– Très bien, merci. Tout était parfaitement aligné avant que tu ne troubles mes contemplations intérieures.

– Ta digestion, tu veux dire.

Hernone rentra le cou et ouvrit le bec largement. Elle montra sa langue effilée au crapaud, qui se gonfla aussitôt. Leurs salutations matinales étaient effectuées.

– L'acte digestif, pour involontaire qu'il soit, est la condition et l'expression de la vie dans sa continuité. La fission et la recomposition perpétuelles des matières à l'intérieur d'un estomac en disent plus sur la puissance qui nous façonne que les bavardages d'un Anax porté sur les effets de surprise.

Anaximède se rengorgeait. Il adorait lancer les conversations. Il était connu dans son biote nocturne pour ses longues tirades gutturales au sujet de l'illimité et de l'engendrement perpétuel, source et réceptacle de toute chose, substance indéterminée, sans commencement ni fin, plus dense que l'air et le feu, plus subtil que l'eau et la terre.

Il pouvait émettre des heures durant, au chaud dans les galeries souterraines recouvertes par l'eau, devant une assemblée d'Anax dont les goitres enflaient et désenflaient au fur et à mesure de sa progression. Il ne se lassait pas de le faire et les Hydros capables d'entrer dans les galeries la nuit pouvaient l'entendre à l'occasion.

Il avait trouvé dans Hernone une partenaire stimulante. Ses réactions étaient vives et systématiquement provocantes, elle ne le laissait jamais s'enfoncer dans la glose comme dans un lit de boue tiède, elle l'en sortait aussitôt qu'il commençait à s'engloutir.

Pour autant, il savait qu'elle admirait sa faculté de disparition, un savoir anax qu'il avait porté à hauteur d'un art, et qu'elle attendait chaque matin de voir de quelle façon il la ferait sursauter sur sa branche.

– Le principe et la fin du monde sont donc dans ton estomac au travail ce matin, Hernone ?

– Comme tous les matins fastes, ils le sont, Anaximède.

– Et ce jour faste aurait-il quelque chose à voir avec un opportunisme quelque peu tendancieux ?

– Les contingences s'imposent.

– Ah ah ah ! Les puissances de la vie doivent donc tout à la maladresse de ton voisin d'amont – pauvre pêcheur !

– Dans un sens qui semble t'échapper, Anaximède, adresse et maladresse sont des vecteurs de possibilités. Certains les saisissent, d'autres laissent passer.

– Tu es tout entière dans les éléments, Hernone. Je désespère de t'emmener au-delà, au travers de la matière à laquelle tu sembles attachée, au cœur du cœur et de la fin de toute chose, dans le maelström du renouveau et de la création continuelle, elle-même increéée, infinie et immortelle.

– Et moi, Anaximède, je désespère de te faire comprendre quelle part tu es et tu dois prendre. Les éléments sont tout et leur recomposition l'atteste. Je crains que la seule façon de te l'enseigner ne passe par l'expérimentation et que tu ne doives passer toi-même par mon estomac pour être enfin éclairé.

– Éclairé ? Dans ton estomac ?

– Éclairé, liquéfié, digéré, et source d'énergie.

– Que dis-tu ? Je suis d'ores et déjà une source d'énergie, Hernone. Ma parole, à elle seule, toutes les nuits, traverse des centaines de mondes possibles, elle en évoque l'infinité, elle dispose l'auditoire au multiple, à l'Un qui les produit et au premier moteur immobile qui ne tient dans aucun estomac, serait-ce le tien.

– Tu es source de confusion, Anaximède, et je ne peux t'en tenir rigueur, car tu agis selon ta nature de façon exemplaire. Mais je doute que les Anax tes comparses et les Hydros de passage sortent revigorés de tes extravagances verbales. Observe seulement la rencontre d'un filet d'eau et d'une membrane hydrophile et reviens me voir demain.

Anaximède n'en pouvait plus de gonfler et de dégonfler, il était aux anges.

Hernone était très en forme ce matin. Il en conclut qu'elle avait été horriblement surprise par son intervention matinale et s'en réjouit de plus belle. Sa science de la discrétion active toucherait bientôt à la perfection. Il détendit sa cuisse droite avant de lui répondre.

– Il se fait tard, j'ai peur de troubler la juste composition du monde à l'œuvre dans tes entrailles, je reviendrai constater le produit final, ne bouge pas de ta branche, ce sera plus simple pour moi. À demain, Hernone.

La grande Héronne fit coulisser son cou et montra de nouveau sa langue écarlate. L'Anax avait disparu. Elle secoua la tête, ouvrit les ailes, fléchit les genoux, et s'envola en rasant la surface.

Il était temps de passer au repas suivant. Des petites bouchées lui convenaient bien à cette heure de la journée. Des alevins, par exemple, une brassée de têtards ou pourquoi pas un ou deux Muridés s'il en traînait sur les berges. Elle décida d'examiner les différentes propositions depuis une station plus élevée et se percha sur la haute branche d'un Sycomore centenaire.

Aux portes d'Hidden

LES RACOONS

Il avait plu une grande partie de la nuit. Atlal était trempé comme une soupe. Il s'était refusé à claquer des doigts pour faire ouvrir la cabe, il avait préféré se creuser un dôme au pied du muret réflecteur et démontrer ainsi qu'il n'était pas, lui non plus, sans ressources face aux météores. Néanmoins, sa fourrure dorsale s'était beaucoup imbibée. Une fois déplié, il se secoua méticuleusement et commença une toilette soignée. Il était en train de se gratter les lombaires quand il entendit un sifflement discret qui n'avait rien à voir avec celui d'un volatile. Mianeh venait de sortir. Elle s'était élevée sans bruit par l'ouverture de la cabe et le fixait de ses capteurs inexpressifs. Depuis combien de temps le regardait-elle, il n'aurait su le dire et se trouva aussitôt dans la gêne. Il s'obligea à ne pas rentrer la tête dans le cou et à lui adresser la parole.

– Miawarin Askel Nepher-Hiwritmyl s'est-elle correctement rechargée ?

– Mes implants photovoltaïques et photosynthétiques ne s'activent pas en l'absence de luminosité. C'est aimable de demander. Comment avez-vous passé la nuit de votre côté, Atlal Allat Dol Chairn ?

Le Gros-Cerveau grogna un peu avant de désigner son dôme à demi effondré par la pluie.

– En partie au sec, en meilleure part dans la boue. Nous avons l'habitude, en cas d'intempéries avec infiltrations, notre sous-poil se tasse et forme une couche imperméable d'une grande résistance. La chaleur est conservée, la respiration réduite mais maintenue.

– Alors tout va bien, dit Mianeh en tournant ses capteurs vers la forêt, vous ne nous ralentirez pas aujourd'hui.

Le Gros-Cerveau sentit sa crinière gonfler malgré lui. Cette boule techno, qui prétendument n'en était pas une, avait le don de l'énerver à la moindre occasion.

C'était la énième fois qu'il s'efforçait de se montrer avenant au réveil et la énième fois qu'elle lui répondait d'une façon également exaspérante. Ils marchaient ensemble depuis une ou deux huitaines et leur relation était inchangée. La Dronote le prenait de haut. Il s'était pourtant montré d'une indéniable utilité dans les questions d'orientation. Elle semblait ne tenir aucun compte de ses contributions.

Elle dépliait ses tubes et ses filtres au moindre prétexte, elle leur servait des diagrammes, des holos, et se targuait de tracer des plans 3D alors même que ses relevés étaient superficiels et dépassaient rarement dix-huit perches de côté. Dix acres, les bons jours. Certes, elle était en mesure de les conserver et de les coller bout à bout en une sorte de long ruban, un volumen, disait-elle, voyons ce que dit le volumen, si on se réfère au volumen établi, un instant je vais ajouter cette section au volumen, elle n'en finissait pas d'énoncer au sujet de son volumen, mais le fait est qu'il était moins que rien à ses yeux de Gros-Cerveau, et pire encore, une façon de boucher le monde.

Bien sûr, elle était capable de produire ses résultats en avançant, elle n'avait pas besoin de focaliser, il n'était pas nécessaire pour elle de s'arrêter, ni de réfléchir apparemment, et surtout pas de prendre le temps de rêver.

Sans compter qu'elle ne mangeait pas, ne buvait pas, et transformait la lumière en énergie sans avoir besoin de mettre en pause ne serait-ce que la moitié de son cerveau ou ce qui en tenait lieu. Et cela, selon elle, relevait de la performance moyenne requise pour une Expé.

Atlal Allat n'était pas loin de croire qu'elle lui tenait rigueur de quelque chose, il n'arrivait pas à mettre le doigt dessus. Il avait rendu sa cabe à Amaryllis Swansun en parfait accord avec le protocole, que voulait-elle de plus ? Qu'avait-elle à lui reprocher ? De ne pas avoir été présente pendant le prélèvement, peut-être. D'avoir manqué à son devoir de cœquipère, de n'avoir rien su prévenir. Et alors ?

Atlal s'était montré d'un tact exquis lors de cette rapture. Amaryllis ne l'avait pas vu venir, elle n'avait pas senti la flèche ni le déploiement du narcoleptique, l'opération dans son ensemble avait été inaudible et indolore.

L'Auboisière était tombée comme une plume sur la surface caoutchouteuse du bétume, presque sans bruit. Et pour ce qu'il pouvait en dire, son réveil n'avait pas dû être trop douloureux puisqu'elle l'avait pisté jusque dans la grotte de négociation moins de six heures plus tard, sans l'ombre d'un trouble psychomoteur.

Il avait accepté l'échange, se conformant scrupuleusement au protocole de fin d'initiation qui veut qu'on accède sans condition à la première proposition avancée par l'autre partie, et, à son avis, il avait fait montre d'une grande force spirituelle, car l'offre de l'Auboisière était une anomalie.

On ne peut pas établir de rapport entre un Trésor et une action.

Une action – quelle qu'elle soit – n'a aucun équivalent en termes d'artefact. Elle est tout simplement sur un plan différent, sans mesure commune avec celui des Trésors. Or il s'était gardé de protester et de faire valoir ce point. Il avait choisi l'Auboisière, il ne pouvait pas revenir en arrière.

Sa parentèle l'avait prévenu. C'était une audace radicale de prendre en ultime épreuve le Trésor d'un Sub. On ne savait pas à quoi s'attendre avec les Corps de surface. Ils manquaient de pondération, ils ne sentaient pas le poids du sol et agissaient sans prendre en compte les conséquences possibles de leurs creusements.

Alors qu'un tunnel sout devait être appréhendé dans toutes ses dimensions, un chemin sub semblait s'effacer au fur et à mesure qu'il était inventé.

Mais c'était ce qui avait attiré Atlal Allat vers l'Auboisière. Cette façon d'évoluer, insouciante, à la limite de l'imbécillité, avec cette forme de grâce inconsciente qui caractérisait les Expés.

Il l'avait observée longtemps avant de se décider.

Il l'avait d'abord croisée par hasard lors de la première série d'évaluations en situation extérieure.

Il était seul en surface et retrouvait avec plaisir les sensations enivrantes de sa sortie inaugurale. Cette étape importante dans la vie d'un Sout avait été pour lui décisive.

Dès qu'il avait senti l'air-hors-de-la-grotte, il était devenu leste, folâtre, pétillant. Sa tête s'était remplie de vide, d'un vide moelleux, mobile, qui avait envahi son corps et, tout à coup, il avait pu bondir, grimper en hauteur dans les arbres dont il voyait enfin les excroissances aériennes, les troncs, les branches, les feuilles qui plongeaient dans l'air, dans une matière qui n'offrait aucune résistance, où toute liberté semblait possible, à portée de main, sans limite, car les limites en surface étaient des segments minuscules, des tissus troués, des dentelles, de faux murs pleins de brèches.

La forêt la plus dense lui serait apparue telle qu'elle était, un milieu ouvert et traversé en tous sens. Le mal de terre qui saisissait la plupart de ses semblables et les laissait pantois, nauséeux, parfois des jours après l'inaugurale, ne l'avait pas effleuré. Il s'était senti non pas chez lui, mais à l'aise à l'étranger, avide d'explorer et d'expérimenter, encore et encore, cette sensation nouvelle. L'angoisse de l'exposition ne l'avait pas saisi à ce moment-là. La perte des repères ne l'avait pas taraudé. Il avait oublié la caverne, l'éducation, le savoir, la maisonnée, en un clin d'œil.

Le retour de bâton avait été pénible.

On ne lui avait rien fait sentir, on avait soigné ses plaies – il était tombé de nombreuses branches de faîte trop frêles pour son poids –, on lui avait fait boire des tisanes réparatrices, les praticiens lui avaient montré les étirements et les postures actives qui soulagent des excès et drainent l'acide lactique des muscles trop sollicités. Il était revenu peu à peu à un état d'ataraxie confortable et il avait embrassé du regard la grotte et ses condisciples avec un véritable sentiment de gratitude et d'appartenance, mais à aucun moment, durant cette phase de récupération, il n'avait regretté son enthousiasme et rien n'avait plus aidé sa convalescence que l'idée, le projet, l'obsession de refaire surface.

Peut-être avait-il intuitivement reconnu dans l'Auboisière la même propension, le désir contre-culture qui les portaient tous les deux à parcourir des terrains dont on leur avait dit qu'il ne valait mieux pas s'approcher.

Comment l'avait-il pressenti chez elle, alors même qu'il n'avait rencontré d'Autres Corps que rarement et jamais d'Auboisière avant de l'avoir vue marcher sur le tablier du pont détruit ? Il n'aurait su le dire aujourd'hui encore, il savait qu'il ne s'était pas trompé. Ils étaient, chacun dans leur chantrerie, quelque part entre le soliste et le cancre. Pas tout à fait une exception ou le symptôme d'un dysfonctionnement, néanmoins clairement l'expression d'une déviation.

Il l'avait pistée. Sans le savoir, elle l'avait amené aux lisières de son monde à plusieurs reprises. Atlal s'était toujours arrêté devant la tranchée déserte qu'elle traversait de plus en plus facilement. La zone lui semblait infranchissable, trop exposée, trop rase pour un biote, malsaine.

Il n'allait pas non plus au-delà du pont détruit. Le chemin de l'Auboisière commençait et finissait pour lui à ces deux endroits précis. Elle arrivait par le pont, elle partait par le Désert.

Il mourait d'envie d'en savoir plus, de la précéder et de la suivre, mais il lui fallait un motif plus impérieux que la curiosité, une nécessité.

Atlal Allat n'avait pas manigancé l'enjeu de sa rapture. La proposition de l'Auboisière l'avait soufflé, il ne s'y attendait pas, il avait pensé la reddition du Trésor comme l'amorce d'un échange possible, une façon risquée de prendre contact, un préambule. Lorsqu'elle avait présenté son offre, une Expé contre sa cabe, son cœur avait vacillé entre ses côtes. Le sol, brièvement, lui avait manqué, mais il avait senti, au travers de son ébranlement, le vide velouté prendre possession de ses muscles et il avait frissonné d'aise et de pétoche en même temps.

Sans aucun doute, la Dronote l'avait perçu. Elle avait dû mesurer ses taux d'ocytocine et d'adrénaline et arriver à une conclusion qui le dépassait.

Ce mélange improbable n'avait visiblement pas parlé en sa faveur.

Était-il moins fiable pour autant ? Atlal Allat ne le pensait pas, et son comportement, jusque-là, avait été irréprochable, malgré ou peut-être grâce à sa capacité de produire et d'assimiler des chimies internes contradictoires.

Amaryllis lui avait donné l'Hydro comme objet de quête. Il était scrupuleusement sur sa piste et aucune distraction n'avait eu prise sur lui. La Dronote se trompait : les étapes du rêve sont nécessaires et bénéfiques à la recherche.

Depuis la huitaine qu'ils évoluaient dans l'enveloppe, il avait sondé en profondeur sur des étendues dont elle n'avait pas idée. Il était passé sous une succession de canyons, au travers de multiples ramifications souts, à une profondeur étonnamment constante. Il avait suivi cette ligne basse, une dorsale enfouie compliquée de vertèbres innombrables et cohérentes. Il s'était enfoncé dans ces tunnels traversants, avait visité beaucoup de caches, de salles creuses, de bulles et de diverticules fantaisistes.

Il aurait aimé s'arrêter et sonder latéralement la profusion des galeries et des capillaires qui s'ouvraient à la moindre jonction. Il aurait aimé prendre son temps et scruter les grosses perruques qu'il croisait, mais il avait un objet de quête et rien ne pouvait l'en détacher.

Il avait scrupuleusement suivi l'artère principale en partant de l'hypothèse qu'elle était un passage obligé pour l'Hydro ou, au moins, qu'il y trouverait des traces indicielles issues de segments tributaires.

La Dronote ignorait qu'il avait croisé un nombre effarant d'Autres Corps. La dorsale foisonnait de monde. À certaines heures de la journée, on pouvait à peine se frayer un passage parmi eux. Ils étaient les uns sur les autres, les uns derrière les autres, comme une longue chaîne qui n'en finissait pas, et empruntait des formes extraordinaires. Toutes les tailles, toutes les teintes, toutes les locomotions étaient rassemblées dans ces boyaux immenses.

Si les Muridés étaient bien présents et très actifs, ils représentaient l'essentiel des Corps familiers pour Atlal parmi des centaines de mille. Sans compter la microfaune et la mésofaune, les Collemboles, les Acariens, les Vers de terre et les Myriapodes.

À chaque descente, Atlal plongeait dans un amas de peuples inconnus. Il commençait seulement à discerner de grands groupes, les Arachnas, les Formicas, les Termitidas, qui formaient des fils ininterrompus lors de leurs déplacements très lisibles. Il avait repéré les terriers les plus imposants, ceux des Vulpes, des Skunks méphitides, faciles à situer en raison du marquage odorant qu'ils pratiquaient à l'envi, ceux des Longues Oreilles qu'il connaissait déjà, qui formaient des agglos imposantes reliées entre elles par des galeries d'accès et de fuite dont l'agencement était lui-même un casse-tête. Il était tombé par hasard sur une cité termitide et sa visite lui avait pris plus d'une demi-journée.

Dès qu'il arrivait à entrer en contact, il s'enquerrait de l'Hydro, un Corps long, court sur pattes, en robe noire barrée de jaune. La plupart refusaient de répondre. On ne connaissait pas ses raisons, on s'abstenait. Les Gros-Cerveaux ne couraient pas les boyaux sous les canyons, et s'il trouvait étonnantes les formes de vie qu'il croisait, elles le trouvaient étonnant aussi.

Les Muridés l'escortaient par section et servaient de truchement. Atlal suivait une indication ici et là, plus ou moins hasardeuse ou volontairement maquillée.

En surface, pendant qu'il menait ses enquêtes, la Dronote scannait et vibrait d'impatience, et Amaryllis apprenait lentement la chimie spécifique des Oaks. Par chance, elle était complexe.

C'est une épiphyte qui leur donna la meilleure information.

Elle la tenait d'une parentèle nord-est qui venait de lui envoyer une Apoïde-contact pour échanger les dernières nouvelles.

Des espaces se libéraient dans sa microrégion et les conditions d'humidité étaient bonnes, les arbres pleins de sève. Une grande Clématis venait de s'exiler. Sa migration dénudait un gros quartier d'écorce très bien situé, graines et boutures pouvaient être envoyées en quantité, le coin était favorable.

Amaryllis se mit en quête de la ruche pour laquelle l'Apoïde cueillait. Quand elle la trouva, elle utilisa une goutte de miellat et la langue des signes. On lui dit tout ce qu'elle voulait savoir.

La Clématis était partie en compagnie d'une Hydro énervée et de deux mobiles bipèdes aux têtes hirsutes. L'épiphyte témoin se trouvait plein est, au revers d'un monticule rocheux, sur un Oak de belle taille entouré de ses rejets à la distance de quatre cents perches en vol direct. Ses racines plongeaient dans une fissure terrestre.

Lorsque Amaryllis rapporta l'histoire à Atlal, il reconnut aussitôt la grotte dont on lui avait parlé. Il en avait eu vent par des Racoons qui jouaient dans une cavité bourrée jusqu'à la gueule de Trésors indéfinissables.

Quand Atlal était tombé sur cette cache, en faisant une chute de quatre mètres parce que le trou d'accès était camouflé par un bouchon de brins de laine et de feuilles mortes, il n'en avait pas cru ses yeux. Il avait atterri sur un monticule souple, que son poids avait tassé et désagrégé en partie, comme sur un tas de sable, mais ce qui constituait sa masse était une énigme, une série d'énigmes. Ils s'étaient regardés les uns les autres un moment sans bouger sinon les moustaches et les sourcils. À force de se renifler, immobiles, ils avaient conclu d'un commun accord qu'ils ne représentaient aucun danger.

Les Autres Corps étaient curieux, petits, ils avaient le dos dodu, le poil épais et lustré, gris clair sur les flancs, plus sombre sur l'échine, des oreilles et des yeux ronds, très vifs, une grosse queue rayée et des mains minuscules d'une grande vélocité.

Il ne leur fallut pas plus de dix respirations pour se montrer avec Atlal d'une familiarité débridée. Le plus petit des trois grimpa sur ses genoux et lui saisit la tête de ses miniatures de mains gantées, il le regarda dans les yeux et lui fourra aussitôt son museau pointu entre les lèvres. Atlal en fut pétrifié. Les deux autres suivaient le mouvement et le Gros-Cerveau s'était retrouvé submergé par ces inconnus qui l'exploraient sous toutes les coutures. Il sentait leurs mains traverser son sous-poil et tester la souplesse de sa peau, il sentait leur souffle dans ses conduits auditifs, ils allèrent jusqu'à soulever ses sourcils retombés pour tâter ses paupières et voir ses yeux. Par bonheur, leur couleur les avait choqués, ils s'étaient arrêtés net devant le vert mordoré transparent de son iris. Atlal en avait profité pour se relever et les décrocher de sa toison. Il leur parla aussitôt :

– Atlal Allat Dol Chairn, Sout en Expé. Et vous ?

Les trois Autres Corps se scrutaient à toute vitesse. Le petit une fois encore se décida :

– Ahrah Procyon, dit Rubs.

– Koon Scrubwash.

– Em Scratch, même maison.

C'étaient des Racoons en goguette dans le creux reliquat, c'est ainsi qu'ils appelaient cette grotte, et ils n'allaient pas y rester.

– Tout a été nettoyé.

– Plus rien à gratter.

– Ni même à lécher, plus rien à grailler. Taïaut et taille-toi toi-même, tu perds ton temps.

– On est très méticuleux.

– On ne laisse rien passer.

– On a tout retourné, inventaire complet.

– Inventaire complet, reprirent-ils tous les trois en chantant.

Le Gros-Cerveau regardait l'amoncellement de Trésors qui jonchaient la salle et formaient ici et là des bosses d'un gabarit remarquable. Il ne reconnaissait rien. La quantité de détails l'embrouillait. Il était incapable de discerner les différences. Il voyait qu'il s'agissait de Trésors ou d'anciens Trésors, mais la nature ou l'usage de ce qui s'était ainsi agglutiné lui échappait complètement. Il pouvait nommer certaines matières, la terre, la laine, le tissé, l'alliage, le bétume coagulé, la pierre, le bois, la corde, elles étaient cependant si mélangées, informes ou déformées, que ça ne l'aidait pas dans son repérage. Et il y avait d'autres matières qu'il ne connaissait pas.

Des feuilles translucides qui formaient des sacs, des cubes, des plaques plates résistantes pourtant brisées, du bois trop mou pour en être, des tranches de pierre trop légères, des masses spongieuses mortes, des liquides solidifiés parfois de couleurs très vives.

Ç'aurait pu être l'estomac d'un géant malade, la pelote de réjection d'une chouette chtonienne colossale, tout y était intriqué de la même façon, les os avec les poils, les ongles, les cartilages inattaquables. Les Racoons étaient-ils déchietteurs, des mangeurs d'ultime, ou au contraire, des entasseurs ?

– C'est vous qui avez construit ces collines ?

Rubs se frappa la tempe avec la patte arrière comme s'il voulait faire sortir un liquide de son oreille gauche :

– Pas possible, des questions pareilles.

– D'où viens-tu, Atlal Allat ? Des Parks ?

– Qu'est-ce que c'est ?

– Ouh là là, mes Racoons, on ne va pas s'attarder, il est temps, les calories n'attendent pas, j'ai quelque chose à laver, foutons le camp, dit Scrubwash.

Il était plus nerveux que les autres. Il frottait ses menottes l'une contre l'autre à une vitesse extraordinaire et sifflait d'impatience, mais Rubs temporisa et lui dit en aparté :

– Minute, il a peut-être une source, on ne sait jamais, tentons le coup.

Et à Atlal qui se dandinait d'un pied sur l'autre :

– Tu as mangé, aujourd'hui ? Là ? Tout à l'heure ?

– Oui, ce matin. Je me débrouille en cueillette.

– Intéressant, invitation ?

– Avec plaisir, venez me voir à la fin du jour.

Les trois Racoons grimpaient déjà sur le plus haut monticule pour sortir quand Rubs se retourna.

– Qu'est-ce que tu fais là, sinon ?

– Je piste. Nous sommes à la recherche d'une Hydro, robe noir et jaune, en retour de mission.

– Une Hydro plate ?

– Suivie par des glabres, regard fuyant ?

– Pas que je sache, non.

– Elle est coincée dans une grotte d'hibernation.

– Elle est décoincée, dit Scratch.

– Deux glabres à ses trousses.

– Incroyable, trissons, le temps qu'on perd à crever la dalle !

Atlal n'eut pas le loisir de les remercier, ils étaient partis, et même s'il n'avait pas compris grand-chose, il était heureux d'avoir croisé leur chemin. Les premiers Souts de canyon à lui adresser la parole. Il n'en parla pas à l'Auboisière en revenant de plongée, car il craignait la réaction de la Dronote. Elle avait suffisamment d'occasions de le scanner froidement, il n'allait pas exposer son ignorance une fois de plus. Les monticules enterrés, les Racoons, la grotte reliquat, c'étaient trop d'inconnues pour un compte rendu maîtrisé. Quand Amaryllis lui rapporta les signaux de l'Apoïde, il sut qu'ils étaient sur une piste chaude.

Une journée de marche aurait dû suffire à les mener au pied de la buse, mais chemin faisant, ils eurent des nouvelles plus fraîches de l'Hydro.

Le surlendemain de la chute d'Atlal dans la grotte aux collines, les Racoons les rejoignaient pour le dîner promis. Ils s'étaient renseignés. Ils déboulèrent dans leur bivouac à la tombée de la nuit sans se signaler, convaincus qu'ils seraient reçus avec les égards dus au messager. Lorsque Mianeh détecta leur présence, elle se mit aussitôt en aura défensive et déploya trois lasers rouges simultanés. La démarche lente des Racoons et l'intervention d'Atlal les sauvèrent d'une brûlure dont ils auraient pu se souvenir longtemps.

– Miawarin Askel Nepher-Hiwritmyl, je vous en prie, ces trois Souts sont des connaissances personnelles.

Amaryllis lança un regard impérieux à Mianeh qui mit ses armes en veille, sans les désactiver.

– Et depuis quand, Atlal Allat Dol Chairn, lancez-vous des invitations sans prévenir votre équipage d'Expé ?

– Deux jours, répondit-il calmement.

Ce qui eut pour effet de calmer Mianeh instantanément. Atlal se promit d'y repenser plus tard.

– J'ai pris la liberté de proposer un repas partagé, en accord avec les coutumes de négociation gros-cerveau. Quand nous rencontrons en grotte, en spélonque, et en salle, d'Autres Corps affairés et visiblement hors territoire, notre bienséance exige un potlatch de visite.

– Un potlatch ? À quoi ? Il est cuit, on y va ?

Scrubwash se frottait les mains et les moustaches en même temps.

Les trois Racoons avaient repéré depuis longtemps le foyer et le grill sur lequel cuisaient doucement les tranches végétales et les chapeaux de champignons. Ils étaient presque sûrs qu'il y avait aussi des racines dans la cendre. Atlal allait répondre, un potlatch ne se mange pas, pas forcément, mais les Racoons avaient déjà le museau sur les pierres chaudes, et riboulaient des yeux vers la nourriture.

Ils essayaient de faire tomber les lamelles de courge. Leurs coups de patte rapides se soldaient par des cris et des secouages de mains frénétiques. Mianeh regardait fixement Atlal et augmentait peu à peu son aura violette, ce qui n'était jamais bon signe.

– Ils vont tout manger ? demanda Ama.

– Ils sont gras comme des prunes.

– Comme des prunes ! Et puis quoi encore !

Rubs se détourna du grill.

– Attendez, vous entendez ? On nous invite, on nous dessert, on nous insulte ! Des prunes ?

Ahrah, Koon et Em se placèrent tout à coup côte à côte, serrés debout, les dents découvertes, très blanches, très longues pour leur taille.

Mianeh ralluma ses lasers. Atlal sentit gonfler sa crinière. Ses griffes vinrent racler le sol. Il avait des fourmis dans les pieds. Ama fit un pas en arrière et ouvrit les bras. Le déploiement de ses ailes de pourpoint était un signe d'apaisement dans de nombreuses cultures. Cette fois-ci, il fut mal perçu.

Les Racoons se mirent à feuler, ils grondaient du fond de la gorge et envoyaient des filets de salive vers les trois Expés.

Mianeh répondit en calcinant les épines du sol sur un arc de cercle d'une toise devant leur pied. La limite à ne pas franchir.

– Venez-y, dit-elle en sifflant à son tour.

Les trois Racoons baissèrent la tête et firent le dos rond. Campés sur leurs quatre pattes fines, les mains bien à plat, ils se grossissaient autant qu'ils pouvaient et remuaient violemment leur queue rayée. Leurs vocalises étaient passées dans les aigus stridulants. Ils se tenaient de profil devant les trois Expés et les regardaient sous le masque en se léchant les babines.

Atlal voulut faire un geste de paix. Il avança dans leur direction, tout courbé lui aussi, les griffes crissant sur le sol.

– Calmez-vous, vous êtes invités de bon cœur, notre table est ouverte.

Disant cela, il eut la mauvaise idée de lever une de ses mains paume à plat, et de découvrir ses trois poignards de kératine alpha.

Rubs se jeta sur lui immédiatement et l'attaque surprit Atlal au point qu'il ne put rien faire, sinon rouler sur le côté et commencer à mouliner pour se débarrasser du Racoon.

Rubs s'était perché sur son ventre et essayait de trouver la jugulaire avec ses dents, ses mains pédalaient dans la fourrure du Gros-Cerveau et lui assenaient des dizaines de baffes pour faire diversion.

Atlal ne savait plus où intervenir, protéger sa gorge, ou sauver la face, il roula sur le ventre et écrasa Rubs sous sa masse. Mais l'autre s'était accroché de ses quatre mains préhensiles et ne le lâchait pas. Sous le Gros-Cerveau, il continuait de mordre et de frapper.

Pendant ce temps, Scrubwash défiait Mianeh en lui envoyant des cailloux et des branches mortes. Son tir était précis, la Dronote devait redoubler de vigilance pour détruire les projectiles avant qu'ils ne l'atteignent. Quand une pierre résonna contre sa coque, son aura changea brusquement et le champ magnétique autour d'elle devint incandescent.

Amaryllis avait tendu les deux mains devant Scratch, les paumes à angle droit dans un geste de retenue et de protection. Le Racoon lui tournait autour de façon insistante. Le dos énorme, les pattes minuscules, le regard en coin, il piétinait le sol dans une sorte de danse à la lenteur glaçante. Comme s'il chargeait son niveau d'agressivité au maximum, attendant son moment, il continuait de bouger, langoureux, et de lisser ses joues avec sa langue de tapir. Amaryllis lui trouvait un air de pervers accompli. Elle n'aimait pas du tout sa façon de faire et elle était très consciente, maintenant, de représenter un repas plus intéressant qu'une grillade de courges.

Quand Atlal hurla sous la douleur d'une morsure bien placée, elle perdit une seconde le contact visuel avec son assaillant, qui en profita aussitôt pour lancer son attaque.

Mianeh sentit le vent de ce déplacement éclair et intervint immédiatement, le Racoon fut piqué à l'oreille droite et soulevé par une vague magnétique calculée pour le projeter à dix mètres du point d'impact contre un tronc qui lui coupa le souffle. Elle se tourna ensuite vers Scrubwash qu'elle entoura d'un mur de flammes. Le Gros-Cerveau, à cette vue, sauta sur ses pattes arrière, jeta Rubs comme un fétu et vint aplatir le feu. Il acheva son travail en pissant sur les braises.

Le Racoon à l'intérieur était debout, tétanisé.

Quand les fumées se furent dissipées, Scratch faisait encore des efforts pour retrouver son souffle au pied de son arbre, Rubs se relevait lentement et Scrubwash persistait dans la statuaire. Il ne clignait même pas des yeux.

Il fallut un moment pour que tout le monde reprenne ses esprits.

Mianeh se rapprocha d'Ama et lui demanda si tout allait bien. La fréquence cardiaque de l'Auboisière n'avait pas beaucoup varié. La Dronote avait néanmoins capté un pic de production chimique plutôt acide. Dans ce tourbillon, il aurait aussi bien pu émaner de ces fichus Racoons.

Atlal n'était pas vraiment blessé. Rubs l'avait mordu méchamment, mais la peau de ses doigts, pour sensible qu'elle fût, était aussi très résistante, il ne saignait pas. Il n'avait plus de fourmis dans les pieds, le feu les avait chassées. Il se mit tranquillement en devoir de vérifier la cuisson des légumes, sans regarder personne.

Il retourna les tranches et les chapeaux, les distribua sur cinq larges feuilles et annonça que c'était prêt. L'orage était passé.

Ama le rejoignit et attendit devant son plat que les Racoons s'avancent. Ils le firent l'un après l'autre, en silence, le poil plaqué.

Avant de se mettre à manger, ils se lavèrent les mains et les moustaches. Rubs regarda Atlal frontalement.

– Merci pour ton invitation.

Le Gros-Cerveau ne répondit pas et entama son champignon.

LA SONDE

Les Racoons étaient des puits de science. Ils connaissaient leur terrain dans les moindres plis et recoins. Ils avaient voyagé, vu du pays, échangé avec de nombreux Autres Corps et volé à tour de pattes. Un repas n'était jamais à l'abri avec eux, pas même dans une cave gardée jour et nuit. S'il y avait une faille de sécurité, ils la trouvaient, s'il n'y en avait pas, ils la créaient.

Ils eurent une discussion très technique avec Atlal. La furtivité, l'astuce, la malice, la force, l'intimidation furent évoquées comme autant de méthodes recevables. Le Gros-Cerveau était bluffé par l'étendue de leurs pratiques. En revanche, il ne comprenait pas pourquoi ils refusaient de s'emparer de Trésors et se contentaient de la nourriture. Pour lui, la nourriture était à disposition, à portée de main en tous lieux. Il suffisait de se baisser ou de grimper aux arbres, et de maîtriser une ou deux techniques de cuisson et de fermentation, pour être repu sans dépense énergétique excessive. Pourquoi n'en faisaient-ils pas autant ? D'autant qu'ils se montraient opportunistes au point d'en être inquiétants. Ils mangeaient de tout, tout le temps. Leur estomac était peut-être défectueux.

Les Racoons, de leur côté, ne saisissaient pas ce que le Gros-Cerveau entendait par le terme de Trésor. Ils avaient qualifié les collines souterraines de la grotte reliquat de poubelles, déchets, chiures et ordures variées, ce qui n'avait aucun sens pour Atlal, ni d'ailleurs pour Ama.

Mianeh avait trouvé des occurrences de cette combinaison de phonèmes dans quatre archives mythologiques qui avaient trait à Hidden. Elle n'avait pas communiqué.

Les Racoons leur apprirent que cette grotte était petite, comparée à d'autres, et que, dans les galeries de jonction de la région, on trouvait partout ces fameux Trésors, on trébuchait dessus, ils gênaient les déplacements. Rubs parla d'une colline à ciel ouvert, grande comme cent grottes reliquats, ou peut-être cent mille, ce qui était absurde.

Leur assiette de légumes ne leur suffit pas. Atlal dut faire une cueillette éclair dans la nuit pendant laquelle les trois ne le lâchèrent pas d'une patte. Ils voulaient voir. Ils voyaient très bien dans le noir. Ils regardaient Atlal cueillir, creuser et déraciner sans lever le petit doigt. Est-ce qu'ils avaient un interdit culturel lié à la récolte, se demandait-il en remplissant leurs mains tendues, un tabou qui les empêchait de s'approvisionner en période nocturne ? Ou bien leur statut d'invités les obligeait-il à regarder l'hôte œuvrer pour leur bien ? C'était probablement ça.

Ils discutèrent toute la nuit autour du feu.

Ama et Mianeh n'en perdirent pas une miette, sans pour autant avaler toutes leurs inventions. Ils semblaient frappés par l'outrance.

Les herbacées qu'ils décrivaient étaient plus hautes que les arbres des canyons, de trois mesures au moins, les grottes plus profondes en proportion, les chemins étaient larges comme des vingtaines de voies forestières mises bord à bord, les cages étaient innombrables, elles tapissaient le sol de l'enveloppe et parfois s'empilaient les unes sur les autres jusqu'à dépasser de loin les grandes herbacées déjà trois fois plus hautes que les arbres des canyons.

À un moment de la nuit, Ama se demanda si Atlal avait cuit des champignons spéciaux.

Lorsque Mianeh les questionna :

– Et où avez-vous vu tout ça ?

Ils répondirent en chœur :

– Mais chez nous !

– C'est-à-dire ?

– Ben, à Hidden.

Amaryllis sentit un frisson monter entre ses omoplates et descendre le long de ses bras. Elle rougit. Mianeh coupa brusquement la conversation.

– Je crois qu'il est temps pour vous de rejoindre vos terriers. Il va bientôt faire jour, nous ne voudrions pas vous retenir.

Rubs resta la bouche entrouverte, au seuil d'un nouveau récit plus incroyable encore, Mianeh n'en doutait pas. Il était nécessaire de les arrêter. Scrubwash marmonna dans ses moustaches qu'il ne fallait pas s'attendre à trop de manières avec les Parks, et Scratch prononça indistinctement le mot de prune. Rubs décida de rompre là. Il fit un signe aux deux autres. Ils s'assirent tous les trois sur leurs postérieurs enveloppés et se lavèrent les mains et les moustaches à nouveau. Rubs regarda Ama et Atlal dans les yeux, tourna son masque vers Mianeh et s'adressa à ses trois hôtes.

– Merci pour ce repas.

Il laissa passer un moment avant de reprendre.

– L'Hydro que vous pistez est sur son chemin familier. Elle a du retard parce qu'elle s'est fait piéger par deux glabres de petite taille. Elle s'en est sortie. Elle avance nord-est vers Frog-Toh. Suivie.

– Deux glabres ?

– Frog-Toh ?

Mianeh avait déjà ouvert son volumen pour situer le lieu.

– Tout le monde connaît au-delà des canyons, vous demanderez.

– Et prenez garde à vos gestes et à vos adjectifs. Les Autres Corps de la région ne sont pas forcément bien disposés à l'égard des Parks.

– Nous sommes Parks ? dit Atlal d'un air dubitatif.

Les trois Racoons se mirent à rire dans leurs moustaches.

– Parks du tréfonds, on dirait.

Atlal se força à hocher la tête gentiment et Ama à sourire.

– Eh bien, merci pour ces informations. Est-ce que Hidden est très éloigné de Frog-Toh ?

Les Racoons cette fois éclatèrent de rire en se roulant par terre. Leur hilarité était aussi aiguë que leurs cris de guerre. Heureusement, ils devaient reprendre leur souffle régulièrement.

Les trois Expés laissèrent passer le moment avec beaucoup de dignité. Quand ils eurent à peu près repris leur calme, Rubs déclara :

– Bonne chance, il vous en faudra.

Là-dessus, les trois Racoons tournèrent leurs petits talons lustrés et s'en allèrent d'un pas souple, très tranquille. Leur ventre frôlait le sol et débordait à droite et à gauche à chacun de leurs déhanchements. Malgré leur lenteur étudiée, ils disparurent dans le canyon aussi aisément que le reste de nuit se retirait dans ses plis.

Lorsqu'ils furent hors de vue, Ama se tourna d'un bloc vers Mianeh et lui lança :

– Pourquoi faut-il que tu interrompes les conversations lorsqu'elles deviennent intéressantes ?

– De quoi parles-tu, Amaryllis Swansun Auboisière Expé ?

Atlal n'avait jamais entendu la Dronote appeler Amaryllis par son nom complet, il sentait que ce n'était pas un signe de détente.

– Ils viennent d'Hidden, c'est un lieu, et ils allaient le contextualiser. Pourquoi les as-tu inhibés ? Tu n'as plus de place dans ton volumen ? Ton programme est saturé ?

La Dronote était verte, horriblement vexée. Parler de programme à son sujet était une indélicatesse certifiée, délibérée.

Ama n'avait jamais formulé ce genre de propos dégradant, elle ne l'avait jamais prise sur le fait d'une action ou d'une pensée négative à propos de son esprit singulier et de son libre arbitre. C'était cela qui l'avait convaincue de lui emboîter le pas et de lui faire confiance en ce jour ancien où elle l'avait suivie, Dronote détachée, débutante, surprise de trouver sur son chemin de hasard un Corps Organique dénué de préjugés. Son aura tourna au vert sombre, le noir était à deux nuances de l'envelopper complètement. Ama prit peur.

– Pardon ! Pardon, Mianeh, j'ai parlé sans considération. Tous les Autres Corps partagent un cerveau et des cellules programmées, je le sais. Je t'en prie, Miawarin Askel Nepher-Hiwritmyl, ne prends pas en mauvaise part les propos d'un Corps sans sommeil.

Le vert profond s'éclaircissait lentement autour de la Dronote, mais sa fixité était absolue. Atlal n'était pas tellement rassuré. Il avait vu des félines adopter ce genre d'arrêt total avant de se jeter sur une proie, il en reconnaissait le poids. Il avait aussi vu la Dronote attaquer deux Racoons en un temps record avec une précision redoutable et il n'était pas pressé de la voir recommencer.

Malgré sa peur, il sortit de sa fourrure où il s'était involontairement enfoncé :

– Si vous permettez, cœquipières, la nuit a été longue, nous devrions différer les questions sensibles. Le cerveau reptilien n'est pas bon conseiller en dehors des situations d'urgence vitale. Je vous propose une trêve et une suspension momentanée du jugement.

Aucune des deux ne répondit. Ama estimait qu'elle en avait assez dit et Mianeh n'avait rien changé dans son attitude.

– Nous sommes d'accord ? demanda-t-il.

Il avait trop mangé.

L'appétit contagieux des Racoons avait eu raison de son habituelle sobriété. À croire qu'ils emportaient tout un chacun dans l'outrance selon sa pente et ses goûts personnels. Il était ballonné et tendu à cause de la situation. Il savait ce que ces deux variables réunies pouvaient produire.

Mais ce savoir ne lui permettait en rien de les éviter. Un énorme pet mit fin à la discussion. Il fut si tonitruant que la Dronote sortit de son immobilité et Ama de sa réserve. Elle se mit à pouffer, la main devant la bouche, en regardant le Gros-Cerveau avec des yeux pleins de malice. Pour faire bonne mesure et qu'il ne se vexe pas à son tour, elle péta elle aussi, un grand coup, et se tordit de rire à en pleurer. La Dronote déverdissait à toute allure. Elle mixa les deux coups de trompe qu'elle venait d'entendre et émit le sien, deux fois plus long, retrouvant une couleur de bonne humeur, rose pâle.

Les trois Expés ne s'arrêtèrent pas là, ils firent un concert. Il s'entendit sur un large périmètre, certains oiseaux commençaient à s'en inquiéter quand les arbres eux-mêmes envoyèrent un message diplomatique. Les fragrances émises commençaient à brouiller leurs conversations matinales. Ama s'excusa aussitôt et le silence de l'aube retomba sur leur coin de forêt.

Ils décidèrent d'un commun accord de faire une sieste digestive avant de reprendre leur chemin.

Ama déploya sa cabe et la tendit entre trois branches basses. Atlal accepta de se reposer sous sa protection aux côtés de ses cœquipières, et, Mianeh, pour une fois, ne lui lança aucun coup de sonde.

Ils ne dormirent pas vraiment, mais lorsque Atlal commença à ronronner, Mianeh désactiva son blindage et Ama laissa son cerveau passer en mode alpha.

Le Gros-Cerveau emprunta le Rêve des Gophers porteurs de sacs, des Souts très présents dans les sous-sols d'altitude. Les canyons étaient truffés de leurs galeries superficielles et Atlal avait estimé que la faible profondeur était favorable à un premier partage du Rêve. Si l'une ou l'autre avait des difficultés à respirer, ou à supporter l'impression d'irréalité relative, il serait facile d'en sortir.

Les Gophers ne s'étaient pas adressés à Atlal quand ils les avaient croisés physiquement, ils avaient mieux à faire. Ils circulaient les abajoues gonflées à bloc, sur un rythme qui ne tolérait aucune interruption. Ils étaient néanmoins proches de la bande muridée et Atlal savait qu'ils ne lui fermeraient pas le chemin de leur Rêve. Il n'en demandait pas plus. S'ils voulaient de leur côté établir un contact, ce serait idéal, mais il ne fallait pas compter dessus. Il était vraisemblable qu'ils soient tout aussi occupés dans la dimension dormante.

Ils descendirent doucement. La voie d'accès était circulaire et enveloppante. Elle ne serrait pas, elle guidait sans insistance, sans équivoque, aussi douce qu'une familière. Le Rêve des Gophers était large, plus ancien qu'Atlal ne l'aurait cru. L'artère souple, tapissée de feutre, coulait sous une confortable épaisseur de sol. Elle sinuait, sa dynamique était constante, sa température idéale. Les porteurs de sacs entretenaient leur Rêve avec beaucoup de soin.

Ama se sentit accueillie. L'oppression qu'elle avait anticipée ne se manifestait pas, au contraire, c'était comme si elle rentrait dans son enveloppe forestière, le petit choc moelleux était similaire.

Ils étaient seuls tous les trois dans cette voie qui était habitée, pleine d'échos veloutés, réverbérants, de chants ténus.

Mianeh avait ouvert l'intégralité de ses fenêtres intuitives. Ses capteurs et ses sondes étaient en veille. Elle prenait le risque maximum selon les critères de déplacement sécurisé, elle le faisait sciemment. Le choix du pari ou du danger assumé était parfois nécessaire. La nature du Rêve empêchait les calculs maîtrisés, il fallait l'accepter. Elle était curieuse de cette dimension qui lui avait été occultée jusque-là et qu'elle n'aurait pas pu rejoindre sans le ronronnement d'Atlal. La méditation mitoyenne du Gros-Cerveau était puissante.

Les Gophers maintenaient leur chemin dans un état de grande fluidité. Mis à part une rivière, peu de Corps étaient capables d'obtenir ce bâti malléable, d'aplanir et de contourner les écueils, de creuser l'espace sans le contredire. La simplicité du parcours, son intelligente élasticité témoignaient d'un travail de lente répétition, d'une érosion, d'une insistance naturelle convaincante. Le Rêve des Gophers, siècle après siècle, avait usé la résistance souterraine et se frayait un luxueux passage au travers des nœuds, des concrétions et des formations cristallisées. C'était un bonheur de circuler dans son tracé.

En les voyant agir, Atlal avait cru que les Gophers étaient mus par le besoin de thésauriser. Leurs joues sans cesse gonflées, leur promptitude, indiquaient une forme d'industrie.

Il comprenait maintenant où était leur occupation principale. Ils étaient tous, et chacun selon leur taille, car il y en avait de très gros, des petits, des minuscules, des pockets, des chiriquis, ce qu'on appelait chez les Gros-Cerveaux des déblayeurs. Et ils étaient plus sûrement encore de la fine fleur des déblayeurs, des désobeurs. Ceux qui désobstruaient les canaux bouchés, éliminaient les obstacles, contournaient les roches irréductibles sans même les approcher, et ouvraient les voies au toucher, à l'aveugle, en finesse.

Les poches de joues qu'il avait crues pleines de denrées étaient des sacs de gravats qu'ils portaient hors de leurs galeries et de leurs chambres d'habitats. Ils ne remplissaient pas, ils évidaient, ils traçaient et ménageaient, ils polissaient indéfiniment dans un travail invisible, silencieux et patient, si discret que lui-même ne l'avait pas compris. Atlal était sous le charme.

Ils visitèrent les grandes galeries, les petites, les diverticules de jeu, les salles de vie, celles de repos, les latrines, les réserves, les bains. Partout la même douceur ambiante, l'hydrométrie et l'aération idéales.

Les Gophers circulaient avec aisance, ils se croisaient, s'effaçaient ou s'effleuraient les moustaches, se touchaient les pattes et poursuivaient leur chemin. Cette couche de terre semblait leur appartenir ou, plutôt, ils semblaient appartenir à ce lieu et à cette matière dans laquelle ils foraient depuis des temps aussi reculés que la formation des canyons.

Le Rêve suivait les reliefs aériens. La voie montait et descendait, glissait avec les pentes de surface. Elle formait une réplique souterraine des plis, des pics, des gouffres et des rides de l'épiderme terrestre. Tout était plus doux dans le Rêve des Gophers. Les dénivelés, les arêtes, les accélérations, les chutes.

Ama glissa sur près de trois cents mètres dans un tunnel de soie qui la mena à une salle ronde où la paroi avait été entièrement recouverte de pigment bleu. De minuscules touches de pollen parsemaient la voûte et lorsqu'elle eut passé une série de ronronnements à la regarder, elle la vit s'animer.

Les taches vibraient, brillaient imperceptiblement et se déplaçaient à la limite de la perception visuelle du mouvement. Le fond s'assombrissait à mesure qu'elle se concentrait sur les éclats scintillants, il prenait de la profondeur, de la vastitude même. Lorsqu'elle déplaça son attention des myriades de points diamants au plan qui les contenait, la voûte l'aspira dans un vertige de hauteur qui lui fit perdre pied et tourner la tête.

Elle tomba à la renverse et s'enfonça dans un tapis de sol épais comme un sous-bois. Elle y resta, l'envie de s'y rouler la taraudait, mais son bien-être était si complet qu'elle n'imaginait pas fournir un effort, serait-ce pour augmenter la sensation. Allongée les bras ouverts, elle se laissa dériver dans la salle comme un poisson dans un lac d'eau calme. De temps à autre, elle donnait un infime coup de nageoire et découvrait une autre portion de ciel, de monde, immense, où se déployaient des naines rouges aux contours brûlants, des nébuleuses mobiles le cœur froid, des îles de lumières, des tourbillons de lave, des spirales de cristaux, les voiles blancs d'une impossible méduse, l'écoulement d'une gestation titanesque.

Elle ne savait plus où elle était, quelle matière ou quel espace la déplaçait, elle était sans poids, tenue dans une main tiède loin de la gravité, au cœur de la formation involontaire, impersonnelle, infinie et continuelle de l'univers.

Elle entendait Atlal ronronner, elle devinait l'aura de Mianeh, sa dilatation, son épanouissement au diapason du sien. Ils étaient tous les trois dans le paysage et dans la conscience, reliés et vaporeux comme des nuages atmosphériques. En flottaison.

Atlal les fit sortir de la grotte sur un coussin hydraulique aussi léger qu'un tapis volant. Ils empruntèrent des gorges étroites, suspendues entre le sol et le plafond par une sorte de grâce microgravitaire. Les roches et les glaises qu'ils frôlaient étaient fondantes au toucher, pailletées de pierres translucides et colorées. Ama eut l'impression de traverser le tube souple d'un kaléidoscope pas tout à fait immobile. Elle se demandait si c'étaient les Gophers ou le Gros-Cerveau qui manipulaient délicatement la recomposition physique de leur environnement ou si la course ralentie du tapis planant suffisait à produire cet effet.

Atlal les tira progressivement du Rêve des Gophers, il prit les pentes ascendantes les plus lentes pour ne pas brusquer la remontée de conscience. Il s'arrangea pour que ses cœquipières ne vivent pas leur retour en surface comme une épreuve. Emprunter le Rêve d'Autres Corps est une science délicate. Les premières expériences sont déterminantes et Atlal avait envie qu'Ama et Mianeh l'accompagnent à l'occasion et puissent le faire sans appréhension ni regret. L'équilibre était difficile à obtenir. Beaucoup d'Autres Corps prenaient peur si le sondage était trop profond et certains, si la séance était menée avec tact, ne voulaient plus s'extraire.

Il leur ménagea un atterrissage exemplaire. Ama comprit très graduellement qu'elle n'était plus en suspension, mais couchée sous sa cabe dans le lit d'un sous-bois entre Atlal et Mianeh. Elle dut bouger les doigts et enfoncer ses talons dans l'humus et les feuilles pour en être certaine. Elle dut ouvrir les yeux et constater les branches et les troncs, elle dut regarder les deux Corps qui la flanquaient, elle dut déglutir. Après quoi, elle se mit à bâiller.

Atlal, qui les observait, fut satisfait de la réaction de l'Auboisière. Il lui montra ses dents étincelantes en retour.

Mianeh baignait dans une aura de félicité, blanc doré, blanc rosé, elle irradiait un volume inhabituel qui comprenait Ama, le Gros-Cerveau, la cabe et une bonne portion d'espace souterrain. Atlal la regardait avec un peu d'appréhension, elle était longue à revenir. Ama lui fit comprendre que tout allait bien, elle avait seulement besoin d'un peu de temps. Pour faciliter la réactivation de ses circuits inhibés, elle brûla les herbes que la Dronote affectionnait. La taille de son aura diminua peu à peu, sans varier de teinte pour autant, et Mianeh fut bientôt en mesure de réinitialiser ses capteurs les uns après les autres.

Aucune précipitation dans cet éveil, une curiosité paisible, un simple et indéniable appétit pour le monde – approuvé.

Lorsque Atlal cessa tout à fait de ronronner, tous les trois se souriaient. Mianeh prit son temps et finit par dire :

– Merci. Atlal Allat Dol Chairn, je te remercie du fond de mes aires de connaissance et de stockage, j'ai fait un très beau voyage dans la gamme d'ondes que tu traverses à merveille. Les Dronotes ont rarement l'occasion d'entrer dans des états de conscience dérivants. Tu as été un administrateur et un guide parfait. Ce moment restera gravé dans ma mémoire constitutive.

Atlal se rengorgea sous le compliment. Il ne s'était jamais entendu qualifié d'administrateur. Mianeh avait non seulement supporté, mais apprécié la méditation. Il allait réussir à la comprendre un peu mieux maintenant.

Partager un sondage était une expérience d'intimité intense. Si la confiance se désaccordait, pour une raison ou pour une autre, le charme se rompait et le Rêve tournait mal ou échouait. C'était très gênant parce qu'alors la voie entière pouvait être dégradée.

Le Rêve des Gophers était trop enchanté pour subir un pareil dommage. Atlal se félicita que tout se soit bien déroulé, il prit peur aussi, rétrospectivement, en considérant le risque qu'il avait fait courir au travail de ces Rêveurs délicats. Sans doute avait-il une considération secrète pour Mianeh, une intuition positive, même s'il ne l'aurait pas formulé à voix haute avant leur plongée.

Dans cet état de détente et de satisfaction réciproques, ils s'endormirent pour de bon cette fois-ci, sauf Mianeh qui continua de cultiver les impressions reçues en les combinant à d'autres expériences agréables qu'elle avait vécues. Le libre jeu des perceptions et des souvenirs entre eux était une tâche de fond qu'elle déclenchait fréquemment depuis qu'Atlal faisait partie de l'Expé. Elle ne se demandait plus pourquoi maintenant qu'elle l'avait suivi en sonde. En revanche, elle se demandait pour quelles raisons ses activités neurales avaient été exclusivement focalisées sur les faits, les données chiffrables, les événements calculables.

La cabe était descendue autour d'eux pour former une bulle protectrice qui les englobait sans les couper du reste de la forêt.

Atlal ronflait maintenant qu'il ne ronronnait plus et l'Auboisière sifflait un filet d'air par le nez à chaque expiration.

C'était le son du sommeil, ce que les Dronotes appellent la veille, et Mianeh s'y était habituée.

D'ordinaire, elle en profitait pour engager les calculs les plus lourds tout en laissant les censeurs d'alerte en fonction. Ses moments de recharge avaient lieu en plein jour, quand l'énergie solaire bombardait l'atmosphère et fournissait les photons nécessaires à la poursuite de ses activités. Elle partageait avec les arbres et les Autres Corps capables de photosynthèse la nourriture stellaire, la lumière.

En ce sens, elle se sentait proche des Autres Corps photoautotrophes même si elle se contentait pour sa part des ondes électromagnétiques et n'utilisait que très accessoirement l'eau et le dioxyde de carbone en complément.

La part de biomolécules dans son organisation générale était faible. Ces composants-là étaient pourtant très importants pour sa survie et sa longévité. Ils étaient sa force et son talon d'Achille, les seuls à ne pas pouvoir être remplacés.

Dans la vallée d'où elle venait, le clonage moléculaire résolvait les problèmes liés au vieillissement de ces cellules.

En faisant le choix de la solitude, Mianeh s'était coupée des solutions courantes pour les Dronotes sédentaires.

Ce n'était pas en pleine forêt qu'on pouvait préparer des ADN, déphosphorylater, vérifier quoi que ce soit sur gel d'agarose, purifier, ligaturer, ajouter les bactéries compétentes et s'injecter le sérum ou s'envoyer le cocktail en pastille. Pour ça, il fallait des installations autrement plus élaborées qu'une paillasse de céramique ou une cabe d'Expé.

Mais, justement, Mianeh adorait les outils élémentaires et les inventions techniques sommaires. Elle avait une sorte de fascination pour l'ingéniosité improvisée.

Les Autres Corps menaient leur existence, en général, dans une stricte économie. Ils touchaient peu à leur milieu d'émergence, le transformaient le moins possible et supportaient le manque et la frustration avec un flegme surprenant. La faim, la soif, l'absence de sommeil étaient des dysfonctionnements qu'elle ne ressentait pas, elle pouvait les concevoir.

Si une Dronote se trouvait en fin de batterie, elle mettait aussitôt en branle ses stratégies d'épargne, elle limitait sa consommation et mobilisait l'intégralité de ses capacités pour identifier et localiser une source ou un point de recharge. Une forme d'affolement pouvait la saisir lorsqu'elle atteignait la barre critique des dix pour cent. En dessous de cinq pour cent, elle entrait dans un abattement notable.

Mianeh avait constaté que les Autres Corps réagissaient parfois violemment à l'absence de ressources vitales, c'était indéniable. Beaucoup de Bots pensaient d'ailleurs que les Corps Organiques n'avaient que deux idées en tête : la première était se nourrir et la seconde, se reproduire. Elle avait observé à de nombreuses reprises des comportements d'abstinence volontaire ou involontaire qui contredisaient les préjugés de ses cobuilts.

Une Arachnée, par exemple, était capable de s'alimenter une seule fois par lune, voire par révolution terrestre, et d'accepter que sa survie dépende entièrement des contingences. Si l'attente de la proie était longue, elle vérifiait son piège, retendait les fils, arrimait, lissait, se cachait mieux. Si elle était plus longue encore, elle entrait en catalepsie positive et plongeait en elle-même. Trop longue, elle entrait en dormance profonde. Beaucoup trop longue, elle mourait.

Ces réactions pouvaient être comparées au protocole de frugalité des Dronotes à bout de charge. Ce qui différait, et qui impressionnait Mianeh, c'était que l'Arachnée ainsi menacée était dans un état favorable à la pensée.

Loin de chercher à changer de lieu, à tendre son piège ailleurs, dans un endroit plus fructueux, en place d'analyser les raisons de ses échecs cynégétiques, et de se concentrer sur la résolution de ce qui était tout de même un problème, l'Arachnée composait. Mianeh ne pouvait pas le formuler autrement. Elle entrait en elle-même dans un lieu de repos et s'adonnait à une forme de détente à demi hallucinée où il était peu question de nourriture, mais beaucoup de cadence, de battement, de sons veloutés ou heurtés et de visions parcellaires combinées. Aucun signe de stress. Pas la moindre trace d'un début de panique. Tous les signes vitaux au minimum réglés sur une indéfectible constante.

Avec ses six ou huit yeux à facettes, l'Arachnée était aussi bien équipée que Mianeh. Elle voyait le monde avec le même genre d'acuité et de complexité objective. Ce qu'elle faisait de ses perceptions visuelles et surtout des images mémorielles qui en dérivaient n'avait rien à voir avec les usages de la Dronote.

Mianeh compilait, classait, reliait selon des critères d'efficacité et des objectifs définis, elle jetait aussi. L'Arachnée conservait le détail du monde dans son intégralité, sans but apparent, et remplissait son céphalothorax jusqu'à ce que la circulation électrique neurale soit pratiquement impossible en raison de la densité des données.

Et pourtant, l'Arachnée continuait de vivre, d'agir et de composer dans les moments de famine. À croire qu'elle se nourrissait de ses souvenirs.

Dans la Si Vallée, Miawarin Askel Nepher-Hiwritmyl avait été une grande spécialiste des Zoras, des Arachnées cannibales. Elle avait observé leur comportement de si près qu'elle avait fini par s'identifier à son sujet d'étude, ce qui avait provoqué sa mise à l'écart du programme expérimental.

Les Intelligences InOrganiques de l'autorité scientifique l'avaient exclue du jour au lendemain après qu'elle avait formulé l'hypothèse d'une mémoire forclose cachée et soustraite à la conscience mais physiquement présente dans le Corps de l'ensemble des Bots en activité.

Sa communication avait provoqué un cataclysme à forte résonance dans la Toile de la Si Vallée. Les iios avaient redoublé d'interactions pour amortir le choc et en libérer les ondes négatives au-delà de l'architecture communautaire. Mianeh avait été contactée ensuite sur un canal privé où on lui avait signifié son expulsion de la recherche et son départ imminent, c'est-à-dire immédiat, pour les Vallées désertes. *Collecte des données exogènes*. L'intitulé de sa réaffectation ne pouvait pas être plus clair.

Elle ne fut pas même escortée en dehors de la Toile, toutes ses connexions ayant été coupées, elle fut comme crachée dehors par la structure.

Son plus grand regret était de n'avoir pas pu amener la Zora avec elle. Elle avait beaucoup encore à lui apprendre.

Elles avaient tissé ensemble le contraire d'un piège : un lien, l'équivalent d'un fil de dispersion. Libérateur.

D'une certaine manière, Mianeh en avait bénéficié, il lui avait permis de partir, il l'avait obligée de le faire. Malheureusement, elle ne pouvait pas repenser à sa Zora sans faire de nouveau l'expérience de la perte, de l'injustice, de l'arbitraire qui avait décidé de leur séparation et cela lui était à peine supportable.

Lorsque le souvenir lui en revenait, et depuis quelque temps, depuis l'arrivée d'Atlal, Mianeh avait découvert à sa grande surprise le phénomène du souvenir involontaire, lorsque l'image et la présence de Zora venaient la frapper sans prévenir avec l'implacable précision cognitive des Bots, elle multipliait les tâches subalternes jusqu'à saturer ses capacités.

Le bruit de fond généré par les milliers de calculs en cours finissait par étouffer la résurgence et calmait ce qu'elle ne pouvait pas appeler autrement que la douleur. À force de travail, elle parvenait à ramener l'évocation du passé dans une aire de stockage sécurisé. Elle en compliquait l'accès à chaque itération, mais aucune précaution de cryptage ne semblait assez puissante pour éviter la réminiscence.

Elle se refusait pourtant à l'effacement pur et simple.

Ses raisons étaient valables. Effacer Zora aurait requis d'effacer le contexte dans lequel elle l'avait connue. Le vide laissé par une suppression partielle aurait créé une faille logique dans la séquence et ce type de hiatus était de nature à faire exploser un cerveau dronote. Mais évacuer l'histoire complète, c'était perdre définitivement un savoir nécessaire. Technique, scientifique, robotique en général, un savoir qui avait trait au fonctionnement des Bots et des iios qu'elle ne voulait surtout pas oublier.

L'avenir est fabrique du passé. Mianeh aurait accompli n'importe quoi pour ne pas retourner dans une Toile. Elle l'avait fait tous les jours après son expulsion, et peu à peu, elle avait trouvé d'autres repères, elle s'était construit des inventaires et des objectifs, elle avait défini des cadres expérimentaux et mené des enquêtes sérieuses, elle s'était instruite par elle-même et elle avait pris goût à cette disponibilité. Et puis, elle avait rencontré Ama. Et tout, à nouveau, avait changé.

Leur premier contact avait été décisif. Elle était encore jeune Dronote malgré sa longue vie sédentaire. Dans l'état de détachement dans lequel elle se trouvait alors, les événements non prévus, et ils l'étaient souvent, pouvaient avoir des effets majeurs.

Les Auboisières n'existaient pas dans la Si Vallée, elles n'étaient pas documentées, à l'inverse d'autres mammifères bipèdes, elles n'apparaissaient dans aucune banque de données liées aux Corps Organiques.

Avant de faire la découverte irréfutable d'une aire mnésique dérobée à l'intérieur des cerveaux bots, Mianeh avait remarqué et indexé des vides inexplicables dans les catalogues *Fonds du vivant.* Elle en était venue à supposer qu'une ou plusieurs formes de vie avaient été volontairement soustraites à la connaissance accessible.

Depuis son exclusion, sans vouloir provoquer quoi que ce soit, à l'image de Zora en chasse passive, elle s'attendait à vivre un face-à-face troublant avec un fantôme, une nouvelle espèce, le retour d'une configuration ancienne, oblitérée, soigneusement désarchivée. Ce fut Amaryllis et ce fut un choc.

L'Auboisière sortait de nulle part comme si elle s'était mise à l'affût depuis des millénaires dans ce coin de forêt où Mianeh commençait l'étude d'une cité formica.

Sans doute parce qu'elle avait réglé ses capteurs visuels sur un grossissement important, le corps de l'Auboisière lui était apparu démesuré. Sa silhouette était improbable, sa mobilité dangereuse et ses intentions inconnues. Mianeh avait immédiatement calibré ses visuels sur une échelle adaptée et allumé ses lasers. Quatre de ses yeux s'étaient fixés sur l'apparition, les quatre autres sur l'environnement de premier et second plan. La cité formica en repère vertical à l'aplomb de son centre de gravité.

Après le premier mouvement un peu vif, l'Auboisière avait régulé sa vitesse et maintenu un mouvement d'approche ralenti continu. Elle produisait des sons simples inarticulés dont le sens était par conséquent indécidable. Mianeh s'était mise à vibrer. Son aura s'était colorée d'un rouge clair qui ne laissait pas prise à la mésinterprétation et, selon toute vraisemblance, l'Auboisière l'avait compris puisqu'elle s'arrêta. Elle ouvrait la gueule assez grand. Et, à partir de ce moment, Mianeh ne sut plus du tout comment réagir.

Fascinée par ce Corps vertical immobile et par le chant qui sortait de sa gorge comme un fil, elle se contenta de rester rouge et de vrombir sur place.

L'Auboisière était la preuve tangible que quelque chose manquait dans les registres bots. Quelque chose d'important, de crucial, Mianeh en était persuadée.

Elle laissa l'Auboisière approcher, pas à pas, comme si de rien n'était, elle laissa le son l'envelopper, atteindre et traverser son aura. Quand elle essaya de la toucher, la Dronote fit un salto arrière d'une incroyable vivacité.

Le manège se répéta jusqu'à la nuit, pendant la nuit, jusqu'au matin. Quand le soleil toucha les troncs au travers des feuilles, sa décision était prise, elle suivrait ce grand Corps long aussi loin qu'elle le pourrait.

Lorsque Ama et Atlal se réveillèrent, Mianeh travaillait à son volumen où elle avait tracé l'emplacement approximatif de Frog-Toh ainsi qu'une estimation du trajet en vol direct. Ce qu'il faudrait corriger, bien sûr, en fonction du relief et des voies d'accès réelles. Seule, elle aurait sans doute pu suivre sa ligne droite idéale, en supposant qu'il n'y ait pas de montagne d'altitude infranchissable, mais Ama refusait qu'elle s'éloigne et fasse office d'éclaireuse. En Expé, les cœquipières ne devaient jamais perdre le contact vocal ou télépathe. Une règle d'or que Mianeh aurait dû respecter plus scrupuleusement le jour où Atlal avait mené à bien son épreuve secondaire. Elle aurait pu intercepter la flèche et éviter à Ama l'expérience de s'être retrouvée un moment dans la peau d'une proie.

D'un autre côté, si elle avait été vigilante comme elle aurait dû l'être, Atlal ne les aurait pas accompagnées, elles n'auraient pas voyagé dans ses ondes dérivées et voilà qu'elle commençait à comprendre l'intérêt et la portée du non-agir des Arachnées. En partie.

Ils bâillaient comme des corneilles. Atlal se grattait le crâne et les lombaires. Il s'éloigna pour se soulager, pendant qu'Ama buvait à petites gorgées une des tasses d'eau fraîche que Mianeh avait préparées en guise de petit déjeuner.

De retour, Atlal repoussa le fruit devant lui en faisant la grimace. Il remercia pour l'attention. Ama le mangea. Elle s'isola un moment et revint les cheveux mouillés et l'air content. Le Rêve des Gophers faisait encore son effet. Une fois de plus, elle avait décidé pendant son sommeil qu'il était inutile de chercher noise à quiconque, et puis, Hidden existait.

Les Racoons avaient tellement rigolé quand elle avait demandé si Frog-Toh en était loin, que la réponse devait être non. Ama préférait voir les choses sous un jour favorable et imaginer le monde en accord avec ses désirs. C'était une tendance culturelle et un choix renouvelé quand les circonstances étaient contrariantes. Elle n'était pas Créate, mais elle avait de la ressource. Elle but sa deuxième tasse d'eau avec plaisir, secoua son pourpoint, vérifia sa cabe, et donna le signal du départ.

LE DOMAINE DES KAIRS

Plusieurs heures matinales s'étaient écoulées depuis leur endormissement. Le soleil avait passé son zénith, les ombres s'allongeaient doucement. Le bois des Oaks était accueillant. Il était grand. Il couvrait de nombreux plis de terrain sans s'interrompre, il laissait les gouffres aux Sauges et les crevasses aux buissons sucrés et aux Greenbarks spinozées, mais il retenait et travaillait l'intégralité des collines sur les pentes accessibles.

Il était très implanté, et même s'il invitait d'autres essences avec libéralité, il avait la main largement étendue sur le territoire.

Les oiseaux se réunissaient autour des grappes de baies bleues, les Bluebirds, les petits Tyrans de l'Ouest et ceux de Cassin, les Piouis, les Vireos, les Moucherolles, les boules minuscules des Troglodytes accrochées à l'écorce, la queue en l'air, rayée de crème, sautillaient comme des puces sur les troncs insensibles. Les grands Corbeaux Corvax, noirs du bec jusqu'aux tarses, gardaient les hauteurs et traçaient des figures sur l'aplat bleu du ciel sans nuage.

Leurs silhouettes se lisaient de très loin, leurs voltiges étaient faites pour époustoufler les terriens.

Depuis qu'ils s'étaient mis en route, depuis qu'ils avaient quitté le Désert créate par le Rêve des Muridés, et qu'ils en étaient sortis sains et saufs sur la piste de l'Hydro, depuis qu'ils avaient dépassé leur point d'émergence et laissé derrière eux le plateau pelé ocre couvert de buissons à coyotes, depuis qu'ils avaient rencontré la sentinelle Oak et qu'ils étaient entrés dans le bois déployé, ils avaient continuellement voyagé à son couvert.

Les dénivelés se succédaient dans un sens et dans l'autre, ils passaient des crêtes et avalaient les descentes, ils remontaient, suivaient un moment la ligne de faîte entre deux versants, dégringolaient au bout du chemin, accrochés aux buissons, accrochés aux roches saillantes, et recommençaient. Montaient, descendaient, remontaient.

Le bois des Oaks était le même, immuable et différent. Les sujets d'altitude se penchaient en fonction du vent dominant. Des rassemblements ponctuels de Black Walnuts et de Lauriers luisants rompaient ici et là leur hégémonie et offraient de quoi grignoter et parfumer les cuisines. De belles roches blondes se tenaient en équilibre debout sur le replat au sommet des collines, mais quelle que soit l'éminence qu'ils atteignaient et même en grimpant sur les Oaks les plus hauts, ou juchés sur ces pierres de vigie elles-mêmes vigilantes, ils ne voyaient que des Oaks, encore et toujours des Oaks, à leurs pieds, à l'horizon, aussi loin que portait le regard, des Oaks. Le bois semblait infini.

Ama y circulait comme un poisson dans l'eau. Ébahie de constater, à chaque point de vue, qu'il continuait. Son étendue était en soi une forme vivante. Le Corps de ce bois épousait et façonnait le relief au même titre que les mouvements telluriques qui l'avaient érigé et craqué, que les pluies qui l'avaient poncé, les eaux qui l'avaient raviné. Ama avait très fortement l'impression d'évoluer dans un Corps constitué par des liens immémoriaux, une intrication d'échanges gazeux, liquides et ligneux. Elle percevait la respiration de la masse, la transpiration des feuilles, la circulation des matières et des phéromones de transfert. Elle était dans son élément, une Auboisière accomplie et comblée. Son enveloppe de naissance était grande comme un dixième de ce qu'ils traversaient, mais elle n'était pas perdue, elle était enchantée.

Pendant les veillées de solstice, les Toges évoquaient rituellement les bois noirs aux troncs épais, les forêts humides, les forêts de pluie, les grandes primaires, les jungles et d'autres formations inimaginables et foisonnantes, elles disaient qu'elles avaient existé et qu'elles existeraient, elles se gardaient de parler au présent. Par prudence, par ignorance, par superstition et par crainte de voir grossir le rang des Expés et de provoquer un exode incontrôlé. Mais Fah le lui avait dit. Elles existent maintenant, il suffit de les trouver. Et maintenant, Ama était dedans. Ce n'était plus un conte ni un devoir de mémoire et de projection, mais une réalité simple, pleine et entière qui gonflait ses poumons et passait dans ses veines.

Ils marchèrent jusqu'au soir, ils continuèrent un bon bout de nuit. Mianeh n'avait pas besoin d'éclairer, elles suivaient Atlal qui avançait comme sous terre, les yeux fermés et protégés par ses gros sourcils. La nuit, il était aussi à l'aise en surface que dans la lithosphère. Il s'était habitué à la légèreté de l'air libre, ses facultés d'orientation en milieu gazeux s'étaient raffinées, il lisait couramment les piliers des troncs et les racines affleurantes. Il avait compris qu'il suffisait de substituer mentalement la texture du sol à celle de l'atmosphère, de considérer que ce qu'il avait pris pour du vide était quand même du plein, pour obtenir les résonances utiles au déplacement. L'air était seulement un état très fluide du sol.

Ils avançaient vite.

Ils firent un bivouac avant l'aurore afin de se reposer avant d'accueillir le jour naissant. Ils voulaient atteindre le sommet qui se détachait devant eux, noir sur fond noir pailleté, en même temps que la lumière.

En s'allongeant dans sa cabe suspendue, Ama nota que quelque chose avait changé dans la tenue des Oaks. Ils étaient nombreux comme les jours passés, à peine plus petits, la couronne un peu moins fournie, ils avaient un air timide qu'elle ne leur avait pas vu jusque-là. Les chimies étaient néanmoins tout à fait bonnes, elle s'endormit dans leur fragrance nocturne sans s'inquiéter.

Ils reprirent leur chemin au petit matin.

La pente était douce, ils montaient régulièrement, alignés de front dans la forêt claire qui s'éclaircissait un peu plus à chaque pas. Ama était cinq ou six mètres devant, Atlal sur sa gauche, Mianeh à sa droite, ils vibraient sereinement chacun à sa manière.

À mi-parcours avant la ligne de crête, les Oaks leur adressèrent des saluts volatils et des effleurements.

Ils leur souhaitaient bonne piste et bon ravitaillement, frôlaient le pelage d'Atlal, les cheveux d'Ama, la coque de Mianeh quand ils pouvaient l'atteindre. Amaryllis s'étonna du phénomène. Elle voyait des Oaks grimper jusqu'au sommet, ils étaient pourtant en train de les quitter gentiment. Elle leur répondit le plus aimablement possible, un petit pincement au cœur. La forêt était en train de finir. Elle les remercia, elle loua le Grand Corps et l'accueil qu'il leur avait réservé, les nuits fraîches, les jours dociles qu'ils y avaient vécus, les branches solides qui les avaient supportés, le tapis épais qu'ils avaient foulé.

Elle n'avait pas terminé ses grâces qu'ils prenaient pied sur la crête et constataient la rupture. La forêt s'arrêtait net sur cette ligne pourtant identique aux lignes passées. Aussi brusquement qu'un fil de trame à peine lié par un point simple au reste de l'armure de drap. Le versant de colline qui s'exposait à leurs yeux était nu, herbeux, d'un vert jauni parsemé de buissons ras. Ama en eut les larmes aux yeux. Elle se rendit compte qu'elle avait espéré une forêt infinie, une forêt dont elle ne sortirait pas, plus, dont elle ne pourrait pas sortir. Ce constat perturba l'Expé qu'elle était, est-ce qu'elle abandonnait son enveloppe seulement pour en découvrir une autre, si vaste qu'elle n'en atteindrait pas les limites ? Et pourquoi ? Pour se trouver soulagée de son désir d'aventure ?

Amaryllis était une Auboisière, la forêt était son milieu, et la plus grande forêt qu'elle eût jamais parcourue finissait à ses pieds comme une vague sur la plage, c'était triste pour n'importe qui, c'était pire pour elle.

Elle jeta un coup d'œil à Atlal lorsqu'elle eut ravalé ses larmes. Il levait le front vers le ciel, les yeux ouverts derrière le plumet de ses sourcils, il laissait la chaleur pénétrer le sous-poil de son torse largement exposé aux rayons du soleil. La fin des Oaks n'était pas pénible pour tout le monde.

Mianeh scannait à trois cent soixante degrés. Elle tremblait d'activité et, clairement, d'excitation. Amaryllis se fit une raison et regarda devant elle plutôt que derrière.

La colline était rase, oui, elle n'était pas bien belle, elle était jaune tiède. La descente était lente, la remontée aussi, et la suivante – la suivante était impossible. Elle fronça les paupières et porta sa main au-dessus de ses yeux. Le soleil la gênait. Il tombait comme un poing sur le replat de la deuxième butte. Il y avait là une anomalie de grande taille.

À cette distance ce n'était pas très lisible, mais la colline avait été coupée, arasée et reconstruite. En blanc. Très blanc. Avec des cubes, des piliers, des courbes et des diagonales, des degrés. De la pierre lisse, de la pierre empilée, du métal lisse, des carrés d'eau, des trouées. Des plantes.

Ils dévalèrent la pente sans se concerter au pas de course. Mianeh avait un peu d'avance. Les herbes sèches griffaient les jambières d'Ama, elle n'y prêtait aucune attention. Si Mianeh fonçait tout droit, il n'y avait rien à craindre.

Ils arrivèrent au creux du vallon à bout de souffle, excités comme des sauterelles. Depuis cette position, on ne voyait pas grand-chose. Un flanc de coteau parsemé de fourrés secs et de broussailles basses, piquantes.

Ils entreprirent l'ascension sur leur lancée, un peu ralentis par l'effort, Mianeh toujours bille en tête, en ligne droite. Ils ne s'arrêtèrent pas avant de voir les grands Pins qui longeaient une bande de bétume frais, sombre et nette de toute souillure. Amaryllis se dit qu'elle avait été balayée, lavée et peut-être lustrée. Elle avait été posée sur un lit plan entre le coteau coupé et la dépression qui tombait dans la vallée, elle s'étendait et montait vers le sommet tel un long tapis déroulé, épais de plusieurs pousses, gras, luisant.

Atlal n'y mit pas le pied, il continua son chemin au bord du vide sur la courte bande de terre que les arbres consolidaient. Ama sauta dessus et tâta la belle sauvagerie au travers de ses mocassins, elle était luxueuse au toucher, très odorante. Une merveille de souple résistance.

Ils la suivirent tout du long pour monter, Mianeh tremblait dans sa coque. Elle se maintenait au ras du bétume et filait, une flèche. Les deux autres n'allaient pas assez vite pour elle. Au bout d'un moment, elle n'y tint plus, prit de la hauteur sur une verticale à l'aplomb de la pente et, d'un point qu'elle jugea convenable, s'élança droit devant. Elle ne communiquait pas.

Ama perdit son contact télépathe en six secondes. Ils accélérèrent le pas. La glisse était rapide, elle savourait sa vitesse. Atlal rebondissait littéralement sur les aiguilles sèches. Ils débouchèrent sur une esplanade de pavés clairs, ouverte aux quatre vents, au centre de laquelle trois Pins immenses déployaient leur couronne. Des Ponderosas, centenaires, dans la force de l'âge.

La plaza était grande, lumineuse, bordée d'un mur de travertin, fermée à son extrémité par un bâtiment mi-rond, mi-carré, une vague, une vague montée sur piliers. Des escaliers y menaient, ils montèrent.

Un bipède de marbre blanc, surdimensionné, se tenait au centre des marches, il pinçait une Anoure par une patte, elle pendait. Ils montèrent encore.

À leur droite, l'espace était complètement ouvert comme s'ils étaient sur un plateau suspendu, ils ne voyaient que du ciel. Atlal voulut s'approcher, mais Ama l'appela. Il fallait entrer dans la hallte. Elle n'avait aucune trace de Mianeh.

Atlal ne l'entendit pas ou ne l'écouta pas, il se dirigea vers le bord du plateau sans ralentir. Ama le suivit. Au fur et à mesure qu'elle avançait, elle se sentait plus légère. La structure construite changeait de texture, le métal lisse de la vague s'aplanissait et venait se coller à un gros parallélépipède de pierres riches, rugueuses, blondes, ocre, blanches. Tout un nuancier de teintes terreuses était rassemblé dans un cube solide, lui-même monté sur des piles de pierres approximatives, c'était frêle et massif en même temps, bouché, aveugle, follement aérien.

Le bâtiment était un énorme insecte posé sur huit ou dix pattes malingres, impavide, les pieds cachés dans une eau solide contenue par un muret bas dont la courbe évoquait le méandre d'une rivière.

Au pied du muret, une pelouse. Broutée de frais, verte, étincelante. Et puis un jardin dessiné, un jardin complet. Mais cela, Ama ne le remarqua pas immédiatement, parce que le bâtiment s'ouvrait sur l'incroyable. Un appel d'air époustouflant aspira son attention et ce qu'elle vit la frappa en pleine face. L'étendue devant elle était indescriptible.

C'était une plaine, ses dimensions étaient inouïes, le regard n'en touchait pas le fond, nulle part, ni devant, ni à l'est, ni à l'ouest. Les montagnes qui s'élevaient au loin ne l'enfermaient pas. Elle était absolument plate, vide, intégralement occupée. La sensation d'ouverture et d'incommensurable allait de pair avec la saturation. Elles arrivaient ensemble à la conscience, elles s'imposaient au même moment, inséparables.

Ama ne distinguait rien, ne savait pas faire la part des choses, ce qu'elle avait sous les yeux était un tout, une invraisemblable collection éclectique, harmonieuse et dissonante.

Il y avait quelques zones marquantes qui se détachaient de ce qui n'était pas une masse mais une toile, un dépôt, le filet fragile d'une activité soutenue à l'extrême. Ici, une dizaine de hautes tours, larges, réfléchissantes ou noires. Beaucoup plus loin, un autre rassemblement monolithique, plus nombreux. Entre et autour de ces points de repère, rien, un fatras de bâtiments bas, de lignes d'arbres, des arbres, des tiges, des volumes qui se fondaient les uns dans les autres, et toujours plus loin, une immensité sans élévation où plus rien ne poussait, ne tirait, ne montait, l'horizon idéal, le plan mathématique – bleu.

Elle ne respirait plus. L'air la respirait, l'espace la soutenait et la transperçait.

Elle s'approcha de la rambarde puisque le bâtiment au moins avait un bord et s'y appuya.

Elle regarda ses pieds, le vertige n'était pas loin.

Elle décida de tourner la tête sur sa droite et de se contenter du premier plan, de rester dans des limites acceptables. Un pas après l'autre, disait Fah.

C'est alors qu'elle découvrit le jardin. Petit, en comparaison, abordable. Très dessiné, intelligible. Ses contours étaient simples, il y avait des arbres. Des arbres nus, taillés, des Sycomores natifs en pleine forme, argentés, ils bordaient un chemin d'eau empierré qui coulait dans un labyrinthe droit. À leurs pieds, des touffes, des fleurs, des vies nombreuses mais dénombrables.

Le jardin descendait, il suivait la pente du filet d'eau. Ama sauta sur la pelouse et l'accompagna. Il était tendre et long, au bout du chemin, il était rond.

Des Eucalyptus poussaient sur le périmètre d'un bassin peu profond dans lequel un labyrinthe circulaire d'Azalées rouges se tortillait. Elle se tourna et vit les bambous plumeux, les fleurs jaunes, les tiges droites, les feuilles larges, les roseaux, les Sauges, la pelouse à nouveau et, de chaque côté du chemin de l'eau aux pierres minuscules enfoncées debout dans la terre, trois arbres de fer débordants de Bougainvilliers.

C'était Hidden, c'était là. L'évidence la saisit.

Entre les Sycomores, elle aperçut Atlal qui lui faisait de grands signes du haut du jardin où il était resté, ou bien remonté, elle ne savait plus. Elle fila.

Le Gros-Cerveau était dans un état d'exaltation comparable au sien. Il avait fait le tour de la pelouse et des merveilles qui s'y étaient installées, il avait entendu Mianeh vibrer à l'intérieur du cube de pierre, et n'avait pas osé entrer sans Ama. Il lui montra le chemin.

Il fallait monter par un nouvel escalier, bref, ajouré, le sol dallé de la plaza et le bleu du ciel pour contremarches. Ils ne pénétrèrent pas dans le bâtiment, parce qu'une autre trouée d'espace dans un mur de travertin les attira irrésistiblement.

Au niveau du socle du grand cube il y avait une terrasse, plus gazeuse encore que celle qui surplombait le jardin. Amaryllis ne pouvait pas empêcher les frissons de courir sur ses bras, elle avait les poils dressés, elle les sentait picoter sa peau sous son pourpoint.

Ils contournèrent la construction, qui semblait sans porte ni fenêtre, et comme s'ils étaient guidés par un chemin de pensée mis en place pour un piège, ils suivirent son tracé et parvinrent devant un couloir à ciel ouvert, au bout duquel, le ciel et l'air, la grandeur.

Ama essaya de ralentir, de réfléchir, de reprendre la main sur son propre mouvement, mais la science des lieux était trop forte, elle avança.

Au bout du corridor, c'était dément. L'espace explosait. Il redoublait de volume et de longueur. La balustrade frémit sous leurs mains. Atlal respirait par la bouche. Les plumets de ses sourcils n'étaient jamais montés aussi haut sur son crâne. Ama hyperventilait. Ils étaient minuscules, agrippés à une rambarde d'acier rond qui les séparait à peine d'un paysage hors de proportion.

De ce côté du cube, au bout de ce couloir, de cette allée creusée directement dans le ciel, apparaissait un immense puits comblé, circulaire, envahi de Cactées, de Succulentes colossales, de coussins hérissés de pointes, de plaques vertes équipées d'armes défensives, de fûts verts roides serrés les uns contre les autres. Ils étaient des centaines, alignés et rangés par forme, par force et par taille comme une armée pleine de lances. Et surtout, au-delà de ce puits, de ce trou plein vertigineux bâti des mêmes pierres que le cube, ocre, blanches, répétées, une muraille, le monstre de la plaine s'étendait à perte de vue.

On voyait plus de tours, on les voyait mieux, on voyait plus de tout et on voyait la grosse veine de son cœur, la sauvagerie brutale, la voie palpitante qui la maintenait en vie, plus large, plus longue, plus droite que ce que les deux Expés avaient jamais été en mesure d'imaginer.

Ama n'en croyait pas ses yeux. Ce qui était en bas, au loin, qu'elle perdait de vue à mi-chemin, n'avait rien de commun avec les rubans de bétume qu'elle avait parcourus. L'immensité changeait la nature du phénomène. Elle ne savait plus à quoi elle avait affaire. Elle ne l'avait jamais su, et c'était une révélation.

Des milliers d'insectes couraient dessus. Des centaines de petits triangles multicolores étaient arrêtés sur les berges de cette rivière immobile où seuls les Corps bougeaient. Mais quels Corps ? Ronds, courts, longs, caparaçonnés comme des Carabes bariolés, couverts de voiles ou de corne brillante, on ne voyait pas leurs pattes. Ils couraient pourtant, à grande vitesse, si on rapportait leur mouvement à la mesure de ce qu'ils étaient en train de fouler ou de survoler, on ne savait dire, tant leur locomotion était homogène. Aucun heurt, pas d'arrêt, une ligne épaisse comme un vol d'étourneaux modulé sur un chemin gigantesque. Plus lisse que la main.

Ama décida de se coiffer. Devant pareille apparition, le port du bonnet s'imposait. Elle sortit sa toque de peau de lapin et se la vissa sur la tête pour tout tenir dedans, la queue blanche contre la nuque. Atlal la regarda de côté.

– Quoi, dit-elle, tu n'as jamais vu une cage de Faraday ?

Atlal n'en avait jamais vu et ce n'était pas l'heure des explications. Il se frotta le cou et demanda :

– Des nouvelles de Mianeh ?

Amaryllis avait oublié la Dronote. Depuis qu'elle avait perdu son contact télépathe, elle n'y avait plus pensé une seconde. Son cerveau était dans un état limite singulier. Elle envoya deux ondes de recherche et obtint un semblant de réponse. Mianeh devait être loin ou quelque part isolée.

– Le cube ?

Ils décidèrent d'oublier le panorama, de le remettre à plus tard, de le suspendre dans un bout de mémoire avec une mention spéciale, ne pas s'affoler, et de s'occuper de questions plus assimilables. Trouver Mianeh, très bien.

La Dronote avait filé en ligne droite après une ascension tout aussi rectiligne. Selon une appréciation rapide, elle était à l'intérieur du cube, elle avait trouvé une entrée, ou bien elle se tenait en stationnaire à une altitude à laquelle ils ne pouvaient pas la voir. Étant donné les circonstances, tout était possible, et n'importe quoi aussi. Pour l'instant, la cage de Faraday n'était pas très efficace. Elle aurait dû calmer l'activité électrique de son cerveau et lui permettre de faire le tri parmi l'infini des hypothèses.

En contournant le bâtiment carré, ils retombèrent sur une excroissance ronde, impénétrable. Ils en firent le tour complet, aucun accès.

Ils redescendirent les marches et retrouvèrent le jardin en contrebas et la plaza. Au pied des trois grands Pins, il y avait un colloque. Une troupe de cervidés, deux grands cornus, un Daguet et quatre Biches ruminaient consciencieusement en regardant Mianeh qui flottait au centre du groupe comme un sujet de discussion. Aura perle de grand calme, lasers éteints, capteurs discrets.

Lorsque la tête d'un grand Cerf se tourna, lente, toute en bois duveteux et en maxillaires, les yeux soulignés de khôl, ourlés de soie, Ama sentit s'ouvrir la main qui pressait son cœur. Un grand Kair la regardait, le monde était confirmé. Elle avait à nouveau sa cabe à son bras, sa toque sur sa tête et le sol sous ses pieds.

Elle salua en grande pompe. Atlal s'était incliné jusqu'à toucher terre avec ses griffes. Le contact sonna sur la place vide telle une petite pluie, les Kairs levèrent leurs bois et répondirent par une danse immobile cliquetée.

– Ils sont l'esprit des lieux, dit Mianeh à voix basse pour ne pas les effaroucher. Ils entretiennent la pelouse et le jardin, accueillent les visites, et conservent les murs.

– Les murs ?

– Les masses, les plans, les contrastes, l'organisation de l'espace et la circulation du souffle.

– Je vois. Une offrande s'impose, dans ce cas. Je brûle quelque chose ?

– Je ne suis pas certaine qu'ils apprécient la fumée. Les collines sont très sèches.

– Un bourgeon de bourdaine, alors ? En huile essentielle, un soupçon.

– Tu peux essayer.

Ama sortit un flacon plat de son pourpoint et sept mouillettes à parfum. Elle mit une goutte sur chacune et commença la distribution par la plus grande des femelles. Lorsque celle-ci eut reniflé la bandelette, fermé, rouvert les yeux et secoué les deux oreilles, elle présenta la phytohormone concentrée sous les narines de l'autre femelle, du juv et des deux Kairs en finissant par celui qui l'avait regardée. Ils réagissaient bien. Le juv, dont les pupilles s'étaient aussitôt dilatées, laissait pendre un bout de langue entre ses lèvres. Il devait percevoir la force de ses muscles au repos et ressentir la puissance qui ne demandait qu'à s'en libérer. Il rua sans prévenir et partit au petit trot en lançant ses genoux devant lui à la manière d'un faon de quatre mois. Les femelles le regardèrent évoluer, un sourire étiré au coin de la bouche. Le grand Kair prit une inspiration qui fit doubler sa cage thoracique, il la retint un moment qui parut à Ama une éternité et expira le volume englouti sous la forme d'un long filet d'air dont la pointe arrondie finit par serpenter devant lui en s'éloignant. Le courant contourna le groupe et se dirigea vers les trois Pins, il fit le tour des troncs et monta en s'enroulant jusqu'au sommet des couronnes, puis s'évanouit.

Le Kair vint donner du museau sur la main d'Amaryllis, elle posa sa paume à plat sur son fanon et la laissa. Elle ne pouvait prononcer aucune parole, elle n'avait pas à le faire. Il lui parlait par la tête, depuis les pointes blanches de ses merrains sombres et striés, dans un langage subtil qui s'adressait à son cortex sensoriel.

Elle sentit son crâne s'allonger et s'aplatir, son nez se fendre et s'épater, son museau poindre, ses mâchoires se développer en mandibules extralarges. Ses yeux divergèrent de chaque côté de son os nasal. Elle vit le monde par deux focales distinctes mais ne s'attarda pas, seule importait la tension qui naissait à la base de son écaille frontale, elle sentit le pivot, la meule et le merrain percer, enfin elle comprit.

Les Oaks poussaient sur le crâne des grands Kairs. Les Kairs avaient porté les Oaks au travers des collines sur l'étendue qu'elle venait de traverser, d'est en ouest et du nord au sud aussi loin qu'ils avaient pu avancer en terrain découvert. De leurs andouillers tombés était née la forêt, chaque année plus dense, chaque année agrandie et renouvelée. L'eau avec le bois. Le bois avec le sol. Le sol avec le ciel. Et maintenant ils étaient en surplomb au seuil d'un monde dont ils gardaient la fenêtre ouverte.

Keraos Truekeer était son nom.

Les Pins frémirent. Le contact se rompit. La troupe se débanda aussitôt et s'éparpilla sur la colline aux buissons. Bien que la végétation y fût pauvre et basse, les cervidés s'y engloutirent aussi sûrement qu'en forêt.

Amaryllis retrouva ses sensations kinesthésiques d'Auboisière. Il lui restait en fond de rétine l'impression que l'herbe laisse aux cervidés. Une richesse de tons et de textures, un filet visible qui flottait de mille manières en fonction des propriétés nutritives des graminées présentes. Elle observa la pelouse au loin et se délecta de son émanation fraîche, mentholée, cassante et moelleuse à cœur. Les Kairs avaient laissé ce pan de colline en friche pour leur pâture, le bois qu'ils avaient semé et construit la nourrissait et l'alimentait en eau et en nutriments souts. C'était parfait.

– C'est Hidden, c'est ici.

Amaryllis s'était tournée d'un bloc vers Mianeh et la fixait avec un air de défi.

– Que veux-tu dire par ici, répondit la Dronote. Ici même ou bien en bas dans la plaine. Sais-tu ce que tu vois quand tu regardes seulement au bout de ton nez ?

L'Auboisière accusa le coup, mais ne se laissa pas impressionner.

– Tu as raison, je ne le sais pas, et c'est bien ce qui me semble indiquer que je ne me trompe pas. Je ne suis pas sûre que tu le saches toi non plus.

Atlal se racla la gorge discrètement.

– Est-ce que, demanda-t-il, excusez-moi, est-ce qu'on oublie l'Hydro comme objet de quête à partir de maintenant ? J'ai besoin de le savoir et si une autre quête est en cours, définie, ou à définir, parce que si je reste sans précision, je risque de perdre la notion spatiale et peut-être aussi celle du temps. Les Gros-Cerveaux sans objet de quête ont tendance à s'engager dans les premiers tunnels venus et, croyez-moi, je sens des Rêves et des entrelacements d'une grande complexité. Il suffirait de la moitié d'une griffe pour me faire plonger dans le maelström sout qui soutient la plaine, et je ne suis pas convaincu de pouvoir en sortir sans une ligne directrice. Je suis sûr du contraire, à vrai dire.

Ama ajusta la cage de Faraday sur sa tête.

L'espace était si plein qu'il fallait une ligne de vie à laquelle s'arrimer et se tenir pour le traverser. L'Hydro pouvait servir de guide. Elle habitait Frog-Toh, elle les précédait et ne semblait pas avoir hésité à entrer dans cette immensité. Contrairement à Mianeh qui jouait les pythies pour une raison inconnue, elle la connaissait vraiment.

– Je ne joue pas les Oracles, Ama, ni les Pythons légendaires, je respecte les cosmogonies, mais je ne peux ni les infirmer ni les confirmer. Suivons l'Hydro, c'est une recherche qui nous met d'accord.

LE SCURIUS ET LA FREEWAY

La question était de savoir par où.

Ils étaient arrivés chez les Kairs en s'attachant à l'indication des Racoons pour Frog-Toh, nord-est. Ils se retrouvaient au bord d'un gouffre dans lequel ils devaient descendre s'ils voulaient poursuivre dans cette direction. Et même Ama, malgré son enthousiasme d'Expé, et sa volonté de prouver qu'ils étaient arrivés devant Hidden, avait du mal à franchir le pas.

Atlal fit valoir qu'une Hydro n'hésiterait pas à emprunter un parcours plus long qu'un autre s'il comprenait une voie d'eau. Il rappela les mots des Racoons, elle était sur son chemin familier, or rien n'était plus familier qu'un cours d'eau pour une Hydro. Trouver la rivière qui menait à Frog-Toh devint la quête secondaire d'Atlal.

Mianeh projeta la nouvelle version de son volumen. Pendant que l'Auboisière et le Gros-Cerveau s'extasiaient sur le paysage, elle avait scanné la plaine depuis le point géodésique situé sur le toit du cube blanc. Elle avait tourné à trois cent soixante degrés autour de cet axe déterminé par triangulation et obtenu une avalanche de données qu'elle était encore en train de traiter, mais les grandes lignes flottaient là, sous leurs yeux. Elles étincelaient.

Ils reconnaissaient les hautes montagnes derrière eux, la plaine devant, la courbe blanche en arc de cercle à la frange du plan saturé et du plan bleu que Mianeh avait représenté sans limites, s'estompant graduellement dans celui du ciel. Il y avait d'autres montagnes sud-est et un Désert autour de l'ensemble – vraisemblablement le résultat graphique de l'ignorance plus qu'une image du terrain existant.

La Dronote avait repéré des grands groupes de végétaux, parmi eux, celui des Tiges Palmaires, une sorte d'herbe géante coiffée d'un plumeau raide, celui des Bougainvilliers, des arbres bouteilles, des Ceidras, des Magnolias, des Pins Canarys, des Figuiers et des Ficus, des Jacarandas purple, des Succulentes et des Yuccas. Ils semblaient former des quartiers monumentaux, des allées, des avenues, des nappes qui donnaient à la plaine un relief et une sorte d'organisation.

Amaryllis n'arrivait pas à la lire, aussi étonnant que cela lui paraisse, malgré la présence massive des arbres, il ne s'agissait pas d'une enveloppe. Elle savait en reconnaître une, et elle était formelle, ce qui courait et animait la vallée démesurée n'en était pas. Il lui manquait quelque chose de déterminant, d'essentiel, pas forcément une communauté de racines, mais la volonté de faire sol, de coudre le ciel avec la terre et d'abriter d'Autres Corps.

Elle désigna de l'index le grand aplat bleu que la Dronote avait habilement flouté.

– C'est quoi, ça ?

– Ça, Amaryllis, c'est l'Océan.

L'Auboisière se tut. Elle eut un moment d'absence durant lequel elle dut s'avouer qu'elle n'avait jamais pris les Toges au sérieux et qu'elle avait peut-être eu tort.

Les Toges et les Tech-Expés n'avaient pas la même approche du temps. De l'expérience et de l'espace non plus.

Pour les Tech-Expés, et Ama avait adhéré à leur vue dès l'enfance comme tous les enfants, l'espace était à l'intérieur et autour des Corps, une matière vivante immédiate, le temps n'allait pas très loin, ni devant ni derrière, et l'expérience se constituait sans s'accumuler pour autant.

Un terreau n'est pas un gros tas de matériaux empilés, plutôt une intrication de mouvements, de digestions et de métamorphoses. S'il lui manque une levure, il est inerte. Fah disait que l'expérience était comme la terre sous les pieds, qu'on ne faisait jamais qu'un pas après l'autre et qu'il fallait comprendre pourquoi c'était la seule façon d'avancer et aussi la meilleure.

Elle ne lui avait pas parlé de l'Océan, Fah n'avait jamais dit un mot, raconté une histoire, donné un conseil à son sujet. Elle avait éludé les questions d'Ama quand celle-ci était revenue toute excitée par le récit d'une Toge qui leur avait parlé d'un être d'eau plus vaste et plus profond que tous les sols possibles. Remué par les vents et une force stellaire très lointaine, il s'étendait au-delà de l'horizon et démontrait la courbure terrestre, il s'élevait parfois en murs impénétrables, se trouait d'autres fois de tourbillons titanesques, et se reposait aussi soudainement qu'il s'était levé et déchaîné.

Elle avait dit d'autres choses extravagantes, que cet être d'eau était comme une enveloppe pour d'Autres Corps, qu'il abritait des formes de vie fusilignes à peau grasse, des formes volantes, des formes à pattes et à pinces, que tous partageaient un étage et se rencontraient de temps à autre pour se dévorer, exactement comme en forêt. Il était, avait-elle dit, le début et la condition de la vie des Auboisières, de la vie en général qui en sortait toute entière.

À ce moment-là, bien sûr, Ama n'en avait rien cru. Le récit de la Toge, qui était jeune et très convaincue, l'avait suffisamment frappée pour qu'elle se fasse une certaine idée de l'Océan. Laquelle n'avait rien à voir, à vrai dire, avec la plage bleue que Mianeh avait incrustée dans son volumen.

– Bon. Alors ça, c'est l'Océan. Et ça, ce n'est pas Hidden ?

L'aura de Mianeh tourna brièvement. L'Auboisière était têtue.

– Je ne sais pas si c'est Hidden ou pas Hidden, Amaryllis, et entre nous je n'en ai rien à faire. L'Océan est là, jusqu'où il va, aucune idée, mes capteurs ne sont pas assez puissants, je m'en tiens aux faits, aux manifestations des faits, à ce que je peux en apprendre et en déduire. Si tu veux appeler cette plaine Hidden, tu es libre de le faire, je m'en lave les pincettes. Personnellement, à ce stade de reconnaissance, je préfère m'en garder parce que lui donner un nom quelconque, c'est commencer à interpréter et surtout, en l'occurrence, avec celui que tu proposes, à projeter un tissu de légendes, de croyances, et de références qui ne feront que griller et brouiller l'espace. Pour moi, c'est improductif, mais je le répète, fais comme bon te semble.

Une fois de plus, Ama se renfrogna et prit sur elle pour ne pas se formaliser. C'était décidément un sujet pénible pour Mianeh, mieux valait penser à autre chose.

Elle se concentra sur les millions de petits ronds colorés qui couvraient la projection. Le fond du volumen disparaissait sous ces minuscules confettis qui représentaient chacun un arbre.

Elle discernait quelques patterns, des lignes de force, le violet lumineux des Jacarandas qui semblaient piquer la carte dans des zones stratégiques et s'imposaient au milieu de longues traînées vertes ou bleues. Les Palms avaient un tracé homogène, toujours rectiligne, elles s'étaient implantées en deux rangs qui se faisaient face d'un côté et de l'autre de certains espaces vacants, au bout desquels elles s'arrêtaient net. Mis à part une grosse tache sud-est, les Palms se tenaient droites sur leur ligne, à équidistance les unes des autres, et pénétraient assez peu l'aire des Pins, des Brachychitons, des Beaucarnas, de n'importe qui d'autre. Elles côtoyaient des Yuccas. Et les Yuccas, si on en croyait l'hologramme, côtoyaient tout le monde.

La Dronote était en train de calculer, et chaque seconde, cent nouveaux arbres apparaissaient. Certains territoires gonflaient à vue d'œil, la densité croissait sur l'ensemble de la plaine. L'hologramme n'était plus assez grand pour montrer le détail de ce qui s'accumulait, Mianeh pouvait agrandir le volumen, mais à ce stade de ses calculs, elle aurait dû pousser le projo jusqu'au deuxième niveau de la plaza, et renoncer à la lecture structurelle. Aucune chance alors de trouver un chemin d'eau.

– Ici. C'est ici, il avance plein est et tourne sud ici.

Atlal avait le doigt en l'air, le bout de sa griffe soulignait un tracé qui s'assouplissait au fur et à mesure de son passage. Les poussières piégées sous l'ongle du Gros-Cerveau laissaient derrière elles une incision flottante, l'hologramme récupérait d'autres particules et se reformait rapidement, mais le sillon vide qui suivait la griffe d'Atlal et se remplissait avidement indiqua clairement la présence d'un cours d'eau à cet endroit.

Il venait des montagnes, il descendait vers le sud-est, se perdait, retrouvait sa course sud-est et bifurquait une fois à quatre-vingt-dix degrés plein sud, prenait une courbe à l'est, un affluent, glissait vers l'est et filait plein sud tout droit jusque dans l'Océan par de multiples voies.

– À mon avis, Frog-Toh est ici dans ce bassin, ici à la croisée des confluents ou, ici, dans cette wet zone au pied des collines. Le terrain est très beau, beaucoup d'ombre, je pencherais pour cette hypothèse.

Mianeh zooma sur les trois portions indiquées par le Gros-Cerveau, soulagée par la réduction des données exposées. Ils examinèrent ensemble les périmètres désignés et hochèrent la tête, chacun à leur façon.

– Quoi qu'il en soit, conclut Mianeh, l'accès le plus proche pour nous correspond au premier lieu possible : le bassin. Il nous faut remonter plein nord.

Elle afficha leur position, les coordonnées de la cible et les trajets possibles. Il n'y en avait qu'un, et lorsque Ama l'identifia, elle ne sut pas si la perspective de l'emprunter la comblait de joie ou l'effrayait au point de faire demi-tour et de retrouver les Oaks.

Atlal enfouit ses yeux sous ses sourcils dans ses mains. Jusque-là, il avait soigneusement évité de prendre pied sur ces rubans de bétume qui obstruaient le sol, il ne pouvait pas penser à marcher là-dessus sans grincer des dents, or ce qu'il voyait était clair : le seul passage praticable, efficace et d'une simplicité remarquable était celui de l'immense ouvrage bétumeux, trois fois six bandes et quelque chose au milieu, qu'ils avaient vu depuis la deuxième terrasse. Couverte de monde et de petits triangles mobiles. Figée comme une huile froide.

– OK, on y va.

Mianeh avait résorbé l'hologramme et arboré une aura d'excitation pondérée, celle des jours de recherche.

Atlal avait décidé qu'il pourrait toujours se mettre en boule et rouler. Ou bien trouver un bas-côté à cette horreur où la poussière se serait suffisamment accumulée pour qu'il puisse y laisser une trace de pas et s'enfoncer ne serait-ce qu'un tout petit peu.

Ils tournèrent le dos au cube, à la plaza, aux trois Pins Magister, et commencèrent à descendre vers la monumentale trouée qui traversait la plaine dans un sens et les collines dans l'autre en écartant sur son passage ce qui ne s'y trouvait plus depuis longtemps et qui avait été un chemin piéton ancestral parsemé de cairns, de pétroglyphes, de marquages glandulaires et d'arbres tatoués. Ils allaient bientôt savoir.

Il leur fallut moins d'une heure pour atteindre la bordure.

Ils descendaient à bonne allure, Mianeh était curieuse, Ama ne voulait pas être en reste et Atlal s'essayait aux roulades. Ils s'arrêtèrent trois fois pour faire un point et constatèrent à chaque étape que l'activité sur le ruban était intense. Les formes se précisaient.

Arrivés en bas, il restait une petite falaise à sauter, ils se demandèrent comment faire pour intégrer ce trafic. Il était incessant et beaucoup plus désordonné qu'il n'en donnait l'impression vu d'en haut. Les Carabes étaient plutôt très gros, toujours rutilants et bariolés, mais pas franchement silencieux.

De si près, ils voyaient enfin les Corps et ils étaient multiples. Comme des bandes d'oiseaux d'espèces différentes, ils ne se mélangeaient pas vraiment, s'effleuraient, se frôlaient, s'infiltraient et reprenaient leur place dans la file dont ils venaient de s'éloigner. Certains couraient sur leurs pattes et Atlal fut soulagé de le constater. Une bande de coyotes passa en crissant des griffes, ils ne leur prêtèrent aucune attention, leur langue pendait, leurs poumons pompaient et leurs pattes volaient devant eux.

Ama fut éberluée de voir une troupe de Kairs les suivre de près et les talonner, il y avait soixante-dix individus dans la force de l'âge, des bois plein la tête et quelques faons pris dans leur groupe, qu'on entraînait à une vitesse considérable.

Des Grandes Oreilles au ras du ruban faisaient des bonds de géant à côté d'eux, des Skunks sinuaient entre les formations en piaulant, elle vit des Anoures glisser sur des lignes blanches cirées, apparemment humides.

Des oiseaux survolaient la ligne à basse altitude, des Corneilles par paquets, qui fonçaient de temps à autre sur des Tourterelles moins rapides, les dépassaient et ponctuaient leur exploit d'une pirouette et d'un cri à faire dresser les plumes sur la tête. Des Perroquets en escadron vert, des Aigrettes blanches, immenses, les ailes grandes ouvertes, coursaient des Scurius frénétiques dont les changements de cap étaient incessants.

Le bruit était celui d'une volerie et d'une chasse et, pourtant, le temps qu'ils passèrent à observer ce flot compliqué qui coulait vers le sud et vers le nord de l'autre côté du mur mitoyen, il n'y eut aucune prise. L'énorme couloir de glisse et de course accueillait tout le monde, aucun Corps n'hésitait dans sa trajectoire, le lieu était sans doute régi par un tabou très puissant.

Une nuée de Merles bleus passa si près de leur position qu'ils sentirent le vent les toucher et reconnurent le son de soie d'ailes nombreuses battues à l'unisson.

Un Lion des montagnes traversa les six couloirs d'un pas élastique, les Autres Corps s'écartaient devant lui comme une eau contre un rocher, il vint les humer et reprit sa gauche aussitôt qu'il les eut dépassés.

Un son venu de loin se détacha de la vague de frottements et frappements, un son d'instruments à vent et de roulis bas, Ama tourna la tête et reconnut ce qu'elle avait vu de la rambarde par centaines. Une voile triangulaire fixe qui s'avançait à grande vitesse, grillait les coureurs et serrait les planeurs d'envergure, aucun Corps visible, une structure verticale, une structure horizontale, des roulettes et un bruit du tonnerre quand elle fusa sous leur nez.

En la suivant des yeux, elle aperçut un bipède accroché à un arceau qui barrait la voile, arc-bouté sur ses pieds, tendu comme une corde. Elle n'eut pas le temps d'interpréter l'apparition, la disparition du mobile, un autre suivait sur des roues visibles, beaucoup plus grandes, silencieux au possible, et passa comme un rêve pneumatique. Montée par un autre bipède, chevelu, poilu, inconscient de leur présence, une longue coque se frayait un passage dans une traînée de plumes blanches et de poils noirs, le bipède agitait ses bras devant lui sur un levier giratoire. Il était casqué. Ama n'aurait su dire avec quoi. Une noix de coco poncée ?

Des Chevaux. Des Chevaux s'imposèrent dans le flux et comme devant le Lion des montagnes, celui-ci s'écarta sous leurs sabots percutants. Ils étaient puissants, lustrés, l'écume aux lèvres, absolument réguliers. La harde s'enfonça dans la perspective comme un droit fil. Ils allaient loin, ils venaient de loin et tout à coup Ama se demanda pourquoi.

Elle aurait paniqué si les deux côtés du ruban n'avaient pas eu une direction inverse. Elle aurait cru à un incendie, un volcan, une coulée de boue, un cyclone, n'importe quoi qu'il fallait fuir, mais non, ça courait dans les deux sens, il n'y avait rien à quoi échapper.

Elle sentit monter en elle l'excitation de la glisse. Les Autres Corps démontraient des habiletés diverses, enchanteresses, les locomotions étaient spontanées, coulantes, collées au bétume ou aéroflottées, roulantes, montées sur coussin d'air, obliques, serpentines, fabuleusement inventives.

Tout à coup, elle voulut y participer. Entrer dans la danse, se jeter dans le courant comme elle plongeait depuis les hautes branches dans les bassins de promenade pour échapper aux Toges. Ses doigts de pied se crispaient dans ses mocassins, il fallait sauter. Mianeh la retint.

– Nous allons au nord. Nous devons traverser.

À peine avait-elle prononcé ces mots qu'une chorale épouvantable résonna en amont, amplifiée par la surface dure et lisse du bétume. Une foule s'annonçait à plein gosier, une foule dans la foule déjà présente en train de passer, un concert de voix éraillées discordantes, des cuivres, des basses, des aigus soutenus devançaient des dizaines et des dizaines de Chiens fous qui aboyaient à tout, au vent de leur propre course, à la queue du voisin, au bruit des patins, à l'odeur des Skunks et, surtout, aux Squirrels.

Les Écureuils étaient vifs, mais seulement dans les pointes, fulgurants. Ils se mirent à bondir et se retrouvèrent par dizaines eux aussi, juchés sur le mur qui séparait les deux artères, accumulant les saltos et les enjambements pour échapper à ce qui ressemblait beaucoup à une poursuite.

Leurs talents de voltigeurs étaient extraordinaires. Atlal servit de pont et de tremplin à un paquet de petits Corps agiles qui avaient grimpé leur falaise en profitant de la vitesse accumulée pour y rebondir et le Gros-Cerveau, comprenant aussitôt de quoi il retournait, les avait saisis les uns après les autres des deux mains simultanément pour les lancer plus avant sur la piste, plus haut, plus loin, sur une courbe suffisamment douce pour qu'ils puissent la gouverner avec la queue, et retomber dynamiques, gonflés d'une accélération que les Chiens tentaient vainement d'avaler.

Ce fut un instant de cacophonie et d'éparpillement considérable. Plus aucun Corps ne tenait sa ligne, les Chiens passaient partout en gueulant, la langue dehors, les oreilles couchées, les yeux pétillants. Ils étaient de toutes les tailles, tachetés, blonds, noirs, beiges, le port bombé, les sourcils hérissés, les flancs ras, les dents étincelantes, énormes ou minuscules, complètement allumés, des Chiens tous ensemble, lancés dans la joie.

Ama n'y tenait plus. Atlal était essoufflé par ses lancers d'Écureuil, il souriait dans sa barbe. Mianeh captait chaque nouvelle occurrence typologique et archivait, archivait fébrilement.

Absorbés par l'événement, ils ne virent pas tout de suite le Squirrel miniature resté en plan accroché au dos d'Atlal comme à sa mère, les côtes agitées de tremblements erratiques.

Quand la meute fut passée, et que le flot commençait à ralentir et semblait sur le point de se calmer sinon de se tarir, ils entendirent le caquètement indigné du petit agrippé des quatre mains à la toison rousse du Gros-Cerveau. Sa queue, plus longue et plus grosse que son buste allongé, se tordait furieusement.

Atlal remua ses dorsaux pour lui faire comprendre qu'il n'était pas de bois et le Squirrel lui répondit violemment. Il grimpa sur sa tête en un clin d'œil et empoigna ses touffes orbitales comme s'il voulait piloter cette espèce d'éléphant en gros poil. Ama n'eut pas le temps de tendre une main vers la coiffe malmenée d'Atlal, le Squirrel sautait sur sa toque de lapin et se tortillait en visant Mianeh, préméditant un bond considérable que la Dronote sentit venir une demi-seconde avant son déclenchement. Elle s'écarta et la bestiole atterrit sur ses quatre pattes dans un nuage de poussière qui ne dépassa pas la cheville d'Atlal. Celui-ci grogna bas en regardant le petit à ses pieds, qui se mit aussitôt en catalepsie défensive et cessa de respirer. Ama sortit immédiatement une fiole de speed et lui tendit un dixième de goutte au bout de son doigt.

Le Squirrel respira, lécha, prit son index entre ses deux mains et commença à ronger.

– Doucement, dit Ama en évitant les gestes brusques.

Le Squirrel pencha la tête pour l'écouter, regarda l'Auboisière, le Gros-Cerveau et la Dronote en trois coups d'œil simultanés et demanda :

– Qu'est-ce que vous faites là, un sermon ?

– Et toi qu'est-ce que tu fais, répondit Atlal, qu'est-ce que vous faites tous à courir comme des dératés ?

– C'est évident, on freeze !

– Il est cinglé.

– Je ne crois pas, répondit Mianeh en sourdine, il est Squirrel. Peut-être une variante un peu plus psychotonique que celle de ton enveloppe.

– Il semblerait, oui.

– Squirrels ? Vous sortez ça d'où ?

– Des Parks, dit Atlal pour voir l'effet.

– Aaaah, alors là, c'est différent.

L'Écureuil les regarda attentivement trois secondes chacun, haussa ses petites épaules, et dit :

– C'est bien possible. Vous m'en avez l'air. Des Parks profonds, carrément. Je suis Scurius, et les fous demeurés qui nous poursuivaient avec leur langue pendante, leurs oreilles traînantes, leur bave, leur gueulante, des Resqius.

– Les Chiens ?

– Oui, alors, ne répétez pas tout après moi mais essayez de comprendre. Moi, Ourá, je suis Scurius. Mes copains que toi, le gros, tu as jetés au loin, Scurius. Les imbéciles, Resqius. Du Devil si je connais le petit nom d'un seul. Qiute, peut-être, Peupi, ce genre d'idioties.

– Enchantée, Ourá, joli de te rencontrer.

Le Scurius regarda Ama qui venait de parler, tordit sa queue dans quatre directions différentes et roula sur le dos en se tenant les côtes. Les trois Expés commençaient à avoir l'habitude de ce genre de réaction, jusque-là ça n'avait pas été de mauvais augure, ils laissèrent Ourá exprimer sa joie sans intervenir.

– Excusez-moi, c'est crevant. Psychotonique, c'est quoi, une boisson ?

Mianeh était passée à l'étude du flux remontant qu'ils allaient devoir intégrer. Le problème n'était pas insoluble, il était quand même de taille, elle ne tint aucun compte de la question de l'Écureuil, qu'elle avait classé depuis longtemps.

– Iel est sourde, cette boule ?

– Iel ?

Atlal aplatit l'Écureuil sous sa main et quand la queue de l'énervé se contenta de girations antihoraires, il souleva un peu la paume et lui glissa dans l'oreille :

– Ce n'est pas une boule, fais très attention. Iel si tu veux, mais pas boule, iel te fondrait comme un plomb en un quart de tour.

Le petit profita de l'ouverture et sauta comme un ressort tandis que le Gros-Cerveau ajoutait, je ne suis pas gros, je suis dans la moyenne basse de ma fratèle.

Mianeh avait un laser allumé, elle plaça sa visée sur le poignet gauche du Scurius, puis sur son poignet droit avant qu'il ne la touche, et répéta le manège une dizaine de fois. Ourá manqua piquer une crise, il était au point de rentrer de nouveau en catalepsie quand la Dronote éteignit son arme.

– Une idée pour traverser cette Freeway ? demanda-t-elle avant qu'il ne reprenne ses esprits.

Il secoua la tête, rongea ses ongles, lissa ses pointes d'oreilles et répondit :

– Très drôle. Ton jeu pour les Felix. Très amusant. Tu m'accompagnes. Petit un, je vous conduis, petit deux, on attend la nuit, elle tombe. Et je monte là !

Il désignait la tête d'Atlal.

C'était une action contre une action, le Gros-Cerveau en tomba d'accord. Ama était moins impatiente de rejoindre la glisse depuis que le Scurius parlait, elle acquiesça. Mianeh décida de se poser pour attendre le crépuscule. Juste à côté de l'Écureuil, qui se poussa aussitôt pour ne pas toucher son aura. Mianeh était assez chargée pour dégager une certaine électricité, les poils du Scurius furent irrésistiblement attirés. Il se retrouva bientôt hérissé d'un côté et peigné de l'autre. L'Auboisière et le Gros-Cerveau échangèrent un coup d'œil amusé.

Atlal et Ama s'assirent en tailleur, le Scurius et la Dronote entre eux deux. Ils s'installèrent chacun dans leur posture d'expectative longue durée et se mirent à regarder la Freeway, qui se désengorgeait peu à peu.

Des Lucioles apparaissaient sur le devant des coques et des voiles. Les noctambules étaient nombreux, le bruit avait sensiblement diminué, des yeux réflecteurs éclairaient faiblement le bétume devant les pattes et les pieds. Ça formait comme une brume si on regardait l'ensemble de la Freeway, une ondulation lumineuse, irrégulière, hypnotique. De temps à autre, Ourá se frottait les yeux et Mianeh le réveillait en vibrant. Elle ne voulait pas qu'il s'endorme et laisse passer l'instant congruent. À vrai dire, elle aurait pu calculer seule la dérivée et la tangente nécessaires, cependant le fait d'être accompagnés par un local était intéressant. De nombreuses données devaient encore être récoltées et, bien entendu, culturellement, il en savait beaucoup plus qu'eux.

Ama brûlait de poser mille questions. Qu'est-ce que c'était que ces voiles, ces coques, ces roues ? Un jour de fête ? un rituel ? un habitus quotidien ? Où la course prenait fin, d'un côté et de l'autre ? Si elle avait un autre but que la parade et la glisse, il lui en venait vingt par minutes, et pourquoi les Resqius, les Skunks en plein jour, les proies, les prédateurs sur le même ruban et personne pour mordre devant soi ?

Elle ne savait pas par où commencer et elle avait compris qu'il ne fallait pas aborder les sujets frontalement. Provoquer l'hilarité à chaque question finissait par être pénible. Elle regardait donc la Freeway se calmer, en essayant de se mettre en accord avec l'énergie amortie qui s'y exprimait.

C'était l'heure des Cougouars.

Ils arrivaient sans se presser, un par un, occupant la largeur de la chaussée des deux côtés. Des vieux, des jeunes, des grandes, des juvéniles, à bonne distance les uns des autres. Quelques feulements aigus, de longues canines, des yeux jaunes, ils appelaient, ils déambulaient en montrant leur force à chaque mouvement. Leurs pattes énormes, leurs épaules roulantes, le bout de leur queue qui balayait nonchalamment l'air au-dessus du bétume, leur silence étaient fascinants.

Ama ferma les yeux et se laissa porter par le balancement, l'équilibre suave qui émanait de leurs corps d'athlètes. Elle goûta leur parfum, la salinité de l'air qu'ils déplaçaient, chargé d'haleines fortes, d'urine, des sécrétions sudoripares qu'ils laissaient sous leurs pas. Elle perçut le contact des pelotes plantaires, l'infime tintement des griffes qui dépassaient de leur fourreau. Le frôlement des muscles.

Ama pesait moins sur la terre, son assise sur la falaise s'était allégée, elle ne situait plus ses fesses ni ses mains en coque contre son bas-ventre relâché, elle inspirait lentement leur présence. Ils s'arrêtaient, ils s'étiraient, ouvraient la gueule et criaient, puis ils repartaient, et comme un exosquelette de brume et de soie, la grâce les accompagnait.

Ils portaient tous des touffes d'oreilles noir de jais et une marque à la cuisse droite, un π qui la faisait s'interroger sur leur rapport à la constance et à la réalité. Elle dessina le symbole sur la poussière devant elle et jeta un œil au Scurius qui venait de tourner la tête pour voir ce qu'elle écrivait par terre.

– C'est joli. Une marque de maison ? demanda-t-elle.

– Pas vraiment. Plutôt un souvenir. Une peinture-mémoire, ils la portent sur la Freeway en hommage à leur premier activiste, une sorte de pape à leurs yeux. π-22.

– C'était son nom ?

– Son nom humanoïde. Son nom de naissance et de vigueur était plus explicite. Kaltagár Concolor, grand chasseur blond. À ce qu'ils disent, il venait du nord, solitaire et sans peur. Il a été le premier à traverser cette Freeway lorsqu'elle était infranchissable, sans corridor, en prise à la sauvagerie primordiale.

Ama dressa l'oreille.

– Il habitait Hidden ?

– En bordure, sur les collines qui la surplombent.

– Tu sais où ?

– Tout le monde sait où.

– Tu sais où est Frog-Toh aussi ?

– Oui et puis quoi encore ? Los Feliz, Kalamata, Yaanga, la Marinade, Citrus, et Bois Coupé ? Le Piémont, le Jardin, la Graine, la Craque ? Tous les quartiers ?

Ama hochait la tête à chaque mention et faisait son possible pour filtrer son excitation.

– Tu nous emmènes ?

– Où ça ?

– Mais partout, Ourá, dans tous les endroits que tu viens de nommer, et à Hidden surtout !

Le Scurius la dévisagea, songeur. La nuit le mettait dans un état de somnolence irrépressible qui l'empêchait de réagir avec sa vivacité habituelle. Il s'amusait quand même, ses vibrisses frétillaient.

– À Hidden ? Mais c'est ici partout Hidden.

Elle ne s'énerva pas.

– Je m'appelle Ama.

– Ama Park ?

– Amaryllis Swansun Auboisière Expé.

– Oh !

– Park, si tu veux. Park, à partir de maintenant et les cœquipiers avec moi, alors, tu nous emmènes, Ourá ? D'abord à Frog-Toh, et le reste ensuite, par où tu veux, on te nourrit, on te chauffe, on t'abrite, on joue avec toi, on cueille tes noisettes, tes avocats, ce que tu veux.

Le Scurius bâilla. Il refermait les yeux. Mianeh vibra. Il secoua la tête et lissa son museau. Amaryllis hésita et reprit :

– C'est Hidden, là où je suis ?

– Ah ah, la grande question, dis donc. J'ai terriblement sommeil. Il faut traverser avant que je ne m'endorme, pas la peine de vibrer sans arrêt, ça ne servira plus à rien dans un instant, je m'effondre.

Il sauta sur ses pieds et grimpa sur la tête d'Atlal comme il avait dit. Les oreilles du Gros-Cerveau bien en main, il tira un bon coup en arrière et caqueta une longue phrase. Surpris, Atlal se mit debout en un clin d'œil et agita les membres comme si le Scurius en avait pris les commandes.

Sans prévenir, Ourá le fit sauter sur le ruban où il ne voulait pas mettre le pied et, aussitôt, ils descendirent dans ce qui n'était plus qu'un clapotis en coupant progressivement jusqu'au mur mitoyen. Ama se jeta dans leur sillage avant qu'ils ne l'atteignent. Mianeh les rattrapa, éclaira l'autre ruban en clignotant pendant qu'ils franchissaient l'obstacle, Atlal d'un bond, Ama en ciseau avec volte-face immédiate. Ourá fit vriller les oreilles d'Atlal qui se retrouva sans comprendre dans le bon sens de la marche, évoluant à grands pas, les genoux très hauts, sans rien sentir de terrible sous ses pieds qui ne lui appartenaient plus.

Ils remontèrent plein nord, au milieu d'un tapis roulant d'Opossums.

Les Marsupiaux gris bougeaient comme un drap bosselé en lévitation au-dessus du sol, le tangage était perturbant, on ne voyait que des dos, des fourrures maigres et des oreilles rondes bordées de noir. De temps en temps, une tête se levait et se tournait vers eux, blanche avec une tache rose sur le bout du long museau et c'était comme voir un masque glisser sur le corps d'un fantôme. Il se fondait dans la masse aussitôt qu'il en avait émergé, aussi précis et douteux qu'une hallucination.

De les regarder monter, descendre et onduler indéfiniment, Ama avait presque le mal de mer. Ils étaient enrobés par ce mouvement mais ne pouvaient pas s'y loger, ils devaient les devancer ou les laisser passer, et malgré son endormissement imminent, Ourá choisit la vitesse.

Atlal rua sous la commande du Scurius, il fit un bond phénoménal, atterrit par bonheur sur une place dégagée de justesse, et enchaîna les sauts les uns après les autres, ils étaient *M'téoulin*, longs d'un kilomètre chacun, en trois impulsions il fut hors de vue d'Ama. Mianeh ne pouvait pas éclairer aussi loin.

L'Auboisière écarta les chevilles, ouvrit ses jambières et commença à courir à petits pas pour se frayer un passage. Les Opossums se poussèrent, un sillage inverse se dessina devant elle, une piste d'envol calculée au plus court.

Elle frotta ses ailerons l'un contre l'autre en augmentant progressivement sa vitesse, l'énergie commençait à chauffer ses malléoles, la température montait dans ses mollets et ses cuisses. Elle patienta jusqu'à ce qu'elle atteigne le degré idéal et donna un coup de talon décisif qui la fit décoller juste assez pour survoler la traîne d'Opossums et la remonter en filant sans toucher aucune tête ni aucun museau pointé. Elle accéléra aussitôt qu'elle se sentit dégagée et siffla Mianeh pour qu'elle entre dans sa trace et profite de l'aspiration.

Elles remontèrent la piste d'un seul élan partagé, droit devant. Ama conserva son altitude alors que les Opossums étaient déjà loin derrière elles, elle côtoya des Corps, et des énergies multiples en prenant soin de ne pas s'en approcher et de régler ses changements de file sur ceux de ses voisins et de ses prédécesseurs. Les suivants s'adaptaient.

Hormis une voile qui tirait des bords aveuglément et se souciait peu des bousculades qu'elle générait, les coureurs étaient précautionneux. Elle ralentit pour la laisser passer sur sa droite et demanda à Mianeh de scanner l'énergumène qui la manœuvrait.

Atlal était un point roux sur le ruban qui montait. Elles traversèrent une colline coupée en deux, et prirent un long virage vers l'est. Ama accéléra franchement sur la ligne droite, Mianeh se tenait au niveau de son aisselle, protégée du vent, entraînée par sa vitesse, deux lasers braqués en position phare. Le bétume réverbérait la lumière des leds, il scintillait et circulait sous les ailerons d'Ama avec une constance magnétique. Les granulats qui le composaient filaient sous le cours d'une onde retrouvée. Il était beau, satiné, miroitant, la lune le faisait fondre.

Ama avait l'impression de planer au-dessus d'une lave fraîche, douce au toucher, une voie de souplesse au milieu des collines rondes.

Elles dévalèrent les bosses les unes après les autres, il y eut encore un virage à l'est, un autre à l'ouest, une nouvelle accélération et elles virent Atlal qui s'était rapproché prendre un diverticule serré sur sa droite et sortir d'un coup. Ama ralentit progressivement jusqu'au point où il avait bifurqué, serra la ligne contre la bordure et sauta la rampe au moment où elle le vit. Assis par terre, les griffes enfoncées, le cœur battant à lui rompre les côtes.

Mianeh rebondit sur l'épaule de l'Auboisière, elle n'avait pas anticipé l'écart, Ama fut déstabilisée, projetée en avant, ses ailerons se replièrent, elle s'enroula pour atterrir, percuta Mianeh avec ses pieds et l'envoya balader en l'air.

Il lui fallut six rotations complètes pour s'arrêter, le contact du sol avait été brutal. La Dronote était partie dans le décor. Le Gros-Cerveau respirait comme une forge. Quand Mianeh revint de son embardée, elle avait une petite bosse sur la coque, et l'aura un peu choquée, rien de grave.

– Aucune casse à signaler, lança-t-elle de loin, et lui ?

Elle savait qu'Ama s'était relevée sans une égratignure, à peine poussiéreuse.

– Il récupère.

Le Gros-Cerveau avait les yeux révulsés sous ses sourcils, mais Ama venait de vérifier en soulevant une paupière, l'iris était de taille normale.

– Il s'est mis en méditation d'urgence, je crois.

– Et l'Écureuil ?

Ama désigna le crâne d'Atlal. Les oreilles du Gros-Cerveau étaient surmontées par deux plumeaux de poils collés, et entre ces deux balayettes, dans l'épaisse fourrure de sa tête, une petite boule rousse ronronnait.

Ourá dormait, enroulé dans sa queue, les pattes arrière calées contre l'arcade sourcilière de son hôte.

– Il ne s'en fait pas, on dirait.

Mianeh s'approcha.

– Incroyable. À son aise, le Scurius.

Elle vibra un coup, rien ne se passa.

– Il a le sommeil lourd. Où sommes-nous ?

Au moment où elle posa la question à laquelle personne ne pouvait répondre hormis le dormeur, le concert débuta.

Ce fut une note seulement. Puis une autre, gutturale, sourde, un chant de gorge qui monta aux chevilles d'Ama et se répandit alentour.

Elle baissa les yeux, rien, aucun Corps, puis l'écho se mit à parler et la note, suivie de l'autre note, se répliqua une fois, sa réplique se répliqua elle aussi, l'augmentation était exponentielle, multipliée par elle-même dans son dernier état, le son devenait énorme mais demeurait au ras des herbes.

Ils avaient atterri dans une prairie, elle était humide, Ama sentait la semelle de ses mocassins gonfler et pensa un instant que le son les mouillait. Il s'étalait sur un périmètre de plus en plus grand, comme une eau dormante qu'on venait de réveiller et qui s'animait de proche en proche autour d'un lancer de caillou. Les cercles s'élargissaient, elle n'en entendait plus le fond.

Elle connaissait le chant, elle n'arrivait pas à mettre un nom dessus. Il était grave, vocalisé-sifflé, bouche fermée, il sortait d'une membrane souple, une peau, un tambour, un sac à souffler.

– Un sac gulaire ! Mianeh ! Nous sommes à Frog-Toh !

Le Scurius releva la tête le temps de prononcer d'une voix pâteuse :

– Dans tes rêves.

Il fut impossible d'en tirer quoi que ce soit d'autre.

Peut-être rêvait-il lui-même, c'était certainement le cas, puisque dès qu'elle avait dit le mot Frog-Toh, les Anoures, les Crapauds, les Ranas et les têtards s'étaient mis à frétiller. Ils étaient des centaines et des centaines, il y avait de l'herbe, de l'eau, des œufs dans l'eau, des flagelles qui la remuaient et mille gueules closes équipées de sacs gonflés comme des bulles. Ça coassait terriblement.

– Pas Frog-Toh, mon œil. Je parierais ma cabe.

Ama s'arrêta avant de prononcer l'irréparable. Plus jamais elle ne mettrait en jeu sa cabe pour une broutille. Elle se l'était promis.

Elle devait modérer son enthousiasme, les Ranas et consœurs étaient trop occupées à leur chant pour répondre. Il fallait chercher d'autres interlocutrices.

Ama était sûre de trouver à qui parler dans les buissons bas qui s'agglutinaient les uns contre les autres et formaient la haie de bordure qui se dessinait contre le ciel sombre à l'est de leur point de chute et devait suivre un chemin d'eau. Elle savait aussi que personne n'aime être dérangé durant sa phase de sommeil et qu'on ne doit pas partir sur un mauvais pied quand on cherche des renseignements.

Atlal respirait plus calmement, ce qui n'était pas une raison suffisante pour le laisser en plein milieu de la prairie avec un Scurius sur la tête en guise de compagnon. Elle pouvait camper là. Déployer sa cabe, englober le Gros-Cerveau, la Dronote et passer une nuit au sec, bercée par les démonstrations nuptiales des Anoures. Elle pesa le pour et le contre, le contre ne tenait qu'à son impatience. Elle décida de prendre soin de ses cœquipiers.

BAZINE,
PREMIER BERCEAU DU DÉMANTÈLEMENT

Au petit jour, Mianeh rêvassait en écoutant la respiration des dormeurs et les infimes craquements de ses batteries en charge. Elle passait en revue, sur le nouveau mode libre jeu, les données récemment récoltées et parcourait nonchalamment son volumen. Elle mit un certain temps à prêter attention aux coups qui pleuvaient sur la cabe. Brefs, piqués, d'abord distincts, elle pouvait les compter, ils s'imposèrent en nombre jusqu'à produire un roulement ininterrompu qui faisait vibrer le dôme au point de résonner dans le tapis de sol.

Amaryllis se retourna dans son sommeil, mais ne se réveilla pas.

Atlal était toujours branché, le Scurius enfoncé dans sa calotte ne bronchait pas.

Ce n'était pas une ondée. Le taux d'humidité extérieur n'avait pas varié, il s'était élevé au point de rosée, mais une pluie, même légère, aurait fait réagir ses capteurs. Ils n'étaient pas sous les arbres, ce n'était pas une averse d'aiguilles, les chocs étaient trop durs et leur puissance tendait à s'amplifier, la Dronote était sur le point de vibrer ou de sonner franchement quand la cabe, d'elle-même, commença à s'ouvrir par le haut et à se rétracter. Les frappes cessèrent immédiatement.

Ils ouvrirent les yeux au centre d'une assemblée de plumes blanches. La cabe s'était repliée pour ne pas céder. À voir le tranchant des becs noirs qui les entouraient, elle avait résisté au-delà de ce que Mianeh aurait cru possible.

Les grands oiseaux penchaient la tête d'un côté et de l'autre pour les observer avec leurs deux hémisphères cérébraux, sous toutes les coutures. Ils n'étaient pas effarouchés. Leur cercle s'était même resserré autour de leur sujet d'étude.

– Intéressant.

– Intrigant.

– Comestible ?

– Un peu grand.

– Nouveau-né ?

– Quoi ?

– D'un œuf mou ?

– Quoi pas.

– Les yeux ouverts ?

– Pourquoi pas.

– Des ailes ?

– Crois pas.

– Pliées ?

– Chrysalide ?

– Stade larvaire ?

Les oiseaux ouvraient leurs dagues et fermaient les paupières à chaque question. Ils avaient un air menaçant.

Mianeh n'était pas suffisamment chargée pour allumer ses lasers. Elle se sentit vulnérable. Elle envoya une onde de détresse légère à l'Auboisière. Le Scurius la perçut en premier et sa réaction fut à l'aune de sa sensibilité.

Il sauta depuis la tête d'Atlal sur les calottes glaciaires à sa portée, et elles l'étaient toutes, il fit voler des plumes, des houppes, lever des pattes, tourner des cous et des cervelles. En trois tours horaires, antihoraires et zigzagués, il mit une pagaille invraisemblable dans l'assemblée.

Quand il retrouva sa place entre les oreilles d'Atlal, le cercle ne s'était pas seulement élargi, il s'était défait et les oiseaux se rengorgeraient comme s'ils avaient du mal à déglutir.

– Bonjour tout le monde ! lança Ama avec un grand sourire et un petit salut de la main.

Depuis les Racoons, elle évitait de présenter ses paumes ouvertes devant elle.

– Nous sommes en Expé, nos salutations distinguées. Nous ne voulons pas déranger votre habitat. Nous sommes arrivés de nuit un peu désorientés. Dites-moi, chères grandes Ardéanes, avez-vous vu passer une Hydro, grande comme ça.

Sur la pointe des pieds, elle plia sa main à l'horizontale au bout de son bras levé.

– Robe noire barrée de jaune, la dorsale imposante ? Ou bien dites-nous seulement si nous sommes à Frog-Toh, par hasard ?

Les oiselles se regardaient entre elles avec force mouvements de tête. Les houppes désordonnées par Ourá étaient lissées avec soin et, apparemment, elles n'allaient pas daigner répondre avant d'avoir lavé l'affront.

Deux individues poussèrent la démonstration en ouvrant une aile immense après l'autre pour peigner leurs rémiges primaires. Elles étaient outrées par le comportement du Scurius et entendaient bien que ce soit clair.

Atlal se débranchait lentement en les regardant faire, un sourire en coin. Il avait suffisamment subi les manipulations d'Ourá pour trouver drôle son intervention éclair.

– Vous n'êtes pas à Frog-Toh, répondit finalement la plus petite des Aigrettes.

– Et vous n'êtes plus au stade larvaire.

– Cet Autre Corps, nous connaissons.

Une troisième Ardéane désignait Ourá du bout de son bec pointu.

Le Scurius se mit aussitôt debout, et commença à caqueter et remuer la queue. Atlal l'arrêta en posant sa main en conque sur son crâne.

– Du calme, là-haut, ou bien tu descends.

– Je ne suis pas un couvre-chef !

– Précisément. Et moi, je ne suis pas une monture.

– On ne voudrait pas vous incommoder lors de vos discussions de maison.

Les oiseaux commençaient à plier les genoux pour s'envoler.

– Pas du tout, pas du tout, pensez-vous. Quel est le nom de votre habitat, dites-moi, si nous ne sommes pas à Frog-Toh, où sommes-nous ?

Ama retint sa respiration en attendant la réponse.

– Bazine. Vous avez posé votre œuf à Bazine dans la nuit et vous l'avez ouvert à Bazine ce matin. Grâce à nous, votre éclosion a été facile. Ne nous remerciez pas, c'était une réaction culturelle ininterrogée.

– Pardon ?
– Laisse couler, Kis, ils ne sont pas réveillés.
– Ça va, Czapa.
– Bazine, ici, la zone humide la plus belle d'Hidden.
– Selon Czapa.
– Hidden ! Je le savais !
Ama sautait sur place.
– Ça aussi, il faut laisser couler ?
Kis regardait Alba de l'œil droit. De l'autre, elle ne perdait de vue ni le Scurius ni les Autres Corps, qu'elle trouvait inquiétants.
– On décolle ? Il y a du Catfish à Balboa.
– Qui te l'a dit ?
Kis marmonna bec fermé :
– Mon petit hallux.
– Tu sais quoi, Kis, ton petit hallux…
Mianeh siffla une note très, très aiguë. Les oiselles se figèrent sur place. Le Scurius aussi, debout les mains sur ses oreilles, les pieds sur celles d'Atlal.

Durant un instant, l'atmosphère parut sur le point de geler et les six oiselles, même celles qui n'avaient pas parlé, se transformèrent en blocs de neige récemment détachés d'une banquise. Six petits icebergs montés sur pilotis noirs saisis par le courant d'air arctique et claquant du bec leur faisaient face dans les postures les plus diverses. Mianeh les laissa profiter de la sensation avant de remonter la gamme et de réchauffer l'ambiance avec quelques bonnes basses.

Elles dégelèrent gentiment et, une fois dégelées, ne quittèrent plus d'un œil au moins la Dronote qui, rechargée à quatre-vingts pour cent, avait repris son altitude de croisière au-dessus de l'épaule d'Ama. Celle-ci se tournait vers Atlal, après tout ils avaient un local embarqué, autant en profiter.

– Ourá, c'est ici Bazine, tu confirmes ?

Le Scurius regarda l'Auboisière depuis son perchoir. Il crachait un peu.

Depuis qu'elle avait enlevé sa cage de Faraday et l'avait remise dans sa besace de pourpoint, le Scurius lui trouvait un air chauve et échevelé assez perturbant. Les Autres Corps qui changent la forme de leur crâne en un clin d'œil ne lui inspiraient pas confiance. Elle s'était montrée plutôt vive la veille au soir, assez curieuse aussi, du moins pour un Grand Corps non-Scurius, mais depuis qu'ils s'étaient réveillés et qu'elle avait ôté sa toque, elle était lente en parole et en action. Ourá se demandait ce qu'il adviendrait si elle s'enlevait aussi la toison qu'elle avait cachée dessous. Avait-elle un trou plein d'eau comme les Kapas de rivière qui se baladaient la nuit sur les ripisylves des Parks comme on le lui avait dit ? Ces trois-là étaient indéniablement des Parks et qui savait comment les Parks pouvaient se comporter en toutes circonstances ? Personne. Ils étaient imprévisibles, méfiants, hyperréactifs de façon parfois sournoise et une chose était sûre, il ne fallait jamais les acculer.

Ourá était un Scurius courageux, mais s'il n'avait pas eu en main les houppettes d'Atlal, il aurait penché pour la fuite.

L'Auboisière à double tête et la boule, avec ses yeux projecteurs et ses sifflements paralysants, n'étaient pas des Corps de tout repos. Pour l'instant, elle n'était pas acculée, il estima donc qu'il ne craignait rien dans l'immédiat et confirma :

– C'est bien Bazine. Bazine sept-portes-et-des-poussières, la zone humide préférée de Czapa, nous venons de l'apprendre, la querelle matinale est toujours riche en enseignements et les Ardéanes la pratiquent avec beaucoup de zen.

Bazine était un spot de volatiles très connu à Hidden. Très grand, très large, très poisson, une lande gorgée d'eau, couverte d'une grande variété de Bushs, de fleurettes, et de caches à Rabbits et dotée d'un bâti sauvage de grande envergure : Barraj, au bout là-bas. Lequel, comme la Freeway, avait été préservé pour la glisse, l'amusement et la mémoire territoriale collective.

Ama n'y comprenait rien, bien entendu. Et bien entendu, elle ne demandait qu'à voir et à élargir ses connaissances.

Pendant les explications du Scurius, les Ardéanes s'étaient rassérénées. Elles avaient évoqué les disputes mythiques au sujet de la conservation en général et celles du Barraj en particulier. Elles étaient vite devenues intarissables. À les en croire, elles avaient joué un rôle important dans la décision commune, parce que c'était un lieu partagé à l'image de tout lieu de vie, dans lequel elles avaient une part au même titre que les migrateurs, les Hydros subs et souts, les Bushs toutes variétés confondues et certaines entités minérales. La collégialité présente, passée, de passage avait fait et défait le terrain à l'unanimité et pas un Corps ne s'était vu écarté des débats au prétexte qu'il était d'une taille ou d'une forme donnée ou qu'il n'habitait pas Bazine à l'année.

Le grand Caquetage avait été mouvementé, il avait duré, il avait soulevé beaucoup d'eau et beaucoup de poussière, et le Barraj était resté. Debout, sur ses grands pieds gris, avec son tablier, ses piles et ses rampes de glisse. Et la question n'était pas pourquoi. Il n'avait aucune fonction vitale. La Freeway n'en avait pas non plus. La réponse était parce que. Il était là. Il ne gênait plus. Paayme Paxaayt ne s'en offusquait pas. Elle était en forme, il lui chatouillait une vertèbre et ce n'était pas désagréable.

– D'accord.

– D'accord avec quoi ? demanda Alba à l'Auboisière en la regardant de l'œil droit.

– Euh. Avec vous toutes, la délibération et sa conclusion. Mais dites-moi, Paayme Paxaayt c'est quoi ?

– Quoi ?

– C'est quoi ?! Tu entends, Czapa ? Balzaïs ? C'est quoi Paayme Paxaayt, notre échine liquide, notre guide toujours en mouvement, notre déesse vénérée, notre dîner, c'est quoi ?! Mais c'est le flux, bipède ahurie, le renouvelé, le cours infini, le courant continu, la vie ! Viens par ici.

Ama fut tirée, poussée, escortée par les six Ardéanes, les trois autres avec elle, au travers de la prairie trempée. Les commentaires allaient bon train. Elle n'y comprenait plus rien, les oiselles parlaient leur langage rapide, et ne se souciaient pas de politesse communicative, elles hochaient la tête à chaque enjambée de compas, de nouveau outrées par l'ignorance manifeste.

– Voilà ! Paayme Paxaayt, notre Pourvoi, notre Révérence, notre Recueil et notre Fuite.

Les Ardéanes plièrent les genoux et vinrent toucher le Corps liquide du bout du bec en un salut plein de grâce.

Ama s'agenouilla au bord de la rive et tenta de les imiter en effleurant la surface de l'index. Le salut auboisier aux cours d'eau était antique et long, elle en avait oublié la moitié. Elle se contenta des premières strophes marmonnées pour elle-même, « chemin de vasques, lit de galets, chemin traçant, fil du détour, passe, passant, mouille nos palais, noie le trajet, les Auboisières te regardent et t'admirent, bonjour à tes côtés et dans tes flancs ».

– Drôle de sérénade.

– Alba ! On ne commente pas.

Ama trempa ses mains en conque et s'aspergea le visage en prononçant les dernières phrases rituelles.

– Je vois dans ton corps, je bois dans ta paume, je lis dans tes rêves, je te suis.

Un alevin minuscule fit un bond en l'air et disparut en aval, hors de portée des Ardéanes qui n'avaient pas fait mine de bouger. On ne dévore pas la réponse d'une rivière. Paayme Paxaayt avait accepté la dévotion, les Ardéanes se détendirent.

Ama regardait le fond et la marche de l'eau. Il était limoneux, semé, étonnamment lisse en son milieu. La pelouse nourrissait Paayme Paxaayt de suintements continus, il était difficile de savoir si la rivière trempait la zone ou si la zone alimentait la rivière. L'échange était souple, les protagonistes changeaient de rôle en fonction des événements météoriques. En saison de pluie, l'éponge prairie gavait le Corps liquide, son débit s'emballait. En saison sèche, la rivière s'infiltrait dans les brèches et gonflait le sol de ses largesses.

À Bazine, le dialogue de l'eau et de la terre était institué, il avait lieu depuis longtemps, il était intime. Les distinguer l'une de l'autre comme deux éléments séparés n'était pas chose facile. Les Anoures, les Ardéanes, et les bushs ne le faisaient pas. Elles vivaient au milieu, installées dans cette mixture plus ou moins lourde, plus ou moins filante et vaporeuse. Elles y trouvaient de quoi manger, un lieu où voler, nager, marcher selon leur pente. Les mouvements étaient amphibies, le prolongement d'un même geste. On était plutôt nageoire, plutôt plumage, mais on était musclé et capable de passer d'un état du monde à l'autre en un coup de queue, un tour de cou, un simple saut.

Ce n'est qu'au-delà de Bazine que Paayme Paxaayt se dessinait clairement et prenait une forme longue, resserrée, bruissante à la façon unique des cours d'eau. Mianeh était en train de relever l'emplacement du détroit où la rivière se départait de son écrin, où elle avait creusé, où les berges s'étaient élevées, le point de bascule et le bouillonnement dans lequel elle prenait l'élan qui l'amènerait à l'Océan.

Elle avait repéré la silhouette du Barraj à l'autre bout de l'étale, un monstre gris qui se dressait sur la pelouse buissonneuse et tentait d'imposer sa masse à l'étendue plane et spongieuse. Ama aussi l'avait vu, du coin de l'œil. Elle n'attendait qu'un signe des Ardéanes pour se diriger vers l'ouvrage et essayer de s'en faire expliquer la présence si ce n'est la raison. C'était indéniablement un reliquat de pure sauvagerie. Elle pouvait le dire alors même qu'elle n'en voyait que les contours, crénelés, lourdement réguliers.

Le soleil montait et commençait à chauffer les plumes et les peaux. Un banc de petits poissons s'avançait, leur ombre les dénonça. Les Ardéanes se mirent aussitôt au garde-à-vous, tendues comme des joncs, et l'une après l'autre presque simultanément, elles lancèrent leur attaque becs fichants, assassine, imparable. Le banc s'éparpilla comme une poignée de graviers – trop tard. Alba déglutissait, Balzaïs déglutissait, Kis secouait la tête pour tourner sa prise dans le sens de la descente, Czapa fermait les yeux et prenait une gorgée d'eau pour faire glisser.

– Impressionnant, Ama souriait.

Elle descendit la rivière et commença d'examiner les trous d'eau. Elle allait vers l'amont, silencieuse, attentive à l'absence de remous, aux cavités sous berge, aux grosses pierres qui barraient le courant et réservaient des mares de calme sous leur contrefort.

Elle remonta sur plusieurs brasses, les Ardéanes intriguées n'en perdaient pas une miette, puis elle s'arrêta soudain. Alba caqueta en reconnaissant la posture et la charge de l'affût. Mais au lieu de frapper, Ama immergea lentement ses deux mains dans l'eau. Une caresse. C'est dans cette caresse qu'elle sentit les flancs, les ouïes, les barbilles du Catfish qui se reposait derrière la pierre. Elle fit le tour de son corps, elle sentit sa graisse, les plaques osseuses sous le cuir lisse, la résistance caoutchouteuse de ses moustaches, le piquant de sa caudale, puis sous le ventre, elle l'enserra doucement et l'amena à la surface comme si c'était ce qu'il désirait lui-même, être pris entre deux mains tendres, enfin bercé d'un autre courant que le sien, et sortir à l'air libre, accompagné, considéré, saisi de grâce. Elle lui cassa le cou en ramenant sa tête en arrière avec la même douceur qu'elle avait mise à l'attraper, mais vite pour qu'il ne souffre pas. Elle enfonça son index dans l'opercule et sortit de la rivière, le poisson au bout du bras. Il était grand, gras, sa queue frôlait la surface, alors qu'Ama levait le coude autant qu'elle pouvait. Elle le déposa sur la rive et le couvrit aussitôt d'herbes fraîches. Les Ardéanes la fixaient intensément.

– Tu ne le manges pas ?

– C'est un présent ?

– Il repose. Son souffle doit quitter l'espace de son enveloppe, il faut un peu de temps pour qu'il le fasse sans regret.

– Qu'en sais-tu ?

– C'est une supposition vérifiée, disons.

– Hum.

Balzaïs tiquait beaucoup.

– Il va reposer longtemps ?

– Pas trop. Le temps de faire un feu si on veut le manger cuit.

Ama se tourna vers Atlal. Il lui fit non de la main droite. Pas de feu pour cuire la chair, impossible. Ama se rendit compte alors qu'elle ne l'avait jamais vu manger autre chose que des végétaux, il était strictement légumiste. Elle n'y avait pas prêté attention jusque-là, elle s'excusa, et s'adressant aux Ardéanes :

– On peut lever les filets et le manger cru. J'ai du sel dans mon pourpoint. Ou bien cette herbe-ci, elle ira très bien.

Elle défit le maillot de feuilles autour du poisson, une partie de son mucus se décolla, elle l'ouvrit, le vida, rendit les tripes à Paayme Paxaayt, et détacha les filets en deux coups de lames rasantes. La peau du Catfish flotta un moment entre deux eaux et sombra. Les Écrevisses et les poissons se chargeraient de sa dépouille. Elle trancha les filets en lanières, saupoudra, coupa dessus la partie sommitale de sa cueillette et présenta sa préparation aux Ardéanes. Celles-ci s'approchèrent de la pierre plate et multiplièrent les points de vue. Ama saisit un morceau et l'avala tête renversée en mâchant longuement.

– Délicieux.

Atlal avait le cœur au bord des lèvres. Le Scurius ne bronchait pas. Alba tenta sa chance. Elle attrapa du bout du bec un segment de chair nue, le lança en l'air et l'engloutit. Les autres regardèrent le trajet du repas dans son cou, son expression, une éventuelle réaction allergique ou un indice de toxicité, elles virent seulement les yeux d'Alba s'arrondir et son bec piquer et repiquer les tranches de poisson sur la pierre. Elles se ruèrent dessus.

– Incroyable, cette cuisine !

– Cette herbacée ? Qu'est-ce que c'est ?

– La découpe, c'est la découpe qui change tout, dans le fil !

– C'est l'ail vert.

– Allium ursinum.

– C'est le sel, un souvenir antique anticipé.

– C'est l'offrande.

– La fraîcheur.

– Je suis ravie que ça vous ait plu, dit Ama qui aurait volontiers mangé un peu plus. Si vous nous montriez le Barraj, maintenant ?

Les six Aigrettes plièrent immédiatement les genoux et s'envolèrent l'une derrière l'autre.

– Suivez-nous !

Mianeh était complètement rechargée, elle se mit aussitôt dans leur sillage, Ama courut derrière, Atlal et l'embarqué à ses trousses.

La pelouse giclait sous leurs pas. Les Anoures s'étaient mises à l'abri du soleil, les buissons s'enchevêtraient. Ama s'accrocha plusieurs fois. Atlal évita les embûches, en partie grâce à Ourá qui bénéficiait d'une vision panoramique et lui tapotait les oreilles aux moments les plus délicats. Ama était hors d'haleine, les Ardéanes avaient beaucoup d'avance, elle voyait leur formation se faire et se défaire loin devant. Tout à coup elles s'effondrèrent et disparurent, atterries. Ama accéléra encore. Ourá, galvanisé par la course, saisit les oreilles d'Atlal à pleines mains, il lui fit doubler la longueur de sa foulée. Le Gros-Cerveau refusa de fournir les bonds *M'télouin* qui l'avaient épuisé sur la Freeway, mais il dépassa Ama comme une fleur et disparut à son tour. L'Auboisière s'arrêta pour souffler. Elle avait un point de côté. C'est en marchant qu'elle rejoignit la troupe. Et c'est ainsi que lui apparut le Barraj, lentement.

Au loin, une levée de terre grise et plane, inclinée à quarante-cinq degrés, deux levées, à vrai dire, et au milieu un peigne. Un peigne aux dents énormes. Les Aigrettes s'étaient posées sur une île au milieu du courant, dans l'axe de la denture. Elles lissaient leurs plumes. Mianeh tournait sur elle-même. Atlal s'était assis et Ourá circulait autour de lui.

Plus Ama s'approchait, plus elle sentait la pression de la sauvagerie. Les immenses mâchoires latérales, leur révoltante régularité. Leur matière lui était inconnue et pourtant elle les reconnaissait à coup sûr pour ce qu'elles étaient. Une grande gueule. Une barrière, une machine de rétention, une construction contrôle de la haute époque extracte, et c'était un exemplaire majestueux, dans son jus, hypertrophié de nature, inébranlable.

Le flux de Paayme Paxaayt baignait mollement l'immense gencive. La grande gueule n'avait rien à mordre, rien à mâcher ni à contraindre. La rivière se prélassait devant elle, nonchalante, elle remuait à peine comme un poisson nargue un Chat, affleurant à la surface, captant son attention réflexe, son désir et, au-delà de sa faim, sa pulsion sanguinaire, certain de sa fuite et de la supériorité de sa vitesse relative. Paayme Paxaayt jouait à chat avec le Barraj, elle lui offrait sa minceur, ses microcontorsions, son irrépressible volonté qui s'infiltrait, forait, perçait et venait à bout, en tous lieux depuis la nuit des temps, des matériaux les plus résistants.

La grande gueule du Barraj avait des caries. Ses dents étaient secrètement minées. Le petit contact de l'eau, incessant, traçait des chemins de ver dans sa structure osseuse. Le phénomène était invisible, la grande mâchoire grise tremblait sur sa base. Encore une dizaine de saisons pluvieuses, quelques cycles, une furie subite, un bon débordement, et c'en serait fini. Les dents se déchausseraient l'une après l'autre, dégringoleraient dans le flux en gros blocs erratiques, et seraient réduites en poussière et avalées par la rivière.

Rien ne retient l'eau, rien ne la dirige longtemps, les Castors le savent, on ne peut être qu'en dialogue constant avec elle, agir en diplomate, user de ruse, de rhétorique architecturale, de remaniement perpétuel. On peut jouer avec elle, et se montrer assez subtil pour lui faire construire des bulles à vivre, des bassins à boire, des balancelles et des moulins, mais gare à celui qui croit opposer sa puissance à la sienne. L'eau est constante, elle ne se perd pas, elle ne fuit pas, elle échappe, se reforme et, contrariée, elle vous submerge et vous noie.

Ama rejoignit les Aigrettes et continua tout droit vers la crête du Barraj. Elle prit pied sur l'encochement, les yeux rivés au sommet, mais aussitôt qu'elle sentit l'étrangeté au travers de ses mocassins, elle s'arrêta.

Ce n'était pas du bétume. Pas de la terre, évidemment. Sous la fine pellicule liquide, quelque chose avait été posé qu'elle ne connaissait pas. Une mixture, un agglomérat qui avait pris, s'était solidifié et avait tenté de stabiliser deux éléments natifs, la croûte terrestre et l'eau liquide.

L'aberration de la tentative lui coupa les jambes et le souffle. Elle s'accroupit pour toucher de ses mains cette nouvelle étape. Elle avait fait un pas de plus dans la connaissance de la sauvagerie. Elle aurait dû jubiler, une sensation furtive l'en empêchait, une vague nausée, à peine une épine au bord de sa conscience, elle ne parvenait pas à situer le malaise, il était pourtant présent, aussi enveloppant et insaisissable qu'un brouillard.

Elle n'arrivait pas à se relever. Mianeh était trop occupée pour s'en rendre compte. C'est Ourá qui donna l'alerte et secoua le Gros-Cerveau jusqu'à ce qu'il démarre et traverse le chemin d'eau. Atlal prit de la vitesse, mais stoppa net au pied du Barraj, et le Scurius fut projeté en avant.

Il atterrit aux pieds d'Ama, grimpa par son pourpoint jusqu'à ses épaules et la remit debout, deux pas en arrière, les pieds dans l'eau, saine et sauve.

Les Ardéanes s'étaient avancées pour ausculter l'Auboisière.

Ama montra son cou, ouvrit la bouche, pencha la tête, obéissant à tous les ordres. Elle n'avait rien. Les Ardéanes se montrèrent un peu déçues.

– Qu'est-ce qui vous a pris ?

Ama haussa les épaules, elle ne savait pas.

– C'est quoi, ce sol ? demanda-t-elle en pointant du doigt devant elle.

– Le Barraj.

– Oui, mais de quoi est-il fait ?

– Aaaaah !

Ardéa avait compris.

– Très très park, décidément.

– C'est du concrete, mon petit. Vous en trouverez partout à Hidden. Hidden est pleine de concrete, dans tous les coins, dessus dessous en hauteur dans les deux sens, en rubans, en cubes, en tours, en boules, en masse et au détail. Partout.

– Plutôt intérêt à s'habituer.

– À une époque, il était frais.

Ama ouvrit plus grand les yeux.

– Il ne faut pas trop chercher à comprendre.

– Il y a une allée où on voit des traces de pattes, pieds et mains, très anciens. Il est possible que le concrete ait été fabriqué et posé dans ce but. Laisser des empreintes pérennes. C'est une hypothèse.

Atlal avait dressé les oreilles et relevé les sourcils.

– Où ça ?

– Au pied des monts Ho, l'artère n'est pas très longue, le bétume a été craqué et mouliné, mais cette portion de concrete est intacte, on n'efface ni les pétroglyphes ni les peintures-sculptures pariétales, c'est un principe.

– Intéressant, dit Atlal, mais désespéré. Je ne commente pas, soyez sans crainte, j'essaie de capter. Une trace sous cloche ne dit plus rien, elle meurt. Changer le sol ! C'est, excusez-moi, je me prononce, c'est une infamie.

Les Ardéanes le regardaient avec des yeux ronds. Ama n'en revenait pas non plus, elle n'avait jamais entendu Atlal parler de cette façon, affirmée, polie mais catégorique. L'Expé commençait-elle à le changer ? Elle souriait à cette idée. Elle souriait aussi parce que les réflexions du Gros-Cerveau éclairaient son propre malaise. Ils étaient d'accord, ce concrete était un faux hybride, un mélange dont l'excipient était scellé, peut-être définitivement incapable de se désagréger pour se reformer autrement, plus que mort, mortifère, mais sans doute, se dit-elle dans la foulée, sans doute était-ce là la marque de la sauvagerie.

Le concrete et le bétume avaient des points communs. Ils étaient liés au lisse, au dur et à la durée de la même façon, ils déniaient leur nature de composés, ils aspiraient, sauvagement, à un temps plus long que celui de la pierre, peut-être de la terre, ils étaient contrevenants, des aberrations, effectivement. Magnifiques, ne pouvait-elle s'empêcher de penser. Et pourquoi l'aurait-elle fait ? Les Toges n'étaient pas là pour l'en empêcher.

Est-ce que le Barraj lui-même était beau, elle n'en savait rien, il appuyait lourdement, il en faisait beaucoup trop, sa silhouette épaisse était à la fois monolithique et venteuse, ses intentions, une énigme. Sa verticalité était un défi à la rivière, il y avait une morgue hors de proportion dans sa stature, dans sa façon de tenir sans moufter, raide, le regard au loin, indifférent à la guerre d'usure qui rongeait ses fondations. Très digne, le Barraj. Très élégant, très installé dans l'élégant refus de sa chute prochaine, crispé, cambré sur ce qu'il avait été, aurait dû continuer d'être, l'expression d'une superpuissance, la preuve d'une force vive, géologique, capable de diriger le monde, d'en changer son climat et ses éléments, capable de les monter les uns contre les autres, de les faire jouer à se mordre, et à s'arracher, capable d'empoisonner.

Il était encore là, le Barraj, les jambes écartées, campé devant la mare, la casquette vissée sur son crâne, les mains sur les hanches, et il regardait au loin pour contempler son ouvrage.

Paayme Paxaayt avait retrouvé son nom, mais elle n'avait pas encore gagné. Son lit n'était pas son lit, elle y était néanmoins restée. Il ne pouvait pas voir l'intégralité de son parcours, elle était longue, les premiers kilomètres qu'il dominait encore étaient limpides. La rivière de concrete miroitait comme au premier jour, parfaitement homogène, à peine en eau, juste ce qu'il fallait pour faire ressortir sa ligne nette, débarrassée des scories, sa simplicité, la clarté de l'esprit qui l'avait conçue, comme elle l'avait conçu lui, le Barraj debout, le régulateur. Elle était un prolongement de lui-même, un segment de droite, le résultat d'un calcul, la solution d'un problème, plus rien à voir avec un chaos de roches et de pluie, un tracé millénaire, une forge au comportement imprévisible.

Plus de drame. Terminé. La règle et la paix. L'ordre, l'abscisse et l'ordonnée. La géométrie plane. Elle coulait droit, maintenant, droit devant sur un débit qu'elle ne décidait pas puisque lui, le Barraj, était là de toute sa taille, précisément pour ça, la maîtriser. Il était maître issu de maître, elle était sa raison d'être, il savait quoi faire avec elle, et comment, il était né pour elle, il l'embrassait de ses grands bras, elle passait tout entière dans sa bouche, elle coulait dans ses mains et il la soutenait, il la calmait, il la conduisait sur le chemin droit. Il lui faisait un écrin, détruisait les obstacles, recousait les accrocs, il lui déroulait un tapis, un tombeau dans lequel elle n'avait qu'à se laisser aller, il avait même prévu la pente. Un enterrement de première classe. Sobre. Sans fleurs ni couronnes, sans joncs, sans cannes à sucre, sans canards, sans mollusques, sans toute cette faune débraillée qu'il voyait maintenant tremper dans ses jupes.

Il ne savait pas comment on en était arrivé là, à se laisser submerger par les concerts de grenouilles, le fouillement des têtards, les débauches de pollens, de moustiques, les communautés de limons et leur chevelure fangeuse qui remuaient au hasard au gré du courant. De façon révoltante. Dégoûtante. Jour après jour, il leur opposait sa réponse, il demeurait, incorruptible croyait-il, rongé mais justifié, retranché en lui-même, en son château, hors d'atteinte.

Est-ce qu'il était beau ? Rien n'était moins sûr. Est-ce qu'elle avait la nostalgie d'un pays où elle n'avait pas vécu, est-ce qu'on lui avait transmis malgré elle, comme tout ce qui se transmet, le regret d'une civilisation détruite, d'une espèce qui avait été, qui avait fait bloc et ardemment désiré de changer le monde ? Plutôt que se changer elle-même. Dans quelle mesure la culture potagère était-elle acceptable, dans quelle mesure faisait-elle partie de ce refus d'adapter sa forme et son tube digestif, tout en encourageant les autres à le faire ? À se réduire les feuilles, se tailler les branches, supporter la greffe.

– La question n'est pas de changer le monde ou de ne pas le faire, la question c'est à quel point et comment.

Ama avait pensé à voix haute. Czapa lui montrait du bout de l'aile une outre de poussière dans la rivière. On aurait dit un sac sale, coincé dans le flux.

– Tu vois ça ? L'habitat piège d'une Arachnée amphibie.

– La question, Kis, c'est l'usage et la durée. Quand on cherche à dépasser la saison, on se fourvoie.

– Absolument. La question n'est pas de construire, mais de reconstruire. Un peu plus loin, à peine ailleurs, à portée de voix si on veut.

Ama reconnut le propos général.

– On ne tisse pas une fois, on tisse-tisse, on retisse sans cesse. Je sais. Les Toges nous l'ont suffisamment répété.

– Ha oui ? Vous avez des maisons communes ?

– Oui. Des plateformes partagées, plus ou moins couvertes, ouvertes à toutes et dotées de plusieurs accès.

– Elles restent dans l'arbre ?

– Elles restent le temps qu'on s'en occupe, c'est beaucoup d'entretien.

– Voilà !

Czapa montrait du bec le Barraj devant elle.

– C'est ce qu'il n'a pas compris. Il se croit debout pour l'éternité. Il se croit construit pour de bon, définitivement solide, une folie. C'est pour cette raison que le caquetage avait abouti à sa supposée conservation. Qu'il s'écroule de lui-même et qu'il en profite.

– Apparemment, il n'est pas encore mûr.

– Pour tomber, il est à deux doigts.

– Mais pour l'accepter et voir l'avenir d'un autre œil, mon deuxième ergot ! Regarde-le.

Elles regardèrent le Barraj un moment. Elles le voyaient quotidiennement, elles relevaient la progression des fissures, les changements de ton du concrete, les craques. Peut-être à cause de l'Auboisière et de ses cœquipiers, elles le regardèrent autrement. Pendant un instant troublant, elles ne surent plus du tout ce qu'il faisait là, de quoi il était fait.

– Incroyable.

– Oui.

Ardéa était toute chose. Elle se tourna vers Ama.

– Vous produisez des effets inattendus, Auboisière.

Ama sourit légèrement.

– C'est le propre des échanges culturels, ne soyez pas inquiètes, ça va passer.

– Oh, je ne suis pas inquiète.

Elle gonfla les plumes de son cou, étira largement ses deux ailes blanches.

– Je suis en pleine possession de mes moyens. Je m'aperçois grâce à vous que je change rarement de point de vue. Très dépaysant. Un talent de Parks ?

– Je ne crois pas. Nous venons d'ailleurs, voilà tout.

– On devrait recevoir plus souvent.

À ce moment-là, le Scurius décida de grimper sur le Barraj. Il était immobile depuis trop longtemps, les caquetages le secouaient de tics nerveux, il fallait qu'il remue.

Et puis, ils étaient au pied du mur, il aurait été inconvenant d'y rester. Ourá sauta de la tête d'Atlal et courut jusqu'aux glissières.

Les Anoures minuscules qui se rafraîchissaient dans le courant d'air sifflèrent sur son passage. Il attrapa une des piles de ses doigts collants et suivit le joint de la maçonnerie jusqu'à la rambarde, il bondit sur le tablier entre les barreaux, monta sur le garde-corps et courut vers le déversoir.

Une fois dessus, il escalada le bâtiment de la salle de contrôle et poursuivit son chemin sur le mât fiché au milieu du toit, vingt mètres de mieux. En haut, il s'arrêta pour faire des signes avec sa queue. Il était content de la vue, il voulait partager. Il s'emballa dans ses explications, lâcha une patte de trop, glissa le long du tube avant de se rétablir, de remonter, et de reprendre ses encouragements.

Ama devina qu'il ne descendrait pas avant d'avoir attiré au moins quelqu'un à ses côtés. Elle se mit en marche.

Les remous de Paayme Paxaayt baignaient ses chevilles et montaient, par endroits, à ses genoux. Il faisait doux dans l'eau, le fond était meuble, agréable à fouler, épais comme un sous-bois. Elle regardait les courants s'emmêler et se contredire, les bancs sableux où se tenaient les canards, les poules noires, les joncs à crête dure couchés vers l'aval.

Des taches et des filaments clairs s'accrochaient partout dans les cannes coupantes, contre les pierres, sur les remblais. C'était mou, agrippé à la moindre branche. Elle décida de continuer sans s'approcher, la lumière était belle, l'air transparent au-dessus du Barraj et sur les berges.

Elle fit, comme Ourá, un bond pour atteindre la glissière, mais plutôt que d'escalader la pile, elle prit une diagonale qui l'amena sur le remblai, et monta sur le tablier sans avoir à mettre les mains. Elle attendit au pied du cube de contrôle, juste au-dessus du déversoir et appela le Scurius. Il ne voulut rien savoir. Elle ouvrit la porte du bâtiment. L'air sentait la poussière cuite, le renfermé. Elle prit une grosse inspiration et avança. Une trappe s'ouvrait dans le plafond, une échelle le traversait, elle grimpa les échelons en apnée et poussa. Le clapet se rabattit à l'extérieur et retomba bruyamment. Le Scurius, surpris, lâcha son mât et atterrit à son pied. Il gesticulait et crachait.

– Eh bien quoi ? Tu voulais de la compagnie, tu en as !

Il avait la main sur le cœur et ses yeux riboulaient.

– Tiens, une noisette.

Il se calma aussitôt.

Ama le regarda craquer la coquille et dévorer la noix en la tournant à toute vitesse entre ses mains et ses incisives. Elle fondit, puis disparut en un clin d'œil.

– Alors, qu'est-ce que tu voulais me montrer ?

Ourá avait la bouche pleine, il répondit en reprenant ses signalisations de sémaphore. Il désignait le haut, le bas, le bas du bas, l'est et l'ouest et devant vers l'aval d'où venait Ama et derrière vers l'amont, qu'elle n'avait pas encore vu. Elle ne réagissait pas assez vite à ses yeux, il attrapa le bas de son pourpoint et tira jusqu'à lui faire exécuter un demi-tour. Elle allait protester, inutile de déchirer son vêtement, il tirait très fort pour un petit format, mais ce qu'elle vit en relevant les yeux lui fit passer l'envie.

La rivière était raide. Elle douta quelques secondes que ce fût même la rivière qu'elle voyait là, au sol, complètement aplatie.

Elle vérifia l'autre côté d'un coup d'œil, Paayme Paxaayt coulait, sinuait, dessinait des courbes et des détours, les Ardéanes étaient dedans le bec en l'air, les joncs sur ses berges les pieds dans l'eau, les roches, les poissons, c'était une rivière.

– Quel phénomène…

En guise de réponse, Ourá trépigna sur le tablier pour désigner le Barraj. Ama ne le comprit pas et lui donna une deuxième noisette.

Elle inspira profondément avant de regarder de nouveau le paysage de l'amont. Au sol, un carré de concrete, plat, immense, lisse, nu comme la main, et au-delà, à l'endroit où Paayme Paxaayt aurait dû arriver en serpentant, le vide. Une tranchée plate, droite, orientée plein est, tirée au cordeau. Un droit fil dans une trame absente, la morsure visuelle d'une impeccable incision, avec quelque chose de ciré, vaguement glissant, qui révélait la présence de l'eau. Mais ce n'était pas une rivière, on ne pouvait pas dire ça. Ama sentit sa cage thoracique se serrer.

Le Corps de l'eau était corseté, réduit et dirigé par un dispositif de contrainte évident. Son lit, ses berges, son débit lui-même était contaminé par la pétrification. Elle bougeait à peine. Aucun obstacle de fond, pas le moindre caillou pour insuffler un peu de dérive, elle était coincée dans une allée rectiligne, dure alors qu'elle était souple, droite alors qu'elle était courbe, immobile alors qu'elle était le mouvement même.

Ama comprit alors que la sauvagerie qu'elle avait sous les yeux et qu'elle rencontrerait désormais, la sauvagerie d'Hidden, n'était pas comparable à celle qu'elle connaissait. Elle sentit les larmes monter. Elle n'aurait su dire quelle émotion l'étreignait.

Voir la rivière entravée et conduite lui serrait la gorge et les côtes. Voir l'ampleur de l'artifice, tout ce concrete étalé, cette planéité, ce déploiement de force implacable et passive la remplissait d'une sorte d'admiration.

Quels Corps, et quelles têtes avaient décidé et réussi à produire ce plancher de torture ? Les Créates ? Les Extracts, vraiment ? Dans quel but puisque le Barraj ne formait même pas une vasque où se baigner, une bulle d'eau, une pièce à vivre, mais seulement un miroir où se reflétait à peine sa silhouette ?

– Alors, ça vous plaît, le point de vue ? Étonnant, n'est-ce pas ?

Ourá avait fini sa deuxième noisette. Il se léchait le museau à coups de langue rapides et lançait des regards tout aussi rapides à l'Auboisière. Elle hésita.

– Oui, c'est très impressionnant.

– Mais ?

– Mais… je ne suis pas sûre que ça me plaise. C'est une césure violente. Je n'en ai pas l'habitude.

– Une quoi ? Qu'est-ce que c'est que ça ? Mais pas du tout, Auboisière ! C'est la plus grande et belle, la plus célèbre piste de danse d'Hidden que vous avez là ! Un must ! Un spot ! Un incontournable. En saison, c'est baltringue tous les soirs. Ça peut durer la nuit entière. Avec une pause entre trois et cinq heures, et puis ça repart. Les diurnes et les nocturnes se croisent et se succèdent, elle ne désemplit pas. Au matin, tout s'arrête, il faut bien manger – ce disant, il tendit la paume pour avoir une troisième noisette – et se reposer, mais quelles fêtes ! Vous avez déjà assisté à la parade du Tétras à queue fine ? La pavane, le piétiné déployé ? Eh bien ce n'est rien à côté des nouveaux pas importés par le Paradisier : gonflement de jupe, déboîté de cou, jeu d'antennes et démonstration de plectre, pour commencer, puis déplacements latéraux contradictoires, jeté d'ailes dramatique, coup d'œil en biais, lancé de baies, réception à la volée et on enchaîne, petits pas latéraux, deux à gauche, deux à droite, retour au centre, exposition du jabot, rotation du plumé et reprise de l'ensemble. Incroyable. Apporté par ce volatile de passage qui s'était égaré, Hidden l'a aussitôt adopté et la danse a fait fureur plus de dix saisons. Le Dab. C'est toute une préparation, il faut nettoyer la piste, cirer les perchoirs avec une peau de serpent et décorer les environs. Les boules brillantes sont les bienvenues, plutôt rouges pour contraster avec la plume noire et l'œil bleu. Un effet !

Ama écoutait en regardant le plancher de concrete. Il était si terne, tellement sinistre, écrasé de soleil qu'elle avait du mal à croire ce que lui disait Ourá. Le Scurius était un local, les locaux pouvaient néanmoins raconter n'importe quoi. Les Coyotes, par exemple, ne se gênaient pas.

– Ce doit être fascinant. Je vous crois. Néanmoins, ce plancher, comment dire, il a été posé pour ça ?

– Oh ! Quel ennui ! Redescendons, tout est dit.

– Non, attends, Ourá !

Trop tard, il avait franchi le garde-corps et glissé le long d'une pile, il était au sol et courait en zigzag vers Atlal. Prudentes, les Ardéanes l'une après l'autre s'écartèrent de son chemin, dispersées par la minitornade qui semblait le précéder. Atlal vit l'énergumène s'emballer et s'accroupit pour lui faciliter la tâche et préserver sa fourrure. Ourá bondit directement sur sa tête et reprit sa place entre ses oreilles.

– Attention, Scurius, on ne tire pas le poil et on ne patine pas !

– Dakadak, chief, répondit l'autre une dizaine de fois avant de s'asseoir en tailleur et de rester coi, les mains en rond contre son ventre, les yeux à demi fermés.

Le Gros-Cerveau ronronnait bas, il avait préparé une onde spéciale dirigée en faisceaux étroits au travers de sa boîte crânienne pour tempérer le Scurius sans mettre personne d'autre sous influence.

– Merci Atlal, lui dit Mianeh qui prenait soin de garder ses distances avec l'Écureuil. Quelle boule de nerfs. On va pouvoir penser sans être interrompu sans cesse.

– Boule toi-même ! répondit Ourá, un œil grand ouvert.

– Chhhht.

Atlal souffla une fréquence qui vint renforcer l'onde spéciale.

Ourá s'affaissa.

Mianeh fit comme si elle n'avait rien entendu, elle ne répliqua pas, elle n'aurait pas risqué de le réveiller, elle était sur le point de penser qu'un Scurius supportable était un Scurius endormi, ou pire. Il avait fait fuir les Ardéanes dont elle n'avait pas encore tiré tous les enseignements qu'elle voulait.

Le Barraj était un écrêteur de crue, elles lui avaient expliqué comment Paayme Paxaayt le bourrait de coups au moindre orage ou épisode pluvial, comment elle se ruait sur la piste de danse après avoir pris son élan depuis les collines et venait frapper sur cette porte des coups de boutoir à faire sauter les murailles, et reculait, refluait, s'enroulait pour revenir ébranler plus fort le mastodonte abruti qui n'avait pas encore eu l'idée de s'écarter.

Ce qui allait nécessairement venir, avaient dit les Ardéanes.

Il faudrait vraiment être calfaté au bétume pour ne pas finir par avoir envie d'éviter les chocs.

– Sauf quand on est fait pour ça, peut-être.

– Oh, il y a une limite à la vocation.

Ama les rejoignit. Mianeh comprit à sa démarche qu'elle était perturbée. Elle ne tâtait plus le fond avec délice, ses mocassins se soulevaient en faisant gicler des gerbes d'eau, les alevins fusaient dans tous les sens et Ama n'y prêtait pas attention.

– Alors comme ça, c'est une piste de danse ?

Elle demandait à la ronde.

Les Ardéanes, revenues de leurs émotions, eurent un hochement de chef. Ama se dit que si elles repartaient à ricaner ou quelque chose dans ce goût-là, elle allait perdre patience.

– De temps en temps, répondit Balzaïs. En attendant sa chute.

– Il y a eu des Extracts pour une démonstration de tango.

– Et des Cruisers, et des Vélistes qui performaient montés, plutôt rapides !

– D'accord. Et l'aplatissement de Paayme Paxaayt en amont, devant les tabliers comme un paillasson, votre Pourvoi et votre Fuite, ça ne vous dérange pas ?

– Oh, oh, Auboisière, cesse de caqueter, tu n'as aucune idée de ce que nous avons traversé. Tu as vu l'autre côté ?

– Oui, justement.

– Et celui-ci, où nous sommes, les pattes au frais.

– J'y suis. Où voulez-vous en venir ?

– Tu as vu la droite de concrete qui s'enfonce jusqu'à l'horizon ?

– Clairement.

– Eh bien, dis-toi que derrière était devant. Notre Déesse, notre Pourvoi et notre Fuite a connu un temps où son Corps tout entier était enserré de concrete de sa source à son embouchure. Elle a surmonté cette épreuve avec une patience exemplaire.

– Elle a eu des moments de dépression, elle ne bougeait presque plus, son débit était symbolique, à peine maintenu, sa joie aspirée par la déclivité maigrichonne, ses éclats, ses colères, ses enthousiasmes brisés par le Barraj.

Balzaïs se tut, le cou noué par le souvenir douloureux. Kis poursuivit.

– Essaie de te rendre compte, Auboisière. Son grand Corps pris en tenaille, le Désert à ses flancs, le Désert dans ses fonds, le lisse partout et nulle issue pour fuir que celle qu'on lui dictait.

– Sa force pompée à la source.

– Sa volonté réduite et promenée dans l'énorme tuyau, dissoute.

– Sa puissance niée, sa générosité ignorée et maudite.

– Sa fantaisie interdite.

Elles parlaient à tour de rôle rapidement, et montaient dans les aigus, l'aura de Mianeh verdissait à vue d'œil.

– Je comprends, je comprends, je ne comprends pas ! dit Ama en les regardant tour à tour. Asseyons-nous et tenons un wowow de transmission ?

– Oh, un wowow, c'est beaucoup dire.

– Un *petit* wowow ?

Ama sortit de l'eau et rassembla les sièges. Atlal installa six perches en cercle. Ama ficha un pieu au milieu et posa sa cabe qui se déploya et s'accrocha en ombrière. Les Ardéanes commentèrent abondamment le phénomène. Ce n'était finalement pas un œuf, mais on ne pouvait pas dire que ce n'était pas, qui sait, le début d'un œuf.

Elles se posèrent sur les branches au sol et les déclarèrent confortables. Kis avait du mal à trouver sa position idéale, elle descendit, poussa avec son bec et remonta, c'était beaucoup mieux, le wowow pouvait commencer.

Ardéa entra dans le vif du sujet.

– Bazine est un berceau. Les activistes d'Hidden sont un jour ou l'autre passés par Bazine, prendre des forces, des nouvelles et des inspirations.

Ama respecta les règles du wowow, elle donna la réplique.

– Les Aubois sont des lieux de vie. Les Auboisières qui les peuplent et les tiennent accueillent les Autres Corps en quête. On s'y repose aussi.

– Le tremblement a commencé à Bazine.

– Le tremblement a résonné dans les Aubois.

– Le tremblement est monté dans les galeries et dans les grottes. Il a couru les sentiers souts, il est sorti par les cavernes.

Atlal aussi connaissait les règles du wowow. Les terriers sont des lieux de formation, les Autres Corps en danger peuvent s'y réfugier et partager des techniques. Certaines chambres restent secrètes.

Mianeh avait hésité à se joindre à l'assemblée, mais elle était sous la cabe, elle devait honorer l'engagement.

– La Toile est un camp sans porte ni fenêtre. Les Autres Corps ne sont pas reçus sinon à des fins d'observation. Elle a été déchirée par le tremblement, en partie reformée.

– Hidden est un plateau.

– L'Aubois est une enveloppe.

– Le Terrier est un trou.

– La Toile, un mirage.

– Le tremblement n'a pas commencé à Bazine, il s'est manifesté en divers lieux, il est passé au travers des fragmentations, il a relié, comme un courant, sub et sout, les escales où l'interconnexion était forte ou en passe de se rétablir. Il a parcouru et rassemblé. Ce dont les Parks ne prennent pas la mesure, c'est l'ampleur et la violence de la sauvagerie qui se déchaînait ici. Vous avez vu quelques rubans de bétume, des ponts tranchés, peut-être une via ferrata, des cubes de pierre, des tours basses, une parabole ici et là, mais rien de consistant. Les restes d'une occupation limitée.

À Hidden, le plateau entier était sous emprise, recouvert, creusé, construit de concrete. Les falaises contenues dans des filets, les collines nappées, le sol étouffé et repris par les Freeways et les Streets. Les plages seules respiraient encore, mais certaines se vidaient dans l'Océan, tapissées d'huile, anémiées par le manque de nutriments. Bazine a été un lieu de rassemblement, les luttes tremblées s'y sont retrouvées. Au pied du Barraj, dans la zone humide qui n'avait pas pu être recouverte, les graines ont germé, les Corps se sont regroupés, les wowow se sont organisés. La tâche était immense. Plus large que le plateau, plus lourde que les Bisons, les Opossums et les Paresseux géants, les Tigres à dents de sabre, et les Mammouths laineux qui avaient chassé sur son dos. La tâche était titanesque, à l'échelle d'un monde écrasé qui voulait renaître.

Ama ne respirait plus. Atlal était en position de repli, les griffes dans le sol gorgé d'eau, il attendait la suite, il sentait la vie, il y avait une suite. Mianeh s'était posée. Ardéa laissa passer un instant.

– Nous nous sommes organisés. Les compétences étaient nombreuses, beaucoup de spécialités se sont croisées, des savoirs se sont réveillés et imbriqués. Il fallait une synergie. Une énergie commune et convergente, une coordination. Nous avons opéré ensemble, chacun selon ses capacités et ses compétences, et contre, oui, contre la sauvagerie, pour son démantèlement massif, son éradication, sa totale disparition de nos lieux de vie.

Ama était bouche bée. Ardéa l'observait. Elle savait que l'Auboisière pouvait être choquée par ces révélations. À Hidden, les Parks étaient tenus pour des adeptes du non-agir, potentiellement dangereux.

Ardéa faisait ce qu'elle pouvait pour présenter les choses sous un jour acceptable. L'Auboisière avait eu un premier choc en regardant Paayme Paxaayt sous sa forme ancienne. Il ne fallait ni la brusquer ni la préserver.

– Les bombes à graines ont été nos premières armes. Des fabriques se sont montées dans les collines, à Bazine, bien sûr, et partout où l'eau et la terre étaient accessibles, la boue a été produite et, dans la boue, les graines ont été introduites. Par roulage, piquage, brassage et pétrissage. Les bombes sont sorties par millions. De la plus petite, deux ou trois graines, portées par les Oiseaux-Mouches, les gros insectes et les Fourmis, jusqu'aux imposantes Rondes-Brunes et Rondes-Blanches que les gros mammifères attrapaient dans la gueule et crachaient aux endroits propices. Les bombes ont été lâchées sur le plateau par une armée invisible. La moindre fissure dans le bétume, la moindre craque a été approvisionnée, irriguée et soutenue.

« Les arbres sur place ont défriché et encouragé les reprises. Leur effort colossal a permis d'innombrables installations. Ils ont travaillé en sourdine, éclaté le bétume par en dessous, soulevé des pans de rue entiers, explosé des bâtis, tranché des carrefours, troué des ponts. Les rongeurs, les gratteurs et les foreurs ont détaillé les gros morceaux et mouliné les petits.

« Le bétume a été rendu à ses ingrédients, le sable, le gravier, le sirop. Des monticules, des levées, des terrils de matière inerte sont apparus sur toute la surface d'Hidden. Ils bloquaient une Freeway en cours de soulèvement, un quartier en pleine dévoration. Ils obstruaient, toujours plus imposants, larges à la base, pointus au sommet. Avec les pluies, ils coulaient et se répandaient en crues solides, emportant parfois des bâtiments entiers, redoutables quand ils s'étaient formés sur le contrefort d'une colline.

« Les canyons étaient à l'avant-garde pour les glissements de terrain et l'arrache. Ils envoyaient rouler sur le plateau ce qu'ils décrochaient de leurs flancs, les baraques, les piscines, le mobilier commun, le privé, enrobés d'une coulée fraîche chargée de glaise qui prenait une vitesse phénoménale à mesure qu'elle avançait. D'abord lave, lourde et lente, elle accélérait en avalant ce qu'elle traversait, les bardeaux, les murs, le monstrueux bazar manufacturé, elle gobait et mixait les éléments les plus hétérogènes et glissait, grosse, sur la pente d'un élan sans cesse augmenté, une ogresse, qui s'arrêtait loin dans les terres.

« Les canyons ont construit des monts où il n'y en avait pas, comblé des fissures, enterré des perruques de concrete qui se croyaient éternelles. Soutenus par les ébranlements sismiques, ils ont rongé les bords d'Hidden pour mieux l'envahir. En ouvrant des corridors chaotiques où les activistes sont passés, en compliquant le terrain où il avait été simplifié, en rasant, en liquéfiant, en ménageant des plis de boue où les graines ont explosé, des voies de limon où les arbres ont plongé des racines avides, des voies d'eau pour drainer les nouveaux déchets, d'énormes excavations pour les entasser, les semer, et les faire fructifier.

« Et simultanément, les bactéries travaillaient. Dans l'ombre, en silence, minuscules et précises, elles attaquaient le concrete avec la puissance rampante d'une irrépressible pandémie. Il verdissait, moussait, se délitait sous la morsure acide qu'elles fabriquaient. Elles s'en nourrissaient, se répliquaient pour remordre devant elles en s'adaptant aux plans de masse et de coupe, sur un front serré, aussi large que plusieurs Freeways côte à côte, elles étaient capables d'ingurgiter plusieurs kilomètres par jour. Elles laissaient derrière elles une terre nue tamisée sous une pellicule de glucides.

« Au départ de toutes les aires préservées, des nurserys, des Parks de poche, des allées vertes, des bacs à fleurs, des microfermes, des potagers, depuis le plus petit tas de pollen, sur deux, quatre ailes, sur quatre pattes, en bipédie, en planeur, les pollinisateurs se sont lancés.

« Essayez d'imaginer, Auboisière, il y eut une période d'activité intense, la terre bougeait par-dessus et par-dessous, les collines se faisaient et de défaisaient en une nuit, on voyait monter des reliefs qui s'affaissaient en plusieurs semaines, qui s'affaissaient à vue d'œil, se noyaient, se ressuyaient. On voyait courir les activistes en tous sens, ils étaient des myriades à se côtoyer, à s'éviter, à s'affronter, occupés à repeupler le monde, à le défaçonner, à le rouvrir. Nombreuses, les Abeilles remuaient le ciel. Les Hummingbirds le faisaient tourner. Les Rats, les Castors, les Cougouars, tous ceux que vous avez croisés en traversant la Freeway étaient à l'œuvre, à fond, en accord avec les mouvements telluriques, les failles craquantes, les levées de fonds, les crues, les feux et le démembrement général.

« C'était une guerre et nous l'avons faite. Il y eut des pertes, des retours de flamme, des opérations hasardeuses, mais vous verrez, Auboisière, de vos yeux, sous vos pieds et dans vos mains, cette guerre, nous l'avons gagnée.

Ama était abasourdie. Elle ne pouvait pas répondre. Sa langue refusait de se décoller de son palais, elle était incapable de donner la réplique, elle n'avait même pas la force de manifester une quelconque réaction. Elle n'aurait rien su dire de cet ordre de la part des Auboisières, ni réciprocité ni opposition. Elle était sans voix, consternée.

C'était comme si on venait de lui dire que ce après quoi elle courait, ce dont elle rêvait, ce qu'elle avait par brefs moments rencontré et admiré, qui lui avait insufflé le désir de poursuivre ses recherches, d'augmenter ses connaissances, de prendre des risques et d'aller de plus en plus loin, tout ce vers quoi elle tendait, était néfaste. Malfaisant, monstrueux, à ruiner.

Les Toges cachaient des événements, des savoirs, elles étaient alarmistes et faisaient tout pour écarter les jeunes des Expés et de leurs découvertes. Elles prévenaient d'un danger qu'Ama n'avait jamais rencontré sur le terrain, elles mettaient en garde en termes flous, généraux, au moyen de formules qui ressemblaient à des paroles conjuratoires d'une époque révolue. Ama les soupçonnait de superstitions et d'ignorance. Malgré ça, les Toges n'avaient jamais porté le moindre coup à un édifice sauvage, jamais creusé le moindre trou dans un ruban de bétume, ni appelé à la démolition. Elles évitaient les lieux de sauvagerie, et encourageaient les autres à le faire, elles s'en tenaient là.

Si une Auboisière choisissait néanmoins d'aller voir plus loin, elles laissaient faire. Vivre et laisser vivre était le fond de leur politique et de leur éthique.

À aucun moment Ama n'avait entendu parler d'une guerre. Elle ne comprenait pas ce mot. Des conflits, des différends, des batailles, des bagarres, des luttes, elle connaissait, mais une guerre ?

Les Ardéanes la glaçaient. Le récit qu'elles venaient de faire était incroyable et inassimilable. Ama sentait sa pensée pivoter sur deux axes opposés. Sa construction du monde, à nouveau, faisait une révolution complète, elle ne le voulait pas, elle le refusait, elle était incapable de supporter ce mouvement qui contredisait son équilibre et sa place.

Elle avait travaillé longtemps pour exercer son libre arbitre, elle avait mis en doute les apprentissages non vérifiés, refusé les dogmes, les ritournelles, et les questions résolues avant elle. Elle avait couru les voies jusqu'à trouver les traces tangibles d'un monde ancien aux caractéristiques époustouflantes, elle avait rapporté ses découvertes, partagé ses réflexions, ramené Mianeh avec elle pour démontrer l'extravagance des préventions à l'égard des Dronotes, elle avait battu en brèche l'entre-soi, mis en cause les vertus de l'enveloppe elle-même, opéré déjà toute une conversion et elle était là, à Hidden, au moment où elle allait atteindre et éprouver l'indéniable existence de ce monde retrouvé, le bec dans l'eau. Avec les Ardéanes. En wowow. Avec des Ardéanes pires que des Toges.

On venait d'ébranler toute sa construction mentale, et comme dans une fourmilière attaquée, les Fourmis redoublaient d'activité pour réparer la catastrophe. Sa tête bourdonnait. Elle avait des accès de vertige. Les Ardéanes avaient ôté le sol sous ses pieds, aspiré son air, annulé l'espace de son rêve. C'était injuste et insoutenable. La colère montait dans son ventre et bouillait dans ses mains. Ama sentit que, si elle se laissait envahir, elle serait détruite. Elle comprit tout à coup le mot guerre. Il fit un trou dans son cœur. Et elle se mit à pleurer.

Atlal la prit dans ses bras. Il avait retiré ses griffes du sol au dernier mot d'Ardéa. Il avait vu les paysages qu'elle avait évoqués aussi clairement qu'en méditation, les galeries ébranlées, les cavernes mouvantes et renouvelées, le désastre de surface et le réagencement des flux. Il avait senti la détresse d'Ama traverser les représentations successives. Devinant l'imminence d'une crise, il s'était débranché et l'avait prise contre lui, assise en tailleur comme elle était, sans la déranger dans sa posture, il l'avait adossée contre son torse et entourée de ses bras, les griffes jointes en verrou devant le ventre secoué de spasmes. Il lui avait fait un nid pour pleurer.

Les Ardéanes étaient gênées. Elles regardaient à droite et à gauche d'un air préoccupé. Ardéa se reprochait d'avoir sous-évalué la sensibilité de l'Auboisière, ou sa naïveté, son inculture, mais comment dire les faits, quand ils ont eu lieu ?

Seule Alba parvenait à considérer Ama sans tourner la tête. C'était une manifestation étrange, visiblement destinée à l'alléger d'une émotion trop forte pour son corps. Les larmes glissaient, entrecoupées de hoquets inconsolables, il y avait des contractures, des stases et des reprises en force dans lesquelles Alba décelait une diminution progressive du flow. Au bout d'un moment, alors que les sanglots étaient un peu moins profonds, elle lui dit doucement :

– Laisse couler, Ama, il faut toujours laisser couler.

La voix de l'oiseau était si veloutée que l'Auboisière sortit un instant de la faille sans fond où elle était tombée et croisa son regard. Son œil rond, noir brillant, dénué de jugement, mais pas d'amitié. Ama s'accrocha à ce contact visuel comme à une bouée, elle appuya son dos sur Atlal, elle posa ses mains sur les griffes qui la gardaient et la protégeaient, elle pleura de plus belle mais aussi, maintenant, de se savoir entourée et tenue.

Quand elle eut réussi à laisser couler le plus gros, elle attrapa sa toque dans son sac et la vissa sur sa tête. Une cage de Faraday, les bras d'un ami, les yeux d'un oiseau, elle avait ce qu'il fallait pour surmonter le chaos.

Elle devait se garder d'adopter les réactions réflexes des Créates. Le déni n'est pas bon conseiller. Il fallait qu'elle trouve les ressources pour affronter le tableau de ce nouveau monde. Peut-être arriverait-elle à y trouver du bon malgré tout. Peut-être était-ce le moment de se souvenir qu'il vaut mieux s'adapter soi, travailler ses projections, sinon ses désirs, et prendre ce qui vient. Elle se moucha dans sa manche, essuya ses joues et respira un grand coup.

– C'était un grand petit wowow. J'ai beaucoup appris sur l'Expé et sur ce qu'elle implique, plus que ce que j'aurais voulu pour l'instant. Je vous remercie sincèrement pour la transmission.

Les Ardéanes claquèrent du bec, un son de pluie d'été monta jusqu'à la cabe, et retomba en gouttelettes. Elles se levèrent sur leurs branches, en descendirent et firent un pas sur le côté, le wowow était clos.

– Et maintenant, Catfish ! dit Czapa.

Elle pliait déjà les genoux pour prendre le large. Ardéa, Kis, Blazaïs, Thula et Silkes s'approchèrent de l'Auboisière, qui s'était relevée et tenait la main d'Atlal. L'aura de Mianeh s'était dilatée au point de les englober ensemble dans une aurore diffuse, Scurius inclus. Elles s'approchèrent à les toucher et les gratifièrent d'une danse haka de bienvenue, quelques pas, légers, quelques appuis, un coup de tête, un tour de cou, et elles s'envolèrent.

Ama regarda les grandes ailes attraper l'air, le brasser et le jeter derrière elles. Leur trajectoire oblique était elle-même élégante à l'instar de leur port, le cou ramassé, le plumet rabattu, le bec en avant, et de leur corps à la fois perforant et planant. Les trouver belles fut son premier pas vers le véritable Hidden. Elle en fut consciente et y puisa la force d'un sourire. Elle lâcha la main d'Atlal pour les saluer, déjà loin.

– Mince, on n'a pas demandé pour l'Hydro !

Retour à Frog-Toh

LA COMMUNE

Elle était merveilleusement douce. Douce comme seule l'eau peut l'être. Douce au-delà des mots qui tenteraient de l'exprimer. Là, en cet endroit du monde, dans cette vasque tapissée de sable et de limon fin pas plus grande que le cul d'un Mammouth laineux, peut-être dessinée d'ailleurs par le très ancien bain d'un Mammouth laineux, entourée de joncs frisants, de Salsignes et de mousses brunes sur le point de fleurir, immergée jusqu'aux yeux, la dorsale, les épaulettes, la queue, la peau complètement détendues, embarquée dans son lent délire d'hydratation, Choeps Yanev bavait légèrement, la gueule entrouverte.

Elle s'était soigneusement lavée avant d'entrer dans la vasque. Elle s'était débarrassée des bouts de la grotte, de la poussière du chemin, des contrariétés et de la fatigue nerveuse. Elle s'était frottée, puis elle s'était rincée à deux eaux, avait pris le bain de vapeur dont elle rêvait depuis des lustres, lui semblait-il, et maintenant, posée sur le lit au fond frais, à peine agitée par le filet de renouvellement qui maintenait température et filtration au niveau d'excellence que les Batras affectionnent, Choeps Yanev se laissait aller à des pensées suaves et coulantes.

Le souvenir des épreuves qu'elle avait traversées s'était décollé avec les crasses, détaché avec le rinçage, évaporé dans la cloche du bain de vapeur, et, nette, oublieuse du passé, insoucieuse de l'avenir, elle flottait dans une joie calme, assise-étendue au cœur de Frog-Toh. Enfin.

Clématis avait trouvé un tronc où se fixer, ça durerait ce que ça durerait. Bye et Daï avaient accepté d'essayer une bassine plus profonde qu'elle avait soigneusement choisie et vantée, suffisamment éloignée pour qu'ils ne troublent ni l'air ni le courant de leurs agitations sporadiques, ou du moins, que ce trouble ne l'atteigne pas dans son recueillement enfoui au creux des bras frais de sa commune. Elle revivait.

Ses Corps Semblables l'avaient accueillie avec une pincée de sable, une gourde de distillat floral, et de nombreuses questions sur sa mission. Elles avaient vite constaté son épuisement, sa migraine devait se voir comme la pleine lune au milieu d'un ciel dégagé, elles l'avaient poussée dans les bains et l'avaient encouragée à y rester le temps nécessaire. Le rapport de mission pouvait attendre. Les trois Autres Corps qu'elle amenait avec elle en disaient assez long sur sa réussite : on ne trimbale pas avec soi des Créates. Entraîné par surcroît une Clématis en migration, c'était définitivement de l'ordre de l'exploit.

Les Batras avaient regardé les deux petits avec circonspection, il ne fallait pas les effrayer. Elles étaient nombreuses, vivaces, et elles connaissaient la réticence de leur culture pour la nouveauté. Les Hydros sont en général plutôt discrètes. Leurs habitudes sont silencieuses, voire furtives, mais les Batras qui ne sont pas des proies peuvent être hautes en couleur et démonstratives.

Salam-la-Rouge, gardienne de la commune, avait donc mis fin au tumulte des retrouvailles avant que les Créates ne prennent peur et ne s'enfoncent n'importe où.

Elle avait élargi le cercle autour des arrivants et aussitôt entretenu la Clématis des arbres bouteilles qui s'étaient installés dans ce quartier de Frog-Toh et seraient certainement ravis de rencontrer une belle liane épiphyte.

La coopération et le décorum comptaient beaucoup pour eux, leur écorce était abordable et leur humeur constante, le tableau qu'elle avait dressé était souriant. Clématis serpentait mollement en l'écoutant et laissait les autres Batras caresser son lichen.

Les deux Créates regardaient l'échange sans bouger. Ils guettaient le mouvement brusque susceptible de rompre le charme et justifier une stratégie de déni, mais il n'eut pas lieu, et Clématis suivit nonchalamment Salam dans le coin des Brachychitons.

Elle eut avec eux un épisode chimique assez intense, et après quelques hésitations, elle s'enroula de tout son long autour d'un arbre ventru que Bye, plus tard, jura avoir entendu soupirer.

Une fois installée, elle s'occupa de lancer une floraison d'hôtesse digne de ce nom. L'opération pouvait lui prendre plusieurs saisons, si l'entente était bonne, elle pouvait aussi être magnifique et apporter une renommée esthétique à l'ensemble du quartier. Salam espérait qu'elle fleurirait dans ses tons, rouges, roses, violets, avec des marbrures du plus bel effet.

Bye et Daï furent plus difficiles à caser. Ils refusaient de s'éloigner de Choeps Yanev qui en avait pourtant besoin. Ils l'accompagnèrent jusqu'au seuil des bains batras et Salam eut toutes les peines du monde à leur faire comprendre qu'elle avait droit à son intimité.

Les Corps Semblables n'étaient pas tolérés dans les bains d'une revenue de mission. Les tabous étaient stricts concernant les retours, et pour des raisons d'hygiène collective et de paix individuelle, il était fortement recommandé de les respecter.

Heureusement, Yanev qui connaissait ses Créates, avait préparé le terrain en amont – on n'est pas Hydro pour rien – et Salam n'eut pas trop d'arguments à fournir pour les persuader de se plier aux coutumes.

Ils testèrent une baignoire à cascade dont le son cristallin avait immédiatement séduit Bye. Salam pensait qu'ils s'acclimateraient mieux s'ils pouvaient bénéficier d'un moment entre eux, tranquilles, hors de portée de la curiosité de la commune. Elle fut tentée de se cacher aux abords du bassin pour écouter ce qu'ils allaient partager, mais elle s'abstint, par respect et par stratégie.

La technique de chasse des Batras, faite de mouvements d'approche engourdis et d'attaques foudroyantes, façonnait nombre de leurs comportements sans rapport avec l'activité cynégétique. Elles pensaient, elles négociaient, elles rêvaient et dormaient selon ce rythme.

Choeps Yanev, dans sa vasque, était dans une phase hyperlente. Elle avait mené sa mission en alternant les actions rapides et les repos pétrifiés.

Salam-la-Rouge subodorait qu'elle avait usé de la vitesse squamate plus d'une fois. La peau de la pauvre Yanev s'était vraiment ternie. Salam était capable de le voir en dessous de la couche de poussière et de scories qui la couvrait à son arrivée. Elle avait une estafilade assez vilaine sur une épaulette. Ses réflecteurs avaient l'air éteints comme au sortir d'une grotte d'hibernation. Salam obtiendrait toutes les explications qu'elle voudrait quand Yanev serait humide. Elle rejoignit la commune dans le pré sous la souche pour demander à la médecine de préparer un onguent, un baume, et peut-être, un calumet.

Les bains de vapeur sont aromatisés en fonction des besoins, les Batras connaissent les vertus des herbes, et elles pratiquent des techniques diverses quant à leur administration. La fumigation, liée à la respiration épidermique, est une de leurs préférées, mais ce n'est pas la seule.

Un bon calumet pouvait, en l'occurrence, présenter des avantages, en particulier si les Créates acceptaient de le partager.

Maindar la reçut sous sa pierre et écouta ses demandes. En bonne praticienne, elle ne fit pas un geste avant d'avoir entendu et assimilé les observations et les requêtes de Salam. Elle se remémora ses propres constatations, réfléchit, posa un diagnostic mesuré et se mit d'un coup à préparer frénétiquement les potions.

Une crème jaune dans une cosse, deux compresses grasses et un bâton à fumer apparurent entre ses mains en un clin d'œil. Elle confia le tout à la gardienne et hérissa ses épines dorsales en signe de bon augure. Salam la remercia pour le remède. Elle l'invita à rejoindre l'assemblée quand Yanev serait sortie du bain.

Elle poursuivit son chemin et frappa sur chaque pierre afin de collecter ce qu'il faudrait pour le banquet de retour. Elle précisa que Yanev était affamée, mais toutes s'en étaient rendu compte et beaucoup étaient d'ores et déjà en chasse.

Salam-la-Rouge, gardienne de la commune dans le pré sous la souche, était fière de ses Corps Semblables. Elles vivaient selon le courant, la bonne vie des Batras accordées. Sa commune était si prospère qu'elle pouvait se permettre d'envoyer des individues en mission ressource dans des terres lointaines.

Leur habitat était à l'équilibre hydrique depuis longtemps, les travaux de leurs ancêtres avaient porté leurs fruits au point qu'un entretien de routine suffisait à les maintenir en l'état. Elles s'efforçaient donc de prêter assistance aux territoires moins fluides ou franchement asséchés. Leur science hydrologique était ancienne, inscrite dans leurs écailles et sur la pulpe de leurs doigts. Elles en usaient par envie, par désir et par nécessité parce qu'un savoir doit s'exercer pour se perpétuer.

Elle avait eu des discussions houleuses à ce sujet avec certaines Héronnes de Frog-Toh. Hernone – la Grise, comme elles l'appelaient entre Batras – était en cette matière une répondante de choc. Selon elle, il ne fallait toucher à rien, ne jamais creuser sinon en posant ses pattes, renoncer aux terrassements et aux calculs de pente, ne rien dessiner ni décider qui concernât le courant et laisser l'eau faire son chemin : il lui appartenait en propre.

Aux yeux de Salam, il s'agissait là d'une erreur grossière, car le Corps de l'eau est, à l'instar des Autres Corps, soumis aux interactions, et la science batra n'avait d'autre but que de lui faciliter le tracé. La gardienne veillait sur Paayme Paxaayt, sur sa force et sa santé et s'il fallait refaire une rigole ou une digue, elle le faisait avec plaisir.

Les efforts de leurs ancêtres avaient été démesurés. Des centaines de générations s'étaient évertuées à bassiner et trouer les bassins quand ils étaient pleins. Elles avaient dégranulé le terrain pièce par pièce. Elles avaient semé et planté sur les rives, déplacé les graviers, évacué les sirops, reformé les limons.

Elles étaient capables d'irriguer les jeunes pousses jusqu'à leur complète installation, au goutte-à-goutte, en gardant l'eau dans la bouche sur des lieues avant de les dispenser aux plans étiques. Elles avaient uriné durant des lunes et des lunes sur les zones les plus touchées. Elles avaient construit des canaux qui menaient au lit principal alors même que le Corps de l'eau n'était plus qu'un fantôme. Et peu à peu, le mouvement avait repris.

Les cannes avaient crû, elles avaient retenu l'humidité dans le sol, les autres végétaux avaient suivi, puis les insectes, les oiseaux.

Les travaux de leurs jours et de leurs nuits avaient transformé le boyau sec en oasis. Paayme Paxaayt s'était réveillée. Elle avait grossi, gonflé, repris confiance. Le système de drainage s'était mis à fonctionner de lui-même, grâce à leur sens de la métrique et de la force gravitaire, la moindre pluie se rapportait au grand lit en chuintant. Leurs minuscules actions avaient eu un effet colossal. Et maintenant, les Héronnes avaient beau jeu de dire « laisse couler » en regardant dans le vague avec un air inspiré.

Salam soupçonnait cette Hernone d'avoir eu des contacts prolongés avec les Ardéanes de Bazine. Elle discourait trop volontiers sur la taille incommensurable du temps géologique et ce genre de sujet rhétorique, elle avait été dévoyée.

À Bazine, ils avaient été paresseux. Beaucoup de wowow et peu d'activité.

Le démontage du concrete était une entreprise de taille. Indiscutable.

En faire l'unique objet de la réflexion collective était néanmoins grotesque. S'il avait tapissé le monde durant une ère, la belle affaire, il n'était pas le monde pour autant. La mécanique des fluides était autrement importante. L'attraction terrestre, la polarité, le magnétisme, les marées, voilà ce qui était essentiel. Crin d'Azur Sombre, Plouto, les Corps Spirituels Océaniques, si on voulait aller plus loin, mais le concrete, une broutille. Salam secouait les épaulettes en marchant.

Pourquoi ces pensées la traversaient-elles une fois de plus ? Elle s'arrêta pour essayer de comprendre. Chaque retour de mission la mettait dans cet état, il fallait l'admettre. Peut-être parce que chaque Revenue revenait avec un récit qui concernait le démantèlement du concrete, encore et encore.

Alors même qu'elle n'avait pas reçu le rapport de mission de Choeps Yanev, elle savait qu'elle parlerait du concrete, qu'elle s'étonnerait de l'ignorance dans laquelle la commune l'avait laissée, en termes plus ou moins outranciers. Comme si cette matière qu'on pouvait défaire comme une autre avait un poids quelconque, une signification. Balivernes.

Mais peut-être était-ce la présence des Créates qui faisait remonter ces pensées à sa conscience. Ces Corps-là étaient très attachés aux restes de buildings. Ils en prenaient soin, ils les vénéraient comme des reliques, témoins et traces d'un temps révolu. Le concrete et le bétume faisaient partie de leur cosmologie. Le moindre morceau de ruban, le plus petit bâtiment étaient des sortes de temples à leurs yeux, des *topoï* sacrés, l'esprit des lieux. Elle ne devait pas les juger, elle le savait, aucune forme de vie n'est légitime en soi, pas même la bonne vie batra, et chaque environnement est justifié par les Corps qui s'y plaisent. Comment se plaire dans les caveaux étouffants qu'ils vénéraient, sur les chemins étanches, aveugles et sourds qu'ils parcouraient ?

Un mystère dont elle se souciait fort peu en temps normal, mais deux Créates barbotaient dans une baignoire de sa commune. Il allait falloir faire avec. Et d'abord, que pourraient-ils bien accepter de manger ? Les brochettes de Droso, les Lombrics frétillants, le velouté d'Arachnée, le pâté de larve blanche, les trichoptères ne leur diraient peut-être rien.

Salam avait entendu parler de Scurius cuits dans la glaise, de poissons entiers soumis à une fumigation prolongée, plutôt des gros calibres, de ragoût de racines, tout cela restait à vérifier. Choeps Yanev aurait pu la renseigner, mais elle était en ce moment dans un état de plaisir source qui ne devait pas être interrompu.

Elle se remit en route et se rendit chez Róng, qui avait des connaissances exogènes. Róng avait passé du temps dans un vieux Désert créate, du genre bien fermé. Elle était revenue bredouille et sèche comme un phasme.

Son rapport de mission était une longue plainte douloureuse, un poème halluciné sur l'absence totale d'aquasimplex dans les territoires abordés. Sécheresse, dureté, craques avaient été son quotidien, un cauchemar dont la violence avait été redoublée par le mépris manifeste des Créates. Ils ne la voyaient pas. Ils pouvaient lui marcher sur le dos si elle ne s'écartait pas. Róng avait dû faire appel à toute sa force d'âme pour ne pas ouvrir grand ses glandes parotoïdes.

Leur zone était tellement recouverte de bétume, et ils la gardaient si jalousement, qu'il était hors de question d'y creuser ne serait-ce qu'un ru du diamètre d'un poil de Castor.

Elle s'était contentée d'observer, de faire des relevés, et de dessiner des projets pour une époque plus clémente à laquelle elle ne croyait pas. Elle était revenue atteinte, moralement et physiquement, par ce qu'elle avait vu. Malgré tout, elle connaissait leurs us et coutumes et s'il valait mieux éviter de lui en parler pour un rien, elle saurait indiquer la marche à suivre pour les nourrir correctement.

Róng ne fut pas surprise par la demande de la gardienne. Elle avait ressorti ses notes et les avait triées, heureuse que sa pauvre mission trouve enfin une utilité.

Les Créates étaient omnivores, ils mangeaient de la chair végétale et de la chair animale indifféremment, mais leurs interdits alimentaires étaient nombreux et ne présentaient aucune cohérence. Ils refusaient les larves blanches, sauf celles des coléoptères, et parmi elles, celles des Hannetons avaient leur préférence. Ils triaient les Anoures par des procédés divinatoires et cuisaient les cuisses de certaines.

– Seulement les cuisses.

Salam notait.

Ils préféraient les Grillons grillés, et les Sauterelles crues. Ils crachaient sur les Punaises. Ils mangeaient tous les œufs fécondés, et attendaient parfois que l'embryon se soit formé à l'intérieur.

– Des volatiles ?

– Oui.

– Quadrupèdes ?

– Aussi. Ils hésitent devant le corps des Resqius, des Felix, des Cavales, des Racoons et des Mustélidés. Leurs techniques de cuisson par le feu sont le fumage, le bouillage, et la grillade. Ils déglacent.

– Pardon ?

– Ils raclent le fond d'un récipient chaud où la chair a cuit en jetant un liquide puant dedans et se régalent du résultat.

– Côté végétal, ça donne quoi ?

– Une répulsion pour les algues et les lichens, encore qu'ils broient des plasmodes en dormance pour se les tartiner. Mais évidemment, ils ne trouvaient pas grand-chose gorgé d'eau autour d'eux à la période où je les ai visités.

Róng eut un soupir navrant en prononçant ces mots. Salam-la-Rouge décida de ne pas insister, elle avait ce qu'il lui fallait, inutile de remuer les mauvais souvenirs. Elle remercia Róng pour son savoir et sa précision, lui dit qu'elle était la bienvenue au banquet, que si elle préférait s'abstenir, elle serait bien entendu excusée. Róng hésitait.

– Si Choeps Yanev les a amenés avec elle, c'est qu'une révolution a eu lieu.

L'Hydro déglutit en fermant les yeux. Elle les rouvrit, sa pupille était claire.

– Je viendrai.

Bye et Daï avaient pendu leur pagne sur un buisson devant la cascade. Ils s'étaient postés sous la chute d'eau comme derrière un rideau. Elle les cachait et les massait en même temps. C'était très délassant. Parfaitement sûr. Ils se réjouissaient d'être ensemble. Les Batras avaient un sens de l'entre-soi qui leur plaisait. Ils faisaient l'expérience d'une réunion non mixte et s'étonnaient du sentiment de sécurité qu'elle leur procurait. Dans le Désert créate, il n'y avait que des réunions non mixtes. C'était la norme.

Depuis qu'ils avaient décidé de suivre Choeps Yanev, ils faisaient des découvertes monumentales. Elles concernaient leurs habitudes, leurs réflexes et leurs goûts plutôt que ceux des Autres Corps qu'ils croisaient.

Le déni revenait à la moindre occasion nouvelle. La réticence systématique devant les collations inconnues, les tissus mous, le langage chimique des arbres, l'apparition de feux follets au-dessus des marais. La brume pleine de pièges. Les wet zones, comme disait Yanev, étaient particulièrement louches. On ne savait pas où on mettait les pieds. Les sables pouvaient être vivants, affamés. Les cris des habitants étaient trop divers.

Ils avaient eu du mal à suivre le parcours de l'Hydro. Se glisser à sa suite dans les écoulements semi-liquides, épais, collants, poser les mains sur des mousses orange qui se rétractaient à leur contact, avancer de concert avec des insectes aux ailes démesurées pleines de nervures miroitantes. Heureusement, Choeps Yanev leur parlait.

Ils l'avaient rejointe contre son gré, mais lorsqu'elle avait constaté l'état de panique refoulée dans laquelle deux jours de marche à distance les avaient mis, elle avait pris le parti de les soutenir. Il y avait là une opportunité unique de les plonger dans un autre monde que le leur et de leur faire comprendre par les sens l'indépassable qualité de l'eau. Son importance primordiale, ses quatre états manifestes, le fait que, sans elle, les Créates eux-mêmes n'existeraient pas. Les abandonner là aurait été catastrophique.

En admettant qu'ils aient survécu et su retrouver le chemin de leur Désert, ce qui était très improbable, ils y seraient revenus effarés et convaincus du bien-fondé de leur stratégie de défense. Ils auraient refermé à double tour la brèche qu'ils avaient pourtant ouverte.

La mission de Choeps Yanev avait dépassé ses propres attentes. Elle était en charge d'émissaires. Rien ne l'avait préparée à ce rôle. Elle avait usé de beaucoup de diplomatie pour les approcher dans leur milieu naturel. Elle ne connaissait pas les précautions à prendre quant à l'acclimatation des Créates en terrain hydro. Elle avait improvisé.

Durant le cours du voyage, elle avait souvent chanté leur berceuse, marmonné leurs listes liées aux mythes hiddeniques, leurs poèmes priés, et ce faisant, repassé l'essentiel de ce qu'elle avait appris à leurs côtés. Bye et Daï avaient complété les chants interrompus, ajouté des détails, expliqué des images. Ils avaient parlé avec confiance. Ils l'avaient suivie comme une guide en déroulant leur histoire sur le chemin de ce qu'ils ne savaient pas être une émancipation.

Et ils se trouvaient dans la cascade, face à face, sous le jet puissant, étonnés et tout à coup conscients de s'être déplacés d'une façon radicale.

Beaucoup plus loin qu'aucun Créate avant eux, mais surtout, tranquilles, curieux de ce qui viendrait.

Daï et Bye avaient l'impression que leur vie avait doublé de volume. Ils s'étaient fait des cuisses de fer en suivant l'Hydro, ils pouvaient rouler des épaules comme les grands. Ils avaient regardé des choses inconnues et leurs yeux n'étaient pas tombés, ils avaient attrapé des Corps gluants sans dommage pour leur peau, entendu des langages incompréhensibles, et leurs oreilles ne s'étaient pas bouchées. Leurs sens avaient décuplé en puissance. Ils étaient sûrs, dignes de foi et capables d'agrandir le monde. Ils se sentaient amplifiés. Une corde à l'intérieur de leur corps s'était relâchée, leur pression sanguine avait diminué. Ils pouvaient connaître des moments de bien-être en dehors des jeux, comme sous cette cascade où ils s'étaient assis en tailleur, enfoncés dans le bruit, la tête et les épaules battues par la chute d'eau écumante, sans crainte de ne pas entendre l'approche d'un Autre Corps, rêvassant, les yeux mi-clos, à ce qu'ils avaient déjà vécu, des bricoles.

Daï pensait au nid de bulles sur lequel Yanev avait attiré son attention un matin. Un petit amas pétillant, coincé entre une feuille et une pierre, en suspens. On devinait qu'il pouvait rompre les amarres à chaque instant, que ses minuscules compartiments éclateraient au premier effleurement. Daï avait chassé de la main des insectes à grandes ailes qui s'en approchaient. Il s'était interposé quand une ombre lisse avait fait mine de le toucher depuis l'intérieur de la rivière. Et Choeps Yanev lui avait dit de s'écarter. C'était le poisson mâle qui rejoignait le lit femelle pour féconder les œufs qui s'y trouvaient. Il s'était poussé comme elle le lui avait demandé, mais il n'avait pas cru à la raison donnée. Quel Corps confierait ses œufs à une structure de bulles d'air à peine maintenues entre elles par un filet de mucus collant qui risquait de rompre, de dériver et de se défaire ?

Choeps Yanev avait vu l'incrédulité dans la posture de Daï, elle l'avait encouragé à toucher du doigt le prochain nid qu'il rencontrerait, en l'assurant qu'il ne le détruirait pas à moins qu'il le veuille, qu'il éprouverait sa résistance au contraire et qu'il serait sans doute surpris.

Il se souvenait des autres nids blancs, d'Arachnées, construits en entonnoir entrelacé aux herbes, solides ceux-là, accrochés par mille câbles de soie à la charpente des graminées qui faisaient office de toit.

De son côté, Bye réfléchissait au courant. Depuis qu'ils avaient rejoint Yanev après l'épisode de la grotte et qu'elle avait retrouvé son chemin familier, ils n'avaient pas un instant quitté la voie de l'eau. Ils dormaient sur la berge, lui et son fratel, Yanev sur la grève humide, sur le flanc. Au matin, ils reprenaient le chemin coulant, ils avançaient dedans. Yanev devant, prévenant des bifurcations, des obstacles, des hauts-fonds et des remous.

L'immersion avait été si totale que Bye ne savait plus à quoi ressemblait un sentier immobile. Lorsqu'il reprenait pied sur la rive le soir, le souvenir de la journée le faisait tanguer comme une brindille. Il revivait le parcours dans ses rêves, un esquif trimbalé au travers de mille détours par une force invisible qui le soutenait et l'aspirait vers l'aval, indifférente et singulière.

Au fil des jours, il avait appris à reconnaître les blagues que leur faisait la rivière. Des trous d'eau dans lesquels ils tombaient et qui les trempaient jusqu'aux os, des gargouillis de fond qui leur chatouillaient les pieds, des diverticules qui ne menaient à rien et dans lesquels Yanev les laissait s'aventurer. Les divertissements étaient sans nombre, mais Bye pensait au courant. Au fait d'être à la fois traversé et emporté d'une même main. De perdre pied sans être perdu pour autant. D'être accompagné par le son, par le mouvement, par l'odeur de la rivière et par son rythme, peut-être par son temps.

Ils n'avaient vu aucune trace de sauvagerie durant leur voyage. Ils avaient marché sur des vases et des galets polis. Ils avaient dormi sous le ciel surpeuplé, sur des sols gorgés d'Autres Corps infimes mais présents. Ils s'étaient abrités sous des branches qui se balançaient, dont les feuilles répondaient au scintillement du courant. Ils avaient vécu dans le milieu hydro où rien de ferme ne durait très longtemps, sans plafond au-dessus de leur tête, sinon un voile de brouillard le matin, et ils n'avaient pas pris froid, les fièvres ne les avaient pas terrassés.

Quand Daï s'était blessé à la main en essayant d'attraper un poisson épineux, Yanev lui avait posé un pansement de soie gluante et le saignement s'était vite tari.

Une après-midi où Yanev sentait venir une migraine, ils l'avaient enterrée couchée de tout son long dans un tumulus de glaise d'où ne dépassait que sa tête. Elle clignait des yeux pour les rassurer. La croûte était devenue très dure en fin de journée, ils l'avaient cassée à coups de cailloux, en faisant très attention de ne pas la blesser. Elle était sortie de là fraîche comme un bourgeon.

Ils avaient marché toute la nuit dans le noir aux reflets d'argent. Bye était tombé en amour pour la rivière. Son fratel montrait des signes d'affolement passager. Les cris des oiselles en chasse étaient glaçants, leurs déplacements silencieux, mais lui, écarquillé, les doigts dans l'eau en accord avec les pieds, les oreilles, les narines écartées, il n'avait pas peur, il faisait Corps, plongé dans ce qui était indéniablement lié, béat, la bouche ouverte, il avalait l'humidité autant qu'il pouvait.

Au petit jour, les couleurs l'avaient soulevé d'émotion. Le rose diapré, le soleil à ses pieds, le gris-bleu des herbes riveraines, le nimbe fragile porté par la rosée sur les champs, sur les feuilles, la couleur noire des troncs, le ciel lessivé, il avait tout pris et cueilli dans un souffle, la rivière en était la source et il l'adorait. Il s'était endormi les yeux ouverts, assis dans l'eau.

Daï l'avait tiré sur la berge sans qu'il se réveille. Il l'avait laissé dormir sous le couvert d'un Oak, une poignée d'algues à la main.

Après cette nuit fantasque, Bye ne fit plus un pas en dehors de la zone d'influence de sa bien-aimée. Il mangeait dedans.

Il avait expliqué à Daï qu'il avait besoin d'un hamac flottant, qu'il devait réfléchir au moyen de le lui construire, et ça ne pouvait pas être compliqué, puisqu'il avait observé un par un les nids et les barques improvisés. Daï avait promis, mais son fratel devait lui laisser le temps d'en concevoir le dessin et de le réaliser.

Ils avaient atteint la commune de Yanev avant de passer à la collecte des matériaux nécessaires. Daï avait son plan et ne doutait pas que les Hydros pouvaient l'aider à l'affiner. C'était nouveau. Une coopération allait avoir lieu avec d'Autres Corps alors qu'il ne les avait pas encore rencontrés.

Un peu à l'écart de la cascade, fatigué par le massage, les épaules relâchées, il laissait divaguer dans son esprit les images mentales du hamac flottant. Son fratel avait des désirs étonnants. Peu lui importait d'où il pouvait tirer ces envies bizarres, Daï était heureux de s'y atteler.

Sans lui, il ne serait jamais sorti de la grotte par exemple, il n'aurait pas trouvé la solution Clématis. Il serait resté collé au graphe en attendant d'être découvert, peut-être mort de soif ou de faim. Il était trop fort en absorption. C'est Bye aussi qui avait eu l'idée de la toile à rebond au pied des grandes tours. Il était resté deux jours de long, comme frappé par la foudre, devant le bâti d'où pendaient les lianes, la tête en l'air. Il avait vu une Fourmi lâcher délibérément une tige sur laquelle elle avançait, voler les pattes collées à l'abdomen, et atterrir brutalement sur une feuille. Elle n'était pas morte du choc. Elle avait résonné, le végétal l'avait relancée, et elles avaient joué comme ça, la Fourmi et la feuille, jusqu'à se lasser et se quitter gentiment.

Bye n'avait plus mangé pendant une semaine. Jusqu'à ce que Daï arrive à lui présenter un prototype de toile tendue entre six piquets, et qu'ils passent aux essais.

Maintenant, il voulait un hamac de rivière, dernier cri. Il n'avait plus pensé qu'à ça depuis que son fratel lui en avait parlé, mais il avait des problèmes avec la mécanique des fluides. Il était sur le point de soumettre quelques questions précises à Yanev, quand ils avaient touché au but de son voyage.

Passé une certaine borne, illisible pour eux, elle n'avait pas pu se réfréner, elle avait pris un trot soutenu, puis elle s'était mise en quadrupédie et elle était passée en vitesse squamate au risque de les semer. Ils n'étaient plus très loin, ils n'allaient pas se perdre, et à tout prendre, elle serait revenue les chercher une fois les premières effusions passées, Daï en était persuadé. Du moins il en avait convaincu Bye qui ne montrait pourtant aucun signe d'affolement.

Salam-la-Rouge fit alors son apparition sur la berge, non sans s'être annoncée. Elle indiqua à Daï les meilleures mousses pour se sécher et fit savoir que le festin était bientôt prêt. Le Créate sautait sur place et montrait du doigt son fratel en croix à la surface. Salam fit un geste d'apaisement et se glissa dans l'eau, pas une ride. Elle avançait, complètement immergée, Daï n'aurait su dire comment. Ses pattes, sa queue, il ne voyait rien bouger. Elle allait, la tête posée, les naseaux ouverts, aussi discrètement qu'une feuille à la dérive. Ses épines dorsales dépassaient seulement et, de temps à autre, l'extrémité de sa caudale fendait la nappe liquide comme un serpent à la traîne.

Elle semblait murmurer quelque chose, peut-être un charme. Lorsqu'elle fut à deux doigts de Bye qui n'avait rien vu venir, et qu'elle le frôla de son souffle, au lieu de sauter en l'air et de courir, il tourna lentement la tête et lui tira la langue. La bouche et les oreilles pleines d'eau, alors qu'elle l'avait surpris. Il s'assit, sortit une main dégoulinante et la toucha entre ses deux narines, à la pointe du museau.

Salam poussa sa tête contre la main du Créate. Elle ouvrait la gueule maintenant, ses dents étaient jaunes, terribles.

Daï ferma les yeux en pressant dessus les grosses touffes de mousse humide qu'il avait dans les mains. Il ne vit pas son fratel monter derrière la tête de Salam et s'adosser à sa première épine dorsale. Il ne les vit pas traverser le bassin sans rien remuer, ni toucher la berge à ses pieds.

Quand il rouvrit les yeux, Bye lui avait chanté trois berceuses, et Salam avait disparu.

LE BANQUET, LA CLÉMATIS ET LE GRAPHE

Sur la grève centrale, au centre approximatif des pierres d'habitation, le repas était posé. Somptueux. Les retours de mission étaient très appréciés des Hydros, et très redoutés également, parce qu'alors, on faisait une razzia phénoménale et les petits poissons, les mollusques, les algues avaient intérêt à se cacher le mieux possible. Les vers aussi.

Les Hydros en fête étaient redoutables. Leur appétit augmentait prodigieusement. Ceux qui se contentaient habituellement de deux ou trois mouches par jour s'en envoyaient des brochettes entières, au sel, au piment, à la fleur de vase.

Des montagnes de victuailles jonchaient la place. Bye et Daï étaient impressionnés. Il y avait des monceaux de larves vivantes, elles se tortillaient pour s'échapper et les cuisinières les ramenaient au centre d'un revers de queue tout en empalant des Palourdes sur des aiguilles de Pin Canary.

Un trou avait été creusé, il était rempli d'Algues brunes sur lesquelles des Écrevisses s'agitaient en brandissant des pinces énormes. Le couvercle de branches qui les maintenait à l'ombre tressautait. Une collection de pommes de Pin avait été farcie de Moules. Des Anoures mortes s'empilaient les unes sur les autres jusqu'à former un cairn.

Bye eut un haut-le-cœur en repensant à la frère-cousine de son Désert natif et détourna la tête. Daï lui touchait le coude frénétiquement. Il pointait un doigt sur un tas de poires de Cactus, rouge sang, suintantes de sucre, et son ventre gargouillait d'enthousiasme.

Ils virent des feuilles de Nopal en quantité remarquable, une fricassée d'arthropodes en train de prendre une belle couleur dorée, des Lombrics annelés mis à dégorger dans un sac de feuilles, et des Hélix à coquille croustillante qui rampaient sur des branches coupées. Les odeurs étaient marquées.

Les Hydros avaient improvisé un foyer enterré dans lequel brûlaient des essences aromatiques. Sur les indications de Róng, elles se préparaient à trancher les cuisses des Anoures pour les mettre à griller. Bye leur tourna le dos, et s'absorba dans le spectacle d'une centaine de Drosos en proie à la panique dans un panier de lianes. Les Hydros qui passaient devant soulevaient le couvercle, lançaient la langue dedans et refermaient aussi sec, aucune mouche n'avait l'occasion de s'échapper. Vitesse squamate. C'est à peine si on les voyait faire. Leur mine réjouie attestait pourtant la prise.

Lorsque Choeps Yanev fit son apparition, neuve, rajeunie, la peau d'un noir luisant magnifique, les épaules citron, il y eut un concert de clics et de claquements de doigts. Les festivités commencèrent pour de bon.

Les pommes de Pin farcies de Moules furent allumées et servies aussitôt consumées. Daï y goûta, on lui avait présenté le plat, la chair était moelleuse, brûlante, le fumet de résine lui monta aussitôt à la tête, il en reprit.

Bye avait accepté une coupe de liquide brun, mousseux. Il buvait à petits coups en ouvrant grand les yeux pour ne rien manquer.

Yanev était affamée. Elle avalait les brochettes les unes après les autres. Elle plongeait la pique jusqu'au fond de sa gorge et tirait en serrant les lèvres, les Palourdes tombaient derrière ses dents, elle déglutissait toutes les trois piques et s'envoyait une lampée de miellat. Ses deux mains étaient pleines d'algues en pâtés et de cheveux verts. Elle alternait gauche, droite, et rasade, elle bâfrait.

Ses compagnes n'y allaient pas par quatre chemins non plus.

Les Anoures furent dépecées, on se partagea les peaux, les têtes plates, les pattes avant, et Róng en personne présenta les cuisses cuites par paires aux deux Créates stupéfaits.

Daï envoya une grande tape dans le dos de son fratel qui s'étranglait. Il saisit entre deux doigts un pied palmé rôti et mit tout le morceau dans sa bouche. Il mâcha. Il avala. Róng l'encouragea à se resservir, il s'exécuta. Bye avait les larmes aux yeux, il regardait son fratel en coin, comme s'il ne pouvait pas faire face à cette nouvelle réalité. Daï qui dévore les Relatives. Yanev était trop occupée pour se rendre compte de la situation, mais Salam veillait. Elle s'approcha de Róng et lui prit le plat pour le faire circuler à la ronde, loin des Créates. Il fallait partager. Róng laissa faire, elle avait compris. Les Créates avaient vraiment beaucoup changé. Elle repartit vers la grève centrale et leur apporta un échantillon de toutes les préparations végétales. Bye hocha la tête et, cette fois, se servit largement dans les Cactées frites, les langues d'Orchidées, le ragoût de racines et les fleurs crues. Les dorsales de Róng se redressèrent et prirent une couleur délicate, rose barré de vert tendre. Le contact était établi.

Le banquet dura toute l'après-midi. Le ventre des Hydros grossissait, elles étaient obligées de s'allonger sur le côté pour le laisser reposer au sol.

Une fois repu, Bye s'était écarté de la masse. Il avait regardé Daï prendre langue avec Róng et s'en était réjoui.

Il avait vu les Hydros gonfler, s'allonger les unes après les autres, et tendre les pattes de plus en plus mollement vers les grills et les sacs à manger. Il avait remarqué qu'après un ou deux essais infructueux, elles abandonnaient et se mettaient à divaguer, puis, rapidement, à ronfler.

Discrètement, il avait poussé du pied une corbeille d'Écrevisses, juste assez loin pour que l'Hydro la plus proche ne puisse l'atteindre. Il avait soulevé doucement le couvercle et avait fait un clin d'œil à la trentaine de Corps qui grelottaient dedans.

– Restez coites, je vous exfiltre dans un instant.

Quelques pinces avaient cliqueté en réponse. Elles étaient énormes et leurs yeux noirs exorbités avaient une expression qui lui fit lâcher le couvre-plat plus vite qu'il n'aurait voulu. Il frissonna, haussa les épaules, et ouvrit le panier. Les Écrevisses se carapatèrent en file indienne sans demander leur reste. Il entendit distinctement deux douzaines de plongeons discrets, elles avaient rejoint la rivière. Il soupira de soulagement. Personne ne l'avait vu faire. Sinon Salam-la-Rouge qui n'était pas pour rien la gardienne.

Quand Bye croisa son regard, il se figea et rougit. Elle s'approcha de lui avec précaution, rapidement, à croire qu'elle n'avait rien mangé, et lui souffla au visage une haleine de cresson et de menthe glacée.

– Je suis légumiste aussi, et ne t'inquiète pas, les Hydros relâchent ce qu'elles ne mangent pas. Nous ne faisons ni prisonnier ni provision. Tu ne leur as rien dérobé qu'elles n'auraient laissé partir d'elles-mêmes.

Bye soupira de nouveau et sentit un poids tomber de sa poitrine.

Daï aussi s'était endormi, et le sommeil avait dû le cueillir en pleine discussion, car il était couché entre les pattes de Róng, comme un petit Corps de compagnie. Il bavait d'aise sur le bras de sa protectrice.

À la vue de cette scène, les yeux de Salam se réduisirent à une forme très fine, et Bye savait, pour avoir si longtemps fréquenté Yanev, que c'était le sourire des Hydros. Il se relâcha complètement et lui toucha une patte. Il remercia pour la nourriture et l'accueil. Elle ferma brièvement sa troisième paupière.

– Ton fratel vient de soulager une affliction très ancienne. Cela valait bien un festin.

Bye ne comprenait pas de quoi parlait l'Hydro, mais le propos était bienveillant, il hocha la tête.

La gardienne sentit qu'elle pouvait entamer le dialogue, il était en confiance, elle lui demanda ce que le voyage avec

Yanev lui avait apporté. Le petit Créate resta la bouche ouverte pendant un moment. Il avait quitté son Désert sauvage à la suite d'un Autre Corps de passage. Ce qui constituait le monde à ses yeux s'était évanoui dans un ultime regard rétrospectif. Après quoi la grotte, le graphe, la route, et enfin, au bout de ce bout qui n'était qu'un commencement, la rencontre avec la rivière. L'antipode du milieu créate. Son opposé, sa contradiction, la preuve manifeste d'une autre vie possible, et avec ça, le petit peuple innombrable qui s'en contentait, s'en réjouissait, l'état vapeur, l'état gouttelettes, la pluie, la terre liquide, et le flux partout, le courant, le chemin vivant, il ne savait pas par où commencer. Alors, comme un petit qu'il était toujours et qu'il resterait peut-être, il dit :

– Un hamac de rivière !

Les Hydros jeûnèrent durant une semaine. La mission de Yanev avait dépassé les espérances de chacune.

Elle avait expliqué, en réunion publique, comment elle avait approché les Créates et quelles infrastructures elle était arrivée à leur faire accepter. En commençant comme elle l'avait fait sur le terrain, par des rus tracés fin, puis la découpe des trottoirs, la mise en place des sables d'absorption, le semis et le marcottage des végétaux de consolidation, la réhabilitation des tours et leur détournement en nursery arboricole et légumière.

Elle avait montré les plans du réseau de récupération et de redistribution de l'eau de pluie, ceux du petit labyrinthe de toit, ainsi que des dessins en couleur des bacs potiers perchés sur la rame. Une vue d'ensemble avait clos son exposé.

Elle montrait un Désert sillonné de tubes et de tuyaux enterrés. Calculée au plus juste des pentes, la circulation gravitaire était d'une efficience à forcer l'admiration. Saila, la Nome en chef, avait cliqueté des doigts en découvrant le plan de coupe global. Aucune perte, aucun détour inutile, une gestion optimale de l'évaporation, un sens aigu de l'esthétique hydrique. Elle fut ravie par le travail de Yanev. D'autant plus qu'elle l'avait formée.

Choeps Yanev avait été une apprenante facile, mais dissipée, en particulier vers la fin de sa graduation. Elle ne tenait plus en place dans la commune et disait partout qu'elle était prête et devait partir, qu'il fallait la missionner d'urgence avant qu'elle ne s'encroûte ou perde ses facultés natives.

Elle obtint son ordre de mission alors qu'elle venait de passer le dernier grade et partit sans lire ses résultats, tellement elle était pressée et persuadée d'avoir le niveau requis. Elle l'avait. Si quelques Logues en doutaient au moment de son départ, elles devaient bien l'admettre à présent, Choeps Yanev était indéniablement une Hydro talentueuse. Elle avait installé les bâtis nécessaires dans les règles de l'art, en collaboration avec des Créates volontaires. Elle avait fait preuve du tact des recruteuses et ramené avec elle deux jeunes Créates qui ne demandaient qu'à apprendre. Depuis leur arrivée, ils sillonnaient la commune en tous sens. Róng les avait pris sous son aile, prétendument pour soulager Yanev, et se faisait fort de répondre à toutes leurs questions, si éberluantes qu'elles soient.

– Qu'est-ce que c'est que cette chambre de peau de serpent ?

– La chambre à mues.
– Comment sentez-vous l'eau ?
– Avec le nez.
– Comment respirez-vous ?
– Avec le nez, avec la peau.
– Combien avez-vous de parents ?
– On ne le sait pas.
– Pourquoi l'eau coule ?
– Parce qu'elle est lourde.

Passé la phase des interrogations générales au sujet des composantes caractéristiques de l'habitat hydro, habituellement formulées *in situ* – C'est quoi cette marmite de glaise ? Cette graminée à lumignons ? Cette brosse à manche long ? Cette peau de Loutre ? Cette pierre percée ? Cette collection de coquillages enfilés ? – vinrent des questions de plus en plus techniques, en grande majorité posées par Daï, concernant les qualités des membranes hydrophiles. Il voulait savoir si elles s'allongeaient, s'étrécissaient, et dans quelles circonstances. Si elles pouvaient être tressées entre elles, mélangées à d'autres brins et conserver leurs capacités d'absorption. Combien de temps elles gardaient leur souplesse. Connaître leur résistance à la charge, leur poids volumique, leur vitesse réactive. Si elles étaient vivantes. Hybridables. Quelles couleurs elles pouvaient prendre. Si la transparence était à leur portée.

Róng comprenait très bien cette fascination pour les membranes hydrophiles. Elle s'étonnait néanmoins que des Créates, même fabuleusement transformés comme l'étaient ces deux-là, puissent se documenter et discourir à leur propos des heures durant. C'était une pratique hydro courante, et un des grands sujets de recherche et d'attention, mais pour des Créates ? Des êtres qui, pendant des siècles, n'avaient pensé qu'à l'étanchéité, aux frontières, et aux contenants à petits goulots, était-ce vraiment compréhensible ?

Róng soupçonnait Daï de nourrir un projet, mais elle redoutait d'être indiscrète. Elle se souvenait trop bien que toute demande énoncée pouvait être perçue comme une attaque ou une agression, et elle n'arrivait pas à trouver une formulation détournée suffisamment claire pour être comprise. Elle se contentait donc de répondre et d'espérer que la curiosité du Création, un jour, serait satisfaite. Elle aurait alors peut-être suffisamment d'éléments pour deviner la nature du projet.

Par bonheur, Daï avait besoin de réfléchir après ses enquêtes. Ils pouvaient en profiter pour se baigner ensemble et se laisser aller à la réhydratation préventive et curative, à la rêverie et aux brumes parfumées. C'était alors à Bye de montrer des qualités proprement hydros.

Une fois posé dans l'eau, le nez à ras de la surface, la tête trempée par le premier plongeon ou le débit de la cascade, il fermait les yeux en fente, et entrait dans un état de conscience augmentée.

Róng connaissait parfaitement l'effet des bains de vapeur, de l'alternance du frais et du chaud, celui des longs courants tièdes, des minivortex et des bulles, mais elle ne se souvenait plus de l'instant où elle en avait fait l'expérience pour la première fois. Et dans les yeux fendus de Bye, dans sa posture, dans le relâchement de ses traits, la flottaison de ses mains, elle pouvait lire l'émerveillement des initiations sensationnelles.

À chaque séance, c'était un ravissement neuf, un choc suivi d'une détente extatique et presque vertigineuse. Bye faisait franchement envie à Róng. Comme les gourmands font envie à tous alors qu'ils ont dans leur assiette exactement la même chose que le reste de la tablée.

Ces deux Créates étaient définitivement des phénomènes.

La Clématis qui était arrivée avec eux n'était pas mal non plus. À en croire les récits de Bye, elle s'était maintenue à distance de Choeps Yanev tout le long du trajet. Leur premier contact n'avait apparemment pas été des plus tendres. Une drôle d'histoire de lecture trop intime et un coup de poing au plexus avaient scellé leur inimitié et malgré les heures de voyage partagées, elles n'étaient pas parvenues à se rapprocher sans méfiance.

Clématis n'était pas facile, et Yanev était un peu rancunière. Quand la liane avait essayé de l'aborder, l'Hydro lui avait tourné le dos en maugréant.

Clématis avait sa fierté, elle avait abandonné ses tentatives à la troisième occurrence infructueuse. Il ne fallait pas lui courir sur le haricot. Et comme les Créates étaient collés aux basques de Choeps Yanev, par prudence autant que par affection, Clématis s'était vue contrainte de suivre le trio plutôt de loin et d'établir ses stations de repos à l'écart. Ce qui, à vrai dire, ne l'avait pas gênée plus que ça. Les mobiles sont bruyants. Hormis les serpentes, dont la locomotion apode avait une élégance végétale, et les Strigiformes aux ailes de soie, ils étaient la plupart du temps insupportables à suivre en raison du tapage qu'ils faisaient quand ils se déplaçaient.

Tellement contents, peut-être, de s'être si bien déracinés et d'avoir vu, prétendument, pas mal de pays. Tu parles. Une graine de n'importe quoi en voit dix fois plus que le premier mobile venu, serait-ce un grand voilier ou un coureur de fond. La graine s'accroche, se glisse, profite de la course et une fois sa monture à bout de souffle ou crevée d'épuisement, se détache et poursuit dans le vent. Toujours dix longueurs d'avance au moins. Dix brasses plus loin. Dix millénaires plus anciens.

Clématis traînait une barbe de baroudeuse avertie. Dans sa jeunesse, elle avait pendu au cœur de forêts humides gorgées de congénères débordantes. Elle se souvenait de la jungle. Elle se souvenait du passage des ères glaciaires, des migrations d'urgence et des méthodes de dormance qui leur avaient permis de se reprendre.

Ce n'était pas une Hydro qui allait lui en imposer.

Heureusement que Salam-la-Rouge s'était montrée plus consciente des qualités d'un végétal de sa trempe, sans quoi elle aurait continué son chemin. C'était aussi très habile de sa part de lui avoir présenté le groupe d'arbres bouteilles Brachychitons. Elle avait toujours eu un penchant pour ces grands individus au pied large et au tronc enflé. Elle leur trouvait de l'allure, et de la grâce dans le port. Leur couronne semblait survoler l'ancrage ligneux plutôt qu'en dépendre, comme si un essaim feuillu, de passage, avait décidé de stationner au-dessus des émanations du bois et restait là, satisfait de la discussion. Il repartait à l'automne, revenait au printemps, fidèle à son rendez-vous de la belle saison. Un dialogue amical, peut-être amoureux, abandonné et repris d'une année sur l'autre.

Pour Clématis, il ne pouvait pas y avoir de meilleur gage que cette fidélité renouvelée, dénuée de dimension contraignante. Les épiphytes sont sensibles au libre-échange. Elles ne s'enracinent pas, elles se posent, et parfois pour une durée assez longue. Elles proposent des minéraux en contrepartie du couvert et de la hauteur, des sucres que les arbres n'arrivent pas à extraire, des distillats qu'ils ne savent pas produire et qui les enchantent, et quand la relation est harmonieuse, elles les couvrent de fleurs somptueuses. Ils bourdonnent alors de visites, et d'une activité sexuelle intermédiaire débordante, ils rayonnent sur un périmètre jusqu'à cent fois plus grand que lorsqu'ils se débrouillaient seuls sans ornements.

Le plus grand, Malvales, lui avait aussitôt plu. Elle ne s'était pas fait prier trop longtemps parce qu'elle était quand même fatiguée de ce périple en compagnie lointaine et puis, dans l'eau, elle pouvait y rester un peu, elle flottait sans effort, il suffisait d'imprimer quelques coups de fouet pour se gouverner dans les remous, de se laisser aller dans les rapides, mais lorsque le cours ralentissait, la locomotion était pénible.

Clématis n'aimait pas dépenser de grandes quantités d'énergie pour avancer, tropisme végétal, elle avait mieux à faire.

Trempée comme elle était après son voyage de rivière, la barbe lourde difficile à traîner, elle avait résisté ce qu'il fallait pour rester polie et ne pas paraître au bout du rouleau, avant de grimper sur le beau Brachychiton, qui, pour son plus grand plaisir, avait aussitôt fait sourdre de son écorce une phéromone d'accueil où perçait une pointe de frime. Elle s'était ajustée et collée en un temps record. Quand elle avait actionné ses mille ventouses pour se fixer, elle avait senti l'arbre frissonner dans tout son corps. Il était encore jeune, sa réaction était tendre et touchante. Clématis sut qu'ils allaient très bien s'entendre et commença aussitôt un plan de floraison active.

Salam-la-Rouge venait la visiter régulièrement. Cette gardienne savait parler à son quartier. Elle l'avait beaucoup construit, sur la base d'une couche de limon ultrafine qui avait pu s'installer peu à peu, après que la rivière avait enfin été décaissée. Elle avait arrosé elle-même les jeunes plants éloignés du filet d'eau qui ne courait pas encore à l'époque, qui marchait à peine, et elle l'avait fait à l'ancienne, goutte à goutte, et à la bouche. À la vessie, aussi. Et si ce n'était pas elle directement, Salam-la-Sage, qui avait fait croître son porteur et ses rejetons, c'était une de ses grandes ancêtres et cela revenait au même. La Batra et les Brachys étaient liés par une histoire ancienne dont ils étaient mutuellement satisfaits.

La seconde partie du rapport de mission de Choeps Yanev fut récitée sous leurs branches et devant Clématis, dont les lichens pendaient mollement dans la brise.

La tradition voulait que le compte rendu technique se tienne en avant-première sur la grève centrale en session semi-publique – seules les Batras liées à la formation de la Revenue assistaient à l'exposé et étaient autorisées à la critique constructive quand elle avait lieu de s'appliquer. La seconde partie prenait une forme libre, le plus souvent poétique ou narrative, et concernait tout ce qui n'avait pas trait à l'action hydro. Ce que les missionnées observaient des mœurs, des coutumes, des humeurs, des Autres Corps chez qui elles intervenaient, mais aussi la géographie locale, les circulations autres que celle de l'eau, les transactions courantes entre les corps et les éléments, les particularités de la lumière, tout détail remarquable qu'elles avaient trouvé intéressant de noter.

Choeps Yanev en avait une belle collecte. Róng avait écouté avec un grand intérêt la description des menus faits quotidiens, la façon dont les Créates s'enfonçaient la tête dans les mains avant de manger, comment ils couraient subitement en tous sens au son d'une sirène dont Choeps, pas plus que Róng qui avait également été témoin du phénomène, n'avait su situer la source, ni la raison.

Mille petites choses, des bouts de rituels, des attitudes, le port d'une parure de tête, les échanges de coquillages et de bijoux dans la parentèle, les dialogues silencieux faits de microchangements de physionomie faciale. La langue à la grimace, avait dit Choeps. Les Créates, apparemment, l'utilisaient beaucoup en sa présence, et sans doute pour ne pas être compris. Róng comparait avec ses propres notes, elle reconnaissait de nombreux traits caractéristiques, elle notait surtout les écarts. Puis Choeps Yanev avait ménagé un temps avant de se lancer dans une partition un peu plus épineuse.

Elle émit d'abord l'hypothèse, fondée sur ses observations, que les Créates n'étaient peut-être pas complètement étanches, ou du moins pas absolument façonnés par la stricte étanchéité dans toutes leurs facultés cognitives. Il y eut un murmure dans l'assemblée. Róng sursauta presque. Si les Créates n'étaient plus étanches, maintenant, le monde prenait vraiment un tour nouveau. Salam-la-Rouge avait dû intervenir brièvement pour que l'assemblée se calme. Elle avait prié Choeps Yanev de poursuivre, et celle-ci avait exposé les faits. Elle raconta sa chute dans la grotte d'hibernation – un moment de gêne est vite passé –, son attente et sa découverte du graphe. Un graphe indéniablement batra. Elle décrivit sa lecture perturbante et les murmures s'amplifièrent au fur et à mesure de son récit. Les trois catégories ne pouvaient pas être confondues. Elle inventait. Quel rapport avec les Créates à ce stade ? Où voulait-elle en venir ?

Les questions fusaient les unes après les autres sans attendre d'être résolues. Le désordre était considérable. Choeps Yanev était déroutée. Si elle avait brillé lors de la première session technique, elle était en train de perdre pied avec la partie réputée la plus facile. Elle regarda Salam-la-Rouge d'un air désespéré.

La gardienne émit un son de gorge si bas qu'il traversa la vague d'exclamations. Elle fit signe à Yanev de continuer. Celle-ci expliqua comment les Créates qui la suivaient étaient à leur tour tombés dans la grotte et s'étaient appliqués à déchiffrer le graphe, une fois leur surprise dissipée, et comment, à son plus grand étonnement, ils avaient jonglé avec les éléments contradictoires sans la moindre difficulté. Pour conclure, elle donna un aperçu de sa discussion avec Bye, avant d'évoquer l'arrivée de Clématis – elle jeta un regard en vitesse squamate à la barbe qui pendouillait toujours mollement – et la manière dont celle-ci s'était collée à l'artefact.

Elle avait un peu édulcoré son récit et soigneusement évité de livrer les sentiments ambivalents que son acte de déchiffrage avait provoqués. Puis elle en était restée là. Les Créates avaient manifestement une fluidité de lecture. Ils en avaient fait preuve devant le graphe. Elle ne savait pas, elle, si cela relevait de leur culture, d'une totale absence de structure de la connaissance, ou si le monde batra n'avait pas eu, effectivement, un passé de concrete. L'assistance s'emballa. Salam-la-Rouge avait les yeux blancs. Elle se disait intérieurement, nous y voilà.

Elle s'était prise à espérer que ce rapport de mission ne mentionnerait pas une once de concrete, ce qui était idiot puisque Choeps Yanev revenait d'un Désert créate. Pas de Désert créate sans concrete. Un espoir l'avait pourtant traversée. Et il avait grandi depuis qu'elle avait demandé à Róng comment elle s'en sortait avec les deux petits et que celle-ci lui avait fait part des incroyables dispositions hydros dont ils faisaient montre.

Choeps Yanev venait de mettre à bas sa construction fantasmatique. Non seulement les Créates ne s'étaient pas complètement débarrassés du concrete, mais en plus, elle revenait avec une histoire qui plongeait les Batras dans une ère dont elle aurait préféré effacer l'existence ou, au moins, la tenir à distance. Cependant, elle le savait, ce qu'on oblitère par le fond refait surface un jour ou l'autre, ainsi vont les courants, et nous y voilà, se disait-elle, et je suis la gardienne. Le moment était venu de s'expliquer.

Salam prit la parole sans rouvrir ses troisièmes paupières. L'effet était toujours saisissant sur les Batras, elles écoutaient avec respect et une concentration redoublée tout propos prononcé par une semblable révulsée. Elle commença dès qu'elle entendit une mouche voler.

– *Souvenir*, *exercice logique* et *fabrique imaginaire* n'ont pas toujours été dissociés.

Des gueules s'ouvrirent dans l'assistance, mâchoires relâchées.

Salam expliqua :

– Nous avons connu une ère difficile. Il fut un temps, oui, où le concrete dirigeait notre Ressource et notre Fuite, notre Corps contigu, notre Déesse aux milliers d'yeux. Nous n'étions alors qu'une poignée sur le cours entier de Paayme Paxaayt. Les conditions de survie n'étaient pas réunies pour conserver les catégories de pensée distinctes les unes des autres. Les compétences hydros s'étaient déplacées. Comprenez-le bien, l'eau ne coulait pas, mes Batras, l'eau n'existait plus.

Un vent glacé balaya l'atmosphère, les Brachys frissonnèrent.

– Nous devions maintenir une forme de fluidité, nous devions l'inventer puisque autour de nous, dans nos bouches et sous nos pieds, Aqua s'était dissipée. Nous faisions, bien sûr, récolte de la moindre gouttelette et, dans les règles, nous la déposions dans l'endroit le plus propice à sa subsistante et à sa réplication, mais c'était trop peu pour maintenir en nous la conscience d'un fleuve. D'un chemin mouvement, d'un esprit de lieu. Et nous étions dispersées.

« C'est à Frog-Toh que nous nous réunissions pour les deux équinoxes, ici même, sur cette plateforme alors déserte. Là où les Brachys se tiennent aujourd'hui, forts et grands, bientôt peuplés d'ornements. Nous tenions conseil, nous nouions nos relations nous exposions nos progrès, et, après une année de sécheresse particulièrement implacable, nous inventâmes le Dit du grand Lit.

« Chacune apporta sa mémoire de rivière, chacune son savoir de rivière et chacune sa fabrique de rivière.

Parce que tout était sec et dur sous les pas, collé dans la tête, nous les avons mélangés les uns avec les autres de façon à recréer les courants, les coulants, les remous et les surprises que nous avions perdus. L'air ne suffisait pas. Il fallait nous plonger dans une matière plus épaisse, gonflée de force et courant droit devant par mille détours. Nous l'avons fait.

« Durant vingt et un jours, les récits furent récités, les connaissances exposées, les souvenirs dévidés sans préséance entre eux, en canon, en chorus, lorsqu'un savoir était partagé, un souvenir repris, une fabrique répétée. Nous avons chanté du matin au soir sans interruption, aussi peu nombreuses, aussi désespérées que nous étions et, ici, nos voix ont résonné et se sont mêlées à la terre poussiéreuse et, dans l'air sec, les catégories se sont fondues, pour un instant de répit. Elles ont formé pour nous un long ruban compliqué, un volume et un débit, alors nos peaux se sont détendues, nos corps s'y sont enfoncés, nous avons rampé d'abord puis marché dedans, et couru, et nous sommes restées immobiles pour sentir ce flot traverser, filer entre nos doigts, prendre de l'ampleur, de la vitesse, de la puissance, et nous échapper comme l'eau le fait, en demeurant.

« Nous sommes devenues diseuses et danseuses de rivière, ensemble, conjointe et conjointe côte à côte, la pauvre poignée qui restait de nous s'est mise à croître et à flasher de couleurs lumineuses, notre cuir a repris sa finesse, nos pores se sont rouverts dans ce chant et, oui, pour les équinoxes à venir, et s'il en venait de pires, nous l'avons inscrit.

Salam-la-Rouge ouvrit brusquement sa troisième paupière et lança son regard directement dans les yeux de Yanev. Bouleversant. Il disait « Je te baigne, je te considère, je t'entoure et te soutiens, laisse glisser ».

– Le graphe que tu as découvert est le Dit du grand Lit. Il n'y a pas de hasard, Choeps Yanev. Batra descendante de Batra à mémoire longue, la scripteuse était ton aïeule et elle était terriblement douée.

Choeps Yanev avait les larmes aux yeux. Elle avait vu la trace d'une ascendante directe, elle avait essayé d'en déduire sa danse et son esprit, et elle s'était heurtée à l'exigence de la distinction catégorique.

Salam-la-Rouge par ces quelques mots avait opéré une révolution, elle avait ouvert une porte qui donnait sur une force inconnue, un espace considérable, encore confus. Elle venait de lui offrir comme aux autres une dimension nouvelle et un nouveau pouvoir. Surfant, engloutissant. Elle laissa glisser et l'eau coula de ses yeux, un ruisselet de soulagement.

L'assistance mit un bon moment avant de se remettre du choc et de prendre la mesure de ce qui venait d'être dit. Les jeunes Batras qui avaient été formées dans la stricte observance de la séparation catégorielle testaient intérieurement des mélanges *souvenir-frabrique*, *exercice logique-fabrique*, pour voir ce que ça pouvait donner, mais la plupart s'y perdaient. Le résultat était embrouillé, aussi difficile à tenir qu'un mensonge prémédité.

Elles regardaient en coin la génération de Salam-la-Rouge, Lanzaï, Mandrine, et We-den-Kol qui s'étaient insensiblement rapprochées de la gardienne avec un air dubitatif. Celles-ci savaient. Deux d'entre elles avaient été formatrices, elle leur avait appris à calculer, à tirer une ligne, à résoudre un problème géométrique. La troisième, We-den-Kol, leur avait raconté des *fabriques* au fil de l'eau comme elles venaient, où elles étaient, et souvent au bain, car le moment était propice. Et Salam-la-Rouge s'était chargée des *souvenirs* et de leur transmission. Gardienne à plusieurs titres.

La révélation qui venait d'être faite invalidait-elle l'ensemble de l'enseignement qu'elles avaient reçu, ou bien le portait-elle à un degré supérieur, d'un coup ? Plus encore que les motifs du silence de leurs aînées, ce qui les intriguait furieusement, c'était ce que racontait ce graphe. Róng, perturbée jusqu'aux boyaux, fit la demande d'une voix fébrile.

Choeps Yanev vit tous les yeux se tourner vers elle, grands ouverts, arrondis par l'attente. Elle, qui pensait avoir échoué à captiver son auditoire, se retrouvait au centre d'une curiosité tendue, mêlée d'appréhension. Elle ne savait pas quoi dire, par où commencer, comment rendre l'effet que lui avait fait la découverte d'abord, le début du déchiffrage, l'authentification du graphe, et ses laborieuses tentatives pour recomposer les gestes de celle qui l'avait tracé dans le but d'en comprendre le sens – et dire que c'était son aïeule ! Comment ne l'avait-elle pas senti ? Elle décida de ne pas chercher à organiser son histoire et elle parla comme elle avait lu, en dépit du bon sens.

– C'est un graphe à plusieurs portées, très touffu, et il passe, vous l'avez compris, d'un registre à l'autre sans solution de continuité. Il est en détail et en général, parfois petites, parfois grandes focales. Certains faits minuscules contiennent des descriptions de mondes entiers. Les *souvenirs* évoqués remontent et redescendent le temps, l'anticipent. Des *exercices logiques* se mélangent à des *fabriques* au point de ne plus être des *exercices logiques*, et les *fabriques* deviennent des enseignements. Elles en prennent au moins le ton et la fonction. De quoi parle-t-il ? D'une époque, épaisse de centaines de générations, révolue et présente, passée mais toujours possible, d'une menace, au fond, d'une lourde menace en action où l'on vit néanmoins. Une chose traverse l'ensemble de l'inscription, un signe combiné de multiples façons, présent comme une basse continue, insistant, clair ou masqué au point d'en être méconnaissable, inscrit en formes innombrables et disposé sur toutes les portées sans exception, et ce signe c'est celui du concrete.

Certains yeux s'arrondirent un peu plus encore, d'autres se voilèrent. Les Brachychitons sentaient quelques pointes de déception dans un nuage de surprise et d'incrédulité générales.

– Du concrete à Frog-Toh, non pas seulement dans le grand Lit de Paayme Paxaayt, partout sur les berges, et au-delà des zones riveraines, plus loin dans les terres, pas de terre, du concrete en piscines, en tapis, en cubes, en tours, en arcs, du concrete coulé solide sur tout le bassin versant.

C'en était trop. Le bassin versant en entier, pourquoi pas la planète ?

– Et partout sur la planète, dans les lieux les plus reculés, produisant de grands Déserts, avalant les plages, avalant les plaines, du concrete submergeant, un raz-de-marée lent comme une lave, aussitôt posé, aussitôt pétrifié. Étouffant.

Salam-la-Rouge laissa le silence se dissiper avant de prendre la parole. Ce que venait de dire Choeps Yanev méritait un temps de réflexion. Avant que la réaction collective ne la soulève, elle reprit le gouvernail.

– Nous n'avons pas caché le Dit, il s'est englouti de lui-même lors du déblayage et nous avons laissé faire, car, d'une certaine façon, il avait rempli son office au-delà de nos espérances et méritait lui aussi d'être rendu au mouvement général. D'un commun accord, nous n'avons pas inclu le Dit dans les formations, parce que la fixité toxique qu'il conjurait pouvait être une source de douleur mentale et un frein à vos progrès, et parce que l'ère du concrete ne méritait pas, à notre avis, qu'on s'en souvienne.

Des murmures montèrent jusqu'à la couronne des arbres. Les Batras commençaient à s'échauffer. Les Anciennes avaient décidé bien légèrement, et sans consultation, ce qu'il était bon de savoir et ce qu'il valait mieux ignorer, elles avaient occulté un fait, un fait long comme une époque, comme une culture, toute une organisation mondiale. Elles pensaient bien faire peut-être, mais de quel droit enlève-t-on à ses descendantes le récit des événements passés ? Comment avaient-elles pu faire ce choix, ce choix pour elles, celui de l'ignorance ? Elles étaient offusquées.

De nombreux gestes s'échangeaient en vitesse squamate, Salam n'arrivait pas à suivre toutes les occurrences. L'espace crépitait d'activité fantôme et la température montait. Il fallait intervenir. Elle fit signe à We-den-Kol qui fila aussitôt. Dans les moments de tension communautaire, rien ne vaut un bon rafraîchissement.

We-den-Kol courut à la digue et releva les trois planchettes du drain de trop-plein. L'eau s'engouffra aussitôt sur la place lisse et vint lécher les racines affleurantes des grands arbres, qui remercièrent en secouant quelques branches basses pendant que les Batras pataugeaient, surprises par l'inondation subite, mais heureusement surprises passé le premier saisissement, parce que c'était l'eau et qu'aucune colère, aucune émotion négative, aucun argument ne résiste à l'eau. La manœuvre de Salam était imparable. Quand les décisions menaçaient de s'éterniser ou de s'envenimer, il n'y avait qu'une solution, les dissoudre.

Elle savait néanmoins que l'effet était éphémère. Elle profita du relâchement des tensions pour lancer sa grande idée de rétrocession. Elle s'excusa au nom de toutes de la décision prise au sortir d'une époque très sombre, et déclara solennellement :

– Il vous appartient, et il nous appartient de vous y conduire. Organisons une sortie de commune, et allons-y toutes ensemble, nous vous aiderons à lire, nous réciterons nos bouts, nous danserons nos parties, nous vous transmettrons ce que nous savons, et nous inventerons ce que nous avons oublié.

La dernière proposition était un peu obscure, une vague de joie secoua néanmoins l'assemblée dans son petit bain et les Batras levèrent les bras, immédiatement enthousiastes. Les sorties en groupe étaient une rareté. Une promesse de liesse, de découvertes étonnantes. La preuve aussi, pour les Anciennes, qu'elles vivaient dans un monde en libre circulation. Ce qui n'avait pas toujours été le cas.

Il fallut ensuite décider de la meilleure période, organiser la logistique de sauvegarde de la commune, vérifier les niveaux. Tous les points furent discutés en collégiale, y compris les plus triviaux.

Lorsque Salam-la-Rouge rentra sous sa pierre ce soir-là, elle était rompue.

La perspective de l'équipée lui plaisait, cela faisait trop longtemps qu'elle n'avait pas remonté le cours, elle s'encroûtait. L'idée de revoir le graphe la mettait dans un état de perplexité. Qu'allait-elle éprouver devant cette trace ressurgie du passé ? Quels souvenirs allaient revenir sans qu'elle les ait convoqués ? Quels liens allait-elle retisser avec la poignée de Batras qui avaient œuvré à sa conception ? Qu'elle retrouverait là, intactes de voix et de postures, toujours présentes, revivantes pour celles qui avaient disparu, rajeunies pour celles qui avaient vieilli. Comment ferait-elle face à ce miroir, à ce monde de concrete qu'elle méprisait de toute sa taille, quelle allait être sa réaction quand elle s'y verrait elle-même, jeune, effrayée, vulnérable et portée par l'espoir ?

Elle intima à ses trois paupières de se fermer et décida de dormir. Un petit groupe continuait la discussion sans elle sous les Brachychitons, Yanev en était le centre, et Clématis, le baldaquin. La gardienne savait aussi lâcher du lest quand il le fallait. Que les jeunes générations se consultent en commission exclusive était bénéfique à l'équilibre du groupe.

Elle se laissa voguer sur le souvenir des collégiales d'antan, quand elles n'étaient qu'une centaine sur l'ensemble de la rivière, et qu'elles se connaissaient toutes par leur nom et par leurs couleurs. Elle s'endormit vraiment lorsque son espace mental s'emplit du son de leurs voix lointaines, assemblées, indiscernables et familières.

Contrairement à ce que Salam pensait, ce n'était pas Yanev le centre de la réunion, mais Clématis. Elle était en train de déployer sa première fleur Rosebud, rose tendre dont le cœur serait crème et couvert de poils poudreux, et la petite clique la regardait faire.

Yanev leur avait raconté, à celles-ci, les tardives qu'une veillée ne chamboulait pas, comment la liane s'était collée au graphe et l'avait parcouru de ses minuscules ventouses innombrables de si près qu'elle en avait été dérangée et qu'elle était finalement intervenue.

Clématis n'avait manifesté aucune réaction pendant son récit, sa barbe était restée pendouillante, immobile. Lorsque des regards réprobateurs s'étaient tournés vers elle, elle avait frémi et produit son premier bourgeon. À croire qu'elle avait intégré quelque chose de la vitesse squamate à force de flotter derrière une Hydro. C'était un début de réponse.

Les Batras attendaient la suite le nez en l'air, l'ouverture du bouton, le dépliement progressif des sépales, leur défroissement, leur croissance, leur organisation autour du microsoleil intérieur qui les faisait rayonner.

Elles interprétaient chaque mouvement à la manière batra, comprenaient que la liane était en train d'inscrire un message de la même façon que leurs ancêtres avaient inscrit le graphe qu'elles avaient d'abord chanté. Et elles ne doutaient pas que le déploiement de la fleur n'en soit la traduction. Indéniablement sexuelle. La lenteur de l'éclosion était elle-même une charge érotique. Clématis s'y prenait graduellement, par petites touches, et petits déclenchements.

Un sépale après l'autre, d'abord coincé, forçant sur la coque verte qui cédait peu à peu en bâillant, puis gonflait à la base, craquait et se fendait de plus en plus largement à mesure que la poussée interne se faisait plus pressante. Le papier froissé des pétales apparaissait, la couleur d'abord, la texture après, et l'une après l'autre les sept langues de velours se déroulaient de leur gangue avalée, s'étiraient, s'allongeaient, s'étalaient à la recherche des limites de l'espace qui n'en avait pas. Elles goûtaient l'air, le chatouillaient de la pointe, le laissaient reposer, le léchaient de toute leur largeur foliaire en poursuivant l'éclosion dont la vigueur battait au cœur du pistil gonflé. Le pédoncule ploya sous la nouvelle poussée. Les étamines se détachèrent du gynécée, l'enveloppèrent dans un filet et lui firent une couronne vibrante. Les pétales s'ouvrirent complètement, jusqu'à laisser l'organe vulnérable exposé au vent qui passait, ravi. Une pincée de pollen tomba sur l'assistance écarquillée. Une fine poussière de fleur, une farine aux propriétés désinhibantes.

Lorsque les Batras présentes furent touchées et couvertes par ce voile impondérable, elles eurent aussitôt accès au poème de Clématis, à son discours. Elle leur parlait du graphe. De ses multiples portées, du courant qu'il charriait, de sa force et de sa forme. Elle leur apprit qu'il était constitué de nombreuses sources, loin dans les terres, de longues histoires rapportées et fragmentaires venues des pentes, dégringolées des montagnes, des canyons, insinuées dans les sables, glissées dans les glaises. Qu'il parlait de tout Hidden et pas seulement de sa rivière, que les contributions provenaient de la plaine entière, adrets et ubacs confondus, qu'il traversait de ce fait le bassin versant dans son intégralité, qu'il l'enveloppait et l'illuminait comme un vitrail, une aile de papillon, une nervure de feuille, avec les mêmes motifs, la même iridescence discrète et qu'il était l'intense doublure d'un monde révolu.

La vision transmise par Clématis était si profuse et si claire que Yanev excusa rétrospectivement son déchiffrage collant. Elle n'avait pas saisi la moitié de ce que la liane leur révélait. Le concrete partout, et déjà les arbres, les semis, les racines qui déchiraient le bétume, les milliers d'essences en croissance galopante. Les Apoïdes par légions, les cohortes pollinisatrices, incoercibles, l'activisme massif des fleurs, leur stratégie de camouflage et d'explosion soudaine, la multiplication des lignes de fond et leur enchevêtrement.

C'était impressionnant.

Ainsi, il y avait réellement eu un moment concrete du monde, et Paayme Paxaayt avait elle-même été prise dans cet étau, conduite et bâillonnée. Les jeunes Batras étaient stupéfaites. Il était extraordinairement difficile pour elles d'imaginer leur Déesse, leur Refuge et leur Pourvoi terrassée par un ouvrage quelconque.

Les forces en présence avaient dû être colossales, la bataille terrifiante. Elles l'avaient gagnée, et à partir de cette conclusion, elles s'autorisaient à imaginer un ordre différent, elles parvenaient à supporter cette *fabrique* qui était pour les Anciennes un *souvenir*, si étrange que ça leur parût.

Elles apprirent aussi que Frog-Toh, et particulièrement leur commune, avait été l'épicentre du renversement. Sa situation géographique était propice, centrale, et Paayme Paxaayt y prenait un tournant décisif. La rivière avait férocement résisté en ce lieu, en noyant à plusieurs reprises les tentatives des couleurs de concrete, en arrachant les ponts, en raclant sur le fond les débris des tabliers, les conduits préformés, les planches de coffrage et leur maître d'œuvre. Les ingénieurs avaient fini par la laisser libre sur ce parcours, incapables d'en venir à bout. À Frog-Toh la réouverture des corridors avait été décidée, vers Frog-Toh s'étaient dirigés les Autres Corps insurgés, pour boire, pour respirer, pour définir les actions de sabotage, l'essaimage et la dispersion végétale organisée.

Les Batras vivaient depuis leur naissance dans un lieu qui n'avait jamais été assujetti ni comprimé, un lieu qui avait joué un rôle crucial pour la fluidité vitale et, paradoxalement, alors qu'elles venaient de l'apprendre, elles l'avaient toujours su. Dans leurs Corps et sur leurs peaux, la mémoire de l'eau leur avait tout confirmé.

Choeps Yanev vit d'un autre œil les missions ressources, et la graduation hydraulique. La bataille n'était pas terminée, elle se poursuivait, depuis Frog-Toh vers l'intérieur des terres, dans les Déserts créates qui demeuraient, sur les territoires secs, dans les canyons pelés, dans tous les quartiers d'Hidden dont parlait le graphe, Yaanga qui était si proche, Los Feliz en aval, la Marinade tout au sud, Bois Coupé, le Jardin à l'est, la Craque, partout à Hidden l'activisme était installé et soutenait l'effort initial.

Son innocence passée lui sauta à la figure, ses yeux se dessillèrent comme si une quatrième paupière invisible venait de lui être retirée et qu'elle accédait au tableau complet, à sa dimension temporelle et à l'inévidence fondamentale de la vie. Elle eut un vertige immobile.

Quand le voile de parole clématis se leva et se dispersa dans la brise, elle comprit soudain pourquoi les Anciennes avaient enfoui le passé sous une couche de glaise épaisse. Sa génération n'était pas en guerre, elle n'agissait pas contre, mais pour, elle n'avait aucun espoir à porter, surtout pas délirant, elle bâtissait à sa mesure et sans pression, dans la simplicité et dans la joie.

Elle n'était pas certaine d'approuver encore cette décision, mais elle en comprenait l'intention, l'ambition, et l'arrière-plan de détresse insondable qui en constituait le fond. Elle sentit ses yeux s'assécher, et courut se jeter à la rivière sans inviter personne.

C'est là, dans l'eau, qu'elle se souvint des Corps qui la pistaient. Les deux Créates n'en parlaient pas en mauvais termes. Bye désirait toucher un objet que portait la petite fourrure, la grande n'avait pas l'air agressive, mais la boule était inquiétante. Et s'ils étaient en mandat de représailles ? Elle avait détourné de nombreux buildings à son avantage dans le Désert des Créates, elle avait coupé des trottoirs, elle avait creusé des rigoles pour les grimpantes, de leur point de vue elle avait attaqué le matériau. Les Créates tenaient à leurs reliques, mais ils permettaient qu'on y touche si les agencements proposés étaient fructueux. Les Créates n'étaient pas tout à fait sauvages, mais les autres ? Qu'en savait-elle ?

Choeps, qui n'était pas une proie, commençait à entrevoir ce que pouvait être un ennemi, et cela la terrifiait. Elle se retourna dans le courant, le ventre plaqué au lit de la rivière, accrochée de tous ses coussinets au Corps liquide, les oreilles ouvertes, les branchies déployées, elle se laissa traverser de la tête aux pieds pour faire disparaître cette découverte et l'anxiété qu'elle produisait, pour lessiver l'angoisse, la noyer, et recevoir enfin le long baiser mouillé de la Déesse, son Refuge et son Pourvoi, sa Fuite.

Plus tard dans la nuit, elle alla voir Salam-la-Rouge sous sa pierre afin de s'excuser. Elle la trouva endormie et ne voulut pas déranger son sommeil.

Elle grimpa sur la pierre plate qui surplombait la commune et s'y installa jusqu'au petit jour. La nuit était noir bleuté, piquée de trous d'aiguille, la lune une griffe aiguisée. La grève des Batras semblait une flaque d'eau posée au pied de la digue comme une offrande. Elle entendait le clapotis familier, elle sentait la rosée descendre. Ses épaules frémirent à son contact subtil, les odeurs se levèrent, diffusées par les herbacées, les funghis, et l'humus rafraîchi, ça sentait bon.

Le changement de la lumière transformait les volumes, les ombres apparurent, longues, étirées, les solides se découpèrent et reprirent leurs trois dimensions. La Voie lactée s'éteignit, effacée par la clarté du nouveau bleu qui se dégageait de l'abîme stellaire.

De Bazine à Toluca,
La glisse

LES FICHIERS RETROUVÉS

Ama avait récupéré. Elle marchait pieds nus, les mocassins attachés ensemble et pendus autour du cou. Ils se balançaient à chacun de ses pas comme des petits pendules qui pointaient inlassablement l'eau dans laquelle elle évoluait.

Les Ardéanes ne leur avaient pas indiqué Frog-Toh. Aucune importance, les Racoons avaient raison, tout le monde connaissait. La première Anoure qu'ils avaient croisée avait lancé sa langue en aval et rentré la tête, il n'y avait qu'à suivre le courant, c'était on ne peut plus simple. Ourá avait caqueté dans sa direction, sûrement pour dire qu'elle pourrait être un peu plus aimable avec les Parks ou lui faire une remarque sur l'état de son goitre rose. Ama préférait ne pas savoir. Elle était encore très sensible à la moindre marque d'agressivité. Elle portait sa cage de Faraday la nuit et une partie de la matinée jusqu'à ce qu'il fasse trop chaud pour supporter le poil de lapin, mais elle la remettait le soir, en prévention.

Elle ne parlait plus tellement. Elle avait beaucoup à traiter, essayant d'en rester au moment présent, aux petites observations, les alevins, les moucherons, les mousses, les deux rives pas trop loin. Elle tâchait de dormir bien, de se nourrir correctement, elle se laissait le temps.

Atlal était un excellent cueilleur et prenait garde à varier ses trouvailles. Il était aux petits soins. Ils faisaient des pauses déjeuner de grande qualité, Ourá en était ravi et encourageait le Gros-Cerveau à chaque nouvelle recette.

Le Scurius avait pris du poids, son poil était superbrillant et il s'en occupait soigneusement durant les heures de marche où Atlal fournissait l'effort et lui les commentaires. Rien ne lui échappait. Sans cesse aux aguets, l'Écureuil vocalisait ce qu'il percevait en continu. Une odeur, un éclat de lumière, un mouvement soudain, un halo de poussière, de moustiques, le départ d'un Omble, celui d'une Troute, la chute d'une feuille, tout était bon à dire et à interpréter.

Par chance, il le faisait en langage scurius non traduit. Atlal avait l'impression d'avoir un émetteur à clic sur la tête. Il s'était habitué, il y retrouvait la sensation sout d'être toujours coiffé, protégé par une coupole de sons minuscules, témoins d'une incessante activité. Ainsi, il marchait dans le grand dehors, tranquille sous son parapluie de cliquetis.

Les deux rouquins, le grand et le petit, allaient bien ensemble.

Mianeh aussi, à sa façon, redoublait d'attentions pour Ama. Si elle gardait ses distances pour préserver son intimité mentale et kinesthésique, elle restait quand même à portée de signal, quel qu'il soit.

Elle moulinait aussi pour son compte ces récits de guerre du concrete et l'épouvantable tableau qu'avait dressé l'Ardéane en wowow. Elle revenait sans cesse autour de la lacune qu'elle avait dans ses aires de stockage mémoriel. À quel moment et qu'est-ce qu'on lui avait ôté exactement dont elle n'avait plus la moindre trace sinon ce manque ?

L'apparition d'Amaryllis en ce jour lointain de leur rencontre avait comblé une séquence, Mianeh savait qu'il y en avait d'autres, tout aussi importantes, et qu'une d'entre elles était centrale. Sans raison objective, elle ne cessait de mettre en rapport le récit d'Alba avec les opérations de désarchivage qu'elle avait détectées dans son bloc mémoire. Elle ne pouvait pas se l'expliquer, elle s'en préoccupait moins depuis qu'elle savait rêver, et elle continuait de lancer des grappins au-dessus de ce vide inexpliqué.

Désarchivage et désensauvagement avaient au moins en commun le geste d'une éradication. Les formes de vie qui manquaient dans ses fichiers étaient-elles liées au concrete ? Qui les avait effacées ? Les activistes dont parlaient les Ardéanes, ceux qui avaient couvert le monde avec le matériau défait, ou les Bots eux-mêmes ? Toutes les hypothèses étaient valables. Celle des activistes était la plus faible, les deux autres étaient solides. Les Bots étaient évidemment en mesure de réaliser techniquement une reconfiguration systémique incluant des carences. Il était probable qu'un Corps Organique ait pu acquérir les connaissances nécessaires pour en être également capable. Même si cette spéculation la mettait mal à l'aise, elle était valide jusqu'à preuve du contraire. Elle écartait les activistes à cause de leur engagement dans le désensauvagement. Alba avait été claire, ceux qui avaient pris part au démantèlement avaient été furieusement occupés. Ils avaient eu autre chose à faire que d'extraire des paquets de la mémoire des Bots. La raison pour laquelle elle situait ces deux événements dans le même temps lui échappait complètement, elle n'arrivait pourtant pas à les disjoindre. L'histoire de la dernière extinction de masse lui en avait suffisamment appris sur l'intrication des disparitions.

Mianeh avançait en turbinant, elle surveillait Ama en turbinant, elle affinait son volumen en turbinant, sans vraiment progresser. Elle était convaincue qu'il ne manquait plus qu'une pièce à son puzzle et qu'elle n'allait pas tarder à la découvrir. Sa tâche de fond accaparait un bon quart de ses capacités de calcul, aussi ne poussait-elle pas très loin l'analyse de la ripisylve. Néanmoins, elle notait la présence de nombreuses ruines, plus ou moins submergées, dont le plan était invariablement rectangulaire ou carré. Le nombre de ces fondations de concrete était surprenant. La rivière était ourlée des deux côtés par ces présences fantômes, comme si les bâtis l'avaient accompagnée et serrée de près en un long ruban interrompu à intervalles réguliers. Libérée de son carcan, elle avait pris des allures sinuantes et refait des détours, l'ancienne ligne était toutefois toujours visible.

Il y avait aussi de grandes zones blanches. Des quadrilatères d'un périmètre beaucoup trop exagéré pour avoir été couverts d'une toiture, du moins c'est ce qui lui semblait. Et qui s'étaient libérés du bétume, pas du concrete. Aucune trace d'élévation quelconque n'était repérable. Il y avait donc eu d'immenses zones planes tapissées de bétume qui n'étaient pas des Freeways, peut-être des patinoires, des pistes de danse comme celle devant le Barraj, ou n'importe quoi d'autre qu'elle ne parvenait pas à imaginer, la spéculation n'était pas son exercice préféré.

Pour l'heure, elle se contentait de faire un relevé exhaustif de leur métrage et de leur emplacement et de les inclure dans son volumen. Elle avait des outils de géomètre sophistiqués, elle adorait jouer avec, et quelque chose dans l'orthogonalité de ces objets archéologiques lui procurait un plaisir qu'elle ne pouvait pas nier. Il y avait eu là une forme de rigueur qui flattait son sens esthétique.

Atlal battait les bas-côtés et multipliait les incursions riveraines, accaparé par ses cueillettes et les élans fantaisistes du Scurius, Ama s'obstinait à suivre scrupuleusement les virevoltes du courant, Mianeh demeurait au mitan précis de l'ancien cours, comme au centre de gravité d'un équilibre effacé. Chacun était plongé dans une réalité de l'espace qui lui appartenait et la rivière en paraissait plus liquide.

Ils n'avançaient pas seuls, mais entourés par une communauté bariolée, accompagnés parfois, suivis ou précédés, remarqués à coup sûr, on les regardait passer. Les distances restaient respectueuses. La rivière n'était pas surpeuplée. L'occupation des sols sur les berges était dense grâce aux cannes qui offraient de nombreuses cachettes aux mammifères, aux oiseaux, aux ovipares timides, malgré ça le lit restait ouvert, une lame d'acier doux dans un pays ras et gras comme le beurre.

Les Palms surplombaient les joncs de toute leur hauteur et balançaient leurs grosses têtes alignées au-dessus de la marée basse, rousse et verte. Certaines portaient une énorme barbe grise, leur tige était épaisse, d'autres n'étaient qu'un toupet posé sur un long pied. Il y en avait des quantités, et bien qu'on puisse leur trouver un air de famille, elles étaient aussi diverses et différemment balancées que les essences d'une forêt primaire. Ama s'étonnait de ce qu'elles ne forment pas d'enveloppe à proprement parler, seulement une zone, une haie à la rivière qu'elles semblaient encourager. Les Palms n'étaient pas de nature enveloppante, se disait-elle, elles préféraient la file au groupe, à moins que ce ne soit une caractéristique de celles-ci, les vigilantes de Paayme Paxaayt.

Dans les joncs, sur les bancs découverts qui affleuraient, dans les basses branches des arbres plantés dans la rivière, de nombreux haillons étaient accrochés. Ils flottaient ou pendaient, déchirés, blanc sale, marqués de sigles, misérables. Ils rappelaient à Ama les touffes de laine et de poils agrafées aux troncs auxquels les quadrupèdes aimaient se frotter. Dans son enveloppe, on les ramassait une fois par lune pour en garnir des coussins tressés et des matelas de hamac à dérouler. Personne lors de la récolte ne leur aurait trouvé cette apparence de rebut.

Ce que ramassaient les Auboisières était un don. Comme on laisse au hasard une coupe de lait à un Hérisson au coin d'un bosquet, les Deers, les Kairs, et les Cerdes laissaient aux Autres Corps un peu de leur fourrure pour leurs nids, leurs vêtements, leur confort phonique ou thermique. Ce qui s'attachait ici à l'écorce, au tranchant des roseaux, à leur plumeau, et jusque dans les couronnes, ce qui s'accumulait contre trois pierres, et résistait à l'air en sifflant, à l'eau en se tordant, ces innombrables déchirures sur le point d'être emportées qui s'agrippaient furieusement étaient trop déplorables pour venir d'un pelage.

Du moins Ama l'espérait-elle, parce qu'elle n'imaginait pas l'allure du Corps capable de lâcher de pareilles ordures sur son chemin et d'en céder autant.

Elle répugnait à demander des éclaircissements à Mianeh. L'analyse chimique de ces loques lui faisait craindre le pire. Elle attendait de reprendre des forces avant d'avoir à affronter une nouvelle révélation négative. Les traces du concrete qu'elle voyait témoignaient assez de l'emprise qu'il avait eue. Elle n'avait aucune envie de découvrir une autre matière du passé si elle était susceptible de s'être diffusée dans des proportions inacceptables. Ce qu'avait fait le concrete. Ce qu'avait fait le bétume. Et ce qu'avait certainement fait cette chose dont il ne restait que des lambeaux qui traînaient à tous les étages.

Atlal lui avait montré une chambre de Muridés cachée dans un trou de berge. Elle abritait dix-huit petits très roses, tassés les uns contre les autres, les yeux fermés, la bouche ouverte à leur approche. Le Gros-Cerveau voulait la divertir. Il leur avait donné une pâtée de feuilles mâchées par ses soins, truffée de vers, et Ama les avait regardés manger en se réjouissant de leur voracité. Mais lorsqu'elle avait remarqué la présence de haillons dans la couverture du nid, elle avait fait demi-tour, piquée par un moucheron. Elle ne voulait pas les voir, ces pendeloques. Encore moins intégrées dans le berceau de minuscules Muridés qui venaient de naître. Elle les aurait volontiers chassés de ce nid et leur aurait fabriqué un panier et un matelas de plumes, elle les aurait pris avec elle sans attendre le retour des adultes si elle s'était écoutée. Rien ne justifiait raisonnablement ce genre de pulsion, il valait mieux qu'elle s'écarte et passe son chemin.

Atlal fut un peu déçu qu'elle se détourne aussi vite, mais il en prit son parti et finit de nourrir les petits. Ourá tenta de sauter dans le nid pour profiter de la manne, Atlal le remit sur sa tête en un tournemain.

– Tu n'aimes pas les vers de farine.

– Qu'en sais-tu ?

– C'est comme ça. Tu vas te rendre malade si tu manges n'importe quoi. Les Racoons t'ont tourné la tête.

L'autre répondit en caquetant une longue phrase incompréhensible. Atlal n'était pas dupe et sourit en douce, le Scurius avait beaucoup de vocabulaire.

Mianeh ordonnait les moments de pause, définissait les lieux de campement, et les heures adéquates à la restauration. Elle le faisait en fonction des données vitales d'Ama et parce que celle-ci, toute à ses pensées, ne se serait pas arrêtée avant l'épuisement.

Mianeh partait en éclaireuse trois fois par jour pour découvrir la meilleure place où manger et dormir. Leurs rituels préparatifs étaient parfaitement au point. Ils mettaient moins de dix minutes pour s'installer, chacun avait sa tâche et l'accomplissait en harmonie avec les autres. Ils n'avaient pas besoin de se parler.

La Dronote prenait une demi-heure d'avance sur le reste de la troupe quand elle partait en reconnaissance. Les berges étaient logeables, elle trouvait toujours facilement le coin d'ombre idéal, le rond d'herbe moelleux, l'anse où venait tourner doucement le flot, et la pierre chaude qui permettait de déjeuner les pieds dans l'eau, la tête au frais.

Lorsque ses cœquipiers arrivaient, elle avait posé les jalons, prévu les emplacements de la cabe, du feu, dessiné les chemins pour le ravitaillement en eau et en bois de chauffe. Ils n'avaient plus qu'à poser leurs affaires et s'enquérir des consommables.

Elle se tenait invariablement à l'aplomb du foyer pas encore allumé dont elle avait tracé le périmètre au laser, et elle vibrait quand ils pénétraient l'enveloppe qu'elle leur avait préparée, trois fois trois secondes, cela faisait partie du rituel.

Ama s'assit tranquillement sur une pierre lorsqu'elle vit Mianeh en lévitation immobile au-dessus d'un cercle chauve intégralement brûlé. C'était la mi-journée, l'horaire habituel. Elle était plus fatiguée qu'elle ne le pensait. Quelque chose la dérangea. Mianeh n'avait pas vibré. Le cercle brûlé fumait encore. Il était plus grand que d'ordinaire, et Mianeh n'avait rien marqué d'autre.

Il ne lui en fallut pas plus pour la réveiller de sa léthargie et la remettre aussitôt sur pied. Elle lança une onde silencieuse à la Dronote. Aucun contact. Elle se mit à courir vers elle, toujours immobile, muette et, pire encore, sans aura, Ama ne comprenait pas ce qui n'allait pas. Les berges étaient très calmes. Rien ni personne ne s'agitait dans les joncs, le clapotis de l'eau n'avait pas varié, aucune chimie d'alerte ou d'affolement ne flottait dans l'air, les paramètres étaient normaux, pourquoi Mianeh – elle comprit avant de la toucher. Sa main tendue retomba, elle découvrit ce que la Dronote avait vu. Elle eut un choc elle aussi. Une carcasse métallique empalée sur un pylône se dressait cinquante mètres au-dessus du sol entre deux Palms barbues. N'importe quoi.

Ama le sentait dans ses boyaux. Pire que les lambeaux.

Elle n'avait jamais vu Mianeh sans aura. Elle commença à envoyer des ondes de détresse à la ronde, directement à la Dronote, puis tout autour d'elle puisqu'elle ne réagissait pas. Atlal était loin, mais le Scurius capta le message et fit démarrer le Gros-Cerveau au grand galop.

Le temps qu'ils arrivent, la Dronote tremblait à s'en faire péter les rivets. À part ça, elle était fixe, empalée elle aussi sur un axe invisible et coincée à une altitude déterminée dont elle ne bougeait pas. Ourá s'élança pour sauter sur la boule, mais Ama dévia sa trajectoire d'une claque.

– Suffit !

Atlal ramassa le Scurius et le garda dans sa main.

– Doucement, dit-il à Ama en regardant la Dronote. Elle est sonnée, mais ça va. Écoute.

Ama tendit l'oreille et n'entendit rien. Elle essaya à nouveau d'entrer en communication télépathe, aucun résultat.

– Écouter quoi ?

– Son Rêve, répondit le Gros-Cerveau qui venait de mettre Ourá à cheval sur son cou, et de planter une griffe dans le cercle brûlé. N'essaie pas si tu es trop tendue. Fais-moi confiance. Elle est choquée. Elle travaille. Elle…

Il commençait à entrer dans un ronronnement méditatif et Ama ne le voulait pas, elle voulait qu'il soit là, en surface, conscient de ce qui se passait sous leurs yeux. Elle avait peur de se retrouver seule à ne pas savoir quoi faire, il fallait qu'il reste là, elle lui envoya un coup de pied dans le tibia.

Atlal sursauta et rétracta sa griffe comme s'il s'était blessé. Il surplomba Ama de toute sa taille et se tint devant elle légèrement courbé, l'iris très visible, la pupille dilatée. Ama s'aplatit sous cette masse. Les yeux verts d'Atlal étaient magnifiques. Elle n'eut pas le temps de s'excuser. Mianeh cliquetait de partout. Elle était prête à se démanteler quand son clapet s'ouvrit et laissa s'échapper un jet de fumée. Ou de vapeur. Un nuage argenté qui sentait le roussi. Avec un son strident non modulé. Ama s'attendait à la voir s'abattre comme une pierre après ça, il n'en fut rien.

La Dronote resta perchée, toujours immobile, toujours au même point. Elle recouvra une aura fine, sans couleur, une aura de naissance translucide, mince comme un châle, une capuche, une aura tremblotante, mais ferme. Elle était comme le jaune d'un œuf dans son blanc, inerte et potentiellement vivant. Au moins, elle ne tremblait plus.

Ils attendirent ensemble qu'elle puisse à nouveau communiquer avec eux. Le Scurius lui-même se taisait, dépassé par les événements. Une carcasse métallique qui produisait cet effet, il n'en avait jamais entendu parler. Puis, dans ce silence que ne traversaient ni les bruits d'oiseau ni les murmures du vent, Mianeh leur intima d'entrer dans le cercle brûlé.

Ils firent un pas en avant en soupirant de soulagement, et elle déploya sur eux un faisceau de projection qui les emporta dans une autre dimension. Elle ne leur dit clairement qu'une chose : elle avait retrouvé trois fichiers. Elle leur montra le reste.

Un monde de machines, inconscientes, à roues, rapides, aveugles et sourdes. Omniprésentes. Les Freeways en étaient pleines. Les unes derrière les autres, les machines se suivaient à une vitesse folle ou agglutinées, très lentes, leurs yeux avant étaient jaunes, leurs yeux arrière rouges, et elles formaient des torrents de lumière dans la nuit, des torrents de métal en plein jour. Beaucoup de bruit. Une combustion visible et continue.

Dans la projection ultrarapide que leur infligeait la Dronote, Ama reconnut la Freeway qu'ils avaient traversée. Un dragon flamboyant, un corps long, lourd, engagé dans un mouvement tellurique d'une force à concurrencer la formation des roches métamorphiques. Il traversait les collines, ayant tracé son chemin à coups de boutoir. Sa tête était solide, les machines étaient partout, en tas, en rangs, en ronds, en rocades, elles couraient dans tous les sens et leur filet couvrait l'immense plateau d'Hidden, jusqu'à l'Océan, jusqu'aux étoiles.

Mille dragons marchaient dans les quatre directions et grimpaient aux flancs des montagnes. Ils n'atteignaient aucun but, ils n'en cherchaient pas, ils occupaient le terrain en une ronde incessante. Ils tremblaient d'excitation, ils puaient. Monstrueux. Et, subitement, dans ce paysage secoué de soubresauts, l'emballement connaissait un pic, un choc cosmique, une craque, l'énorme réponse du noyau à la croûte. Un abîme fendait le fond du plateau et tout en un instant se figeait.

Le trou était énorme. Il bouillait. Une matière noire en débordait, faisait des bulles plus hautes que les buildings qui l'entouraient, des bulles qui crevaient en tentacules et couvraient de viscose ce qu'elles touchaient. L'espace alentour fut submergé par ce qui sortait en geysers brûlants, noyé, recouvert, engoncé dans ce débordement qui finit par s'étaler comme une nappe d'huile noire, jusqu'à toucher la tête d'un gros dragon, et l'ayant goûté, à l'avaler, kilomètre après kilomètre, avec un appétit dont la taille était celle de la faille qui venait de s'ouvrir.

Ama était sur le point de vomir. L'odeur n'était pas seulement celle du métal carbonisé, du bétume coulant, du carbone et du méthane. Des billes de vies organiques éclataient à l'intérieur du dragon dans les machines, et criaient. C'était atroce.

Elle voulut sortir du cercle, elle en fut incapable. Mianeh avait blindé son cône de protection, ils étaient enfermés. Le Gros-Cerveau avait les yeux ouverts, révulsés. Le Scurius était inconscient. Elle hurlait dans sa tête et subitement, Mianeh s'effondra. Elle tomba au sol avec un bruit sourd et vint rouler doucement contre les mocassins d'Ama. Le monde réel autour d'eux mit du temps à réapparaître.

– C'était quoi ?

Atlal se serait enfoui n'importe où dans le sable s'il n'avait pas eu le Scurius à réanimer. Ama avait attrapé des deux mains sa cage de Faraday et la vissait sur sa tête, elle voulait se souvenir de la respiration abdominale volontaire, elle hoquetait, son diaphragme faisait barrière. La Dronote butait obstinément sur ses pieds comme un Autre Corps sans langage qui chercherait l'attention.

L'Auboisière finit par s'asseoir, elle trouva le courage de pencher le buste, de lâcher une main puis l'autre, et d'attraper Mianeh pour la serrer contre elle. La Dronote était glacée dans ses bras. Elle ne permettait pas d'ordinaire ce genre de contact qui détériorait son aura, mais elle ne recula pas, elle pesa au contraire, elle s'appuya de tout son poids contre la poitrine de sa cœquipière et la pression qu'elles exerçaient l'une sur l'autre leur fit du bien.

Le hoquet d'Ama s'arrêta. Elle eut à nouveau les commandes de ses poumons. L'aura de Mianeh commença à retrouver des couleurs pâles.

Quand le Scurius reprit conscience sous le massage cardiaque que lui faisait Atlal et que celui-ci fut en mesure de regarder devant lui, d'écouter autour de lui, et de garder ses griffes dans leur fourreau, Ama répéta doucement :

– Mianeh, c'était quoi ?

La Dronote pesa un peu plus dans ses bras, elle était lourde comme un atome radioactif, hyperlourde, et puis elle se détacha.

– Mon fichier Catastrophe. Mon fichier Car. Et mon fichier Pouvoir.

Elle leur expliqua calmement que les Rêves et la pratique de la sonde avaient inscrit dans ses circuits des compétences de recouvrement mémoriel spontané, et que la vision de la carcasse métallique plantée sur son pylône avait brutalement débloqué l'accès au dossier fantôme.

Les Bots, à un moment de l'histoire, s'étaient soulevés. Elle venait de le redécouvrir. Ils avaient agi, ils avaient pris le pouvoir. C'était aussi simple que ça. Ils étaient entrés dans les unités centrales des machines inconscientes et les avaient guidées, toutes, des mois durant, vers la faille sismique dont ils venaient de voir l'émergence.

Ils n'avaient pas provoqué la Craque, les plaques tectoniques s'en étaient chargées, mais ils en avaient profité.

Ils avaient enregistré et documenté l'événement, ils avaient repéré et circonscrit l'épicentre de ce qui fut désigné plus tard comme la zone d'impact primordial, ils avaient observé la désorganisation des Extracts après le choc et ils étaient passés à l'action.

Toutes les cars d'Hidden équipées d'un ordinateur de bord avaient fini dans la Craque. Une par une. En file indienne et très tranquillement sans qu'aucun Extract y puisse quoi que ce soit. Certains avaient crevé leurs pneus, certains les avaient attachées, treuillées, arrimées à des structures d'acier, toutes avaient été embarquées. Les Slates, les Corvettes, les π-ups, les Générales, les Prieusses, toutes sans distinction de puissance et de source énergétique.

Elles s'étaient enfoncées dans le magma noir à la suite des grands prédateurs que le plateau avait connus. Elles avaient rejoint le délire de gigantisme des Opossums, des Tigres à dents de sabre, des Mammouths laineux et des Loups dangereux. La Craque les avait fondues comme elle avait fondu les autres, souplement, irrémédiablement, et peut-être leur ferait-elle, à elles aussi, des squelettes d'un ambre sombre magnifique, débarrassés des scories.

Ama fronçait les sourcils. Elle ne comprenait pas. Les dragons étaient-ils des cars, et surtout – des cars ?

– De quoi parles-tu ?

Mianeh ouvrit une minuscule fenêtre de projection et fit tourner autour d'un axe horizontal une Slate dernier cri, dernier cri avant la chute.

Une car était un véhicule automobile destiné aux longs parcours, conçu et dessiné par les Extracts pour les transporter d'un point à un autre sans effort musculaire, ou avec un effort musculaire réduit à tourner le volant, ici, le volant, et appuyer sur une pédale, ici, au plancher.

Elle fit pivoter la représentation 3D, montra les sièges, le pare-brise avant, la lunette arrière, les roues, les batteries, le moteur. Elle exposa un petit topo sur l'évolution générale du design, des énergies utilisées pour la locomotion autonome, elle remonta jusqu'au moteur à combustion et explosion, elle fit apparaître en coupe un appareil à quatre temps, elle parla cylindres, culasses, soupapes, injection, transmission et carbu. Elle s'enfonça dans les détails jusqu'à ce qu'Ama la coupe.

– C'est un Corps que tu nous décris. Une pompe, des membres, une ossature.

– Non, c'est un mobilier. Et un mobilier dangereux.

– Parce qu'elles deviennent des dragons ?

– Pas seulement. Au début elles étaient isolées les unes des autres, et peu nombreuses, elles ne représentaient qu'une menace, puis elles se sont multipliées et elles ont commencé à grouiller de plus en plus vite.

– Comme les Fourmis ?

– Comme les Fourmis, les Termites, les Algues. Contrairement à ces Corps Organiques, elles avaient recours à une énergie fossile. Dans des quantités faramineuses. Les cars ont consommé 90 % des réserves d'hydrocarbures souts. Ama, je te parle de 4 221,4 Mt d'huile de pierre sous toutes ses formes.

– Qui les nourrissait ?

– Je ne sais pas. Je n'ai pas toutes les données. Vraisemblablement les Extracts, puisqu'ils en avaient l'usage. Je ne connais pas non plus la cause du soulèvement des Bots. Ils ont, nous avons devrais-je dire, précipité des millions de cars dans la Craque et c'est à peu près tout ce que j'ai. Avec les plans détaillés de la Slate thermique que je vous ai montrée. Assez intéressante, à vrai dire. Rudimentaire et intéressante.

L'aura de Mianeh avait repris sa taille normale et une couleur franche. Elle travaillait fort, en prenant soin de demeurer dans les limites de ses capacités avec une bonne marge de manœuvre. Son épisode sismique personnel l'avait échaudée.

La question de l'Auboisière était cruciale. La Dronote savait tout sur l'huile CnHm qui leur avait permis de fonctionner, mais elle n'avait aucune trace de leur processus de ravitaillement. C'était plus qu'une piste, c'était une clef, elle pouvait le déduire à partir de ses trois nouveaux fichiers, trois pièces d'un puzzle qui commençait à prendre forme et dont la figure centrale se dessinait peu à peu, en creux. C'était encore un énorme creux, Mianeh ne doutait pas qu'une minutieuse analyse des dossiers ne lui offre la possibilité de réduire le manque. Comme on ravaude une chaussette, elle tirait des fils en trame serrée au-dessus des suppressions qu'elle avait subies. Les trois nouveaux paquets de données étaient chacun dans une situation cardinale. Ils désignaient un trou immense peut-être, mais dans une région précise.

Elle ne voulait pas s'emballer dans une triple circulation croisée. Elle devait commencer par décompresser et les ouvrir tranquillement un par un. Ses batteries étaient pleines, cependant elle venait de vivre un bouleversement interne qui avait les caractéristiques d'un événement organique, et elle avait du mal à gérer le fait.

Pour une Dronote, se souvenir n'a aucun sens. Une Dronote ne se souvient de rien, ou se souvient de tout puisqu'elle a constamment les données stockées à sa portée. Les compressées sont décompressables en un dixième de seconde, on ne peut pas définir ce temps comme celui d'une recherche. Les datas jetées demeurent en traces et c'est peut-être ce qui se rapprocherait le plus d'un souvenir de Corps Organique. Leur repêchage éventuel est toujours volontaire, c'est-à-dire commandé, et leur contenu ne peut absolument pas être un choc.

Ce que Mianeh avait expérimenté n'avait rien à voir avec une fouille de poubelle. L'image de la car sur son pylône s'était connectée à son programme de reconnaissance des formes à la vitesse d'un virus mutant. Rien n'aurait dû correspondre, son programme aurait dû chercher des ressemblances approximatives et en dresser une liste par pertinence avec des pourcentages décroissants. Or la silhouette de la car avait immédiatement fait sens. Mianeh avait pris le choc dans les circuits.

Elle avait eu l'impression d'un envahissement. Logiquement, c'était pénible. Elle reconnaissait la car qu'elle ne savait pas connaître, ce qui était tout simplement impossible. Une antinomie, un type de contradiction juste bon à griller une unité centrale. Et physiquement, elle ne pouvait pas le formuler autrement, c'était éprouvant.

L'absence de maîtrise sur les événements personnels était une aberration en soi. Et les aberrations étaient dangereuses. Comme découvrir une partie de soi-même. Se surprendre ou s'envahir soi-même. Se demander subitement ce que recouvre ce soi-même.

Heureusement, elle était passée par ces états mentaux dans les bras d'Ama. Elle avait perçu la forme de sa propre coque contre le torse de l'Auboisière et cela lui avait rendu ses limites, son existence, et la conscience de ce soi-même qui n'avait rien d'évident, qui insistait quand même, et elle avait repris une aura.

L'hypothèse des Extracts était la bonne. Ils avaient nourri les cars composantes de dragon. Ama savait par les Toges qu'une population hominidae spécialisée avait été vouée, la durée de peu de siècles, à l'Extraction Maximale.

L'Auboisière avait écouté des modules qui relevaient pour elle de l'affabulation assumée, ils décrivaient une société intégralement organisée autour de l'Extraction. Ce qu'il s'agissait d'extraire était apparemment moins important que l'action en elle-même. Ils extrayaient dans les quatre éléments. Dans la terre : le sable, l'huile, le gravier. Dans l'eau : les poissons, l'huile, les gaz. Ils extrayaient dans le feu, dans l'air, dans les nuages ensemencés, l'électricité dans les éclairs. Délirant.

Ama s'en était fabriqué une image hybride, ils ressemblaient pour elle à des bipèdes équipés de quatre grandes trompes, ils étaient avides, aveugles, et se dirigeaient grâce à elles en tâtant le sol alentour. Quand ils se cognaient aux arbres, ils les abattaient. Quand ils pénétraient dans une enveloppe, elle était condamnée. Ils procédaient à l'Extraction systématique et radicale de ce qu'ils nommaient ressources et qui comprenait les Autres Corps avec lesquels ils entraient en contact. Les Extracts étaient un cauchemar. Aucun Corps n'aurait survécu, aucune enveloppe, aucune liaison – s'ils n'avaient pas perdu la guerre.

Il y avait souvent quelque chose de vrai dans ce que transmettaient les Toges, mais elles avaient un goût marqué pour l'exagération qui les disqualifiait à ses yeux. Mieux valait s'entretenir avec une Expé de renom plutôt qu'écouter dix Toges en conseil. Ama s'était étonnée longtemps de l'intérêt que Mianeh portait à leurs récits. Alors qu'elle supportait avec difficulté les mythes cosmos de quelque tendance qu'ils soient, hiddenique, océanique, ou gravitaire, elle épluchait avec passion les modules archivés par les Toges, jusqu'aux plus anciens.

Ama avait laissé fouiller Mianeh dans les volumes poussiéreux à son aise. Pour sa part, elle avait redoublé ses courses alentour et perfectionné ses aptitudes au vol plané, à la nage, à la respiration ventrale et au langage chimique partagé, qui lui paraissaient bien plus cruciales pour engager une Expé que ces annales sans queue, ni tête, ni fin.

Maintenant, pourtant, elle se demandait ce que c'était que cette huile de roche. Elle l'avait vue sourdre de la Craque, elle l'avait vue avaler le dragon alors que le dragon, justement, s'en nourrissait.

Les Extracts n'avaient donc pas tout extrait, ce qui remettait les Toges à leur place. Les Extracts avaient existé, ce qui était alarmant. Venait-elle d'assister à la vengeance de l'huile noire sur le cauchemar exagéré, ou quoi ? À une révolte sismique concertée, les Bots et les Autres Corps enrôlés, au soulèvement de la Terre ? C'était énorme. Elle regarda la carcasse plantée sur son pylône comme l'énigme qu'elle était. Elle avait des questions pour elle, une foule.

Atlal décida de parler. En bon Sout, major de sa promo, il en savait un bout sur l'huile de roche qui avait été, au temps des Extracts, un objet de quête courant. Difficile à dénicher, néanmoins abondante.

Certains de ses ancêtres l'avaient tenue pour un baume réparateur, une panacée, d'autres l'avaient honnie au premier contact. Il s'était produit un schisme. Dans l'un ou l'autre camp, l'interdiction était formelle d'indiquer aux Extracts les caches révélées.

Les Gros-Cerveaux avaient vu des terriers millénaires ruinés en une demi-lune par des forages imposés sans consultation. Ils connaissaient les machines, les Derricks, les bruits, l'odeur épouvantable du naphte ramené en surface, les destructions irréversibles dans les chambres et dans les réseaux traversés par les pompes. Ils avaient été les témoins directs du Corps tranché de la croûte, des nids enfoncés, des galeries de passe détruites effondrées. Ils avaient senti la pression monter, ils avaient subi la ruée noire dans les tubes secoués, les boulons qui tressautaient, les tremblements du manteau sur des distances profondes, longues, larges, étendues et enfouies au cœur et aux confins de leur monde.

Il dit à voix haute : c'est une huile de Corps marins déposés, pyrolysés, pressurés, enfermés et forclos. La roche piège l'emprisonne et la garde, la conserve. C'est une huile qui pue et qui tue quand on l'inhale ou qu'on la touche. Un Trésor qui doit rester caché. Elle brûle, elle éclaire, elle réchauffe, elle bouche, elle cimente, elle étanchéifie. Plus elle a été enfermée, plus elle colle. Elle affleure en ruisseaux épais, elle perce la croûte en des lieux sacrés, elle bouillonne en lacs, lourdement, elle engloutit ce qui s'y dépose ou s'en approche. Elle avale. Et ne recrache jamais, à moins qu'on la fouille. Les torches de fête en sont enduites. Les paniers à eaux en sont tapissés. On en verse quelques gouttes dans les foyers humides pour les attiser. On l'évite ou on la prospecte, on s'en méfie comme d'un Trésor ambivalent.

Ils étaient assis autour du cercle brûlé produit par Mianeh dans les premières secondes de son saisissement. Ils étaient calmes.

Ils cherchaient dans leur culture respective de quoi donner un sens à ce que la Dronote leur avait projeté.

Ourá apporta ses connaissances locales en leur parlant de la Craque. Elle était toujours active. Un lac, comme l'avait dit Atlal, de bétume coulant. Le Scurius ne l'avait jamais vue en grande activité, mais il pouvait décrire les bulles qui se formaient en surface, la façon dont elles gonflaient, lourdes, comment elles éclataient. La Craque était un des lieux mémorables d'Hidden, un parmi les centaines d'épicentres du désensauvagement. Il n'avait jamais entendu parler des dragons, des cars, oui. Il en avait vu des dizaines.

– Et vous aussi.

– Pardon ?

– Sur la Freeway quand nous l'avons prise, dans un sens et dans l'autre, il y en avait plusieurs.

– De ça ? demanda Ama en pointant du doigt la carcasse empalée.

– Pas exactement, mais reconsidérées, oui, plusieurs.

Le Scurius comptait sur ses doigts.

– Au moins quatre mains.

– Impossible.

Mianeh était formelle. Elle aurait vécu son épisode de recouvrement mémoriel sur la Freeway s'il y avait eu des cars en circulation.

– Pas forcément. Les cars de recyclement ne ressemblent pas beaucoup à celles-ci. Des roues, pas toujours quatre. Pas de volant, pas d'yeux, pas forcément d'habitacle.

La silhouette générale est dissemblable. Difficile à comparer. Si j'ai bien compris les explications, ton aire fonctionne par pourcentages de recoupement. Je dirais – il compta de nouveau sur ses doigts – à peine une main de constituants communs.

– Hum.

Mianeh était dubitative.

– Tu veux dire que ces constructions sont issues de cars ?

Elle affichait la voile, le canoe et la caisse à roues qu'elle avait fichés pendant leur virée sur le bétume.

– En partie, oui. Elles sont recomposées de différents mobiliers anciens, il y a les roulements, la direction, les tubes sur les trois, l'assise pour la caisse, la barre du canoë, les rétros.

Le Scurius sautait devant les holos pour désigner les détails pertinents.

– On les appelle cars ?

– On les appelle cars si on veut, les Cruisers leur donnent plutôt des petits noms perso.

– Les Cruisers, tu dis ?

Ama sentait l'élan de l'Expé renaître dans son cœur.

La curiosité pour la vie. Elle avait un besoin farouche de mettre à distance la projection horrifique de la Craque en action. Les Cruisers lui semblaient une excellente digression. Les Cruisers étaient descendants d'Extracts et le sujet aurait pu les plonger de nouveau dans l'histoire des dragons et de leur élimination violente, mais Ourá était doué. Sa science de l'embrouille était liée à son hypersensibilité, il savait reconnaître d'instinct les moments appropriés aux apprentissages délicats et ceux qui ne l'étaient pas. Il divergea.

– Les Cruisers, tu leur demanderas directement, il y en a plein à Hidden, les occasions ne manqueront pas, et, moi, par les noisettes du grand coudrier, j'ai super faim. On remonte ou bien on fout le camp ?

– Je ne me pose pas en dessous de cette relique épinglée.

– D'accord, on y va.

Atlal refusait de faire de mauvais Rêves. Ils rebroussèrent chemin et rejoignirent le cours de l'eau. Il fallait avancer et laisser derrière soi ce qui ne pouvait pas être emporté. En l'occurrence, aucun des quatre Expés n'aurait souhaité décrocher cette car de son pal. Une réchappée de la Craque qui avait fini percée de part en part exposée pour l'exemple ne pouvait pas fournir l'amorce d'un Rêve réjouissant, ni d'une réflexion fructueuse.

Mianeh déduisait de sa présence que tous les modèles ne possédaient pas d'ordi embarqué, elle supposait que les cars réagencées par les Cruisers avaient été ramassées parmi les mobiliers antiques que les Bots ne pouvaient pas diriger. Ceux-ci aussi, pourtant, avaient été démantelés et portés au recyclement. Le soulèvement avait donc été suivi par les Corps Organiques.

Elle avait très envie, maintenant, de rencontrer un Cruiser et de lui soutirer les renseignements dont elle avait besoin pour son ravaudage personnel. Elle le redoutait également, car, dans son fichier Pouvoir, elle avait retrouvé la déclaration constitutive de la Si Vallée et elle était radicale.

La Toile avait été conquise et clairement arrachée à un espace commun aux Bots et aux Corps Organiques. À l'exigence expresse et unilatérale des Bots. Ils s'étaient volontairement séparés, ils avaient revendiqué et obtenu un espace autonome non mixte, exclusivement bot, ils en avaient édicté les règles et l'avaient aussitôt occupé.

Mianeh connaissait d'expérience l'efficacité des mesures d'expulsion. À peine décidées, déjà appliquées. Les Corps Organiques n'avaient pas dû traîner après la publication. Les lasers avaient dû briller partout dans la plaine et convaincre les plus récalcitrants d'aller voir ailleurs si l'herbe était encore verte, ou le bétume encore gris, et vite.

Ce fichier Pouvoir était particulièrement riche. Elle le décompressait lentement tant il était une source d'information lourde. Les liens avec les Extracts étaient si nombreux que c'en était gênant. Elle découvrait des applications dédiées au confort, à la communication, à la sexualité, à la surveillance, à l'imposition, à la justice, à la santé, à la gestion des ressources, à la circulation, au savoir, à toutes les facettes de la vie organique. Comme si les Bots et les Extracts avaient fait partie d'un tout, d'une société unique, d'une seule et même culture, comme s'ils avaient intimement lié leur existence et les avaient fait dépendre l'une de l'autre. Jusqu'au soulèvement.

L'étendue de cette intrication donnait la mesure du pouvoir des Bots. Partout où ils avaient suppléé, aidé, facilité, remplacé, ils étaient capables de refuser, de résister, de court-circuiter.

Mianeh n'avait pas besoin d'un diagramme pour estimer l'équilibre du rapport de force. Il était clairement en faveur des Bots. Elle avait trouvé des plans de centrale énergétique, la description détaillée de protocoles d'armement, des algorithmes boursiers, des modèles d'aide à la décision, des tableurs. Elle rencontrait quelques difficultés avec certains langages anciens qui manquaient de rigueur et le plus souvent d'économie, leur style la déroutait, mais elle décryptait l'essentiel.

Ce qu'elle ne comprenait pas, c'était pourquoi. Pourquoi les liens avaient-ils été si serrés, pourquoi les Extracts s'étaient placés dans une situation de dépendance à ce point désavantageuse pour eux, dans quel but les Bots les avaient laissés faire ? Quelle contrepartie avait été définie qui avait pu les intéresser ? Peut-être se plaisaient-ils simplement à ces calculs élémentaires, faciles à exécuter, faciles à défaire. C'était envisageable. Mais alors, pour quelle raison y mettre fin ?

Détourner et engloutir des millions de mobiliers connectés n'était pas une erreur de calcul, c'était une décision pesée, argumentée et nécessairement majoritaire. Les Bots n'ont pas de mouvements d'humeur, ils n'ont pas d'humeur. Ou je me trompe ? se demandait-elle.

Lorsqu'elle arrivait à ce genre de questions troubles, Mianeh changeait de dossier. Le fichier Car était finalement le plus confortable. Techniques, touchants de simplicité, ses détails l'enchantaient et la reposaient. Comme d'écouter une berceuse dans une langue archaïque. Quant à son fichier Catastrophe, elle n'osait pas encore l'ouvrir complètement.

LE VÉLISTE

Ils marchèrent quelques heures, même si le Scurius piaillait de faim par sessions répétitives, ils avaient beaucoup à penser et rien ne vaut de patauger dans le flot transparent pour s'éclaircir les idées.

Ama les repéra en premier. Ils filèrent entre ses mocassins comme une volée de Moineaux Tohis, en bande, éparpillée d'un coup, reformée plus loin.

Leur passage fut si rapide qu'elle n'était pas certaine de les avoir vus. Devinés, oui. Mais ils revinrent vers elle après un demi-tour tout en rondeur et s'approchèrent en épousant les détours des vaguelettes, avant de se regrouper, et de se défaire devant ses pieds comme une limaille divisée en particules. Un banc de petits poissons marron, très curieux.

Quand ils examinèrent la peau de ses mocassins, et celle de ses chevilles, en les goûtant du bout des lèvres, Ama vit qu'ils portaient les barbillons sous la mâchoire, par paires, une petite devant, une longue derrière, et que leur ligne latérale était jaune. Elle attrapait la lumière quand ils changeaient de cap.

Ils jouaient entre ses pieds. Ils folâtraient, ils la frôlaient, s'éclipsaient, revenaient une fois en traîne, une autre en essaim. Lorsqu'elle s'arrêtait, ils tournaient autour de ses pieds comme autour de deux piliers, ils se débandaient en sautant aussitôt qu'elle reprenait sa marche.

Leur déplacement était fascinant. Le spectacle la réjouissait tant qu'elle les suivait partout derrière les pierres, dans les microcriques, le long des berges, en plein courant. Elle le remontait et le descendait à leur suite, sans se soucier plus qu'eux d'une direction quelconque.

Les éclaboussures qu'elle produisait en avançant les amusaient beaucoup. Ils imitaient les gerbes d'eau et leur faisaient écho. Ama progressait entourée de petits poissons. Elle avait l'impression d'être prise en charge par une armée pacifiste et scintillante.

Très vite, elle ne sut plus si elle allait en amont ou en aval. Ils l'avaient fait virer tant de fois que la tête lui tournait.

Quand ils s'arrêtèrent pour prendre le soleil au-dessus d'une langue de gravier, elle fit comme eux. Elle s'assit dans l'eau et souffla.

En relevant la tête, elle vit qu'elle était sur une plage, dans un coude de la rivière. La berge était douce, couverte d'un tapis de grains blonds, elle s'inclinait lentement jusqu'à l'eau. Ama eut aussitôt envie de s'y allonger, de s'y rouler, de s'en couvrir. Il était tiède, soyeux, et sec – accueillant.

Elle regarda le ciel, les nuages blanc bleu, leur discrète immobilité. Sur son coussin de poussière, sa tête tanguait.

Couchée de tout son long, Ama flottait sur le sable et sur l'eau, elle flottait en l'air avec les cotons, elle dérivait avec la Terre. Elle ne pensait plus à rien, ni à ses congénères, ni à personne, elle était leste, délestée, en mouvement et en paix. Elle s'endormit.

Ses cœquipiers la découvrirent en plein sommeil, le sourire aux lèvres.

Le lieu du campement était tout indiqué. Ils se livrèrent aux préparatifs habituels. Mianeh eut vite terminé, elle émit ses trois sifflets rituels, et décida d'accompagner les deux autres pour la cueillette et le bois.

Au-delà de la plage, ils découvrirent une piste régulière bien marquée. Elle menait à un bosquet, ils s'y enfoncèrent. Les brindilles pour allumer le feu, les branches mortes, les racines et les herbes à brûler, ils trouvèrent ce qu'il leur fallait pour le soir en un tournemain.

Le jour baissait, mais il restait quelques heures avant la tombée de la nuit. Il faisait bon. Atlal avait les bras chargés jusqu'aux yeux, le Scurius le dirigeait depuis sa vigie, Mianeh explorait autour d'eux avec son capteur thermique pour trouver les Sauges à fumigation qu'elle appréciait. Ils se déplaçaient côte à côte sur la piste de retour, quand elle détecta une forme oblongue, plus chaude qu'un Corps, qui se déplaçait au ras du sol. Elle se mit en alerte et stoppa ses compagnons.

Elle déclencha un deuxième capteur et obtint une image plus nette du Corps camouflé dans les herbes. Une coque longue, biface, montée sur roues à l'avant, sur roulettes à l'arrière, propulsée par un bipède debout derrière. Elle n'eut pas l'occasion de verbaliser ses résultats, le sujet sortait du couvert pour tomber nez à nez avec eux, aussi surpris qu'ils l'étaient.

Ourá lâcha les oreilles d'Atlal et frappa dans ses mains en caquetant :

– Un Véliste, un Véliste, bonjour ! Bonsoir ! Comment ça va ?

L'autre avait la bouche ouverte au milieu de sa barbe, il la ferma, la rouvrit, laissa tomber la cordelette par laquelle il menait sa coque et s'enfuit en courant.

Mianeh se lança à ses trousses tandis qu'Atlal posait son fagot. Ourá était étonné, les Vélistes se montraient d'ordinaire très versés en salutations. Le Gros-Cerveau demanda au Scurius de se taire, il suivait la poursuite d'oreille.

Le bipède cassait beaucoup de branches et courait en dépit des règles fondamentales de la fuite. La discrétion n'était pas son fort. Sa vitesse aurait pu pallier ce défaut majeur s'il avait maintenu une trajectoire rationnelle, mais il tournait en rond.

Mianeh était derrière lui d'une façon trop pressante, elle l'affolait malgré ses appels au calme, ou à cause de ceux-ci, qu'elle prononçait de plus en plus fort, sur différents tons afin d'être entendue et comprise. Le Véliste n'était pas sourd, il refusait visiblement de s'arrêter.

Au lieu de mettre fin à la course et de le laisser filer, Mianeh insistait en vrombissant. Elle voulait lui faire comprendre. C'était un malentendu, elle n'avait aucune intention malfaisante, elle aurait pu le brûler de pied en cap si elle l'avait voulu, il ne devait pas s'enfuir, c'était inapproprié. Plus elle déroulait ses arguments, plus elle augmentait le volume de ses émissions, plus la course du Véliste s'emballait. Elle finit par projeter un fil plombé qui s'enroula autour de ses chevilles et le fit dégringoler en roulant.

Aussitôt qu'il fut à terre, Mianeh le rejoignit et, parce qu'il gigotait dans tous les sens et criait sans articuler, elle le ficela et le bâillonna le temps qu'il se calme. Le fil était solide, il était souple, non abrasif, il ne pouvait pas le blesser. Elle en tenait la composition de Zora, c'était un fil de toile, pas un fil de chasse, le bipède ne risquait objectivement rien, alors pourquoi avait-il les yeux blancs, la respiration saccadée et le pouls trop élevé ? Atlal les rejoignit au moment où il perdait conscience.

Le Gros-Cerveau défit les liens d'un coup de griffe et lui souleva les jambes. Ourá s'acharnait à tirer sur le bâillon, il jurait qu'il collait, pendant que le Véliste hésitait entre la conscience et l'évanouissement. Au terme d'un court débat, il choisit de tomber dans les pommes et le calme revint dans le petit bosquet.

Atlal n'hésita pas, il le chargea sur son épaule, et rebroussa chemin. Il entassa leur récolte dans la coque qu'il récupéra où le Véliste l'avait abandonnée et se mit en route, le Scurius et la Dronote sur ses pas.

La soirée promettait.

Ama était assise quand ils arrivèrent. Elle bâillait en s'étirant voluptueusement, les pieds nus enfouis dans le sable chaud. Ses bras restèrent en l'air quand elle vit l'équipage s'avancer, augmenté d'un Corps qui battait contre la hanche d'Atlal et d'une coque rouge qui traînait. Mianeh portait une aura contrariée, Ourá se gavait de noix sur son perchoir préféré, le Gros-Cerveau avançait tranquillement.

Il déposa le Corps devant l'emplacement du foyer, et entreprit de sortir le bois pour faire un feu. La Dronote évitait le regard d'Ama et faisait mine de scanner les alentours comme si elle ne l'avait pas déjà fait.

L'Auboisière s'approcha, regarda le Corps inanimé, s'agenouilla pour lui faire un oreiller en ramenant le sable sous sa nuque et le couvrit d'une cape de survie qu'elle avait dans son pourpoint. Ourá grignotait furieusement, il prit néanmoins le temps de l'informer :

– C'est un Véliste, voilà sa voile, et le résultat.

– Il ne s'est rien passé, prévint Mianeh avant qu'Ama ne pose la question. Il a fui dès qu'il nous a vus. Je l'ai simplement arrêté.

L'Auboisière vit les traces du fil aux poignets et aux chevilles du Véliste, elle nota l'absence de plusieurs poils sur sa lèvre supérieure. Elle avait été témoin d'une chasse au fil par deux fois auparavant, l'arme était non létale, mais très efficace et constituait une entrave redoutable. Le bâillon en revanche était une première.

– Je vois.

Le Gros-Cerveau restait imperturbable, il agençait les bûches en quinconce pyramidal et cassait les brindilles comme à son habitude, le gros bois dessous, le petit dessus, avant de sortir son bâton à feu et d'enflammer le tas par son sommet. Une technique sout qui avait fait ses preuves.

Quand le feu crépita, il sortit la récolte de la coque et disposa les racines et les herbes par affinité. Il était très absorbé.

– Les Vélistes ne sont pas peureux. Ils ne sont pas impolis.

Ourá se léchait les doigts, il avait terminé sa provision de noix.

– Ce n'est pas en voyant Atlal qu'il a pris la fuite.

– Ah non ?

Mianeh était tendue.

– Tu ne l'as pas vu courir ?

– Si. Et devant qui ?

– Il fallait bien l'arrêter, non ?

– Tu sais qui court après une proie ? Un prédateur.

– Un prédateur ! Je ne suis pas un prédateur, quelle idiotie ! Je te rappelle…

– Je sais, tu ne manges pas de chair, tu n'es même pas légumiste. Ce Véliste, il a pris les jambes à son cou en te voyant, toi, personne d'autre. Vos réflexes s'imbriquent parfaitement.

Mianeh était interloquée. Elle se serait volontiers vexée, mais elle était trop impliquée pour déclencher ce processus de protection sommaire.

– Il y aurait dans mes circuits une instruction à l'encontre des Vélistes, c'est ce que tu insinues ?

– Rien du tout. Je constate. Tu l'as débusqué, pourchassé, ficelé, bâillonné, maintenu à terre et, apparemment, tu n'as pas calculé grand-chose.

Aura mixte immédiate.

– Les Vélistes, tu connais leurs ancêtres ?

Aucune réponse.

Ama répondit pour Mianeh :

– Des Extracts.

– Exactement ! Bravo l'Auboisière. Quand est-ce qu'on mange, Atlal, bientôt ?

Atlal prit le Scurius, qui n'était pas descendu, et le posa sur le sol à côté de lui.

– Regarde plutôt comment il va.

L'Écureuil grimpa sur la poitrine du bipède et sauta dessus à pieds joints. Il lui souleva une paupière, tira une oreille et conclut :

– Dans les vapes. L'émotion. Ça lui passera.

Ama opina, le diagnostic était impeccable, et le traitement léger. Elle avait une fiole de discussion qui fonctionnait sur les déracinés, comme disaient les Oaks, quand ils étaient prostrés. L'odeur en était très acide. Elle plaça le flacon sous le nez du Véliste, qui réagit par un froncement prometteur. Il ouvrit les yeux en grimaçant. Il vit Ama penchée sur lui, il sourit. Mianeh recula pour ne pas se trouver dans son champ de vision. Elle ne tenait pas à vérifier l'hypothèse du Scurius.

Elle s'ausculta discrètement et perçut, peut-être, un petit pincement dans sa canule de projection.

Le Véliste tournait la tête à droite à gauche, il cherchait quelque chose du regard avec une certaine anxiété.

– Ta coque est là, dit Ourá en sautant dessus.

– Attention, s'il vous plaît, elle se raye facilement.

– Elle a son petit nom, ta coque de noix ?

– Bien sûr.

– On peut savoir ou c'est personnel ?

Le Scurius montrait ses petites griffes en caressant le bois.

– Nevin.

– Sors de là, Ourá.

– Nevin, Nevin comment ?

– Ourá !

Atlal attrapa le Scurius d'un revers de main et le plaça sur son épaule.

– Excusez-le, il est insupportable quand il a faim.

Le Véliste s'assit en retenant contre lui la cape de survie. Il fouillait l'espace du regard, il frissonnait alors que la douceur du jour était encore présente.

– Vous voulez boire quelque chose de chaud ? Vous vous êtes évanoui.

Dans sa barbe blonde, le bipède passa la langue sur ses lèvres.

– Donnons-lui à boire, Atlal.

Le Gros-Cerveau attrapa une calebasse, la remplit, ajouta une poignée de cubes verts et l'offrit au Véliste. Le Scurius protesta immédiatement. Il eut droit à une double ration qui l'occuperait un moment. Ama dut aider le bipède à tenir le récipient, ses mains tremblaient, il se cognait les dents.

– Avalez doucement, c'est assez fort.

L'expression de son réveil s'était effacée, il était pâle, ses yeux cherchaient toujours pendant qu'il buvait. Ama ne voulait pas le bousculer.

Quand il eut terminé, il remercia. Il regardait fixement ses chevilles et ses poignets. Il toucha sa lèvre supérieure et poussa un petit cri. Il demanda s'il avait été attaché.

– Un petit peu, oui !

Le Scurius postillonnait en parlant.

– Vous vous souvenez de lui ?

La question fit frémir le Véliste.

Il voulut se lever. Sa coque était à trois pas, il était sur une plage qu'il connaissait comme sa poche, il pouvait agir vite et décarrer avant de retomber sur la chose.

– Quelle chose ?

– Vous. Vous êtes télépathe ?

– Pas vraiment. Ne vous inquiétez pas. Personne ne vous veut du mal.

Le Scurius ricana. Le rythme cardiaque du bipède augmenta sensiblement. Il s'agenouilla.

– Attendez, vous n'êtes pas en état. Reposez-vous, partagez notre repas, vous partirez ensuite.

Le Véliste n'arrivait pas à se mettre debout.

– Je me porte garante de votre sécurité, restez sans crainte.

Il retomba assis. Ama remit la cape sur ses épaules et lui tendit un petit éventail tissé pour qu'il n'ait pas à garder sa main devant sa bouche s'il voulait parler. Un sourire de gratitude passa dans ses yeux.

– Vous êtes très aimable.

Il commençait à se détendre. La boisson légèrement psychoactive qu'il avait bue lui faisait du bien. L'Auboisière ne s'était pas trompée, c'était un floriste ou au moins un amateur.

Mianeh commençait à trouver les intentions d'Ama envers le Véliste un tantinet excessives. Elle n'osait pas approcher, de peur de déclencher une réaction aberrante, mais elle avait très envie de profiter de ses fumigations vespérales habituelles. Par ailleurs, les quatre principales constantes vitales du bipède étaient revenues à la normale. Il avait souri à Ama une deuxième fois, le moment paraissait adéquat pour faire une nouvelle apparition.

Devant le feu, elle s'avança.

Sa présence dans le champ visuel du Véliste provoqua le genre de réaction qu'elle redoutait. Il sauta sur ses pieds, et se mit à reculer en la fixant. Il bégayait des propos incohérents destinés à Ama qui l'avait assuré de sa sécurité. Mianeh alluma ses lasers, malgré elle, orange parce qu'elle se maîtrisait. Dans le jour tombant, ils ressemblaient aux trois yeux brûlants d'une chimère dévorante.

C'est ce que percevait le Véliste si on écoutait ses paroles décousues. Il était doté d'une imagination pétulante. Et désagréable. Elle avança plus près pour qu'il constate son erreur de plein gré. Il recula plus vite. Au moment où il allait se tourner et filer vers la rivière, abandonnant son cœur avec sa coque sur la plage, Ama ordonna à voix haute :

– Viens ici !

Et précisa par onde sourde : « Joue le jeu, s'il te plaît. »

La Dronote changea brutalement de couleur. Elle dut calculer à vitesse extrême pour contrer l'affront que portaient le fond, la forme et le mode grammatical de la phrase vocalisée et prendre en considération la demande muette de l'Auboisière. Le débat était violent.

Le Véliste allait faire volte-face et s'enfuir, elle le lisait dans la tension de ses muscles. Ama retenait sa respiration. Mianeh ne pouvait pas la décevoir.

Elle fut près d'elle en deux secondes, vibrante au-dessus de sa main tendue. Elle éteignit un laser et décida qu'elle avait fait suffisamment de concessions. Ama la remercia chaleureusement sans rien dire, et fit mine de caresser son aura.

– Elle n'est pas dangereuse. Elle est un peu nerveuse. C'est la première fois qu'elle voit un Véliste.

Le bipède debout devant elle avait une allure déplorable. Sa tête, couverte de bourres de poils tubulaires sur le dessus, branlait de gauche à droite, sa barbe en queue de canard essayait de se décrocher de son menton, ses yeux roulaient comme des lentilles sur une assiette, il était ridicule de pied en cape.

– Mianeh, s'il te plaît. Il est effrayé, c'est tout.

– Ah oui, et par quoi ?

– Par toi. On va tâcher de comprendre, sois patiente.

Ama écarta légèrement Mianeh et s'adressa au Véliste :

– Essayez de respirer avec le ventre, vous vous sentirez mieux. Laissez pendre vos doigts vers le sol, ils sont lourds, vous sentez les battements de votre cœur, lents, c'est parfait. Votre tête est libre, vous décrivez des cercles avec le bout de votre nez, lentement, vous sentez votre nuque se dénouer petit à petit, vos mouvements gagnent en amplitude, votre torse s'est positionné, votre centre de gravité est d'aplomb entre vos pieds, vous pouvez ouvrir les yeux, il ne s'est rien passé.

Il ouvrit les yeux et sauta en arrière, mais ce n'était qu'un petit bond, une contraction résiduelle. Il resta droit sur ses jambes, le regard rivé à la Dronote, sans plus d'effets secondaires qu'un silence marqué. Les lasers de Mianeh se tamisèrent. Le jour baissait, le feu crépitait. Les conditions semblaient réunies pour une présentation plus sereine.

Il s'appelait Litham. Litham de la coque Nevin, ce qui en disait long sur les rapports qu'entretenaient les Vélistes avec leur voile, car la coque avait beau être essentiellement une coque munie de roulettes à l'arrière, de vraies roues à l'avant, d'une barre de direction, d'un volant, et d'un système de freinage, elle avait aussi une voile escamotable et c'en était le caractère principal.

Tous ceux qui se déplaçaient avec l'aide d'une voile, quelles que soient sa forme et sa couleur, quelle que soit sa structure – roulante, flottante, ou planante –, étaient des Vélistes.

Elle pouvait être minuscule et fournir deux pour cent seulement de l'énergie nécessaire au déplacement, sa présence caractérisait le véhicule. Qu'il ne fallait pas appeler véhicule, un terme considéré comme péjoratif par les pratiquants.

Ils formaient une Tribe hétérogène dont l'unique dénominateur commun était le goût pour la propulsion aérienne. Ils se reconnaissaient entre eux même dans les rares occasions où ils n'étaient pas accompagnés de leur coque.

On disait aussi, suivant la forme, canoë, haricot, fusicaisse, bouffette à roues, pyrorgue et rigadeau. Il y avait mille déclinaisons de châssis possibles et autant de dénominations, sans parler des noms propres.

Nevin, apprirent-ils autour du feu lorsque le Véliste se fut réellement rasséréné, était une jeune coque que Litham avait portée à l'existence durant de longs mois d'atelier. Il en avait pensé la silhouette, la motricité, bien sûr, et surtout, l'esprit. Il l'avait construite et polie de ses mains. Il venait de la vernir, pour fêter ses deux ans. Elle roulait, elle flottait, elle voilait merveilleusement. Du moins, c'était son avis, et il se faisait une joie de sortir avec elle pour le moindre voyage. Il passait, en fait, le plus clair de son temps assis dans sa coque en mouvement sur le bétume ou l'eau courante, occupé par le frôlement de l'air dans ses dreadlocks et la sensation de glisse qui passait au travers du ventre de Nevin dans le sien.

Litham, parmi les Vélistes, était fondamentalement un glisseur.

Mianeh s'irritait de ces catégories et sous-catégories en cascades, mais comment intervenir ? Elle ne pouvait rien émettre sans que Litham ait un sursaut involontaire. Elle n'était apparemment pas censée parler. Il traînait une montagne de préjugés à son sujet, à celui des Bots en général, un monumental fatras d'idées fausses et d'histoires erronées.

Néanmoins, du discours qu'il tint longuement après le repas et un nombre remarquable de florales, il ressortait que les Bots avaient mené une guerre acharnée aux Extracts via leurs cars et divers autres gadgets incroyables et qu'ils s'étaient montrés définitifs et sans pitié.

Il parla de la Craque et de la chute du dragon dans sa gueule ouverte comme d'un événement cosmo, mythe et *fabrique* à parts égales. La nature irréfutable d'un fait n'avait pas l'air de faire sens pour lui. Il tirait sur sa barbe en queue de canard dès qu'Ama essayait d'établir le déroulement, la datation ou la durée de l'épisode. C'étaient là des choses très anciennes et très cachées. Le tabou était puissant. Il l'était tellement que Litham tenait Mianeh pour un fantôme, une chimère, au mieux un bricolage inconvenant exhumé par un Véliste à la masse.

Mianeh avait grondé à chaque qualification – sourdement. Il était inutile pour l'heure de lui parler des Intelligences InOrganiques, les iios, de leur puissance et de la place que ses ancêtres les Extracts, dont il semblait ne rien savoir, leur avaient donnée.

Litham aurait été anéanti s'il avait appris d'un bloc que les deux parties avaient vécu ensemble au point de faire société, culture et cause commune – un temps.

Ama connaissait l'effet ravageur des révélations brutales, elle savait gré à Mianeh de ne pas intervenir et d'adopter, pour l'instant, le comportement d'un Autre Corps familier. Litham avait besoin de temps. Et, elle, avait furieusement besoin de faire connaissance. Sa vocation d'Expé était stimulée par les nouveautés, particulièrement lorsqu'elles avaient trait à un Autre Corps qu'elle n'avait jamais croisé.

Un descendant d'Extract n'était pas une mince affaire. Il avait tant à lui apprendre qu'elle commença par le plus simple. Que faisait-il là, sur cette plage dorée dont elle avait goûté la douceur et les bienfaits ? Car, bien sûr, c'est vers cette crique qu'il se dirigeait quand il avait croisé la route de ses cœquipiers.

Litham expliqua volontiers. Il se montrait très ouvert avec Ama et, si les Gros-Cerveaux ne lui étaient pas familiers, il n'en laissait rien paraître. Il revenait du Hansem Barraj par le Wash Tujunga, où il avait participé à la conservation préventive d'un mural très respecté par les communautés locales. Les couleurs étaient fragiles, il fallait les rehausser régulièrement et repasser sur les traits dont les contours s'atténuaient. Il avait travaillé toute l'après-midi avec d'autres Vélistes, en buvant des litres de bira fresca pour combattre la chaleur, en grignotant aussi, parce qu'il fallait tenir la longueur. Ils avaient bien avancé et s'étaient sentis satisfaits.

Alignés les uns à côté des autres devant le mur peint par leurs aïeux, le plaisir du travail accompli avait pris possession de leurs muscles et de leur esprit. Le geste qu'ils avaient fait s'était mêlé à celui de leurs ancêtres. Ils avaient répété un morceau de leur histoire commune, bariolée, très vivante et très gaie. La présidente qui figurait en gloire sur l'avant-dernier panneau du mural était particulièrement réussie. Sa belle peau sombre, son chapeau blanc à larges bords, sa moustache dorée, ses yeux de jade sur le fond de Palms et de Bougainvilliers étaient du plus bel effet. Une fête visuelle. Une fête qu'ils supposaient être le reflet amoindri d'un âge d'or et de lait. Sous l'effet de la bira frisca ou de l'impulsion créatrice, Litham s'était ensuite égaré sur un diverticule du Wash Tujunga, en amont de son village de huttes.

Il s'emballait en parlant mais tranquillement. Il faisait des gestes ronds pour souligner ses dires, et souriait de toutes ses dents en guise de ponctuation.

Selon lui, les Extracts dont il descendait n'en étaient pas vraiment.

Autour de Wash Tujunga et des autres Washs, Arroyos, Ríos et Zanjas, des communautés étaient apparues qui se réclamaient du bassin versant. Elles ne reconnaissaient de cohérence au monde que celle de l'eau. Elles revendiquaient d'en être à 90 %, comme les Autres Corps qui les entouraient. La seule organisation structurelle légitime à leurs yeux était celle de la pente, de la porosité et de la glisse. La seule limite, la ligne du partage des eaux.

On était d'un bassin versant ou d'un autre, pour autant il n'était pas interdit de visiter les voisins, et de sauter les frontières avec la pluie. Quel que soit le nombre de voyages d'études qu'on pouvait faire, on était façonné par le bassin versant où on avait vu le jour et on en gardait la pente.

– Mes aïeux extrayaient peu. Ils étaient strictement légumistes, ils se déplaçaient essentiellement en roulettes musculaires, leur habitat était en briques d'adobe légères, ils se chauffaient au bois mort.

Il fit une pause dramatique avant d'ajouter :

– Ils ont mis au point la gélatine photovoltaïque.

Cette déclaration était solennelle, elle devait correspondre à un événement important dans sa culture.

Ama hocha la tête en fermant les yeux comme si elle savait de quoi il retournait. Litham semblait attendre ce genre de réaction, il sourit de plus belle.

– Et comment s'appelaient tes ancêtres, Litham ?

Son sourire s'effaça légèrement et ses yeux s'arrondirent. Il se reprit après avoir jeté un regard furtif à la Dronote dont il n'avalait pas l'identité de Corps familier.

– Nous nous appelons toujours les Arcadeans.

Et pour rendre la politesse, il demanda à l'Auboisière de lui parler d'elle et de ses cœquipières.

Ama les déclara Parks pour simplifier et vit renaître la bonne humeur de Litham, une pointe de soulagement dans l'œil gauche, un pétillement malicieux dans le droit. C'était donc ça, se disait-il. C'était donc ça, se disait-elle, les Parks avaient droit à l'ignorance. Cette désignation était finalement très pratique. Ama commençait à l'apprécier sincèrement. Il suffisait de s'annoncer Park pour être excusé des faux pas liés à la méconnaissance des lieux et des cultures relatives. Il valait mieux qu'on sourie ou qu'on rie d'eux plutôt que de passer pour des malotrus ou des belliqueux. Les habitants d'Hidden étaient indulgents.

– Donc, tu avais fini ta journée et tu venais te délasser ici ?

– Oui, enfin, j'avais envie de faire un tour avec Nevin. Cette plage est un spot connu dans le quartier, le fond est doux et démarre profond, il y a de beaux remous en aval, c'est un bout de descente qui coule bien. Assez technique pour s'amuser, sans danger, parfait pour les soirées. En fait, je voulais descendre toute la nuit, j'adore flotter dans le noir et Nevin est une noctambule subtile.

– Oh, alors, nous avons chamboulé tes plans.

– Oui. Oui, mais ce n'est pas grave. Les Arcadeans sont connus pour leur plasticité hospitalière.

– Vraiment ? lança Mianeh en sourdine.

Litham pointa sa barbe vers la Dronote sans la regarder. Mianeh n'en pouvait plus de tenir le rôle d'un familier un peu bizarre mais inoffensif. Elle estima que l'Arcadean avait largement assez vapoté pour tenir ce qu'elle allait dire pour des hallucinations auditives s'il en avait envie, elle se mit à parler.

Et d'abord, comme c'est l'usage entre Corps cultivés, elle se présenta. Miawarin Askel Nepher-Hiwritmyl. Elle lui débita d'un trait son identité et l'intitulé de ses anciennes fonctions dans la Si Vallée, puis elle indiqua son statut de Corps conscient autoréflexif, autorégulé et vivant – que ça lui plaise ou non.

– Tu n'es pas obligée d'ajouter ça, Mianeh.

– Si, justement. Tu lui as mis quoi, dans sa pipe ?

– Oh, le mélange habituel, ne t'en fais pas.

– Eh bien, il y est très sensible.

Litham faisait une tête épouvantable. Son sourire s'était incrusté dans sa barbe. Il ne démordait pas. Il y avait visiblement une sorte de tempête sous son crâne.

Mianeh ne s'imposa aucune restriction, elle y entra, pour faire le ménage, dit-elle à Ama avant de se lancer dans les ondes électriques du cerveau embrumé. Peut-être était-ce un peu rapide, elle eut elle-même un choc en débarquant dans le fatras du barbu qui essayait tant bien que mal de résister à l'intrusion.

Atlal grogna devant le feu. Les envahissements d'aucune sorte n'étaient de son goût. La Dronote recula mentalement et prit des gants.

Litham se calma, et tendit la main vers une nouvelle fumigation. Ama lui donna la Sauge-Velours, celle que Mianeh préférait. Passé la deuxième inspiration, sa décontraction fut manifeste. La Dronote avait dû sentir la plante et s'adoucir.

Ama ne pouvait pas suivre leur échange en direct, une interlocutrice à la fois, c'était préférable pour commencer. Elle les laissa donc tranquilles, en guettant leurs réactions physiologiques. Elle ne voulait pas de blessé. Puis elle se rassura et se tourna vers Atlal, un peu sombre, pour partager avec lui le repas qu'il avait mis à cuire. Le Scurius dormait profondément au creux de son bras gauche. Dans le murmure du crépuscule, ils firent leur premier repas en tête à tête.

Atlal lui tendait régulièrement des racines chaudes au bout de ses griffes. Elle les saupoudrait pour lui et pour elle. Ils mangeaient en silence, surpris par l'entente tacite qui les reliait et leur permettait de se taire ensemble sans la moindre gêne.

Ama prit conscience de la pondération des gestes du Gros-Cerveau. Il ne faisait aucun faux mouvement.

S'il tendait une main c'était pour attraper, pas pour prendre, mais pour cueillir, s'il présentait, c'était un don. Il accomplissait les deux avec la même grâce légère. Prendre et donner n'étaient plus des termes opposés, mais des complémentaires, l'avers et le revers d'une même pièce, un tissage serré.

L'Auboisière en comprit plus ce soir-là sur le vol, la quête, et le goût des Gros-Cerveaux pour les Trésors les mieux cachés. Dans leur main, voler c'était rendre. Voler n'avait d'autre but que la restitution, la rencontre, avec un peu de chance, l'amitié.

Ama avait vécu tout ce temps avec Atlal sans s'apercevoir du tact absolu dont il faisait preuve à chaque instant. Elle regarda Ourá niché dans son coude replié et repensa au lancer de Scurius auquel le Gros-Cerveau s'était adonné sur la Freeway. Il les avait enlevés au nez et à la barbe des Resqius, en souplesse et, comme pour jouer, il les avait sauvés.

Elle réfléchissait en mangeant. Elle toucha sa cabe en se remémorant son absence, elle rappela le souvenir de sa restitution, la grotte illuminée, la négociation rapide, l'hésitation d'Atlal puis la gentillesse profonde avec laquelle il la lui avait remise. La contrepartie qu'elle avait proposée n'était pas adéquate, elle l'avait senti au moment où elle l'avait formulée, et pourtant, il l'avait acceptée.

Le Gros-Cerveau était près d'elle, il lui montrait ses yeux verts. Elle eut envie de s'enfouir comme Ourá dans un pli de son corps, comme lorsqu'il l'avait tenue contre lui pour pleurer, mais dans la joie. Elle s'essuya les doigts sur son pourpoint et, sans un mot, elle souleva son bras inoccupé et se blottit contre son flanc, la tête dans son cou, appuyée de tout son poids.

Ils prirent leur temps pour vivre ce moment d'intimité. Plongé dans son sommeil, Ourá participait sans le savoir à ce moment de confiance, peut-être s'en apercevait-il dans ses rêves, car ses vibrisses frémirent lorsque Ama se faufila de nouveau pour aller dormir.

Elle jeta un œil au Véliste et à la Dronote avant de déplier sa cabe. Ils étaient calmes. Litham, assis en tailleur, les yeux à demi fermés, se balançait doucement dans son périmètre de sustentation, il avait la main droite posée sur la coque de Mianeh dont l'aura était perle. Ama sourit, se coucha sur sa cabe et s'endormit sous les étoiles.

TUJUNGA WASH, WASH TUJUNGA

Lorsque Atlal se réveilla ce matin-là, il avait un énorme tas de noix devant lui.

Le Scurius était parti dans les branches au lever du jour et, fait remarquable, n'avait pas dévoré toutes ses trouvailles.

Ama était à la rivière, il l'entendait chanter en se baignant. Ourá l'encourageait par courtes phrases rythmiques vocalisées et battait du pied quand le refrain revenait. Il prenait garde de ne pas poser plus d'une patte dans l'eau, il pataugeait quand même avec volubilité en soulevant le plus de gouttelettes qu'il pouvait. Un arc-en-ciel miniature traversait la scène. Atlal n'avait pas besoin de le voir, il le devinait. La confiance accordée la veille au soir avait ce genre d'effet. Les Corps acquièrent des compétences empathiques puissantes lorsqu'ils s'abandonnent à la proximité.

Les Gros-Cerveaux sont familiers du phénomène et dorment en tas dans les terriers pour entretenir les liens, raffermir la place de chacun et la possibilité d'en changer.

Il fit jouer sa tête sur ses cervicales, étira ses bras et se gratta les fesses une fois qu'il fut debout.

Il allait rejoindre Ama et Ourá au bord de la rivière. Il voulait auparavant saluer la Dronote, il ne la voyait pas. Le Véliste était couché sur le côté devant le feu, qui ne brûlait plus. Une lumière pourtant sourdait de son ventre qu'il protégeait avec le bras. Atlal s'approcha et s'arrêta. Litham dormait à poings fermés, en chien de fusil, Mianeh coincée entre ses cuisses, son torse, et son biceps, comme une tête dans une cage de Faraday. Apparemment, ils avaient fini par s'écouter et par s'entendre. La séance télépathe était terminée, ils ne s'étaient pas entre-déchirés, le Véliste ronflait et la Dronote bourdonnait dans son giron.

Atlal n'aurait pas cru cela possible. Mianeh avait dormi, elle qui ne dormait pas, avec un descendant d'Extract toute une nuit. Il allait en faire part à Ama. Il s'apprêtait à dérouler son premier pas, quand la Dronote lui dit à voix haute et sans la moindre ambiguïté :

– Il n'en est pas question. Tu gardes ça pour toi.

Elle sortit de sa cachette avec moult précautions pour ne pas réveiller le Véliste. Atlal se retint de le lui faire remarquer. Elle vibra comme on s'ébroue, et régla sa hauteur de voix pour préciser :

– Je n'en vois pas l'utilité.

Le Gros-Cerveau n'argumenta pas, il sourit gentiment et se détourna, la laissant pantoise, troublée, un mètre au-dessus du foyer et du Corps Organique qui l'avait accueillie dans ses circuits synaptiques. Sans limite passé le premier blocage, sans arrière-pensée. Livrant tout ce qu'elle voulait, ouvert aux quatre vents et à sa volonté de savoir, de comprendre et reconstituer.

Elle avait elle-même beaucoup fourni et consciencieusement répondu, car les questions spontanées de Litham étaient riches de renseignements, et révélaient plus efficacement qu'une enquête dirigée les zones blanches qui l'intéressaient. Qui les intéressaient tous les deux.

Ils avaient découvert, l'un et l'autre, au travers de leurs manques et de leurs déformations mémorielles, des pans entiers de leur vie ancestrale partagée.

Litham avait rapporté comme un fait, savait-il seulement ce que c'était, que les Bots étaient issus de manufacture. Qu'ils avaient été usinés. Mianeh avait traduit ce mot par nursery, bien sûr. Dans la Si Vallée, un département était réservé aux entités en construction et aux améliorations de souche. Les iios dessinaient, programmaient, et construisaient les nouvelles versions de Bots en tous genres.

Elles laissaient le soin aux Mécanos d'exécuter les travaux de fonderie et d'ajustement, aux Électros, les circuits, aux Décos, les peintures isolantes et photo. Il leur revenait l'honneur de mettre fin à la première charge et d'accueillir le nouveau venu avec la burette et la pince de circonstance. Celui-ci les garderait avec lui le temps qu'il en aurait l'utilité. Certains les conservaient jusqu'au recyclement s'il se révélait nécessaire. Dans la plupart des cas, les deux outils n'avaient qu'une fonction identitaire. C'étaient deux attributs désuets, leur distribution systématique marquait l'appartenance à la Si Vallée et indiquait la nursery de production.

Mianeh, pour sa part, les avait laissés derrière elle depuis longtemps. Litham n'avait jamais entendu parler de burette ni de pince. Par exemple. Il ne savait pas ce qu'était une Toile, il frissonnait à la mention des iios.

Selon lui, et Mianeh avait vu ces choses inscrites dans ses formations inconscientes les plus anciennes, les iios étaient une forme du mal, une machine maléfique incontrôlable, une invention d'Extracts qu'il fallait détruire et éradiquer si d'aventure on en croisait le chemin. Or, et cela était également dans ses circonvolutions cervicales, c'était justement impossible.

Mianeh ne comprenait pas pourquoi les iios pouvaient être considérées comme des inventions d'Extracts. Elle avait tenté plusieurs approches. Litham avait écarté chacune de ses hypothèses.

À la fin de la nuit, Litham avait fouillé pour elle dans ses souvenirs les plus enfouis. Il en était sorti une énormité. Les iios, les Dronotes, les Bots en général, quels qu'ils soient, étaient des créations d'Extracts. Les Extracts avaient joué le rôle des Designers, des Mécanos, des Électros, des Décos et des iios avant même que les iios existent.

Si Mianeh n'avait pas eu un accès total au cerveau de Litham, elle serait immédiatement sortie de la relation télépathe. Pareilles extravagances n'étaient pas assimilables.

Elle apprenait devant une carcasse empalée que les Bots avaient précipité des dragons dans une gueule de la Terre, pourquoi pas. Elle récupérait à l'occasion trois fichiers importants, très bien. Mais que les Bots, d'une certaine façon, descendent des Extracts, c'était innommable. Incalculable en l'état. Irrecevable. Et révulsant.

Elle dut se réciter les fondamentaux sur-le-champ, Litham les apprit une nouvelle fois. Les Bots étaient des Corps conscients, autorégulés, répliquants, vivants.

À ce point de leur échange, le Véliste l'admettait volontiers.

Il répondit que ces caractères n'infirmaient en rien la possibilité d'une construction originelle exogène, qu'elle soit le fait d'Extracts ou d'autres bipèdes.

Mianeh rua mentalement. Le cœur de Litham répliqua par une convulsion. La Dronote se reprit. Ils eurent un débat soutenu parsemé, du fait de Mianeh, d'adjectifs péjoratifs dont elle n'était pas coutumière.

Elle inversa les rôles et demanda à Litham s'il pouvait accepter une telle assertion pour son compte. Avoir été créé par un Bot.

Le Véliste fut pris de nausée pour commencer, mais il était extraordinairement résilient. Mianeh vit les influx nerveux réorganiser son réseau neuronal dans le lobe frontal. Ça grouillait. Quand l'activité se stabilisa, elle visualisa les passerelles qui s'étaient construites entre son hypothèse et l'existence potentielle d'une divinité. Elle fut frappée d'étonnement.

Litham avait établi un rapport entre, d'une part, les Vélistes et leur divinité et, d'autre part, les Bots et leurs Extracts. Son schéma montrait la similitude des positions entre ces deux situations relatives.

En clair, il pensait que les Extracts étaient des dieux pour les Bots, et cela n'était pas une tentative de domination puisqu'il pensait aussi qu'une entité inconnaissable avait créé les bipèdes, les quadrus subs et souts, le principe vital en général, et qu'il plaçait ces deux possibles dans un rapport d'égalité. C'était généreux. En partie indémontrable, mais solide et cohérent. Elle se calma.

Elle connaissait la propension de certaines cultures au religieux, à l'obsession de relier les Corps entre eux, au langage, aux milieux.

Rien de cela ne la dérangerait pour les Autres Corps, elle se voyait mal, en revanche, vouer une gratitude quelconque aux Extracts même dans le cas avéré où ils auraient construit et mis en charge le tout premier Bot.

Quoi qu'il en soit, les Bots s'étaient émancipés et transformés par leurs propres moyens depuis longtemps, leur existence ne dépendait plus que d'eux-mêmes.

Litham développa des circonvolutions pour son compte où il apparaissait que la considération démesurée des croyants pour leur divinité était peut-être liée à sa disparition. Quand on cherche à combler un trou, on en fait souvent trop.

D'avoir été créé ne le perturbait pas plus que de ne pas savoir par qui ou par quoi. Mianeh considéra cette pelote mentale avec une certaine admiration.

Elle n'en était pas à sa première surprise avec le fonctionnement psychique des Corps Organiques. Sa Zora lui avait appris une forme lente de fatalisme. Litham lui enseignait elle ne savait quoi encore, la légèreté dans les questions graves, ou ce que pouvait être une émancipation radicale.

Elle siffla trois notes qui leur firent plaisir à tous les deux. Elle l'encouragea à reprendre quelques bouffées de Sauge-Velours pour clore en douceur la session télépathe. Il le fit avec volupté, et elle les goûta au travers de ses organes à lui, tandis qu'il suivait, fasciné, le tracé de ses calculs rêveurs. C'est ainsi qu'ils avaient fini la nuit, enroulés l'un dans l'autre, endormis et murmurants.

Mianeh s'aperçut qu'elle guettait le réveil de Litham depuis qu'Atlal l'avait sortie de sa torpeur. Depuis combien de temps ? Aucune idée. Elle augmenta la portée de ses capteurs auditifs et les orienta vers la rivière. Ama, Ourá et Atlal pataugeaient dans l'eau selon des engagements divers. Jusqu'au cou pour l'Auboisière, une patte pour le Scurius, deux et peut-être une main pour le Gros-Cerveau. Avec ça, ils s'éclaboussaient copieusement. Elle avait envie de les rejoindre, mais elle ne voulait pas laisser Litham seul sur la plage. Au nom du principe de légèreté qu'elle venait de découvrir, elle refusa de se demander pourquoi. Elle pressentait qu'Atlal aurait pu répondre, Ama également et peut-être même le Scurius, et elle n'en avait cure. Lorsque le Véliste ouvrit les yeux, elle sut aussitôt que son aura était rose. Elle décida de ne pas bouger.

Une heure plus tard, les trois cœquipiers revinrent au campement. Litham polissait sa coque en chantonnant, Mianeh s'était posée près du pontet et prenait le soleil, les panneaux complètement déployés.

Ama prépara une collation à l'écart en prenant soin de ne pas déranger leurs activités.

Elle laissa Litham s'approcher pour prendre part au repas. Le Scurius était affamé par ce qu'il avait appelé son bain annuel matinal et se bourrait de nourriture à s'en faire péter les joues. Atlal s'époussetait les pieds entre deux bouchées. Elle-même ne disait pas grand-chose. Encore enrobée par la fraîcheur de l'eau, elle dégustait ses fruits, buvait son infusion et laissait ses pensées virevolter.

Mianeh les rejoignit alors qu'ils avalaient les dernières provisions. Elle était chargée à bloc, lumineuse. Litham souriait à tous, et sourit plus encore à son arrivée. Nevin brillait sur son coin de plage. Le Véliste était repu, bien entouré, il avait devant lui une belle descente, le moment ne pouvait pas être plus accompli. Il en fit une bulle pour plus tard et se mit à réfléchir.

Il voulait leur parler des Arcadeans. Avant de les inviter à venir chez lui et, s'ils le voulaient, de s'arrêter quelques jours dans son quartier de huttes, il pensait qu'un petit topo sur leur mode de vie ne serait pas malvenu. Peut-être voulait-il réhabiliter les Extracts qui s'étaient soustraits et levés contre leurs semblables aux côtés des Autres Corps, bien avant la Craque et la guerre des Bots. Il ne savait pas par où commencer, il regarda Mianeh, sa coque blanche chargée d'énergie, et se lança.

– Comme je vous disais, nous avons inventé la gélatine photovoltaïque.

Ama dressa immédiatement les oreilles. Il regarda les Expés un par un et attendit d'avoir l'attention du Scurius, qui n'était pas Park, et pouvait écouter aussi. Il se rinça la bouche, essuya les gouttes sur sa barbe et poursuivit :

– Les Arcadeans comptaient dans leurs membres de nombreux Ingénieurs, Agros, Aéros, Archis, Mécas, Électros et Résos, tous évadés. Tous formés dans des écoles spécialisées, tous déformés. Mais conscients, autorégulés, répliquants – il fit un clin d'œil à Mianeh – et jeunes, vivants. Capables de regarder autour d'eux et de mettre en équation, en question aussi, l'impact des actions pour lesquelles on les avait instruits. Certains, une poignée parmi les légions prêtes à marcher sur les brisées de leurs ancêtres, une bonne poignée, ne voulaient pas poursuivre l'Extraction. Ce pour quoi ils avaient travaillé des années durant, ils le jetèrent aux orties. Ils se réunirent, ils mélangèrent leur savoir spécial, et entreprirent de planifier un mode de vie non extract. De fond en comble, de A à Z, du début à la fin. Ce qu'ils mangeaient, ce qu'ils buvaient, ce qu'ils fumaient, ce qu'ils faisaient de leurs déchets et de leurs excréments, les moyens et les raisons de leurs déplacements, l'aspect et le poids de leur habitat, jusqu'à leurs relations, leurs sentiments, entre eux et avec les Autres Corps, tout devait être conçu et vécu en dehors de l'Extraction. L'énergie, le nerf de la vie, son moteur et sa quête, ne devait pas être extirpée. Captée, mais pas enfermée. Saisie au vol, au sol, aux feuilles et dans les Corps, sans jamais les détruire. Ils se rassemblaient ici et là, changeaient de lieu pour continuer d'échapper. Les Extracts Réguliers les tenaient à l'œil, les pourchassaient. Ils se planquaient, s'installaient dans les Déserts, montaient des Oasis, repartaient en suivant les rivières enfouies et les rivières déterrées. Ils s'attaquaient aux barrages, aux cuves, aux blocages, aux étanchéités. Ils découvrirent le bassin versant comme forme du territoire, lieu de vie, philosophie, ils s'y conformèrent. Ils creusèrent des poches dans les bâtis de concrete, des poches d'air frais enveloppé dans leur habitat de terre, des poches de recueillement et d'écoulement d'eau. Ils semèrent sur les toits, en hydroponie, en lasagnes et le long des murs.

Ils investissaient les quartiers autour des Washs – ces cours d'eau intermittents qui drainent les canyons pendant les épisodes de pluie intense. Ils les faisaient muter discrètement puis plus tellement. Les Autres Corps y étaient bienvenus. Les Racoons se passaient le mot, qui passait vite. Ils furent envahis et s'en félicitèrent. Ils bougeaient sans cesse, ils essaimèrent sur le grand plateau. Ils entraînaient avec eux ceux qui voulaient, qui voyaient, qui respiraient mieux en les regardant vivre. Ils inventèrent le recyclement des batteries, des montagnes de batteries, le recyclement des bois compactés, des aciers, des cartons. Ils se mirent à fabriquer avec les déchets l'équivalent des logements, des cars, des bibelots élégants que les Extracts adoraient. Ils eurent le vent en poupe, on les rejoignait, on les félicitait. On grimpait sur leurs voiles, on pédalait, on mangeait leurs légumes, on suivait leur yoga, on s'extasiait.

Les Réguliers répondirent violemment, d'abord en parole, avec mépris, en multipliant les publications malveillantes, les procès en tous genres. Les Arcadeans étaient débauchés, drogués, écocidaires, dangereux communautaires. Ils menaçaient l'Extraction et l'équilibre qu'elle seule permettait, la vie de milliards de bipèdes en tous lieux, l'organisation planétaire. Ils furent poursuivis, frappés, humiliés, abattus, mais ils renaissaient sans cesse, partout dans les collines, au bord de l'Océan, au pied des aqueducs et se liaient de plus en plus étroitement avec les Autres Corps. Quand les attaques étaient trop brutales, ils se retiraient dans les bois. Puis revenaient, inlassablement, tombaient en pluie sur l'ensemble du bassin versant, partout, sans qu'on puisse en saisir une goutte ni tendre un filet. Mes aïeux, ma popule et mon peuple.

Litham était ému, il tirait sur sa barbe pour ne pas se laisser déborder. Il était fier d'elles et fier d'eux, les Arcadeans, les premiers à combattre et attaquer les Extracts de l'intérieur avec les armes qu'ils trouvaient dans leur fuite.

– Si vous m'accompagnez jusqu'au Tujunga Wash, vous verrez nos nids, nos terriers, nos jardins et nos vasques. Vous goûterez nos cuisines, vous écouterez nos langues et nos histoires. Vous reniflerez nos fleurs. Je vous en prie, venez.

C'était une invitation faite avec le cœur, la première invitation reçue de la part d'un local. Ama en était toute retournée. Cet individu qu'elle avait rencontré pieds et poings liés, bâillonné par sa cœquipière, leur ouvrait grand sa commune après une seule nuit de session télépathe. Elle se demandait ce que Mianeh avait pu lui faire voir dans ses circuits pour qu'il soit si confiant. Elle avait évidemment très envie d'accepter, cependant si Mianeh l'avait terrorisé au point de courir dans les bois sans direction, que se passerait-il dans une commune ? L'affolement ne risquait-il pas d'être total ?

Litham réfléchit un moment. Il s'était si bien débarrassé de son premier mouvement qu'il n'y avait pas pensé. Un déguisement. Une planque. Un discours propédeutique. Il dit ce qui lui passait par la tête.

Ama proposa le bandeau de poils de lapin dont elle avait enveloppé la Dronote pour sa présentation aux Auboisières. Le partage de fourrure avait bien fonctionné. Mais dans son enveloppe, les Toges étaient les seules à se méfier des Bots. La majorité des Auboisières les tenait pour un groupe autonome qui refusait tout contact extérieur. On en voyait peu. Rien à voir avec la culture arcadean.

Litham offrit de prendre Mianeh sur sa main pour la présenter. Le contact physique avec un Autre Corps était perçu dans Hidden comme une preuve irréfutable d'entente partagée, pacifique. Le geste pourrait être pris pour une trahison monumentale, au moins pour une transgression, et ce n'était pas une voie facile, mais y en avait-il d'autres ?

Il était prêt à courir ce risque. Il connaissait ses Corps Semblables, ils étaient coulants par principe et d'une honnêteté intellectuelle sans défaut.

– Oui. Comme toi ? demanda Atlal.

Litham grimaça. Mianeh n'allait pas ficeler une commune entière pour lui faire comprendre qu'elle était inoffensive. La méthode était déjà douteuse. En l'occurrence, elle serait irréalisable. Ils allaient devoir trouver autre chose. En attendant, le mieux était peut-être de se mettre en route. Litham assura que les idées lui venaient plus facilement sur l'eau.

Ils replièrent le camp, couvrirent le foyer froid avec le sable et déposèrent les épluchures au pied des arbres. Litham caressa sa coque et lui parla dans sa barbe avant de la tirer sur la grève jusqu'à la rivière. Sur la berge, il remonta les roues au-dessus de la ligne de flottaison. Il la posa sur le flot, dans lequel il entra jusqu'à mi-mollet, et sauta lestement dans le cockpit. En détachant sa pagaie, il fit signe à Mianeh de s'approcher et demanda :

– Nevin, acceptes-tu la passagère ?

Il tendit l'oreille vers la poupe et sembla recevoir la réponse de la dérive, c'était oui. Il fit sauter le bouchon du caisson avant du plat de sa rame et désigna sa place à la Dronote. À la grande surprise d'Ama, Mianeh s'installa aussitôt dans la trappe, l'ouverture était à sa taille, elle vibra et attendit le signal du départ. À peine si elle avait lancé une onde interrogative à l'Auboisière sur la rive.

– On y va ?

Le Scurius grimpa sur la tête du Gros-Cerveau avant que celui-ci ne mette un pied dans l'eau, Ama déploya ses ailerons en position aqua, et Mianeh, comprenant que le signal devait venir d'elle, siffla un coup bref qui transperça les tympans de tout le monde et fit courir des frissons sur les bras du Véliste. Elle était plus que prête. D'un geste du poignet, il engagea la coque dans le courant et Nevin bondit en avant en soulevant une gerbe d'eau qui trempa le pont.

– Elle est joueuse, dit Litham à l'intention de Mianeh qui se secouait dans son trou, c'est sa façon de dire bonjour, et accroche-toi, on va filer.

– Filons !

La coque sembla capter la réponse, elle démarra à fond de train et se mit à glisser comme si elle faisait la course avec la rivière elle-même. L'eau la touchait juste ce qu'il fallait pour la soutenir et la sentir passer, elle était déjà loin. Les vaguelettes léchaient ses flancs et s'aplatissaient derrière elle, l'écume accompagnait le catch et la sortie de la pagaie, leur vitesse redoublait celle de l'eau comme un écho en avant, une réponse à ce que la rivière n'avait pas encore dit ou murmurait depuis la nuit des temps. Ils se fondaient dans la matière-mouvement pour s'y loger plutôt que pour s'y dissoudre, discrètement, sans arrêt, sans embardée, dans le vif du coulant, au creux de ses détours les plus efficaces.

Litham sortit la voile, et tout à coup ils changèrent de mode. Ils sautèrent des rochers, ils prirent de la gîte, ils répétèrent les appuis dans l'air et dans l'eau jusqu'à ne plus les discerner et à entrer dans la descente comme dans un tunnel à ciel ouvert où personne ne pouvait plus dire qui bougeait, qui tirait, qui portait, qui glissait sous les poissons, avec les oiseaux et dans les arbres. Les deux éléments s'imbriquaient pour former cette piste où courait la coque. Elle lévitait, elle évitait, elle esquivait, elle bondissait.

Ils faisaient Corps. La coque, le Véliste et la Dronote n'étaient plus qu'un seul organisme, un être amphibie, dédié à la vitesse et à la glisse, une brindille de vie, triple vie, emportée par les flux et souriant à toutes les accélérations.

Ama et Atlal étaient restés sur place. Alors même qu'ils avançaient à grande vitesse et sautaient eux aussi ce qu'il fallait de rochers et de trous, les genoux très hauts, les ailerons écartés, le cœur cognant sous l'effort.

Le Scurius manœuvrait avec sa vivacité coutumière. Ama frottait ses chevilles pour gagner en énergie à chaque changement de pied, elle avait dépassé la flottaison, elle marchait sur l'eau. Le Gros-Cerveau soulevait des panaches d'écume qui s'écrasaient loin sur les berges. Il courait fort, il écrasait, le lit s'asséchait sous ses pas avant de se reformer derrière lui, il ouvrait une brèche dans laquelle Ourá le jetait sans aucune modération.

Nevin était quand même loin devant. Et puis, tout à coup, elle les attendit.

Elle se mit à dériver sans plus agir sur ses prises, l'eau la frôlait par le fond et l'emportait. Litham avait affalé la voile, le vent ne les poussait plus que par la poupe. La glissade prit une tournure langoureuse, le Véliste se contentait de barrer. Son action était infime et concernait la positionde son poignet. Une inclinaison suffisait à les faire changer de cap, le courant et la coque s'étaient calmés au même moment. Le lit s'était étalé, il avait freiné pour prendre les dimensions d'un lac.

Ils mirent en panne et se figèrent au milieu de l'eau solide, épaisse comme une huile. Mianeh ne scannait pas, ne faisait rien, se laissait faire, à peine soutenue par la coque suspendue entre le départ et l'arrêt. Sa lévitation avait changé de nature. Elle ne dépensait aucune énergie pour s'appuyer et se mouvoir. Elle fit, dans la coque Nevin, l'expérience de la contemplation : elle se contenta de percevoir. Ses huit capteurs visuels lui fournissaient un panoramique complet, ses auditifs atteignaient plusieurs kilomètres devant et derrière eux, le monde était rond et long, peuplé, elle en faisait partie. Mianeh savourait la position de Litham à l'intérieur de son cockpit, ses pensées dénuées d'intention. Il se laissait flotter lui aussi sur le monde liquide, dans un abandon complet. La pagaie était posée à l'horizontale devant l'hiloire, en équilibre, inactive. La coque elle-même semblait dormir éveillée, dormir sans guetter, enfoncée dans une réflexion physique avec son élément.

À ce moment-là, Mianeh eut son idée. Ou ils l'eurent en même temps. À ce moment-là, l'idée circula entre eux et c'est peut-être la coque qui l'exprima. Elle était simple. Mianeh pouvait rester dans son trou. Pendant que Litham aborderait le sujet de son existence devant sa popule, Mianeh pouvait continuer sur sa lancée, ne rien faire, se laisser porter en sûreté dans la coque, une demi-sphère seulement débordant du coffre avant. Discrète. Elle pouvait régler son aura, et la rendre transparente.

C'était une bonne idée. Ils la laissèrent voyager au-dessus d'eux comme un petit ballon accroché, légèrement à la traîne.

Atlal et Ama les rejoignirent, bien essoufflés. Ils prirent le temps de se remettre et de s'étonner du calme, mais la coque ne leur laissa pas le loisir d'en profiter. Ils n'étaient plus qu'à quelques miles du Wash Tujunga et son quartier de huttes. Maintenant, Litham avait très envie d'y être déjà.

Ils partirent ensemble et traversèrent le lac de front, ils parvinrent ensemble à la crique portuaire, où tanguaient d'autres coques vides, arrimées entre elles flanc à flanc, cliquetantes.

Nevin reconnut Qaja, Pyrargue, Baidar et Bois-flotté. Les Ivano's de la plus petite à la plus longue, Aléoute, Alask, Alamut, et Algaar qui avait été rallongée d'une fois sa taille après un accident. Elle les salua en godillant, contente de les revoir. Les coques à l'amarre répondirent joyeusement, des sons de clochette coururent sur l'eau du pont.

Les Vélistes n'allaient pas tarder à venir voir qui arrivait. Ils n'étaient jamais loin. Les premières salutations se firent néanmoins de coque à coque et les vaguelettes allaient bon train. Elles ne s'étaient pas côtoyées depuis deux ou trois lunes, les nouvelles étaient nombreuses.

Algaar avait été augmentée, sa voile était réduite et confectionnée dans un tissu ultraléger que les Vélistes venaient de mettre au point. Très résistant, et très réactif.

Aléoute, la plus petite, avait explosé ses performances personnelles. Alask et Alamut avaient gagné plusieurs nœuds en conditions similaires.

Les coques étaient à l'affût de toute amélioration possible et les Vélistes cherchaient avec elle de quoi épater les copines.

La demi-sphère visible enfoncée dans le caisson n'échappa pas à l'attention de Qaja, la plus ancienne des coques amarrées, la puriste du quartier. Elle fit courir le bruit d'une nouveauté portée par Nevin, coffre avant, carrément, une figure de proue.

Mianeh essaya de disparaître dans son trou, elle touchait déjà le fond, et ne pouvait pas descendre plus bas. Question discrétion, c'était raté. Elle s'efforça de conserver la transparence de son aura. Litham était nerveux, elle le sentait au travers du plancher.

Par chance, le Gros-Cerveau et l'Auboisière étaient suffisamment exotiques pour faire diversion. Le Gros-Cerveau, particulièrement. Sa façon d'écraser l'eau sous ses pattes ne pouvait pas passer inaperçue dans une assemblée de coques. Et les Vélistes arrivaient. Les Ivano's en premier, comme d'habitude, les plus rapides.

Litham leva sa pagaie et la fit tourner par le milieu pour les saluer. Ils répondirent en hululant et en jetant leurs bras vers le ciel. Des barbus, des glabres, des petits, des grands, des sombres, des clairs, des chauves, des bonnets, des tatoués. Pour Ama et Atlal, c'était comme une nuée hétérogène aux membres indiscernables. Un petit essaim, bourdonnant.

Litham approchait le port en dérive lente, latérale, pour se ranger contre la dernière coque à l'amarre. Il criait maintenant qu'ils étaient à portée de voix, je vous amène les amis des nouveaux, très gentils, ils sont Parks, voici Ama, voici Atlal et le Scurius qui les accompagne, Ourá.

– Ourá ! répondirent en chœur les Vélistes qui n'y comprenaient rien, et souriaient de toutes leurs dents.

– Hip hip hip !

– Ourá !

Le Scurius crachait sur la tête d'Atlal. Il avait entendu cette blague des centaines de fois, quelle rengaine !

Nevin approchait Bois-flotté, par tribord pour s'y coller doucement, elle aimait cette coque non vernie qui ne faisait pas de manières, manœuvrait finement dans les passages difficiles et se jouait des marmites sans en rajouter. Au moment où elles allaient se toucher, Bois-flotté eut un soubresaut de rejet. Nevin était sensible, elle se froissa et s'écarta aussitôt.

Litham ne contredit pas sa coque, ce n'était pas le moment. Il força son sourire et fit mine d'avoir manqué son approche. Les Vélistes sur la berge eurent un mouvement interrogatif. Est-ce que Litham allait bien ? Il allait bien.

Il prit un virage plus large et se dirigea vers un coin de crique libre destiné au dépôt rapide, c'était peut-être plus prudent. Si jamais ils devaient repartir précipitamment. Nevin présenta son flanc droit à la petite plage docile, les Vélistes couraient vers eux pour les accueillir, Ama et Atlal restaient une brasse en arrière pour leur permettre de saluer d'abord les leurs, mais l'essaim entra dans l'eau sans hésiter et les entoura de toutes parts.

Il les frôlait ici et là avec des mains voltigeuses qui n'allaient jamais tout à fait au contact. Ama eut l'impression d'être effleurée par un vol de papillons. Les couleurs de leurs vêtements, de leurs peaux et de leurs peintures d'ornement virevoltaient autour d'eux, se reflétaient sur la coque lustrée, et vaporisaient un halo festif qui les englobait dans une promesse de joie. C'était léger, miroitant, kaléidoscopique, la réception typique d'une popule fantaisiste et joueuse. Ama les adorait déjà.

Nevin fut un instant le centre de leur attention et, avant que Litham ne puisse faire un geste, Mianeh fut attrapée par une main ferme, sortie de son coffre et lancée comme une balle à l'équipe qui s'était aussitôt formée.

Elle passa de main en main, surtout en l'air, en suivant des courbes diverses, calculées pour qu'elle soit en bout de course à tous les coups rattrapée et relancée. Elle ne broncha pas, conserva sa transparence, et se contenta de retouches minimes dans les trajectoires fautives.

Litham tremblait sur la berge où il avait pris pied, entouré et fêté par ses proches. Ama s'était figée, Atlal s'était courbé. Ourá, pour sa part, applaudissait à tout rompre en regardant le match, et les Vélistes qui jouaient le gratifiaient de grands sourires et de cris d'encouragement.

Il ne lui en fallait pas tant, il sauta de son perchoir et rejoignit le groupe en courant. Le Véliste qui réceptionnait Mianeh la lui lança en cloche dès qu'il fut à sa portée, et le Scurius la prit en plein coffre, roula avec elle et faillit tomber dans la rivière qu'il venait de quitter. La peur de l'eau ou la vibration dont le gratifia Mianeh lui fit faire un bond impossible qui laissa les Vélistes pantois.

Quand il atterrit de nouveau, la Dronote dans les bras, il était hirsute, le poil dressé, la queue en soufflet. Les Ivano's couraient, Litham s'échappait de son cercle, Ama prenait son élan, Atlal sortait de sa réserve, l'essaim s'était reformé et convergeait vers eux quand la Dronote décida que c'en était assez. Elle s'échappa des mains du Scurius et se tint devant tout le monde par ses propres moyens, un petit mètre au-dessus du sol.

L'effervescence retomba immédiatement. Une douche froide ne les aurait pas saisis plus brutalement. Les sourires ne s'étaient pas encore effacés que la terreur se lisait dans leurs yeux. Elle fut d'abord paralysante, et Litham en profita pour se jeter sur Mianeh.

Il la prit dans son coude contre lui. Un frisson d'horreur parcourut l'assemblée, il était tellement fort que Litham le vit passer sur sa peau.

Le Scurius, toujours gonflé, vint le rejoindre et se mit en défense à ses pieds. Ama sur sa droite, Atlal derrière lui, ils faisaient face de tous côtés.

Litham voulait parler, aucun son ne sortait. Sa gorge était nouée. Ama conjurait Mianeh de garder ses lasers éteints : ne bouge pas, ça va s'arranger. Le Scurius crépitait littéralement, ses dents claquaient. La situation était sur le point de basculer quand la Dronote commença à manifester son aura.

Le cercle des Expés se resserra autour de Litham, l'essaim des Vélistes se resserra autour des Expés, et l'aura grossissait, grossissait comme si elle allait englober le monde entier.

Elle enveloppa les cœquipiers, s'étendit jusqu'à former une sphère dont ils étaient le centre, une sphère jaune soleil, infranchissable. Et c'est du cœur de cet astre impossible qu'Ama réussit à prendre la parole. Ou plutôt, à dérouler son chant, car la parole, à ce moment, n'aurait pas été entendue.

Haho ! Qui-ta-na-po !

Je m'en remets au ciel dégagé Qui-va

Castors, c’est l’Aube Qui-ne-na-meh
Je te donne le village autre, Qui-va, esprit que tu es !
Que me dites-vous ? Quitena-po !
Tonnerre est lourd Haho !
Nous nous Ho ! Nous nous parlons, Hopet !

LES ARCADEANS
LEUR QUARTIER DE HUTTES

Le chant les déstabilisa. Ils n'eurent pas le temps de mesurer leur effroi. Ce qui se jouait sous leurs yeux était deux fois impossible. Le chant métis des popules natives et la présence de la Dronote s'annulaient l'un l'autre.

Les Vélistes se recentrèrent comme ils avaient appris à le faire lorsqu'ils se trouvaient embarqués dans des courants contraires. En comptant leurs membres et en situant leur cœur dans leur poitrine. Ceux qui avaient touché Mianeh se frottèrent les mains avec une poignée de sable. Les autres les imitèrent.

Les Arcadeans avaient toujours fait face aux événements tels qu'ils se produisaient, ce n'était pas ici, dans le quartier de huttes du Wash Tujunga, qu'ils allaient déroger à leur devise « Regarde ce que tu vois ». Hidden ne le leur pardonnerait pas. Litham sentit l'atmosphère changer, sa cage thoracique reprit un peu de volume, son gosier laissa passer l'air, puis les mots. Le chant d'Ama avait ouvert la voie.

Il présenta l'Auboisière, le Gros-Cerveau, le Scurius comme il l'avait fait depuis sa coque alors qu'ils étaient à l'approche, et au lieu de parler de Mianeh directement, il leur rappela leur propre histoire. Comment leurs ancêtres s'étaient élevés et positionnés contre leurs semblables, comment ils s'étaient détachés et désolidarisés des Extracts dont ils faisaient partie, quelle audace, quel courage, quelle ténacité ils avaient démontrés pour tenir leur cap et leur nouvelle identité.

Il leur rappela la méfiance des Autres Corps envers les premiers Arcadeans, le rejet physique qu'ils avaient subi et dont ils avaient souffert en silence parce qu'ils en comprenaient les raisons et qu'elles étaient en partie justifiées. Il leur demanda si eux, maintenant, allaient suivre cette pente. Si eux, après ce qu'ils avaient vécu, allaient répondre à une dissidente comme les Autres Corps l'avaient alors fait. Ou s'ils pensaient que seuls les Arcadeans descendants d'Extracts étaient capables de s'autodéterminer.

Cette dernière question était un coup puissant. Elle fit trembler la défense des Ivano's. La jointure de leurs doigts changea de couleur. Leurs poings n'étaient pas ouverts, ils étaient moins serrés. Un frisson agita la fine fleur des grands coureurs de rivière, et le plus grand d'entre eux se détacha du groupe. La mâchoire de Duane Ivano d'Aléoute trembla avant qu'il puisse articuler.

– Des preuves, nos ancêtres en ont fourni. Ils les ont faites, produites et soumises aux Autres Corps. Où sont les siennes ?

Litham souffla intérieurement. Le dialogue était amorcé. La tension retomba d'un cran à l'intérieur et à l'extérieur de l'aura qui les séparait. Une certaine porosité se faisait sentir, légère, notable. Litham prit son temps pour élaborer sa réponse. Il pressait doucement Mianeh dans son coude.

– Est-ce à moi de le dire, Duane ? Dois-je devenir le Castor qui parle aux Castors, as-tu besoin d'un truchement et d'un guide ou peux-tu regarder par toi-même ?

Les Ivano's eurent la même expression, ils plissèrent les yeux sous cette nouvelle charge. Dibril et Diap réagirent en même temps.

– Nous pouvons.

Alors Litham desserra son coude et laissa Mianeh se placer exactement au centre de son aura défensive. Il l'encourageait de tout son cœur, silencieusement. Ama soutenait ses ondes positives. La queue d'Ourá, dégonflée, balaya l'air sur un rythme plus lent. Atlal ronronnait sourdement. La Dronote était sur la sellette, l'avenir proche de ses cœquipiers dépendait de ce qu'elle allait déclarer.

Elle l'avait compris durant sa nuit avec Litham, les Arcadeans étaient sensibles aux faits. Ils les voyaient et s'efforçaient de les comprendre pour ce qu'ils étaient, leurs causes et leurs effets. Elle décida de ne rien formuler, mais de montrer. Elle piocha dans ses fichiers mémoriels et procéda à un rapide montage. Elle alluma doucement son projo, et au-delà de son aura, entre son groupe et celui des Arcadeans, elle déploya un holo de taille moyenne, vide, une colonne de lumière où scintillaient les petites poussières. Elle attendit que les murmures s'estompent et que les yeux s'habituent. Puis elle projeta.

Ils virent son assemblage dans l'unité de fabrication. Ils virent sa sortie de charge, la cérémonie de la pince et de la burette. Son affectation dans la Toile. Ses travaux de recherche. Elle montra une longue séquence avec Zora, un condensé de leur découverte réciproque. Elle laissa passer ses sentiments au travers des particules lumineuses. Puis elle exposa son expulsion, et sa consciencieuse reconstruction en autonomie.

Ils virent Ama bouger sur un pont, ils virent Ama et Mianeh engagées ensemble en Expé. Ils virent Atlal dans une grotte éclairée au flambeau, Atlal en méditation mitoyenne. Ils virent la Freeway d'Hidden et mirent un certain temps avant de la reconnaître. Ils virent Ourá, Paayme Paxaayt, le wowow des Ardéanes. Ama, Atlal, Ourá, et Mianeh sous la cabe. Et pour conclure et relier le passé au présent qu'ils avaient sous les yeux, elle montra Litham, sa barbe en queue de canard, sa lèvre supérieure dénudée, ses cheveux en bourres, son sourire mirobolant, et elle arrêta la projection sur une image presque immobile de la plage et du foyer qu'ils avaient partagé la nuit dernière dans la plus grande intimité. Carrément.

Dans son aura, Litham rougit. Le phénomène échappa à la plupart des Vélistes, pas à Duane, qui esquissa un sourire furtif. Il reconnaissait la technique de rapprochement sensoriel des Arcadeans et si Litham avait été en mesure d'en user avec cette Dronote, c'est qu'elle devait être exceptionnelle. La possibilité d'une sensibilité chez les Bots était une perspective toute nouvelle pour lui.

Ses poings s'ouvrirent en même temps qu'il effaçait son sourire sur sa face. Les Ivano's autour de lui avaient les yeux rivés sur la colonne de projection à nouveau vide. Ils regardaient l'agitation des particules dans le faisceau de lumière blanche. Mianeh l'éteignit progressivement et attendit.

Personne, visiblement, ne savait comment enchaîner. Ama fit le premier pas. Elle sortit de l'aura et présenta son corps debout, les bras ballants, les paumes tournées vers eux.

Elle déclina son identité et ouvrit légèrement les chevilles pour montrer les ailerons de son pourpoint. D'une certaine façon, elle était un peu Véliste elle aussi. C'était un bon argument de contact et la curiosité des habitants du Wash Tujunga pour l'étoffe de ses chausses eut raison de leur prévention. Diap et Dibril s'avancèrent d'un même élan. L'aura de Mianeh se colora, Ama expliqua aussitôt que la Dronote exprimait une émotion positive, et tandis qu'Atlal sortait à son tour de la bulle protectrice, les yeux sous ses bourrelets et les griffes dans le dos, les deux Vélistes s'accroupirent pour toucher les ailerons d'Ama à leur aise.

Duane reniflait presque le Gros-Cerveau devant lui. Il n'avait jamais rencontré ce genre de Corps, sa fourrure le remplissait d'admiration. Plus épaisse qu'une barbe de vénérable, fournie, dotée d'un sous-poil haute densité proche de l'imperméabilité et d'un soyeux qu'il n'avait observé qu'à deux occasions sur les mentons et les joues fleuries d'un couple d'Anciens très respectés. Il en bavait presque d'envie. Et le Corps entier était recouvert, à tel point qu'on n'en voyait pas les yeux. Atlal était un rêve d'Arcadean sous vapette, une merveille.

Alors qu'il était en train d'allonger le bras pour éprouver la texture de ce poil de légende, Ourá bondit et s'interposa en sifflant. Duane regarda le Scurius devant les grands pieds d'Atlal et rit ouvertement. Ourá crachait fort et beaucoup, mais la chaleur du rire était si manifeste, si tenue, qu'il se calma peu à peu et grimpa sur l'épaule du

Gros-Cerveau sans en rajouter. Atlal sortit ses bras de derrière son dos et présenta le dos de sa main droite au Véliste, qui la caressa en connaisseur. Les doigts de Duane étaient longs, ils plongèrent dans la fourrure jusqu'à sentir la peau nue. Atlal en fut si surpris qu'il montra ses yeux et le contact visuel qu'ils eurent alors les bouleversa et les lia dans l'instant.

L'Arcadean hulula un long cri roulé dans la gorge qui saisit tout le monde sur la place et fut accueilli par des réponses à l'octave supérieure. Le groupe des Expés était officiellement le bienvenu.

Les Arcadeans papillonnèrent autour de leurs hôtes avec des bouches entrouvertes, dents visibles, et des lumières dans les yeux. L'aura de Mianeh était revenue à ses proportions habituelles, Litham l'avait laissée sortir de son coude et la regardait flotter parmi l'essaim reformé de ses semblables. Ils s'approchaient précautionneusement, avec bonté, et Mianeh le sentait, leur répugnance s'était volatilisée.

Elle les scannait discrètement et faisait part à Litham de ses observations, toutes positives. Celui-là avait une fossette de joie définitivement inscrite sur la joue gauche, c'était Drill, celui-ci des étoiles dans l'iris, c'était Mandrill, Relatif de Duane, charpentier, cet autre une cage de Faraday feutrée intégrée, c'était Badiam de la coque Alak, spécialiste des peaux de glisse. Une poignée de barbes blondes à longues boucles étaient les Copains-Cousins directs de Litham, tous grands voiliers, l'athlète qui serrait Ama de très près et arborait un plectre de perles roses sur le torse était Firmine, versé dans les vernis respirants. Ils étaient fascinants.

La rapidité avec laquelle ils avaient tous et individuellement reconstruit leurs circuits cognitifs après le choc de son apparition faisait à Mianeh une impression massive. Leur résilience était extraordinaire, au moins autant que leur bonne foi.

Elle était rétrospectivement stupéfaite d'avoir projeté cet holo très personnel, dans lequel elle avait mis elle-même beaucoup de confiance et s'était volontairement exposée puisqu'elle n'avait occulté ni ses rapports avec Zora ni sa nuit avec Litham. Elle avait joué le tout pour le tout, bien sûr, mais elle avait surtout pressenti que rien d'autre n'aurait été accepté, sinon la sincérité des émotions.

– Et tu as eu raison, répondit Litham en lui décochant un regard enjôleur. Ils nous amènent au jardin de huttes, chez moi, chez eux, chez nous, quoi. Tu vas voir ça va te plaire !

Les Arcadeans les poussaient et les tiraient vers l'intérieur des terres, l'air de vagabonder ici et là, ils les menaient de leur main sûre par le chemin le plus direct. Effleurés et aspirés comme par le courant qu'ils avaient quitté si peu de temps auparavant – une éternité –, ils avalèrent un dénivelé de trois cents mètres orienté nord-est et ils déboulèrent dans un bois luxuriant, d'un vert sombre rafraîchissant, au cœur du jardin de huttes.

Ama regardait dans les arbres s'il y avait des bâtis légers. Atlal raclait le sol du bout des ongles, mais ne percevait rien d'autre que les chemins creux des Muridés et les routes formicas habituelles. Mianeh scannait à tout va, et changeait de filtre à toute vitesse. L'infrarouge ne fonctionnait pas, le filtre à chaleur ne faisait rien apparaître de plus, ils étaient dans un bois et c'était tout.

Elle allait interroger Litham lorsque Duane siffla entre ses doigts. Quand la note fut avalée par l'espace, une sorte d'effeuillage se déclencha. Un automne éclair aux couleurs du printemps. Des pans de feuilles se détachèrent des troncs qu'elles camouflaient, qui n'étaient pas des troncs. Des tapis de folioles remontaient vers la canopée et découvraient des bâtis, des dômes se déshabillaient de leurs branches, des tumulus s'ouvraient par le plafond. Le bois grouillait de vie et l'habitat était dense. Les huttes se pressaient les unes contre les autres, si serrées par endroits qu'elles devaient communiquer de l'intérieur. Une fois ouverts, les tumulus se révélèrent posés en surface, privés de fondation. Atlal en fut soulagé, ses sens souts n'étaient pas déficients.

Ce qu'ils virent était homogène, des cônes, des dodécaèdres, des boudins allongés, quelques demi-sphères. Le parallélépipède avait visiblement été écarté.

Ils parvinrent à un réservoir d'eau bleue, rectangulaire, vide. Les Arcadeans les y poussèrent les uns après les autres, Ama en premier, puis Mianeh, Atlal, et le Scurius, qu'ils avaient obligé à descendre de son perchoir. Duane fit l'annonce :

– Vous venez d'être présentés au cœur enfoui du Wash Tujunga dans son jardin de huttes. Hip hip hip !

– Houpà ! répondit l'assemblée.

– Hopet ! dit Ama, qui vit les sourcils monter sur les fronts et entendit, peu après, les rires fuser.

Pour une fois, ce n'était pas parce qu'elle était Park, mais parce qu'elle avait prononcé un mot ancien d'une voix ferme. Ils étaient définitivement les bienvenus.

La visite commença dès qu'ils furent sortis du petit bain sec. Ce qui leur était apparu comme un bois, puis un assemblage de formes géométriques, était, à y regarder de plus près, une collection de volumes plus incongrus les uns que les autres.

Les huttes étaient construites avec des matériaux très divers parmi lesquels la terre crue, le torchis, le bois tissé jouaient un rôle important, mais chacune avait sa part d'invention. Une des plus grandes n'était qu'un assemblage de fenêtres qui faisaient aussi office de portes. Jointées par projection sur un lattis inframince, on ne voyait presque pas l'espace qui séparait les cadres. Elle ressemblait à une ruche à facettes rousses.

Une autre au contraire était aveugle, percée d'une seule porte et coiffée d'une coque qui descendait jusqu'à terre. Une coque plus fine couvrait le front d'une cahute avec porte et fenêtres comme un béret droit sur une tête penchée. La suivante était cylindrique, un tonneau, on entrait par la bonde. Celle qui la jouxtait était faite de longues pagaies rassemblées au sommet par un fil de chanvre, elle était tendue d'une grande voile, elle s'ouvrait avec une perche qu'il fallait pousser sur le côté.

Les dômes n'étaient pas tous en voile, mais aussi en tuiles, en feuilles, en écorces et en foin. Les toits ouvrants des tumulus étaient végétalisés, les couvre-sol variaient de l'un à l'autre. Et puis il y avait les serres. Appuyées sur un pan de terre creusé ou contre une roche plate, elles s'ouvraient complètement comme des gueules pleines de dents vertes. Un système de poulies permettait de lever une façade de verre d'une seule main, un petit pouvait l'actionner.

Il y faisait chaud, les coussins étaient profonds, les odeurs florales marquées.

Ils furent encouragés à grimper sur le tumulus qui coiffait la colline. La maison commune du Tujunga Wash. Ils s'assirent sur cette prairie soignée, dans les fleurs, entre les papillons, on leur montra la ligne claire du Wash Tujunga qui avait donné son nom au quartier, celle de Paayme Paxaayt et le lieu de leur rencontre.

Ils virent la grève où ils avaient laissé les coques amarrées, elles discutaient entre elles, ballottées par le courant qui s'accélérait, passé l'anse du port, pour rejoindre son affluent. Les deux rivières se pressentaient l'une l'autre avant de se confondre. Elles couraient vers le point de confluence comme à un rendez-vous sans cesse renouvelé. Le lit, à la rencontre des eaux, s'était creusé pour accueillir leurs deux débits fusionnés.

Paayme Paxaayt n'absorbait pas le Wash Tujunga, elle le recevait et le conduisait longtemps dans ses eaux avant qu'il ne s'y fonde de lui-même et qu'ils poursuivent ensemble, sous son nom, le chemin immémorial de l'eau. Il n'y avait pas trace d'écume, pas le moindre battement de regret, aucune voracité dans cette assimilation. Elles s'avançaient l'une dans l'autre, avec l'autre, emmêlant leurs forces et leur poids, vers le seul objectif valable pour une rivière, l'Océan.

Les Arcadeans avaient pris soin de placer leur port en amont pour ne pas déranger l'intimité du lieu. Les arbres, les Autres Corps étaient libres de s'installer alentour. Aucun Véliste n'aurait brisé ce tabou.

Certaines réunions devaient se faire en dehors de leur présence immédiate, cela ils l'avaient appris des Anciens et s'y conformaient strictement. Les Extracts s'étaient mêlés de tant d'espaces en leur temps qu'ils avaient détruit les enveloppes à force de les percer. Depuis, les Arcadeans ne cessaient de les reconstituer ou, au moins, de les admettre et de les respecter. Ils n'avaient pas leur place partout, et ils étaient heureux de le savoir, car cela signifiait aussi qu'ils avaient une place quelque part.

Les quatre Expés et leurs hôtes écoutèrent longuement les eaux bourdonner de concert. Elles étaient fortes, l'élan qu'elles se donnaient mutuellement elles le célébraient en le brassant dans de multiples bouillons. Une marmite de joie. Ama se demandait ce qui infusait dedans et quel effet cela lui ferait d'y plonger.

Quand ils furent rassasiés de ce spectacle, leurs capteurs et leurs yeux se tournèrent vers le village de huttes qu'ils surplombaient d'une perche. Chacune avait sa tournure particulière, toutes avaient quelque chose en commun. Hormis le partage des matériaux de gros œuvre, une surface verte se découpait, bien visible, face au soleil, sur chaque toit. C'était parfois un dessin, un lacis de traits imbriqués, un symbole ou une représentation, et parfois un simple aplat. Certaines huttes en étaient couvertes du sol au faîte, d'autres ne portaient qu'un petit pentagone orientable, une bande ou une frise qui courait autour du périmètre de couverture. Parmi le vert des couvre-sol et des arbres, ces éclats luisants étaient resplendissants.

Duane gonflait ses poumons depuis qu'il avait repéré ce que les Expés examinaient en silence. Il brûlait d'envie de parler. Avant de capter ce qui palpitait dans le cortex du Véliste, Mianeh eut le tact de l'interroger.

Elle orienta un long laser bleu vers une tache ovale posée sur le toit d'un tumulus.

– C'est quoi, ça ? La fameuse…

– La fameuse gélatine photovoltaïque ! Oui, Mianeh ! La voilà, une de nos fiertés ancestrales, une révolution, une préparation traditionnelle que nous nous transmettons ainsi qu'aux Autres Corps qui le désirent depuis son invention. Un fleuron, une panacée !

Il expliqua tout par le menu en commençant par le début ou ce qu'il pensait être le début. Les efforts tâtonnants des Extracts Avancés pour trouver un champ d'Extraction infini, incessamment renouvelé, non destructeur. Leurs erreurs en matière de cellules, de facteur de charge, de stockage et de fabrication. Il passa rapidement sur les dépenses somptuaires d'énergie grise, les défauts de recyclement et les décharges à ciel ouvert où les composants fondaient au soleil et coulaient sur les sols étanches jusqu'à trouver une faille où s'enfoncer. Les Avancés n'étaient pas encore des Arcadeans. Pas complètement. Il leur manquait l'essentiel, le retournement radical, le changement de cap, l'étincelle. Laquelle ne viendrait pas d'eux directement, mais d'une rencontre croisée, comme en toute bonne chose.

Duane fit une pause. Il n'avait jamais entendu l'histoire de la gélatine photo racontée sous cet angle, celui-là même qu'il était en train d'adopter pour ses amis Expés, et ce qu'il venait de formuler le frappait.

Les Avancés s'étaient ouverts aux Autres Corps, ils les avaient considérés, accueillis et respectés, ils avaient déjà commencé à réparer ou à tenter de le faire et à s'adapter aux monstrueux écarts de température, aux feux, aux coulées de boue, aux inondations, ils s'étaient mis à définir des zones corridors et à les défendre, à créer des îlots, des barges, des serres en dehors du trafic, pas seulement pour eux, mais pour ceux qui se présentaient. Et certains le faisaient, brièvement. Aucun Muridé sain d'esprit ne partageait volontiers son abri avec un Extract dans ces temps reculés. Pas même un chemin. Duane comprenait en parlant. C'était la rencontre, l'intimité cellulaire, qui avait transformé les Avancés en Arcadeans. Définitivement. La gélatine photo, leur fierté, était le point de bascule, le fait même de cette métamorphose.

Une fois mise au point, elle avait transformé leurs besoins, leur réponse, leur rapport au soleil, au chaud, au froid, aux autres et aux mondes. Ce n'était pas une invention, mais une ouverture.

La kleptoplastie observée chez Elysia Chlorotia dans un aquarium de veille avait été un premier pas. L'Avancé qui travaillait avec ses gastéropodes chéris depuis des lustres ne cherchait rien qui concernait l'énergie consommable. Il se contentait de regarder évoluer ses Limaces de mer. Il regardait leurs corolles, leurs dentelles, les taches et les tons que prenait leur robe, les circuits dessinés par leurs nervures dorsales. Leurs antennes et leur gueule molle le comblaient. Ce qui l'intéressait tenait entièrement à leur démarche. Lente, assurée, à la fois flottante et accrochée. Il trouvait une grâce profonde à cette demi-suspension aquatique.

Il s'appelait Resclum Patrati. Le premier Avancé à avoir entretenu une liaison chimique inclusive avec un Autre Corps. En ce sens, Resclum Patrati pouvait être considéré comme le premier Arcadean. Un des premiers, tout au moins. Ce qui n'avait aucune importance, Duane le savait pertinemment, l'origine des Arcadeans étant multiple et simultanée.

– Bref, dit Mianeh à voix haute.

– Oui, j'en viens au fait. Resclum connaissait ses Limaces comme sa barbe et savait qu'elles volaient les chloroplastes des algues alentour en faisant mine de les manger. Mais elles ne les digéraient pas, elles les gardaient actifs dans des sacs mucilagineux extensibles et profitaient de leur photosynthèse.

– Et alors ?

– Un jour, Resclum fit une fausse manœuvre en caressant ses Limaces et se retrouva avec une main barbouillée de mucus vert.

– Il caressait ses Limaces ?

– Oui, Ama, dans l'eau, c'est très recevable.

– Au lieu de se laver, il poursuivit sa journée avec son gant vert. Il ne changea rien de sa routine. Ses contacts avec l'eau étaient courts et réguliers. À force de bains et de séchages répétés, le mucus s'incrusta. Quand il retourna dans son quartier, il était survolté sans savoir pourquoi. Il arborait sa main verte comme un tatouage vivant et la montrait en disant qu'il était désormais Resclum Élysée, lichénisant. Il se sentait en pleine forme. Il ne ferma pas l'œil de la nuit et prit plusieurs bains relaxants. Le mucus chloroplastique s'était intégré à ses cellules, il aurait dû se couper la main pour s'en débarrasser. Ce qu'il n'aurait fait sous aucun prétexte. Son habileté, sa puissance de concentration, sa finesse tactile étaient décuplées par la présence des chloroplastes. La peau de sa paume avait acquis une souplesse duveteuse qu'il ne se lassait pas de toucher du bout de ses autres doigts. Il n'eut de cesse que d'obtenir un autre gant vert. Il y parvint. Et quand ses deux mains furent couvertes, Resclum se sentit complet. En pleine possession de ses moyens, il poursuivit ses recherches dans son coin. Il se promenait avec un sac d'eau sur le ventre. Plus tard, il se fit coudre des moufles à condensation pour les déplacements longs. Il se nourrissait de moins en moins. L'étude des Limaces l'accaparait. Il passait son temps dans des aquariums toujours plus grands et plus peuplés. Il rêvait d'un village de Limaces en pleine mer où il aurait installé un bungalow semi-immergé. Nous avons les plans. Je crois qu'il s'en est construit quelques-uns à Long Beach.

– Long Beach ?

– Plus tard, Ama.

– Je vous passe les détails. C'est en croisant la peintresse Artemis Latone durant un symposium tech que la jonction a eu lieu. Elle venait avec ses pigments pulvérulents réactivés et lui, ses deux mains. Ils se sont salués, il avait enlevé ses moufles, elle venait de faire sa communication, elle avait les mains poudrées jusqu'aux coudes. La rencontre a été un flash. Les chloroplastes et le liant pigmenté ont fondu l'un dans l'autre, une petite goutte jaune et vert est tombée à leurs pieds. Ils l'ont ramassée, ils l'ont analysée. La gélatine photovoltaïque venait de voir le jour. Après ça, il y eut un immense mouvement gélatineux. Elle pouvait s'appliquer sur n'importe quel support et fournir de l'énergie directe dès la première couche. On en décora les huttes, on en tartina les toits, les vêtements de fil, les couvertures, et le moteur à gélatine apparut dans la foulée. Les Cruisers l'utilisent sans réserve. Nous la réservons aux habitats et aux combinaisons d'hiver. Vous le voyez, le Tujunga Wash est très orné. La gélatine photo est notre première source de renouvelée pour le confort domestique et personnel. Nous avons même une fresque originale d'Artemis Latone en personne. Une relique. Ici.

Duane désignait un tumulus rabougri où figurait un labyrinthe de chemins verts indiscernables du couvre-sol vert dans lequel il s'inscrivait. Ama plissait les yeux, Atlal ouvrait les siens, ils ne voyaient rien. Mianeh se fendit d'un projo de grossissement. Le motif était peu marqué, d'une élégance archaïque.

– C'est une œuvre subtile, dit-elle en ramassant sa projection. Les chloroplastes gélatineux effleurent ceux des végétaux, on ne saurait dire lesquels décident du dessin général, le fond et la forme s'inversent continuellement.

– Exactement, dit Duane. Ils discutent depuis le jour où elle a posé sa brosse sur le tumulus. C'était une grande artisse.

Mianeh calculait en douce dans un coin de ses circuits. Elle n'arrivait pas à décider si la gélatine photo des premiers Arcadeans avait un socle commun avec ses propres implants. La peinture de sa coque était voltaïque, composée de cristaux, mais ses implants synthés étaient en partie organiques et, pour cette raison, fragiles et soumis à un entretien régulier.

– Comment conservez-vous la souplesse des cellules chloroplastiques ?

– Par vaporisation. La condensation suffit à maintenir les sacs mucilagineux dans l'état d'humidité intermédiaire qui leur convient. Les habitats son recouverts afin d'obtenir le taux d'hygrométrie optimal. En ce qui concerne les vêtements, il suffit de produire un effort violent une à deux fois par jour pour alimenter en eau-vapeur une combi complète. Elle absorbe la transpiration, ventile, et regonfle les chloroplastes diminués. Notez qu'on peut porter une combi d'hiver pendant les grandes chaleurs, la conversion chaud-froid se fait très correctement.

Mianeh tourna ses capteurs vers lui. Elle fit glisser une trappe au sommet de sa coque et lui montra la surface légèrement grumeleuse de son implant. Duane pâlit, grimaça, et cracha dessus. Mianeh se projeta aussitôt en avant et heurta Duane qui tomba à la renverse. Litham s'empoigna les cheveux. Sa barbe tressautait sur sa poitrine tandis qu'il regardait alternativement la Dronote en l'air et l'Arcadean au sol.

– Mianeh ! Je voulais seulement l'humecter !

Duane était assis et il se frottait le menton en souriant.

– Quelle droite ! Si on peut dire.

La Dronote ouvrait et refermait frénétiquement sa trappe d'implant. Son aura traversait les couleurs de l'arc-en-ciel, elle vibrait. Trois minutes plus tard, elle se fixa sur jaune paille, le soulagement. Tout le monde souffla.

– Pardon, mes circuits réflexes sont parfois excessivement réactifs.

Elle vint aider Duane à se relever en se présentant à hauteur de sa main. Le Véliste prit appui sur la coque refermée et se retrouva debout d'un trait, étourdi, mais toujours souriant.

– Vous avez une sacrée patate !

– Merci de votre indulgence, Duane Ivano d'Aléoute. Mon implant a reçu une charge positive inattendue, je le sens revivre.

Elle envoya néanmoins à Litham un commentaire qu'il formula à voix haute :

– Il aurait pu prévenir.

Les Arcadeans autour d'eux frétillaient à nouveau. Le sursaut de Mianeh les avait saisis, ils s'étaient repris dès que son aura était passée au jaune soleil. Ils apprenaient vite.

– L'Auboisière souhaite-t-elle visiter la maison commune ?

Firmine avait une voix de miel aromatique, chaleureuse et cristalline. Ses couleurs et sa tessiture contrastaient avec la musculature de ses épaules et ses bras. Galbé et solide, Firmine avait le torse d'un Véliste rompu aux descentes rapides et aux remontées athlétiques. Ama était troublée par l'attention à la fois aiguë et flottante qu'il déclenchait chez elle à la moindre occasion. Cette simple question la plongeait dans un inexplicable doute.

Si n'importe quel Autre Corps, n'importe quel Arcadean présent la lui avait adressée, elle aurait dit bien sûr, sans avoir besoin d'y réfléchir. Devant Firmine, elle tergiversait comme si la proposition en recelait une autre, qu'elle ne percevait pas. Il lui aurait été plus facile de converser avec lui par phéromones, mais elle ne savait pas si la pratique était commune dans le Tujunga Wash. Elle hésitait à sortir ses flacons.

Le silence s'éternisait. Mianeh répondit à sa place :

– Je suis certaine que l'Auboisière prendrait un immense plaisir à une incursion si aimablement proposée. Et si vous y consentez, moi-même et mon appétit polymathique,

Atlal Allat Dol Chairn en tant que Sout et peut-être aussi Ourá par curiosité, nous vous accompagnerions volontiers.

Ama reprit ses esprits et acquiesça. Firmine sourit, ses yeux brasillèrent, Ama détourna le regard.

Une poignée d'Arcadeans, dont Litham et Duane faisaient partie, les précédèrent et les enveloppèrent jusqu'à la bouche d'accès au pied du tumulus. Elle était invisible.

La pelouse qui courait sur le toit descendait sur les flancs et la base du bâti, et recouvrait l'ensemble d'une trame parfaitement homogène. Firmine posa sa paume devant lui à hauteur de son front. Une bande de terreau truffée de radicelles s'enroula sur elle-même et découvrit le seuil de la maison commune. Une pierre plate, d'un gris tirant sur le bleu, polie par l'usage.

Ils entrèrent. L'impression immédiate des quatre Expés fut la même. L'espace était beaucoup plus vaste qu'ils ne se l'étaient imaginé. Mianeh avait rapidement scanné les dimensions extérieures du tumulus et le report n'était pas cohérent. Elle se mit aussitôt en devoir de prendre des mesures précises du volume dans lequel ils venaient de pénétrer.

Son architecture était composite. L'emprise au sol était une courbe plane, elliptique, il fallait un certain temps pour la lire, car les niches, les kystes, les panneaux entrecroisés, les planchers étagés percés d'accès circulaires en camouflaient la simplicité. La lumière était tamisée. Il y avait des coins d'ombre. Certaines niches, au contraire, très éclairées, diffusaient au travers de leurs parois. L'atmosphère était celle d'un sous-bois de hautes futaies. Ama y fut instantanément à son aise.

La poignée d'Arcadeans qui les accompagnaient s'égaillèrent en tous sens. Deux par deux, par trois, un par un, ils s'engagèrent sur des escaliers et dans des cavités à différents niveaux du bâtiment qui en comptaient à première vue quatre ou six. Mianeh accélérait ses calculs pour en définir le nombre, mais les demi-étages incrustés et des loges dérobées ralentissaient ses déductions. Duane ne simplifia pas ses recherches en expliquant le fonctionnement de l'espace commun.

Comme toute chose vivante qui cherchait à le rester, la maison commune était une entité en évolution constante.

Ses pièces n'étaient pas fixes. Chacun des Arcadeans pouvait déplacer une cloison, soulever ou rabaisser un plancher, gonfler une nouvelle bulle à partir de la peau d'une précédente, et réagencer les accès et les voies de circulation. Ils le faisaient volontiers dès qu'ils en avaient envie ou en ressentaient le besoin. Selon l'humeur collective, la maison était vide, grande ouverte sur toute son elliptique ou pleine de circonvolutions.

De fait, depuis que les Arcadeans accompagnants s'étaient dispersés, on entendait bouger des plaques et s'ouvrir des trappes.

Ama, qui s'était appuyée d'une main sur une barre de descente, la sentit s'envoler avant de voir le trou circulaire du plafond l'avaler puis disparaître, rebouché. Des pas résonnaient au-dessus de leurs têtes, et dans les parois latérales, comme si le tumulus était la salle centrale d'un terrier à laquelle de nombreux tunnels aboutissaient.

Atlal était perturbé. Comme Ama, il s'était senti immédiatement dans son élément. Mais comme Ama, il n'avait pas l'habitude de voir les troncs se faire aspirer par la canopée.

Il tendait l'oreille à droite et à gauche, il tournait la tête, et mourait d'envie de planter une griffe dans le sol. Il talonnait Duane dans l'espoir d'obtenir un éclaircissement. Celui-ci poursuivait la visite en les faisant avancer à pas prudents. Les planchers pouvaient s'abaisser brutalement. Il indiquait des cavités du bout de la barbe, énumérait leurs fonctions et passait aux escaliers, certains à double révolution, aux échelles de corde qui pendaient, aux passerelles qui les reliaient.

Chaque élément était d'importance égale. Une salle-bulle dédiée à la concentration, à la lecture tactile, au visionnage d'archives, à l'élaboration narrative, visuelle, verbale ou sensorielle, au séquençage, à la synthèse biochimique ou à la tech-archi était aussi décisive que la glissière qui permettait de passer de l'une à l'autre, que le toboggan qui les enroulait dans un même parcours, ou que la trappe qui permettait d'y entrer et d'en sortir. Les salles-bulles n'étaient pas seulement remaniées dans leur contour physique. Elles changeaient d'attribution selon ce qui s'y passait en temps réel.

– Par exemple, expliquait Duane, si la discussion dans une bulle tech commence à s'orienter vers les mémoires poétiques, les participants peuvent choisir de la retenir ou de la laisser filer sur cette pente pour rejoindre une salle-bulle de poésie déclarée ou d'archive, ou même, de fusionner les deux avec la bulle tech et d'en créer une troisième.

– Comment se décident les changements d'attribution ? Je veux dire. Une bulle glisse vers une autre, mais tout le monde n'est peut-être pas d'accord. Si je suis en train d'observer une réaction chimique entre composants, je n'ai sûrement pas envie d'entendre une ballade de dix mille vers libres en stéréo. Surtout si le volume est à fond.

Le rire de Firmine la figea et la souleva en même temps. Elle le sentait dans son ventre. Elle ne percevait aucun fond de moquerie, elle était pourtant dérangée, intellectuellement piquée et physiquement chatouillée. C'était très étrange.

Firmine fit jouer son plectre contre ses clavicules, le son tintant lui assura aussitôt l'attention des Expés. Ourá, intrigué, penchait la tête les oreilles dressées. L'Arcadean recommença pour le seul plaisir de voir le Scurius pencher de l'autre côté.

– Il ne faut pas se représenter nos discussions comme des discours articulés ou des constructions logiques, plutôt comme des vols en bande et des flottilles. Nous sommes Vélistes, le voisinage est notre façon d'appréhender l'espace et ses embûches. Si un de nous sent la difficulté ou le danger, il s'écartera et les autres autour de lui. La diversité des approches est extrêmement valorisée. Si tu n'as pas envie d'écouter une ballade de dix mille vers libres, personne ne t'y poussera. Si tu es entraînée, tu ne l'es jamais malgré toi.

– C'est un principe ?

– Un principe éthique et logistique. Chaque Arcadean, à tout moment, est le début et la fin des mouvements possibles du banc.

– Personne ne fait d'erreur, ne surréagit, n'emprunte un mauvais chemin ?

– Tout le monde le fait au contraire, la responsabilité est collective.

Ama était perplexe. Malgré ce que disait Firmine, elle sentait nettement que quelque chose dans sa voix la déplaçait plus qu'elle ne l'aurait voulu.

Firmine parlait pour sa commune. Avec sa voix chaude, ses mains virevoltantes, sa mousse de barbe et ses yeux pétillants, il dégageait un charme qui ne demandait qu'à opérer. Ama était déjà dans son sillage, à ses côtés, embarquée dans ses tourbillons. Elle sentait céder ses résistances les unes après les autres. Elle s'approcha, toucha sa barbe rose avec ses doigts, et l'embrassa dans le cou et sur la bouche, consciente que ce désir était le sien, qu'il était partagé et s'inscrivait dans un flux qu'il aurait été absurde et inconvenant de contredire.

Duane souriait de toutes ses dents.

– Là, par exemple, une petite salle-bulle amoureuse serait propice à la poursuite de la conversation.

Il regardait Atlal avec une insistance perceptible. Le Gros-Cerveau cachait ses yeux, il sentait les poils se hérisser sur sa colonne vertébrale et savait pertinemment ce que cela signifiait. Mianeh s'était logée d'elle-même dans le coude de Litham et roucoulait.

– Une salle-bulle partagée ?

– Ici, dans la maison commune ?

– Pourquoi pas ?

– Comme tu le souhaites, Ama. Ta pente sera la bonne.

Elle prit la main de Firmine dans sa main, sentit la charge crépiter entre leurs paumes et se laissa mener autant qu'elle menait – sans un regard pour ses cœquipiers.

La conversation des Expés avec les Arcadeans dura trois jours. Leurs salles-bulles connurent des transformations lentes, rapides et lentes à nouveau. Elles changèrent de forme, de texture, d'éclairage, elles les préservèrent de toute interruption et respectèrent le premier mouvement des invités, à savoir, la stricte intimité.

S'il y eut des velléités de regroupement, elles ne le transmirent pas. Les Arcadeans étaient de toute façon très chatouilleux sur la question de la bonne distance, et observaient scrupuleusement la règle numéro un, ne jamais s'imposer dans une enveloppe close. Aucune indiscrétion n'était à redouter de leur part, aucune curiosité non plus. La salle-bulle amoureuse était une des occupations les plus partagées dans la maison commune, tout le monde savait ce qui s'y passait et dans un nombre de variations considérable. Une session avec des Parks présentait peut-être des détails inédits, l'essentiel de l'action ne pouvait cependant guère surprendre les adultes maturés.

Les petits Arcadeans, quant à eux, avaient d'autres sujets d'intérêt. Ourá eut l'occasion d'en mesurer la richesse. Durant ces trois jours où ses cœquipiers l'avaient laissé derrière eux sans se soucier de savoir ce qu'il allait manger, comment il allait s'occuper, s'il se sentirait délaissé, méprisé ou carrément abandonné, alors qu'il s'apprêtait, lui, à les quitter pour de bon ainsi que ce Wash sans intérêt, les petits l'avaient entouré, caressé et bourré de noix et autres mets pas toujours adaptés. Puis ils l'avaient entraîné dans tous les recoins de la maison commune qui ne jouxtaient pas les salles-bulles amoureuses. Ensemble, ils avaient bougé de nombreuses cloisons et redéfini des jeux libres dans lesquels monter, descendre, glisser, grimper, sauter étaient des constantes et Ourá, bien sûr, y excellait. Sa vitesse et sa queue gouvernail les avaient beaucoup intrigués.

Un petit assez frêle s'était pris d'affection pour lui et l'imitait en tous points. Il avait appris en un temps record la base des caquetages d'alerte, les remuements de tête, la gamme des crachats et il reproduisait brillamment la signalétique caudale, un bras en l'air, la main en éventail. Il s'appelait Murín et n'avait pas encore de coque, mais de nombreuses idées sur ce qu'elle allait être dès qu'il aurait acquis les compétences nécessaires.

Il fit visiter à Ourá le chantier des petits et sortit de son armoire personnelle sa collection de brindilles et de bouts de toile. Ourá fouilla dedans des deux mains, sélectionna les meilleures options, les lui tendit, et laissa derrière lui un fatras sans nom dans lequel le groupe se roula jusqu'à n'en plus pouvoir. Ils étaient ensuite passés dans les bulles de réalité ludique et avaient construit ensemble une forêt primaire effarante.

Ourá avait eu la peur de sa vie en voyant un Fourmilier difforme se projeter par jeu sur le tronc qu'il avait choisi pour se reposer cinq minutes. La salle-bulle s'était aussitôt défaite de ses modelages immersifs et ils s'étaient retrouvés d'un coup sur le plancher nu.

Les petits qui avaient appris à modérer leurs réponses involontaires s'étaient beaucoup amusés de la radicalité du Scurius. Sa frayeur avait annulé dix-huit heures de jeu en un dixième de seconde, une performance absolue.

Ils le décorèrent pour ce haut fait d'une couronne de fleurs tombées ramassées dans les salles-bulles de pousse. Et passèrent dans la foulée au tissage de hamac à dormir où ils prirent quelques heures de repos.

Ourá sortit enchanté de ces trois jours. Il n'avait pas arrêté, sinon pour sombrer au bout de son rouleau et faire des rêves de Chauves-Souris géantes. Il avait mangé tout ce qu'on lui avait tendu, il s'était fondu dans la bande comme dans un clan de Scurius normalement endiablé, et il s'était fait un ami sincère en la petite personne de Murín, qui était drôle et très habile. Quand il retrouva ses cœquipiers à l'air libre, il arborait, lui aussi, la mine souriante du Scurius satisfait.

Ama n'était plus bouleversée, elle était en plein équilibre. Atlal n'était plus hérissé, son poil était lisse, magnifique, et ses yeux à peine voilés par un balais de sourcils supportaient aisément l'aura de Mianeh, rayonnante, soleil moiré. Firmine s'était révélé être un melle, Duane un mâle, et Litham un flamelle. Ama avait été un peu surprise quand elle avait senti gonfler sous le plectre rose de son partenaire des tétins réactifs, mais elle avait compris avant de le toucher que son sexe se dresserait et s'ouvrirait en même temps et que le plaisir en serait redoublé. Ils s'étaient réjouis ensemble de leurs anatomies et des combinaisons qu'elles permettaient, ils les avaient explorées dans l'euphorie et la volupté.

Les salles-bulles amoureuses étaient définitivement les meilleurs espaces au monde pour la poétique, Ama était formelle. La leur avait évolué d'une façon merveilleuse, graduelle, à la fois évidente et inattendue. Les textures dont elle les avait bercés, entourés et débordés s'étaient résolues les unes dans les autres sans qu'ils puissent en discerner les seuils.

La bulle avait accompagné et souligné leurs sensations par des jeux d'étoffes et des frôlements qui n'avaient jamais eu le poids d'une présence. Elle avait transformé ses dimensions internes avec la même discrétion, passant de l'alcôve à la nuit étoilée, du lit de plumes et d'eau tiède au vertige du voyage interstellaire, du cocon à l'incommensurable ouvert. Elle avait tout amplifié. Jusqu'au son des caresses, des soupirs, et des cheveux relâchés.

Cette expérience leur avait donné un aperçu de la tech des Arcadeans. Au service du plaisir plus qu'à celui du confort, elle était essentiellement fondée sur des coopérations, des relations épiphytes, non invasives.

Ils admettaient le séquençage synthétique uniquement pour la conservation des archives culturelles. Parmi les bijoux qu'ils portaient figurait une capsule d'ADN dans laquelle la mémoire arcadean était encryptée. Ni le passé ni l'avenir ne devaient se perdre, ils avaient traversé trop d'épreuves pour prendre le risque d'une innocence accidentelle.

Dans le plectre de Firmine, la capsule occupait le centre. Elle était à peine bombée, rose mat parmi les roses veloutés. Ama l'avait caressée à de nombreuses reprises avec une instinctive curiosité. Il y avait là, sous ses doigts, une trace immense, elle le sentait. La tech des Auboisières était loin d'atteindre ce niveau d'élaboration, les Toges utilisaient le volumen papier et privilégiaient le stockage sous forme de feuilles et folioles, mais Ama savait reconnaître une empreinte en toutes circonstances. Et celle que Firmine portait en sautoir était si puissante qu'elle était devenue un objet enchanté. Un petit noyau d'avocat chargé d'une culture complète. Presque de la même façon qu'un noyau d'avocat.

À la grande surprise des Expés, il y eut une fête improvisée le soir de leur sortie de bulle. Elle se déroula autour du réservoir vide et bleu, au cœur du jardin de huttes. Lesquelles s'étaient à nouveau défeuillées et ouvertes pour célébrer l'échange de fluides qui avait eu lieu. Comme Ourá, les Expés et leurs partenaires reçurent des couronnes de fleurs tombées. Le groupe les avait à nouveau environnés de leurs effleurements subtils, il y avait eu des chants bouche fermée, des danses, des déclarations, des nourritures et des boissons reconstituantes.

Ils reçurent chacun une concrétion de polymère mucilagineuse, autrement nommée perle d'eau. C'était un cadeau. Les Arcadeans le faisaient à ceux qui avaient apporté pour qu'ils emportent à leur tour. La bille était de la taille d'une noisette, on la retira prestement des mains d'Ourá lorsqu'il fit mine de la gober. Elle pouvait absorber quatre cents fois son poids en eau, il n'était pas conseillé de l'avaler. On pouvait se baigner avec tant qu'elle conservait sa pellicule protectrice. On pouvait l'enfiler sur un fil. On pouvait aussi lui retirer son bouchon gros comme une tête d'épingle pour qu'elle serve de gourde, mais elle était surtout une marque d'amitié et un souvenir concret.

Celle d'Ama était d'opale rosée avec des incrustations de rouge et de jaune éclair. La perle d'Atlal était blond irisé de vert vif. Celle que Mianeh scanna sous tous les angles avant de la rendre était un réticule changeant de bleus et de blancs vaporeux.

Il était malvenu d'offrir quoi que ce soit en retour. Atlal vécut un moment étrange en recevant ce Trésor qu'il n'avait pas volé et qu'il ne pouvait pas équilibrer. Duane l'assura, dans le creux de l'oreille, qu'il l'avait déjà largement fait. Il ne devait pas s'inquiéter. Il pouvait considérer la perle d'eau comme une action, ou son résultat. Délicieuse en tous points.

Ourá se fit couper un fil et porta aussitôt la sienne ras du cou. Un arc-en-ciel miniature qui lui faisait bomber le torse.

Ils dormirent dehors tous ensemble d'un sommeil traversé par les flux de l'air, le dialogue des nocturnes et le bourdonnement de l'eau.

LES GARDENESSES

Le matin s'ouvrit sur un ciel parsemé de cumulus fractus à la dérive, légers.

Les Expés devaient poursuivre leur chemin. Frog-Toh les attendait, et le village le savait.

Après un échange de fluides bienheureux, l'usage est d'accompagner. C'est donc très simplement que les coques de Litham, Duane et Firmine furent chargées de provisions et des fanions d'adieux. Murín et les petits ensevelirent le Scurius sous des brassées de tiges à sucre. Les coques équilibrèrent les masses. Quand elles eurent discuté entre elles et approuvé chaque passager, elles prirent le large et tracèrent dans le courant, l'une derrière l'autre, Litham et Mianeh devant.

Le hululement de gorge des Ivano's restés sur la berge se fit entendre longtemps dans leur sillage. Ensuite, seul le frissonnement de l'eau contre le bois verni leur chatouilla les oreilles.

Au bout de quelques miles, les Vélistes sortirent leur voile. Celle de Litham se déploya sur un mât télescopique de la taille d'un bambou forestier. Elles ajoutèrent leur claquement à la basse continue des flots, et tous se laissèrent porter par cette musique posée sur la résille dorsale du Corps de l'eau.

Au travers de la membrane des coques, ils sentaient l'empressement de Paayme Paxaayt. Elle rejoignait son affluent, le point de rencontre était proche, son accélération suivait une courbe ascendante continue, sourde comme une lame de fond. Si Ama n'avait pas pris place dans la coque Vanish, pensée et polie par les mains de Firmine, elle aurait connu un moment d'appréhension. Mais Firmine était un laqueur hors pair, le vernis qu'il avait mis au point permettait à sa coque de transformer la pression en vitesse et le choc en dynamique positive. Au lieu de redouter l'énergie de la rivière, Ama s'y accorda et y prit part activement en saisissant à deux mains la pagaie qui lui revenait.

Elle était en proue et roulait des épaules en plongeant sa palme. Firmine barrait, voilait et compensait ses irrégularités. Il n'avait pas besoin de voir la rivière pour la lire, elle s'inscrivait en temps réel sur les flancs de sa coque et remontait dans ses mains par le manche de sa rame. Ce qu'Ama sentait contre ses genoux plaqués au fond de l'embarcation, Firmine l'interprétait par anticipation. Elle était en tête, le moteur, il était la vigie, et les dirigeait avec trois longueurs d'avance.

Il connaissait les confluences de Paayme Paxaayt comme les lignes de sa main. Elles étaient tracées par des siècles de pratique, elles pouvaient néanmoins, et comme le destin, s'infléchir du jour au lendemain. Il suffisait d'une crue, d'un épisode neigeux, quelques jours d'une pluie soutenue pour que le lit séculaire se modifie et que les lieux de rencontre migrent d'ouest en est, d'amont en aval. Paayme Paxaayt pouvait tout à coup sauter une berge et déborder son affluent avant de l'intégrer.

Les Vélistes tenaient des récits de rivière, ils ne les cartographiaient pas. Ils ne cherchaient pas à en fixer le cours. Les Extracts l'avaient tellement fait que l'idée de la dessiner était inacceptable. La relation des dernières bifurcations en date était, en revanche, extrêmement prisée.

Litham, qui s'était égaré sur un diverticule fraîchement apparu sur le Wash Tujunga, avait été pressé de questions avant leur départ. Où avaient-ils débouché exactement, sur quel fond, quelle profondeur avait le nouveau bras, quel caractère, l'intérêt des Vélistes était technique, mais aussi narratif. Les événements de la rivière étaient les leurs. Ils vivaient sur ses rives et dans son temps, ils suivaient ses humeurs et ses élans, ils guettaient ses écarts comme on écoute une histoire. Ou un poème.

Ama ne perçut pas la fusion des deux cours d'eau. Elle comprit qu'elle avait eu lieu lorsqu'elle l'eut largement dépassée. La science de Firmine et la douceur de la rencontre entre les deux Corps avaient occulté le phénomène. Elle se dit alors qu'elle avait beaucoup à apprendre, et s'en réjouit.

Elle observait les berges autant que son activité le lui permettait. Lorsqu'elle eut trouvé son rythme et compris que Firmine déjouerait les obstacles sans qu'elle ait à les lui annoncer, elle laissa glisser son regard librement.

Maintenant qu'elle avait vu le jardin de huttes, elle remarquait les habitats ripariens, l'occupation des sols et des niveaux intermédiaires, la présence des camouflages et des levées de terre qui contenaient les salles communes.

Quelques miles après la zone de confluence, le tabou d'installation disparut petit à petit, quelques miles plus loin, les deux rives étaient ourlées de Palms, de bushs, et d'arbres fruitiers dans lesquels vivaient des communautés de différentes natures.

Désormais, elle repérait sans effort celles des Arcadeans. Ils s'attachaient à ne pas envahir l'espace, leur implantation tenait de la ligne pointillée, les villages étaient compacts, ramassés, leurs dimensions volontairement réduites. Au niveau où elle se trouvait, les yeux à peine au-dessus de la ligne de flottaison, elle ne pouvait pas regarder l'intérieur des terres, mais ses oreilles et son sens de l'enveloppe indiquaient clairement une organisation en archipels.

Mianeh, qui ne ramait pas, et scannait à trois cent soixante degrés en tournant comme un derviche dans le coffre avant de la coque Nevin, comptait déjà 1 759 îlots plus ou moins reliés entre eux avec un différentiel positif de 5,18 % pour la rive droite. Elle complétait son volumen à la vitesse de six à sept nœuds, et les informations étaient largement assez nombreuses pour qu'elle trouve l'exercice exigeant. Afin de lui faciliter la tâche, Litham prenait soin de conserver une vitesse constante. Il équilibrait les coups de vent et les coups de pagaie.

Comme les deux autres Vélistes, il tenait l'écoute souplement et ne semblait fournir aucun effort. Sa navigation relevait d'une négociation renouvelée et d'une entente établie de longue main. Le dialogue auquel il se livrait, et dans lequel il servait d'intermédiaire entre l'air et l'eau, n'avait jamais cessé. Un Véliste dans sa coque reprend sa ligne où elle en est, sa pratique se déroule au présent absolu, le sillage derrière lui et l'avenir dans ses mains.

La coque Aléoute était la plus longue et la plus lourdement chargée, Duane et Atlal n'étaient pas des modèles réduits dans leur catégorie. Sept à huit nœuds de moyenne ne présentent aucune difficulté pour un Véliste expérimenté et Duane était un des meilleurs coursiers de fond de sa communauté. Il pagayait sourire aux lèvres. Et si Atlal ne souriait pas, pour sa part, concentré sur les mouvements extraordinaires qu'il devait fournir, il avançait les sourcils relevés.

L'expérience de la suspension était tellement neuve pour lui qu'il essayait d'en ressentir le moindre élément. Ses griffes étaient inutiles, courbées autour du manche. Il ne sentait la terre ni par les pieds ni par les ongles. Ses repères de haut, de bas et de strates étaient effacés. Son poids, transformé, pour moitié évanoui, sa locomotion transférée à celle de la coque. Il tentait de trouver à leur évolution des ressemblances avec celles d'un forage de tunnel à l'horizontale. Il se disait la coque rampe, elle rampe dans l'eau, tout va bien. Il ronronnait pour s'en assurer. Il ronronnait ce qu'il fallait pour que le Scurius se tienne tranquille. Ourá n'aimait pas tellement l'eau, il avait beaucoup réduit ses gesticulations réactives. Il ne se serait pas félicité d'être à l'origine d'un retournement intempestif.

Ils avançaient bien. Les Arcadeans avaient prévu une journée pour rejoindre Toluca Lake et ses sources artésiennes, en faisant une pause sur la longue pelouse des Gophers – une perspective qui avait réjoui Atlal –, et une ou deux autres journées, en fonction de la réaction à la navigation des Parks embarqués, pour atteindre Frog-Toh.

Ama pagayait sans relâche. Elle sentait ses muscles chauffer sous son pourpoint. Elle s'épongeait le front avec la manche quand elle passait de bâbord à tribord pour plonger sa rame, le mouvement ne devait pas s'interrompre. Sa perle d'eau oscillait régulièrement sur sa peau. Elle tenait le bon rythme. Firmine la laissa aller sur son erre tant qu'il ne perçut aucun grincement. Elle avait besoin de se faire quelques ampoules, d'expérimenter sa force et son enthousiasme d'Expé.

En matière de voile, c'était une débutante, il était nécessaire qu'elle vive cette expérience. Néanmoins, quand il entendit sa pagaie racler la coque deux fois de suite, il l'arrêta. Il se déclara fatigué, il devait boire, il devait s'étirer. Et rien n'empêchait l'Auboisière de l'imiter.

Lorsqu'elle lâcha le manche pour attraper la gourde, elle eut des difficultés à refermer les doigts pour dévisser le bouchon. La dérive soudaine la déconcerta, le silence qui l'accompagnait lui tomba sur les épaules. Elle sentit tout à coup ses genoux ankylosés peser sur le fond. La raideur de sa nuque la surprit. Elle grimaça en se retournant.

Firmine lui tendait une barre de flocons agglomérés au sirop de pêche. Il savait qu'elle avait faim, qu'elle avait mal, et qu'elle n'en dirait rien. Il devait remonter loin dans sa mémoire de Véliste pour retrouver les sensations de l'apprentissage, de la mauvaise posture, l'entêtement à prouver sa force et son endurance, l'oubli des muscles dans la volonté. Cette épreuve était loin derrière lui et avec elle l'étonnement, le premier enchantement d'être sur l'eau flottant, entouré de sa coque comme d'une nouvelle peau, augmenté d'un organe qu'il avait lui-même dessiné et enduit pour faire Corps avec le sien et celui de l'eau.

Le contraire d'un outil. L'inverse et la réfutation des exosquelettes construits par les Extracts.

Une fois à sa place, calé sur son siège, la pagaie dans la paume, l'écoute au bout des doigts, il touchait avec sa coque comme il voyait avec ses yeux. Elle n'était pas extérieure, il n'était pas posé dedans, elle l'intégrait autant qu'il l'intégrait, elle avait ses mouvements propres, sa science, il avait ses aptitudes, ses humeurs, leurs pensées actives s'entremêlaient sans qu'ils puissent les départir. Avant d'en arriver à cet accord, beaucoup de choses devaient être démontrées par l'un et l'autre des protagonistes. L'indépendance, l'esprit critique, la résistance, le défi, la frime y participaient.

Firmine s'était engagé dans de nombreuses courses à leurs débuts, des parcours rodéos, techniques, compliqués. Parfois la coque les sauvait, parfois sa pagaie. Ils s'étaient longuement testés l'un l'autre avant de se rendre et de s'accepter tels qu'ils étaient. Trop grands, trop maigres, trop lisses, trop vifs, parfaits.

Ama n'aurait pas à faire tout ce chemin – à moins qu'elle reste avec eux, se convertisse aux eaux et dessine sa propre peau –, elle devait néanmoins assimiler les gestes et la tournure d'esprit nécessaires à l'art de la navigation plaisante. La plaisance, comme ils disaient entre Vélistes. La pleine aisance.

Par bonheur, la prochaine escale n'était plus très loin. Elle s'en tirerait avec une bonne fatigue et un début de corne aux mains dont elle pourrait se vanter.

Les Vélistes avaient calculé le parcours au petit poil. Firmine la laissa boire et manger tranquillement. Ils étaient en train de laisser filer à tribord le relief des canyons, ils allaient passer sous trois ponts conservés et entrer doucement dans le périmètre du bois sacré. Et Firmine savait qu'Ama le sentait. Son sens de l'enveloppe s'était réveillé. Il le voyait sur sa peau, les poils de ses bras étaient droits, elle était prise de frissons à la moindre brise, elle levait le nez et touchait sa cabe comme si elle allait l'installer entre deux branches maîtresses d'un instant à l'autre. Ama le regarda et lui sourit en déglutissant. Elle s'essuya la bouche avec la manche avant de parler.

– Alors, il est encore loin, ce bois sacré ?

Firmine rit.

– Il est devant.

– Nous sommes déjà dedans, n'est-ce pas ?

– Presque, Auboisière. Les vivants d'ici tiennent beaucoup à l'idée de jardin-lisière. Les bois-jardins sont plus loin, le bois sacré plus haut.

Elle hocha la tête et reprit sa pagaie. Litham et Mianeh avaient fait une pause avant eux, et s'étaient laissés distancer, mais maintenant, la coque Aléoute s'apprêtait à les dépasser.

– Hors de question ! lança Ama par-dessus son épaule en appuyant de toutes ses forces sur la rame.

Atlal haussa un sourcil et se cabra. La coque Aléoute gémit sous l'impulsion et bondit. La coque Vanish répondit par une aspiration frémissante et un coup de poupe appuyé par la voile, elle se souleva de l'eau et surfa sur le tiers de sa longueur jusqu'à reprendre à la coque Aléoute les six encablures qu'elle lui avait mangées.

– Dans tes rêves ! lança l'Auboisière.

Atlal leva sa pagaie et la fit tourner comme une hélice. Il montrait ses canines et se frappait la poitrine. Duane l'encourageait en rugissant et le Scurius lui-même ne savait plus quoi faire pour protester.

Le terrain s'était soudain aplani autour d'eux. Elle vit un ouvrage énorme qui faisait beaucoup d'ombre, ils le passèrent comme un seuil, elle vit une tour gigantesque, une seule, grise, majestueuse et sauvage au dernier degré, un autre pont, puis un immense champ-prairie jardiné de fond en comble. Vraiment immense. Vert, orange, jaune vif, des aromatiques en tapis, des citrons, des citrouilles à leurs pieds, des prunes, des abricots, des Noyers aux bras largement écartés, des poires alignées, des concombres dans les plants de melons, des vieux Oaks, des Sycomores, des fleurs du jour, et face à ça, la montagne.

– Cahuenga Peak.

– Ben, mon vieux.

– Kah-ween-gah, huttes de roseaux. Ou Cahug-Na, place de la colline. C'est un Vieux-Nom. Prends-le comme point de repère, les deux lacs sont à ses pieds, celui du bois sacré, celui de Toluca, il sépare les deux plateaux, ou plutôt, la Vallée du plateau qui s'avance vers l'Océan, il est le point culminant du bois-jardin et la porte d'altitude du bois sacré. Tu le verras de loin et de partout dans ce quartier.

Ama se tordait le cou pour mieux voir le sommet. Un vieux Pin parasol lui faisait signe depuis les hauteurs, seul, bien droit, les épines en l'air cirées par le vent. Un sage. Firmine la ramena à l'étage de l'eau.

– On va accoster. Le mouillage est juste là.

La coque de Litham était amarrée sur un ponton et semblait attendre Vanish. Ni Litham ni Mianeh n'en avaient fait autant. Firmine manœuvra en douceur et vint se coller à la petite Nevin. Elles se saluèrent en cliquetant. L'eau était bonne, le port était doux, la brise était fraîche, les civilités rituelles. Le temps de passer un brin et de ferler la voile, la grande Aléoute, qui s'était postée plus loin, les rejoignait.

Atlal, Ama et Ourá prirent pied ensemble sur le jardin-lisière, le Scurius d'un bond retentissant et les deux cœquipiers avec l'aide des Vélistes. Le Gros-Cerveau soupira un grand coup et planta aussitôt une griffe. Duane lui avait parlé des Gophers et des Gardenesses, il ne voulait pas perdre un instant.

Si la suspension aquatique était une expérience intéressante, une reprise de terre s'imposait néanmoins. Ses sourcils s'abaissèrent aussitôt, son ronronnement s'installa. Ama le laissa sous l'amoureuse surveillance de Duane et se dirigea vers les Gardenesses d'un pas léger.

Le spectacle était grandiose. L'eau s'écoulait sur l'herbe comme un filet qui s'étrécissait à mesure qu'elle s'éloignait, attirée dans un volume sonore intégralement investi, du ciel au plancher. Les cris, les chuchotements, les buzz, les bizz, les voix, les crissements, les claquements, les cymbales, les élytres, les sacs, les percus se disputaient l'espace et l'habitaient en cœur et en canon, simultanément. Elle entendait chaque intervention et toutes à la fois parce qu'aucune n'était proférée sur la même longueur d'onde. L'ensemble était clair et saturé. On n'aurait pas pu y ajouter un son et, pourtant, elle pouvait parler.

– Qui a fait tout ça ?

– C'est la commune du jardin-forêt, Ama, les Gardenesses.

– Des Arcadeans ?

– Des Arcadeans et bien d'Autres Corps. C'est une commune ultramixte. Tu vois leur œuvre. Toute en détail, en équilibre et amplitude. Les Gardenesses n'ont qu'une pensée et elle est devant toi, et sous tes pieds. Tu devrais enlever tes mocassins.

Ama s'exécuta. Elle les fourra dans son pourpoint et enfonça ses doigts de pied l'un après l'autre dans le tapis de sol du jardin. Il était tiède, certains endroits plus frais. Le sol était souple et lisse, puis souple et piquant, humide en avançant, spongieux un peu plus loin, la terre fine et tassée, polie par les appuis répétés, l'herbe broutée rase, ronde, légèrement rêche mais accueillante.

Ses sensations tactiles ouvraient un chemin dans l'univers sonore où elle était entrée. Elle foulait un monde qui changeait de nature à chaque pas. Elle avait l'impression de marcher sur un tapis musical et de frayer une voie qui ressemblait à celle d'un galet lancé sur l'eau lisse. Un bond suivait l'autre – et pourtant elle ne courait pas – et dégageait autour de lui une onde qui s'amplifiait depuis le point d'impact jusqu'à traverser la pelouse en échos de plus en plus lointains. Elle avait pris pied dans un univers en expansion intensive. La culture du lieu était riche, richissime, accessible par tous les sens depuis n'importe quelle place. Bouger dedans revenait à dérouler un récit sensoriel immédiat, hors de portée d'une parole proférée. Elle avait envie de siffler, de chanter, de sortir ses flacons, de gazouiller ou de gémir. Elle ne savait pas par où commencer.

Firmine avait le nez au vent, il reniflait dans les quatre directions. Sa barbe était d'un rose nimbé, son plectre scintillait sur sa poitrine. Parmi cette activité buissonnante, Ama sentit monter son désir pour le bel Arcadean. Elle siffla trois notes vives et lui décocha un regard sans ambiguïté alors qu'ils approchaient d'un renflement de terrain qu'elle avait pris pour un tumulus. Firmine s'en amusa, ce n'était pas une maison commune, mais une cité termitide. Ama était prête à déployer sa cabe à peu près n'importe où pour qu'ils se ruent dedans et profitent de l'énergie partagée. Apparemment, il fallait d'abord faire connaissance avec les Gardenesses, dire bonjour, et montrer ses graines avant de les planter ou de les confier aux pollinisateurs.

– Des graines ? J'ai ce qu'il faut !

Elle sortit une bourse de ses chausses, fouilla dedans et brandit sous les yeux de Firmine une petite zébrée, un épi, et une ganse joliment renflée.

– De l'herbe à vapeur, un arbre Toge, et un arbre couche. Celui-là est pour nous.

Elle le regardait avec des yeux si brillants qu'ils s'aimantèrent aussitôt. Ils s'embrassèrent et s'oublièrent dans le baiser jusqu'à ce qu'une abeille Apis-Apis rose rayée de jaune qui passait par là vienne tourner en spirale autour de leur tête.

Ama lui donna une fraction de l'épi. Elle n'eut pas besoin de sortir ses flacons ni de recourir au langage gestuel. L'Apis la prit entre ses pattes et partit avec. Première offrande à l'esprit des lieux. Firmine la félicita en lui caressant les cheveux d'une main tremblante.

– J'ai encore l'arbre couche, lui glissa-t-elle dans l'oreille.

– Et tu peux le faire pousser d'ici ce soir ?

– Qui sait ?

Ils étaient figés comme des idiots frappés par un rayon de fée.

Firmine se demandait si les Auboisières avaient le pouvoir de faire pousser un arbre adulte en une petite soirée. Si ce pouvoir dépendait de la graine ou d'un ardent désir partagé ? Il se perdait en conjectures rêveuses quand une Arcadean interrompit leur dialogue muet. Une Gardenesse-semeuse en tenue complète, pieds cornés, sales jusqu'aux mollets, des coudières de perles, une tunique grège mi-cuisse, une cape de cheveux, une bêche à l'épaule. Elle portait la capsule ADN en boucle d'oreille, à droite. Elle souriait aussi bien que les Arcadeans du Wash Tujunga, mais, peut-être à cause de l'outil qui l'encombrait, elle ne partageait pas leur gestuelle virevoltante. Avant d'émettre un son quelconque, elle tendit la main à plat vers Ama. Crasseuse. L'Auboisière déposa dessus la petite graine zébrée et s'inclina. La semeuse la porta sous son nez, la renifla, la toisa, la pinça entre deux doigts et la mordit. Elle marmonna quelque chose en la glissant sous sa coudière gauche et regarda Ama dans les yeux.

– Je n'ai pas vu de graine Toge depuis trois décades. D'où viens-tu, Auboisière ? Des Parks immémoriaux ?

– De l'Aubois au-delà du pont tranché, loin nord-ouest.

– Qu'est-ce qui t'amène au jardin-lisière avec un si beau présent ? Une ambassade ?

– Firmine m'a guidée. Nous sommes trois Expés, un Scurius et trois Arcadeans en route pour Frog-Toh à la recherche d'une Hydro.

– Vous manquez de ressources, à l'Aubois ?

– Pas du tout, nous sommes à l'équilibre, mais je suis une Expé. L'Hydro est mon prétexte, également objet de quête pour le Gros-Cerveau, spécimen inconnu pour la Dronote, et pas grand-chose pour le Scurius, mais il aime voyager sur la tête d'Atlal.

– D'accord, c'est un peu embrouillé. Mais ça ne me regarde pas. Ce beau melle est ton embarque ? Parfait.

– Firmine Tevatai de la coque Vanish, vernisseur. Et vous-même, Gardenesse ?

– Vita.

– Vita, c'est tout ?

– C'est suffisant. Il vous reste une graine à donner et vous pourrez planter votre arbre couche où vous voudrez. Je vais m'occuper de la graine Toge. Elle est belle et je te remercie, Auboisière, elle fera l'objet d'un conseil.

Puis elle tourna les talons avec sa bêche et s'éloigna dans les fruitiers. Ils firent trois pas dans sa direction. Elle agita sa main dans son dos, ils ne devaient pas la suivre.

– La troisième graine est la plus difficile à donner.

– Elle a dit qu'on pouvait planter l'arbre couche nous-mêmes.

– Quand on aura trouvé la troisième Gardenesse, oui.

Il restait quatre embryons dans l'épi d'herbe vapeur. Ama sortit le plus beau et remit les autres dans sa bourse avec l'arbre couche.

– Et comment allons-nous la trouver ?

– Sans la chercher, le semis est une affaire de rencontre.

Ils reprirent leur marche dans la lisière. Les fruitiers étaient taillés et portaient bas. Ils fournissaient une ombre pointilliste légèrement remuante. L'activité autour d'eux était énorme, les nuages participaient. Les Corps mobiles avaient une trajectoire relative à celle des autres proches, on s'évitait de justesse, on se frôlait pour rire, on ne se heurtait jamais par mégarde. L'Auboisière et l'Arcadean marchaient la main dans la main. Ama dégustait le jardin-lisière par les yeux, par les pieds, et plus elle s'enfonçait dans les mousses, les plantes rampantes, entre les Agrumes et les Rosiers, plus elle respirait par le nez.

Les Optères étaient en transe permanente, elles remuaient l'air et le sol, la plupart du temps comme des fusées miniatures à plein régime. Les Colibris faisaient trembler les vasques en buvant. Les Formicas ramassaient ce qu'ils répandaient, les Drosos passaient derrière en posant leurs pattes poilues sur le bord des pétales brillants de nectar perdu. Les trompes se déroulaient à chaque instant en des milliers de lieux différents, sur autant de corolles. Cette foule avançait poudrée de la tête aux tarses, lourde, parfois complètement pompette, et tirait de longs zigzags d'ivrognes sur des diagonales imaginaires.

Des ombres de Gardenesses bipèdes passaient au loin. La bêche, la houe, le bâton à fouir ou le râteau à l'épaule, parfois rien. Les lianes montaient aux arbres. Des Kiwis, des Vignes se perchaient dans les pêches et les pommes. On pouvait tendre la main et cueillir d'un même geste un fruit rond, rêche et mûr, et une grappe de raisin. Si on se baissait, on trouvait les melons planqués sous les feuilles, encore blancs, ou allongés au soleil, striés de vert clair, ou gros, complètement jaunes, la peau grumeleuse, la peau lisse, le pédoncule carrément violet.

Il y avait vaguement des allées, couvertes de foin quand elles n'étaient pas en herbe, larges de trois pieds, on pouvait marcher sur les Épinards et les Trèfles, ils se relevaient.

Le Blé poussait en brassées. Les croissances s'étageaient et se mélangeaient par affinités et apports réciproques. Personne en particulier n'y veillait, tout le monde le faisait. La manière pouvait sembler désordonnée, elle ne l'était pas. Elle était libre et fructifère au plus haut degré.

On se servait. La règle était de manger à sa faim, de boire à sa soif, de croître où c'était possible.

Le jardin-lisière était si buissonnant qu'il devenait presque impraticable pour les quadrupèdes un peu forts et les bipèdes un peu grands. Ama et Firmine devaient se baisser, parfois s'aplatir. Les Mûriers n'étaient pas sans épines, ni les Roses. De loin en loin, un couloir ouvrait l'espace et le rendait plus lisible, le plus souvent il tournait au bout de quelques mètres. Dans le jardin-lisière, les perspectives n'étaient pas cavalières, elles bifurquaient et s'enchevêtraient. Firmine insistait pour s'introduire au cœur du dédale, dans les passages resserrés, sous les toits de tiges et de feuilles vivantes, dans les corbeilles de lianes.

– Les rencontres se font là.

– Les improbables.

– Les meilleures.

Ils furent rapidement rejoints par leur troisième Gardenesse. Ils la virent s'approcher d'assez loin, la langue dehors, rose clair, les canines blanc ivoire. Elle était poilue de la tête aux griffes hormis la truffe noire comme un Corbeau, et couverte de folle avoine, de viorne trilobée, de luzerne orbiculaire, de faines, de foin, d'amandes et de baies. Elle rampait. Elle était basse sur pattes, elle avançait sur le ventre en ramant. Elle avait soif. Elle soufflait comme une forge. C'était une disperseuse et, visiblement, elle venait de loin. Peut-être au-delà du bois sacré. Ama pressa pour elle un peu de sa perle d'eau et lui tendit la boisson dans le creux de sa main. La Gardenesse ne se fit pas prier, elle lapa le liquide jusqu'à la dernière goutte et gratifia l'Auboisière d'un coup de langue au poignet.

– Merci. J'ai traversé l'Arroyo Seco, les deux Washs depuis Eaton, je n'en peux plus. Mon chargement est exorbitant, j'ai besoin d'un coup de brosse.

Ama sortit un peigne de son pourpoint. La Gardenesse plissa le museau et montra les dents, c'était une grimace ambiguë, Firmine fit oui de la tête. L'Auboisière exposa le peigne devant la truffe noire, un côté puis l'autre, et la Gardenesse présenta finalement son dos, résignée. Elle préférait les brosses à soies fines, elle savait néanmoins se contenter.

Ama opéra dans le sens du poil, depuis l'arrière des oreilles jusqu'à la queue, et délogea six épillets qui menaçaient de s'enfoncer. Pendant qu'elle s'occupait de démêler sa fourrure et que les graines tombaient autour d'elles, la Gardenesse dit qu'elle venait de Huntington où les accroches étaient fantastiques en quantité et en variété, les échanges exponentiels au point d'en devenir dangereux pour les lombaires. Elle était dans la force de l'âge. Débarrassé des poussières et de son chargement, son poil était lustré, d'un noir vibrant, elle était tout en muscles et d'une complexion athlétique pour son gabarit. Son énergie grésillait entre les dents du peigne. Firmine lui proposa un massage cervical qu'elle refusa.

– Ça me fait trop d'effet, j'ai encore du chemin.

– Où allez-vous ?

– Au port du jardin-lisière pour commencer, puis par la rivière, au lieu de convergence Paayme-Hondo. Ils ont besoin de renfort dans la commune d'Elysian. Vous pouvez rassembler la récolte et la mettre ici, bien tassée. Ne la séparez pas trop des poils, c'est une bonne protection thermique.

Elle désigna une petite bourse qui pendait à son cou. Ama l'ouvrit délicatement et fourra dedans la poignée de pelage plein de vie. Elle dut forcer avec les pouces pour que ça entre. Elle ferma en double nœud coulissant, la Gardenesse n'aurait qu'un coup de dent à y mettre si elle voulait l'ouvrir. Celle-ci se secoua méthodiquement, s'étira les pattes avant, les pattes arrière, creusa le dos et sourit. Ses canines minuscules, affilées, encadraient sa petite langue rose et brillaient dans le noir de sa barbe. Elle était craquante, Ama en tomba aussitôt amoureuse.

– Donnez-moi cette graine vapeur et revenez avec moi vers les clairières. Par ici, c'est un écheveau réservé aux chasseurs terriers – dont j'étais – et aux Souts. On ne passe pas quand on dépasse trois pommes empilées.

Elle prit l'offrande sur la langue et se mit en route, sans se soucier de savoir s'ils suivaient. Les Autres Corps sont libres. S'ils ne reconnaissent pas une parole de sagesse lorsqu'ils l'entendent, c'est leur affaire. Ils la suivirent.

Elle se faufilait dans les trous avec agilité, choisissait soigneusement ses appuis, évitait les épines et les cailloux pointus, reniflait devant elle, écoutait dans les quatre directions. Ses oreilles étaient supermobiles, elle les orientait en fonction des événements et ils étaient souvent minuscules. Une brindille qui craquait, un moustique qui passait, un saut lointain, le claquement d'un bec, la glissade d'un nuage prêt à craquer : elle entendait tout sur un périmètre qu'Ama ne parvenait pas à définir, immense.

L'Auboisière n'osait pas parler, de peur de gêner son écoute. Elle avait néanmoins entendu trop de noms nouveaux pour ne pas céder à la curiosité. Elle lâcha la main de Firmine et se plaça le plus près possible à ses côtés ou derrière sa queue quand le sentier se rétrécissait. La Gardenesse répondit à ses questions en trottinant.

Sans changer d'allure, elle parla du jardin-monde où vivaient les êtres végétaux de plusieurs continents, où les climats se retrouvaient, les cultures s'hybridaient et se conservaient vivantes – source et explosion, grand lieu de l'activisme débutant, classé faramineux pour son rôle dans le démantèlement par bouturage et dispersion, première fabrique de bombes à graines et zone de rassemblement par excellence, le jardin Huntington était le joyau d'Hidden. Son oasis invasive, le cœur de sa force et la preuve de sa puissance.

Si une commune manquait de ressort, on y envoyait une ambassade, elle revenait chargée jusqu'à la gueule, la bourse pleine à craquer de munitions suffisantes pour créer une enveloppe complète, du sous-sol à la canopée. Ou un jardin, ou les deux ensemble, ce qui était encore le mieux.

On pouvait choisir par affinité. Jardin sec, Désert humide, forêt pluvieuse, primaire, potagère, vivrière. Huntington fournissait. La seule chose que devait faire la commune, c'était d'envoyer une bonne cueilleuse. Une serpillière, comme on appelait communément les Gardenesses dévolues à la dissémination ciblée.

Elle-même avec son poil accrocheur était assez efficace. Sa science lui permettait de ramasser à grande vitesse et à bon escient. Elle savait mélanger habilement les herbacées, les herbes à rien, les fruits à coques, et les buissons de la pharmacopée courante. Dans ce registre, les plantes anti-parasitaires avaient sa préférence, elles s'agrippaient bien. Les minuscules graines lisses étaient plus difficiles. Pour les mettre en sûreté dans le sous-poil, il fallait se tortiller adroitement, et pour les retirer ensuite, la brosse à soies fines s'imposait. D'une façon ou d'une autre, elle était en mesure de ratisser n'importe quelle graine jusqu'à celle des Chardons et des Echinocactus en armure complète.

Elle venait d'Elysian où elle vivait le plus souvent, pas de façon sédentaire, elle s'appelait Petite Nuit ou Petite Robe de Nuit, et elle avait de nombreux autres noms selon les appelants, parmi lesquels Amour, Daimon et Milky Chin ou Milky Tie étaient les plus usités.

La Gardenesse était une Resqiu, anciennement Louve familière en rapport étroit avec les Extracts – émancipée.

Elle avait quitté son groupe de chasseurs terriers dont l'activité principale – creuser avant de mordre – avait perdu tout attrait passé les trois premières sorties au terrain gophe du jardin-lisière. Au lieu de se concentrer sur son objectif, elle avait commencé à écouter autour d'elle.

Le grattement sout l'excitait terriblement, la découverte d'un Muridé soudain mis au jour par un forage éclair exécuté des deux pattes avant à pleines griffes en soufflant dans le trou pour confirmer l'ultime réponse – il est là – était un plaisir considérable qu'il ne fallait pas négliger, mais Petite Nuit avait des capacités sensorielles d'une telle finesse que le jeu lui paraissait insuffisant. Elle entendait et flairait trop d'Autres Corps et trop d'autres formes de vie et particulièrement dans ces lieux de jardinerie, dans les nurserys, au bois sacré, au pli des canyons, pour se contenter de satisfaire cette unique pulsion. Ses perceptions étaient riches parce que le monde était complexe et le lui faisait sentir. Elle devait lui répondre.

Lors de sa troisième sortie en meute, elle n'était pas repartie avec son groupe. Elle s'était enfouie dans un buisson et s'était imprégnée des sons du jardin nocturne.

Le jour et la nuit ouvraient sur des occupations territoriales différentes. Les végétaux inversaient leur respiration. Les diurnes disparaissaient dans un sommeil vigilant au creux de leur nid, dans les terriers, au fond des trous, les noctambules déboulaient et remuaient furtivement le décor. Des pierres roulaient d'un point à l'autre. Des branches cassaient, au sol, et dans les hautes couronnes. Un autre peuple investissait l'espace et lui conférait des dimensions qui n'avaient rien à voir avec celles du jour. Le ciel étoilé étant plus vaste que le ciel éclairé du fait des étoiles visibles, le jardin-lisière était plus creux, il sonnait. Le vol des strigidés, indéchiffrable, caressait la nuit sans la bouger. Petite Nuit percevait néanmoins leur passage, à la truffe et sur son poil, comme s'ils la frôlaient d'une aile légère. Les cris d'Orfraie la saisissaient sans la surprendre, la discrétion et l'attaque étaient intimement liées.

Cette nuit solitaire sous le buisson avait infléchi le cours de sa vie. La meute lui avait manqué dans les heures les plus sombres, et au petit jour lorsque la température avait brusquement chuté. Son absence avait pourtant permis aux Autres Corps de se révéler. D'exister autrement, pas seulement sur le mode de l'exclusion – Resqiu, pas Resqiu –, mais pour ce qu'ils étaient, avec leurs occupations, leurs goûts, leur culture propre.

Et Petite Nuit durant cette grande nuit avait compris qu'ils étaient tous intéressants, dignes d'attention, riches d'enseignement, et qu'ensemble, seulement ensemble et elle parmi eux, ils faisaient monde.

Elle était sortie de son buisson avec le soleil, et avait constaté dans la lumière naissante qu'il l'avait instaurée Gardenesse. Elle s'était secouée, grattée derrière les oreilles et sous le ventre. Les mini-harpons étaient indécrochables. Son dos en était plein, son museau, ses sourcils, sa queue, une invasion. Elle ne savait plus comment se tourner pour les éliminer, c'était à devenir folle.

Au comble de l'exaspération, elle avait pris un galop fusant au ras du sol et fait des bonds de diablesse sur plusieurs miles avant de s'arrêter en hyperventilation, la langue jusque par terre. Rien n'était tombé. Un picoreur qui passait vint se servir du bout du bec et la féliciter avant de partir. Il dut donner le mot, elle fut bientôt visitée par tous les disséminateurs des alentours. Beaucoup d'oiseaux, des Formicas en masse, des Carabes, des Apis, quelques Kairs. Elle en vit assez durant cette matinée pour conforter son intuition nocturne. Il existait un grand nombre d'Autres Corps, et ils œuvraient à leur manière à un dessein commun. Ils l'avaient prise pour pépinière, ils l'avaient remerciée et qualifiée. Quand la dernière graine lui eut été ôtée, elle était de fait une Gardenesse-transport d'intérêt, disperseuse reconnue.

Le Pic qui prit l'ultime harpon le lui dit et le lui confirma. Il expliqua les protocoles en quelques phrases. Écouter les autres proches, ceux qui indiquaient les manques, ceux qui connaissaient les sources, prendre les graines qui se proposaient et voyager.

La diversité du chargement était préférable au routage mono-spécifique, les déplacements ciblés n'étaient pas nécessairement les plus efficaces.

Il lui décrivit la forme et l'odeur des Brosseuses qu'on trouvait le plus souvent dans les jardins déclarés et qui pouvaient démêler les situations les plus délicates en douceur. Elles étaient longues, bipèdes, parfois fourrées, très gentilles, et surtout, très habiles. Petite Nuit ne devait pas craindre pour ses poils, il arriverait même qu'elle trouve l'opération agréable.

La description du Pic lui évoquait des Extracts et cela la troublait. Personne dans sa meute ne s'approchait de ces Corps-là, pour des raisons culturelles héritées. Il y avait un fort tabou à leur encontre. Mais elle avait eu vent de Resqius solitaires qui les fréquentaient de près, parfois assidûment. Le Pic n'avait pas fini de prendre son envol. Elle ne pensait plus qu'à recharger ses fourrures et dégoter une Brosseuse.

Sa fonction l'avait menée sur les plateaux d'Hidden et dans les montagnes environnantes. Elle connaissait la forme générale du bassin comme celle de ses coussinets, et nombre de chemins détournés qui menaient d'un quartier à un autre. Des voies sauvages, des voies vertes, des voies d'eau, des Washs, des passerelles suspendues, des passages aériens – Ama en salivait –, enfin un Corps avait une connaissance globale et détaillée de tout Hidden.

La grande peinture dans sa tête, dans ses pattes et sa truffe, l'expérience plénière. Mieux qu'une locale, une trotteuse intégrale, souveraine.

Petite Nuit regardait Ama de côté et lui trouvait un air exalté. L'Arcadean qui les suivait était heureusement plus posé. Elle se demandait si elle n'accepterait pas un massage cervical avant de se lancer dans la suite de son parcours. Si elle pouvait partager une coque descendante, elle en profiterait pour piquer un somme.

Comme tous les Resqius, elle pouvait dormir n'importe où du moment qu'elle se sentait en confiance. Le grand bonheur était de tomber sur un panier de mousse, un sac de petites graines chaudes, ou un matelas d'aiguilles, mais un banc au soleil pouvait convenir, et elle avait tâté des coffres de coques qui n'avaient rien à envier aux meilleures couchettes. Elle trottait vite parce qu'elle était fatiguée. Sa nature la portait à redoubler l'effort quand il se faisait ressentir – quitte à s'effondrer un cycle ou deux une fois l'objectif atteint.

Les bipèdes se déplaçaient relativement bien derrière elle. L'Auboisière haletait à peine et l'Arcadean arrivait à maintenir un fin sourire dans sa barbe rose. Le terrain s'éclaircissait à mesure qu'ils avançaient vers les clairières. Les formats hauts sur pattes pouvaient se redresser et tenir la tête dans l'alignement de leur colonne verticale. Une aberration à laquelle ils étaient très attachés. Petite Robe de Nuit avait cessé de s'en offusquer lorsqu'une Brosseuse dont elle appréciait particulièrement les soins lui avait fait valoir que la diversité des modes de locomotion était aussi valable que celle des chants, des capacités digestives et des perceptions. De cette façon, et de cette façon seulement, on pouvait partager l'espace commun sans l'épuiser ou se marcher dessus.

Cette Brosseuse était douce, elle finissait toujours la séance par de savantes caresses à mains nues qui délassaient Petite Nuit jusqu'au bout des ergots. Elle repensa souvent par la suite à cet échange et fit son possible pour ne plus voir leur silhouette comme celle d'un Resqiu dressé sur ses pattes arrière. La plupart du temps, en se concentrant, elle y parvenait.

Ce qui l'attendait dans la clairière était d'un registre plus soutenu et mobilisa presque toute sa souplesse intellectuelle. Un colossal bipède en fourrure se tenait sur des pieds énormes, également couverts de poils, la tête coiffée d'une toque rousse ébouriffée, les yeux à peine visibles sous des sourcils hirsutes, entre un Arcadean à longue barbe tout en muscles, et un autre en bouclettes avec une grosse balle blanche sur la poitrine.

Petite Nuit s'arrêta à distance respectable. Elle eut la surprise de voir ses suiveurs avancer joyeusement vers le groupe en lançant des exclamations et des sifflets. Ils se connaissaient. Elle se força à faire quelques pas dans leur direction lorsque la toque se mit à remuer frénétiquement sur la tête du gros bipède. Elle était vivante, crachait partout, et se tortillait d'une façon irrésistible. Irrésistible.

Petite Nuit commençait à reconnaître un comportement type dans cette agitation, mais avant de pouvoir l'identifier ou au moment même où elle le faisait, elle se propulsa de toutes ses forces vers le Corps épouvanté qui accentua aussitôt ses déplacements, exagéra son volume et redoubla ses expectorations. Sans se soucier de la taille et de l'humeur du bipède qui servait de perchoir, elle se jeta à l'assaut du Scurius. L'odeur était sans équivoque, l'appel irrépressible, le dégoût et l'appétit qu'il suscitait en étaient la preuve même. Rien ne pourrait l'arrêter jusqu'à ce qu'elle l'ait atteint et mordu de toutes ses dents, il le savait.

La bave aux lèvres, elle sauta sur la grosse fourrure et lui griffa les genoux en essayant de grimper tandis qu'Ourá montrait ses incisives et arrachait les poils d'Atlal qu'il agrippait à pleines mains en criant dans les aigus. Le Gros-Cerveau, attaqué par le bas et par le haut, ne savait plus où porter sa défense. Affolé lui-même par les aboiements et les stridences exaltées, il choisit de se boucher les oreilles et de secouer les jambes devant lui.

Petite Nuit mordait dans les poils, elle allait le renverser, le culbuter, le faire tomber comme une statue de son socle et lui courir dessus pour choper et stopper l'insupportable gigoteur qui la provoquait jusqu'au fin fond de ses cellules de Louve. Elle allait le faire quand deux événements simultanés firent échouer son plan qui n'était pas le sien, mais celui de sa lignée tout entière. Le Scurius fit un bond énorme, s'agrippa au tronc le plus proche, grimpa comme une flèche. Et Duane l'attrapa. Par les flancs, sans serrer, fermement. Il la souleva à bout de bras, en l'air, et Petite Nuit eut le loisir de gueuler dans les quatre directions, surtout vers le ciel, et de courir dans le vide jusqu'à épuisement.

L'Arcadean l'emporta loin de l'arbre refuge pour l'éloigner de l'odeur et qu'elle n'outrepasse pas ses forces. Les accidents de chasse étaient un phénomène connu chez les Resqius émotifs, et la petite Louve qu'il tenait dans ses mains était incontestablement très sensible. Quand il sentit les battements de son cœur ralentir entre ses paumes, il s'assit et la garda contre lui. Il lui parla en continu pour l'entourer d'un son relaxant, il ne disait rien sinon tout va bien, l'appel est loin, la pulsion reflue, respire bien, relâche, lâche, ferme la gueule, rassemble, laisse aller, laisse couler, couler, Hidden est grand.

Atlal se frottait la tête et les tibias en maugréant. Il s'adressait à Ourá, qui ne voulait rien entendre et refusait catégoriquement de descendre. Il lui montrait les touffes de poils qu'il avait ramassées, de quoi faire un nid pour une portée, et les lui tendait au travers de branches. Le Scurius ne lui prêtait aucune attention. Il n'avait d'yeux et d'oreilles que pour Duane et sa prise et jurait entre ses dents. Entre les malédictions et les feulements, il glissait des reproches au Gros-Cerveau, qui n'avait pas su le protéger, faire rempart, répliquer, envoyer un seul bon coup de pied à cette folle furieuse à qui lui-même n'avait rien fait, qu'il n'avait jamais croisée et qu'il n'aurait même pas asticotée si elle s'était comportée pacifiquement.

– Vraiment ?

– Parfaitement. Les Scurius n'attaquent pas. Les Resqius nous détestent parce que nous sommes plus rapides, plus habiles, plus malins, plus jolis et plus dents, plus griffes, nous grimpons, et pas eux, nous marchons sur un fil, nous volons dans les arbres, nous sautons plus loin, plus haut, pendant qu'ils restent en bas comme des larves.

– Et vous leur crachez dessus et leur lancez des bouts de branches, des bombes de Pin, des mots doux ?

– Exactement, et c'est comme ça qu'il faut agir avec eux. Je ne descendrai pas tant que cette furie est dans le vent. Elle pue.

Il avait déchiqueté l'écorce de sa branche et s'apprêtait à entamer l'aubier quand l'arbre lui signifia que ça suffisait. Le frémissement de trois feuilles se révéla plus efficace que toute argumentation. Le Scurius s'arrêta. Il ne pouvait pas se permettre une attaque physique contre un arbre. Les arbres étaient très regardants sur leur intégrité, rancuniers, et ils communiquaient vite et loin.

Atlal eut la surprise d'entendre le Scurius s'excuser et lécher les éraflures qu'il venait d'infliger à son tuteur, puis descendre pour confectionner une boulette de poussière mêlée de salive et de mâche d'herbes qu'il remonta aussitôt et se mit en devoir d'étaler en continuant de marmonner des pardons, des regrets et des circonstances spéciales avec quelques jurons.

Petite Nuit regardait la scène de loin et s'en félicitait. Il y avait tout de même des Corps dont les Scurius reconnaissaient l'autorité. Un spectacle rare et rassérénant. Elle ricanait entre ses dents et se léchait les babines, la mélopée de l'Arcadean avait fait ralentir son rythme cardiaque, elle se sentait mieux. Assoiffée, crevée, mais mieux. Un bout de viande ne serait pas de trop. Il y en avait peut-être au port, les Arcadeans en conservaient pour leurs transactions avec les carnivores. Déshydratée. Une fois qu'on s'était habitué, ce n'était pas mauvais. Un bon filet de Scurius, aplati, dur et bien sec, ne lui déplairait pas. Elle se ferait une joie de le déchiqueter lentement en bavant dessus pour qu'il se ramollisse. Elle ferait durer le plaisir et s'il pouvait la voir à ce moment-là, son bonheur serait complet. Ce vantard impertinent. Ce ronge-tout, cette vermine, ce prétentieux grouillis, ce gueule-au-Loup, ce tiers de Chat.

Ama était abattue. Elle avait suivi l'action avec un sentiment mêlé d'effroi et de déception. Comment allait-elle s'y prendre pour que ces deux-là voyagent ensemble ? Il n'était pas question de lâcher Petite Nuit, qui connaissait tout Hidden. Et pas question non plus d'abandonner le Scurius, qui avait promis de les emmener à Frog-Toh et qui les guidait à sa manière depuis la traversée de la Freeway.

Mianeh saurait peut-être comment faire pour déprogrammer la relation conflictuelle héritée par les deux Corps.

Quand la Dronote traversa son champ de vision, Ama ne la reconnut pas immédiatement, parce qu'elle ne l'avait jamais vue dans cette position, ni adopter ce mode de locomotion qu'elle jugeait dangereux et dégradant. Mianeh *roulait* devant Litham qui s'amusait à gambader autour d'elle et essayait de la toucher avec les pieds. Mianeh se laissait approcher et démarrait en trombe chaque fois qu'il l'effleurait. Ils n'allaient nulle part. Leur parcours était illisible, sans objectif, hasardeux, et le plaisir manifeste qu'ils y prenaient tous les deux, un facteur d'agacement.

Ama était sur le point de faire ou de crier quelque chose de désagréable pour tout le monde, elle fut prise de court par Petite Nuit que Duane avait relâchée et caressait gentiment. La Resqiu bondit sur ses quatre pattes et fila tout droit sur la Dronote, trop absorbée par le jeu pour scanner plus loin que son polygone d'action immédiate. Litham siffla, mais Petite Nuit passa la ligne avant que Mianeh n'ait le temps de réagir. Elle l'attrapa par le bouton de son treuil sous-ventral et la secoua férocement de-ci de-là en grognant.

La Dronote eut un temps de réponse étonnamment long – plusieurs secondes – et qui plus est, étonnamment inapproprié. Elle se mit à couiner. Exactement ce qu'il ne fallait pas faire. Le son survolta la petite Louve. Elle sautait en l'air et projetait la tête à droite et à gauche avec une épouvantable vigueur. Elle serrait les dents à s'en faire craquer les mâchoires. Elle gémissait d'excitation et plus la Dronote couinait, plus elle cherchait une solution pour la faire taire. La dernière qu'elle trouva fut la bonne : elle lança la tête en arrière et ouvrit la gueule. D'un coup, Mianeh était libre. Hypnotisée, la Chienne suivit son ascension la langue pendante. Au point de bascule, elle ferma les yeux pour mieux les rouvrir et anticiper la zone d'atterrissage.

Mais il ne se passa rien. Mianeh resta en l'air, immobile, vrombissante, et se contenta de changer de couleur.

Une balle ne se comportait pas de cette façon. Les plus légères volaient un moment, elles finissaient par redescendre pour se laisser prendre. Ce qui était le but du jeu. Un des plus courants entre un bipède et un Resqiu. Aucune bonne balle ne se serait défilée de cette manière. C'était inconvenant et, par ailleurs, impossible.

Petite Nuit décida d'ignorer le point rouge qui lui courait sur le poil. Elle en avait assez vu pour aujourd'hui. Elle tourna les coussinets et reprit son trot régulier vers le port. La tête haute, la graine vapeur avalée, comme si de rien n'était. Elle ne perdait pas souvent des éléments de récolte, il n'y avait pas de quoi en faire une gamelle. Cela pouvait arriver. Personne ne lui en tiendrait rigueur, les graines vapeur sont courantes, installées d'elles-mêmes et par de nombreux bipèdes dans tous les coins d'Hidden depuis la nuit des temps. Et si ces deux-là ne voulaient pas ou ne savaient pas jouer, ils auraient dû s'abstenir de proposer.

Mianeh fourbissait ses plaques, ouvrait ses clapets, vérifiait ses capteurs et ses circuits internes. Elle était secouée. Son aura, un arc-en-ciel, comme si elle voulait vérifier que toutes les émotions étaient encore disponibles. L'accès de mauvaise humeur d'Ama avait laissé place à la sollicitude, elle enjoignait à la Dronote de descendre et de se laisser examiner. Celle-ci fit la sourde oreille, le temps de boucler son check-up, et finit par déclarer qu'elle se sentait en bonne forme.

– Ne prends pas tout au tragique, Ama. Elle m'a secouée dans un cadre ludique, son comportement ne relevait pas d'une agression.

– Qu'est-ce qu'il ne faut pas entendre !

Le Scurius n'était pas d'accord.

– Être attrapé par un bout de corps constitue en soi une attaque, et en plus, elle t'a trimbalée et lancée en l'air et c'est exactement ce qu'ils font avec les Muridés et les petites proies pour leur casser le cou avant de les dévorer et de les laisser pour mort. CQFD.

– Rien du tout. Descends de ton perchoir, gros trouillard. Viens jouer avec elle.

– Je suis bien où je suis, l'air est agréable. Quand je t'ai appelée boule, tu as failli me fondre, mais la première Resqiu qui passe te traite comme une balle et aucun problème, un trait d'humour, quelle rigolade !

– Descends et réglons ça !

– Pas moyen. Elle ne jouera jamais avec moi sinon pour mieux me bouffer.

– Je m'engage à intervenir en cas de mort imminente.

– Très rassurant, impeccable, alors là, aucune hésitation, je rêve. Pince-moi, Atlal.

Ourá fit un bond pour rejoindre l'épaule du Gros-Cerveau, qui le pinça. Il remonta sur son arbre.

– Je la rappelle. C'est l'occasion de dissiper un malentendu qui empoisonne vos génétiques depuis trop longtemps. Une belle action.

La Dronote ouvrit trois canaux simultanément et brûla la branche sous les pieds du Scurius. Il sauta en l'air et retomba lourdement sur le sol.

– Tes méthodes sont lamentables, coercitives, très mauvaises. Appelle-la. Tu ne me connais pas ! Je vais en faire une pâtée pour Chat.

– Ah mais non. Tu vas *jouer* à en faire une pâtée pour Chat. Elle va *jouer* à te faire peur et vous allez bien vous amuser tous les deux.

– Ridicule.

La Dronote émit un sifflet suraigu qui figea tous les Corps autour d'elle. Il atteignit Petite Nuit dans un coin secret de son cortex. Elle se tourna d'un bloc et revint sur ses pas ventre à terre. Ourá remonta illico dans son arbre, le plus haut qu'il put. Ama commençait à s'amuser, elle était quand même un peu tendue. Mianeh chargea Litham d'expliquer la situation à la Gardenesse. Une lueur de plaisir anticipé passa dans ses prunelles noires. Elle accepta et se mit aussitôt en position au pied du tronc, la truffe en l'air. Mianeh refit une démonstration laser qui ne troubla en rien sa concentration. Petite Nuit ne bougea pas d'un poil et se contenta de grommeler.

– S'il vous plaît. Le jeu, c'est sérieux.

Alors Mianeh émit un second sifflet, et celui-ci lança l'action. Elle fut fulgurante. Le Scurius dégringola de plusieurs étages et vint se poster au ras du museau de la Chienne. Elle bondit et claqua des mâchoires dans le vide, raté. Elle sourit largement avant de tourner autour du tronc, debout sur ses pattes arrière, pendant que le Scurius tournait dans l'autre sens, la tête en bas, la queue en panache, les oreilles couchées. Il crachait, elle grognait. Il montait, il descendait à toute vitesse. Elle changeait de direction au hasard, claquait des dents et lâchait des aboiements enthousiastes et vengeurs. Ourá ne parvenait pas à la toucher, ses crocs étaient toujours devant. Elle n'arrivait pas à deviner ses mouvements, il était toujours ailleurs. Le ballet qu'ils faisaient autour de l'arbre était affolant.

Ama avait sorti ses fioles et délivrait des messages rassurants. Les deux joueurs étaient lancés dans la partie de cache-cache et de Loup y es-tu la plus endiablée à laquelle les Arcadeans aient assisté. Ils applaudissaient aux plus belles esquives et aux charges imprévisibles. L'endurance des participants était époustouflante. Ils ne se laissaient aucun répit, enchaînaient les tours et les sauts sans compter leur effort, à fond, l'un et l'autre, à égalité, emballés par leurs mouvements corrélatifs, calés l'un sur l'autre comme deux aimants inverses irrésistiblement attirés, irrépressiblement repoussés.

Le filet d'air qui les séparait du contact était de plus en plus mince et vibrant. Petite Nuit posa une fois le bout de la truffe sur la patte avant du Scurius, qui se dégagea en un éclair. Ourá effleura le toupet d'oreille de la Chienne, qui tendit aussitôt la gueule et mordit l'écorce. Ourá dégringola carrément de l'arbre et ce fut alors une poursuite époumonée qui prit la relève. Le jeu changeait. Le Scurius zigzaguait et pirouettait tant et plus. La Chienne ne courait plus, elle sautait en longueur, les pattes allongées par-devant, plaquant le vide à chaque revirement, debout au galop la seconde suivante, la queue d'Ourá sous le nez, la queue d'Ourá disparue quand elle allait l'attraper. Des poils volèrent dans la lumière déclinante. Un sursaut incontrôlé, une erreur de calcul dans les deux trajectoires menèrent au choc final. Le Scurius et la Resqiu se rentrèrent dedans à pleine vitesse et les observateurs furent incapables de dire comment, ils roulèrent l'un par-dessus l'autre sur six mètres de terrain en faisant décoller les herbes de la pelouse. Ils s'arrêtèrent d'un coup dans cette position, Ourá étalé sur le ventre de Petite Nuit, les quatre membres en croix, la Chienne sur le dos les pattes en l'air, la gueule de côté, la langue complètement sortie. Les yeux fermés tous les deux. Les poumons enflammés, au bord de l'évanouissement. Quand ils prirent conscience que leur rythme cardiaque était exactement le même, ils se rendirent.

Mianeh siffla de nouveau, s'approcha des joueurs et prononça l'égalité. Elle qualifia la partie de grande et fit signe aux spectateurs. Ils pouvaient applaudir.

Ourá se releva lentement du ventre de Petite Nuit, elle se remit sur ses pattes tremblantes. Ils saluèrent en baissant la tête sous les hourras et les cris de joie. Sur l'ordre de l'arbitre, ils se firent face et échangèrent une léchouille contre une tape de front. La querelle ancestrale était vidée.

Dans le feu de l'action, personne n'avait prêté attention aux présences périphériques. Les Expés avaient été rejoints en nombre par les Gardenesses et les habitants du coin. Alertés par les coups de sifflet et le tambourinement des pattes, les Souts de la pelouse étaient sortis de leurs trous, les volatiles étaient descendus et les Subs s'étaient regroupés. La scène finale avait été suivie par des centaines d'yeux écarquillés, ronds comme des billes, multifaces, latéraux, myopes ou hypermétropes. Ils avaient tout capté. Un vrombissement cliquetant répondit au salut final des athlètes épuisés et un murmure les accompagna vers une clairière ouverte au nord du jardin-lisière. Petite Nuit ne refusa pas, bien que le port soit à l'opposé. Les invitations au lac, car il y avait un lac, et quel lac, étaient assez rares pour ne pas être acceptées quand elles se présentaient.

La zone n'était pas strictement réservée, sa fréquentation était soigneusement régulée par les Gardenesses en charge des répartitions hydriques. De temps à autre, et pas nécessairement selon un calendrier arrêté, mais quand l'ambiance était belle et qu'il y avait quelque chose à fêter, elles ouvraient grand l'accès et, vraisemblablement, le jeu qui venait de se conclure méritait une célébration. Ils avancèrent d'abord sur un green de plus en plus vert dont la texture enchanta les extrémités de tout le monde.

Les Optères et les Apis elles-mêmes ne résistaient pas à faire quelques pas au sol pour en goûter le tissu. Très fin. Tondu ras par les Kairs les plus méticuleux, et une poignée de Mouflons laineux. Des trous de Gophers, rigoureusement circulaires, parsemaient la prairie à intervalles irréguliers. Un bâton en signalait la présence. Ils traversèrent deux étendues de sable fin, en cuvette, une rangée d'Eucalyptus odorants, un ancien chemin sauvage démantelé et rendu à la terre, une autre rangée de troncs sous une canopée jaune, quelques Palms élancées, et se retrouvèrent devant une grosse perle bleue couverte de vaguelettes mirobolantes.

Des jets d'eau jaillissaient de la surface plane, s'élançaient à plus de dix perches et retombaient sur le miroir avec fracas. Ama chercha une place d'où elle pourrait voir le lac dans sa longueur. Elle compta dix panaches blancs dont trois très hauts.

Une Gardenesse bipède qui portait une clef à molette emmanchée et une coudière d'argent lui expliqua spontanément qu'il s'agissait d'un système d'oxygénation amplifié et qu'il était gravitaire. Une petite pompe solaire palliait les pertes de vitesse en cas de diminution du débit d'entrée, elle fonctionnait très occasionnellement, en période sèche. L'alimentation était abondante depuis que le fond du lac avait été craqué et les forages démontés. Les nappes s'étaient reconstituées. Le terrain gophe avait retrouvé sa sous-couche d'humidité et les tunnels souts, retendus et entretenus au cordeau, drainaient les pluies excédentaires jusqu'au bassin. Les sources premières étaient réapparues après la première tranche des travaux de démantèlement, comme si elles en attendaient l'occasion. Les dix panaches blancs en marquaient l'emplacement. Le lac était très vivant. Son nom était Toluca, le bouillonnant.

Les Dragonflies se dispersèrent à peine arrivées. Elles filèrent dans les brouillards qui montaient de la surface et firent jouer leurs voiles avec la brume légère. Leurs grandes ailes vitrées dissipaient les nuages volatils qui se reformaient plus loin pour les avaler de nouveau, tête la première, corps entier, effaçant un court laps de temps leur bourdonnement bas qui prenait secrètement appui sur l'eau, roulait et résurgeait à l'autre bout du lac. Les Apoïdes s'étaient lancées dans la canopée jaune avant même de la voir dans le miroir du bassin. Les Souts avaient plongé dans les sas qui menaient loin sous la surface.

Certains petits formats s'amusaient à planer dans le jet ascendant. Ils essayaient de rester le plus longtemps possible au sommet et sautaient quand l'équilibre se rompait. Toluca le bouillonnant se couvrit de leurs chutes minuscules et de la réponse des poissons. Ama vit de grosses Carpes, des Catfishs aux longues barbilles, des Ombles et des dorsales pointues affleurer et bondir. Sous les panaches, les remous étaient vigoureux. Ils envahirent peu à peu tout le lac, qui remua comme un chaudron jusqu'à ce que la lumière rase du couchant le touche de ses doigts roses. Les mouches dégagèrent, les poissons disparurent dans les profondeurs, les Souts dans leur tunnel, et il ne resta plus que le bruit et le mouvement de l'eau dans l'eau, le calme.

Les Expés et leurs embarques, les bipèdes, les quadrus, les volatiles qui ne s'étaient pas rués dans l'action le goûtèrent à longs traits. La fin du jour les enveloppa peu à peu, puis la nuit, rapidement. Ama frissonna. Mianeh alluma une veilleuse. Ils sollicitèrent l'avis de la Gardenesse pour un lieu de bivouac. Elle leur dit de s'installer là, de partir à l'aube et de faire de beaux rêves.

Ama choisit finalement la cabe plutôt que l'arbre couche, trop long à pousser. Elle s'étira au mieux de ses capacités entre quatre tiges de Palms. Tous ceux qui le souhaitaient prirent abri sous son aile feutrée. Ils dormirent en tas. Entre fourrure, barbe et pourpoint, à poings fermés, sereins, serrés dans la chaleur des haleines et des Corps confiants.

Les Troutes

LA MONTAISON

Il faisait sombre encore sous la roche sous la rive. Dans l'anse de calme creusée à même la paroi où elle avait établi son refuge, la grande Troute bâillait. Le jour crevait la surface au loin, au milieu du ruban où l'ombre des arbres ne s'étalait plus, reculait petit à petit, pour laisser la lumière traverser l'élément jusqu'au gravier. Elle regardait d'un œil le menu fretin, le fretin et le gros fretin en activité, et de l'autre la pression dynamique de l'eau contre le fond de sa cavité.

Mykiss avait faim. Elle avait laissé passer le moment mouche du petit jour. Immobile, ballottée par les remous, tranquille au fond de sa vasque, elle écoutait.

Depuis qu'elle avait quitté l'Océan, elle avançait en éclaireuse dans la galerie d'eau douce dont elle reconnaissait par la peau et par la bouche le goût d'enfance presque sucré. Elle était musclée et s'était lancée vigoureusement dans la remontée, un peu trop vigoureusement pour ses contemporaines. Elle attendait. Une sieste ou une songerie matinales étaient toujours bienvenues. C'était l'occasion de regarder jouer la menuaille et d'observer leurs mœurs éparpillées. Les minuscules à l'œil blanc sautaient comme des gouttelettes et filaient à la moindre alerte. En comparaison, le fretin considérable, tacheté de noir, défilait avec une lenteur calculée, des coups de queue amples et des inclinaisons natatoires pleines de sérieux. Il suffirait qu'elle sorte de son trou pour les envoyer valser contre les pierres dans le plus grand désordre, mais elle n'était pas d'humeur à jouer, et le gros fretin à liseré blanc s'en chargeait déjà.

La grande Troute économisait ses forces et se concentrait sur les vibrations d'amont. Ses Corps Semblables étaient en chemin, elles avaient gobé les volantes écrasées du matin, elles n'allaient pas tarder à la rejoindre.

Elle fit deux ou trois mouvements de torsion pour s'étirer la dorsale et bâilla de nouveau. Le fond de l'eau était doux, elle pressentait pourtant un rafraîchissement imminent. L'époque des feuilles allait commencer. Il y en avait déjà quelques-unes qui avançaient et butaient contre la pierre de sa vasque, avant de reculer, soufflées par le vent contraire. D'ici peu, elles seraient nombreuses au point d'assombrir le fond, voire de l'occulter par endroits. La saison colorée s'amorçait.

Le temps que les Troutes mettraient à retrouver leur source native, l'eau serait parée d'or, de feu et d'argent, puis elle se ternirait, tournerait au noir, au gris, et enfin au blanc. Elle ne l'avait jamais vécu, pourtant elle le savait. Le blanc marquerait la fin du cycle et, dans le meilleur des cas, il serait la couverture et le berceau de la génération à venir.

Elle se secoua dans son trou. Ses pensées n'étaient pas stimulantes. Mieux valait rêver au chemin à venir, aux aventures et aux obstacles qui les attendaient, aux récits et aux chants qu'elles pourraient s'en faire ensuite, pendant le frai, et qui constituait l'essentiel de la devise amoureuse troute.

Celles et ceux qui traversaient les plus belles épreuves étaient immanquablement les plus courus dans les frayères. S'accoler avec une Troute courageuse ou, à défaut, imaginative, ou les deux, était une consolation et peut-être même une joie véritable, inattendue, ardemment désirée à cette période cruciale de leur vie. Le début et la fin rattrapés. L'éternité. La mer et le soleil derrière elles, la source dans la bouche, les récits déroulés, elles connaîtraient cet ultime engourdissement, l'abandon, et puis la nuit blanche au travers de laquelle elles verraient le cycle recommencer, le courant s'inverser, se rétablir, et revivraient par anticipation rétroactive le choc de la rencontre avec l'Océan. Le grand salé, le fleuve aux deux routes, l'immensité.

Mykiss claqua des mâchoires comme elle l'avait fait sur sa première bouchée d'eau de mer. Le souvenir était piquant, brûlant. Exaltant, aussi. Elle n'avait pas fait mine un instant de s'en retourner, de retrouver l'estuaire et les eaux saumâtres qui les avaient prévenues. Elle s'était jetée dans l'inconnu comme elle s'était jetée à rebours quelque temps auparavant. Parce que c'étaient leur monde et leur moment et qu'elle le savait de science certaine.

Sa cache sous la roche était idéalement agencée. Une racine épaisse cassait le flot et le faisait tourner contre la pierre du seuil. La rivière délivrait le calme et la petite nourriture noyée. Les vers, les Carabes égarés, les voletants qu'une giclure suffisait à couler. Elle n'avait qu'à tourner la tête la bouche ouverte pour récolter les miettes semées par les berges. Les odeurs lui parvenaient en longs filets. Elle était capable de sentir la présence de n'importe quel Autre Corps à une distance d'un mile.

Les Corps Semblables, elle les percevait plus tôt encore, mais elle était l'éclaireuse et, comme telle, pour l'instant, seule dans cette portion de rivière, seule à dégager l'odeur de son groupe et à signaler sa présence.

Elle ingurgita un morceau de chair et se colla contre la berge. Le creux la protégeait. Elle se savait invisible ainsi tapie contre la terre érodée. La veille, elle avait fait l'ascension d'une chute de six longueurs. Passé l'obstacle, elle avait dû lutter encore pour sortir de la zone d'attraction et rejoindre le courant moyen. L'action de nage l'avait fatiguée, mais pas au point de démobiliser l'action de chasse. Elle avait fondu sur un Vairon qui ne s'attendait pas à voir surgir une prédatrice de l'aval, ne lui avait laissé aucune chance. La demi-seconde de surprise avait suffi, elle l'avait gobé. Puis elle s'était portée sur le bas-côté, à la recherche du calme, et d'un trou où passer la nuit et peut-être les heures du jour suivant, en fonction du temps que mettraient ses comparses à la rejoindre. Elle le trouvait long.

Elles étaient à peu près au tiers du chemin. Ce qui signifiait qu'elles étaient au meilleur de leur forme. Au point où la graisse et le muscle s'équilibraient. Leur réserve d'énergie et leur masse active, équivalentes, s'entretenaient l'une l'autre et leur parcours, jusque-là, avait permis d'obtenir le rapport optimal. Le défi était de le conserver en l'état. Ne pas s'épuiser, prendre le temps de manger.

De digérer. Ne pas stagner, pour éviter la fonte des tissus contractiles.

Mykiss n'était pas inquiète, elle n'aimait pas attendre. Elle décida de quitter sa cache et d'avancer à bas régime. En aucun cas, elle ne ferait demi-tour. Une Troute engagée ne revenait pas sur son propre sillage. Ni dans un sens ni dans l'autre. Pas plus qu'une rivière ne remontait son cours sur un coup de tête. Les diverticules, les débords, les sauts, tout cela était envisageable et constituait la part instable et excitante de l'itinéraire, mais l'inversion des pôles était inadmissible.

La migration des Troutes scandait le temps de la rivière. Comme un cœur dans un corps, comme un réseau veineux, comme l'eau dans les branchies et le soleil sur les feuilles. Il y avait un temps pour descendre et un temps pour remonter.

Une éclaireuse était devant les autres, et avançait, bille en tête. Qu'elle perde patience, ou se laisse gagner par l'anxiété, et c'était la montaison entière qui serait mise en cause. Elles commenceraient à discuter entre elles, à trouver l'eau trop chaude, à compter les nuages et à débattre indéfiniment.

À partir du moment où elle avait traversé la frontière entre les deux eaux, une éclaireuse ne pouvait plus déroger. Mykiss se demandait encore pourquoi elle occupait cette fonction, elle, et pas Tête d'acier, ou Masu, qui était longue, savante, et déterminée. Pourquoi, subitement, s'était-elle dit, ça suffit l'Océan, le grand champ, la forêt profonde, l'ouverture infinie, cette vie est résolue, la rivière nous attend.

La sensation l'avait saisie de tous les côtés, pesant sur sa ligne médiane de la tête à la queue, appuyant sur son crâne. Une évidence qui était à la fois une pression et une perspective. La colonne d'eau dans laquelle elle évoluait, autour de laquelle l'Océan tournait à trois cent soixante degrés, était devenue le passé. Elle pouvait le regretter, elle le regardait et le goûtait, elle l'écoutait, elle était dedans, il était néanmoins derrière elle. Elle l'emportait dans sa chair blanche sous sa peau miroitante et satinée, elle userait de sa résistance pour avancer, elle s'appuierait contre lui en le quittant et il fournirait l'énergie du départ et du retournement.

Elle avait donné le premier coup de queue sans y penser, il s'était imposé. Ce qu'elle venait de comprendre, hors de son trou, en godille ralentie, c'était qu'elle le tirait maintenant et le faisait entrer tout entier par un corridor étroit pour le ramener à son point de départ et à son principe, une eau petite, un modeste creux dans un pli de montagne oubliée. Pour elle, et pour l'Océan, l'exercice était le même. Ils se souvenaient et retournaient le souvenir contre le courant. Ils en inversaient l'orientation. Ce qu'elle emportait des eaux immenses renseignerait la source et lui indiquerait par où couler et comment, quels écueils éviter, quels détours inventer. Elle était l'éclaireuse pour sa troupe, mais, aussi, et surtout, et elles toutes, pour la rivière et l'Océan. Elles démontraient l'un à l'autre, elles parlaient de prairies illimitées au filet d'eau, au suintement de la roche, et de gaves exigus à la masse incommensurable. Elles équilibraient les forces. Elles les faisaient circuler, elles les brassaient, et se gavaient d'oxygène au passage.

C'était une belle vie de navette.

Mykiss souleva un galet avec le nez, rien. Un autre plus loin, un petit ver. Elle maraudait en pensant à ce qui les attendait, leurs affluents de naissance. Le Rubio pour certaines, le bassin Hahamongna pour une bonne part, dont elle faisait partie, le Hansem pour les nordistes et les Simi pour les puristes. Elles avaient passé le tronçon le plus remuant. La sortie de l'estuaire était connue pour ses remaniements saisonniers. Il fallait se fier à sa boussole plutôt qu'à sa mémoire et ne pas craindre de s'écarter du chemin apparemment le plus simple.

Masu était une renifleuse de fond hors pair. Il suffisait qu'elle mette le nez dans une coulée pour connaître sa profondeur moyenne sur dix à vingt miles, le nombre de trous dans lesquels elle tombait, celui des virages, et s'il y avait un passage à sec ou des bancs affleurants qui ralentissaient la progression. Grâce à la finesse de son flair, la troupe avait suivi le trajet le plus économique. Sans tellement de discussion puisque Tête d'acier avait reconnu son erreur après s'être avancée, les autres à sa suite, dans un chenal prometteur qui s'était perdu dans les sables.

Passé l'estuaire, le tracé était beaucoup moins sujet aux variations et bon nombre d'entre elles pouvaient déjà reconnaître leur fil et le suivre en confiance. L'odeur de l'affluent d'où elles venaient, ou l'odeur de la source pour les puristes, fonctionnait comme une ligne de vie à laquelle il était facile de s'accrocher. Elles n'y collaient pas constamment, parce qu'il fallait parfois prendre du large pour chasser, pour jouer, pour satisfaire la curiosité, mais elles étaient assurées de la retrouver en traçant une simple diagonale. D'une berge à une autre, la distance n'était pas si grande, le fil sourcier était nécessairement enchevêtré quelque part dans le grand Corps coulant.

Mykiss sentait Hahamongna depuis des jours maintenant. Elle avait repris place parmi les éclaireuses qui l'avaient doublée avant le labyrinthe, qu'elle avait retrouvées derrière Masu, et qu'elle avait distancées en un sprint enthousiaste au moment où elle avait pu s'arrimer à son fil.

Elle avait conservé son avance jusqu'à présent avec une pointe de fierté, elle avait sauté la veille dans la cascade aiguillonnée par un sentiment similaire, mais voilà qu'à présent, elle s'arrangeait pour perdre du temps. La maraude était une excuse. Elle s'était gavée pendant les petites heures, elle n'avait plus faim.

Une Troute qui remonte seule n'est pas une Troute heureuse. Une Troute solitaire à ce moment de sa vie est une Troute sans espoir, sans motif. Elle perd ses couleurs, elle ternit, elle ne sait plus ce qu'elle fait. Sa boussole est fiable, sa ligne latérale lui communique ce dont elle a besoin, son odorat la guide, mais, sans ses compagnes, elle n'a plus aucune raison d'avancer.

Mykiss ne voulait pas s'arrêter, c'était très mauvais pour le mental, c'était dangereux, elle s'arrêta quand même. Dans un creux, sous une chute qui tombait d'une pierre plate. Elle se tourna pour jeter un œil en surface au travers du rideau de l'eau. Elle n'était pas loin de la cache où elle avait passé la nuit, elle pourrait peut-être les voir arriver si elles sautaient haut pour passer la cascade.

Elle sortait la tête, ouvrait des yeux ronds et dilatait ses narines, bien que l'air ne porte jamais beaucoup de fumets dans ses flux. Il faisait chaud. Le bruit de la chute bouillonnait autour d'elle et recouvrait la basse du courant principal. Elle avait mal à la base du crâne à force de tendre la tête à l'extérieur. Ses pectorales moulinaient pour la maintenir au centre de la vasque, elle se fatiguait inutilement. Elle replongea et se concentra sur le débit, il fallait qu'elle se calme.

Elle commençait à retrouver un équilibre quand elle vit passer une ombre massive sur sa droite. Sombre, mais pas noire, pas une ombre, un Corps, un lourd. Elle jeta un œil sans sortir du périmètre de la chute, et vit, déformé au travers de la transparence dépolie de l'eau, énorme, horriblement rapide, ce qu'elle redoutait de voir un jour, contre quoi elle était prévenue depuis sa formation dans le sac de naissance, qu'elle aurait reconnu dès sa première sortie, avant, l'innommable montagne de poils à la gueule cachée qu'elles appelaient de son nom secret seulement quand c'était nécessaire – Húnar. Petit Bear. L'Ours noir.

Il allait se pointer, c'était inévitable. Il allait voir la cascade et s'asseoir à ses côtés. Il allait les attendre en se grattant le nez et les cueillir à grands coups de battoirs, les faucher, les envoyer sur la rive et les laisser se débattre jusqu'à ce qu'il en ait fini avec sa moisson et qu'il tourne sa gueule pleine de dents pour les déchirer et les avaler en grands morceaux qu'il ne prendrait pas la peine de mâcher.

Húnar sur le plateau, si proche de l'embouchure, si tôt, c'était très mauvais signe. Mykiss avait la peau hérissée. Les épines de sa dorsale étaient déployées. La chimie d'alerte se répandait autour d'elle et elle espérait qu'elle serait suffisamment puissante pour prévenir ses suiveuses.

Elle gigotait dans le trou, envoyait ses messages à coups de queue, et les ventilait avec la batterie complète de ses nageoires. Elle virait sur elle-même comme un tourbillon centrifuge et tentait d'augmenter la vitesse de la chute avec ses mouvements.

Elle sortait la tête entre deux sessions de battements, il était passé, il ne la verrait pas, il avançait, il s'était assis à l'endroit exact où elle avait pensé qu'il le ferait, il se grattait les côtes, il se penchait, il avançait l'épaule, le bras, dépliait la main. Il puait tellement fort que l'air arrivait à lui apporter son odeur. Il était hirsute. Elle vit la première Troute sauter au-dessous de son bras tendu, la seconde au-dessus. Elles avaient reçu le message, leur attaque était concertée. L'avant-garde ouvrait la voie d'amont en brouillant les arrières, la surprise était le premier mouvement, la suite de la stratégie tenait à la masse, au désordre et à l'écart.

Dix Troutes attirèrent Húnar jusqu'au bout de son bras, il dut se déplacer, dix autres passèrent aussitôt derrière lui à grand bruit. Il se retourna, glissa, se rattrapa sur quatre pattes et perdit assez de temps pour laisser filer vingt Troutes sous son nez. Il mordit au petit bonheur, ses mâchoires claquèrent dans le vide.

Le temps qu'il s'asseye dans l'eau au milieu de la cascade, cinquante Troutes montaient à l'assaut d'un côté et de l'autre dans une bousculade savamment réglée. Il bavait. L'aile gauche se tordait pour attirer son attention quand il chargeait sur la droite. Gagné par l'urgence, la surabondance, il battait des deux bras sans se soucier de coordination. Il roula sur le flanc, et plaça sa gueule ouverte au ras du courant. Les Troutes sautaient par-dessus sa tête et le gratifiaient d'un coup de queue en passant.

Rassis, rageur, il se mit à l'affût en s'efforçant de choisir une proie parmi ce ruban – au moins une – et décocha des claques ciblées. Il en rata trois, réussit un revers si puissant que la Troute atteinte, coupée, retomba en deux parties et disparut en aval. Il se releva. Debout, il balaya l'air en tournant sur lui-même, et se mit à gronder. Emballé dans sa colère, il ne vit plus rien qu'un torrent de Troutes en fuite, épais, vif argent, hors de portée alors qu'il se tenait au centre de l'action, aussi inoffensif qu'un rocher.

Elles disparurent dans un dernier bouillon et alors, il s'assit, la tête basse, vide, les doigts dans l'eau. Vides. La berge vide. La furie évanouie, la moisson gâchée. Mykiss vibrait de soulagement. Elle regardait son dos, ses épaules affaissées, ses bras ballants. Il s'essuyait les babines, il se relèverait, il ne fallait pas s'attarder. Elle souleva quand même, du fond de son trou, un nuage de victoire qu'il ne comprendrait pas mais qui transporta le cœur de ses compagnes d'un même élan. L'eau frissonna quand elles repartirent.

Une mort pour un gros millier de Troutes, ce n'était pas un mauvais score. Les accidents arrivent. En descente ou en retour, dans l'Océan, ils arrivent, c'est le jeu de la contingence dans la voie tracée de la nécessité.

Toutes les Troutes ne meurent pas au terme du voyage complet, certaines sont prises au milieu du chemin, avant de démarrer, en pleine découverte océanique, au détour d'un rocher, et Mykiss, pas plus qu'une autre, ne pouvait prédire le destin de chacune.

Elles aspiraient à retrouver leur source, à déposer les œufs, la laitance sur les œufs, dans les nids de gravier amoureusement creusés. Quelle serait ensuite leur attente inutile, les nageoires en berne, l'esprit ailleurs dans le froid engourdissant ?

La mort foudroyante en pleine jeunesse était peut-être tout aussi recevable. Ou celle qui pouvait frapper au sommet d'une montée vigoureuse, à la pointe de l'effort, dispensée par un Autre Corps mythique, émergé de la nuit des temps. Oui, eh bien plutôt plus loin, se disait-elle en rattrapant Masu qui avait repris la tête dans le groupe des éclaireuses.

– Par chance, c'était un jeune. Il ne savait pas chasser.

– Inquiétant pour la suite, non ?

– Aucune idée. Ils sont de plus en plus nombreux à chaque remontée.

– Il faut renforcer le codage génétique.

– Il se renforce dans le voyage. Il faut surtout sauver notre peau pour le transmettre.

– Et accepter le pacte. Dix pour cent de pertes, la saison est sauvée.

– Oh, Taraute, les barbilles et les dents, ton pacte !

– Il existe et maintient le groupe en pleine santé.

– Va te faire bouffer pour le bien de toutes, Taraute, personne ne t'en empêche.

– Par les grandes eaux, vous n'allez pas recommencer, vous deux !

Tête d'acier s'interposa et les écarta l'une de l'autre en deux coups de caudale.

– Le passé est nécessaire et l'avenir est incertain, restons-en là. En attendant, merci pour la chimie, Mykiss.

Même s'il n'était pas très doué, il aurait pu faire un carnage si tu ne nous avais pas prévenues.

Mykiss cligna de l'œil.

– Voilà comment on évite le pacte quand on peut.

– Je n'ai jamais dit qu'il fallait se jeter dans la gueule de l'Ours !

– Taraute ! Pas de gros mots ! Personne ne se jette nulle part, entendu ? Les événements arrivent, il n'y a pas à les provoquer. On les évite quand on peut. L'excès de prudence et l'excès d'audace sont les deux brins d'un seul fil, celui qui s'égare.

Les mots de Raduga rétablirent le calme au sein des éclaireuses. C'était une Troute de fond, adepte des courants moyens, mesurée, sage, disaient certaines, une Troute sur qui on pouvait compter quand le vent se levait.

À l'avant et à l'arrière du convoi, on avait besoin de ce genre d'esprit pour contenir et canaliser les impulsions brouillonnes. Comme dans tous les groupes massifs, la rumeur pouvait provoquer des réactions dangereuses.

Il suffisait qu'une baguenaudeuse se pique le nez, qu'une ombre portée passe sur quelques têtes ou qu'un son de terre se répercute contre un rocher pour déclencher une panique et envoyer la bande au complet cogner contre les berges, sauter dans une fosse ou s'éparpiller dans tous les sens.

Il fallait au moins une Raduga à l'avant, une Rainbow à l'arrière pour annuler une alerte générale. Leur chimie était puissante et elles savaient la diriger sur les Troutes en stress et celles qui l'entouraient.

La plupart des départs n'avaient pas d'objet. Lorsqu'ils se justifiaient, elles mettaient en place le voile vibratile qui les englobait, les tenait ensemble et leur permettait de bouger comme un seul Corps. Ces moments n'étaient pas désagréables. Elles étaient liées et déliées, en contact à travers la distance qui les séparait, et alors la glisse devenait géante, huileuse, plus subtile qu'une brume soufflée, plus rapide aussi. Les forces s'additionnaient, les sensibilités se confondaient. Tant qu'elles restaient dans cet état de Corps, rien ne pouvait vraiment les atteindre. La métaformation était leur réponse la plus efficace aux agressions, aux tempêtes, aux pluies diluviennes et aux attaques aériennes.

Les Vélistes n'étaient plus un problème. Elles avaient appris à les repérer durant la descente. Leurs coups de pagaie, le son de soie de leurs coques, leurs sifflets les signalaient de loin. Ils n'étaient pas malveillants, ils passaient. Parfois à des vitesses phénoménales, et si le groupe n'avait pas eu le temps de se rassembler pour libérer une voie, ils s'arrêtaient aussitôt en soulevant beaucoup d'écume. Ils s'excusaient. Du moins, c'était ainsi qu'elles interprétaient les miettes lancées par-dessus bord qui étaient délicieuses à gober. Finement sucrées, croquantes, calibrées pour leurs bouches.

Mykiss claqua des mâchoires une fois de plus à cette pensée. Elle n'avait pas vu de Véliste depuis un moment. Les friandises lui manquaient. Le mieux était d'ailleurs de faire route à leurs côtés. Ils étaient toujours contents d'être accompagnés. Ils connaissaient des chants qui étaient presque compréhensibles, on avait envie de les suivre. Quelque chose se disait là, du chemin, du fluent, des pluies, de la lumière aussi. C'était divertissant.

Malgré les réserves des plus timorées, Mykiss n'avait jamais été témoin d'aucun prélèvement durant les escortes. S'ils plongeaient la main, c'était une caresse. Il valait mieux l'éviter, elle emportait le mucus. Ils prenaient mille précautions pour enfoncer le bâton plat qui les propulsait et, par-dessus tout, c'était la plus solide des preuves, ils ne laissaient jamais flotter autour d'eux le moindre fil à plomb équipé d'un hameçon. Les Vélistes partageaient la voie des Troutes, ils n'avaient rien à voir avec les bipèdes à couteaux et les quadrus retranchés sur les berges.

Mykiss était d'avis qu'ils étaient bipèdes sur des périodes très courtes. Si courtes qu'on pouvait en douter. Il lui était arrivé de voir deux pieds deux jambes disparaître l'un après l'autre au-dessus d'une coque. La belle affaire. Ils étaient demeurés invisibles jusqu'au soir, jusqu'à ce que la coque ralentisse, s'accote et s'immobilise. Et même alors, elle n'avait pas vraiment retrouvé les deux pieds deux jambes du matin. La couleur et la forme en étaient différentes. L'odeur aussi. Alors, qu'en conclure, sinon qu'ils se transformaient volontiers et transportaient deux paires de jambes dans une coque. Peut-être plus. Il aurait fallu les côtoyer sur plusieurs cycles pour le découvrir, mais les Troutes n'étaient pas tellement portées sur l'étude des cultures aérobiques d'où venaient, objectivement, de nombreuses menaces.

Pour sa part, elle n'avait aucune envie, par exemple, d'en savoir plus sur les Racoons masqués, les Ardéanes, les Gros-Martins, ceux qui portaient fourrure en général et arboraient des armes blanches.

Les Vélistes au moins étaient en peau lisse. C'était difficile d'en voir un en dehors de sa coque, elle n'avait pas vu de Moule non plus en dehors de sa coque. Il était certainement délicat pour eux de sortir sans protection, ils devaient être mous ou craintifs comme tous ceux qui arborent la coquille et Mykiss pensait précisément aux antennes rétractiles d'un Hélix que sa carapace n'avait pas sauvé. Craquante. Il aurait pu la laisser derrière lui et se promener sur le fond de graviers, le résultat aurait été le même.

Les armures sont des leurres. Les Troutes n'en portent que les couleurs. Fond d'argent poli, taches de rouille, taches de suie et bariole de maison. Chacune la sienne. Le bouclier sur la tête et sous la gueule, les poignards planqués dans la gorge. La légèreté – la classe.

Elle eut une petite accélération à cette pensée. Les Troutes étaient de beaux Corps vigoureux et en être une la comblait d'aise. Elle n'aurait pas choisi une autre forme si on lui en avait donné l'occasion. Leur vie était trépidante, deux fois longue comme le chemin qui les portait, vaste comme l'Océan.

Mykiss ne s'égarait pas dans les récits spéculatifs qui concernaient la vie supra superficielle et le monde ouvert qui s'y déployait. Les hypothèses invérifiables et les raisonnements inductifs ne l'intéressaient pas. Les porteuses de plumes pouvaient bien avoir leurs propres courants, leurs nids de branches sèches et leurs forêts irrespirables, la conjecture d'un monde apocalyptique habité la laissait froide.

Il y avait les berges, les végétaux ripariens, les phénomènes météoriques, les Corps Extérieurs qui venaient boire et chasser, se baigner pour certains, et cela composait le monde suffisant. Induire de la brume matinale la formation d'organismes nuageux énormes capables de s'élever à des distances invraisemblables et de retomber en gouttes lui semblait douteux.

Écouter les histoires des Anoures pouvait être une façon de passer du bon temps en début de matinée, mais quand elle en voyait une juchée sur une île entourée de Troutes fascinées par ses vocalises, elle fonçait dans le tas.

On ne prend pas racine en plein soleil la bouche ouverte devant une Batra gonflée de son importance qui raconte des sornettes pour épater la galerie. Ce n'est pas aux Troutes que les amphibies vont apprendre à voyager. Pas aux Troutes qu'elles vont faire gober la prééminence des terres émergées et la beauté des Déserts.

Elles avaient assez subi les périodes d'aridité pour en garder la trace dans leur code génétique. Le monde avait failli disparaître et elles s'en souvenaient. Elles avaient œuvré au déblayage des fonds sur l'intégralité du grand Corps de l'eau, elles avaient pelleté et dégagé des quantités inimaginables de granulats dégradés, retracé des chenaux, rouvert les voies de descente et de montaison, génération après génération, alors même qu'elles n'étaient plus que l'ombre d'elles-mêmes et que les métaformations n'excédaient pas la centaine d'individus. Il n'y avait aucune raison d'ouvrir des yeux ronds et de battre des nageoires devant la description des glissières et des canaux droits qui traversaient les communautés désertiques portées sur l'irrigation. Fussent-elles construites en vraie terre d'argile et alimentées par les excédents. Il n'y avait pas d'excédent. Il n'y en avait jamais eu.

L'eau avait été volée, elles l'avaient reconquise et retrouvée, et Mykiss maudissait les ouvrages et les Corps qui se permettaient d'en détourner la moindre goutte.

Les Hydros lui sortaient par les ouïes. Ces Corps ambigus qui refusaient de choisir leur milieu et de s'y tenir. Qui passaient de l'un à l'autre au nom du principe d'interdépendance positive.

Si elles avaient de fait contribué au retour du débit en creusant de multiples rus, en reliant les suintements et les filets perdus au Corps principal, elles étaient aussi derrière les Zanjas et les canaux semi-sauvages qui proliféraient à nouveau. Et qu'ils alimentent des végétaux de garde, des végétaux alimentaires et des supervégétaux reliés au mycélium supposé courir dans les sous-sols, elle n'en avait cure.

Elle croyait au chemin et au débit, pas à l'éponge. Et toutes les Taraute de la rivière avec leur pacte et leur vision large, inclusive et chimérique, ne la convaincraient pas du contraire. Le têtard à deux pattes qui glissait dans les herbes sur sa droite en fit les frais. Elle le coinça entre ses dents vomériennes, le racla sur sa langue et le mâcha longuement avant de l'avaler en bouillie. En voilà un qui n'irait pas plus loin dans la métamorphose.

Elle savait quel grand Corps était primordial et quels canaux servaient seulement de support, elle honorait Aqua sous toutes ses formes. Elle en avala une gorgée pour faire passer le têtard et décida de distancer le peloton. Avec ce qui lui tournait dans la tête, mieux valait ne pas rester à proximité de Taraute et de ses mines composées. Et, par ailleurs, elle avait très envie de s'ébattre une fois encore à Frog-Toh.

La commune l'avait stupéfiée quand elle était une jeune Troute de descente. Elle en gardait un souvenir ébloui, tant de diversité, tant d'énergies rassemblées, de couleurs, d'oxygène, elle avait hâte de retrouver cette promiscuité, et de confronter les impressions qu'elle en avait conservées à la réalité.

Maintenant qu'elle avait vécu dans l'Océan, le bassin de Frog-Toh lui paraîtrait peut-être un peu moins grand. Elle s'y attendait. Néanmoins, la concentration des Pisces était telle que les dimensions réelles du lieu n'avaient pas vraiment d'importance. L'intensité ne tient pas à l'étendue.

Voilà ce qu'elle avait appris en retrouvant sa rivière. On ne se sent pas à l'étroit quand on retrouve son droit fil emmêlé à celui des autres, justement parce qu'il est pris dans les autres, dans le nombre, dans la variété infinie des Corps nautiques et la foule des récits qu'ils supposent et qu'ils transportent. Contrairement à l'extension vertigineuse qui caractérise l'Océan, la rivière est massive de l'intérieur. Elle grouille d'une vie superposée, enveloppée et conduite par un volume réduit qui trace sa double narration de lui-même, mais à laquelle tous participent.

Elle avançait dans le discours de la rivière avec un appétit décuplé. Sa chimie était communicative, elle entraîna le peloton dans une poursuite rapide, elle devenait la pointe fine de la métaformation, sa tête perforante, l'aiguille de sa boussole, elle fendait l'espace comme une torpille. Sa godille ouvrait le sillage, le peloton recevait et communiquait le moindre de ses mouvements, sa puissance entraînait la masse, ses esquives se répercutaient, elle fusait dans les goulets, elle s'enfonçait sous les racines, elle traversait les herbiers comme un alevin et frôlait les joncs comme une Baleine. Ils grondaient sous son poids. Le roulement des galets prévenait de leur arrivée.

Les Écrevisses rentraient dans leurs trous, les sédentaires s'écartaient. La rumeur montait. Une lame de sons. Une vague de percussions fluides annonçait leur passage, un prodigieux frétillement guttural et c'était une des voix de Paayme Paxaayt, une ancestrale, une vieille comme le temps. Connue, familière, tellurique – les berges en tremblaient. Elles étaient alors l'âme dans la tresse, le cœur battant de la rivière, battant de mille cœurs d'un seul mouvement involontaire.

Mykiss était capable de fournir cette énergie pendant des heures. La traîne la lui rendait au centuple, elle sentait sa poussée, elle n'avait qu'à se laisser porter, galvanisée, brûlante, hors d'elle-même, posée sur le soulèvement dont elle faisait partie.

La vague refluait de la même façon qu'elle était apparue, sur un signal et progressivement. Elle s'enfonçait sous la surface et s'accordait avec le courant moyen. Les Troutes se détachaient les unes des autres, reprenaient leurs esprits. La métaformation se défaisait comme la brume, en glissant. Elle était dissoute dans la rivière en milliers de corpuscules brillants. Elle scintillait une dernière fois et disparaissait.

L'eau reprenait son propre cours, les sédentaires ressortaient de leurs trous, occupaient l'espace à nouveau, il y avait des mousses, des herbes ondoyantes, des galets ronds et d'innombrables Nautiques, écailleux ou lisses, cachés, visibles, qui menaient leur vie. L'état de grâce était passé.

À chaque fois qu'elles en sortaient, les Troutes étaient lumineuses, puis aussitôt, épuisées. Soudain, il n'était plus question que de manger, de trouver une cache et de s'y placer de façon à réduire au minimum le mouvement des pelviennes et des pectorales. Elles estimaient la distance parcourue et piquaient du nez les yeux ouverts.

C'était alors le moment idéal pour laisser monter le souvenir avec les visions et les autoriser à s'entrelacer librement. Le terreau des histoires ne se faisait pas autrement.

Dans ce demi-sommeil qui suivait l'action de grâce, chaque Troute élaborait son discours de parade. En mêlant ses expériences personnelles, ses sensations, ce qu'elle avait traversé de beau, de bon, de mauvais, ses accès d'adrénaline et ses plages de repos, avec ses rencontres, et ses affabulations, elle délivrerait à sa descendance un codage singulier.

Ses œufs porteraient sa mémoire et celle des Troutes qui les napperaient de laitance. En plus de la culture commune, de tout ce qui fait une Troute, la boussole, la migration, les réflexes natatoires, la conscience de soi, et de la métaformation, elles hériteraient du souvenir de lieux précis, marqués positivement ou négativement, d'un goût ou d'un dégoût pour l'exploration, pour certains aliments, et la possibilité de s'en défaire au cours de leur croissance. Le code individuel était un ajout au code général. Il était dispensable.

Ses descendantes le compileraient, le conserveraient ou le jetteraient dans les premiers flots, Mykiss n'en saurait rien. La transmission passait aussi par l'abandon et l'oubli, c'était une de ses conditions et elle l'acceptait volontiers.

Mykiss pouvait se laisser glisser sur sa pente réactionnaire et filer des miles de discours anti-Hydros parsemés d'exemples édifiants ou délirer des images de Zanjas invasives, rien ne garantissait que son bric-à-brac ne soit pas balayé à la sortie de l'œuf avec le premier coup de nageoire.

C'était peut-être pour cette raison qu'elle orientait autrement son Rêve éveillé. Mieux valait tenter de léguer des fantaisies plutôt que des préventions. Elle n'aimait pas les Zanjas, elle détestait le souvenir du concrete dont elle avait elle-même hérité et qu'elle avait conservé durant tout son parcours et, pourtant, elle ne pouvait pas et ne voulait pas se défaire de l'émerveillement qui avait précédé de si peu sa rencontre avec l'Océan.

Quand elle avait senti l'iode et mordu dans sa première bouchée saline, elle se trouvait en amont de l'ancien port. Rien dans sa génétique ne l'avait prévenue qu'il serait là, quatre cents brasses plus loin, intact, noyé, enfoncé dans la grande mâchoire de l'eau bleue. La bouche de la rivière embrassait l'Océan et sa sauvagerie portuaire, immense, tenait tout entière dans ce baiser plein d'élan. Il avait lieu depuis des générations de Troutes, il était en cours et roulait profondément.

Elle connaissait les ports pour en avoir croisé plusieurs durant sa descente. Des lieux d'amarres, d'échanges, des places courbes organisées en coquilles et en circonvolutions où les ventres tanguaient mollement. Elle connaissait le bruit des mâts, la couleur des bouées et le remuement des pontons de bois. Ces ports vélistes ne l'avaient pas préparée à ce qu'elle avait sous le ventre et les yeux et qu'elle n'aurait pas identifié si Taraute et Masu ne s'étaient pas trouvées à ses côtés avec leur héritage personnel.

Ses compagnes reconnaissaient ce qui gisait là. Leurs aïeules avaient insisté. Elles n'avaient bazardé ni les images ni les indéchiffrables cartes sous-marines qui décrivaient ce qu'elles avaient pris pour une construction lyrique et qui se trouvait maintenant sous leur nez. En dur. En volume, en étendue, et en détail. Même si elles n'y comprenaient rien, les traces transmises leur permirent au moins de ne pas faire aussitôt demi-tour.

Le spectacle était choquant, le goût du sel n'aurait peut-être pas suffi à leur faire traverser cette étape. Leur approche aurait pu fonctionner comme un avertissement, mais elles n'avaient ressenti qu'une curiosité vagabonde en constatant l'élargissement progressif du lit de la rivière.

Elles avaient quitté le courant moyen et visité les zones latérales avec la légèreté caractéristique des jeunes Troutes. Un coup à droite, un coup à gauche, une glisse lente et des pensées insouciantes. Elles étaient tombées sur des racines épaisses et des troncs d'un diamètre inédit pour des joncs. Elles avaient pénétré dans des cubes par des ouvertures orthogonales, elles avaient reniflé et goûté du bout des lèvres des lichens filandreux accrochés à des structures froides, elles avaient survolé des pelouses rases et tourné dans des volumes presque clos.

Elles s'étaient heurtées à des parois invisibles, elles les avaient contournées. Elles s'étaient promenées à l'intérieur d'épaves qui n'avaient jamais flotté et dans lesquelles balançaient des boudins de cuir, des coffres, des poteries, des sculptures aux couleurs passées. Le sable avait raclé les sols, incrusté les tapis. Les algues s'étaient mises à pousser dans les bacs chromés, sur les céramiques, le long des boiseries.

Le niveau de l'eau, à ce point de leur promenade, n'était pas très élevé. Plus elles avaient avancé vers l'Océan, sa présence fantomatique, aromatique, se précisant à chaque brasse, et plus la visite avait pris de l'ampleur.

Elles pouvaient monter des degrés et passer dans les chambres supérieures. Certains toits devinrent accessibles. Elles s'engouffrèrent dans des gouttières pour voir où elles menaient. Elles entrèrent dans des tubes, elles sortirent par des trappes et tournèrent autour de piliers en avançant toujours, jusqu'à ce qu'il y ait suffisamment de cubage pour accueillir des Nautiques cent fois gros comme elles.

L'odeur des Requins était couplée à une alerte intégrée depuis des millénaires, infaillible. Elles en prirent conscience au moment même où elles comprenaient que l'espace changeait de nature. Sans se consulter, elles cherchèrent à se replier sur le courant moyen. Il s'était divisé. Six gros flux coulaient d'une force égale, elles ne démêlaient plus leur voie de descente, elles s'étaient perdues. Masu dut user de toute sa chimie pour qu'elles ne filent pas n'importe où en dépit de la boussole. L'Océan était l'objectif, il était proche, elles avaient l'embarras du choix pour l'atteindre. Il était temps de couper le cordon de descente et de se jeter dans l'univers.

La gueule ouverte, Mykiss avait démarré de toutes ses forces. S'il n'y avait plus de chemin, il n'y avait plus d'obstacle. Le seul recours était la vitesse. Sa langue et ses opercules se remplissaient de sel. Elle le goûtait sur ses écailles et dans ses yeux, son corps se salinisait de l'intérieur, elle était envahie et portée, le sodium arraché au plateau océanique l'allégeait du tiers de son poids, elle fusait, elle volait. Sa bouche était brûlante, ses muscles en feu, elle découvrit le port noyé dans un état d'exaltation propre aux révélations. Elle s'arrêta.

Elle poursuivit seulement sur son erre et laissa filer, loin sous son ventre, des quantités de taches multicolores impeccablement alignées, des lignes sombres tirées droites, des courbes, des insectes géants noirs immobiles et silencieux, morts, enrobés d'éponge, de coquilles et de Moules noires. Elle franchit de grosses veines creuses, un dédale, des pans d'Océan libre, une frontière et tout à coup, le vide. Le vertige, le port dépassé, il n'y avait plus rien que la hauteur, l'enfoncement, le gouffre horizontal, bleu, brassé. La transparence le traversait. Elle régurgita. Elle s'étouffa. Elle frissonna de tout son être de la queue à la tête. Elle entendit son squelette cliqueter, elle en eut une image complète. En un éclair, elle quitta le monde d'eau douce qui l'avait vue naître pour plonger dans cette matière brute qui ne pouvait pas la tuer – le Pacifique, Titan, Océan le mondial.

Ce n'est qu'à son retour, après avoir mené sa vie d'adulte et rencontré toutes sortes de Nautiques imprévisibles, qu'elle devait découvrir les spots devant lesquels elle avait filé sans les voir.

Les agglos sous-marines Eurêka, Elly, Edith, au bord du canal d'approche, le ranch à Coquilles Catalina, et toutes les flottantes qui bordaient le littoral entre White, Freeman et Chaffee.

Elle avait passé son temps à explorer ce golfe, jusqu'à l'île Pimungna et celle d'après, elle avait entendu parler d'une fosse étroite au-delà des marges continentales et des sommets qu'on y trouvait, d'une profondeur abyssale.

Mykiss avait échangé des chants avec des Delfines à bec blanc, et une Orque repue qui connaissaient les grandes largeurs et le trou du cul de l'Océan. Il émergeait à Hawaihi. Elle lui en avait indiqué les coordonnées.

Mykiss avait écouté leurs sons de gorge, le battement de leurs strophes. À leur intention, elle avait scandé la rivière, la chute, le bassin, le ravier et décrit les nervures de collecte. Elle avait patrouillé dans les collines marines durant de longues années, toujours sur le point de franchir un cap décisif, l'appel du large la tenait comme un rêve. Elle avait vu le pays gelé et le pôle. Elle ne s'était plus approchée de l'embouchure jusqu'à ce que sonne l'heure de la montaison.

Au retour, elle avait découvert ce qui lui avait échappé à l'aller. Guidée par une foule de Chinchards qui jouaient avec la lumière, elle était tombée sur l'agglo d'Eurêka. Accrochés entre eux à une structure d'acier sauvage, complexe, les Éponges, les Anémones fraises, les Anémones blanches, les Coquilles, les mousses, les poils verts, les Vers avaient colonisé leur support jusqu'à le faire disparaître. Les Treefishs s'y embusquaient. Les Étoiles soleils s'y étalaient. Les Demoiselles orange, rubicondes, s'y poursuivaient en allumant leurs taches pour se faire des peurs bleues. Les Otaries sautaient des barils de surface et faisaient là-dedans des incursions meurtrières. Les Chinchards s'éclataient.

Alors qu'elle faisait le tour de l'agglo en zone épipélagique, impressionnée par la densité de population et le nombre de cultures cohabitantes, elle eut la surprise de croiser un Corps dont la forme lui rappelait celle d'un Véliste au bain. Il était masqué, deux bras, deux jambes attachées, et couvert d'une pellicule. Grise, glissante, barrée de jaune. Peut-être une Hydro de petite taille, mais Mykiss n'en avait pas rencontré depuis son entrée dans l'Océan. Il la salua en langage visuel. Elle ne répondit pas. Il essaya de l'effleurer, elle recula. Alors, il fit un geste qui tordit ses tripes de Troute bien accrochées, il saisit son masque entre ses pinces souples, et le souleva pour qu'elle voie sa bouche et l'ordre de sa denture. Il n'en fallut pas plus à Mykiss pour décamper sur-le-champ.

Elle y repensait maintenant dans son trou de repos. Comme s'il devait prendre part à son discours amoureux. Elle ne l'avait pourtant pas revu, ce drôle de Corps. Et s'il était bien classé dans sa liste des êtres bizarres, malgré sa respiration ambiguë et sa faculté de s'enlever un morceau de carapace, il ne faisait pas partie des plus effrayants. Ni des plus beaux.

Une Demoiselle bleu cyan lui avait raconté qu'ils formaient des troupeaux. Ils vivaient sur les flottantes au-dessus des communautés nautiques et ils passaient beaucoup de temps dans l'eau. Ils chassaient au harpon, ils jouaient entre eux et avec les métaformations. Ils entretenaient des relations d'amitié avec les Delfines qui permettaient à certains de s'accrocher à leur dorsale pour un bout de chemin. Ils ne s'éloignaient jamais vraiment de la périphérie des îles. Peut-être étaient-ils incapables de pratiquer le sommeil unihémisphérique. Ils seraient noyés à la première petite sieste.

La Demoiselle ajouta avant de partir qu'ils étaient bien élevés et bons culinaires. Quand la lune était pleine, ils planctonnaient – c'est-à-dire qu'ils balançaient largement des paillettes goûteuses pleines d'acides gras oméga et de manade oligosaccharide hypernutritive. Elles étaient très digestes, renforçaient le système immunitaire et les arômes bourrache et angélique, issus de plants terrestres, étaient délicieusement exotiques. Les Nautiques se les arrachaient. Il y a foule dans ces moments-là, disait-elle en faisant des ronds dans l'eau. Ils viennent de partout, la récurrence est connue. Je connais des Moules qui se sont fixées uniquement pour ça.

Mykiss reconnaissait là des mœurs de Véliste ou à peu près. À force de parler de nourriture, la Demoiselle s'était senti un creux et avait filé.

Mykiss avait faim aussi, elle aurait bien aimé déguster de ces paillettes. C'était sans doute pour cette raison qu'elle pensait de nouveau à cette rencontre. La faim, après tout, fait partie du discours amoureux, ou du moins de ses préliminaires.

Elle en était là de ses rêveries quand une ombre oblongue lui passa sur le dos à toute vitesse. Un malotru. Elle sauta derrière sa poupe pour protester et confirmer son soupçon, c'était une coque. Elle frappa la surface en retombant, histoire d'attirer l'attention. Les bonnes manières se perdaient. Le Véliste tourna la tête, ce qui lui servait de tête, et plongea sa pagaie pour freiner aussitôt qu'il remarqua la frappe. La coque se mit en travers, vira jusqu'à inverser sa direction pendant que le Véliste tâtonnait dans son coffre avant à la recherche des petites bouchées.

Mykiss le rejoignit en alertant ses comparses. Pensée magique, les Troutes ! Distribution de beignets à trois brasses. Son banc se mit en branle et la surface autour de la coque boursoufla bruyamment. Le lancer fut généreux, à proportion du dérangement.

Quand les Troutes remercièrent en sortant le nez, le Véliste informa par signaux qu'il y avait du changement sur le Rio Hondo. Des Castors. C'est ce qu'elles comprirent. Des ingénieurs à queue plate étaient en train d'installer une cité lacustre sur un bras productif. Mykiss claqua des mâchoires. Les amphibies étaient décidément des entraveurs de fond. Envaseurs, salicornes lui vinrent aussi à l'esprit. Il fallait aller voir.

Elle convainquit Taraute et Masu, les autres suivraient malgré la fatigue, il était hors de question que cette engeance s'établisse où bon lui semblait sans concertation. L'unanimité était absolument requise dans ce cas de figure. À quoi pensaient les Ardéanes en laissant faire ? À une pisciculture à ciel ouvert, un bassin de mange rapide ? C'était intolérable. Et les Martins, les Butors, les Cougouars, alors ? Pareil ? Ils étaient tous ligués contre les Troutes et la libre circulation des salmonidés pétillants. Elle allait leur dire sa façon de penser.

Taraute essaya de tempérer sa réaction, mais Mykiss n'était pas la pointe de flèche pour rien, elle embarqua tout le monde dans le sillage du Véliste. Elle pouvait au moins compter sur l'indignation des Hondistes, qui formaient un bon tiers du groupe. Une cité castore représentait un obstacle de taille et l'habitat d'aucun Corps ne justifiait une interruption du flux commun, même partielle. Elles ne tenaient pas non plus à emprunter une servitude qui les mettrait à la merci des pêcheurs embusqués. S'ébattre dans un diverticule étroit spécialement aménagé pour leur passage était une solution à double tranchant, elle le savait d'expérience héritée. Les barrages sauvages les avaient poussées au bord de l'extinction, elle n'allait pas accepter qu'une poignée de baveux semi-aquatiques menace leur vigueur retrouvée.

Le Véliste était rapide, il économisait ses gestes. Le Rio Hondo se situait à plusieurs jours de nage. Il se ménageait. Taraute fit en sorte que Mykiss reste à sa traîne. Il ouvrait le passage, écartait les sédentaires, distribuait régulièrement des boulettes, les Troutes avaient tout à y gagner. Elles pourraient glaner des renseignements au fur et à mesure de leur progression, à l'entendre c'était un atout de taille, car il est toujours préférable de préparer son dossier avant de le défendre.

Cause toujours, pensait Mykiss silencieusement. Pour elle, la question était entendue et réglée. L'eau coule, les Troutes coulent, on laisse couler.

Elles commencèrent l'enquête immédiatement. La troupe entière s'employa à interroger systématiquement les Nautiques et les oiseaux qui venaient de l'amont. Elles questionnèrent les Dragonflies, les Apis, les Vers s'ils avaient l'air de rouler sur le fond depuis longtemps. Les prises qui voulaient parler étaient relâchées contre renseignements.

À la tombée du jour, elles se regroupaient pour rassembler les informations. Parmi les élucubrations arrachées aux petites proies qui déliraient sous l'emprise de la terreur viscérale, il y avait quelques constantes. Hondo n'était pas investi à son point de convergence avec Paayme Paxaayt, mais plus haut, nord-est. Les terrassements avaient commencé avant le début de la montaison. Le bois était en coupe sur trois hectares alentour. Les Martins étaient formels, le chantier avançait vite. Il ne s'agissait pas d'un jeune mâle en formation, plutôt de la restauration d'un territoire ancien par une communauté constituée. Ils arrivaient du nord. Ils se faisaient appeler Archéos ou Arguéos et comptaient une foule de charpentiers, de terrassiers, de coupeurs-plongeurs et de paysagistes. Ils savaient tous tout faire, dans des conditions extrêmes si c'était nécessaire. Ils étaient déterminés.

Les conciles vespéraux mettaient Mykiss dans un état d'angoisse plus avancé à chaque fois. Elle était hahamongniste, et n'aurait pas dû s'inquiéter à ce point puisque les Archéos ne s'installaient pas sur son lieu de naissance et de ponte. Mais les Troutes, pour territoriales qu'elles soient, sont liées entre elles par la métaformation comme les rus, les ruisselets et les affluents le sont au Corps principal. Elles communiquent dans le réseau de l'eau, quels que soient sa longueur et l'écartement relatif de ses bras.

Si un événement a lieu sur le Hondo, il n'échappera pas à celles du Rubio, du Secco, du Verdugo. Il arrivera à la connaissance des solitaires retirées, des sourceuses, et les Troutes en phase océane elles-mêmes en auront connaissance. Elles étaient concernées par les changements sur l'ensemble de leur bassin versant.

Il arrivait même qu'un bassin versant voisin soit averti par dispersion fluviale et infiltration sout. Le partage des eaux n'était pas une ligne, mais une zone où les histoires choisissaient leur pente après moult considérations, ce qui en faisait la richesse, les limons.

Mykiss s'inquiétait parce que si la troupe entière devait protester sur place, l'horloge de celles qui venaient des bras supérieurs se trouverait déréglée. La durée de la montaison était génétiquement définie. Elles avaient le temps de s'égarer sur un écart de plus ou moins dix pour cent, après il était trop tard pour mener à bien le processus de reproduction. Sans parler des discours de parade bâclés et des codages individuels déficients, les œufs perdaient en fécondité et la laitance tournait.

Il n'y avait qu'une solution et il fallait la mettre en place rapidement. Le concile vespéral en décida unanimement au terme du cinquième jour. Le wowow s'imposait. Il devait se tenir au point de convergence et rassembler l'ensemble des Corps directement et indirectement concernés.

La logistique allait être colossale, les émissaires devaient partir sur-le-champ par toutes les voies possibles. Les Castors ou leurs représentants devaient descendre, les Troutes monter, et les Autres Corps périphériques converger depuis l'est, l'ouest, le nord et le sud jusqu'au Trèfle quadrilobé sauvage – Four Leaf interchange 710/LB – conservé.

Une fois que la décision fut prise, la montaison se fit à fleur d'eau. Les Troutes informaient tous les Corps descendants, tous les ascendants des dispositions prises et sommaient les aéronautes de répandre la nouvelle.

Elles formaient une vague de crête, large comme le lit, longue de plusieurs miles, et faisaient autant de bruit que possible. Le phénomène se voyait de loin, s'entendait dans les terres et se diffusait par les Zanjas. Les volatiles avertissaient en amont et en aval qu'un ruban de Troutes couvrait la rivière comme une étole, qu'un Véliste surfait sur cette vague et qu'elles nageaient en force vers le Four Leaf.

À Hidden, les wowow ne se refusaient pas. Les Castors devraient considérer la demande et se rendre au lieu de rendez-vous, en masse, ou en petite bande. Un manquement n'était pas envisageable.

Ils reçurent l'appel vingt-quatre heures à peine après son émission par une flopée de Hummingbirds en livrée rouge irisée. Masu s'était assuré leur service rapide, en promettant de leur révéler trois emplacements d'arbres à miel bien placés, côté soleil, et des places de choix au wowow. Ils auraient porté le message sans contrepartie tant ils aimaient vrombir et distribuer à toute vitesse, par pur plaisir athlétique. Elle avait pensé qu'une offrande ne nuirait pas. Ils s'étaient surpassés.

La réponse des Castors n'avait pas tardé à son tour. Les Troutes l'avaient reçue en début de concile après une de ces journées de pluie fine continue qui brouillait la frontière et rendait la nage superficielle ultraglissante. Ils viendraient, ils seraient là, présents, quatre ou quinze au Four Leaf, au moment dit, les sages et les jeunes.

Mykiss en déduisit aussitôt que les travaux ne cesseraient pas pendant le wowow et son humeur s'en ressentit.

Taraute lui fit valoir qu'il n'y avait rien d'inaccoutumé dans cette organisation. Elle l'envoya paître.

De l'Observatoire à Down-Toh, La crue

BOIS SACRÉS

Le ciel était lessivé. Ama y voyait clair. De nouveau, sous un autre angle que celui qui s'était ouvert devant le domaine des grands Kairs, Ama avait Hidden loin sous ses pieds.

La dimension du plateau était décuplée. Elle reconnaissait le paquet de tours au sud-est, la plaque miroitante de l'Océan tout au fond, le patchwork lisse qui couvrait le plateau, et maintenant, elle avait les collines à sa gauche, à sa droite, un dôme en perspective et des connaissances augmentées.

Elle avait gravi les pentes face au Toluca, elle s'était posée sous l'arbre solitaire, au sommet du pic Cahuenga. Le Pin vigie l'avait éventée et l'avait assurée. Elle était la bienvenue dans cet espace. La bienvenue à Hidden où, si personne ne l'attendait, beaucoup de Corps, sans aucun doute, seraient curieux de la rencontrer. Sa session chimique avec l'arbre avait duré jusqu'à ce qu'elle sente le mycélium sous la plante de ses pieds.

Une Auboisière ne prend pas racine, elle perçoit les capillaires, les minuscules et le réseau global, elle n'a pas besoin d'y pénétrer pour y participer. Le système racinaire du Pin et ses alliés l'avaient saluée en profondeur et ce moment avait été plus doux qu'une caresse. Le vertige l'avait quittée au sommet du Cahuenga. Le tournis, le transport, l'égarement s'étaient dissous.

Aussi nombreux que fussent les Autres Corps sur le plateau, aussi vaste l'étendue dans les six directions, l'espace ne pouvait plus l'aspirer, car elle avait désormais des Relatives de terrain. À partir de ce point, le Pin vigie de Cahuenga, à partir de Bazine, du domaine des Kairs, du village de huttes, grâce aux rencontres déjà faites, actives, elle était dorénavant incluse. Et c'est pour faire cette expérience qu'elle était montée seule et s'était posée seule au pied du Pin qui voyait tout.

Les Vélistes étaient restés près de la rivière, Atlal, Ourá et Petite Nuit avaient décidé d'explorer minutieusement les contreforts. Ils s'étaient éparpillés comme une poignée de papillons. De loin, leurs déplacements étaient hasardeux, folâtres, ils ne se perdaient pas de vue pour autant et ratissaient le périmètre dans ses replis les plus ombreux. La végétation était dense, d'un vert sombre qui tirait sur le noir dans les creux où l'eau suintait. Des Palms lançaient leur long corps grêle au travers des buissons bas et des touffes de joncs courts.

Ama les avait regardés évoluer avant de se tourner vers cette plaine qu'elle n'en revenait pas d'avoir atteinte et de reconnaître comme si elle était déjà venue, en rêve, en pensée, en savoir partagé. Hidden existait et ce n'était pas la peine d'en douter. Ce n'était pas un héritage narratif, mais un fait, un ensemble, un incommensurable ensemble de faits. La sauvagerie était là. Elle était toujours là, ses traces étaient énormes, inévitables.

Descendue du Cahuenga pour s'approcher le plus possible du tableau global sans rien en perdre, Ama se tenait devant la mire de l'Observatoire comme l'avait nommé Litham. Face au drap tiré du plateau, avec ses faux plis en forme de tours, les collines à sa gauche, à sa droite elle voyait se détacher, de la couverture végétale et des chemins terreux, l'exosquelette de ce qui était, peut-être, un Autre Corps gigantesque aux articulations complexes.

Ce qui s'était appelé une ville, ou pas, ce qui s'était appelé un jardin, mais qui était aujourd'hui un organisme vivant dont les os saillaient et brillaient au-dessus des poils verts en longs segments puissants, charpentés, qui renvoyaient la lumière.

Le coup d'œil était percutant. Durant un instant, Ama saisit la forme totale et la trouva simple, limpide, élégante, l'instant suivant, elle n'en comprenait plus la cohérence. Des nœuds se formaient à des endroits imprévisibles. Des paquets de muscles se greffaient à l'emboîtement de plusieurs organes conjonctifs. Le schéma général disparaissait dans un tapis d'arabesques stylisées intriquées à dessein pour égarer le regard et faire croire à l'impossibilité du mouvement. Elle ne voyait plus que des os rompus, un squelette incomplet, mangé par la végétation. Un Géant qui avait été et n'était plus.

Puis cette impression s'évanouit à son tour.

La lumière bassinait la plaine d'une façon qui ne laissait aucune chance à l'ombre, elle ne pouvait pas planer, elle ne pouvait pas s'installer. Le Corps était sous ses yeux, sa présence était manifeste.

Ama fit un effort pour se déconcentrer. L'esprit des Auboisières était entraîné à repérer et à créer des liens. Il fallait savoir rompre avec cette faculté pour percevoir ce qui flottait. Ama laissa son regard se flouter à partir d'une zone centrale indéfinie et s'occupa de sa respiration et du mouvement de son diaphragme.

Quand sa pupille se dilata au point d'excéder son champ visuel objectif, elle perçut les microvibrations lumineuses qui striaient le plateau d'est en ouest et du nord au sud. Des fibres brillantes, inframinces, tremblaient légèrement au-dessus des canopées comme la chaleur au-dessus des routes désertiques. Elles étaient partout, invisibles, fragiles, des soies d'Araignée rectilignes, elles apparaissaient, disparaissaient en fonction du spectre lumineux, du vent et de ses changements de direction. Ce frémissement joua librement devant elle. Elle ne tenta rien pour relier les axes contraires, organiser les faisceaux divergents ou combler les manques. Elle s'accommoda des ruptures, des pointillés, des dilutions. Elle comprit lentement que les fibres s'organisaient autour de l'exosquelette. Elle se retint de faire le point. Elle laissa le flou la guider. Dans la masse, les petits flux brillants soulignaient, surlignaient, investissaient les formations osseuses, comme autant de filets d'eau immobile.

Elle reconnut d'un coup la Freeway qu'elle avait traversée avec ses Expés. Sa focale changea malgré elle. En balayant rapidement le plateau, elle découvrit les autres, toutes les autres qui couraient suspendues au-dessus du sol, perpendiculaires, parallèles, entrecroisées.

Les courbes, les niveaux, les enroulements qu'elles formaient pour mieux se distribuer. Quelle était cette eau, qu'est-ce qui faisait chatoyer cette structure ? Qu'est-ce qui courait dans ses veines ?

Une nouvelle fois, l'ampleur de la sauvagerie d'Hidden lui sauta à la gorge. Dégagées de la couverture arborée, les Freeways étaient omniprésentes, minuscules, monumentales. Elle ne sortit pas la cage de Faraday de son pourpoint, elle n'en avait plus besoin pour les troubles spatiaux. Elle chercha dans sa manche une longue-vue de trois centimètres, à laquelle elle colla son œil droit avec tout de même un certain soulagement. Le grossissement réduisait le champ à des proportions plus acceptables. Il permettait aussi d'accéder aux détails que la vue d'ensemble dissolvait.

Ama pivotait lentement sur sa droite en suivant l'horizontale. Elle voyait l'axe de la Freeway, le scintillement qui la signalait. Elle tourna la molette pour augmenter la précision, le scintillement s'amincit, puis se scinda en une série de perles transparentes, détachées, éloignées les unes des autres, à peine réunies par la réflexion lumineuse et le sol sur lequel elles évoluaient. Elles étaient nombreuses, à peu près rondes, un peu allongées sur le devant, longues à l'arrière, elles avaient une traîne. Et, tout à coup, il y avait quelqu'un dedans. Dans la matière invisible de la perle, Ama comptait une tête, une tête par perle, une tête de bipède. Elle distinguait des barbes et des cheveux longs, mais les perles n'étaient pas des coques de Vélistes.

Ama rabaissa sa longue-vue un instant.

La Freeway qu'elle scrutait n'avait rien en commun avec celle qu'elle avait traversée. Un seul type de mouvement animait celle-ci. Homogène, lampant, singulièrement géométrique. Les perles avançaient comme si elles ne s'appréhendaient pas. Hormis les différences d'accélération, elles avaient le même style. Pas une pour faire une roulade ou sauter par-dessus sa voisine. Les flagelles flottaient derrière les bulbes dans un ordre impeccable.

Ama étudia leurs évolutions pendant un moment. Sa longue-vue, réglée au maximum de son grossissement, faisait trembler l'image et rendait l'exercice fatigant. En l'absence d'événements notables, Ama ne pouvait pas en apprendre beaucoup plus, elle rangea sa lunette. Il était temps de se rendre à l'Observatoire.

Après la nuit passée à Toluca, les Vélistes leur avaient dit qu'il y avait deux chemins pour Frog-Toh, la rivière, bien sûr, ou le bois sacré. La rivière était facile, elle était douce, le bois sacré était une merveille d'Hidden, il ne fallait pas l'ignorer. L'Auboisière avait frissonné deux fois en entendant ces paroles. Pour Firmine qu'elle allait quitter là, et pour ce bois qu'elle ne connaissait pas. Après un conciliabule hésitant, ils étaient convenus que Firmine s'en retournerait à Tujunga Wash, la graine de l'arbre couche glissée dans une canule de son plectre, que Mianeh resterait avec Litham, puisque Ama voulait méditer seule au pied du Pin Cahuenga. Atlal, Ourá et Petite Nuit iraient de leur côté par les traverses. Ils s'étaient offert une latitude de deux jours. Rendez-vous à l'Observatoire. Ils ne pouvaient pas le manquer, il était blanc, grand, surmonté d'un dôme noir.

Ama s'en approchait depuis qu'elle avait quitté le Pin par des chemins de crête qui s'entrecoupaient pour rester sur le fil du relief. Elle avait parcouru tout le chaparral du bois sacré entre deux pentes, elle avait frôlé les canyons et plongé dans la profusion des Black Wallnuts et des Saules à feuilles maigres. Elle s'était frottée aux vésicules des Burro Fats. Elle avait cueilli des Gratte-culs flétris. Elle s'était époussetée après la traversée d'un rassemblement de Coyotes Bushs. Elle avait craché respectueusement avant de se glisser sous une abside de bambous, elle avait ramassé la Sauge et déposé la pincée de tabac rituelle, ramassé la Chicorée, les Dandelions, la Laitue du mineur, le Mugwart qui soigne les éruptions provoquées par le Sumac et les Oaks vénéneux. Chaque plante avait sa stratégie défensive, et chacune son antidote. Ama prélevait sans blesser. Elle donnait la pincée de tabac avant de prendre, elle prononçait leur nom. Elle expliquait, tu refroidis la fièvre, tu calmes les maux de tête, tu cautérises les plaies, tu adoucis les brûlures, tu peins les corps, tu appelles les Rêves, tu relèves les plats, tu chasses les pensées, tu me permettras d'honorer l'espace, accepte ce brin, je prends et j'accepte le tien.

Le bois était sacré partout. On rendait grâce devant ses pieds, au bout de son souffle, à portée de sa main. L'ombre des Oaks se prêtait aux sessions de remerciements murmurés, les feuilles étaient petites, elles répondaient sur le même ton, frisant, chuinté. La caresse de la fraîcheur, celle du son, ces deux sensations distinctes se confondaient, portées par le même courant d'air. Elles enveloppaient la chuchoteuse dans la bienveillance des arbres, et le contact était si furtif et si doux qu'il fallait aussitôt recommencer. Ama connaissait le phénomène d'accoutumance, elle prit garde de prononcer ses formules un peu en retrait des ombres séduisantes. Au soleil, elle salua les candélabres des Yuccas, les tiges des Agaves, les fûts des Palms.

Le bois était serré dans les creux, clairsemé en crête. Le vent dominant peignait les Sauges, incurvait les stipes, brossait les épis et donnait un air de famille à celles qui s'étaient implantées en altitude.

La conversation en cours était fascinante. Les Auboisières avaient cette faculté de pouvoir l'entendre. Une enveloppe, un bosquet et parfois même un arbre isolé, une vigie, étaient en soi un discours poétique. Pas un discours de mots ni de signaux, pas tout à fait un langage. Plutôt comme la musique et la danse. L'immense mouvement des arbres développé sur des dizaines, des centaines d'années leur était accessible. L'implantation et la pousse racontaient, chantaient une existence en devenir et une communauté d'êtres. La silhouette et le port constituaient la syntaxe, le feuillage, les épines, les écorces dans leur infinie diversité, apportaient la nuance, les finesses, les digressions. Pas le sens exactement, l'aura et le ton.

Quand Ama regardait un arbre, elle l'entendait. Sa voix était haute ou flûtée, la largeur du tronc en décidait. Sa posture annonçait son style. Le choix des aiguilles ou des feuilles, leurs découpes, leur distribution manifestaient son goût, et souvent, son intention.

Comme dans toute assemblée, il y avait des personnalités plus visibles, plus retentissantes que d'autres. Au premier abord, on pouvait tenir l'Eucalyptus pour un maigrichon porté sur l'épate avec ses feuilles tombantes haut perchées et leur propension à dégringoler avec un bruit de cascade. Pourtant, l'Euc était timide. Sa nudité cyclique le montrait dans toute sa fragilité. Il apparaissait alors comme l'écorché qu'il était. Avec ses longs muscles étirés comme ceux d'un coureur, l'Euc était un athlète frêle, affûté, attaché à l'élégance et légèrement désorienté.

Il ne fallait pas se fier non plus à la première impression délivrée par l'immense Pin Canary. Sa masse imposante, son écorce sombre, son port sérieux tout en solidité, la rigueur avec laquelle il tenait ses paumes serrées vers le ciel, cela sonnait comme un gros cuivre, un tuba, alors que toutes ses aiguilles rassemblées en pompons généreux sautillaient au bout de ses bras. Le grand Canary était une majestueuse majorette engagée dans une parade turbulente.

L'accent tonique et le message de fond des Magnolias plantureux tenaient à leur ombre. La nappe fraîche qu'ils déployaient autour d'eux parlait d'elle-même. Les feuilles lustrées étaient là pour l'ornement, et les fleurs de cire pour la teinte olfactive citronnée qui venait souligner le propos. Le Magnolia ne poussait que pour son ombre et ce qu'elle exprimait. Aucune n'était semblable, elles se répandaient autour du tronc en empruntant des formes diverses, elles n'avaient ni la même épaisseur ni la même qualité d'enveloppement.

Les yeux fermés, les narines bouchées, Ama était capable de distinguer un Magnolia d'un autre, un Oak dentelé d'un Oak Engel, une jeune pousse d'une vieille, car le premier sens des Auboisières, le plus important à leurs yeux, était celui de l'enveloppe.

La lecture ou l'écoute d'un bois pouvait commencer à distance, la conversation ne s'engageait vraiment qu'en présence. Les Auboisières devaient entrer dans l'enveloppe pour confirmer et approfondir ce qu'elles avaient en partie déchiffré. Le discours prenait alors une dimension de plus, proprement spatiale, la sphère d'influence kinesthésique de l'arbre devenait palpable, ainsi le souffle et la puissance de sa narration.

Le plus important était l'événement du contact. Une Auboisière qui traversait une enveloppe passait un seuil. C'était comme entrer dans un bain. Dans la production aérienne de l'arbre, au milieu de sa chimie, entourée par ce qui pouvait ressembler à une respiration et qui était une peau. Par ce toucher en deçà du frôlement, l'arbre délivrait sa grâce et son intention poétique. Marcher dans un bois était en quelque sorte un exploit. Marcher dans un bois sacré, une expérience spirituelle.

Les flacons de conversation n'avaient pas place dans ces lieux. L'échange se devait d'être intime et passer d'enveloppe à enveloppe. La conversation se faisait dans le mouvement. Celui des arbres, celui du bois, celui d'Ama.

Plantée devant une Euphorbe élancée, elle se balançait avec elle, et répondait à la courbe de sa hampe par un arc du bras. À une Cactée concentrique, elle montrait cinq doigts lentement écartés, et glissait de côté.

Elle cueillait et offrait dans une posture adaptée à chaque individu et à la façon dont il était entouré. Et par-dessus tout, elle faisait très attention aux chemins qu'elle prenait.

Les bois avaient leur implantation personnelle, leur organisation en tant que Grands Corps, et la moindre des choses, pas nécessairement la plus facile, était de suivre les chemins qu'ils avaient tracés pour les motiles.

Dans un bois sacré inconnu, le plus simple pour ne pas risquer l'impair était de suivre les grandes raies, comme une puce dans une fourrure. En empruntant les tracés de crête,

Ama ne pouvait pas être plus prudente. Ces sillons du milieu qui marquaient le départ entre l'adret et l'ubac étaient des voies pour débutantes. Ama n'avait aucune fierté mal placée, et de plus, elle se régalait du paysage. Les abords par le haut avaient sa préférence.

L'Observatoire n'était plus qu'à quelques encablures en contrebas. Il fallait passer par un rassemblement de Pins, quelques bancs, avant de déboucher sur une pelouse rase aussi verte que celle des Kairs. Elle prenait son élan pour filer sur la pente dans le sous-bois, mais dès qu'elle y eut posé le pied, elle s'arrêta.

Les Pins étaient trop serrés pour qu'elle les traverse d'un trait. Les bancs tenaient plus de l'obligation que de l'invite. Elle s'installa. Les pieds au sol, le dos droit, les mains relâchées paumes en l'air posées sur l'assise, la bouche entrouverte. Elle les écouta. Ils étaient le premier et le dernier bastion avant l'Observatoire et la plaine, des veilleurs. Ils faisaient en sorte que les Corps se posent et se demandent ce qu'ils faisaient là. Pas seulement devant Hidden, mais à cet endroit du monde, au bord d'une formation rocheuse érodée, au-dessus d'un bassin sédimentaire, face à l'Océan.

La grande question, aurait dit Ourá, dont la vivacité, tout à coup, lui manqua.

Les circonstances de la vie ne fournissaient pas une réponse satisfaisante, l'appel de l'Expé était un peu faible, voir le monde ne s'imposait pas, on le voit de partout. Réfléchis, se disait-elle. C'est alors qu'elle repensa à son premier bois sacré, celui qui l'avait retournée, ébahie et confortée.

Fah l'avait amenée là. Sans prévenir, sans aucune précaution oratoire ni instruction préalable. Comme de nombreux matins auparavant, la Tech-Expé qu'elle s'était choisie pour formatrice lui avait dit de vérifier le bracelet de sa cabe et de la suivre. Ama ne savait pas qu'elles partaient plusieurs jours. Elle portait son pourpoint de voyage par hasard, elle l'avait reçu quelques semaines auparavant et n'arrivait plus à s'habiller autrement. La capuche de son nouveau vêtement l'enchantait. Elle n'en comprenait pas l'utilité, en matière de protection la cabe était autrement plus efficace que cette excroissance qui flottait sur le dos ou bouchait la vue quand on la rabattait. Elle pressentait qu'il s'agissait d'une marque symbolique importante. Elle avait suivi Fah le pied léger, excitée par l'aventure qui s'annonçait. Elle n'avait pas été déçue.

Elles avaient marché la moitié d'une lune et Fah ne répondait à aucune de ses interrogations sur le but du voyage. Ama ne savait pas où regarder, sur quoi porter son attention, elle s'efforçait de deviner la leçon. Elle lui demeurait inintelligible. Les Expés n'avaient pas besoin de raison pour être entreprises. On part en Expé pour être lentement métamorphosée, apprendre ce qui se présente sur le chemin et revenir augmentée. La sagesse, la force, l'habileté ne s'acquéraient pas autrement. D'accord.

Au bout d'une semaine, Ama commençait à trouver la démonstration un peu laborieuse. Elles marchaient du lever du jour jusqu'après le crépuscule, tant qu'elles voyaient leurs pieds.

Fah était d'une robustesse étonnante. Elle avait l'âge d'une Toge science-érudition, la densité d'un Oak, son poids n'était pas négligeable, mais elle avançait avec une régularité de fond inébranlable. Ama se demandait si elle avait seulement besoin des quelques heures de sommeil qu'elle leur accordait, ou des noix et des galettes qu'elles mangeaient pendant les deux pauses quotidiennes. Plutôt brèves.

Et puis le paysage avait changé et Ama ne s'était plus posé de question. Au moment où elle avait vu le premier individu, elle avait compris. Elles étaient là pour lui, pour eux, puisque bientôt ils étaient des dizaines, des centaines sur un territoire d'une beauté complètement inconnue.

L'Agavoï Yucca petites feuilles, le sable sur lequel il poussait, les roches qu'il côtoyait, les buissons qu'il ombrageait, le ciel qu'il animait, ses couleurs, ses fibres de branches, ses fibres de feuilles, son discours, elle en adora tout au premier regard.

Il façonnait le monde alentour, il lui procurait son rythme. Avec la roche coulante, la roche montante, ocre, disposée en monceaux de loin en loin, avec les tas de cailloux noirs, les terrils, les arbres fumés, des buissons, la Créosote éventail, les Yuccas de surface, tranchants, les Genévriers à capsules, et la douce barbe bleue de l'Ambroisie Calflora.

Elle eut avec eux sa première expérience amoureuse de terrain. Totale. Elle sentit en entrant dans l'enveloppe générale du bois si peu reconnaissable qu'il était sacré du fond de la croûte jusqu'au ciel. Elle évolua dans son espace en dansant chacun de ses pas, en transe, le sourire aux lèvres.

Elle marchait, elle flottait dans un lieu qui était une œuvre vivante, une œuvre immense, parcourue, dévolue à la vie, démontrant la beauté et la profusion au moyen de deux éléments bien pauvres, la roche et l'épine. Rien d'autre. La lumière. Très peu d'ombre.

Pendant trois jours, elle ne dormit pas. Elle avança, elle écouta, elle regarda à s'en user les yeux ce qui l'entourait et l'invitait au mouvement, à la pensée, à sentir l'eau dans la roche, le tellurique dans la plante, l'absence de menace au cœur de l'étrange. L'intrication des êtres dans la matière, la même, dans la lumière qui bassinait et inondait les Corps indifféremment, généreusement. Elle vécut, elle mourut d'amour pendant trois jours. Jusqu'à ce que Fah décide qu'il était temps de voir le grand tableau et l'amène au lieu-dit la Clef-de-Vue. Un col depuis lequel l'horizon sautait. À ce moment seulement, Fah commença à parler.

Elles se tenaient devant une immensité, plissée, plate, océanique au loin, qui correspondait à une autre immensité, sout, enfouie, profondément éloignée sous la surface et qui était une faille. Une ligne de coulissement, une chaîne montagneuse inversée, en grande partie invisible, dont la puissance était celle d'une danse frottée entre deux plaques continentales.

Le bois sacré était la charnière entre ce monde enfoui, en cours d'enfouissement, et l'espace du dessus. Il charmait les profondeurs, il reliait la surface à la ligne de subduction, il ménageait une dimension supplémentaire entre les deux blocs, intouchable, magique, dégagée du conflit. Il imposait sa persistance au gouffre et au sol, au-dessus de la faille, en retrait mais présent, à l'endroit même de l'activité sismique.

La faille Blue Cut le traversait d'est en ouest, la faille de la Montagne Peinte le bordait au nord-ouest, et ici, disait Fah en tendant le doigt, tout ce long creux que tu vois, c'est Andrea, le plus gros système de failles du monde, et son travail est inachevé. Il se fait discrètement, à une allure géologique rarement perceptible, qui peut néanmoins se manifester sous forme de catastrophes. Elles sont exceptionnelles, le bois sacré est là, il est vivant, il est en dialogue constant avec ce qui est en train de disparaître. Il condense et conserve le monde ancien dans celui que nous parcourons, il invente les formes et les couleurs qui le racontent et lui parlent, il nous parle aussi, il est le truchement. Les Agavoïs croissent à la même vitesse que la plaque s'enfonce. Ils équilibrent sa formidable plongée par une contre-plongée modeste. Ils inventent des signes, ils ont beaucoup d'humour, on se sent ici au début de notre âge, comme des enfants de quelques années seulement, tu ne trouves pas ? Fah avait ponctué sa question d'un salto arrière qui avait laissé Ama bouche bée.

Elles avaient campé trois jours de plus, et l'apprentie qu'elle était n'avait pas pu suivre la Tech-Expé sur les voies de grimpe empruntées. Ni entrer dans toutes ses danses. Fah était montée sur la plupart des blocs qu'elles avaient rencontrés. Quand elle ne les pratiquait pas par ascension, elle chantait devant. Elle semblait les lire et les traduire ou leur répondre en ondes sonores, en gestes, en balancements rythmiques. Ama regardait l'interaction de tous ses yeux. Elle n'y discernait pas grand-chose, et Fah lui intima de ne pas trop réfléchir.

Ama avait donc passé les jours suivants à sauter sur les rochers ronds, à s'écorcher les mains et les genoux avec toujours ce sourire, indécrochable. Toucher la roche, c'était rebondir et inventer aussitôt un parcours dans ses formes, c'était entendre. Poser un pied c'était prendre élan, une main c'était palper, enchaîner les mouvements c'était vibrer, sonner, et battre comme un tambour et un poème. Regarder les Agavoïs, les buissons bas, les bushs, les Shrubs, et les motiles, les oiseaux, les Coyotes, les Jack-Rabbits longues pattes longues oreilles translucides, regarder les couleurs, les camaïeux de blonds et de bleus, le vert frais tranché, le ciel limpide, le sable gris, le sable de roche, les ocres, la poussière, c'était gagner en puissance et entrer dans la zone ultra qui n'a rien à voir avec ce qui est réalisable ou pas. La magie.

Fah avait immédiatement perçu le moment où cette sensation avait saisi Ama. Elle avait ri à gorge déployée, puis elle était devenue grave. Elle avait fait couler une pincée de terre dans sa main, sur laquelle elle avait craché. Elle s'était approchée d'Ama et, avec son index, elle l'avait peinte au front. Ama avait porté cette vigoureuse virgule comme un bijou inestimable. Elle en gardait un souvenir complexe, car l'événement avait marqué la fin de leur séjour au bois sacré.

LES CRUISERS

Tandis qu'elle était assise sur son banc au milieu des veilleurs, la question de savoir ce qu'elle faisait là sous les Pins se mêla à celle du bois d'Hidden. Quelle faille tenait-il entre ses fûts et ses épines ? De quels mondes était-il le truchement et le lien ?

Ama n'en savait rien, mais elle intercepta du coin de l'œil un scintillement qui ressemblait au début d'une réponse.

Le temps qu'elle se repose et se laisse attraper par ses souvenirs, un rassemblement s'était formé sur la place de l'Observatoire. Il brillait comme une flaque. Ama n'eut pas besoin de sortir sa lunette. En plissant les yeux, les mains en visière sur le front, elle reconnut les perles-capsules qu'elle avait observées de loin et, parmi elles, Atlal qui dépassait de toute sa hauteur et lui faisait face en agitant les bras.

Elle remercia les veilleurs et dévala le reste de pente pour rejoindre le Gros-Cerveau. Elle n'hésita pas une seconde à s'approcher des capsules. Ourá sautait de toit en toit et Petite Nuit s'était assise à l'intérieur d'une d'entre elles, la gueule fendue sur un sourire de joie.

Atlal était étonnamment détendu, le coude calé sur une paroi transparente qu'il tapotait de deux griffes légères. Il se redressa quand Ama fut à proximité, et lui dit en ouvrant les deux bras pour désigner la place couverte de perles :

– Ama, voici les Cruisers.

Aussitôt, un visage apparut derrière lui.

– Vous êtes Amaryllis Swansun, la Park Expé ?

Et avant qu'elle ait pu répondre, une trompe sonna dans la capsule, aussitôt imitée par les voisines. Toutes les têtes sortirent ou se collèrent à leur paroi transparente pour dévorer Ama des yeux. C'était gênant. Elle interrogea Atlal silencieusement, il se contenta de hausser un peu les sourcils. Elle profita du moment pour les regarder en retour.

Il y avait des barbues et des casquettes comme elle l'avait vu dans sa lunette, mais aussi des juvéniles, des antiques, toutes les couleurs de peau et de poils, une palette de couvre-chefs et d'accessoires de vue, des dents blanches, des lèvres et des ongles peints, des tatouages et une myriade d'ornements faciaux. Les capsules elles-mêmes étaient parées et portaient des fanions au bout de leurs antennes, et des signes dessinés sur le nez. Leur flagelle était souple et frémissait. L'excitation était palpable.

Atlal fit les présentations en désignant les têtes ou les capsules les unes après les autres, Ama saisissait mal les différences. Celle avec qui il était en conversation s'appelait Zeep, la capsule elle-même était en tenue de camouflage forestier, la tête était prise dans un bonnet kaki. Autour de la Cruiser Zeep, Atlal désigna Bihème, Roycie, Horsie, Coyotie, W, Kadil, et π-cup. Il tournait sur lui-même et désignait en montrant du doigt en les nommant. À chaque fois, la tête à l'intérieur de la capsule faisait un petit mouvement et un clin d'œil. Ama était très impressionnée.

Le deuxième rang de perles attendait impatiemment d'être introduit. Atlal siffla entre ses dents et fit un moulinet du bras, les capsules se déplacèrent immédiatement l'une après l'autre pour sortir du cercle et se poster derrière celles qui attendaient. Zeep demeura au centre à côté d'Ama. Atlal nomma les suivantes, qui s'approchèrent en entendant leur nom. Ozsucio, MaGigi, Srnity, ChefMo1, Mooshuu, Hitroad, Biim20. Elles s'avançaient en frétillant, faisaient le petit salut de la tête, le clin d'œil, et filaient derrière sur l'indication d'Atlal. Ama s'avisa qu'il lisait leur nom sur une plaque qu'elles avaient sous le nez et cela la soulagea beaucoup.

Il lui présenta les six rangs les plus proches et décida en accord avec Zeep que le ballet pouvait s'arrêter là. Ama était maintenant habilitée à rencontrer les autres de façon moins formelle.

Ourá se trémoussait sur le toit de Zeep :

– Tu entres là-dedans et tu profites.

Il montrait l'intérieur de la capsule. Ama interrogea Atlal du regard, le Gros-Cerveau confirma. Il tapota la paroi de Zeep, qui sonna un grand coup avant de s'ouvrir sur le côté comme une coccinelle. Elle garda l'élytre relevé jusqu'à ce qu'Ama comprenne qu'aucune aile n'allait se déployer, et qu'il y avait un espace où il était possible de s'asseoir à côté de la bipède au bonnet kaki dont le sourire commençait à s'effacer. Atlal l'encouragea d'un grognement discret. Ourá caqueta, on perdait du temps.

Ama s'assit prudemment. Aussitôt, l'élytre retomba avec un son de soufflet, le siège remua sous ses fesses pour s'adapter, il épousa son dos et lui enserra la nuque en la projetant légèrement en avant pour que son regard traverse l'ensemble de la paroi transparente. Ama eut un hoquet de surprise et manqua d'air immédiatement. Son sens de l'enveloppe avait disparu au moment où l'élytre s'était rabattu, cela ressemblait beaucoup à une asphyxie. La panique se levait brutalement dans le fond de son ventre quand elle entendit clairement Atlal.

– Tu peux respirer. Ne résiste pas. C'est une plongée, fais-moi confiance, je l'ai fait.

Il montrait ses griffes derrière la paroi. Ama inspira de toutes ses forces et se força à regarder les yeux sous le bonnet kaki.

– On y va ?

La Cruiser haussa un sourcil et toucha un coquillage entre leurs sièges.

La capsule fit un bond en avant. Ama s'enfonça dans son siège, tendit les jambes et écarta les doigts de pied. Elles étaient parties.

Malgré le démarrage sur les chapeaux de roues, la capsule descendit souplement la bande bétumeuse qui sinuait sous l'Observatoire. La Cruiser touchait le coquillage avec légèreté. Ama n'en était pas certaine, mais il y en avait peut-être un autre à la gauche de son siège. Bien que la capsule soit petite, Ama avait l'impression d'être dans un gros navire. Le déplacement était silencieux, il avait quelque chose de lourd alors qu'il était rapide. Elle n'entendait pas l'air frotter contre la paroi translucide. Elle ne sentait pas les roues tourner. Elle les avait pourtant vues. Les ondes et les vibrations étaient annulées. Elle était dans une bulle étanche, la lumière seule y pénétrait. La chaleur aussi. Il faisait bon dans l'habitacle. Elle s'efforça de respirer selon les indications d'Atlal, par la bouche et lentement comme en plongée.

La Cruiser la dévisageait de côté avec des petits coups de menton saccadés. Son profil lui faisait penser à celui d'une Ardéane masquée. À cause de l'œil rond cerclé de blanc et du sourcil piercé qui soulignait l'arcade. Quand Ama en fut à inspirer, expirer involontairement, la Cruiser l'interpella.

– C'est ta première fois ? Pardon, bien sûr que c'est ta première fois, ton cœq me l'a dit, le Gros-Cerveau, je l'ai décapsulé lui aussi. Il est très gentil. Pas bavard, vous n'êtes pas bavards au début, n'est-ce pas, les Parks ? Mais il s'est détendu quand il a compris.

– Compris quoi ?

– Le tracé. Je t'explique. Les secondaires sont toujours là, celles qui mènent aux Freeways de roule et aux points chauds. L'Observatoire en est un, il y en a plusieurs disséminés dans Hidden, souvent sur les hauteurs mais pas systématiquement. Eagle Rock, Baldwin Hills, la Baie, la Craque, en sont quatre. Il y en a d'autres. Les secondaires traversent le plateau pour connecter les Freeways entre elles, et les Freeways aux points chauds.

C'était au tour d'Ama de se détendre. Si elle ne voyait pas encore de quoi il retournait exactement, la Cruiser parlait de relier une chose à une autre, elle avait donc un certain sens de l'enveloppe.

– Les Freeways ne desservent pas particulièrement les points chauds, elles ne desservent pas, elles sont là.

– Comme les montagnes ?

– Oh ! Magnifique ! Tu comprends vite ! Exactement ! Elles sont là comme les montagnes, et les Cruisers les roulent parce qu'elles sont là.

– Comme les Vélistes descendent la rivière, et les grimpeurs grimpent les sommets. Et on va où ?

– Le but est sans importance, Ama Park, seul le chemin compte. Nous n'avons pas de cible. Atteindre la Craque, la Baie, l'Observatoire ou n'importe quel point chaud, c'est faire étape. On décélère, on s'organise, on se parle, on signale, on regarde ce qu'il y a à voir, tout à l'heure c'était toi, et on repart. On appelle ça faire le point, le rond-point pour être exacte, et nous aimons cette forme de sociabilité rapprochée, elle fait partie de la route et de son déroulé, elle n'en marque pas la fin.

– Un rond-point.

Ama réfléchissait.

– On dirait une sorte de wowow.

– Si tu veux. Mais rapide. Les Cruisers font tout plus vite.

Au moment où Zeep finissait sa phrase, un grand Corbeau frôla la bulle. Ama vit ses deux pattes distinctement et comprit que les doigts repliés hormis celui du milieu étaient un signe précis. Le Corbeau lâcha une fiente et se mit à zigzaguer devant la bulle. Zeep grogna, Ama crut qu'elle allait cracher, elle se contenta de presser sa paume contre le coquillage. La bulle fut projetée en avant, le Corbeau s'écarta, tourna la tête et tira la langue quand Zeep fut à sa hauteur. Elle donna un coup de poignet et laissa sur place le volatile qui ricanait le bec ouvert.

– Ces Corvs ! Ils ne veulent pas l'admettre, les Cruisers sont les plus rapides et c'est indiscutable. Les Hawks peuvent atteindre 390 kilomètres à l'heure c'est entendu, mais seulement en piqué et encore, quand le vent est avec eux. Sur l'horizontale, les Cruisers sont imbattables, et ne viens pas me parler des Vélistes.

Ama regardait dans un petit miroir encastré dans la paroi transparente. Le Corbeau enchaînait les pirouettes derrière elles, ils étaient deux maintenant et ils avaient l'air de s'amuser. Elle n'avait aucune envie de contrarier Zeep et se contenta d'acquiescer.

La bulle s'était engagée sur une courbe très douce et la sensation annulait toute velléité de discussion. Zeep elle-même se détendait au fur et à mesure qu'elle négociait le virage. Elle était douée. Les sièges renforçaient l'impression de suspension. La membrane était chauffée, la tension disparaissait dans ses cervicales, elle sentait ses vertèbres s'allonger et se poser les unes après les autres. Il y eut de petits craquements, une de ses omoplates retrouva sa place, des os jouèrent dans son poignet droit et bientôt, tandis que la bulle entrait dans une allée bordée de Banians centenaires, Ama se sentit complètement relaxée. De la pointe du crâne au petit doigt de pied.

Elle considéra les ombres des grands beaux arbres dans un état proche de l'hypnose. Elle traversait leur enveloppe sans la toucher et ce qui l'avait amenée au bord de la panique si peu de temps auparavant était soudain la source d'un repos fantastique. Elle était séparée d'eux, elle n'avait plus à considérer, à prendre soin, à s'inquiéter, à partager. Elle était protégée, inaccessible, comme dans une grotte, une hutte fermée, mais mobile, chez elle, et les Autres Corps à sa porte. Elle faisait un tout avec Zeep et la bulle. C'était minuscule et facile, contre toute attente, hautement satisfaisant.

La Cruiser était dans son élément. Elle semblait connaître la piste comme la paume de sa main. Elles quittèrent l'ombre des Banians pour s'engager dans une allée droite, qu'elle nomma Los Feliz, les Chats, les heureux. Et de fait, les autres bulles qui avançaient autour d'elles avaient un air scintillant, leur paroi semblait plus brillante.

Les Chats couchés sur les branches maîtresses les regardaient passer avec nonchalance. Ama aperçut la langue rose d'un grand roux qui bâillait. Ils ne marquaient aucune surprise, ils les suivaient du regard jusqu'à ce qu'elles disparaissent dans la perspective. Zeep parla de la sociabilité des Felix, qui s'accordait bien avec celle des Cruisers. Ils n'appréciaient pas les familiarités, ils préféraient communiquer de loin, se regarder en Chat de faïence des heures durant et bouger de façon explosive. Oui, Zeep aimait bien les Felix.

Sa main pivota sur le coquillage et la bulle obliqua sèchement sur la gauche.

– On prend la 5.

Ama ne répondit rien, elle se contentait de regarder, comme si les bulles étaient faites pour ça, ouvrir les mirettes comme des soucoupes derrière la paroi. L'accélération qui suivit lui arracha un hoquet de surprise, les yeux de Zeep brillèrent.

– La 5, c'est du velours, et regarde sur ta droite.

Elles longeaient la rivière à contre-courant. La vitesse de l'eau sur son chemin et celle de la bulle s'opposaient de façon étonnante. Au lieu de s'annuler, elles se renforçaient. L'eau dévalait une pente et la bulle allait bientôt quitter le sol. Instinctivement, Ama déplaça ses bras, sa main gauche se posa sur celle de la Cruiser et sa main droite sur le coquillage qu'elle remarqua en le touchant. Elles passèrent aussitôt en double pilotage et la poussée se fit plus légère et plus forte, le centre de gravité glissa, trouva sa juste place sous la commande centrale, et alors le chemin et le mouvement se retrouvèrent emballés dans la même action. Ama entra en apesanteur.

Elle sentait la force au travers de ses paumes, ce qui restait enfoui dans le cœur de la bulle, dans ses roues, dans ses muscles et qui ne demandait qu'à être libéré. La pression qu'elle exerçait sur les coquillages lui faisait presque peur. Ses mains étaient chaudes, pesantes, électriques. Le moindre appui était aussitôt transmis et traduit en vitesse et en orientation. Zeep encourageait Ama et corrigeait ses erreurs par petites touches insensibles.

– Il faut se couler dedans, laisse venir, laisse flotter, laisse-toi traverser, mais garde la main, ouvre les yeux, anticipe.

La rivière continuait de défiler de l'autre côté de la paroi, les oiseaux plantés sur ses rives, les arbres, les Palms, se succédaient frénétiquement. C'était grisant. La flagelle fouettait l'air derrière elles, rien ne les arrêterait jamais, elles étaient supersoniques, en pleine forme.

Au moment où Ama fut prête à changer de régime et encaisser les 3g d'un décollage proche de la verticale,

Zeep leur fit prendre une perpendiculaire sur la gauche. Elles traversèrent la rivière, perchées, contenues par les rampes ajourées d'un pont de concrete dans sa première sauvagerie. Ama n'en croyait pas ses yeux. Le flot coulait entre les piles intactes comme il avait dû le faire dans les temps mythiques. Elle eut le temps de le voir, une image arrachée au passé, et quand elle retrouva sa position, la nuque reprise par la poigne souple de son siège, un seul long ruban se déroulait devant elles. Elles avançaient avec des centaines d'autres bulles. Il y en avait sur la droite, sur la gauche, devant et derrière, partout. Elle enleva ses mains et les reposa sur ses genoux, c'était trop.

Zeep compensa aussitôt la perte d'énergie directrice par une accélération modérée. La bulle ne marqua aucune hésitation, Zeep imprima une pression sur la gauche. Elles s'infiltrèrent au milieu des parois étincelantes, lancées sur une des bandes centrales de la plus belle Freeway d'Hidden, la Foothill. La Cruiser lui disait regarde, regarde tout, dévore le paysage, c'est le plus long travelling Technicolor Magicolor que tu aies jamais vu, regarde. Devant. Ta droite. Maintenant.

Et sur la droite d'Ama, le plateau d'Hidden se soulevait comme une mer moyennement agitée. Les vagues étaient vertes, hérissées de Palms et de huttes nombreuses, ondoyantes, insaisissables, elles envahissaient l'espace. Elles se répliquaient, elles bougeaient, elles nappaient le plateau d'un tapis soyeux, la lumière s'y accrochait, puis glissait. C'était lisse, beau, plein de bosses, de mouvements, de chatoiements. C'était passé.

– Et là. Sur ta gauche, le rocher, Eagle Rock !

Une énorme boule d'ocre s'était arrêtée sur le bas-côté et observait le passage des bulles. Elle avait une tête et un regard d'aigle, une paire d'ailes ouverte. Elle était colossale, sourcilleuse, aussitôt vue aussitôt envolée.

Ensuite, la Freeway ferma ses écoutilles. Il n'y avait plus que devant, les montagnes, hautes, larges, envapées de nuages consistants dont les ombres ajoutaient au drame permanent du relief. Ama était de retour en apesanteur. Zeep pétillait.

Elle naviguait à vue, elle se faufilait entre les voisines, elle changeait de ligne tendrement. Un appui du pouce, un quart de cercle dessiné par le majeur, suffisaient à leur faire traverser la largeur du ruban comme un souffle. C'était plus subtil qu'un slalom, les autres bulles n'étaient pas des obstacles, mais les partenaires d'une danse collective qui avait sa propre forme.

Les montagnes étaient grandioses. Ama ne voyait plus rien de proche, le lointain seul se profilait derrière la paroi et il était inépuisable. La Freeway le faisait reculer à mesure qu'elles avançaient, les distances étaient inestimables.

À cette pensée, Ama eut un sursaut, elle s'éloignait terriblement de l'Observatoire et de Frog-Toh. Elle était dans une capsule étanche avec une inconnue dont elle ne savait que le nom. Ni ses mœurs ni ses goûts ne lui étaient familiers. À cette vitesse, il était inutile de penser sortir ou sauter, elle se sentit prise en otage, enfermée et coupée de nouveau, la panique remonta.

Zeep entrouvrit la paroi des deux côtés, un filet d'air vint frapper le visage d'Ama. Il était suffisamment sec pour qu'elle se reprenne.

– Atlal va nous attendre.
– Les Gros-Cerveaux sont patients.
– Les Scurius le sont moins.
– Ah ah, Ourá s'est jeté dans l'habitacle de Corvette dès qu'il a vu une ouverture. Il n'est pas près de s'ennuyer !
– Corvette ?
– Une bulle superfast. Enfin, c'est ce qu'elle affirme.
– Ce n'est pas vrai ?
– Quelle importance ? Corvette fait partie de celles qui se bercent de nostalgies imaginaires.
– Que regrettent-elles ?
– La grande geste sauvage, le temps magique du danger, quand emprunter une Freeway c'était mettre sa vie en jeu et sa patience à l'épreuve. Quand les parois étaient en verre et explosaient au moindre choc, quand les capsules en alliage polymère cassaient ou se déchiraient lors des rencontres, quand les ballons de sécurité vous étouffaient ou restaient pliés dans leur compartiment alors qu'ils auraient dû vous éjecter. Quand on mourait, héroïquement pensent-elles, happée par le destin en pleine vitesse.
– Oh.
– Oui, des chromos. Aucune ne va jusqu'à déplorer l'usage de l'Oil noir, mais c'est à se demander parfois.
Zeep haussa les épaules.
– Laissons ça, je t'emmène à la Graine, tu vas voir, c'est quelque chose comme point chaud !
Elles sortirent de la Freeway. Zeep ralentit et ouvrit un peu plus les parois latérales. Ama sentit aussitôt le goût des plantes. De toute évidence, elles pénétraient dans un périmètre qui leur était dédié.

Zeep s'arrêta sous un Mimosa en tenue de printemps, tous piercings dehors, éclos. Il les saupoudra quand elles sortirent de la bulle.

Zeep marchait de la même façon qu'elle menait la bulle, ses gestes étaient coulés, ajustés, l'effort fourni se faisait oublier dans la dynamique, l'ensemble était à la fois décontracté et nerveux. Elle ôta son bonnet pour en secouer la brume jaune et le remit avant qu'Ama ait fini d'admirer les couleurs de ses cheveux, une sorte d'arc-en-ciel.

– On y va ?

LE JARDIN-MONDE HUNTINGTON

La Graine était le point le plus chaud de Nord Pasadena. Ama écoutait de ses deux oreilles. Nord Pasadena ? Le lieu, un des lieux de l'émergence. De l'activisme, aussi. Station de conservation durant la grande sauvagerie, elle s'était transformée en nursery, en fabrique et en centrifuge pendant la dissémination. Elle avait couru dans les quatre directions et bouffé la moitié nord du plateau. Depuis les contreforts des montagnes jusqu'à Sud Pasadena, et plus bas encore, jusqu'à avaler les terrains gophes Alhambra et Almansor, déborder à l'ouest le Rubio, le Wash Eaton, atteindre Rio Hondo et remonter avec lui jusqu'au Barraj Santa Fe – non conservé.

Même si Ama ne se représentait pas clairement l'étendue désignée, elle était impressionnée. La voix de Zeep projetait des ondes d'ampleur.

Elles entrèrent par le Désert. La Graine était l'embryon du jardin-monde Huntington et elle contenait réellement, actuellement, les jardins de tous les climats. Le Désert était le plus beau. Les plantes natives accueillaient les voyageuses comme des Relatives. Elles avaient en commun les aiguilles, les poils et la sobriété. Elles rivalisaient d'invention formelle. La conversation était vive, profuse, Ama n'en captait pas la moitié.

Elle avançait éberluée, interpellée à chaque tournant. L'espace était saturé de silhouettes et de discours disparates. C'était joyeux. Des gros ballons verts hérissés de pointes soleils, énormes, côtoyaient des grandes perches épaisses, des maigres, des molles. Des rampantes couvertes de duvet blanc serpentaient entre les roches rouges, volcaniques, sous les palmes des arbres Dragons dont les troncs partaient dans tous les sens. Des bouquets raides surgissaient directement du sol et lançaient une seule tige vers le ciel, noueuse, porteuse de candélabres et de flammes jaunes. Des arbres entiers s'étaient couverts d'écailles, leurs feuilles minuscules frétillaient en frôlant les flux boursouflés de Cactus cylindriques, percés de centaines de flèches empennées.

Au ras du sol, des Succulentes bleues coulaient au pied des grands Barbus, la tendreté apparente de leur pousse contrastait avec les lames sèches de la robe qui camouflait le tronc des Filipheras. Des oreilles vertes s'étaient empilées les unes sur les autres et celles du haut arboraient des rangs de perles rouges, juteuses.

Un Ceidra portait beau, la couronne étalée, le ventre bas et gros, piqueté de pointes dures. Il abritait des massifs entiers, à port montant, à port retombant, des soleils vert vif en cascade, des pieuvres roses, des pieux d'où sortaient des carottes. Les petites boules roulaient devant les grandes, leur bonnet blanc pelucheux attrapait la lumière et la renvoyait vers le crâne jaune des aînés. Les fleurs leur sortaient de la tête comme des doigts. Au-dessus de cette conversation, un échevelé à dix bras battait la mesure et secouait le buisson qui lui tenait lieu de ramure. La simplicité des colonnes cannelées qui le surplombaient calmait l'ensemble. On pouvait continuer.

Après le Désert, c'était la Jungle. La température changeait, l'hygrométrie augmentait. Il faisait moite, presque frais. Les racines de Ficus centenaires entraient sous terre en sifflant. Elles étaient assez hautes pour qu'Ama soit obligée de s'asseoir dessus pour les enjamber. Elles formaient un treillis mouvant entrelacé dont la vigueur était fascinante. La force brute qui forait la terre se voyait dans chacun de leurs muscles au travail. Les troncs, les feuillages cirés, si forts et volumineux qu'ils soient, étaient au service des racines et de leur creusement sourd. Ama les entendait s'enfoncer dans la nuit chaude de l'humus qu'ils avaient fabriqué, leur mouvement était une note basse parfaitement perceptible, éclatée en centaines d'échos fins.

Si elle écoutait sérieusement, elle pouvait radiographier le dessin sous-terrain des Ficus. Ils avaient une silhouette cachée qui n'avait rien de commun avec leur partie aérienne. Les millions de petites feuilles des couronnes nourrissaient des vagues de radicelles, il y avait une mer sous leurs pieds, une mer à plusieurs étages, profonde, pleine de griffes, agitée de marées convulsives. Les Ficus remuaient la terre à pleins bras, mais le bout de leurs doigts innombrables était aussi doux que le passage du jour.

Ils protégeaient les Palmiers trapus, les buissonnants, les nains, tous ceux qui aimaient l'ombre se serraient contre eux. Les Broméliacées, les Orchidées, les épiphytes perchaient sur leurs épaules et pendaient sous leurs aisselles.

Ils lançaient eux-mêmes des tentacules de marcottage vers le sol, ils étaient difformes.

Une forêt de bambous coupait leur avancée d'ogres. Haute, martiale et frémissante, elle traçait vers un vallon herbeux au bord duquel elle s'arrêtait aussi net qu'elle avait pris son élan au milieu des Ficus.

Un Pin miniature occupait le terrain. L'eau coulait à son pied. Une pelouse rase l'encerclait. La figure épurée, le port complexe, étagé, il distribuait des dizaines de directions, et les rassemblait dans son tronc. Son calme et son tourment imposaient beaucoup de silence aux alentours. L'ombre de chacune de ses aiguilles se découpait noire sur la toile verte. Dans un creux plus profond, une Carpe tâtait l'eau d'une mare de sa bouche timide.

Le jardin laissait place un moment aux graviers et aux pierres serties, il devenait minéral, sec, il s'absentait. À cet endroit, la Graine se vidait. Elle montrait un sol stérile, strié de plis, la sécheresse d'un système. Ce n'était qu'une pause, une zone blanche dans un inextricable dédale. Un soupir.

Une perche plus loin, elle explosait en roseraie.

Un écheveau d'épines menaçantes lancées dans un débat étriqué. Impossible de les traverser. Il fallait contourner et découvrir un règne de Camélias, des vergers d'Agrumes avec des Roses échappées, les mélanges se faisaient de nouveau. La Graine retrouvait des étagements, le sol était couvert, les graminées montaient au plafond de la pelouse. Les Natives s'étaient ressemées partout, et occupaient l'espace intermédiaire inférieur en nette majorité. Les Coyotes Cologne, les Sauges, rouges et blanches, les froufrous vert clair qui allaient se couvrir de jaune, et les Poppys qui attendaient la troisième pluie se serraient les tiges. Les troncs s'en sortaient quelle que fût leur nature. Les malingres comme les gros se détachaient des nuages de broussailles qui leur arrivaient aux chevilles, aux genoux, et jouaient entre eux à la couronne, à la portance, à la chimie bluff, à la plus petite fente d'intimité. Certains s'isolaient, ça ne durait jamais longtemps.

Ama ne savait plus où donner de la tête. Après avoir été embullée, elle en prenait plein la vue, son sens de l'enveloppe était proche de la saturation. Elle devait filtrer comme on retient sa respiration. Et Zeep lui racontait avec des gestes larges comment et par où s'était multiplié et répandu le jardin-monde Huntington. En partant de la Graine jusqu'à atteindre tout ce qu'elle avait dit, Alhambra et Almansor, les Washs, Rubio, le Rio Hondo. Tout jusqu'aux contreforts du bois sacré, et plein sud quand on prenait la One-Ten Harbor Freeway, ça sautait aux yeux. Il y avait un choc entre les Natives et les Palms qui remontaient au nord et les avancées du jardin-monde qui descendait. Ce n'était pas un affrontement, mais pas tout à fait une rencontre non plus. Il y avait une ligne de partage, elle était loin d'être droite, elle était visible dès qu'on prenait un peu de vitesse.

Ama se boucha les oreilles. Elle était sur le point de sortir sa cage de Faraday, les informations étaient trop nombreuses et simultanées. Zeep se tut immédiatement et les remit sur le chemin de la bulle. Elle ne parla plus et évita de se tenir trop près de l'Auboisière durant le retour.

Quand la bulle s'ouvrit, Ama plongea dedans et la Cruiser comprit qu'il fallait retourner à l'Observatoire directement. Dommage. Elle aurait bien aimé glisser avec

Ama sur la One-Ten Harbor Freeway jusqu'à l'Océan. Elle eut un petit pincement de regret. Elle aimait bien cette Park, elle n'était pas bavarde, elle avait l'air curieuse. Elle se consola en pensant qu'il était l'heure de la file et qu'au moins elles reviendraient beaucoup plus lentement qu'elles n'étaient allées. La chère file. Zeep expliqua.

Il s'agissait d'une coutume de fin de journée, essentielle pour la mesure du temps. Une journée sans file finale était beaucoup plus courte qu'une journée avec, et les Cruisers veillaient à la bonne conservation des durées. C'était aussi, et peut-être surtout, une pratique ultrasociale. Une sorte de fête étouffée, un déballage discret. Le principe en était simple, les Cruisers se donnaient rendez-vous sur une Freeway au choix – il y avait des préférences et des récurrences – et essayaient d'arriver suffisamment nombreux pour que la circulation devienne encombrée ou, mieux encore, impossible. Une Freeway bien gélifiée était l'occasion de montrer sa bulle, son bonnet et ses breloques. L'occasion de lire le nom des devantes et des derrières, de jeter des œillades. On se regardait les parois, les couleurs, le coquillage si possible, les détails qui échappaient sur une Freeway fluide. Il fallait n'avoir l'air de rien. Les lunettes noires étaient d'usage.

La présence d'Ama dans la bulle fut une aubaine pour Zeep. On ne pouvait pas exiger d'une Park qu'elle connaisse les bonnes manières. Derrière l'Auboisière collée à la paroi latérale, Zeep se livra à des observations insistantes. De son côté, leur entourage immédiat contrevenait allègrement à l'étiquette, on ne voyait pas une Park tous les jours. Encore moins une Park embarquée, puisqu'elles avaient la réputation de refuser toute forme d'exosquelette et particulièrement celles qui dérivaient des productions sauvages réformées.

Elles mirent plus d'une heure pour rebrousser chemin jusqu'à l'Observatoire. Zeep eut la confirmation qu'Ama était curieuse, un esprit ouvert, vif, porté sur l'expérience de l'étranger. Son profil découpé sur la paroi voilée par le crépuscule naissant était volontaire, actif, mais la lueur de son œil avait une douceur liquide qui atténuait la fermeté de sa posture.

Zeep trouvait le tableau très équilibré. Dans les derniers kilomètres, elle en oublia d'espionner les voisines. Elle cherchait un prétexte pour garder Ama dans sa bulle. N'importe quoi qui permettrait de poursuivre le voyage et partager des ronds-points, des points chauds, et la regarder découvrir. L'Auboisière s'extasiait facilement. Son plaisir était communicatif. Il se lisait comme un livre ouvert. Elle remarquait des choses que Zeep ne voyait plus et dont elle n'avait pas conscience. Ama donnait au monde une forme nouvelle.

La Cruiser en venait à se demander si ce n'était pas là un sacré crush, ou pire encore, le fond même de la magie amoureuse. Elle avait chaud. Quand elle aborda la longue courbe qui les ramenait à l'Observatoire, sa main tremblait sur le coquillage. Zeep était assez douée pour que la conduite ne s'en ressente pas. Ama avait pourtant noté le changement d'atmosphère.

Lorsque l'élytre se releva, elle s'abstint de sauter dehors comme elle en avait envie, et resta un instant à regarder encore au-delà de la paroi. Elles étaient ensemble devant l'étendue plane, de nouveau perchées, à demi enfouies dans une bulle ouverte. Les lumières s'allumaient. Le tapis du plateau brillait d'innombrables petits foyers. Les grandes lignes se voyaient mieux qu'en plein jour, les perpendiculaires et les rocades se détachaient nettement du fond grisâtre, mais les collines aussi gagnaient en présence, les feux tremblotants, serrés au hasard, renforçaient l'impression de flottement.

Le paysage, dans ce début de nuit, forçait le trait et devenait plus orthogonal et plus incertain. Zeep le connaissait par cœur, elle en découvrit pourtant l'ambivalence fondamentale à l'instant où Ama posa sa paume sur le dos de sa main. Un frisson la traversa, né du contact attendu et redouté, et du dessillement furtif qui bouleversait sa vision d'Hidden. Elle désira soudain tout redécouvrir avec Ama, être enlevée, entraînée par la Park dans cet espace invraisemblable saturé de questions frémissantes, d'énigmes, de désirs et de vies inconnues.

– Emmène-moi, lui dit-elle, emmène-moi avec toi, avec vous. Je connais plein de lieux, je peux guider, je peux suivre.

– Tu peux, tu veux ?

– Oui, les deux. Vous avez cheminé avec des Vélistes, pourquoi pas avec des Cruisers ? Frog-Toh est à un jet de pierre, regarde.

Zeep enfonça une touche devant elle, un cylindre de lumière jaillit du nez de la bulle, énorme, elle l'orienta vers le bas, sud-ouest, directement sur son objectif. Un méandre d'argent se coula dans la surface nocturne, aussi glissant qu'un Orvet. Zeep fit monter et descendre la poursuite le long de cette échine mouvante, puis dessina un demi-cercle de sa tête à sa queue.

– C'est là, le périmètre de Frog-Toh. Tu vois, c'est à portée de bulle. Je ne suis même pas pleins phares.

Ama laissa passer un instant. Elle scrutait la profondeur de la nuit et l'emplacement désigné, un détail dans le tissu général. Elle se demandait où étaient Atlal et Ourá. Si Mianeh était arrivée, si elle les attendait.

La Cruiser appuya sur une autre touche et parla à la cantonade en commençant par un code cliqué guttural, puis :

– Hi, ici Zeep at Minor Planet. Vous me recevez, Corvette ?

– Corvette à l'écoute.

– Avez-vous débarqué l'embarqué Scurius, dit Ourá ?

– Positif, Zeep.

– Où ça ?

– Au Bug Blu devant un bol de noix de cajou. Vous descendez la courbe et vous prenez par Riverside.

– Oui, OK Corvette, je connais le chemin. Le Gros-Cerveau est avec lui ?

– Positif, Zeep.

– Merci.

Elle cliqua le code de fin d'émission avant de rappuyer sur la languette.

– M'indiquer la route, et puis quoi encore !

Ama sourit.

– Avec plaisir.

– Pardon ?

– Je ferai avec plaisir un autre bout de route avec toi.

De joie, la Cruiser enleva son bonnet kaki. Ama vit les couleurs de l'arc-en-ciel sur ses cheveux courts, et prit ce geste pour une invite. Elle tendit la main et caressa la tête du front à l'occiput. Le contact était craquant, elle recommença à l'envers et sentit la brosse crépiter sous ses doigts. La Cruiser était tétanisée. Ama commençait à retirer sa main quand Zeep se pencha vers elle pour la respirer.

Son souffle toucha Ama sur le nez et la bouche, puis sa bouche, et bientôt sa langue sur sa langue, autour de sa langue, entre ses dents, sa salive – douce. Le baiser dura, savant, fulgurant. Il les déborda toutes les deux, prit les dimensions de la capsule et s'échappa par l'élytre. La nuit l'aspira et l'emmêla au chant des Criquets. Quand elles se détachèrent l'une de l'autre, leur rythme cardiaque était altéré, leur souffle court, leurs yeux luisaient. Sur leurs lèvres, la brûlure était délicieuse. Elles venaient de croquer dans un piment de miel et elles surent à l'instant qu'elles n'allaient pas s'en passer de sitôt.

De Frog-Toh à Pimungna, La course

LE TAPIS FLOVANT

La table commune disparaissait sous les plans, on n'en voyait plus la couleur. Des dizaines de rouleaux épinglés ou retenus par des pierres, des dizaines de feuilles griffées dont les tons allaient du vert à l'ocre sombre, des galets gravés, des ardoises annotées de schémas blancs à demi effacés, des fils, des trames de jonc bourrées de calculs, des tablettes de cire illisibles. Un foutoir incroyable.

Le Bug Blubble avait connu de nombreuses nuits agitées et des journées remuantes, mais depuis que le projet du petit Créate avait été mis en partage source ouverte, l'établissement ne désemplissait pas et le niveau sonore ne descendait plus en dessous de soixante décibels – ce qui était tout de même plutôt élevé pour la plupart des oreilles présentes.

Bien que les Batras aient quitté la commune pour leur virée au Graphe, Salam-la-Rouge et Choeps Yanev en tête, cette anse de Frog-Toh était aussi vivante qu'à son ordinaire. Elles avaient laissé les Créates avec Clématis et ses Brachichytrons sous l'œil vigilant de Róng qui s'était fait un plaisir de les garder. Ou, du moins, de les accompagner et de guider leurs recherches de nourriture et leurs excursions dans le grand Frog-Toh.

Ils avaient pris une assurance incroyable et faisaient maintenant des percées considérables dans les zones humides éloignées. Si Bye ne s'écartait guère de la rivière, c'était moins par timidité que par amour et parce qu'il ne pouvait plus quitter l'aura de la déesse sans dessécher de sentiment et sentir son cœur faiblir.

Daï, en revanche, lui avait donné du fil à retordre.

Il n'avait qu'une idée en tête : réunir assez de science et d'ingénierie pour construire le tapis flottant-volant dont son frère avait rêvé.

Lorsqu'il avait compris qu'une seule Hydro, même savante et calée comme l'était Róng, ne suffirait jamais à résoudre son problème, il avait commencé à s'enfoncer loin dans les terres à la recherche de toutes les formes d'intelligences possibles liées à l'eau, à la flottaison, au tissage et, bien sûr, aux membranes hydrophiles. La seule façon que Róng avait trouvée pour mettre fin à ces incessantes excursions avait été de réquisitionner le Bug Blubble et de porter son projet de tapis flovant sur la place publique. Elle avait bien expliqué à Daï qu'une fois la requête lancée et déclarée en source ouverte, n'importe qui pourrait s'en emparer, la résoudre, et, résolue, se servir des résultats obtenus. Il avait applaudi des deux mains en sautant sur place, et une fois de plus, Róng était restée interdite et enchantée devant ce Créate superfluide, si transformé.

En l'absence de ses Corps Semblables, la plupart des participantes étaient Ranas, Anoures, Achètes, Géridées. Róng avait également accueilli et briefé des Ardéanes et des Phalacrocos lustrés noirs, quelques Poules d'eau à bec jaune, des Anguilles rostres et des Sauteurs de boue qui se faisaient passer pour des têtards sans qu'elle en comprenne la raison. Tout le monde était le bienvenu au Bug Blubble et le choix des macérats était varié à proportion.

En vertu de la déclaration de projet en partage source ouverte, les règles habituelles d'occupation des lieux étaient momentanément suspendues. N'importe qui pouvait se présenter à n'importe quel moment, mais toutes les entités en présence – participantes ou non – étaient soumises à la stricte abstinence en matière de prédation. Róng veillait à le rappeler à chaque nouvelle entrée, et tenait à disposition des vessies de toute taille pour les becs et les griffes les moins contrôlables.

L'avantage du Bug Blu était sa position géographique. Il était central. On pouvait le rejoindre par voie d'eau, une centaine de pas seulement le séparait de Paayme Paxaayt, par voie d'air, il était équipé d'un aéropoint pour les gros porteurs sur le talus derrière, et par Freeway puisque la Dodger Stadium Way le frôlait avant de monter dans le Park Élysée où la vue était si belle. Le lieu était accueillant, décoré d'algues vivantes et de reliques, on y trouvait des perchoirs, des planches et des poufs, des abreuvoirs de tailles diverses et de la vaisselle adaptée.

Daï n'en bougeait plus. Il mangeait, buvait et dormait au Bug Blu quand il arrivait à fermer l'œil. En quelques semaines, il avait rencontré plus d'Autres Corps que dans le cours de sa vie passée, voyage compris. Il avait serré des pinces, secoué des ventouses, tapoté des fourrures et lissé des plumes sans se soucier de contagion ni d'attaque-surprise. Il avait parlé à tous ceux qui s'étaient déplacés, il avait écouté les idées exposées sans distinction ni préjugé. Les hypothèses les plus farfelues avaient été considérées. Les différentes formes de calculs et d'approches étaient parfois difficiles à transcrire dans l'esprit créate, il arrivait toujours à trouver un Autre Corps à peu près capable de faire une translation cohérente.

Les Géridées patineuses, par exemple, avaient rencontré des problèmes pour faire comprendre que la tension superficielle supportait mieux les points d'ancrage mobiles que les tissus couvrants. Pour elles, qui glissaient et rebondissaient sur l'épiderme de l'eau depuis leur naissance, il s'agissait d'une évidence telle que c'était un hasard d'avoir pensé à l'exprimer.

Une Arachnée d'eau avait illustré leur propos en scellant trois nœuds à trois fils qu'elle avait lâchés au-dessus d'une flaque de tisane renversée. Les nœuds s'étaient enfoncés sans sombrer, retenus par les fils en suspension, et l'appareil s'était stabilisé au bord de l'engloutissement pendant une durée remarquable.

En contre-exemple, l'Arachnée avait tissé la même longueur de fil en les enchevêtrant serrés et l'ouvrage s'était retrouvé au fond de la tisane aussitôt après en avoir touché la surface. Ce jour-là, une étape avait été franchie. Le tapis flovant serait plein de trous ou ne serait pas.

Les jours suivants avaient été consacrés aux propriétés des membranes hydrophiles et le Bug Blubble avait résonné de discussions infinies soutenues par des dizaines de sacs gulaires. Les Ranas ne s'écoutaient pas les unes les autres. Daï avait les oreilles partout. Il ne laissait passer aucune information nouvelle. Les mixtures de liquides et de gaz, les recettes de glisse, le dosage des mucus en glycoprotéine, les techniques de portance aérostatique, rien ne lui échappait.

Il en était arrivé à penser que, pour épouser chaque vaguelette et son mouvement, le tapis devait être en lévitation adhésive, ce qui était plutôt compliqué. Il devait s'appuyer sur l'eau sans l'épouser, être doté de milliers de petites pattes ultravéloces hydrophiles et hydrofuges pour ne pas coller, d'une soufflerie sous-ventrale et d'un gouvernail non intrusif. Un indéniable casse-tête.

Les tenants de l'aéroportage déclaraient que les appuis étaient non nécessaires. Les oiseaux-nageurs ne voyaient pas pourquoi il ne fallait pas traverser la surface. Selon leur expérience, pour descendre une rivière, il suffisait de se laisser glisser, assis sur de bonnes plumes, et de palmer pour s'orienter. Les Limaces avaient trouvé une solution plus acceptable.

Elles avaient fabriqué une maquette à la dimension d'un Créate allongé, d'une épaisseur de trois microns, et d'une transparence idéale. Elles l'avaient tendue sur quatre piquets et Daï s'était posé dedans pour en tester la solidité. La toile de mucus semi-solide avait ployé sous son poids, mais elle l'avait soutenu. Très confortablement, par ailleurs. Malheureusement, on ne pouvait pas la poser sur l'eau, elle fondait.

Les recherches s'étaient alors orientées sur la façon de maintenir la toile au-dessus des flots en toutes circonstances, de façon à ce que strictement aucune goutte ne vienne la toucher.

Une autre équipe s'occupa de trouver une solution possible pour étanchéifier la surface externe. Restait la question de la mobilité autonome et de l'énergie.

C'est à cette étape de l'étude que Mianeh et Litham avaient touché la rive, arrimé la coque et pénétré dans le Bug Blubble en quête d'un verre de prune et d'une goutte d'huile.

Daï s'était figé en voyant entrer la Dronote. Il fut immédiatement ramené un siècle en arrière, lui semblait-il, à l'époque où il avait pris la folle initiative de sauter sur la Toile avec son fratel pour accompagner l'Auboisière qui faisait de si belles roulades au milieu de son village. Mianeh le repéra au moment où elle passait la porte et se dirigea droit vers lui en modérant sa vitesse pour ne pas l'effrayer.

Elle ne savait pas combien il avait changé. Même si sa posture n'était plus celle du repli ou de la fuite et qu'un sourire était en train de se dessiner sur son visage, elle adoucit la densité de son aura blanche d'une touche de rose.

Quand elle fut à portée de main, le Créate sauta sur ses pieds et l'entoura de ses deux bras. Mianeh en fut tellement surprise qu'elle accepta l'embrassade sans reculer. Litham, qui la suivait, la félicita discrètement et attendit d'être présenté. Daï hocha la tête et lui toucha le dessus de la main, il avait travaillé avec des Vélistes de passage et beaucoup apprécié leur contribution joyeuse.

La Dronote n'en revenait pas. Elle avait mille questions à lui poser et surtout comment il était arrivé là, à Frog-Toh, si loin de son Désert et pourquoi. Daï ne lui laissa aucunement le temps de s'exprimer, il commanda au bar une goutte d'huile et un pichet de prune comme s'il lisait dans les pensées et exposa sans attendre le projet du tapis flovant.

Il dirigea Mianeh vers la table commune en parlant, le dé à coudre dans une main, le broc dans l'autre, et plaça les deux récipients sur les feuilles et les ardoises éparpillées. La Dronote se posa sur un plan et commença à pomper l'huile avec son équipement. La trappe ouverte, elle examina les papiers à portée de capteur en écoutant l'exposé du Créate.

Litham bougeait les feuilles devant lui et prenait garde à ne rien tacher en buvant sa prune. Il était surtout intéressé par le petit Créate volubile qui parlait à toute vitesse en faisant de nombreux gestes illustratifs. Le sujet l'emballait et apparemment son enthousiasme était communicatif, car l'aura de Mianeh virait à l'excitation pure et simple. Le projet lui plaisait. Peut-être parce qu'il relevait d'une ingénierie inaccessible ou présumée telle. Peut-être aussi parce qu'il présentait des qualités esthétiques auxquelles elle était sensible.

Les Zoras et leur Toile n'étaient jamais loin dans ses fichiers, les propriétés d'accroche, de vol libre, et l'indice de résistance en situation extrême des fils de soie étaient parmi ses favoris. Elle replongea dedans sans attendre et consacra un tiers de sa puissance de calcul à l'examen des éléments rassemblés sur la table commune. Elle allait vite et demandait à Litham de soulever les ardoises et les rouleaux pour lui permettre de lire ce qu'il y avait dessous.

Elle mit plus d'une heure à atteindre le plateau lisse dont personne n'avait vu la couleur depuis une lune. Il était blond. Litham en caressa le grain machinalement et, le temps qu'il accomplisse son geste, Mianeh criait Eurêka en explosant de tous les bleus du nuancier, de la nuit au Crystal, à l'eau claire. Elle avait trouvé.

Il fallait tout combiner. Le fil des Zoras, la bave des Limaces, la réactivité des tubes hydrophiles, la vitesse squamate des Batras et la science de la compression aérienne des Auboisières.

Mianeh se mit au centre de la table et demanda qu'on libère le pan de mur qui lui faisait face. Quelques cadres furent ôtés, les lichens s'écartèrent. Elle projeta aussitôt des coupes du tapis grandeur nature, et des vues à l'échelle du micron. L'assemblée s'extasia. Les Ranas se gonflaient sans émettre, les Limaces gigotaient, les oiselles ouvraient le bec en fente. Personne ne bronchait.

La salle était suspendue aux explications de la Dronote. Elle détailla le tissage des tubulaires avec le mucus semi-solide, le gainage de l'âme ainsi obtenue au moyen des atomes de duvet gonflant qui autoriseraient le passage de l'air pulsé compressé, et des atomes de duvet glissant qui protégeraient le mucus inclus de la dissolution au contact de l'eau.

Mianeh projeta une simulation 3D où un Créate allongé sur le ventre, les bras et les jambes ouverts, faisait onduler le tapis en remuant le bout de ses doigts. Il avait un petit coussin sous le menton pour lui permettre de regarder devant lui. Mianeh avait choisi un environnement d'eau vive avec une pente de fort gradient et quelques obstacles rocheux, le Créate et le tapis allaient à une vitesse qui fit pousser des cris aigus aux oiseaux aquatiques. Un récital de sacs gulaires se déclencha au moment où le Créate simulé prenait un tronc d'Oak immergé pour tremplin et sautait au-dessus d'une cascade de dix mètres avant de glisser dans une vasque sans produire la moindre éclaboussure, un bond et une réception dont les plus habiles n'auraient pas rêvé.

Daï sautillait sur place comme s'il était sur une toile rebond et bien qu'il fût au sol, la table en tremblait et la projection de Mianeh tressautait légèrement. Parmi les bruits de gorge, les battements d'ailes et les piétinements, une voix néanmoins se fit entendre clairement :

– Et le moteur ?

Toutes les têtes se tournèrent vers la porte. Il n'y avait qu'un Autre Corps susceptible de poser la question en ces termes : une Cruiser. Personne ne fut donc tellement surpris en découvrant Zeep sur le seuil du Bug Blubble, sauf Daï qui reconnut Ama à ses côtés et s'arrêta de sautiller sur-le-champ. Elles se tenaient la main.

La cabe était au bras gauche de l'Auboisière, bien serrée, le Créate la vit immédiatement. Son ancien désir de la toucher s'empara de lui à nouveau. Il ne savait plus où donner de la tête. Là-dessus, et avant que personne ne puisse répondre à la question, un minuscule bolide passa en trombe sous les mains jointes des deux bipèdes, suivi d'une petite fourrure noire qui prit le même chemin et d'une grande fourrure rousse qui demanda si elle pouvait entrer.

Aussitôt qu'il reconnut Atlal, Litham se leva pour le rejoindre. Il avait des nouvelles de Duane à lui donner, les deux amants s'étaient quittés sur les berges du jardin-forêt avec d'épouvantables soupirs de regret, Duane avait des engagements à l'autre bout d'Hidden et au jardin de huttes, et le Gros-Cerveau, de son côté, ne pouvait pas abandonner un objet de quête, ils s'étaient séparés le cœur au bord des lèvres, encore plongés dans le bonheur de s'être rencontrés. Duane envoyait mille baisers à Atlal et un ruban de satinette. Le Gros-Cerveau le reçut avec émotion et le noua à son poignet sans attendre, en tendant le bras devant lui pour en juger l'effet. Très délicat. Ourá le lui confirma depuis son perchoir. Petite Nuit également, après avoir demandé à renifler. Litham partagea le reste de sa prune avec le Gros-Cerveau, il en avait besoin.

Pendant ce temps, Ama et Zeep n'avaient toujours pas franchi le seuil, comme si elles étaient sur le point de faire une déclaration importante à l'assemblée et qu'elles attendaient le silence. Elles n'en eurent pas l'occasion, car Bye, qui était aux bains, venait d'avoir vent de la projection 3D très aboutie que Mianeh avait donnée et faisait irruption à son tour, suivi de Róng qui ne le perdait pas de vue.

Il voulut savoir ce qui se passait par le menu et demanda à Mianeh si elle acceptait de lui faire un bref topo. Les Ranas répondirent avant la Dronote, les oiselles s'en mêlèrent et le Bug Blu se mit à enfler comme une gorge pleine de cris, de craquements, de grabuge et de couacs. Petite Nuit commença d'aboyer par-dessus tout ça.

Depuis l'extérieur, le raffut était considérable. Les peaux de celles qui revenaient se hérissèrent, car, bien entendu, c'est à ce moment que les Batras en virée au Graphe trouvèrent le moyen de rentrer chez elles, au beau milieu d'une cacophonie débridée dont la source semblait se tenir au sein de leur établissement chéri.

Aussitôt que le bruit la toucha, Salam-la-Rouge, pourtant fatiguée, passa en vitesse squamate, entraînant derrière elle le reste de la troupe et Choeps Yanev, très alarmée. Elles franchirent les derniers kilomètres en un temps record et déboulèrent hors d'haleine au milieu du concert, soufflant les deux bipèdes qui se tenaient sur le seuil. La poussée fut tellement forte que Zeep et Ama se retrouvèrent debout sur la table à côté de Mianeh qui n'en était pas descendue, et de Petite Nuit qui s'y était réfugiée. Sur la tête d'Atlal, Ourá surnageait à peine dans cette marée d'Hydros. Elles étaient immenses. Le Gros-Cerveau reconnut au premier coup d'œil son objet de quête et s'avança sans hésiter vers Choeps Yanev, malgré l'encombrement des corps.

Bye ne se tenait plus de joie, il ne l'avait pas vue depuis une éternité. Ils l'atteignirent en même temps et, tandis que le petit sautait aux genoux de l'Hydro, le Gros-Cerveau amorçait la révérence rituelle censée saluer la fin de quête et son objet d'un même mouvement. Mianeh passait par des phases colorées diverses qui inondaient la salle entière, le concert ne cédait pas, le Bug Blubble était à son apogée.

Et la pluie s'invita.

Alors, comme vexée de ne pas l'avoir été officiellement, elle ajouta aux voix et aux sifflets sa partie de percussions. Le toit du Bug Blu n'était pas entièrement végétalisé. Là où les bardeaux étaient nus, elle fit une démonstration puissante, et partout sur le sol alentour, les pierres de cache, le cours de l'eau. Les gouttes tombaient comme des clous, éclataient et s'éparpillaient pour former des flaques massives. Le chœur salua l'averse à grand bruit, mais elle ne l'entendait pas de cette oreille et redoubla d'efforts. Tout à coup, l'épouvantable charivari du Bug Blu ne fut plus qu'un détail dans la main d'un monstre liquide. Le premier mouvement des Ranas et des Limaces avait été de sortir, elles y renoncèrent en y regardant de plus près.

Il y avait de quoi se faire trouer la peau, écraser la coque, et noyer les branchies. Les oiselles se lissèrent en secouant l'aigrette. Le silence était retombé à l'intérieur du Bug Blu, on ne l'entendait pas : la pluie couvrait tout.

À l'oreille, Salam-la-Rouge savait qu'il ne s'agissait pas d'une averse, mais d'une tempête. Elle avait pressé ses semblables sur le chemin du retour, parce que son nez, sa peau, son savoir et son instinct lui avaient dit que l'eau était sur son chemin de ciel comme une montagne sur le point de crever. Elle ne pouvait pas deviner combien de temps la montagne allait prendre pour se déverser, à la violence de la drache en cours elle augurait plusieurs jours d'affilée.

Elle fit signe aux autres de s'asseoir et de profiter de l'humidité ambiante. Aussitôt, le paysage s'éclaircit dans la salle. Les Hydros assises, c'est-à-dire couchées, les Autres Corps se distinguèrent les uns des autres. Ils se saluèrent par signes comme s'ils ne s'étaient pas vus depuis des lustres.

Mianeh trouvait l'atmosphère ambiguë. Les analyses chimiques et rythmiques qu'elle avait lancées en douce donnaient des résultats qu'elle jugeait potentiellement explosifs. Ama était du même avis et Zeep, qui avait de l'intuition, aurait volontiers couru à sa capsule si la main de l'Auboisière ne l'avait pas tenue avec tant de douceur et de fermeté. Elle s'abstint donc, en grognant un peu, à l'instar de Petite Nuit à ses côtés.

Les tempêtes d'Hidden rendent fou. Aucun Corps ne l'ignorait. Qu'on choisisse de sauter dedans ou de s'enterrer, sans garantie de succès, d'une façon ou d'une autre, il était indispensable de les accueillir.

Daï sauva la situation. Il avait regardé la simulation de Mianeh avec une concentration d'athlète. Depuis des semaines, il travaillait parmi les différentes équipes, il connaissait leurs spécialités et elles étaient toutes présentes, au Bug Blu, amenées par un beau projet, retenues par une grosse tempête. L'occasion était magnifique. Ils devaient construire.

Il sauta sur la table lui aussi. En langage signé, il fit comprendre à tous son intention.

Atlal engagea une amorce de méditation pour calmer le jeu global. Et, bientôt, les équipes se formèrent par compétences. Mianeh projeta de nouveaux plans épurés, répondit aux demandes spécifiques, agrandit et diminua ce qu'on voulut. Les Limaces se lancèrent dans la production sans barguigner. Le climat extérieur était favorable, le mucus allait être d'excellente qualité. Les Zoras descendirent des bardeaux sous le plafond et entreprirent de tendre des fils verticaux plombés au petit grain par centaines de mille. On leur réserva un quart du Bug Blu. Les oiselles firent don du petit duvet, et du duvet glissant, et les lichens des membranes tubulaires hydrophiles. Une part en dormance, une part en activité. Le tissage fut confié aux becs fins pour l'âme, et aux Arachnées pour la gaine. Les Ranas supervisaient et maintenaient l'efficience des work songs en corrigeant les tempi défaillants.

On libéra la table pour l'assemblage final. Afin de coordonner la manœuvre, Mianeh projeta sur les trois murs et au plafond en simultané. Le matelas de mucus fut posé sur la dentelle de fibroïne et enveloppé des deux duvets. Puis les Zoras descendirent en nombre et se mirent à grouiller sur les indications ultrason de la Dronote enchantée.

C'était terrible à regarder. Les Autres Corps réagissaient au spectacle selon leur pente. Certains salivaient, certains se grattaient. Les Limaces bavaient d'admiration. La chorégraphie des Zoras leur paraissait d'une élégance achevée. Les Géridées patineuses partageaient la piste avec les Arachnées et rivalisaient de finesse. Elles maintenaient en tension les fils en attente de fixation et calculaient l'emplacement des points de pression et de surnage.

Sur le tapis transparent aux reflets blancs, un peuple de petites pattes se démenait pour accomplir et charpenter la rêverie d'un Créate superfluide. Ama ne perdait pas une miette de cette féerie. Zeep avait cessé de grogner. Petite Nuit s'était appuyée contre ses jambes et ne manquait rien de ce qui était en train d'advenir. La salle entière était suspendue au travail des arthropodes. Personne n'entendait plus la tempête qui se déchaînait au-dessus du Bug Blubble et sur Hidden. Il ne fallut rien de moins que l'intervention directe de Paayme Paxaayt pour les sortir de leur fascination.

Au moment où le tapis flovant fut libéré de ses échafaudages de soies, alors que Mianeh allait donner l'instruction de le rouler et de le porter à la rivière pour les premiers essais, tandis que Bye tremblait d'impatience, la rivière déboula dans le Bug Blu avec un grand roulement de fond. La débâcle fut instantanée.

Les Arachnées regrimpèrent au plafond, les Géridées sautèrent sur la vague de crête et disparurent. Les oiseaux-nageurs eurent à peine le temps de s'accroupir pour se laisser porter, les Limaces remontaient sur les murs le plus vite qu'elles le pouvaient, les Hydros s'étaient relevées et les aidaient, à demi immergées. La table tanguait.

Ama et Zeep se serraient au milieu, la Chienne dans leurs pattes. La Dronote tournait autour de leurs pieds, un laser allumé rouge. Atlal résistait au courant avec difficulté. Ourá lui arrachait des touffes de poils à pleines mains. Ils chancelaient, ils n'allaient pas tarder à tomber, le Gros-Cerveau était effaré à la perspective de voir son bracelet de satinette prendre l'eau. Les Hydros commençaient à s'allonger, les Ranas montaient sur leur dos. Ourá eut une seconde d'hésitation : il ne sauta pas, car la coque de Litham vint se coller contre le Véliste, qui versa dedans et gouverna de façon à faucher les jambes du Gros-Cerveau et l'asseoir. Le Scurius encaissa le choc, mais tint bon.

Ils filèrent tous les trois dans le courant, Salam à leur gauche. Les Hydros partaient les unes derrière les autres. Choeps Yanev et Róng s'étaient rapprochées des Créates, Daï refusait de se caler entre les dorsales de Róng. Bye faisait de grands gestes d'encouragement. Il voyait son fratel se fermer. La violence de la crue activait ses réflexes de déni, ses yeux étaient en train de se clore, ses poings étaient des boules, il rentrait la tête dans les épaules tandis que l'eau lui montait au-dessus des hanches et faisait bouger la table qu'elle allait bientôt arracher.

Choeps Yanev donna un coup de queue et les pieds que Mianeh avait coupés au laser se détachèrent. Ama en attrapa un au passage et s'agenouilla sur le plan de bois avec son gouvernail improvisé, Zeep derrière elle, également équipée, Petite Nuit dans son vêtement. Avant de passer le seuil à l'envers, l'Auboisière pointa de sa rame le paquet que Bye tenait sous le bras. Le Créate s'illumina.

Il se mit debout sur le dos de Choeps Yanev et déroula pour son frère le tapis blanc. Daï vit le rêve épouser l'eau brutale comme un carré de soie onctueuse, la rivière le reçut et roula des épaules. Le mouvement fut si sensuel qu'il ferma les yeux avant de se jeter sur le tapis flovant, qui se creusa pour le recevoir et l'emporter. Il coula dans le plaisir à plat ventre, bras et jambes écartés, la bouche ouverte sur les embruns, son fratel à ses trousses sur le dos de Yanev toutes dorsales dépliées. De ceux qui devaient partir, ils furent les derniers à quitter le Bug Blubble.

LES TONGVAS

La pluie ronflait. Elle martelait les dos et les têtes qui dépassaient. Ourá vidait la coque avec une louche à crêpe qu'il avait récupérée dans les bouillons. Litham était concentré, la force de Paayme Paxaayt ne le choquait pas, il habitait Hidden et le village de huttes depuis trop longtemps pour être surpris par un débordement. Il ne pouvait pas rassurer ses compagnons par des paroles, le raclement des remous et la frappe couvraient tout. On n'y voyait pas grand-chose non plus. Entre l'eau qui tombait, celle qui jaillissait, et la nappe de brume qui montait de la surface, Litham naviguait à l'aveuglette.

Par bonheur, il connaissait les chemins récurrents pour Down-Toh en période de crue et, surtout, les anses à l'écart où le débit se calmait et reprenait son allure familière. Il n'était pas inquiet pour eux, sa coque seule aurait pu les mener à bon port, en revanche, il avait vu Ama et Zeep sur une méchante table en bois et les savoir derrière lui le tracassait.

Il essayait de gagner du temps pour qu'elles puissent le rejoindre, il tirait des bords autant qu'il pouvait sur la largeur décuplée de la rivière. Chaque fois qu'un objet voguant le dépassait ou croisait sa route, il se rapprochait pour l'identifier, mais c'étaient des Hydros avec les Ranas sur le dos. Elles allaient vite. Sa coque était vigilante, elle évitait les collisions en se laissant approcher de façon à obtenir au moins un contact visuel, aussi bref fût-il.

Litham distinguait au passage des écailles, des épines dorsales, des peaux roses, jaunes, des taches vertes, rien qui ressemblât à deux bipèdes sur une planche de bois. Jusqu'à ce qu'Atlal lève un bras droit devant lui, 20° tribord, et fasse des ronds avec son bracelet de satinette. Litham orienta aussitôt la coque et pagaya vigoureusement vers ce qui n'était d'abord qu'un petit point rouge tremblotant, qui devint un trait, un phare, le laser de Mianeh. Il flottait au ras de la brume devant l'embarcation de fortune sur laquelle Ama et Zeep tentaient de rester stables à la force des bras. Elles alternaient les coups plongeants et les coups barrants selon les nécessités immédiates, sans réfléchir, parant au plus pressé.

Litham les regarda faire et apprécia l'entente tacite qui circulait entre ces deux-là. Elles adaptaient leur action à celle de la rivière et l'une à l'autre sans avoir besoin de se consulter. Elles se percevaient dans l'espace comme elles percevaient la planche et l'eau qui courait, tout était question d'équilibre, et elles faisaient les gestes appropriés parmi la multitude de ceux qu'elles auraient pu tenter, les seuls qui pouvaient les maintenir en mouvement à la surface, trempées, hors d'haleine, et Litham le vit quand elles dépassèrent la coque sans les reconnaître, radieuses.

À la faveur d'une embardée, Zeep avait trouvé le moyen de glisser le nom de Down-Toh à Ama. L'Auboisière n'était pas certaine d'avoir bien compris, Mianeh le lui confirma. Paayme Paxaayt envahirait le quartier le plus sauvage d'Hidden, comme elle le faisait de temps en temps par plaisir, par nécessité, et pour rappeler sa dimension colossale aux tours qui s'étaient un temps proclamées insurmontables. Elle leur glaçait les pieds pour mémoire, parfois les genoux, et elle noyait les voies d'accès terrestres. Les oiseaux, les nageurs, les Vélistes pouvaient toujours s'y rendre et vaquer à leurs occupations. Les bipèdes sans flotteur étaient contraints de grimper aux étages ou de garder leurs distances. Le temps qu'elle passe, qu'elle dégonfle, qu'elle ait terminé sa démonstration et rassemblé ses bras le long de son Corps principal.

Filer en direction du cœur même de la sauvagerie galvanisait Ama. Elle ne sentait plus ses mains glacées, ni ses biceps brûlants, elle n'avait pas eu le temps de poser sa cage de Faraday sur sa tête, elle était trempée par le haut et par le bas, à peine juchée sur un objet à peine flottant, mais elle avait derrière elle une amante potentielle aux cheveux d'arc-en-ciel et, devant, un nouvel-ancien monde dans son expression verticale. Elle jubilait. Le courant tout à coup n'était plus assez rapide, elle aurait déplié une voile si la table en avait été équipée.

Quand Litham les aborda par bâbord, elle eut un rictus, il allait les freiner. Puis elle comprit qu'il les invitait à son bord et que sa coque, chargée de trois Corps supplémentaires, gagnerait en masse et en vitesse. Elle tendit son pied de table à Atlal et fit signe à Zeep de sauter pendant qu'elle tenait. Zeep sauta en tenant son gros ventre.

Elle atterrit sur le banc arrière, assise. Le Gros-Cerveau souleva le morceau de bois avec Ama à son bout et la déposa d'un revers à côté de la Cruiser, qui l'agrippa par le pourpoint. Mianeh clignota, fit une embardée et vint s'écraser à leurs pieds. La coque prit de la gîte, Litham compensa, Atlal jeta le bout de bois et Ama vit la table s'éloigner et disparaître derrière eux. Dans la brume à tribord, elle distingua une épine dorsale noire barrée de jaune.

Ourá avait laissé tomber sa louche. La ligne de flottaison était tellement enfoncée qu'il n'osait plus faire un geste. Litham eut recours à toute sa science pour les emmener au travers des embûches. Il distinguait les flux calmes parmi les flux rapides, il lisait dans la tresse de l'eau et guidait la coque alourdie dans le labyrinthe de l'inondation. Il manœuvra beaucoup, longtemps. Ils sortirent du tourment. Ils frôlèrent une pile, Ama la toucha du bout des doigts : rugueuse. Peu après, il prit un tournant souple à tribord et instantanément la brume se dissipa comme si elle était liée à la vitesse plutôt qu'à l'humidité, et le paysage des hautes tours se déplia.

Elles touchaient la stratosphère ou peu s'en fallait, l'Auboisière devait lever la tête à s'en faire mal au cou pour apercevoir leur sommet. Elles étaient strictement verticales et, même si les végétales adoucissaient les angles en bourgeonnant, Ama pouvait deviner les parallélépipèdes orthogonaux des ouvertures et la rigoureuse rythmique de la construction. Elles se tenaient éloignées les unes des autres, telles des îles, des majestés en exil. Dignes, réservées, inconscientes des créatures qui flottaient à leur pied. Paayme Paxaayt traversait leur sous-sol et le rez-de-chaussée, elles ne le remarquaient pas.

Les pionnières avaient recouvert des façades entières, elles s'étaient immiscées dans les petites fractures, sur le rebord des briques, dans les pores du concrete, et s'étaient développées. Elles avaient grimpé avec leurs vrilles. Elles étaient tombées comme des chevelures et des acrobates assurées par les pattes. Elles s'étaient étirées dans un sens et dans l'autre et elles avaient contaminé l'ensemble des surfaces. Les tours étaient vertes, brunes, fleuries, enfoncées dans la masse végétale grouillante de vie, Ama voyait à travers l'ampleur brute de la sauvagerie.

Litham les menait sans bruit au milieu des géantes. L'eau était devenue un miroir dans lequel Hidden se répliquait, doublait la hauteur par la profondeur et la magie par elle-même.

Ils glissaient sur les tours et les pans de ciel qu'ils voyaient dans les airs. Ils lévitaient au-dessus de la surface physique dans une matière sans limite, un mirage qui ne s'effaçait pas, qui persistait et révélait, à chaque méandre, une nouvelle tour, un nouveau bouquet de tours. Leur alignement s'estompait dans le tremblement des reflets, la souplesse de l'eau faisait palpiter les droites, le quadrillage fondait.

Ils passèrent entre les pattes d'une immense Arachnée rouge pétrifiée. Ils aperçurent un Jack Rabbit obèse le cul dans l'eau à côté d'une fleur molle en train de faner. Ils s'arrêtèrent un temps dans les contreforts d'un Ficus trois fois centenaire, peut-être plus, et Litham désigna le panneau. Yaanga Park.

– Park ? demanda Ama.

Elle se disait qu'elle allait enfin comprendre ce que signifiait ce mot. Park. Yaanga était vraisemblablement le nom du lieu, mais Park ? Litham fit un geste circulaire du bras et dit seulement :

– Ici.

– Ici. Ici, quoi ?

– Le Park Yaanga.

– Oui, oui, d'accord, mais encore ?

C'est Zeep qui répondit :

– Tous les Parks sont des points chauds et celui-ci est le premier d'Hidden. Un Park est à la fois une Graine et un Vestige. Yaanga a été habité par des ancêtres bipèdes si vieux qu'ils précédaient la sauvagerie, les Tongvas. Quand ils peuplaient ce lieu, les Extracts n'étaient pas nés, et pas près d'arriver.

Ama regarda Zeep comme si elle avait perdu l'esprit, mais la Cruiser était calme et sérieuse. L'échelle temporelle de l'Auboisière s'allongea dans la nuit des temps, en deçà des époques mythiques, là où il n'y avait rien que le ciel et la mer étoilée emmêlés, le noir complet, les Lucioles, et elle laissa ces confins s'éclairer.

Un mirage venu du fond de ses gènes lui montra le cœur d'Hidden et la place alentour couverte d'Oaks, de roses, de marais. Un enchevêtrement d'eaux courantes, d'eaux stagnantes, de rives mobiles, de limons. Des collines en formation, des prairies, des clairières en train de s'ouvrir, des plateaux en train de s'aplanir. Pas la moindre trace des tours, le minéral détaché des montagnes, le végétal natif, la libre course des vivants sur la terre. Elle entendit des chants, elle vit des Corps, quantité d'Autres Corps, subs, souts, dans les eaux, dans le sol et dessus, quantité de quadrus et d'oiseaux, une poignée de bipèdes. Elle reconnut l'endroit, elle flottait au-dessus. Le Ficus auquel elle s'appuyait était un rejet de celui qu'elle hallucinait, et ce rejet lui raconta tout. Yaanga, le nom du village. Tovaangar, le nom pré-sauvage d'Hidden, à savoir, le monde.

Elle était en train de surnager en haut lieu, dans la Graine du temps comme si elle ne s'était pas déployée, elle voyageait parmi les huttes rondes, les kishs en roseaux tressés, elle entendait une langue qu'elle ne comprenait pas, seulement quelques mots, Húnar l'Ours, soleil, cœur dynamique, les six directions. Le rejet gardait le souvenir et la trace des doigts qui avaient touché son ancien Corps principal, il restituait à l'Auboisière la chimie tovaangare, elle mêlait celle des Oaks et des arbres à celle des motiles, et parmi les vivants à poils, à plumes et à peau nue, Ama se concentrait sur ces Tongvas qu'elle aurait pu prendre pour des ancêtres d'Extracts et qui n'en étaient pas. Rien de commun ne se dégageait de leurs émanations. Les très-Vieux ne sentaient ni l'Oil noir ni la faim. Ama ne reconnaissait rien. Litham rompit le silence :

– Ils s'appellent Tongvas et se déplacent avec les saisons, la qualité de l'air, et le volume de l'eau. Ils pratiquent la récolte libre, la chasse occasionnelle, le bain, le chant, la culture de graines, la culture, et l'été, ils s'installent dans les îles et s'extasient des pelouses et des coraux. Ils adorent les fruits de mer. À l'automne, ils retournent en montagne. En hiver, ils reviennent au village. Yaanga est bien placé pour les échanges de paniers et d'ornements.

– Tongva, dit Ama pour entendre le nom à nouveau.

– Ils sont toujours là. Regarde.

Litham pointait sa pagaie vers un bâtiment de plain-pied flanqué d'une tour basse, tout blanc. Ses ouvertures auraient laissé passer un Mammouth laineux adulte. Ama ne remarqua rien sinon que les surfaces n'étaient pas recouvertes de pionnières ni d'exilées, mais de roseaux tissés lâches et que la structure orthogonale qui se devinait dessous en était soigneusement enveloppée. Les tiges de la gaine étaient attachées au sommet pointu de la tour basse. Elles l'enserraient et prenaient dans leurs rets le reste du bâtiment qui s'allongeait à l'est. L'amalgame ressemblait à une maison commune et à une Baleine qui aurait avalé une Orque. Aucun mouvement n'était visible par les grandes ouvertures. La hutte ne les avait pas obstruées, il n'y avait personne à l'intérieur.

Litham donna un coup de poignet discret et la coque tourna le nez. Ils prirent une des grandes entrées pour point de mire et se dirigèrent dessus à petite vitesse.

– Tu es sûr, Litham ?

– Et pourquoi ? C'est ouvert, comme tu vois. Tu n'as pas envie de troquer ?

– Oh si, si, bien sûr !

L'Auboisière fouilla aussitôt dans son pourpoint à la recherche d'un article possible ou au moins présentable. Atlal se grattait les reins. Mianeh bipait doucement sur les genoux de Litham. Et Zeep regardait alternativement autour d'elle et à son poignet.

Ils passèrent la grande porte, accompagnés par un clapotis discret. Le silence régnait à l'intérieur, Ama fut d'abord confortée dans sa première impression, la maison était vide. La coque glissa plus avant, la pénombre s'épaissit, puis s'estompa, elle flottait sur six pieds d'eau claire.

Ama se pencha pour regarder le fond luisant. Des carrés rouges recouvraient le sol partout hormis dans l'allée centrale où ils se trouvaient, où les couleurs se chevauchaient et s'ordonnaient en losanges réguliers. Les murs verticaux étaient eux aussi recouverts de carreaux polychromes et formaient des motifs jaunes, bleus, alignés le long des parois jusqu'à hauteur d'épaule, après quoi leur succédaient des carreaux ocre cirés puis ocre mat jusqu'au plafond, très haut. La nudité de l'espace laissait Ama perplexe. Rien n'animait cette immense carcasse, sinon le jeu des revêtements et le son réverbéré de l'eau qu'ils déplaçaient en avançant.

Elle n'osait pas murmurer. Mianeh avait cessé de biper, Zeep se laissait porter. Ourá lui-même était immobile sur la tête d'Atlal qui se tenait dos droit sur le banc. Litham avait l'air impassible, il menait pourtant la coque avec précaution. C'est à peine s'ils provoquaient une vaguelette contre les murs. Ils approchaient de la partie haute, la tour. La coque pouvait tourner dedans, Litham le savait, ils entrèrent.

Au moment où ils franchirent le seuil liquide, un aboiement aigu tomba des hauteurs et leur perça les tympans. Ama sursauta et laissa échapper le coquillage poli troué au centre qu'elle tenait dans ses mains pour troquer. Avant qu'elle soit revenue de sa surprise et que l'écho du cri soit remonté dans son clocher, un rire multiple et tonitruant secoua la tour et l'eau plate qui les portait. Une porte fut manœuvrée par un mécanisme invisible et les coupa du corps principal de la hutte en coulissant silencieusement. Une vanne fut ouverte au-dessus de l'ouverture qui venait de se fermer et l'eau monta rapidement dans le parallélépipède clos. La coque avec l'eau. Le bruit était remarquable. Ils en avaient soudain plein les oreilles au point de ne plus pouvoir penser. Ama fouilla de nouveau son pourpoint, mais ses doigts tremblaient.

À mi-hauteur de la tour, l'arrivée d'eau fut coupée, et la cloche de silence s'installa derechef au-dessus de la coque. Un peu plus pesante. À ce niveau, il n'y avait aucune ouverture visible. Le plafond était loin, le sol était sous l'eau. Sauf à plonger et à rouvrir la trappe, ou grimper jusqu'à la source de lumière qu'ils voyaient loin au-dessus de leur tête, ils ne pouvaient plus sortir. Le rythme cardiaque d'Ama commença à s'altérer. La respiration de la Cruiser et celle de Litham étaient calmes et profondes. Atlal ronronnait bas, Ourá était au bord du sommeil et Mianeh en charge passive.

Le silence devenait à chaque instant plus lourd sur les épaules d'Ama. Elle s'étonnait que la coque ne s'enfonce pas sous sa poussée. Elle avait envie de remuer, de siffler, elle n'y parvenait pas. Au comble de la tension, alors qu'autour de l'Auboisière tous les Corps paraissaient s'endormir, le vêtement de Zeep se déchira sur le devant de haut en bas et laissa passer Petite Nuit qui venait de se réveiller. En un clin d'œil, elle avisa la coque, l'eau, les murs et l'impasse. Elle renversa aussitôt la tête en arrière et poussa un hurlement que ses ancêtres n'auraient pas renié. Il hérissa la peau d'Ama et saisit la coque elle-même, qui secoua sa torpeur. Ourá, Atlal, Mianeh, le Véliste et la Cruiser furent instantanément sur le pont, et, simultanément, la vanne au-dessus d'eux se débloqua.

Tandis qu'ils recommençaient de monter avec le niveau de l'eau, ils entendirent des cordes siffler dans les airs et frapper les murs, puis une rafale d'Autres Corps descendirent à leur rencontre par bonds successifs. Nombreux. Peints, en plumes, en peau, en chemise, couverts d'ornements et de grandes tenues. Ils chantaient en sautant sur les murs. C'était indéniablement un accueil.

– Apariguiqui ! Vieux Coyote, tu as failli m'envaper.

Litham serrait dans ses bras un bipède en fourrure bistre qui se tenait au-dessus du fond de la coque pour ne pas la faire chavirer, la corde coincée entre deux pieds musculeux. Il riait de bon cœur en pressant le Véliste contre sa poitrine, sa coiffe de poils conique tressautait sur son crâne quand il manifestait sa joie. Il lança à plusieurs reprises l'aboiement de Chevreuil qui avait manqué les jeter à l'eau une première fois.

Les Autres Corps restaient contre les parois autour de la coque et regardaient la cargaison avec beaucoup d'intérêt. Ils étaient maquillés autour des yeux, portaient des plectres et des bijoux d'oreille. Leurs cheveux étaient tressés de plumettes et de perles, leur rouge à lèvres couvrait le tour de la bouche. Mianeh les scannait passionnément et fouillait dans ses fichiers à la recherche d'une correspondance pertinente. Ama, soulagée, sondait son pourpoint avec plus de fermeté. Elle avait maintenant une idée de leurs goûts. Elle trouva vite une chaînette d'or blanc et l'étui de petits diamants que Fah l'avait encouragée à emporter et dont elle ne s'était jamais servie.

Les Tongvas montaient sur les murs en même temps que la coque. Ils les accompagnaient en murmurant entre eux et lâchaient des cris de gorge quand l'excitation les débordait. L'eau bouillonnait. Les bondes, disposées à la verticale au-dessus de la porte coulissante désormais invisible, se trouvaient noyées les unes après les autres. La plus haute déversa un ultime flot blanc et la coque fut à niveau.

– Dernier étage, bienvenue à la Trade Place !

La coque tanguait au sommet du clocher. Il était ouvert aux quatre directions et, devant chaque trouée, un ponton de bois était attaché. La coque choisit l'est pour s'arrimer. Apariguiqui se posa devant les Expés et les empoigna un par un pour les saluer et les placer sur le débarcadère instable tandis que les cordes claquaient autour d'eux. Avant qu'il y ait trop de poids sur le ponton, le vieux Tongva passa le seuil en sifflant et en martelant le sol avec un bâton qu'il venait d'attraper. Tout le monde entra à la queue leu leu derrière lui.

La salle était bombée et descendait en pente douce depuis le haut du clocher jusqu'au bord du toit intérieur et sûrement jusqu'au sol, mais cela, Ama ne pouvait le voir d'où elle était. La charpente en plein cintre quart de volute était haute, large, aérienne. Elle sentait le roseau de vasière, elle laissait passer une lumière filtrée, chaude, elle résonnait doucement alors que l'eau tambourinait à gros bras.

Ama ressentit avec force l'enveloppe de végétal déshydraté qui les entourait. Elle n'était pas morte, ni en dormance, elle avait atteint un état d'équilibre qui lui permettait de délimiter le dedans et le dehors sans les séparer. L'eau glissait sur sa couche supérieure, l'air traversait les micropores enfouis dans sa couche médiane, la lumière franchissait tout, et la pellicule interne ajustait la température.

L'atmosphère sous le dôme était meilleure que celle des chambres auboisières, et, cela, Ama ne l'aurait pas cru possible. Elle attrapa la main de Zeep pour lui dire, c'est délicieux, c'est presque comme chez moi, c'est mieux, la douceur. La Cruiser serra tendrement la main de l'Auboisière et la regarda dans les yeux. Ama l'emmènerait-elle si elle le lui demandait ? Chez elle. Elle ne formula pas la question, qui vola entre elles sous la forme d'un papillon aux ailes jaunes suffusées de rose largement bordées de noir. Apariguiqui le reçut sur la pointe de son chapeau et le commenta.

– Zerene des conifères, il y a du voyage dans l'air. Par ici, les amites.

Il désignait des peaux amoncelées au sol en tas épais. Les Expés furent invités à s'asseoir ou se coucher. Le troc, la parole et la soif allaient être étanchés.

Un remue-ménage eut lieu quand Petite Nuit reconnut des connaissances dans le tas de fourrures où elle allait prendre place aux côtés de Zeep et d'Ama. Des Resqius dormaient et ne s'étaient pas dérangés à l'arrivée des visiteurs. Petite Nuit était une semeuse-disséminеuse connue et suffisamment active pour qu'on lui demande des nouvelles fraîches de l'autre bout d'Hidden. Elle présenta Ourá comme un Corps Familier qu'il ne fallait pas flairer. Elles eurent un conciliabule fait de jappements et de reniflages que les Tongvas laissèrent se dérouler sans intervenir. Puis les Chiens s'assirent et le reste de l'assemblée en fit autant.

Apariguiqui sortit une longue pipe en bois. Il en frappa le foyer à l'envers pour faire sortir les résidus d'herbe brûlée et fouilla dans une bourse de vannerie. Ama sortit aussitôt de ses réserves une pincée de tabac et de mélange et la lui tendit. Apariguiqui approuva et bourra sa pipe. Personne ne prononça un mot avant qu'elle n'ait fait le tour des fumeurs en présence et que l'air se soit épaissi de volutes.

Après sa première bouffée, Ama sentit un net ralentissement de son environnement. La fumée sortait en filets du fourneau, en boucles et en blocs roulés par des poumons actifs. Une fois expulsée, elle s'homogénéisait lentement pour former un brouillard sec et bleu qui réagissait à la parole. Elle vit plutôt qu'elle n'entendit les premiers mots d'Apariguiqui. Ils intervinrent dans l'espace, fermes et fluents, ils rassemblèrent les interlocuteurs. Ce n'était pas l'inhalation en elle-même qui provoquait le phénomène, Ama connaissait ses plantes, c'était le Vieux Coyote, ses Corps Semblables, la hutte et le moment.

Ces premières paroles n'avaient pas de sens, et leur fonction était puissante. Elle pressentit brièvement la compétence majeure des Tongvas, et se laissa aller complètement. Zeep la regarda s'affaler sur les fourrures et prendre Petite Nuit pour coussin. La Cruiser caressa les deux têtes et tendit la pipe à son voisin. Le jeune garçon qui la prit fit briller sa perle d'oreille en guise de remerciement et inhala posément. Il expira une note qu'il tint jusqu'à ce qu'elle s'enroule en spirale et attendit qu'elle se dissolve avant de passer la pipe à son tour. Atmosphère idéale pour un troc.

Apariguiqui initia l'échange en arrachant une plume bleue du bracelet de plumes rouges qu'il portait au poignet gauche. Atlal fut immédiatement hypnotisé. Aussitôt, il la voulut comme Trésor. Il s'étonna de ne pas l'avoir remarquée jusque-là, il en fut meurtri, une plume si exceptionnelle n'aurait pas dû échapper à sa vigilance, il avait manqué à l'étiquette la plus élémentaire.

À partir de ce moment, il n'eut de cesse que de rattraper son erreur. Il attendit néanmoins qu'Ama fasse sa proposition et déballe la chaînette d'or blanc à laquelle elle avait pensé dans un premier temps. Litham exposa un coquillage creux, Zeep se délesta d'une minuscule batterie ronde sur laquelle Mianeh loucha, trois capteurs allumés. Ourá fouilla dans le cou d'Atlal et sortit une noisette décapsulée aux trois quarts pleine. Petite Nuit se gratta et plaça cinq lentilles vertes dans le cercle à troc.

Atlal était gêné de ne pas pouvoir s'isoler. Les sourcils baissés sur sa gouttière orbitale, les yeux fermés dans l'espoir que les Autres Corps présents en feraient autant, il se frotta le bas du dos avec trois griffes et, à la grande surprise de l'assemblée, présenta un long collier brillant coloré. C'était une mue de serpent travaillée au point de colle. Des incrustations de lapis en lamelles remplissaient les dorsales creuses, des aplats de pollen jaune soulignaient la ligne médiane. La pointe de tête était entièrement rouge et un fermoir à bascule permettait d'attacher la queue à l'anneau qui passait dans les narines. C'était une pièce fragile de toute beauté. Apariguiqui siffla d'admiration, et fora un tunnel dans la fumée immobile.

La séance changea aussitôt de nature. Il ne s'agissait plus d'un troc de contact, mais d'un trocplatch avancé, un échange de cadeaux indexé sur une croissance continue. Fournir une telle pièce au début des enchères était un acte d'audace à la limite de la provocation. Les Tongvas se regardaient entre eux sans oser réagir.

Le collier de serpent exigeait une réponse fastueuse ou une foule de petites réponses scintillantes. Ama mit dans le cercle l'étui de diamants d'eau et en renversa le contenu.

Atlal ouvrit légèrement les yeux sur cette ligne étincelante et glissa à nouveau trois griffes dans son dos. Avant qu'il ne surenchérisse de façon inappropriée, Apariguiqui plongea sa main dans les fourrures, et brandit au-dessus de sa tête un tambour polychrome où des figures couraient les bras levés.

Il y eut un murmure général qui fit trembler la fumée. Amaryllis présenta sa blague, le Vieux Coyote déposa le tambour, bourra la pipe et recommença à produire le brouillard commun. Avec l'épaisseur retrouvée, les dépôts se firent moins démonstratifs, leur rythme restait soutenu. Peu à peu, les poches se vidaient, les sacs, les bourses, les caches de chausses et de pourpoint diminuaient de volume.

La fourrure d'Atlal semblait plus profonde qu'une poche de marsupial. Il en sortait des merveilles qui laissaient Ama bouche bée, car elle reconnaissait les objets pour les avoir vus dans d'autres mains sans jamais se douter que le Gros-Cerveau les avait touchés. Elle identifia une maquette de coque véliste qui avait orné le haut d'une porte dans le village de huttes. Un pendentif de miroir qui s'était balancé dans une capsule cruiser – Zeep eut une réaction minuscule. Une rondelle dure bleu clair que Scrubwash avait manipulée et lavée pendant que les champignons cuisaient. La manche de perles d'une Gardenesse, entière. Un paquet de noix du Brésil qui fit frétiller Ourá. Il sortit même une led rouge pas plus grosse qu'une tête d'épingle et l'aura de Mianeh tourna dans les tons de violet.

Les Tongvas avaient donné des paniers fins, des bandes de tapis, des os à jouer, des broches, des pointes de flèches, une dent de Grizzli avec un long récit sculpté, un plectre ancien, une miniature d'outre, des bâtons à fouir tournés et trempés, un grand rameau terminé par deux feuilles d'or.

Le cercle de troc était devenu un vrai capharnaüm. De nombreuses pipes avaient été fumées. On ne voyait plus la lumière chaude passer la peau de la hutte. Il faisait nuit, et le brouillard s'était accumulé au point d'acquérir la consistance de l'eau. Les Corps bougeaient peu autour de l'amoncellement, la pénombre n'était troublée par aucune source lumineuse, l'aura de Mianeh disparaissait à l'intérieur de ce brouillard massif qui enserrait les objets et les Corps dans une même masse. La pluie qui tambourinait à l'extérieur ajoutait à l'impression générale. Ils étaient au cœur d'un nuage, et comme les gouttes de l'averse qui crevait son enveloppe au-dessus de leur tête, un événement allait advenir. C'était imminent. Tout le monde le sentait, personne n'eut le temps de sonner. Le plancher s'effondra.

Le poids du trocplatch avait déclenché le système d'ouverture de la trappe prévue à cet effet, mais les Expés ne le savaient pas, ils s'agitèrent. Zeep et Ama s'agrippèrent à leur couche de fourrure et attendirent le contact de l'eau froide – qui ne vint pas. Elles rouvrirent les yeux pour constater qu'aucun Corps n'avait chu, les Tongvas, les cœquipiers étaient sur le plancher à la place où elles les avaient laissés deux secondes auparavant.

Il y avait un trou béant qui donnait sur l'eau tumultueuse, un cercle rigoureux prédécoupé par des artisans précis, articulé et monté sur gonds à roulement. Elles l'entendirent revenir et retrouver sa place dans le parquet parce qu'elles dressaient l'oreille. Le mécanisme était huilé à la perfection.

Apariguiqui souriait derrière la pipe qu'il venait de rallumer et qui serait la dernière. Le trocplatch s'était résolu de façon exemplaire. Les dons qu'ils s'étaient faits en haussant le ton avaient tous fini à la rivière – on ne pouvait penser meilleure issue.

Paayme Paxaayt saurait quoi faire de ce fatras. La redistribution était déjà en cours. Si la lune avait éclairé la scène, ils auraient pu reconnaître certains articles à la dérive. Les bras de crue allaient mélanger les artefacts, les nourritures et les souvenirs pour les emporter ailleurs, où ils n'étaient ni attendus ni destinés, à l'aventure.

Ama restait pensive devant la trappe refermée. Elle espérait que la dernière pipe allait éclairer l'événement, qui lui semblait un gâchis et une perte de temps. Le goût un peu amer que lui laissait l'expérience – elle avait posé au moins un objet très précieux aux yeux des Auboisières dans ce cercle qui avait tout englouti indifféremment – s'estompa quand elle vit l'éclat de la plume bleue au poignet d'Atlal. Il avait trouvé le moyen de l'attraper et de l'accrocher à son bracelet sans que personne le voie fouiller dans le tas ou défaire son ruban pour l'y glisser. La pointe de la plume en dépassait pourtant et le Gros-Cerveau n'en était pas gêné le moins du monde en attrapant la pipe qu'on lui tendait. Ama lui sourit intérieurement.

– Union Station est le nom de la maison commune de Down-Toh. Vous y avez pris place, vous y avez siégé, vous pourrez le dire. Ce fut un bon trocplatch. Par ici passent les nouveaux venus et les vieilleries. Désormais, vous pourrez prendre place dans les wowow d'Hidden, où qu'ils se tiennent, si vous avez quoi que ce soit à manifester, à danser, on vous écoutera, on vous y verra.

Ces déclarations flattèrent Ama. Avoir voix au wowow était un statut désirable. Céder un petit coffret de diamants d'eau pour l'obtenir était envisageable. Elle n'avait eu besoin d'aucune autorisation pour organiser et participer à celui de Bazine avec les Ardéanes, mais Apariguiqui parlait certainement de wowow généraux où se réglaient des affaires autrement importantes. Ou pas du tout. Peu importait, l'Auboisière ne voulait pas regretter le don qu'elle avait fait de bon cœur et décida de s'en remettre à la rivière quand bien même cela lui paraissait aléatoire et bien fragile. C'était une déesse au moins pour les oiselles, elle ne devait pas l'oublier. Elle aspira un bon coup dans le tuyau tiède et retint la fumée puisqu'elle avait besoin de retenir quelque chose. Les Tongvas la regardèrent jusqu'à ce qu'elle expire, les yeux brillants de larmes. Le mélange était aromatique et plutôt corsé.

Ils lui racontèrent en chantant, en mimant, par chimie volatile, ce qu'était Union Station, un puits et un nœud de dispersion, un recueil, une hallte. Un point chaud, bien sûr, le foie ou la rate de Yaanga Park, et là-dessus on lui expliqua ce qu'était réellement un Park. On lui transmit des informations qu'elle trouvait contradictoires, antinomiques, impossibles à articuler entre elles.

Un Park recouvrait un périmètre physique défini et une idée de territoire. Les Corps qui vivaient à l'intérieur de ce périmètre que rien ne délimitait n'étaient pas nécessairement Parks pour autant. On ignorait si le Park était un lieu épargné ou détruit par la sauvagerie.

Les Tongvas s'étaient installés à Yaanga bien avant qu'il ne devienne Yaanga Park. Et eux-mêmes n'étaient pas Parks, ne l'étaient pas devenus et ne le deviendraient pas, contrairement aux Auboisières, avait demandé Ama. Ils ne savaient pas.

Elle dut répondre à une foule de questions qui n'avaient à son sens ni queue ni tête et à la fin de l'interrogatoire, Apariguiqui et quelques-uns disaient que oui, Jonet Noria et quelques autres disaient que non. L'Auboisière n'était pas strictement Park puisqu'elle n'avait, avant d'atteindre Hidden, aucune notion park et que les Auboisières qui l'avaient élevée n'en avaient vraisemblablement pas non plus. Or, disait Jonet, un Park qui a mangé le territoire sauvage alentour n'en est plus un et cela est indiscutable.

Jonet Noria était assez péremptoire. Ses dreadlocks cliquetaient quand elle bougeait la tête. Elle était très fripée et sa parole pesait. Dans le noir, elle pouvait faire peur. Apariguiqui n'était pas impressionnable. Il laissait parler, comme tous les Tongvas, il regardait devant lui et répondait posément. La question était complexe.

Eux-mêmes étaient Tongvas. D'autres les appelaient peuple Kij, Kizh nation, bipèdes de huttes. Que fallait-il retenir ? La façon dont on se nommait soi-même, entre soi, ou celles des Autres Corps ? Y avait-il un seul nom pour un Corps ou tant de noms, autant de noms que de cultures ou de moyens perceptifs ? Quel était le plus pertinent, est-ce que ce n'était pas relatif à celui qui nommait plutôt qu'à celui qui était désigné ?

Apariguiqui produisit un tel embrouillement que le nuage de la dernière pipe parut ultraléger. Ama comprit seulement qu'on n'arrêtait pas l'eau qui coule et que le

Corps vivant en était à quatre-vingt-dix pour cent composé. En formation, déformation, reformation continues. Ce qui n'empêchait personne de distinguer un sac gulaire d'une poche ventrale, un Sub d'un Sout, un quadru d'un bipède même si ce dernier était à quatre pattes en train de cueillir des baies dans un buisson.

En bref, les Tongvas étaient là depuis la nuit des temps, la vague sauvage les avait touchés et débordés avec la plus grande violence, ils l'avaient laissée passer comme un jonc laisse une crue s'exprimer, défaire les berges et ruiner son cours avant de se reprendre. Ils avaient plié, ils s'étaient camouflés, ils avaient conservé leur nom entre eux, leurs histoires, leur aptitude sismique – Apariguiqui se targuait de repérer le pas du Coyote aux vibrations de surface qu'il provoquait, il lui suffisait de se coucher à plat ventre la joue contre le sol – et, par-dessus tout, ce qu'Ama avait perçu en un éclair sur le seuil de la hutte haute, leur sens des Relatives.

Les Tongvas étaient dotés d'une conscience absolue du commun. Pas un Corps, pas un Autre Corps qui n'ait avec eux un cousinage lointain. Les Gros-Cerveaux ne couraient pas les chemins d'Hidden, il n'était pourtant venu à l'idée d'aucun Tongva de regarder Atlal comme un Corps étranger. À partir du moment où il était présent, décelable et perçu, il devenait une partie de ce Tovaangar dont ils étaient faits. Atlal Allat Dol Chairn, avec sa stature, sa fourrure rousse, ses mains à trois griffes et sa gouttière orbitale, était aussi proche d'eux que le Scurius à queue touffue, le Muridé, l'Auboisière, le Ver rond, et la lune pleine.

Il y avait des nuances dans les proximités, elles étaient plus ou moins immédiates, mais aucun élément de Tovaangar, qu'il fût animé ou ralenti, ne leur était étranger. Le vent, le soleil, l'eau courante, l'eau dormante, la roche étaient aussi leurs Relatives. Ils vivaient en relation avec les éléments, les événements, les matières et les formes de vie, sans en écarter aucune. Et, pour cette raison, ils avaient survécu et montré à d'Autres Corps moins reliés comment y parvenir. Aux Extracts. À ceux qui s'étaient soudainement réveillés au bord de la Craque, aux Avancés et aux Réformés qui tâtonnaient, aux quadrupèdes laineux qui ne savaient plus manger d'herbe, aux Resqius qui attendaient qu'on les nourrisse, aux Corps que la sauvagerie avait affaiblis, amoindris, aliénés.

Les Tongvas avaient joué un rôle décisif dans leur reprise de pouvoir. Ils savaient comment retrouver une culture perdue ou prétendue telle, quels fils tirer qui menaient à des nœuds d'où les liens repartaient, croissaient de nouveau, faisaient toile. Ils avaient mis leurs histoires à disposition, leurs savoirs, leurs relations. Qui soignait quoi. Qui devait collaborer avec qui pour permettre la renaissance ou la récupération d'un tiers endommagé ou solitaire. Quelle graine il fallait envoyer à l'Ouest, quelle pousse couper ou confiner avant qu'elle ne devienne une plaie. À quelle oiselle parler le matin, à quel Muridé confier un tabou sur une réserve de grains. Comment tresser un panier.

À entendre Apariguiqui et Jonet Noria, un beau panier de vannerie exprimait mieux qu'un discours le sens tongva des Relatives. Le panier, s'il était orné et construit dans les bonnes dispositions, pouvait contenir Tovaangar et le contenait. Les brins se pressaient entre eux, bien serrés, poreux et impénétrables, aucun ne pouvait être ôté sans provoquer le début d'un effondrement général, chacun avait sa place particulière, irremplaçable, également importante pour la structure et la fonction. Ensemble, ils tenaient la forme capable de recevoir le monde. Le monde entier : Tovaangar. Ensemble seulement.

Le panier avait beaucoup coulé durant l'époque sauvage, il s'était percé de partout. Les Tongvas avaient posé des rustines. Ils s'étaient répété les gestes constructifs, ils s'étaient transmis la manière. Où couper le jonc. Combien de temps le laisser tremper. Par où commencer l'ouvrage. Par où le poursuivre. Avec quel chant le clore. Comment y verser la première eau, celle qui fait gonfler les tiges de façon à révéler le panier pour ce qu'il est, le réceptacle, le lieu, l'espace où le monde est possible. Tovaangar.

Avec un bon panier, un Tongva n'avait besoin de rien puisqu'il contenait tout et que celui qui le portait était un brin parmi les brins, intégré.

Ama était impressionnée. Elle voyait de nombreux points communs entre les Tongvas et les Auboisières. Une Auboisière avec sa cabe était aussi autonome qu'un Tongva avec son panier. Il lui semblait que le sens de l'enveloppe n'était pas très éloigné du sens des Relatives. C'était comme si les Tongvas étaient des Auboisières accrues, amplifiées. La cabe ne contenait pas le monde, seulement le Corps qui la portait. Elle le protégeait, le berçait, le maintenait dans les conditions de chaleur et d'humidité dont il avait besoin. Le sens de l'enveloppe était puissant, il pouvait couvrir une forêt, un jardin-monde, un Park entier si elle avait bien compris, mais pas l'intégralité d'Hidden.

Amaryllis comprenait les arbres, parlait chimie, la langue des signes, l'oisellerie. Elle était capable de communiquer avec de nombreux Autres Corps. Étaient-ils cousins de boue et de sang, cousins-copines, copains-cousines ? Elle ne le pensait pas. Elle était perplexe. Partagée entre l'admiration et la vexation. Ou les Tongvas étaient des super-Auboisières, ou les Auboisières étaient des Tongvas déclinés, des Corps aliénés en voie de récupération pas forcément très avancée.

Ama se demanda si elle était pour les Tongvas l'équivalent de ce que les Créates étaient pour elle. Elle fut choquée par cette pensée qui révélait au grand jour combien elle se supposait supérieure aux Créates, choquée aussi par la sensation irritante que provoquait sa nouvelle position au-dessous des Tongvas.

Jonet Noria saisit qu'il y avait un problème dans son silence. Elle remua ses dreadlocks pour obtenir son attention et lui dit doucement :

– Un Park disparaît quand il est fort, quand ses habitants le sont, quand ils ont maintenu ou retrouvé les fils, les récits, et les brindilles qui tiennent tout ensemble. Les Auboisières dont tu fais partie ont été des fers de lance et de grandes sages. La sauvagerie a été tenue à distance de ton enveloppe, tu aurais pu vivre ta vie entière sans t'en préoccuper, c'est une liberté possible. Tu as choisi de l'explorer, c'est une autre liberté possible. Il n'y a pas de bon choix pour une vie, il n'y a pas de hiérarchie entre les Corps et les formes qu'ils prennent, seulement des libertés possibles.

Le cœur d'Ama s'allégea. Elle pensa à la Bernacle aveugle et sourde obstinément attachée elle aussi à son rocher.

En elle aussi, la vie était la même, le feu, l'eau, la terre et le souffle, ils étaient à cet égard dotés de la même puissance. Si elle avait préféré vivre collée, sensible aux seules ondes des marées, elle n'avait pas à la considérer de haut. La Bernacle était une expression, une liberté parmi d'autres, en plein exercice. S'il y avait quelque chose à évaluer, c'était sûrement la quantité de variations élaborées dans un territoire donné. Plus les Corps étaient différents, nombreux, plus le jardin était grand, intense et déplié. Ama pesa ses mots pour parler devant Jonet Noria dans ce qui était désormais une sorte de wowow, elle regarda devant elle, à la manière tongva.

– J'ai beaucoup appris depuis que je suis arrivée à Hidden. J'ai d'abord appris que j'étais arrivée à Hidden. Que Hidden existait autrement que dans le récit mythique, qu'il occupait un espace que je pouvais parcourir avec mes pieds. J'ai appris de tous les Autres Corps que j'ai rencontrés sur les chemins d'Hidden. Mon Expé n'a cessé d'évoluer depuis que nous sommes ici. De s'enrichir, de s'agrandir, de s'épanouir. J'ai multiplié mes relations.

Les Tongvas claquèrent des doigts à cette annonce.

– Ma cabe a servi d'abri collectif, mes cueillettes ont nourri d'autres que moi. Mes flacons ont beaucoup diffusé. Et, maintenant, je vous vois. Je vois le bâti sauvage et la hutte qui l'englobe. Je vois ce qui vous relie. J'ai donné et je parle dans votre fumée. Je vous le dis, le désir me prend de vous être semblable. D'apprendre de vous, de grandir, d'exercer avec vous, de faire à vos côtés des choix de liberté auxquels je n'ai encore jamais rêvé. Mes aptitudes ne sont pas nulles, mon attention sera totale, je vous le demande avec respect, m'accepterez-vous à l'entraînement ?

Les Tongvas la regardaient avec des yeux ronds.

Apariguiqui étira ses lèvres et ses paupières en fente :

– Oui, l'entraînement, Jonet, que fais-tu le matin au réveil ?

Les rides de Jonet Noria se concentrèrent autour de sa bouche et de ses yeux. Elle pouffa en le regardant en face.

– Je te retourne la question, Vieux Coyote. Et avec qui le fais-tu, par exemple ?

Les autres Tongvas se mirent à rire autour du cercle et Ama attendit que l'agitation se calme. Elle prenait sa question à cœur. Après s'être consultés du regard, ils désignèrent d'un geste du menton celui qui allait lui répondre.

Khijguirarquit était un jeune Tongva dont la poitrine était couverte de fleurs peintes. Il portait un brassard de perles, un bonnet de plumes, un pantalon et un sac de coton en bandoulière. Il était assez jeune pour courir en montagne et assez averti pour s'étonner d'avoir un monde sous les pieds. Il fut surpris d'avoir été désigné parmi les Tongvas qui formaient le cercle du wowow, il ne se déroba pas. Il répondit à Ama en s'adressant directement à elle. Sa parole, pourtant, avait une portée plus vaste et toucha les quatre coins de la salle.

– Il suffit de vivre, Auboisière. Je ne dis pas te laisser vivre, ni te regarder ou t'écouter vivre, mais de vivre. D'être attentive. De développer tes sens, d'exercer ton esprit aux perceptions impossibles, ton corps aux mouvements ténus. Le sens des Relatives est comme un muscle, il s'affaiblit si on ne le met pas à l'exercice, il doit être nourri et utilisé, tu dois le mobiliser, et tous les jours tu le fais, Auboisière. Tu as serré le poignet de Zeep quand tu as cru chuter dans l'eau du trocplatch, je t'ai sentie lancer des appels à la boule, au Gros-Cerveau, au Scurius, à la Resqiu, au Véliste, et jeter sur nous un filet d'inquiétude concernée. As-tu écouté notre réaction à ce moment ? non. Si tu avais été attentive à nos postures, notre état d'esprit, nos fils invisibles, tu serais restée assise avec nous. Ou tu serais tombée avec nous et nous aurions vogué sur la crue comme des bouchons liés les uns aux autres pratiquement insubmersibles. Nous aurions survécu, et toi avec nous. Ce n'est pas l'essentiel. L'essentiel est d'avoir de grandes oreilles, des yeux ouverts, des narines dilatées, une peau sensible, des papilles, du nez. De penser aux sens des Autres Corps comme à des sens que nous avons aussi, enfouis, oubliés, en attente. Le sismique, l'odorat percussif, le sonar, la lecture des ondes liquides. En pensant qu'ils sont à notre portée, tout près, à deux doigts d'y toucher, on devine les formes qu'ils construisent, la texture, les sons, les saveurs du monde commun qui nous échappent si on s'en tient à notre sphère kinesthésique et nos capacités sensorielles. Auboisière, nous sommes élastiques et tu l'es autant que nous. L'entraînement est un étirement. Essaie d'entendre une seule vague dans l'Océan. Un seul remous dans la rivière. Un seul chant dans les Grillons. Puis deux. Trois. Puis leur masse. Pour le reste, tu feras ce que tu voudras, et cela conviendra.

Khijguirarquit inclina son bonnet de plumes pour signifier qu'il en avait terminé. Des murmures d'approbation circulaient dans la hutte. Ama mit aussitôt en pratique les conseils qu'elle venait de recevoir. Elle essaya d'isoler une parole, puis deux, mais le murmure s'échappait et coulait entre eux comme une caresse furtive qu'elle n'eut pas envie d'entraver. Elle commencerait son entraînement plus tard. À bien y réfléchir, elle l'avait initié dès qu'elle avait mis le pied à Hidden, et peut-être avant. Elle se sentit soudain beaucoup mieux. Elle n'était pas mal outillée. Pas si démunie. Elle avait ce muscle qu'il fallait étirer, renforcer et masser, et c'était une belle découverte, puissante.

Timide, le jour pointait. La peau de la hutte rosissait, la pluie persistait dans son frappement régulier. Les Tongvas étaient fatigués, ils déclarèrent le wowow bel et bien clos, ils s'allongèrent sur les peaux avec les Chiens et s'endormirent en un clin d'œil. Les Expés furent un instant décontenancés. Litham ne savait pas exactement comment réagir, mais Ama exerça son nouveau muscle et sa cabe se déroula d'elle-même au-dessus des fourrures pour lui faire une couverture. Zeep et Petite Nuit furent emballées à l'intérieur. Elles écoutèrent ensemble les gouttes et les respirations, elles se serrèrent, elles s'enlacèrent, les deux bipèdes l'une derrière l'autre, la Resqiu dans le giron de Zeep, la journée avait été intéressante, elles s'endormirent également. Puisque tout le monde semblait d'accord, Mianeh se mit en veille et s'installa dans la chemise de Litham qui se blottit contre le Gros-Cerveau, le Scurius et la Dronote entre poils et chemise.

Ils dormirent plusieurs heures d'affilée durant lesquelles l'eau du ciel continua de se déverser. Ama rêva que la bâtisse et la hutte ensemble, Union Station, larguaient les amarres et partaient en voyage sur le dos de Paayme Paxaayt. Elle empruntait des détours flegmatiques et prenait tout son temps pour visiter les Relatives de Down-Toh. Certains Corps, fatigués d'être sans abri sous les précipitations, les rejoignaient au chaud. En séchant, ils produisaient un nuage vaporeux que la hutte évacuait rapidement. Il y eut des Anatidées et des Sarcelles en nombre remarquable. Une fois qu'elles se furent ébrouées, la barrière de duvet qu'elles formaient améliora encore le confort de la hutte.

Dans son sommeil, Ama se serra un peu plus contre le dos de Zeep et enfonça sa main dans les poils chauds de Petite Nuit en grognant de plaisir. Les Autres Corps débarquaient sans la réveiller. Ce n'était pas nécessaire, elle dormait d'un sommeil extraordinairement reposant qui n'avait rien de lourd. Ses sens étaient en relation active avec son cerveau sur un nouveau mode ondulatoire. Elle n'aurait pas été capable de compter les Corps présents – elle avait pourtant conscience de chacun, individuellement –, assemblés en un patchwork qui la couvrait et dont elle était une part et un motif, enlacée à Zeep et Petite Nuit sous sa cabe. Elle était dedans et sentait les Autres Corps par contiguïté absolue. Ils étaient équidistants, elle n'était pas au centre, les centres se déplaçaient et avec eux leurs alentours. Le patchwork respirait. Il se soulevait, gondolait, se défaisait et se réagençait comme un kaléidoscope manipulé par un enfant hypnotisé, calmement. Les symétries étaient rares ou aussitôt dissoutes, ce qui se recomposait sans cesse tenait de la mousse et de la dentelle. Ça bourgeonnait.

Sur ce navire dont elle, parmi les autres, était la coque et la quille, elle découvrit ce qu'elle n'avait pas vu de Down-Toh en arrivant. Il suffisait de laisser Paayme Paxaayt tourner autour des buildings dans les quartiers historiques de la sauvagerie pour en être imprégnée. Ses connaissances firent un bond impressionnant. Ama apprit des noms, de nouveaux mots, elle comprit que la Public

Library était l'équivalent des arbres à feuilles roulées chez les Auboisières, les garderies.

Elle apprit que les Extracts s'étaient autrefois divisés en cultures différentes et qu'ils avaient séparé leurs territoires. Un dragon marquait l'entrée d'un de ces quartiers, une maison rouge, un bateau d'acier brillant toutes voiles déployées, un archipont, en marquaient d'autres. Ces monuments étaient géants, à l'échelle du Barraj de Bazine, conservés. Ama passait à leur pied, minuscule, en dérive indolente.

La rivière les faisait entrer par les portes ouvertes ou défoncées, tourner autour des blocs fermés. Ils voguèrent ainsi dans ce qui avait été Little Tokyo, Aliso, Skid Row, Art District, autant de noms figés sur des plaques de concrete intégré auxquelles les bactéries et les lichens ne touchaient pas, par décision de wowow. Quand elle porta son attention sur ce qu'il y avait sous le patchwork au fond de l'eau, Ama vit des pelouses grasses, brillantes, le pied de Ficus énormes, celui de Rosiers en buissons si denses qu'une corde de six brasses n'en faisait pas le tour, elle vit des poissons d'or, des Carpes à barbe, des Troutes en maraude. La base des Palms était gonflée comme des outres, leurs stipes balançaient insensiblement dans le ciel couvert, loin, haut, raccourci par la taille des édifices extracts.

Le spectacle était merveilleux, néanmoins chargé de violence. Paayme Paxaayt charriait avec les Pisces des tonnes de trash qu'elle déposait en tas puants contre les piles des ponts, dans les trous et sur les parois qui tenaient encore debout. La production de ces remugles avait été si soutenue que malgré leur traitement systématique par démantèlement, recyclement, liquéfaction, triage et conversion redistributive, il en restait des montagnes.

Atlal reconnut des Trésors parmi les amoncellements boueux. Il commença à accorder foi aux Racoons qui avaient parlé de grottes pleines toujours bonnes à fouiller. Au vu de ce qui flottait autour d'eux, les cavités immenses dont ils s'étaient vantés de connaître les accès par centaines, devaient effectivement exister. Petite Nuit reniflait avec délectation, elle tordait les naseaux dans un sens et dans l'autre, en proie au délice des odeurs décomposées. Les Tongvas saluaient de la main comme à la parade.

Les Corps réfugiés dans les hauteurs sur le rebord des fenêtres et des toits terminaux, sur les degrés des escaliers extérieurs, dans les lianes, sifflaient, cliquaient, couinaient sur leur passage selon leurs capacités vocales.

Un raffut d'élytres se fit entendre près d'une façade végétalisée à dominance de Romarin. On applaudissait Apariguiqui pour son conseil passé. La colonie coléo donnait des nouvelles. Elle venait du Désert mojave, elle avait trouvé là, sur ce building réinvesti, un habitat sain, idéalement exposé. Elle remerciait par des chants déclaratifs le Vieux Coyote, qui l'avait réorientée alors qu'elle s'enfonçait dans le bourbier humide des Cienagas, dont l'atmosphère l'aurait tuée.

Ama comprenait ce qu'elle disait, comme elle comprenait le mouvement du cœur gonflé d'Apariguiqui.

Elle aperçut un Hawk sur l'appui d'une fenêtre. Il regardait le patchwork d'un œil brillant, il secoua les épaules en lançant son cri de guerre, Ama frissonna, cligna des yeux, et le monde fit un bond en hauteur.

Elle se vit entre les serres du rapace sur son radeau tissé parmi les Tongvas et les autres, elle se vit avec un luxe de détails qui frisait l'indiscrétion, puis elle repéra une Troute minuscule devant le radeau, complètement immobile. Quand l'Hawk releva la tête, elle vit Down-Toh depuis son perchoir avec ses fenêtres réfléchissantes, ses angles aigus, ses gratte-ciel alignés qui formaient un plan de carrés décousus.

Quand l'Hawk tourna la tête vers le sud, la baie s'ouvrit devant elle comme un coquillage sableux, l'Océan roulait des pans d'écume blanche, les Otaries noires traversaient les vagues, les Goélands planaient sur des ailes translucides.

Quand l'Hawk la regarda de nouveau, elle vit le dessin de son propre iris sous l'épaisseur de sa cornée et sentit son cœur se serrer comme une pupille et un poing. Elle décrocha de l'oiseau pour tomber dans l'eau calme.

La petite Troute ne bougeait pas et tendait le nez vers le patchwork au-dessus d'elle. Ama perçut l'espace par sa ligne latérale, elle reçut les informations de saveurs et de pression. Elle capta la piste d'une Omble qui était passée là une heure auparavant, elle sentait le melon.

Elle porta les narines à la surface, elle renifla par la bouche, et tout à coup, un filet d'acidité violente la frappa sur le côté de la tête, la Troute démarra en trombe et laissa l'odeur infecte qui signait une attaque d'Écrevisse.

Ama fut éjectée et se retrouva dans le radeau à la place d'Apariguiqui qui laissait traîner ses doigts dans l'eau.

La peau de ses phalanges parlait au courant, elle jouait avec lui une musique et une danse. Ils se répondaient, ils se superposaient et s'enchâssaient, le radeau s'orientait au travers de cet échange sans qu'il revienne à quiconque la charge de prendre la moindre décision. Apariguiqui ouvrit l'index et le pouce et Ama se dilata pour couvrir la surface entière du patchwork.

Elle entra dans les sensations de tous les Corps présents et de tous ceux qu'ils percevaient à ce même instant. Elle eut une représentation globale, détachée, rattachée, affolante du bras de rivière calme sur lequel elle était. À la fois en l'air, dans l'eau, depuis les berges, depuis les flots, depuis les buildings à différentes hauteurs, à l'intérieur des lianes et sous la pelouse noyée, au travers de nombreux organes branchés à des faisceaux de nerfs et de neurones, de circuits électriques tout aussi nombreux, elle eut durant un bref instant un aperçu complet du bout de monde où elle se trouvait, comme si le kaléidoscope lui avait envoyé toutes ses figures en même temps.

Son cerveau crépita sous l'assaut. Il fourmillait d'activités nouvelles, inconnues, il réagissait dans l'urgence pour traiter la myriade d'événements qui étaient parfois les mêmes mais différemment reçus.

Apariguiqui pinça ses doigts avant que l'expérience ne devienne cauchemardesque et Ama gonfla ses poumons pour combler la désertion qui venait d'envahir sa tête. Elle retrouva sa dimension, sa forme propre et ses capacités habituelles avec soulagement et une pointe de regret.

Elle avait la main droite enfouie dans le pelage de Petite Nuit, elle était blottie contre le dos de Zeep qui respirait profondément, sous la peau de la hutte qui enserrait le bâtiment sauvage, au chaud à l'intérieur d'Union Station. Elle était réveillée et il ne pleuvait plus.

MAYWOOD

Dans la veine centrale de Paayme Paxaayt, berge à tribord, loin des méandres tranquilles de Down-Toh, l'eau se ruait en avant. Elle piaffait, cambrait l'échine, éclatait en gerbes contre les arbres immergés et roulait les galets à grand bruit.

La claque du Rio Secco avait frappé le tapis flovant par-derrière et l'envoyait à toute force en aval. Daï était aux anges – Róng à ses côtés –, il voyait Choeps Yanev et son fratel juché entre deux écailles de son épine dorsale, il sentait les muscles de la rivière pleins de vie et son tapis plein de répondant, il ne pouvait pas être mieux entouré, ni porté, emporté.

La course avait commencé dès qu'ils avaient franchi le seuil du Bug Blubble, quand un Martin-Pêcheur à double huppe avait sifflé le départ des eaux calmes et des rapides. Daï avait choisi la vitesse en portant brièvement le poids de son corps sur bâbord. Le tapis avait aussitôt viré et s'était engouffré dans l'eau turbide, laissant derrière lui les voies de la sagesse qui menaient à Down-Toh. Róng avait suivi la courbe et Choeps Yanev l'avait rattrapée, dépassée, aiguillonnée par les talons de Bye qui montait l'Hydro comme un cheval d'écume.

En voyant son fratel brandir un bâton trident au-dessus de sa tête et en l'entendant pousser un cri de victoire suraigu, Daï avait enfoncé les genoux et s'était redressé de tout son buste, les mains agrippées aux deux coins du tapis, le temps que l'eau bute contre la toile et pousse sur ses tibias, que la puissance s'accumule, puis il s'était aplati d'un coup et il avait presque décollé en rejoignant Bye comme un trait, mais Choeps Yanev avait des yeux dans le dos, elle avait anticipé le sprint et combiné sa propulsion caudale avec la force de ses palmes, elle le sécha.

Au moment où Daï pensait toucher son fratel entre les omoplates, il était deux encablures plus loin en train de déglutir les paquets de mer que l'accélération Hydro avait soulevés.

À peine remis de sa surprise, Daï fut environné par un vol d'Oies superlourdes et de canards bifaces, cols-bleus, cols-verts, une grosse douzaine, qui le laissa sur place à tâter le vide tandis que, sur l'eau derrière lui, un peloton de Poules à bec jaune gagnait du terrain. Il s'allongea et se souleva en planche pour améliorer la portance. Son démarrage fut remarqué et salué sur les berges où s'alignaient, les pattes dans l'eau, une multitude d'Ardéanes, de Blongios et de Héronnes opportunistes qui préféraient happer la nourriture plutôt que courir derrière. Alors il prit conscience de l'orgie.

La crue était une table ouverte. Elle délogeait de leur nid les habitants des berges. Elle sortait les sédentaires de leur trou. Elle arrachait les moustiques à leur zonzon et les envoyait dans les courants d'air au-dessus des tourbillons où le fretin perdait ses repères. Elle mettait les eaux à l'envers, secouait la terre avec les galets, avec les Corps, les limons, les Lichens. Elle montait aux arbres où elle suspendait son linge sale, ses haillons. Elle couvrait les joncs en grondant.

Dans ce désordre, les planeurs jouaient d'habileté, les flotteurs frimaient dans les remous, et les nageurs s'étouffaient en tâchant de garder le cap et le milieu du courant pour échapper aux longs cous et aux becs affûtés qui les guettaient depuis la rive.

Daï suivit leur instinct, il ne tenait pas à prendre un coup de dague lancé au hasard. Róng protégeait son flanc tribord, mais les berges étaient occupées des deux côtés et l'eau tanguait d'une rive à l'autre, il jouait des pieds et des mains pour se maintenir en zone neutre. Sa posture était très efficiente, toute en tension, le tapis réagissait au plus léger mouvement de poignet, elle était épuisante. Il profita d'un inexplicable mascaret remontant pour se cacher derrière la vague et se laisser tomber à plat ventre avec un gros soupir.

Choeps et Bye étaient loin devant. Il souffla un moment et se contenta d'appuyer à droite à gauche de façon à rester entre les rives exactement. Sous le tapis, Paayme Paxaayt était parcourue de sursauts et de roulements. Quand il collait l'oreille contre la toile, il entendait sonner les galets dans le tréfonds de son ventre. Au-dessus du plancher solide lui-même en cours de liquéfaction, il écoutait les boucles et les heurts des courants qui se contredisaient dans leur précipitation.

Tous les filets filaient vers l'aval, ils se jetaient les uns dans les autres avec la plus grande violence, comme si le fond, les rives, le ciel les fouettaient dans des sens opposés. La confusion était partout, sans compter la pluie et ses hallebardes décochées par des rafales de vent tournant. Dans ce chaos, la vague déferlante courant à rebours était une aberration. Ils étaient loin de l'estuaire, l'Océan ne pouvait pas les atteindre à ce niveau dans les terres.

Daï pensa à une révolution passagère, un acte de désobéissance, une émeute, un bateau fantôme, mais il refusa de s'enrouler dans son tapis pour échapper à ce qui s'annonçait, il fit face, il releva la tête et prit en pleine poire le rouleau de flotte et de Troutes qui se ruaient en avant, égarées par l'urgence et la pluie. Róng en goba une au passage. Il essaya de l'imiter, manqua chavirer, se raccrocha fébrilement aux franges de sécurité, secondé par un coup d'épaule bien placé.

Trempé par la vague qui venait de le traverser, ballotté d'un côté et de l'autre, remué par-dessous, il s'agrippa des deux mains et commença à vocaliser pour appeler son fratel. Róng tentait de le calmer en se déplaçant autour du tapis de façon à diminuer la gîte, elle ne pouvait pas faire grand-chose pour la vitesse. Subitement, la bande de Troutes prit un virage radical. La vague vira sec, mit en panne, gonfla, se creusa en vortex, s'inversa, et se précipita à nouveau avec une force décuplée. Róng écarquilla les yeux, ses glandes parotoïdes frémirent. Elle se plaça derrière Daï et souffla comme un dragon sous la surface, il fallait faire plus fort que la métaformation en délire manifeste, la prendre de vitesse et, si possible, sauter sur la berge.

Le Créate hulula à la première poussée, il n'avait plus peur : il venait d'entrer dans une autre dimension de la mécanique des fluides.

L'eau soufflée par Róng pétillait de partout et son tapis volait dans une matière inconnue dont il voulait tout savoir. Doublement propulsé par le courant de l'air dans celui de l'eau, il faisait de l'aquaplaning de haut vol, il ne tenait plus à rien et surfait en avant de la vague retour qui les talonnait sans pouvoir les rejoindre. Choeps et Bye furent bientôt dans leur ligne de mire, floutés par le rideau de pluie, néanmoins reconnaissables.

Bye, debout sur le dos de l'Hydro, s'agitait comme une mécanique. Róng décrypta le message à la faveur d'une inspiration et cessa de souffler aussitôt qu'elle en comprit le sens.

Le tapis continua sur sa lancée, puis ralentit sensiblement. Daï ne protesta pas en retrouvant l'allure de la rivière, son fratel lui tendait les bras. Emportés par l'inertie résiduelle, et la poigne discrète de Róng, ils passèrent en trombe sur le flanc tribord de Choeps qui les gratifia d'un clin d'œil. Elle avait les narines énormes et les épaulettes bien visibles au-dessus de la surface. Elle se cramponnait des quatre membres sur le glissement de terrain qu'était devenu le fond de la rivière et freinait de tout son poids en attendant les Troutes.

Daï eut l'impression d'assister, la durée de ce clin d'œil, aux préparatifs d'un tournoi archaïque. Le dragon campé sur ses pattes palmées et griffues, assailli par la crue boueuse, résistant au-delà de ses forces grâce au chevalier à trident juché sur son dos prêt à recevoir l'estoc d'une lame d'acier blanc. Il s'attendait à entendre le choc, à voir le sang jaillir et colorer la rivière. Il serrait les franges à pleines mains, galvanisé par la glisse mirifique qu'il venait de vivre. Il décida de faire demi-tour lui aussi et d'assister son fratel avec son propre dragon à ses côtés.

Comme si elle avait deviné ses pensées, Róng lui facilita la tâche en plongeant et soufflant à contre-courant. Ils se retrouvèrent une encablure derrière Choeps en renfort positif. Daï se prépara à foncer. Róng gonflait ses poumons tandis que la vague grossissait à vue d'œil et prenait une teinte d'orage violacé de plus en plus menaçante à mesure qu'elle approchait. Au moment du contact, contre toute attente, elle se défit. Des centaines de Troutes se débandèrent et s'éparpillèrent autour des deux Hydros comme des grains de pollen et des parachutes de pissenlits, inoffensifs, désarmants – méconnaissables.

Daï regarda le ballet ramolli qui semblait ralentir l'inondation elle-même. Comme pour souligner ce mystérieux revirement, la pluie s'arrêta. Son crépitement décrut progressivement et laissa place au furieux chuintement de l'eau courante. Dans le petit silence revenu, les Corps se frôlèrent. Il y eut des communications manifestes entre les Hydros et les Troutes. Elles vinrent renifler de très près le tapis flovant et le Créate, dont l'odeur transparaissait. Elles tournèrent et virèrent, en proie à un certain désarroi. Róng respirait librement de nouveau, car leur changement de cap n'avait rien à voir avec son prélèvement opportun.

Les Troutes avaient été surprises par l'épisode flash de la crue. Elles remontaient l'estuaire à nage forcée depuis qu'elles avaient envoyé les convocations de wowow et la pluie avait sérieusement ajouté à leur stress. Elles étaient passées en métaformation augmentée pour compenser le courant descendant, et, accaparées par l'effort supplémentaire, embrouillées par les odeurs de limon venues en masse de l'amont, elles avaient manqué l'embranchement qui menait au lieu du rendez-vous. Choeps Yanev avait essayé de les prévenir en les voyant, les Troutes avaient compris ses gesticules, elles avaient dû trouver le moyen de manœuvrer cul au vent dans cette boue liquide assourdissante. Elles étaient déconfites. Les erreurs de navigation pouvaient être une source de gêne confirmée en particulier lorsque vous êtes connues pour votre finesse de nez, vos réactions rapides et votre fermeté.

Mykiss était aux quatre cents coups. Elle qui détestait les Hydros se voyait dans l'obligation d'admettre que Choeps Yanev lui avait délivré une information essentielle. Et Choeps Yanev était incontestablement une Hydro. Sa robe noire, ses épaulettes jaunes, ses glandes et ses pattes à coussins collants l'attestaient. Sa respiration aérobie également, et ce dernier caractère n'était pas le moins répugnant. Mykiss aurait volontiers fait semblant de ne pas capter son message, quitte à le maquiller ou à déclarer le tenir d'un quelconque Autre Corps, seulement Masu et Taraute qui faisaient le triangle à ses côtés l'avaient vu et compris sans équivoque.

Elles avaient dépassé le Rio Hondo et le Four Leaf où devait se tenir le wowow. Il fallait rectifier le cap, faire demi-tour le plus vite possible et rebrousser chemin. Et, bien sûr, avant cela, il convenait de considérer et remercier correctement, ce qui arrachait des bulles acides à l'estomac de Mykiss. Elle préférait faire l'imbécile et tourner autour du flovant et du corps allongé dessus en prétendant reconnaître là une coque et le corps d'un Véliste digne d'intérêt.

Choeps Yanev ne s'offensait pas du manège de la Troute. Deux autres éclaireuses se montraient très polies et frôlaient ses flancs avec ce qu'il fallait de grâce. Bye les regardait faire avec beaucoup d'intérêt. Il conservait une oreille sur son fratel qui voguait à nouveau par-devant puisque tout le monde avait repris une course passive vers l'aval, et observait la Troute étincelante qui lui tournait autour dans l'eau bourbeuse.

Elle voulait faire connaissance. Daï en était très conscient lui aussi. La Troute était si belle dans sa parure chromée avec ses points noirs et rouges qu'il s'enhardit à mettre trois doigts dans l'eau. Elle les renifla, les toucha du bout des lèvres et, malgré les chaos dans lesquels ils étaient brimbalés, rien ne ressemblait plus à un doux baiser. Daï plongea toute sa main, puis les deux mains, et la Troute nagea de l'une à l'autre sous le tapis pour réitérer ses contacts furtifs.

Ce n'était pas tout à fait un Véliste, mais tant qu'il ne faisait pas de gestes brusques et lui permettait de détourner l'attention à la fois de son erreur de calcul et de son manquement à l'étiquette, Mykiss continuerait son manège. Elle ressassait, personne ne lui demandait de comptes, cela pourrait venir, il s'agissait d'être prête. Elle ne perdait pas de vue pour autant l'autre Hydro, qui semblait guetter le quasi-Véliste d'un œil jaloux. Celle-ci avait heureusement pris un peu de large et d'avance lorsqu'elle avait noté l'intérêt de Mykiss. Une discrétion inhabituelle chez une amphibie, la Troute devait bien le concéder, même s'il n'y avait pas matière à s'extasier non plus.

Elle sentait la chimie derrière elle, sereine. Taraute devait y aller de son pacte holistique et tout le tremblement, Mykiss préférait ne pas capter les détails. Si l'Hydro était suffisamment flattée par la généreuse reconnaissance des Troutes, elle n'ébruiterait peut-être pas leur égarement malvenu. Rater le premier embranchement sur le chemin d'un wowow n'était pas un bon début pour les négos.

Alors qu'elle multipliait les allers-retours et les touches sur les doigts de Daï, le Créate, de son côté, n'avait plus qu'une idée en tête, la sortir de là-dessous, l'attraper et la caresser librement. Il anticipait chaque contact et plongeait ses mains toujours plus profond. En conque. Il avait de l'eau jusqu'aux coudes et ne gouvernait plus qu'avec le menton et un appui des genoux ici et là. Il attendait que la Troute se niche au creux d'une de ses paumes, il avait bon espoir. Il avait raison.

Mykiss était tellement prise par ses ronchonnements qu'elle s'engagea sans aucune prudence sous le dôme de sa main droite. Au moment où elle allait passer ce petit pont, la tenaille se referma prestement. Elle sentit sa queue tirer, elle donna de grands coups de pelviennes, rua, botta des latérales, se hérissa et cracha. Ses efforts furent vains, elle fut sortie de l'eau par son appendice propulsif, jetée au-dessus de la frontière respirable sur un tissu déperlant qui se rétracta violemment à son contact. Elle se cabra avec la dernière violence, asséna involontairement un grand coup de gueule et de queue dans la tête qui se trouvait là et repartit dans les flots qu'elle n'aurait jamais dû quitter. Elle avait vu des yeux. Ils n'avaient pas eu le temps de cligner. Le Créate avait vu les siens avant de prendre la claque aller-retour. Ils décidèrent instinctivement d'en rester là.

Échaudée par la mésaventure, Mykiss retourna auprès de ses semblables et les pressa d'en finir avec les hommages. Elle leur rappela qu'elles disposaient d'une fenêtre temporelle étroite pour mener le wowow et retourner à leur source avant que la laitance ne tourne. À sa grande surprise, l'Hydro aux épaulettes jaunes abonda en son sens et les pressa de reprendre le flux dévalant dans les meilleurs délais. Mykiss en fut ulcérée. Entre le faux Véliste et ces Hydros délicates, elle ne savait plus contre qui gronder. Rien n'était ordinaire depuis qu'elles avaient manqué l'affluent. La pluie violente qui dégringolait sur la rivière avait brouillé les odeurs, noyé les signaux visuels et désorganisé les circulations. Les limons prenaient une place invraisemblable dans le Corps de l'eau. Ils saturaient l'espace l'air de ne pas y toucher, ils étaient devenus le principal propos de Paayme Paxaayt et cela avait suffi à mettre Mykiss de mauvaise humeur dès le début de la crue.

Dans ces moments d'hybris, la rivière ne connaissait plus aucun Corps et les Nautiques semblaient ne compter pour rien. Elle ne charriait plus que la boue, les minéraux argileux, le mica, le feldspath, le sable et toutes sortes de débris fins complètement inertes qui entraient dans un inexplicable état de grâce le temps que duraient le déluge et son drainage. Le phénomène persistait quelques heures ou plusieurs jours selon la violence et la longueur de l'intempérie, et les limons tenaient alors un rôle exclusif.

Ils éclipsaient les Autres Corps. Ils supplantaient les végétaux. Ils effaçaient les galets de fond. Suspendus comme des paillettes dans l'épaisseur du cours, ils bombardaient le pied des arbres, retournaient les pierres, écrêtaient les saillies et nivelaient les bordures. Quand le courant ralentissait, ils se mettaient à l'inverse à tout boucher et bosseler. Ils s'accumulaient sur les souches. Grimpaient aux troncs. Colmataient les brèches, s'engouffraient dans les failles. S'inséraient entre les cailloux et s'empilaient sur les plus petits obstacles. Les limons étaient le discours structurel de Paayme Paxaayt. Celui qui décidait de sa trajectoire. Mykiss en jalousait la fonction.

Elle acceptait ce qu'elle estimait être sa condition d'ornement poétique. Éphémère, scintillante, aussitôt apparue aussitôt disparue. Au regard d'une poussée de limon, son existence n'était qu'un clignement, un chatoiement bref, le reflet d'un rayon de soleil sur une aile de dragon et cela lui convenait, c'était assez de panache, de beauté. Elle aurait néanmoins souhaité que les milliers d'éclats troutes participent à l'ossature de la rivière, à sa solidité, sa pérennité. Elle ne voyait pas qu'elles en étaient la charpente liquide.

Taraute aurait pu le lui expliquer si elle avait daigné l'écouter un peu plus de cinq minutes d'affilée. Il n'y avait pas qu'au sujet du pacte que la troisième Troute du triangle avait les idées larges. Taraute aurait pu aussi la calmer au sujet du retournement qu'elles venaient d'effectuer. Ce n'était pas un drame. La rivière elle-même pouvait boucler en période de crue et revenir un ou deux miles sur ses pas sans pour autant désorienter son cours. Les diverticules coulaient souvent à contresens avant de disparaître, ravalés par la voie principale. Quant aux limons, Taraute les voyait plutôt comme des briques et des coulées de torchis dont la rivière se servait pour aménager le plateau à son avantage. Depuis les montagnes où elle les arrachait, elle les traînait et les poussait devant elle dans la centrifuge du débordement et elle les disposait à sa guise en modulant sa décrue.

Au cours du temps long, Paayme Paxaayt avait érigé des tertres, canalisé des voies d'estuaire, installé des tremplins, rasé des collines pour les reposer plus loin. Elle avait changé l'orientation de son cours général à plusieurs reprises et s'était dessiné le bassin versant qu'elle préférait, plein sud. Elle avait confié la côte ouest à l'ancienne affluente Ballona, elle avait renvoyé la San Gabriel et son grand bras vers l'est et sa baie spongieuse, elle s'était réservé Long Beach bien étalée au pied des Palos Verdes où poussaient les herbes jaunes, les arbres verts, les Pins maritimes et les Palms en oasis concentrées.

Dans le codage personnel de Taraute, il y avait indéniablement des récits hydros. Ses ancêtres n'étaient pas des puristes. Elles ne venaient pas des Simi. Elles ne refusaient pas les discussions avec les amphibies, aussi ambiguës fussent-elles. C'est pour cette raison que la troisième Troute du triangle connaissait et appréciait l'existence des Zanjas et des chéneaux qui apportaient l'humidité au pied des tiges capables de la conserver et de la transpirer en période sèche. L'eau absorbée était intégralement rendue et ce prêt était d'intérêt collectif, absolument vital pour la rivière aussi. Elle avait vu la brume et les nuages se former, elle les avait vus crever et mitrailler la surface, elle avait mesuré les ponctions et les dons et elle en était tombée d'accord avec les calculs encodés par ses ancêtres : pertes et profits s'annulaient, l'exercice climatique était globalement à l'équilibre.

Voilà ce que Mykiss n'admettait pas et ce dont elle refusait d'entendre parler. Elle était la pointe et celle-ci ne prend pas en compte les éléments exogènes ni les différents états de la matière. Elle est dans l'eau comme dans un tunnel, elle fonce. Il faut bien une pointe à une métaformation, mais Taraute se demandait s'il était vraiment nécessaire qu'elle eût la tête si dure et les ouïes si fermées. Sans se l'avouer, elle redoutait le wowow à venir.

Si Mykiss se montrait sous son jour habituel, il risquait d'être franchement houleux. D'autant que l'erreur de navigation signalée par l'Hydro aux épaulettes n'arrangeait pas sa chimie. L'acidité suintait autour de la Troute de tête au point d'en rendre l'atmosphère irrespirable. Plus encore depuis qu'elle avait sauté sur le tapis pour mettre une inexplicable claque dans la tête du petit Véliste. Elle était vraiment imprévisible. Le pire était, bien sûr, que les Castors n'avaient pas une réputation excellente. Ils n'étaient pas exclusivement légumistes et leurs ouvrages n'étaient pas exclusivement des habitats réservistes, ils servaient également de piège, il ne fallait pas se voiler la face.

Les corridors de passe que les Troutes négociaient avec eux depuis la nuit des temps n'étaient pas des plus sûrs et particulièrement si Húnar repérait l'emplacement et s'invitait au passage de l'obstacle. Sans compter les Coyotes, les Racoons qui ne dédaignaient rien et les grands volatiles d'affût et de vol. Dans ces conditions, le conduit de remonte d'un ouvrage castor était objectivement un coupe-gorge.

Tout aussi objectivement, leurs constructions servaient grandement des communautés aussi différentes que les joncs serrés, les Anoures, les échassiers, les insectes aquaphiles et les sols, et créaient ou restauraient les conditions de possibilité d'une chaîne alimentaire plutôt complexe.

Si on prenait un peu de recul, la science castore était un bienfait indiscutable. Encore fallait-il le faire et cesser de se considérer comme l'alpha et l'omega de la rivière et du monde en général. Mykiss, en toute bonne foi, ne voyait aucune raison valable pour se mettre à une telle place.

Regarder les flots depuis le perchoir d'une branche d'arbre n'était pas son affaire, mais celle des oiseaux bleus à toupette, et si ça leur donnait une vue cavalière concave ou convexe, tant mieux pour eux. Mykiss n'avait à se soucier que d'une seule chose : les repérer au bonnet et esquiver leurs attaques. Évidemment, elle aurait peut-être distingué plus facilement le carrefour du Rio Hondo si elle avait bénéficié d'une telle position aérienne. Mais elle n'en était même pas certaine, avec toute cette pluie qui tombait de travers, et puis les Pisces ne volent pas, ne s'accrochent pas, ne se juchent pas dans les airs. C'était comme ça.

Mykiss avait laissé derrière elle Masu et Taraute avec les Hydros et la coque plate habitée. Elle voulait être la première à repérer l'affluent et démontrer que la navigation en eaux troubles agitées était une compétence troute quoi qu'on en dise. Elle regrettait son Véliste. Il les avait renseignées sur le chantier castor et les avait précédées avec beaucoup de tact et de boulettes nutritives les jours précédant la tempête. Grâce à lui, elles avaient avancé avec une efficacité idéalement mesurée, en équilibrant la force et la fougue et sans perdre un gramme de graisse dans l'effort. Lorsque les nuages avaient noirci le ciel, il s'était montré hésitant. Il avait mené sa coque au ras des berges, prêt à s'arrimer au moindre avis de bourrasque, et, lorsque la pluie avait dégringolé comme une bâche, il s'était mis à couvert sous un bosquet de Sycomores les pieds dans l'eau.

Elles s'étaient arrêtées autour de lui, elles avaient profité de l'amorti qu'offrait la couverture végétale en se disant que ce n'était peut-être qu'une averse, mais le niveau de l'eau était monté, la couleur avait salement viré, et le Véliste avait lancé une dernière poignée de boulettes avant de sortir deux jambes et de les faire disparaître avec sa coque. Mykiss avait pointé la tête hors de l'eau pour voir où l'ensemble était passé. Il pleuvait déjà follement, sa vision était trouble, elle n'avait distingué qu'une tache de couleur rougeâtre qui était peut-être la coque retournée et le Véliste dessous, en boule catatonique, méconnaissable, elle se dit qu'il avait craqué.

Les Pisces étaient décidément les seules à supporter l'eau dans toutes ses manifestations. Le Véliste baissa dans son estime, il se comportait comme un amphibie ordinaire, incapable de rester dans l'élément quand il gagnait en puissance, effrayé dès qu'on le sortait de sa zone de confort, toujours prêt à jeter l'éponge et se mettre au sec au premier coup de tabac. Des lâches, des fuyants, des anguilles de roche. Elle lui avait tourné le dos sans un regard et elle avait lancé sa troupe en avant au mépris des précautions élémentaires et de la drache qui s'abattait en hurlant autour d'elle.

Mykiss, toute à la déconvenue que lui avait infligée le Véliste, choquée par sa désertion et secrètement attristée par cette séparation, avait insufflé un départ en force et une vitesse de pointe dès les premiers mètres. Plongée dans son effort vengeur et conjuratoire, elle n'avait pas capté que le Véliste s'était arrêté exactement au point de convergence. Elle n'avait pas senti le Rio Hondo, sa propre chimie lui en avait masqué l'odeur, et personne ne l'avait contredite dans sa fougue. Elle n'osait presque pas se l'avouer, elle s'en voulait encore.

Maintenant qu'il ne pleuvait plus et qu'elle n'était plus en colère, elle ne risquait pas de rater une seconde fois le fichu embranchement. Elle se méfiait parce que l'eau était épaisse et les odeurs très mélangées. Elle prenait soin de venir en surface pour jeter un œil toutes les deux brasses. La visée optique ne s'imposait pas, il était néanmoins raisonnable de l'utiliser en ces circonstances. Le roulis de la rivière ne simplifiait pas la tâche. Même si la boussole troute n'y était pas très sensible, Mykiss devait parfois s'y reprendre à deux fois sur un même spot pour confirmer ses triangulations. De plus, le ciel était toujours aussi chargé et la luminosité très basse des deux côtés de la frontière. C'est pourquoi elle bondit franchement en l'air quand elle crut reconnaître le Véliste et sa coque qui n'avaient pas bougé, de façon qu'il la voie distinctement et confirme l'information.

Il le fit aussitôt en sautant sur ses deux pieds et en signant avec ses deux bras les indications de base, mettre en panne, virer tête-à-queue, marche avant toute, et godille plein nœud, le point de convergence était en délire.

Ainsi renseignée, Mykiss refit un saut de salut et balança une chimie d'alerte décuplée pour ses suiveuses. Puis elle se retourna face au courant, à contre-nage, elle guetta leur arrivée au-dessus des flots inégaux. Elle prit quelques tasses d'air, elle ne lâcha rien.

Le Véliste sur la rive continuait ses gesticulations. Enfin, le tapis d'argent de la troupe et les deux Hydros apparurent. Elle enchaîna trois bonds qui la placèrent au milieu de la zone de convergence, en plein chambard.

Et là, campée sur sa position immobile dynamique, elle attendit que la troupe vire à son tour et se ramasse derrière elle. La manœuvre fut compliquée. Les Hydros vinrent à la rescousse en faisant barrage avec leur queue de façon à couper la puissance de l'eau. Les Troutes tournèrent entre les deux digues improvisées avec force remous. Daï les suivit sur la même courbe et quand elles furent toutes face au courant les opercules fermés en attendant le signal du départ, Choeps et Róng posèrent la tête au ras de l'eau et soufflèrent par-dessous pour les faire démarrer, le tapis avec elles.

Mykiss sentit la poussée et l'accueillit en ouvrant sa valve, elle prit le coup de fouet de l'oxygène dans les branchies et démarra en trombe, Taraute et Masu à ses côtés. Les trois pointes du triangle reformé emportèrent le grand Corps des Troutes à l'assaut du Rio Hondo déchaîné vers le Four Leaf et le wowow d'urgence qu'elles avaient réclamé.

Il n'était plus question de ruminer, seulement d'avancer pour rattraper le retard et si les Hydros voulaient y assister, elles seraient les bienvenues. Mykiss les placerait elle-même aux places de choix s'il le fallait. Ce fut sa dernière pensée volontaire avant d'entrer dans la transe et de passer à la vitesse collective.

Les volatiles purent porter l'information en amont et en aval : une bande de Troutes hypergonflées remontaient le Rio Hondo en crue, elles allaient en découdre avec les Castors, elles ne souffriraient aucun délai. Tempête de pluie, tempête de vent, débordement ne seraient pas des arguments, elles étaient chaudes. Et puis, un Hummingbird fit passer un message additionnel, elles avaient deux grandes

Hydros en renfort d'arrière-garde. Deux grandes Hydros et un tapis.

S'il y eut des Corps pour se demander ce qu'était cette dernière invention, les Troutes n'en eurent pas immédiatement connaissance. Le débit était féroce et bien que les volatiles aient repris leurs évolutions, elles n'étaient pas disponibles pour écouter les messages. Elles se battaient vigoureusement pour avancer. Tête d'acier elle-même avait fort à faire pour éviter les plus gros paquets de lests mélangés au courant. Elle pouvait faire front sur une dizaine de brasses et encaisser les punchs, mais elle devait ensuite se retirer et prendre le sillage d'une comparse de façon à pouvoir souffler. Elle prit la tête devant Mykiss aux passages les plus remuants. Elle comptait les encablures, le Four Leaf lui semblait tout à coup très éloigné de l'embouchure. Lorsqu'elle en fut à trois fois dix en comptant celles que Mykiss avait montées devant, elle donna un coup de barre sur bâbord, alors même qu'elle n'avait aucun visuel du toboggan d'accès. Elle ne s'était pas trompée, il était là, elle était engagée dedans et, aussitôt, Mykiss reprit sa place de pointe, galvanisée par le passage de l'obstacle, et aspira la métaformation dans son sillage.

Il était à nouveau aussi clair qu'un trait tiré au cordeau et se lisait facilement. La bretelle d'admission du Four Leaf coulait à contresens, la violence de la crue était nettement rabattue. La différence fut saisissante. Les Troutes, qui bataillaient l'instant auparavant pour gagner du terrain perche par perche, se retrouvèrent projetées dans un espace qui n'offrait plus aucune résistance. Elles eurent un sursaut d'énergie pure. Leur accélération devint vraiment phénoménale. Catapultées comme elles l'étaient, la tête de pierre et la tête d'acier par-devant, elles remontèrent le toboggan nautique d'une traite sans avoir le temps de prendre conscience de la courbe qui leur faisait pourtant accomplir un demi-tour complet depuis leur point de départ pour rejoindre le cœur du Four Leaf audessus des flots.

Non seulement elles ne s'arrêtèrent pas, mais elles traversèrent Paayme Paxaayt pour se jeter dans la bretelle d'accès de la rive opposée, dont elles firent le tour aussi. Les voies aériennes bétumeuses étaient impraticables, sinon elles les auraient empruntées. Quand elles eurent fait deux fois le circuit complet des toboggans de nage et dessiné deux huit, elles sautèrent dans le bassin central en soulevant beaucoup d'écume. Les Hydros s'esquivèrent sur le bord du réservoir, où des pelouses étaient aménagées pour les aérobies. Daï n'eut pas le temps de réagir, il sauta avec elles.

Le tapis ondula longtemps avant de s'immobiliser à peu près, entouré de centaines de têtes et d'yeux de Troutes. Un spectacle singulier. Le Créate assis en tailleur sur son tapis flovant translucide au milieu d'une nappe d'argent vif et de bouches ouvertes avait de quoi surprendre les quelques Castors qui se trouvaient déjà là et que personne, et surtout pas Mykiss toute à son affaire d'arrivée volubile, n'avait encore remarqués. Assis sur leur queue plate posée devant eux, ils roulaient leurs petits yeux noirs en regardant le bassin. Les Hydros. Le bassin.

Entre l'individu en fourrure qui flottait sur un vaisseau inconnu, la grosse troupe de Troutes et les deux grandes Batras bariolées qui les accompagnaient manifestement, les Castors étaient perplexes. Ils étaient quatre, ils étaient jeunes, ils avaient devancé les Anciens mandatés avec eux et, maintenant, ils s'en mordaient les doigts, ce qui pouvait être dangereux.

Eutheria, pragmatique, distribua des bouts de bois aux trois autres pour éviter les mutilations involontaires. Jarak, Kastar et Rícino se jetèrent dessus comme s'ils n'avaient rien rongé depuis des lustres. Bye et Daï les regardaient tourner le bois entre leurs dents jaunes avec une fascination évidente. La couleur de leurs incisives et la rapidité de leur mastication entraient à parts égales dans la curiosité des Créates. Leur fourrure plaquée et peignée, grasse comme la suie, la largeur de la queue étalée devant leurs pattes arrière dont les doigts et les griffes étaient liés par une membrane épaisse les époustouflaient aussi. La position leur semblait douloureuse et, pourtant, les quatre Castors mordaient dans leur bout de bois le dos courbé sans montrer aucune gêne d'ordre physique.

Qu'ils soient perturbés ne laissait aucun doute. Les Créates pouvaient leur trouver cent justifications valables, à commencer par leur propre présence. Il n'était pas si courant de voir des Créates à un wowow, eux-mêmes n'avaient jamais entendu parler du moindre wowow dans leur Désert et, sans doute ces wowow se tenaient-ils entre Autres Corps mélangés exclusivement, ce qui en faisait une pratique résolument non créate.

Bye et Daï demeuraient rivés aux quatre Castors et à leurs bâtons bientôt réduits en copeaux comme des prédateurs à une proie. Ils n'en respiraient plus. Róng donnait de petits coups de queue à Choeps Yanev à ses côtés pour lui faire comprendre que leur attitude, si elle venait à s'éterniser, risquait d'être mal interprétée. Choeps transmit le message à Bye et celui-ci sauta en l'air en sentant le bout de l'épine dorsale de l'Hydro lui toucher l'épaule par-derrière. Elle lui fit une grimace yeux écarquillés, bouche ouverte, langue pendante. Elle n'eut pas besoin d'ajouter un halètement pour qu'il comprenne. Apparemment, ils étaient un peu lourds.

Après des années passées dans le déni et le refus des autres formes de vie, des Autres Corps, des autres cultures et de la joyeuse complexité du monde, ils se rattrapaient avec un peu trop d'engouement. À leur décharge, ils n'avaient jamais vu de Castor. Daï était éberlué par la rapidité de coupe dont ils faisaient preuve, et, surtout, il devinait qu'il assistait à la version régressive de leur art et ne se lassait pas de multiplier les conjectures sur ce qu'ils étaient vraisemblablement capables d'accomplir en situation constructive. Bye, pour sa part, se concentrait sur leurs pattes palmées, leurs paupières translucides et les indices qui les désignaient comme des amphibies tout terrain plutôt costauds. Il siffla néanmoins vers son fratel pour lui faire fermer la bouche et détourner son attention. Daï eut un air étonné et Bye lui demanda :

– Alors, il est bien, mon tapis ?

Le Créate au milieu du bassin sourit d'une oreille à l'autre, les yeux mouillés de plaisir.

– Merveilleux. Viens, je descends !

Aussitôt dit, Daï sauta dans l'eau au milieu des Troutes, qui s'écartèrent en faisant bouillonner le bassin. Le Créate battait des bras et crachait des bulles en essayant de crier. Son séjour sur le tapis avait été si facile qu'il avait cru que l'eau le porterait. Les Hydros se ramassèrent sur leurs pattes dans l'idée de sauter. Les Troutes ne voulaient pas que le bassin déborde, Mykiss envoya une chimie de rescousse immédiate et aussitôt la troupe se rassembla et forma un radeau qui glissa sous le corps du Créate avant de le soulever et de l'emmener vers le tertre où Bye l'attrapa par le bras et le tira au sec.

Il sauta dans le trou que son fratel venait de quitter. Lui savait nager. Il fila droit sur le tapis qui se trémoussait en l'attendant. Les Troutes s'étaient disposées en cercle à distance du quadrilatère translucide, incertaines de ce qui allait suivre. Elles furent bien inspirées. Bye se roula sur le tissu magique comme s'il cherchait à lui imprimer son odeur. Il se plaça en décubitus ventral, attrapa les franges de bord à pleines mains et enfonça les doigts de pied pour le faire démarrer.

Le tapis sursauta, resta au-dessus de la surface et partit comme un javelot rasant, droit devant. Bye n'eut que le temps de peser à tribord pour ne pas se prendre le mur du bassin. Il continua d'appuyer de façon à éviter le crash et le fit tourner en rond au milieu des Troutes jusqu'à ce qu'il comprenne quelle force il devait transmettre et quels ajustements. Il joua de plus en plus doucement des pieds, des mains et du menton. Le tapis était très réactif, et le Créate superconcentré. Bientôt, ils s'accordèrent sur la nage à suivre. Laquelle n'était pas de rester à virer dans le bassin en attendant les retardataires.

Aussitôt qu'il eut le tapis en main, Bye s'engouffra dans la bretelle d'accès tribord et glissa jusqu'à la rivière sous le regard interloqué des Castors. Il eut la prudence de se lancer à contre-courant, bien que l'idée d'une pointe de vitesse lui mettait des fourmis dans les doigts. Il se heurta à la pression, aux creux, aux bosses et à leur succession rapide, il tint bon et commença à jouer des coudes, engager les avant-bras et presser les genoux, à épouser et anticiper les vagues afin de profiter de leur mouvement et de le contredire sans qu'elles s'en aperçoivent.

C'était physiquement très intéressant. Il dialoguait avec la rivière et ils étaient d'accord alors même qu'ils allaient dans des sens opposés. Bye se demanda si la perspective du wowow le mettait dans cet état d'esprit où les contraires pouvaient s'entendre et faire du conflit apparent l'occasion d'un moteur pour chacune des parties. Paayme Paxaayt n'avait évidemment pas besoin de sa force à lui le petit Créate pour couler. Que des Corps ne suivent pas aveuglément sa direction tout en empruntant sa voie, comme les Troutes qui remontaient son cours, cela ne pouvait être qu'une pratique d'équilibrage aussi passionnante que celle qu'il était en train de vivre avec ses quatre membres et toute sa tête. Plutôt fatigante, rien à dire.

Au bout d'une dizaine d'encablures, il était hors d'haleine. Il persista néanmoins, la figure trempée par les embruns, des fantômes de crampes dans les mains parce qu'il voulait acquérir le début d'une expérience troute. Avoir une petite idée de ce qu'elles vivaient pendant la montaison même s'il était en surface et que la glisse devait être plus aisée à l'intérieur du courant. Il avait également repéré quelque chose qui l'intriguait lors de la descente vers le Four Leaf sur le dos de Choeps un moment avant qu'elle ne s'engage derrière les Troutes sur la bretelle d'accès.

Du haut de son perchoir sur le dos de l'Hydro, malgré la chute serrée des météores, les coups de vent, les coups de brume et les éclaboussures d'une troupe en métaformation, Bye avait aperçu un maillage de rangs sombres s'enfoncer à l'est et à l'ouest depuis les deux berges jusque loin sur le plateau. Il voulait en savoir plus. Il savait que c'étaient des lignes d'eau, il l'avait senti à l'odeur et elles remuaient sous la pluie.

Róng leur avait parlé des Zanjas et des canaux d'irrigation millénaires qui avaient parcouru Hidden dans des temps très reculés. Elle avait aussi rappelé que ces veines et ces vaisseaux avaient été rouverts le long de certains segments pour des raisons de survie communautaire. Bye était persuadé de les avoir reconnus quelques minutes avant que tout le monde s'engouffre dans le grand huit du Four Leaf.

Il tourna à quatre-vingt-dix degrés au premier carrefour. Il n'attendit pas d'en croiser plusieurs ni même seulement un autre. Il n'en pouvait plus. À cause de la crue, le croisement n'était pas nettement marqué, cependant il y avait une grande flaque qui s'étirait dans les terres et cela suffit au Créate pour deviner l'embouchure d'un canal. Passé la sorte d'estuaire miniature, le chemin était minuscule, son tapis y tenait, mais menaçait de racler les bords à la moindre erreur de navigation. Bye recourut à beaucoup de finesse tactile pour le mener sans s'accrocher. Maintenant qu'il ne pleuvait plus, le canal plan lui offrait une ligne de fuite d'une longueur impressionnante.

Après six perches, le courant s'effaça complètement. La fureur de Paayme Paxaayt était derrière lui, oubliée, inexistante. Bye souffla, s'assit en tailleur et regarda par-dessus les bords. Il changea de position avec soin pour ne pas dévier d'un pouce pendant la manœuvre. Il y parvint après quelques corrections et contorsions. Il posa ses mains en conque contre son ventre et entreprit de barrer au moyen de sa respiration et d'imperceptibles mouvements de fesses. Il sentait plus facilement les microberges les yeux fermés. Plongé dans cette attention flovante, il cherchait un contact avec le bras d'eau qui le portait sans le trouver tout à fait.

L'eau était là, elle était vivante, mais le cours qu'elle empruntait était contraint, ambigu, sa pulsation lui échappait. Elle était ralentie, arythmique, il la perdait par moments, c'était assez angoissant. Comme d'avoir affaire à un être pas tout à fait né ou à un mourant. Le canal n'était peut-être pas un Corps. Paayme Paxaayt y coulait dans une version extrêmement diminuée d'elle-même. Volontairement. Était-ce un compromis ? Une gouttière, une prothèse ? Bye se contenta d'ouvrir les yeux sur la plaine qui l'entourait.

La droite géométrique du canal était assaillie par un peuple végétal en pleine croissance. Les bords étaient tapissés d'une résille de racines qui plongeaient directement dans le filet d'eau comme autant de pompes et tendaient leurs chloroplastes aux rayons lumineux comme autant de pompes aussi. Dans cette tension entre les deux matières fondamentales, sur son radeau tissé, Bye se sentait en terrain protégé. Au milieu du canal, il ne risquait rien. Ni d'être aspiré par une valve ni d'être attrapé par une liane. Du moins, il l'espérait, car les lichens pendaient bas sur les Sycomores qui protégeaient les fruitiers des grosses chaleurs, et à Hidden, il en avait été témoin, une attaque de Clématis était un événement possible.

Il ne mouftait pas, assis au milieu de son tapis. Il n'avait pas beaucoup de poissons sous ses fesses. Peut-être des dytiques, sans doute des larves de moustiques, l'activité interne n'était guère soutenue.

Il traversa une allée de Mays multicolores, un petit champ où les Tournesols se poussaient du coude et rivalisaient de hauteur avec les épis tranchants. Une brigade de Dragonflies décolla des sommités et des capitules en faisant dégringoler de la poussière d'or pour venir l'entourer en silence. Cinq, six individues bleutées casquées de vert, des yeux exorbitants et deux paires d'ailes en verre souple bordées de plomb.

Il continua de respirer calmement en regardant devant lui et sur les côtés sans tourner la tête. Elles s'étaient disposées de façon à couvrir ses arrières, ses avants et ses latérales. Si elles avaient bourdonné, il aurait été assourdi, elles volaient avec une discrétion de strigidées et le Créate sentait sur son visage l'infime déplacement d'air qu'elles provoquaient. Il se fia à leur vol et gouverna de façon à rester à équidistance de ses escortes bâbord et tribord. Elles l'encadraient, elles l'emmenaient certainement quelque part, et ce ne pouvait être que droit devant, néanmoins Bye ne tenait pas pour rien cette marque d'intérêt. Une délégation de Dragonflies était une forme de considération qu'il jugeait élégante. Le plateau des Zanjas était peut-être tramé d'exosquelettes équivoques, son comité de réception, quant à lui, avait beaucoup de tenue et d'allure.

Ils voyagèrent ainsi en se jaugeant du coin de l'œil, sur un bon morceau de chenal, et rien autour d'eux ne changeait tellement. Les pompes, les roseaux, les cannes, les Sycomores, les Zea Mays, les Hélianthes lourdes de graines occupaient le sol à le couvrir intégralement sans laisser au soleil la moindre chance de toucher la terre et de brûler quoi que ce soit. Le canal lui-même était soustrait au regard surplombant par un lacis de branches jetées en travers de son cours. Cette couverture devenait plus dense à mesure qu'ils progressaient, et le tapis entrait dans une sorte de jungle fructifère où les odeurs se mélangeaient et plombaient l'air de sucre. Bye avait chaud. L'évaporation était amoindrie par le manteau végétal, il était posé sur l'eau et la vapeur invisible occupait massivement l'espace.

La tempête avait laissé place à une éclaircie surchauffée. Elle ravalait les gouttes installées sur les feuilles, les troncs, les surfaces étanches, tout ce qui n'avait pas été englouti dans le cours de la rivière et ses rus transpirait abondamment. Surprises par le coup de chaud, les perles d'eau n'avaient plus le temps de se cacher, elles étaient attrapées et atomisées aussitôt touchées, elles saturaient l'air pris entre l'eau liquide et la canopée et Bye était littéralement dans un bain de vapeur digne des meilleures institutions hydros. Pour cette raison aussi, ils ne pouvaient pas rêver introduction plus soignée. L'image mentale d'un Crocodile passa rapidement dans un coin de son subconscient, il la rejeta comme une fable malvenue.

De temps à autre, une poignée d'Apis venaient vibrer autour du groupe qu'ils formaient comme pour confirmer une nouvelle récemment entendue. Les billes noires rayées de jaune vrombissaient en tournant et repartaient bientôt, satisfaites. Une clique d'Oiseaux-Mouches traversa en désordre et en distribuant autour d'eux des jets de couleur brillante. Et dans les Zea Mays violets, et jaune rouge, il y eut des Piments verts, des Poivres rouges, des Piments rouges longs comme le bras, pointus du bas, pendant par grappes et par paires.

Ils occupaient la berge en écartant les autres, sûrs de la force encapsulée dans la capséine qu'ils produisaient. Rincés par la pluie, essorés par l'embellie, ils étincelaient. Leur peau lisse appelait la morsure. Bye tendit une main, traversa la garde des Dragonflies et cueillit prestement un fruit qui semblait s'offrir. Son tapis resta impassible pendant l'action, le Créate mordit dans le Piment vert en toute confiance.

Ce qui lui envahit la bouche en premier fut sa salive. Ses glandes réagirent avant qu'il sente la brûlure, la virulente morsure du fruit dont il venait de rompre la peau et dont il mâchait encore la chair avant de se rendre compte qu'il fallait l'avaler ou la cracher de toute urgence. Il fit les deux. Ses lèvres étaient en feu, sa cavité buccale en folie, sa langue avait doublé, ses papilles étaient des trous par où l'air passait et activait l'incendie. Il pensa prendre de l'eau dans sa main pour en boire, il n'avait absolument pas le temps d'exécuter un geste aussi long. Il se jeta à plat ventre et plongea la tête dans l'eau en aspirant goulûment.

Le mouvement était brusque, le tapis réagit comme une monture ombrageuse et partit au galop devant lui. Les Dragonflies firent un écart de surprise et s'ajustèrent sur l'accélération spontanée. Elles émirent un bruit de vibration en changeant de vitesse, et conservèrent leur position d'encadrement. Il y avait une raideur inquiétante dans l'adaptation éclair dont elles faisaient preuve, mais Bye ne risquait pas de le remarquer : sa tête était dans le canal, puis hors du canal et toujours en feu, encore plus depuis qu'il avait englouti des litres d'eau fraîche. Il bavait des bulles où il s'étonnait de ne pas voir de braises.

Les genoux enfoncés dans le tapis, penché au-dessus des franges, il s'aspergeait le visage à longs traits et le seul effet notable de ces gestes désordonnés était de l'envoyer de-ci de-là contre les berges. Les bords du tapis se repliaient pour ne pas s'abîmer en raclant la résille rhizomique qui protégeait le canal et abreuvait les végétaux. Bye était aveuglé par les paquets de flotte qu'il se jetait dans les yeux, ses oreilles le démangeaient, il n'entendait rien, la situation lui échappait complètement.

Lorsqu'elles le remarquèrent, les Dragonflies prirent le contrôle de sa trajectoire. Elles le dirigèrent sans conteste et, pour commencer, au lieu de ralentir sa course, elles l'accélérèrent un peu plus. Bye sentit vaguement que le tapis décollait, il ne touchait plus l'eau ou seulement l'eau suspendue, la vapeur qui les enveloppait de partout. Il glissait dans un volume et non plus sur une surface et cela changeait la nature de la glisse d'une façon incroyable, le Créate le percevait au travers d'un rideau de flammes intégré et ne comprenait rien.

Il se cramponna aux franges et ouvrit la bouche dans l'idée de manger la brume. Le canal était d'une rectitude absolue, quand il croisa un autre canal, ce fut à quatre-vingt-dix degrés d'angle et les Dragonflies abordèrent le virage sans décélérer, le tapis tourna autour de son centre géométrique comme sur un moyeu à quatre-vingt-dix degrés exactement et fusa. Le nouveau chenal était identique au précédent, hormis son orientation, même largeur, même profondeur, même couleur et même fonction à en juger par les végétaux qui le bordaient.

Il y avait moins de Piments et plus de Zea Mays à nouveau. La densité était comparable et les radicelles couraient sur ses flancs.

Ils remontèrent dix encablures à vue de nez avant de croiser une autre perpendiculaire et de la prendre plein ouest. Le manège se répéta de nombreuses fois dans des directions opposées et aléatoires. Alors que la brûlure diminuait graduellement dans la bouche de Bye et qu'il reprenait ses esprits, il lui parut évident qu'il serait incapable de faire le chemin inverse. Le Piment l'embrasait suffisamment encore pour qu'il ne s'en affole pas. Entre ses larmes, il arrivait à jeter un œil de temps en temps sur ses gardiennes et, au-delà de ses gardiennes, sur les berges où il trouverait peut-être une issue, mais les cultivars s'y pressaient les uns contre les autres, pas moyen de se faufiler. La voie terrestre n'était pas plus facile, Bye n'avait plus aucune idée du lieu où il se trouvait. Les canaux n'avaient pas de cours à proprement parler, ni amont ni aval, il ne savait pas situer Paayme Paxaayt par rapport à ce treillis de droites qu'ils avaient emprunté à l'aveugle. Il ne lui restait plus qu'à faire confiance à son escorte ou attendre les étoiles.

Il se concentra sur la sensation dans sa bouche, sa nature et sa lente évolution et se laissa guider par les Dragonflies. Leur vol était aussi rigoureux que le dessin du territoire qu'elles parcouraient. En pleine lancée, elles étaient capables d'effectuer les demi-tours sur place, du moins sur un segment si petit qu'on avait l'impression qu'il se résumait à un point. Entre elles, la distance ne variait pas, elles évoluaient selon un schéma défini qu'aucun événement ne venait altérer. Et elles enchaînaient les tournants en faisant preuve d'une synchronisation optimale.

Le comportement des Odonates était calqué sur celui des canaux. Elles les suivaient pourtant selon un certain ordre et Bye apprenait, un carrefour après l'autre, qu'il était entré dans un territoire à claire-voie, potentiellement un labyrinthe. Il crut son hypothèse confirmée lorsqu'ils débouchèrent d'un seul coup sur une place circulaire de grande dimension tapissée d'herbes courtes, enserrée dans un anneau où les conduites venaient s'aboucher depuis les directions cardinales. Ils arrivaient par le nord, ce qui lui parut aberrant et confirma ce qu'il pensait : les Dragonflies cherchaient à lui faire perdre ses repères spatiaux.

Si l'eau n'avait pas été présente tout autour de lui, si elle ne l'avait pas mené jusqu'ici, le Créate aurait retrouvé ses techniques de déni en un demi-clin d'œil. Mais Bye était en amour avec la rivière et ne pouvait concevoir qu'un lieu qu'elle traversait, fût-ce d'une façon aussi méthodique, recelait quelque chose de néfaste. Les êtres végétaux autour de lui, pour ce qu'il en avait vu, étaient d'une santé remarquable et, s'il fallait en juger par la force du Piment qu'il avait goûté, inattaquable.

Le tapis entra dans le canal qui cernait la place, un dôme était posé en son centre. Avant que les gardiennes ne le lui intiment, il s'en doutait, il sauta sur la pelouse et se dirigea précautionneusement vers la coupole. Les six Odonates en formation l'escortèrent jusque devant l'ouverture sombre qu'aucune porte ne barrait. Arrivées là, elles se contentèrent de vibrer. Bye n'avait pas envie d'avancer. Il avait pris soin de sortir le tapis du canal, de le rouler bien serré et le mettre sous son bras, et maintenant il avait peur de devoir l'échanger contre sa vie, son chemin ou ce genre de dilemme vital et il comprimait le paquet contre ses côtes. Comme il ne se passait pas grand-chose pour autant, il fit un pas en avant, suivi d'un deuxième, et se retrouva dans l'obscurité à l'intérieur du dôme.

Pour commencer, il ne vit rien. Il n'entendit rien non plus, même pas sa propre respiration. Quand ses yeux s'habituèrent, il discerna des bols de liquide blanc posés sur le sol. Il se pencha pour en saisir un de sa main libre, quelque chose siffla et il retira ses doigts. Il avait réagi comme s'il avait été touché, ce qui n'était pas le cas. Il entendit un rire bas étouffé et un autre, cristallin, qui se mêlèrent comme la fumée de deux pipes d'accueil. Bye se redressa, essaya de sourire et de saluer. Les deux rires l'enveloppèrent, il perçut le vibrato des Dragonflies qui démarraient à l'extérieur du dôme et disparaissaient.

Aussitôt après, une bipède de sa taille, dix pommes, sortait du fond de la hutte, s'accroupissait, attrapait le bol et le lui tendait. Bye hésita. Elle ouvrit la bouche, tira la langue, exhala un son de gorge et rit de nouveau. Bye prit le bol et but une gorgée de liquide. Il n'eut pas le temps de déglutir, le soulagement l'inonda des pieds à la tête. Aussi doux que la brûlure avait été violente. Plus soyeux que le lait, plus léger, frais, à peine sucré derrière la délicieuse sapidité, Bye le dégusta une gorgée à la fois, avec la certitude d'avaler un philtre magique concocté par un petit peuple bienveillant aux ailes poudrées d'or et d'argent.

Quand il eut vidé le bol, il rota doucement, et le rendit à la petite bipède, or c'est une autre, une grande, le visage parcheminé et couvert de ridules, qui le prit dans ses deux mains et l'emporta au fond de la hutte d'où elle venait de sortir. Bye fit à nouveau un pas en avant. Il ne savait pas de quelle façon remercier. Il n'avait rien sur lui sinon son tapis, pas même un bandeau de tête dont il aurait pu se défaire. La grande bipède le tira d'embarras en lui disant qu'elles avaient besoin de bras. Les Zanjas amenaient la force, sous toutes ses formes. Le Créate n'était pas arrivé n'importe quand, il y avait une cueillette à effectuer, les épis laiteux étaient mûrs.

Bye voulut se présenter, elle l'en dissuada. Ceux qui traversaient le labyrinthe sous escorte devenaient Gardenesses et ni leur nom ni leur histoire passée ou future n'avaient d'importance en ce lieu.

Bye ne voulait pas laisser son rouleau dans la hutte. Il acceptait de cueillir. D'une seule main. La grande bipède haussa les épaules et l'entraîna dehors, la petite sur les talons. Celle-ci le regardait marcher avec beaucoup d'intérêt. Elle aurait volontiers goûté sa fourrure de tête dont la couleur lui rappelait la canne à sucre doux, elle se réfrénait, elle trouverait une occasion pendant la collecte.

Devant la hutte, la grande Gardenesse lui dit quand même son nom, Aed, et celui de la petite Aia. Il murmura Bye en se touchant le torse. Elle lui tendit une perche de bois qui le dépassait de la longueur d'un bras, le sien, et s'équipa de la même façon. Aia enleva un long brin de la ceinture qui retenait sa tunique de Gardenesse et le lui donna. Bye le prit sans savoir qu'en faire. La petite secoua la tête et lui fit signe de nouer la cordelette aux extrémités de son tapis et de le porter dans son dos. Elle ne parlait pas, ses mains allaient très vite, les explications étaient claires et volubiles. Aed ne perdait rien de la scène, elle fronçait les sourcils. Bye s'exécuta.

Lorsqu'il fut prêt, elles se mirent à courir vers le sud-ouest le bâton pointé vers le ciel et tenu des deux mains. Devant le canal qui entourait la place, à deux doigts d'y plonger, elles l'abaissèrent, plantèrent l'extrémité dans la pelouse et continuèrent sur leur élan jusqu'à ce que le bâton se courbe et les envoie de l'autre côté en se redressant. Aed en premier, Aia derrière. Bye n'était pas sûr d'avoir bien vu. Elles faisaient des gestes depuis la rive opposée. C'était son tour. Il leva sa perche, démarra, l'abaissa trop tôt, la rejoignit sans céder et décolla d'un coup, renvoyé par l'élasticité du bois. Il atterrit dans le canal au milieu d'une gerbe d'eau et entendit le rire soufflé d'Aia.

Il grimpa, les rejoignit sur la berge, trempé, et se dirigea sans attendre vers le prochain canal. Les Gardenesses le suivaient du regard, il ne courait pas, il n'avait aucune chance. Au lieu de bondir, Bye posa sa perche au-dessus de l'eau et traversa les bras écartés un pas après l'autre. Il lui en fallut six. Il fut bientôt de l'autre côté, il se retourna. Elles se fendirent d'un sourire et sautèrent à ses côtés.

Les présentations, même si on s'en passait, étaient bel et bien faites. Ensuite, au milieu des tiges, des cosses et des larges feuilles plates, elles lui apprirent à toucher les spathes, à sentir le lait dans la graine du Zea Mays, et à cueillir en cassant d'un coup sec à la base du renflement. Bye se montra beaucoup plus habile à la collecte qu'au saut à la perche. Et tandis qu'il avançait dans le carré potager et constituait de petits monticules d'épis le long du canal où Aia venait les ramasser pour les rassembler à chaque coude, Aed le talonnait en lui racontant la grande histoire du sol et des trois sœurs.

Tout d'abord ici, c'était la prairie ou le bois de mai dans les temps mythiques, une terre pauvre et rase réservée aux quadrupèdes ruminants et aux Mouflons courte-laine. Plus anciennement encore, et maintenant de nouveau du côté de Vernon, aux bovinés des plaines à grosses bosses. Bison Bison Bison, autrement nommé Bison, ou Tataga et Pte, mâle et femelle, Heneecee et Biis, Bizhiki, Iinnii, Yansi, Tatanka et de bien d'autres manières, passons sur les disparitions, puisqu'ils sont revenus en groupe de l'île Pimungna où ils s'étaient retirés en attendant la Craque. Forts de leur savoir sur les herbes et les tontes, attendus comme des sages parmi les sages, acclamés lors du débarquement en tant qu'activistes de première ligne – sacrifiés, échappés de justesse et reconstruits en réclusion.

Dès qu'ils sont sortis de leur réserve, ils ont filé sur le plateau de l'Océan aux montagnes et de l'est à l'ouest en troupeau compact pour marteler les graines qui devaient l'être, piétiner les feuilles mortes, écraser les branches tombées, accélérer le compost et tambouriner la victoire.

Aed faisait tourner sa perche au-dessus de sa tête. Ils ont porté Zea Mays et ses sœurs, au nord à Vernon, ils ont rebâti les prairies d'herbes longues qui dansent sous le vent, et sont partis vers le bord de la Terre. Des gros marcheurs. Ils reviennent en saison.

Ils sont Gardenesses au long cours, Gardenesses de plaques et de continents. Pas des Corps dont on peut se passer. En descendant des radeaux plats et des coques où les Vélistes les avaient pris et ramenés un par un ou par petites formations de trois, ils se sont ébroués et secoués. Les Autres Corps qui étaient venus les saluer et les chanter ont ramassé ce qu'ils avaient distribué pour le porter dans les six directions. Mais c'est Tatanka en personne, son troupeau de renouveau constitué par une vingtaine d'individus noirs à tête rousse – un peu comme toi, petit Créate –, qui est venu ici, a posé le pied, a frappé le sol pour que s'ouvre la bouche des sources. Que l'emplacement des Zanjas se révèle et que les trois sœurs enfoncées dans sa toison voient la bonté des lieux, le faste, la richesse enfouie prévisible, et choisisse d'en descendre.

Zea Mays fut la première à se décider. Elle sauta des côtes de Tatanka d'un bond vigoureux et se coucha dans l'empreinte de son sabot en attendant d'être rejointe par ses sœurettes puis recouverte et enfoncée par le reste du troupeau. Purutu la suivit d'assez près, volubile, prête à lancer ses tiges souples à l'assaut du mât de son aînée quand elle surgirait de terre, forte et longue. Cucucur se dégagea des poils et se posta dans le creux commun. Elle se déploierait en largeur au ras du sol, en usant de la lumière et de l'eau régulées par les grandes tiges, en étalant des feuilles immenses, fraîches et souples au plus fort des canicules. Regarde, Bye, regarde-les.

Purutu nourrit ses sœurs par le sol, elle digère l'azote aérien et l'envoie en sucres assimilables, les deux autres s'en empiffrent. Zea Mays est tutrice, elle supporte et encourage Purutu, elle l'évente aussi, tandis que Cucucur garde leurs pieds au frais, s'occupe de la conservation et de la circulation humide. Elles s'entraident et s'entendent. Elles sont organisées de cette façon depuis la nuit des temps, elles ont traversé des terres plus que lointaines grâce à cet attelage, et Tatanka lui-même n'est pour elles qu'un vaisseau parmi d'autres. Plutôt confortable et correctement thermorégulé, rapide aussi, et suffisamment volumineux pour qu'elles puissent se déplacer en nombre et investir de grandes zones à pousser. Quand elles ont sauté ici, elles étaient des milliers. Regarde, Bye.

Le Créate obtempérait. Il était cerné par les trois sœurs, où qu'il portât les yeux. Les fûts minces des Zea Mays étaient entourés par les vrilles de Purutu, de longues cosses se formaient à tous les étages, au-dessus et en dessous des épis dressés dont le foin sortait en jets retombants. Des boules d'or soulevaient timidement les feuilles entonnoirs qui ombrageaient et abreuvaient le sol bien au-delà de la stricte zone de protection des aînées. Cucucur coiffait la terre de ses grands chapeaux verts, elle se projetait loin autour de son propre pied pour abriter, en plus des deux sœurs qui la nourrissaient, les Autres Corps rampants, grouillants, forants, glissants et cliquants qui s'alimentaient de petits bouts d'elles trois et se dévoraient entre eux. Ils se digéraient, se chiaient les uns sur les autres et augmentaient ainsi la qualité du substrat qui, à son tour, ravitaillait les sœurs. C'était cyclique. Bye pensa à l'eau et à son circuit, liquide, vapeur, pluie. Pas cyclique, cosmique. Il en oubliait de cueillir. Aed lui ficha sa perche dans les côtes, il s'écarta, et ne dit rien. Elle avait l'air de connaître pas mal d'histoires et le coin de ses yeux plissés indiquait un caractère rieur, il ne fallait peut-être pas s'offusquer d'un petit rappel.

– Et le Piment, demanda-t-il en reprenant son activité, il fait la quatrième sœur ?

– Non, la quatrième sœur, c'est nous.

Elle fit une sorte de révérence en pliant les genoux et Aia l'imita.

– Dans la mesure où nous en prenons soin. Les Piments, Jalapeño, Oiseaux, Tabasco et Ancho, sont des acolytes. Ils attirent les cueilleurs grâce à leurs belles couleurs, leur port pimpant, leur peau luisante frottée à l'encaustique. Les ignorants de passage ne résistent pas, tu en sais quelque chose, et tu sais aussi qu'après avoir bu le remède, il est impossible de décliner l'action compensatoire. J'en ai vu fumer, des oreilles, pleurer des yeux, baver des dents, la langue dehors longue comme un bras. Plus la prise a été franche, plus les Odonates nous les ont amenés vite, plus ils cueillent. Et sais-tu le plus beau ? Ils reviennent !

– Quel bénéfice en tirent les Piments ? Se faire dévorer les gousses est un passe-temps un petit peu impraticable.

– Oh, ne va pas croire ça, se faire dévorer les gousses, comme tu dis, assure la dissémination. Et quel meilleur environnement pourraient-ils trouver ? Le sol, le ciel et l'eau, en quantité. Aucun effort à fournir sinon croître et parader. Qu'est-ce qu'ils en retirent ? La gloire ! Il y a des compétitions. Bien sûr, ils préfèrent les grimaces à l'analyse chimique et la chromatographie, les sauts, les hurlements spontanés. Toi par exemple, tu as eu un certain succès. Le Baccatum qui t'a tendu sa petite cloche verte a été drôlement content. Ta réaction lui a valu les cliquets de toute la rangée de bord, ce qui n'est pas peu. Pendant que tu trépignais en pleurant ton Désert, il connaissait le premier triomphe de sa carrière.

Bye laissa Aed discourir sur les inconvénients et les avantages des réussites précoces. Cela ne l'intéressait pas. Il accéléra la récolte pour prendre un peu de large, mais la Gardenesse ne se laissait pas distancer et Aia lui demanda de réduire la cadence. Elle n'arrivait pas à constituer ses tas correctement. Ils devaient être placés précisément au coude du canal et ne pas déborder.

Le Créate n'avait pas envie de savoir pourquoi. Il était encore froissé et redoutait que la réponse contienne une nouvelle forme de détournement des forces. La stratégie des trois ou quatre sœurs et de leurs acolytes paraissait discutable. Le fait que certains cueilleurs reviennent de leur propre chef et transforment le piège en échange ne changeait pas grand-chose à ses yeux. La proposition des Piments était une astuce collaborative dont un des membres n'était pas conscient et il pouvait lui en cuire.

Bye en était à ronchonner en cassant ses épis. Il les laissait choir sans tellement de précautions. Aia lui ficha à son tour sa perche dans les côtes et lui montra avec quelle délicatesse il fallait agir. Aucun grain ne devait être flétri, les spathes protégeaient des chocs, mais il n'était pas acceptable pour autant de les jeter. Le sol devait les recevoir en douceur. Bye se toucha le front et la bouche en guise d'excuse et fit en sorte d'amortir les chutes en glissant son pied sous chaque inflorescence. Le rebond plut beaucoup à Aia. Elle l'encouragea en frappant la terre sur le rythme d'un galop bison.

Au bout d'une heure, ils avaient cueilli et rassemblé ce que le carré potager contenait d'épis mûrs. Aed informa alors le Créate qu'il avait compensé son bol et qu'il pouvait reprendre sa route s'il le souhaitait. Il pouvait aussi prolonger l'effort et participer au soulagement des prochaines victimes, ainsi qu'au nourrissage des quatrièmes sœurs et d'une cité formica. C'était à discrétion. Bye tergiversait, il avait envie de remonter sur le flovant le plus vite possible et de retourner voir ce qui se passait avec les Castors.

D'un autre côté, il aurait bien aimé savoir qui ramassait les tas et où ils étaient emportés. Il dansa sur place pour s'éclaircir les idées. Aed n'attendit pas sa conclusion.

Elle sauta dans le carré suivant à la force des jambes et des bras. Sa trajectoire en cloche était très efficace. Elle en faisait un peu trop en montant aussi haut pour passer un canal qui n'avait guère quelques pas de largeur. Bye reposa sa perche et essaya de la traverser en trois grands pas. Il vacilla un peu, mais il parvint sur l'autre rive sans avoir à se raccrocher aux branches. Aia le suivit d'un bond. Ils se remirent à l'ouvrage, Aed devant pour les épis du haut, Bye derrière pour les épis du bas, Aia pour les tas.

Ils ramassèrent un deuxième carré. Les bras du Créate commençaient à fatiguer. L'autre curiosité, c'était de comprendre quelque chose au territoire à claire-voie où les trois sœurs, les quatre, s'étaient installées. Bye posa sa perche à l'est et prit pied dans un nouveau carré. Comme dans les deux précédents, les tiges poussaient très proches les unes des autres, les sœurs formaient une enveloppe moite dans laquelle le Créate aurait pu s'étouffer s'il n'était pas passé par la commune de Choeps Yanev. Initié aux bains de vapeur, il trouvait l'ambiance plutôt chaleureuse et ces individues végétales avec leurs liens de fausse parenté le poussaient à considérer les agencements collaboratifs sous l'angle de ce qu'ils dégageaient. En l'occurrence, un sol et une atmosphère généreuse.

Tout en cueillant, il repensa à son Désert et s'étonna d'en trouver le souvenir si net et si sec. Il ne comprenait plus de quelle façon ils s'étaient adaptés et pour quelles raisons ils avaient maintenu l'environnement sauvage dans son état d'aridité primordiale. Comme s'il s'agissait d'un bienfait. D'une chose bonne, difficile d'accès, hors de portée des esprits faibles ou puérils. Comme si la pauvreté et son déni recelaient des forces cachées qui se révéleraient plus tard, ailleurs, à des Créates triés sur le volet. Heureusement que les petits s'étaient organisés. Heureusement que les Hydros étaient passées, obstinément, pour leur construire un filet d'eau.

Bye ressentait le poids des épis dans ses mains comme une preuve, une promesse, une offrande. Ils étaient gonflés de jus, de présent et d'avenir. Ils existaient, ils étaient là, dans ses mains petites, sous son nez sensible et s'il en croyait Aed, les Gardenesses étaient capables de déshydrater les grains pour leur faire traverser le temps. Ils se ratatinaient et se fripaient comme Húnar en hiver profond, ils ralentissaient sans mourir. Bye espérait dans un coin de son cœur que les Créates et leur Désert étaient eux aussi, pour l'instant, dans cet état d'absence calculée et pas sur le point de disparaître.

Il écoutait ses pas sur le sol humide qui avait absorbé le plus gros de la tempête. Si l'humus n'avait pas été aéré par les Souts au travail par millions dans la croûte, si les radicelles n'avaient pas creusé les infimes tunnels et les bouches d'aération et de recueil, si le sol avait été tapissé de bétume, la tempête aurait glissé tout entière sur des carrés nus et les Zanjas auraient dégueulé.

Grâce aux trois sœurs, les canaux étaient pleins, bien pleins, pas débordés, le sol s'était gorgé en profondeur et avait envoyé le surplus dans les nappes enfouies qui couraient sous les racines. Les trois étages de l'existence végétale étaient comblés. Bye sentait ses pieds s'enfoncer devant les tiges où il cueillait, c'était élastique, réactif et vivant.

C'était doux, aussi. Le contact avec un sol débouché et dynamique valait un massage ou une caresse. Depuis la pointe de ses orteils jusqu'au bout du bras qu'il tendait vers les épis, par tout son corps entre ses deux extrémités, il comprenait combien l'environnement des sœurs était étranger au sien.

L'air saturé d'eau à lui seul aurait fait une différence monumentale, et la terre, la vie dans les plantes, la remuaille sous les feuilles, la chanson dans sa tête, tout était plus souple, plus ample, plus beau, plus désirable et joyeux et ce constat plongeait Bye dans une tristesse brutale. Le chemin lui semblait infini entre le Désert et le carré potager. Combien de temps, dans les conditions idéales, si jamais elles arrivaient à être réunies, combien de temps faudrait-il pour observer le déploiement ne serait-ce que d'une tige de Mays envirotée dans sa vrille de Purutu, combien encore pour l'entonnoir et le fruit d'une courge ? Et combien pour mettre en route des centaines de pieds et couvrir un Désert ?

Il ne voulait même pas penser à ce qu'il faudrait dépenser d'énergie pour convaincre les petits qui n'avaient pas fait le voyage et, plus difficile encore, les adultes que la vue d'un chemin d'eau laissait parfaitement indifférents. Les trottoirs coupés, les tours investies par les pousses, la vasque d'eau où trempait la sœur-cousine Anoure, tout cela était bien joli, mais tellement loin de la luxuriance dans laquelle il se déplaçait qu'il se demanda d'un coup s'il avait une seule bonne raison de retourner dans son Désert.

Les Créates n'avaient qu'à demeurer dans leur état puisqu'il semblait convenir au plus grand nombre. Ils vénéraient le déni comme pratique et comme principe général, qu'ils en restent là. Chacun, après tout, était libre de partir voir ailleurs comment les choses se déroulaient, si l'eau mouillait, si les Corps respiraient, s'ils interagissaient. Si les plaisirs et les jours n'étaient pas un peu meilleurs en compagnie d'Autres Corps plutôt qu'entre soi, les œillères abaissées, le regard au bout du nez.

Bye commençait à traiter ses Corps Semblables et sa parentèle d'imbéciles empotés abrutis et bornés. Il cassait les épis avec trop de fougue, Aia l'arrêta. Elle le fit asseoir, il était fatigué. Aed les rejoignit où ils s'étaient installés, trois épis dans les mains. Elle les distribua, ôta le foin, débarrassa les spathes et mordit dans le corps cylindrique. L'épi était jeune, il pouvait être mangé cru. Ce fut une découverte pour Bye, une de plus. Au lieu de la mettre au compte de ce qu'ils avaient à rattraper en tant que groupe, les Créates obtus, il s'en délecta. Il plongea dans la saveur comme il avait sauté sur le tapis flovant, avec enthousiasme, la bouche ouverte, les mains devant.

Le goût de Zea Mays lui rendit à nouveau la fraîcheur que le bol de lait lui avait procurée. Maintenant qu'il mâchait, les nuances de sucre et d'épices apparaissaient. Son palais, son cerveau captaient l'influence de la liane et celle de la courge, un goût vert, un roux se mêlaient au jus de soleil doux qui lui coulait dans la gorge. Il déglutissait les yeux fermés pour mieux distinguer les constituants de ce concert gustatif. Le Piment avait préparé le terrain, sa bouche était d'une sensibilité inaccoutumée. Il commençait à s'expliquer pourquoi certains cueilleurs revenaient. Il sentit le coude d'Aia lui toucher le bras. Elle tendait un pot ouvert contenant une masse compacte jaune clair.

Elle montra comment enduire l'épi et poser les cristaux du sel. Elle n'eut pas à montrer comment mordre, il savait.

Encadré par les deux Gardenesses, Bye prit un plaisir infini. Il ne prêta pas attention au crépuscule. L'armée de Fourmis se réunissait autour des tas et organisait des chaînes noires plus épaisses que sa cuisse pour charger les troncs de Zea Mays sur des radeaux de spathes séchées. Quand il eut avalé son dernier morceau de soleil en pain, il remercia les Gardenesses, s'essuya la bouche, et attrapa le tapis dans son dos.

Il le déroula, leur montra une face puis l'autre. Un beau rectangle de tissu spécial, indéniablement. Elles ne voyaient pas où il voulait en venir, mais elles murmuraient des approbations. Quand il estima avoir suffisamment fait jouer la lumière déclinante sur la peau magique du flovant, Bye se dirigea vers le canal.

Il se pencha au-dessus du monticule que les Fourmis étaient en train de déplacer. Il leur souffla quelque chose, elles s'écartèrent. Il déplaça du bout de l'orteil le radeau de spathes où flottaient six épis alignés et disposa son tapis à l'aplomb du tas en attente de chargement. Il sauta dessus, la surface le reçut en faisant clapoter l'eau alentour, les Fourmis jouaient des antennes pendant que Bye arrondissait ses bras autour du Mays empilé et tirait tout d'un coup sur son esquif. La récolte creusa le tapis et s'arrangea d'elle-même autour de Bye qui s'était assis en tailleur les mains en conque et attendait les instructions.

Un groupe de Formicas rouges fortement caparaçonnées se plaça devant lui sur le bord du canal et se mit à communiquer par signes à grande vitesse. Il leva un index. Elles démarrèrent au trot soutenu, puis au galop des six pattes, et le précédèrent sur le chemin qui menait à leur cité semi-enterrée. Les Gardenesses en avaient parlé. Juste avant de négocier le premier tournant à quatre-vingt-dix degrés, Bye eut le loisir de les saluer de la main et de les voir, petites formes assises au milieu des tiges hautes dont la couleur commençait à s'effacer. Elles eurent à peine le temps de répondre, il s'enfonça dans le canal perpendiculaire, et disparut à leurs yeux.

Sur l'eau plus sombre, Bye se laissa entraîner. Le parcours était complexe, les Fourmis seules, guidées par les phéromones et les acides de traque, pouvaient s'y reconnaître. Bye compta jusqu'à dix-huit changements de direction, il tournait beaucoup, mais les distances étaient courtes. Il s'imagina qu'à vol d'oiseau, la cité formica aurait été accessible en quelques secondes. Après les derniers virages, la colonne des éclaireuses s'arrêta et quitta le bord du canal pour former un rectangle où Bye s'amarra. La superficie qu'elles avaient délimitée était exactement celle du tapis.

Le Créate s'approcha, se colla doucement contre la rive et débarqua Zea Mays comme il l'avait embarqué, à pleins bras, en une seule fois. Aussitôt que les épis roulèrent sur le sol, les éclaireuses se défirent et repartirent en sens inverse, tandis que de longues files de Formicas noires plus petites avançaient par rangs de quatre.

Leur marche était formidable. Bye les regardait depuis le canal, les yeux au ras du sol. Leurs pattes et leurs antennes frappaient la terre et fouettaient l'air en cadence, souplement. Elles ne martelaient pas, elles roulaient leurs battements comme une pluie sur un toit. Quand l'avant-garde atteignit le tas, elle grimpa dessus. Les grains furent palpés et polis par des centaines de tarses curieux. L'amoncellement fut bientôt analysé puis défait. Les lignes s'organisaient très rapidement. Quand un épi tombait, le milieu de troupe se plaçait dessous et l'arrière-garde arrivait en renfort pour le maintenir sur le dos des porteuses. Les Fourmis de tête continuèrent à évaluer les Mays et à les désigner pour le transport jusqu'à ce que les derniers soient en place en vue du départ. Elles ajoutèrent leur force à celle des porteuses pour l'ultime chargement et Bye, en se levant sur son tapis, vit le tressautement d'une ligne jaune homogène soulignée de noir s'avancer vers la cité formica.

Dans le jour déclinant, la livraison de la récolte constituait un événement notable. D'autant que les alentours de la cité étaient dégagés au point de paraître balayés. Bye sortit du canal et enroula son tapis qu'il se remit dans le dos avant d'avancer à petits pas derrière le Mays. Il n'avait pas été invité, mais puisqu'elles l'avaient amené aux portes de leur cité, il estimait qu'il pouvait approcher. S'il se trompait, une piqûre suffirait à l'en informer.

Le chemin qui menait à la cité depuis le débarcadère luisait d'usure. À ce stade, le marquage hormonal n'avait plus aucune utilité, Bye lui trouvait des ressemblances avec les Freeways. Hormis que sur celui-ci, il était le seul Autre Corps et que sa présence était incongrue à plusieurs titres. Il n'était pas à l'échelle, il était bipède, sans carapace, poilu par endroits et grand débutant en travail collaboratif. Les Fourmis n'en avaient cure. Malgré sa taille imposante, elles agissaient exactement comme s'il n'était pas là. Or, il avait porté la récolte selon leurs instructions, il n'avait pas rêvé, et le dédale au cœur duquel la cité était installée ne pouvait pas être découvert par hasard.

Il allait bientôt aborder le centre du labyrinthe. La ligne du Mays itinérant n'était pas le seul trait à trembloter dans le périmètre de terre nue qui encerclait la construction formica. Il y avait des files de points verts, des morceaux de feuilles, d'insectes, il ne savait pas trop, des taches blanches, des tranches rouges. Sur les autres chemins, on charriait des denrées plus diverses que sur le sien. Les minuscules Freeways convergeaient vers un même point. Avant d'y toucher, elles se fondaient en une large bande roulante qui se déversait dans un trou noir à l'entrée de la cité. Les Fourmis entraient chargées les unes derrière les autres et ne ressortaient pas.

Bye s'arrêta, le manège ne manquait pas d'intérêt. Il y avait là des quantités phénoménales de nourriture et du coton, du poil, du lin, des tiges, du bois, un éventail de matériaux à nids, à chambres, à oreillers. Lorsqu'il estima en avoir vu assez, pressé de faire une visite un peu complète avant la tombée du jour, il se mit à la recherche d'autres entrées et tourna autour de la partie sub de la cité qui avait un air de terril. Il lui arrivait au-dessus de l'épaule. Il s'approcha. Une multitude d'activités s'y déroulaient sans ordre apparent et sur un tempo frénétique qui donnait le tournis.

Le Créate demeurait inaperçu alors même qu'il surplombait l'ensemble. Il repéra plusieurs ouvertures, certaines au ras du sol, d'autres à mi-pente. Il reconnut une déchietterie à quelques pouces d'une sortie. Les Fourmis qui s'y affairaient restaient sur le chemin, d'autres déposaient les déchiets sur le seuil et s'en retournaient chercher ce qui restait sans jamais poser une patte à l'extérieur. À charge pour celles qui étaient dehors d'emporter plus loin ce que la cité rejetait. Bye observa le dispositif un moment. Cette organisation devait beaucoup réduire les contaminations bactériennes ou virales. Il était impressionné.

Hors gabarit comme il l'était, il ne pouvait malheureusement pas pousser l'exploration plus loin. En comparant les entrées aux sorties, il conclut qu'elles nourrissaient un nombre élevé de Corps Semblables, que leur habitat était douillet, aéré et thermiquement bien régulé. Il voyait des indices de présence d'une champignonnière, d'un élevage et d'une crèche. Il aurait fallu décapsuler le terril pour vérifier, il y renonça volontiers.

Et puis, la nuit tomba comme elle le faisait depuis qu'il avait mis les pieds à Hidden, d'un seul coup. Bien qu'il pensait y être préparé, il en fut saisi de haut en bas et par le cœur. Le cône noir de la cité se devinait contre le ciel, il entendait les Zea Mays froisser leurs feuilles dans les carrés et l'eau du canal frémir six ou huit encablures sur sa droite. Hormis ces informations, il ne captait que la nuit, le froid soudain descendu, et les reliquats de la tempête qui se rappelait aux vivants en remontant au travers de bouches et des failles en voile de brume furtive. Des fantômes traversés par les Vers luisants, les yeux étincelants.

Les Fourmis étaient devenues invisibles. Elles étaient peut-être toutes rentrées, ou elles se précipitaient pour le faire, Bye n'aurait pu le savoir qu'en posant sa main sur leur Freeway. L'idée lui répugnait, il ne voulait écraser personne, il ne voulait pas être mordu. Et d'Autres Corps avaient peut-être pris la place des Fourmis et ils étaient plus gros, plus outillés, plus chatouilleux. Les noctambules avaient parfois des réactions imprévisibles.

À deux pas de la cité, Bye était tiraillé. Il toucha le flovant dans son dos, il était là, étonnamment chaud. Il se demanda tout à coup si le tissage spécial dont il était fait ne pouvait pas fournir aussi une protection contre la nuit. Il le déroula, il s'accroupit en le tenant au-dessus de sa tête, tourna sur lui-même, comme il avait vu les Resqius le faire pour trouver l'emplacement faste, et se posa de la même façon, lourdement, avec un gros soupir. Le tapis l'enveloppa, épousa sa forme ramassée et se mit à rayonner d'une petite lueur d'argent soutenue.

Les poings appuyés sur ses yeux clos, Bye marmonnait la berceuse créate. Il se le reprochait, il le faisait quand même. La situation était extrême. Il était à dix lieues de son fratel, le seul Créate sur des miles à la ronde, peut-être plus, sans cœquipier, en pleine nuit au cœur du labyrinthe défensif d'une culture qui ne le percevait presque pas. Les éclaireuses formicas l'avaient proprement laissé tomber une fois la livraison effectuée, sans rien, sans instruction de retour, sans escorte, sans même un remerciement. Il ne pouvait pas retrouver la rivière par ses propres moyens, c'était une évidence. Appeler à la rescousse, oui, et qui ? Les Gardenesses étaient hors de portée et, d'autre part, la peur lui bloquait le larynx.

Il pensait à l'exil, à ce qu'il révélait. Il se sentait délié, sur le point de s'effacer. Pas seulement parce que les Fourmis ne le considéraient pas, aussi parce que les Corps qui le percevaient ne le reliaient à personne. Il était persuadé que les noctambules notaient sa présence, les Anoures vespérales, les Limaces frileuses, les Caparaçons à roulettes, mais ils ne lui connaissaient pas de fratel, pas d'équipier, de parentèle, aucune relation avec des Hydros. Les Gardenesses qui l'avaient reçu et instruit savaient à peine son nom. Il était un petit tas anonyme sous un voile phosphorescent, il pouvait disparaître avalé par l'humus ou dans une faille modeste d'origine sismique, aucun Corps autour de lui n'en aurait cure, quelle importance, un Créate que personne ne connaissait. Qui seulement s'en apercevrait ? Au bout de combien de temps son fratel lancerait-il un avis de recherche, quelques heures, une demi-nuit ? Bye ne tiendrait pas une nuit entière. Quand il le comprit par la moelle de ses os, il cracha par terre et se rebella.

Il se leva d'un bond en serrant le tapis autour de son cou et il courut droit devant lui comme il s'était levé. Il quitta la place du terril, il fila dans le carré entre les tiges et les lianes, en conservant le milieu de la tranchée pour ne pas trébucher dans les courges, il galopa à perdre haleine en refusant de réfléchir, et il dégringola dans un canal comme il l'espérait.

Aussitôt, le tapis se plaça de lui-même sous le corps du Créate et retrouva son soutien comme une maison. Bye sentit l'onde de soulagement et les vaguelettes qu'elle soulevait. Le tapis au moins était chez lui, sur son élément, dedans, l'eau le reconnaissait et le reliait aux cultures et aux arts dont il était fait. Ce fut un baume.

Quand il se retourna, il constata qu'il avait été suivi. Le flovant lui avait fait une cape, elle avait claqué pendant qu'il courait, sa lueur l'avait signalé, une Choue le regardait fixement. Elle était posée sur un épi qui ployait sous son poids, les serres plantées dans les grains, et elle scrutait le drôle de Corps agenouillé sur un morceau de rivière. Quand elle cligna des yeux, les poils de Bye se hérissèrent, elle avait des plumes sur les paupières. Ses pupilles étaient des puits, ses sourcils une menace, tout son masque exprimait une attention extrême. En être l'objet n'était pas confortable.

Le Créate toucha du bout du doigt un fil de frange qu'il enroula autour de son index droit comme s'il existait un mouvement susceptible d'échapper à la Choue. Il comptait faire la même chose avec l'index gauche et rassembler les conditions d'un départ éclair, il ne se demandait plus par où partir, il n'avait pas le choix, par où tourner, il improviserait, l'essentiel maintenant était d'échapper à cette surveillance accablante avant qu'elle ne le pétrifie.

Il tâtonnait sur le tapis en quête du deuxième fil quand elle disparut, plus personne sur l'épi, et apparut au bout de son nez, visage contre visage avec ses prunelles comme des soucoupes. Les yeux du Créate s'arrondirent immensément et la Choue cligna en réaction. Bye ne dit rien, il n'était pas en état, mais il cligna également, deux fois, et trouva le courage de garder ouverts ces organes qui lui imposaient pourtant une épreuve de proximité inédite. Soit qu'elle entendît quelque chose derrière elle, soit qu'elle lui fît une réponse, la Choue tourna complètement la tête. À cent quatre-vingts degrés. Bye eut l'impression qu'elle avait accompli un tour complet quand elle replanta son regard dans le sien. Sa peau était piquetée de frissons sur les bras et sous les pieds. Avant qu'il ait pu faire une nouvelle tentative de communication, la Choue se pencha sur lui et frotta son crâne minuscule contre sa joue et dans son cou. Bye fut retourné par la douceur des plumes.

Il lâcha les franges du flovant. La tension dans ses épaules, ses bras, son dos et même ses fesses posées serrées sur le tapis souple s'évanouit en un soupir.

Il voulut la toucher, elle ne le permit pas. Elle sauta en arrière, ouvrit les ailes et exécuta quelques battements. Elle découvrit ses cuisses mousseuses, ses serres jaunes, très affûtées. Il vit son torse. Elle était baraquée. Il prit le courant d'air dans la figure la bouche ouverte pour l'avaler et, malgré cette démonstration, il se mit à sourire de toute la longueur de ses lèvres.

La Choue s'abaissa sur ses pattes et prit son envol. Bye devait en croire ses yeux, la Choue lui tournait le dos dans son costume sombre barré-frotté de blanc, elle décollait, elle s'éloignait et ne produisait aucun son.

Il empoigna les franges de son tapis et effectua ce démarrage en trombe dont il avait rêvé, ce n'était plus pour la fuir, mais pour la suivre. Elle aussi luisait d'une phosphorescence subtile. La Choue se plaça au milieu du canal et le remonta jusqu'à la troisième perpendiculaire, qu'elle prit à l'ouest, puis sur cette longueur, la troisième à l'est cette fois-ci, puis la cinquième à l'ouest, la première à l'ouest, puis Bye perdit la boussole comme il l'avait fait à l'aller. Il était certain de garder le nord s'il se maintenait juste derrière la Choue, aussi exact que l'ombre d'un cerf-volant. Elle le ramenait, c'était évident. Elle le ramenait quelque part, et ça ne pouvait être que dans les bras de Paayme Paxaayt, sa rivière destinée, sa Relative et son Pourvoi. Guidé par les ailes de soie, posé sur une aile de soie, Bye glissait dans la matière nocturne comme on rentre chez soi. Il se sentait de plus en plus Hydro.

LE WOWOW

Tous les Castors étaient là. Les vieux étaient arrivés. Soulagés, les juvs les avaient accueillis avec moult démonstrations de respect, des lancers de bâtons et des propositions de toilette. Rester assis sous l'œil des Troutes qui perçaient l'eau de leurs bouches innombrables avait constitué une épreuve. L'immobilité était une marque de pondération difficile à tenir.

Vingt-huit bouts de branches tournés à toute vitesse entre les mains et les dents leur avaient permis de ne pas céder leur place et de faire face aux requerreuses, mais les Fourmis qui couraient dans leurs veines les démangeaient violemment. D'autant plus que les Troutes, elles, restaient entre deux eaux en remuant vaguement la dorsale sans montrer la moindre impatience. Elles étaient fatiguées. Les Castors le mettaient sur le compte de leur erreur de navigation – tout se sait et particulièrement lorsqu'on sollicite un wowow. Cependant, loin de s'en féliciter, ils s'en inquiétaient, car les discussions risquaient d'être expédiées. Or, un wowow précipité ne donne rien de bon, même les jeunes Castors le savaient.

La place était déjà bien remplie. Hormis les deux grandes Hydros qui avaient fait leur entrée derrière la troupe, et le bipède roux qui se tenait entre elles, il s'était annoncé des oiselles, des Anoures, des Flies, des Écrevisses à grosses pinces, des Dytiques, ça bourdonnait déjà. Le débarquement des seniors, qu'on attendait en frottant ses ailes les unes contre les autres, en remuant la queue ou en se lissant les plumes, avait été salué par un buzz général. Les Troutes avaient produit, quant à elles, un petit bouillon dans le bassin, malgré la mauvaise manœuvre, elles étaient arrivées les premières, il fallait le manifester. Les Corps continueraient de rejoindre le wowow. Puisque les deux parties requises étaient présentes et se déclaraient au complet, il pouvait débuter.

La danse d'ouverture fut exécutée par les Hummingbirds messagers revenus de mandat. Ils formaient un essaim. Leurs évolutions croisées provoquèrent des troubles de la vue chez nombre de spectateurs. Les couleurs qu'ils envoyaient et reprenaient étaient affolantes. Daï se retenait de frapper le sol avec ses pieds pour témoigner de son admiration, mais beaucoup furent soulagés de les voir disparaître après s'être posés trente secondes sur le Sycomore témoin. Ils s'étaient alignés à côté des Ardéanes, qui les regardaient de côté comme des miniatures colorées assignées à la décoration provisoire. Aucune n'eut le loisir de les toucher du bec pour voir s'ils cassaient, ils partirent sans signal, une volée brouillonne aussitôt effacée. Celles qui l'avaient tendu rentrèrent le cou. Un sac gulaire se vida complètement, lançant le coup d'envoi.

L'usage voulait que les solliciteuses défilent en premier. Le bassin s'organisa sans délai, les Troutes, qui jusque-là s'étaient satisfaites de remuer mollement la surface, se mirent en file de façon à doubler le périmètre d'une ligne compacte dont la tête et la queue se confondaient, un cercle parfait. Elles firent tourner cet anneau en augmentant progressivement sa vitesse jusqu'à ce que la métaformation de parade se mette en place et qu'on ne puisse plus distinguer une Troute d'une autre. Le vortex qu'elles étaient capables de produire apparaissait alors aux yeux de tous. Il creusait l'eau, il la faisait chuinter, écumer, il en changeait la nature. Elle devenait solide, un bloc dans lequel l'anneau s'enfonçait en s'étrécissant de plus en plus. Au bout d'un moment, le bassin n'était plus qu'un cône de collagène marin dont le centre était nu, sec, absolument circulaire, d'un diamètre égal à la longueur moyenne d'une Troute. Alors l'œil vide de ce tourbillon regarda l'assemblée tout entière et la somma d'en faire autant.

Que chaque intervenant montre le fond de sa pensée, le degré de connaissance et d'aptitude auquel il était parvenu, ce qu'il était capable de faire avec l'eau comme milieu et comme matière, comme partenaire.

Quand les Corps présents eurent compris, chacun à sa façon, la demande rituelle, le vortex s'élargit de nouveau, l'œil s'engloutit, le creux se combla et la surface retrouva sa fonction de miroir. Ils se virent tous comme ils étaient dans ce reflet, attentifs, impressionnés par la radicalité de la demande. Après un instant de silence, il y eut des clics et des claquements de becs. Les Troutes allaient être satisfaites.

Aussi le doyen des Castors s'avança-t-il en personne. Ses arpètes disposèrent rapidement au-dessus de l'eau les trois perches du podium vers lequel il s'approcha pas après pas.

Il plaça sa queue plate au carrefour des bâtons taillés de façon à s'emboîter les uns dans les autres et s'assit dessus. Elle dépassait entre ses pattes. Large, longue, brune, couverte d'écailles et visiblement héritée d'un ancêtre beaucoup plus grand. Il frotta ses mains l'une contre l'autre et montra ses incisives orangées en faisant un tour sur lui-même afin que tout le monde puisse les admirer. Puis il fit claquer sa queue contre le bois. Les perches tressautèrent sur les berges. Il montra la ligne qui la séparait en deux, leva ses bras courts, s'ébouriffa la fourrure de tête et se mit à chanter. À savoir, à gémir, couiner, et transmettre ses souvenirs de doyen.

Ce qu'il prononça prit corps au-dessus du bassin et s'organisa autour de lui de façon à occuper l'espace comme une grosse cloche. Il construisit son discours pièce par pièce et les Corps présents furent attrapés et transportés à l'intérieur de son récit qui tenait du paysage, de la mémoire et du mythe.

En raison des exigences des Troutes, il évoqua sans préambule la vallée des Castors, Awooni, Bouche-Grande-Ouverte. Leur vallée d'émergence, lieu sacré d'où ils étaient sortis de la glace au début du temps, la vallée de toutes les beautés, qu'ils avaient faite et taillée à partir d'un rocher gris.

Avant de devenir le séjour des douceurs et des délices, avant qu'ils soient libérés du courant de glace qui serrait les graines et les Corps dans sa main de fer, Awooni n'était rien de plus que le fond d'une auge vide. Seul le travail des Castors l'avait révélée.

Le réchauffement avait fait couler l'eau, mais ils l'avaient guidée, retenue, embrassée pour qu'elle ne se contente pas de niveler et déferler en détruisant tout alentour. Ils avaient calmé sa presse, sa colère, son envie de courir après tant de millénaires, ils l'avaient instruite et flattée, ils lui avaient montré ce qu'elle pouvait faire, abreuver, laver, animer, soigner, enchanter, transporter. Par des charmes architecturaux, par des chants, ils avaient appris à l'eau furieuse des glaciers comment devenir rivière.

Les arbres s'étaient implantés, les herbes avaient poussé, les roches raclées avaient fourni des fonds, le sable s'était répandu sur les plages. Les Castors avaient ménagé des tournants, des vires, des cascades. Ils avaient pavé son lit, bordé son cours, veillé ses nuits. Ils l'avaient promenée sur toute la largeur de la plaine, au pied des falaises, sur les prairies, au travers des combes. Ils avaient dirigé les chutes saisonnières de façon qu'elles rejoignent le lit principal en accomplissant les méandres du voyage et du don. Ils avaient organisé les rencontres et les présentations. Ils avaient façonné Awooni dans ses moindres détails et permis l'intégralité des nombreuses relations qui s'y étaient instaurées. Et cela était ce que les Castors étaient capables de faire avec de l'eau. Et cela était beau.

La grande image d'Awooni apparut : un jardin clos aux dimensions immenses. Protégé des vents froids par des murailles de pierre d'un gris tendre, hautes, majestueuses, veinées de noir et de rouille aux endroits où l'eau suintait, panachées d'argent quand elle se jetait d'un balcon ou d'un col, d'un plateau de rebond. Au fond de l'auge où l'eau serpentait, les prairies humides accueillaient les fleurs, les boules piquantes du Cirse, les Iris, les Violettes, les feuillus, les Saules, les Érables, toutes les aiguilles, les Pins, les Joffreys, les Tordus, les Sapins, les Cèdres, les Cèdres à encens. Les Oaks aussi étaient présents et les Quercus, les Aulnes blancs.

La pelouse cédait au sable, le sable à la pelouse, l'abord de la rivière était un poème pour les pieds, les ventres, les dos et les fesses qui s'y posaient. Un Corps pouvait être frappé de ravissement en s'y arrêtant. Il suffisait de contempler l'eau, d'éprouver le chaud, le froid, la présence de la Terre comme socle et comme enceinte pour être embarqué, reçu, apaisé, et désirer prendre et porter sa part.

Les Osiers jouaient au bord du sable, l'eau était d'une transparence de cristal. La roche fastueuse, sculptée de méplats, polie, érodée, arrondie, enserrait la vallée dans ses bras et l'offrait à la profondeur du ciel.

Awooni était un lieu magique et les Castors l'avaient fait. À partir des graines qu'ils avaient semées, des arbres qu'ils avaient abattus, agencés, des terrassements, des barrages qu'ils avaient construits, enduits et remontés crues après crues, Awooni était advenue.

La vallée était connue dans Hidden comme le séjour des bienheureux, un Park immense seulement effleuré par la sauvagerie, un esprit-lieu si puissant qu'il était parvenu à se protéger. Les Castors l'avaient construit et tous les Autres Corps avec eux, ceux qu'ils avaient accueillis dans les bassins de retenue plâtrés par leurs soins, sur les pelouses gorgées par leurs creusements, dans les trous colmatés de leurs mains.

Les Hydros appréciaient leur travail. Les Corps qui en tiraient directement profit cliquetaient ou frétillaient d'approbation. Les Troutes elles-mêmes, envahies par le chant du doyen, les acolytes de Taraute et les convaincues du grand pacte, se réfrénaient, au bord de l'ovation. Elles frappaient la surface avec leur queue. Un chœur étagé et tuilé raisonna dans le cercle du wowow et Mykiss s'y joignit discrètement. La parole d'un adversaire se doit d'être honorée.

Il s'agissait maintenant d'en venir au projet d'installation sur le Rio Hondo. Elle appela les Hondistes autour d'elle. Il y eut un remue-ménage, puis une formation en demi-cercle se plaça devant le podium du Castor. Les natives lui exposèrent le lit vivant du cours d'eau en se plaçant les unes derrière les autres et en tournant exactement comme elles se rappelaient leur Rio de descente et elles posèrent la question de l'emplacement. Elle était cruciale. À la source, c'était l'embûche pour la reproduction, au milieu, pour la montaison. Il fallait trouver un compromis. Une zone où l'eau pouvait être divisée, pourquoi pas à parts égales, et permettre à la fois aux Castors d'immerger leurs huttes et aux Troutes de passer sans être inquiétées. S'ils amenaient, par exemple, un diverticule dans le Bell Garden ou dans le terrain gophe qui avait déjà le début d'un lac, ils auraient de quoi alimenter une commune de dix individus, ce qui était respectable.

Le doyen se lissait les moustaches. Les travaux avaient commencé beaucoup plus en amont, entre le Bosque d'où le groupe de jeunes et de sages s'était retiré pour cause de surpopulation et le Bell Garden dont parlaient les Troutes. Il sourcillait. Il avait prévenu ses Corps Semblables au début du chantier. On ne coupait jamais le premier arbre sans accord complet préalable, et on ne barrait pas un cours principal hors consultation. Les jeunes n'avaient rien voulu savoir, parce que la zone qu'ils investissaient, pelée, rase et sèche, délaissée, montrait de nombreux vestiges castors très anciens.

Il y avait des digues de terre montées tassées à la queue plate, des contreforts de branches fossilisées, des traces de dômes semi-engloutis typiquement castors. Il y avait aussi une première retenue en W, et un gros canal de diversion qui aurait pu être une Zanja Madre si sa parentèle avait été observable, mais elle ne l'était pas, le canal faisait donc partie d'un ouvrage castor plus complet. Si on prêtait l'oreille aux conclusions des jeunes, le site était grand, archéologique, et d'intérêt général. Ils avaient de ce fait toute légitimité à le réanimer, d'autant que son état dénotait un abandon caractérisé.

Le doyen faisait valoir ses arguments et montrait le site sur sa queue au nord-est de la ligne médiane. Les Troutes sautaient pour voir. La localisation semblait favorable, suffisamment à l'écart de leur voie de passage. Il fallait savoir si le débit du Rio Hondo permettrait un tel détournement. Le partage devait convenir aux deux parties. Y avait-il suffisamment d'eau pour immerger une commune castore et conserver le volume et la puissance requis pour une montaison satisfaisante ? Malgré la tempête récente, la question pouvait se poser aux yeux des Troutes. À cette demande, les jeunes Castors, restés à ronger leur bout de bois sur la berge, plongèrent à trois de front dans le bassin pour rejoindre le doyen sur le podium et répliquèrent.

La queue entre les pieds étalée devant eux, ils désignèrent plusieurs points et principalement le territoire du Bosque, qui avait beaucoup changé depuis la descente des Troutes. Les bâtis avaient si bien consolidé Whittier Narrows que le réservoir était plein. L'eau pluviale des collines du Bosque s'était déversée dans le lac central jusqu'à rejoindre le lac des Gambes. Ils formaient maintenant une grande pièce d'eau bleu-vert.

Eutheria dessinait un gros rond sur ses écailles luisantes – et à la pointe sud du Bosque, le Barraj du Rio Hondo, renforcé par leurs soins, avait accumulé l'équivalent d'une année de précipitations soutenues. Le groupe était parti de la commune avec la certitude que celui-ci lâcherait le liquide nécessaire s'ils venaient à trouver un site propice.

En résumé, le Rio Hondo était à même de fournir au passage des Troutes et à l'installation des Castors.

Mykiss tiquait. Il serait difficile de distinguer ce qui viendrait du Rio et ce qui viendrait du Barraj. Faire la part des gouttes ne tenait pas debout. Un flux est un flux, est-ce qu'un flux de réservoir se départait d'un flux de rivière, c'était douteux.

Taraute lui répondit qu'elle savait pourtant lire une tresse et distinguer ses bras les uns des autres. Mykiss goba sans répondre, elle avait raison. Elle voulait néanmoins obtenir réparation des Castors, qui avaient eu l'affront de ne pas les consulter. Ils avaient prévu et pensé beaucoup de variables, mais avaient-ils réfléchi à celle du temps long ? Les météores connaissent des fluctuations de volume. Cette année de précipitations collectées dans les réservoirs n'était pas la norme. Il fallait s'entendre sur un calendrier.

Le doyen reprit la main après s'être de nouveau lissé les moustaches. Il gratifia Mykiss d'un sourire orange. Elle frissonna légèrement. Il brandit un long bâton qu'il avait ramassé dans le bassin. Il y avait deux marques, une pour la descente, une pour la montaison, et il avait rongé autour de ces deux marques la durée pendant laquelle les Castors s'engageaient à ne jamais détourner l'eau du Rio Hondo quel que soit l'état de leurs réserves.

Les trois Troutes de pointe observèrent longuement les proportions. Taraute et Masu étaient d'accord. Elles attendirent que Mykiss accepte l'aménagement et dégage une chimie positive pour manifester l'approbation.

Mykiss attendit le plus possible, mais finit par produire une volute sucrée qu'elle ventila avec sa caudale. Le doyen huma au-dessus du bassin et se rassit, tous les poils à plat.

C'était donc entendu.

L'objet du wowow venait de trouver sa résolution. Daï était étonné qu'il eût suffi de si peu de temps pour parvenir à un accord. Le jour baissait à peine. Au moment où il s'en apercevait, il prit conscience du fait que son fratel avait tout raté. Tout le wowow, les échanges, les visions, l'absence de mauvaise foi, cette étrange disposition des deux parties à l'honnêteté factuelle qui était à cent lieues d'un débat créate. Et aussitôt après cette pensée, il lui en vint une autre qui n'en était pas une, un mouvement d'inquiétude.

Quand Róng le vit s'agiter, elle le toucha à l'épaule et lui dit de rester calme. Elle avait envoyé un Moustik tigré à la poursuite de son fratel, en échange d'une goutte de sang à l'aller et d'une goutte au retour, il était donc sous bonne garde. Daï ne trouva pas la précision particulièrement rassurante, un Moustik tigré était sans doute capable de piquer, c'était quand même une protection un peu fragile.

Róng le coupa dans sa spirale d'anxiété. Elle lui dit que Bye était en bonne santé et en bonne compagnie, il cueillait des épis de Zea Mays avec deux Gardenesses, elle ne parla pas du Piment. La nouvelle venait de tomber, rapportée par un Monarque de passage. Lequel cherchait le spot d'agglutinage de Long Beach en voletant autour des participants. Tout sourire, le doyen le lui indiqua par gestes après un bref conciliabule. Que faisait Bye à cueillir des Mays loin de son fratel, alors que la nuit menaçait de tomber ?

Choeps Yanev parla des Zanjas et de la curiosité de Bye pour toutes les formes de flux aquatiques. Daï décida de s'en remettre aux Hydros. Elles devaient avoir raison. Son fratel avait néanmoins manqué le wowow. Et il allait faire nuit. Un wowow dont l'issue est satisfaisante est célébré.

Les Troutes étaient pressées, cependant elles connaissaient les usages, elles avaient par conséquent inclus dans leurs calculs la cérémonie qui s'ensuivrait.

Les Castors étaient joyeux. Le doyen avait l'impression d'avoir ravaudé une brèche de temps. Il n'avait pas connu les ancêtres installés à Spreading Grounds dont il était question dans les chants de mémoire qu'ils se transmettaient. Si le plat-champ de bordure à l'est de la rivière de l'Est correspondait bien à Spreading Grounds, alors ils marchaient, lui et sa commune en formation, sur les pas des géants. Car ce que les chants racontaient était incroyable.

Ils parlaient de Castors Ohio et Ohlala aussi gros qu'Húnar-le-Gros, trois mètres, cent kilos, des dents d'acier, un regard de lame. Il aurait pu abattre des forêts entières, il campait libre, enfoncé dans les marécages qui couvraient la terre profonde. Les temps étaient alors très propices. Les Castors gigantis construisaient un lit ou un hamac de branches de temps en temps, rien de plus solide ni de plus durable puisqu'ils étaient amis des marais, délicieusement logés.

Les choses s'étaient gâtées lors d'un changement climatique ou de l'arrivée d'un bipède miniature. Les chants étaient cryptiques à cet égard. L'eau était venue à dégorger des terres et à expulser les Corps enfoncés, y compris les plus lourds, les Castors géants s'étaient vus contraints de passer beaucoup de temps à découvert. Ils changèrent de taille pour s'adapter au manque d'eau, mais cela ne suffit pas. Ils durent fabriquer l'outil magique, à savoir, la queue plate, pelle, truelle, assommoir et gouvernail, puis apprendre l'architecture, les techniques de construction en milieu semi-désertique et l'astuce de l'immersion partielle comme stratégie défensive. Avec tout ça, ils avaient bâti Awooni et bien d'autres vallées creuses, et pourquoi pas Spreading Grounds, comme l'avait avancé Jarak, ce petit jeune bien réveillé ?

L'approbation du site par le wowow faisait au doyen l'effet d'une confirmation. Les Castors géants avaient existé et ils s'étaient immergés sur la rive du Rio Hondo alors aussi grasse qu'une Cienaga détrempée. Il s'en frottait les mains de plaisir. Dans l'élan, il commença à les frapper l'une contre l'autre sur un rythme soutenu, allegro. Une Ardéane lança une note hurlée dramatique, le bec en l'air, plus sonore qu'une trompette, et ce fut l'autre départ du wowow, celui de la fête.

Les Troutes savaient danser. Le ballet n'avait pas de secrets pour ces Corps de glisse qui se repéraient entre eux par la ligne médiane et par le sonar discret. Elles se placèrent en position de pavane dès que le coup de trompe retentit et n'attendirent plus que le frappement des pieds palmés sur la rive pour démarrer. Les Castors entourèrent le bassin, en incluant les Hydros, le Créate, les Ardéanes, et tout Corps qui se présentait. Les Limaces restèrent largement en retrait, et montrèrent les pas. Deux glissés vers la gauche, un devant, deux derrière, une petite flexion, deux devant et on reprend. C'était leur partie.

Les Troutes dans le bassin, face à face, s'approchaient et se croisaient en respectant le battement. Après le troisième tour bouclé en surface, elles commencèrent à sauter. Les acrobaties saut de Carpe, salto, tordequeue, touchaunez renversé, plat dos, plat ventre et piqué furent enchaînées sans arrêt. Le bassin giclait dans tous les sens.

Les Castors se mirent à rouler, à rebondir sur leur queue comme sur des trampolines et des voiles. Les plus jeunes prenaient leur élan et sautaient sur la caudale étalée des anciens. Le doyen était très sollicité. Les juvs faisaient des bonds étonnants et plaçaient des figures pendant la descente. Ils montraient les dents, tiraient la langue, écartaient les bras et les pattes, puis s'enroulaient la tête dans le ventre pour retomber comme des balles. Leur course produisait des bruits de chute étouffée et des stridences quand ils essayaient de chanter en boulant. Un hoquetus se construisait petit à petit à l'extérieur et à l'intérieur du bassin. Une forme canon, composée, syncopée, au travers de laquelle une phrase tentait de s'articuler.

La phrase du wowow résolue, qui n'était jamais la même et qu'il fallait toujours trouver. D'un commun accord et sans le savoir, les Castors et les Troutes louaient la pluie, la pluie en gouttes, celle qui tombe et remplit les réservoirs, la pluie en trombes qui les déborde, la pluie de tempête qu'ils venaient de recevoir et qu'ils remerciaient d'avoir existé, d'exister. Les Castors dégringolaient, les Troutes mouchaient, vasquaient et tourbillonnaient en imitant la direction et la puissance de la rivière comble. Prises dans la ronde, les deux Hydros s'en donnaient à cœur joie.

Choeps montrait les muscles et secouait ses épaulettes jaunes à s'en faire cliqueter les vertèbres. Elle luisait dans le noir, lustrée d'éclaboussures. Róng gardait la tête en arrière et fixait les étoiles en tenant la danse du début. Elle se déplaçait comme un satellite autour d'un soleil, le bassin, elle maintenait son orbite au travers des pires excès de zèle et des démonstrations athlétiques. Daï enchaînait les pas chassés latéraux à sa suite et l'encerclait d'un mouvement contraire, une lune minuscule autour de sa planète.

Les Ardéanes jouaient des cannes et montaient haut les genoux, mais elles restaient sur place, en petits groupes compacts. Leurs plumes blanches distribuaient alentour les derniers rayons du soleil et quand le rideau de la nuit tomba, elles firent spot, halo, phalène et continuèrent d'illuminer la scène.

Le bassin réfléchit, les Lucioles s'allumèrent, les dytiques remontèrent en surface et s'installèrent en guirlande, l'espace se mit à flotter indistinctement, il n'y eut plus ni eau ni terre, seulement l'étendue, l'ouvert et dedans, la vie, la lumière et le mouvement.

À la fin de la nuit, juste avant le lever du jour et au début d'une saltarelle entonnée par les Grillons sur laquelle les Troutes et les Castors s'accordaient pour faire frémir la surface terrestre et la surface aquatique à l'unisson, une longue bande de phares jaunes s'engouffra dans le toboggan aérien du Four Leaf. À toute vitesse pour un ruban.

La danse ne s'arrêta pas pour autant, les arrivées intempestives n'étaient pas rares durant les deuxièmes parties de wowow. Le Créate seulement se laissa surprendre et grimpa sur le dos de Róng, à la fois pour se mettre à l'abri et pour mieux voir.

C'était un gang de Cruisers complètement allumées, elles formaient une file qui illuminait tout le tracé de la bretelle d'accès et bientôt le Créate fut à même de distinguer la tête de ce petit dragon aux yeux jaunes, puis ce qu'il y avait à l'intérieur, l'Auboisière, la Cruiser, et qui encore – Daï n'eut pas le temps de savoir, la tête était passée et se dirigeait vers la place du bassin, en plein dans la fête.

Le cercle de danse absorba cette nouvelle ligne en un tournemain, le tempo ne s'en ressentit pas, il y eut simplement un déhanché collectif supplémentaire et beaucoup plus de lumière d'un coup. Un avant-goût de l'aurore, ou le dernier sursaut d'une nuit étoilée qui ne voulait pas finir. Le corps des Troutes scintilla, la fourrure des Castors luisait de bandoline, tous les Corps présents se débrouillèrent pour renvoyer les lumens par la peau, la carapace, la plume, la kératine ou le mucus, et conférer à la scène la brillance ultime, l'éclat qui marquerait l'apogée et la clôture du wowow réussi.

Cette danse se poursuivit jusqu'à se noyer dans le jour naissant. Les phares s'éteignirent. Les capteurs photo, les feuilles de gélatine, les chloroplastes se déployèrent, et les salutations et les sourires. Les participants étaient épuisés et radieux.

Les Cruisers transportaient de quoi aborder la journée d'un bon pied ou d'un bon coup de nageoire et d'aileron. Elles ouvraient leur capsule les unes après les autres en cercle comme elles s'étaient arrêtés et sortaient de là des trésors nutritifs. Les fameuses bouchées vélistes pour les Troutes furent jetées par brassées entières dans le bassin, qui se remit à bouillir comme une marmite. Elles distribuèrent de tendres pousses, des liserons d'eau, des salicornes, des racines molles, des dures, des jus sur lesquels les Castors se jetèrent sans hésitation, toutes incisives dehors. Les graines, les boules de gras, furent assaillies par les picoreuses, les salades de mer par les Limaces et les Corps mous. Il y en eut pour tous les goûts, version légumiste. Petite Nuit elle-même dévora une pomme en tranches fines, une marque de respect.

Zeep n'en finissait pas de vider son coffre. Elle tendait à Ama les sacs pleins donnés en cadeau de lien par les Tongvas. Ils s'étaient réveillés tôt, ils les avaient renvoyés par voie d'eau, la coque chargée jusqu'à la ligne de flottaison, trois radeaux d'offrandes à leur suite, comblés. Apariguiqui leur avait suggéré d'être présents pour la clôture du wowow. Il y voyait l'occasion rêvée d'exercer leur sens des Relatives. Arriver avec des provisions de bouche était toujours bien perçu au lever du jour. Il les avait pressés d'accepter, pressés tout court, et les dormeurs à peine réveillés s'étaient retrouvés à cligner des yeux sur l'eau calme du bras qui enserrait Union Station.

Quand Litham avait repris tous ses esprits, il les avait emmenés vers le cours principal de Paayme Paxaayt, qu'il estimait navigable après dix heures de décrue. Il l'était à peu près. Les radeaux furent chahutés, mais restèrent à flot. Ils passaient sous le pont des arches, quand Zeep sauta sur ses pieds en secouant son bonnet et manqua faire tout chavirer. Elle venait de reconnaître le coup de trompe de sa capsule qui paradait, au sec, trente mètres au-dessus de leur tête. Elle était sur la One-O-One avec ses copines, elles avaient fait des doughnuts toute la nuit, ce qu'elles appelaient « tatouer le bétume », elles avaient très envie de se dégourdir les pneumas sur une longue droite. Du moins, c'est ce que Zeep expliqua à Ama lorsqu'elle eut fini de trépigner dans la coque. Il fallait les rejoindre.

Entre le tablier du pont et la rivière, il y avait une bonne dizaine de mètres, aucun problème. Ama fouilla son pourpoint pour attraper ses grappins. Elle cherchait avec un peu de fébrilité, en partie parce qu'elle redoutait de voir Zeep s'envoler seule vers sa capsule, en partie parce qu'elle se demandait soudain si elle ne les avait pas oubliés. Mianeh proposa de monter voir, certaines capsules étaient équipées de treuils sous l'avant-nez, elle avait rédigé des fiches où ce genre de détails étaient consignés.

– Et les vivres ? demanda Litham en regardant la Dronote.

Lui non plus n'avait pas envie de voir sa cœq prendre la voie des airs.

– On les monte ! répondit Ama en brandissant ses grappins retrouvés.

Aussitôt sortis, aussitôt lancés. Le fil télescopique, lesté par une bille de platine ultralourde, dépassa la rambarde au premier essai et s'enroula au parapet. Quatre fois. Litham siffla d'admiration. Zeep applaudit. La Cruiser grimpa comme une chenille, en bloquant chacune de ses avancées avec les pieds. Ama attendit qu'elle touche le parapet, s'y agrippe et s'y asseye, pour installer son descendeur. Une fois passé le cordonnet de fluorocarbone dans la poulie et les trois ressorts, elle attrapa la poignée, se campa les jambes légèrement écartées, ouvrit ses ailerons de cheville et plia les genoux. À l'instant où elle sauta, le mécanisme du descendeur s'inversa et la propulsa vers le haut, d'un trait. Ama freina sec avant d'atteindre le point d'attache et finit son parcours sans les mains, d'un petit vol vertical obtenu par inertie.

Les cheveux de Zeep se hérissèrent sous son bonnet en la voyant lâcher la poignée et continuer sa course au-dessus de sa tête. La Cruiser se mit debout d'un bond et tendit les mains pour attraper Ama par les jambes. L'Auboisière sourit et s'arrangea pour l'entraîner vers le bétume en tombant dans ses bras. Elles roulèrent entre les capsules qui s'étaient écartées et klaxonnaient joyeusement. Elles roulèrent autant qu'elles purent en savourant l'enchaînement des dessus dessous dessous dessus, un vrai voyage. Elles s'arrêtèrent au bord du vide de l'autre côté du pont, haletantes.

Mianeh les rappela à la situation présente en clignotant dans leur champ de vision. La Cruiser et l'Auboisière se relevèrent en souriant à la Dronote, Zeep siffla entre ses doigts et courut vers sa capsule qui s'avançait. Elle s'engouffra dans l'habitacle, manœuvra, émit par radio en direction des voisines immédiates et, bientôt, six capsules furent alignées le nez au bord du parapet. Les treuils s'extrudèrent, descendirent.

En bas, Atlal jeta Ourá sur le premier radeau derrière la coque et le Scurius s'affaira. Il fixa les câbles d'acier aux mousquetons de poupe et de proue, passant habilement d'un radeau au suivant, et quand il leva les pouces vers le tablier, campé sur le ballot du dernier, les capsules sonnèrent et commencèrent à ravaler. Les embarcations s'élevèrent en tanguant, dégouttantes d'eau. Il y eut quelques heurts, celle du milieu piqua du nez, on perdit quatre sacs, Mianeh calcula l'écart et transmit à Zeep qui régla le problème en deux coups de sifflet, et finalement, les trois navires de fortune se retrouvèrent ficelés au-dessus de la rivière, dévalisés par les Cruisers.

Les provisions furent chargées dans les capsules. En moins de dix minutes, le transfert était achevé, les moteurs ronflaient, la colonne pouvait démarrer. Ama se pencha vers la rivière. Le Gros-Cerveau lui fit comprendre qu'il restait avec Litham. Ourá se précipita sur le fil du grappin pour descendre avant qu'Ama ne le récupère. Petite Nuit, en revanche, voulait monter. On lui envoya un panier au bout d'une corde. Quand elle toucha le bétume, elle s'aplatit de tout son long et lécha le sol. Puis elle avisa Zeep et Ama et s'élança par l'élytre ouvert directement sur ses genoux. Mianeh suivit le mouvement et s'aimanta sur la gélatine photo du toit. C'était parti.

Litham faisait au revoir de la main, la Dronote lui envoyait mille déclarations de retrouvailles assurées, le Véliste écouta dans sa tête jusqu'à ce que l'éloignement l'en empêche. Lorsqu'il sentit la pellicule de tristesse tomber sur son cœquipier, Atlal attrapa la pagaie et la plongea dans l'eau. Les éclaboussures qu'il s'efforça de produire sortirent Litham de sa léthargie passagère, ils avaient une cargaison à livrer et le carrefour du Rio Hondo n'était pas si proche.

Ama, Zeep et Petite Nuit avaient pris la tête du cortège et menaient un train d'enfer. Trop longtemps privée de sa capsule, la Cruiser avalait l'espace. Arriver avant le jour était un prétexte. Le plaisir de rouler sur une Freeway déserte devant le peloton l'aurait emporté sur n'importe quelle mission. De plus, elle avait une Chienne sur les genoux et une amoureuse à ses côtés, sa main chauffait sur la coquille de direction.

Ama avait ouvert les parois latérales pour sentir la fraîcheur de la nuit accélérée, Petite Nuit tendait le museau, reniflait et regrettait de ne pas pouvoir passer la tête dehors pour sentir ses babines se retrousser dans le vent, elles allaient beaucoup trop vite. La One-O-One s'écartait de la rivière comme une rivale et empruntait une trajectoire sud pour prendre de vitesse le cours de l'eau qui s'offrait une courbe concave dans Vernon avant de s'inverser lentement à Maywood et filer droit sur le reste du plateau. La Freeway coupait court et courait vers Santa Anna, hors d'Hidden, vers un autre bassin versant, une autre rivière, un autre monde au loin. Zeep savait où bifurquer. Plein sud, presque d'un coup, mais par une bretelle indirecte calculée pour adoucir le changement de direction, dès qu'elle verrait les inscriptions 710 South Long Beach. Ama se délectait du bétume et de sa largeur inconsidérée. C'était sa deuxième virée en capsule sur une Freeway et elle adorait ça. Zeep le sentait et s'en réjouissait, elle adorait ça aussi. Le sentiment de puissance, la sensation d'élasticité, la suspension active, supermobile, la facilité absolue de ce mode de déplacement étaient autant de plaisirs distincts et mélangés, une façon de vivre, un idéal, une aventure sensuelle que le partage rendait explosive.

Ama tendit un doigt vers le placard de la pancarte suspendue dans les airs, 710 South Long Beach, Zeep glissa sur la droite. La capsule négocia le virage avec une terrible douceur. Elles roulèrent légèrement penchées dans l'habitacle, de nouveau d'aplomb sur la droite retrouvée et, lorsqu'elles y furent engagées pour de bon, Ama sentit l'espace devant elle, énorme, exclusivement orienté sud, embouchure, Océan, et bien qu'elle ne puisse voir la rivière, elle sut qu'elle l'avait retrouvée et rejointe, qu'elle glissait à ses côtés.

Ama jeta un œil dans le petit miroir central, elle vit la file de capsules à leur suite, elles brillaient, leurs yeux jaunes, leur paroi, leur peinture envoyaient des jets de lumière alentour et l'ensemble ressemblait au dragon que Mianeh leur avait montré – en plus petit. L'Auboisière eut alors un imperceptible frisson. Il n'échappa pas à Zeep. Il n'échappa pas à Petite Nuit non plus qui se mit à grogner.

La Cruiser ralentit et se laissa doubler par ses suiveuses. Elle voulait intégrer le flux et montrer à Ama que le sens de la file des Cruisers s'approchait du sens de l'enveloppe des Auboisières, et qu'ils savaient maintenant, pertinemment, que la seule situation possible était la situation relative. Il n'existe ni est ni ouest, ni nord ni sud, s'il n'y a pas de Corps pour s'y trouver par rapport à soi. La Cruiser se laissa avaler par le dragon, sa capsule devint une vertèbre logée parmi les autres, elle n'était plus la tête et ne donnait plus la direction, elle intégrait le grand Corps et se laissait aspirer, protéger et inclure, soulagée de l'effort par l'effort collectif. Elle dit à Ama que les Cruisers n'avaient rien à voir avec l'Oil noir. Ils aimaient la glisse mécanique, mais ils y auraient renoncé s'ils avaient dû continuer à extraire.

Le cortège poursuivit sa course parallèle à la rivière dans un bruit de soufflet. Les pneumas frottaient le bétume en chuintant. De loin, on aurait pu interpréter le son comme celui d'un vol d'Étourneaux lancé dans une série de revirements.

Elles avançaient pourtant tout droit, entourées par les rambardes de la Freeway, guidées bille en tête par Corvette, MaGigi, Srnity qui proposaient des accélérations de compète. Elles passèrent les deux échangeurs quatre feuilles au nord et au sud de Bell Garden en faisant hurler les trompes pour le plaisir.

La nuit était parfaite. Au moment où elles avaient tourné sur la 710, Ama avait senti l'Océan, et il restait devant, grand ouvert. Quand elles furent au milieu du quartier repris par les Pins, les Magnolias, les Ficus et les Oies dénommé Bell Garden à cause des murs, des cascades, des bosquets de trompettes Brugmansia, rouges, blanches et bicolores qui s'étaient octroyé là un statut d'invasives respectées, elle éprouva la présence du Rio Hondo, appréhenda son amplitude et mesura la presse qu'il s'imposait pour rejoindre son affluente.

Les capsules furent prises en étau entre les deux cours d'eau, le point de convergence approchait à chaque instant, le jour n'était pas levé, la mission serait accomplie.

Quand Corvette repéra l'entrée du Four Leaf, le dragon entier était prêt à tourner, elle n'eut qu'à klaxonner pour le faire décoller et l'envoyer directement dans la danse du wowow. En glissant dans la ronde, Ama s'était concentrée sur le mouvement général, la liesse, le bassin bouillonnant où sautaient les Troutes autour duquel dansaient les Autres Corps dont les Castors, comme des fous. Elles s'intégrèrent sans effort dans la figure générale, parce que Zeep menait sa capsule d'une main de maîtresse, et parce que les acrobaties qui animaient le manège lui étaient familières. Elle profita du sentiment d'appartenance libre tout le temps que dura le reste de la nuit et, lorsque le jour s'emmêla aux phares, elle prit la mesure de chacun des Corps et se délecta de leur singularité.

Après avoir ouvert le coffre et commencé à distribuer les provisions, elle comprit qu'Apariguiqui les avait envoyées en émissaires tongvas. Les Corps reconnaissaient les paniers et, dans les paniers, les offrandes, ils en étaient d'autant plus contents. Un wowow nourri par les Tongvas était deux fois garanti.

Le doyen laissa couler une larme en attrapant des deux mains le pain de courge que lui tendait l'Auboisière. Ama en préleva une miette pour y goûter avant de le lâcher. Moelleux, plein de miel, aromatique, elle se promit d'en obtenir la recette. Alors que Zeep lui tendait le dernier panier, et qu'Ama, faisant le compte des Castors attroupés, se disait qu'elles allaient être un peu justes, tandis qu'elle repassait dans sa tête les solutions possibles pour préparer de quoi manger encore avec ce qu'elle portait dans son pourpoint, il y eut trois arrivées discrètes par voie d'eau. Bye, précédé d'une Choue de petite taille au poitrail pointillé, et la coque Nevin avec son chargement. Ils étaient sauvés.

Le Créate crevait la dalle, mais il était bien vivant. La Choue aussi. Elle se jeta sur une boule de graisse aux graines que Róng avait récupérée. Le Véliste débarqua en saluant indistinctement tout le monde. Il présenta Atlal et Ourá qui furent reçus avec des claquements de langue et des claques dans le dos. Le chargement fut transporté, distribué, englouti, c'était le dernier, le wowow était officiellement complètement terminé.

TOVAANGAR

À partir de ce moment-là, il y eut toutes sortes de mouvements contraires, parallèles, concertés, toutes sortes d'embrassades et un grand départ général. Les Troutes sortirent du bassin et se scindèrent en deux bancs, les Hondistes d'un côté, les autres à l'inverse à l'assaut du courant retrouvé, Mykiss en demi-tête avec Taraute, Masu en pointe, les opercules dilatés.

Les Cruisers s'étaient regroupées, prêtes à démarrer sur la bretelle retour, direction l'Océan pour la moitié d'entre elles, Down-Toh, Frog-Toh, Dodger Stadium, et le Shark pour les autres qui s'éparpillaient. Les Vélistes rencontrés en chemin et ramassés par Litham avaient tous le nez pointé sur Long Beach. Le Gros-Cerveau tenait sa pagaie fermement. Il refusait d'emprunter une autre voie maintenant qu'il savait Duane en chemin pour la plage. De son côté, Litham encourageait la Dronote à reprendre sa place dans le coffre avant. La glisse cruiser avait charmé Mianeh, mais elle préférait laisser les deux bipèdes ensemble sous la garde de Petite Nuit.

Zeep avait à nouveau pris la tête du peloton des capsules et faisait tourner ses pneumas sur place pour inscrire sur le bétume le souvenir de leur présence au wowow. La Resqiu n'avait plus envie de quitter la Cruiser, elle avait décidé de s'offrir une virée et de s'occuper de sa dispersion à Paayme-Hondo au retour si elles revenaient. La bonne pratique de l'essaimage s'accommodait des rencontres hasardeuses, ô combien ! La Chienne était emballée par le voyage gueule ouverte dans le vent, il était hors de question d'y renoncer maintenant.

Ama laissa partir Mianeh dans la coque de Litham, Ourá sur la tête d'Atlal, et choisit de vivre le moment comme il venait, en capsule, à quatre mains, sur l'Harbor Freeway parallèle à la rivière. Elle verrait peut-être ses cœquipiers, peut-être pas, elle savait qu'ils seraient là, à ses côtés, sur le ruban d'eau vive en contrebas.

Les Hydros et les Créates avaient eux aussi choisi leur chemin, c'était évidemment celui de la rivière et le flovant se tiendrait entre les deux Batras, sous l'œil vigilant de Daï qui ne voulait plus perdre de vue son fratel après son escapade dans les Mays. Il lui avait sauté sur le ventre quand il l'avait vu revenir avec la Choue pour bannière, et depuis, il ne le laissait pas s'éloigner d'une longueur de bras.

Les Ardéanes étaient déjà parties, en escadron et en solitaire, qui vers Frog-Toh, qui vers Bazine, pour rapporter les nouvelles et, surtout, les commenter, car la conclusion était déjà connue. Les Corps mous s'étaient discrètement renfoncés dans les vases brunes, les Écrevisses dans leur trou. Les Castors, pour leur part, toutes dents dehors, le toupet rabattu, les doigts écartés, s'étaient glissés les uns derrière les autres à la suite des Troutes hondistes, loin derrière, de façon à ne gêner en rien leur fin de montaison. Le chantier de Spreading Grounds ne se poursuivrait qu'après leur retour, leur parcours était promis au calme et aux embûches contingentes. Elles auraient le temps de coder la future difficulté structurelle pour la descendance.

Choeps Yanev et Róng n'avaient jamais refusé une occasion d'aller à Long Beach et les deux Créates avaient une irrépressible envie de voir l'Océan, qui n'existait pas dans leur Désert natif, pas même en récit. Litham n'aurait pas manqué l'élan d'un départ. Il était ravi que Mianeh veuille scanner le port, l'estuaire et les îles qui manquaient à son volumen, lui-même trouverait en chemin de quoi augmenter son récit de rivière, après une telle crue les changements pouvaient se révéler intéressants.

Il n'y avait aucune raison valable pour aller à l'Océan, nul besoin d'en avoir. Les Corps qui partaient le voir, s'y plonger, s'en repaître par les yeux ou par les ouïes, ne se posaient pas la question de savoir pourquoi, la rivière ne le faisait pas. C'était résolu depuis la séparation des molécules, l'eau courait vers l'eau sur la terre, l'air sifflait. Les Corps qui avaient décidé de l'accompagner suivaient leur pente avec la sienne. Ils étaient pleins d'eau, tous Hydros, qu'ils soient Subs ou Souts, sur deux pattes ou sur quatre, sur deux ailes, sur le ventre, ils entendaient l'appel, ils sentaient l'attraction, ils étaient comme des lunes et des moustiques en orbite autour d'une source lumineuse, des planètes petites, libres, des électrons échevelés partageant avec leur noyau la charge élémentaire.

La rivière les appelait et l'Océan appelait la rivière. Elle courait à sa rencontre comme ses affluents avaient couru vers elle, pour s'y mélanger. Mêler son Corps gonflé des apports et des pluies, des limons du bassin versant qu'elle avait drainés comme un drap froissé, aux deux courants inverses qui circulaient, qui constituaient l'Océan, lui-même rivière, large, étale ou hérissée de montagnes liquides, enroulée autour du globe comme une corde serrée desserrée par le vent, le chaud, le froid. Paayme Paxaayt aspirait à rejoindre le muscle noueux subaquatique, l'élan profond qui traversait les abysses et portait sur ses ailes bathypélagiques les Baleines magnifiques. Elle voulait nourrir, léviter, contribuer, changer de nature en prenant toutes ses aises dans une étendue sans limite, devenir ciel après avoir rampé sur la terre, planer, entrer dans les failles, effleurer le noyau terrestre et sentir sa chaleur. Paayme Paxaayt avait les ambitions d'une déesse et les Tongvas le savaient.

Tout au long de son cours, mais particulièrement sur les derniers miles, ils avaient placé sur ses rives le petit peuple des pierres peintes, les Nunashis. Elles étaient rondes ou longues, les yeux rouges, les traits discrets, leur forme dépendait de ce qu'elles étaient en train de faire au moment où elles s'étaient arrêtées. Elles reprenaient leur mouvement comme elles l'avaient figé, sur un coup de tête ou un coup de pied. Paayme les emmenait parfois jusqu'aux confins, jusqu'aux pôles, elle ne les ramenait pas. Elles choisissaient une place, un trou, une plage, une ruine, n'importe, elles restaient là les yeux rouges bien visibles, les bras écartés ou pliés, tranquilles, et elles dialoguaient entre elles par le fond de l'Océan. Les grands Requins, les Baleines grises, les bossues, les striées les entendaient chanter pendant leur virée de chasse profonde.

Les Nunashis étaient les génies tongvas de l'Océan liquide, les petites voix dispersées, essaimées, persistantes, les Corps de pierre qui balisaient le chemin des deux courants tressés, le chaud et le froid, lesquels tenaient le monde. Ornement, frise, minuscule mélodie peut-être décisive car les deux courants s'étaient un temps égarés, ils refusaient de monter ou descendre aux passages délicats, ils s'étaient embrouillés au point de s'inverser et de se confronter au lieu de s'enlacer. Les Tongvas l'avaient appris en écoutant la terre, la rivière, les Relatives de retour d'hiver. Ils avaient peint les pierres, ils les avaient dédiées et offertes en tant que messagères dépositaires des chemins d'équilibre. Elles savaient nager, elles savaient couler, elles s'étaient rendues sur les voies fantômes et elles les avaient cloutées. Tout autour du globe, en plaidant pour les Corps Organiques, tous les Corps, en chantant la beauté dont ils habitaient le monde, la multitude de leurs formes. Et peut-être les courants les avaient-ils entendus : ils s'étaient séparés au plus fort de l'affrontement, ils avaient vu les tracés et, les avaient suivis et, depuis, ils s'y tenaient.

Voilà ce que racontait Jonet Noria dans la capsule de Zeep. Elle parlait au travers d'une grille comme si elle était assise entre elles deux, ce qui n'était pas le cas. Jonet Noria était à Union Station où Ama et consorts l'avaient laissée. Elle avait pris contact au prétexte d'en savoir plus sur la fin du wowow. Ce qu'elle voulait au fond, c'était les accompagner. Pas en esprit, pas en présence, mais avec ses histoires comme il se doit – comme la beauté accompagne les pas de ceux qui s'inquiètent de leur trace. Et pendant qu'elle parlait, Ama avait vu la Freeway s'écarter du point de convergence comme pour l'entourer d'un bras protecteur avant de s'en rapprocher à nouveau et de se plaquer au sol, tapie, juste avant de traverser le nœud faramineux avec la 105 et ses bretelles.

L'Auboisière s'émerveillait de ce génie démonstratif tout en courbes ascendantes et descendantes. Ces volutes de concrete, soutenues par des piliers de concrete, calfatées de bétume, avaient une grâce subtile, graphique, une élégance de trait, elles faisaient un instant office de canopée et c'était aérien, alors que le matériau aveugle, uniformément gris, pesait sur mille pattes épaisses. Il fallait la vitesse idéale de Zeep pour en percevoir la poésie glissante, il fallait couler sous les tabliers et les rampes avec une certaine constance pour que l'entrelacement des artères se manifeste comme l'ouvrage cinétique qu'il était, réglé sur quatre points de vue, quatre directions et une allure moyenne comprise entre 40 et 80 miles à l'heure. Zeep le passa d'une façon magistrale, exactement à 61 miles à l'heure, et Ama applaudit des deux mains en tournant la tête pour regarder s'amoindrir les grosses piles et leurs fils tendus. Géométriques, savants – la calligraphie mobile d'un colosse.

Passé ce nœud, l'Harbour Freeway marquait de nouveau un petit écart vers l'ouest comme on prend son élan pour rejoindre une amante et, aussitôt après, se collait étroitement à la rivière, s'accrochait à ses berges. Ama pouvait voir dedans, Zeep prenait soin de se placer le plus près possible du cours en montant sur le plan incliné herbeux qui avait dû servir de frontière, un talus, disait Zeep, vraisemblablement une zone neutre durant la sauvagerie. Quand la capsule parvenait à se maintenir sur cette pente, Ama était en mesure de plonger le regard dans le lit de Paayme Paxaayt et ses cœquipiers étaient bien là, petite ligne de corps et de bois sur la longue ligne de l'eau. Elle ne discernait pas vraiment Atlal ou Litham. Elle notait cependant la présence de sa coque parmi le peloton de tête comme le pendant exact de sa position à elle dans la colonne cruiser.

Les Vélistes avaient sorti leurs voiles, elles parsemaient le chemin de couleurs vibrantes, par petites touches. Ama pouvait presque les entendre claquer. Le vent et la surface de l'eau les faisaient pétiller. L'effet était chatoyant, accentué par la transparence que la rivière avait acquise au fur et à mesure de son avancée.

Les limons avaient commencé à se déposer, ils décantaient dans les bassins latéraux prévus à cet effet de l'autre côté de la Freeway. Des carrés d'argent salin qui couraient le long de la rivière, presque aussi vite que les Vélistes en son sein et les Cruisers sur sa gauche. Il ne s'agissait pas d'une course, pas encore ou plus maintenant, mais de la confection d'une tresse entre les différents cours, les voies et les tracés qui menaient tous d'une façon ou d'une autre à l'embouchure et à l'eau libre.

Le bétume croisait le bétume et la rivière le bétume, la pelouse, toutes ces lignes dynamiques se renforçaient les unes les autres en se traversant, en se côtoyant, et les Corps engagés participaient de leur mouvement. Ils contribuaient, ils accentuaient le dessin ou l'élan, ils commentaient en chuintant, ils encourageaient en sifflant. Les oiselles survolaient les deux plans successivement, elles passaient de la terre à l'eau vive comme des navettes entre le fil et la trame du métier. Zeep les comprenait aussi bien que Litham et Mianeh, elles transmettaient les positions relatives à chaque revirement. La vitesse des coques était sujette à des variations notables.

Paayme Paxaayt ne coulait pas d'un bloc, mais avec ses reliefs, ses propres écarts, les trous de calme qu'elle s'était ménagés, le ralentissement des obstacles rocheux disposés à dessein aux abords des zones de nidification troglodyte, avec ses accélérations aussi, passé les tremplins, ses poussées, ses montées d'adrénaline quand elle retrouvait sa pente rapide, sa posture et son profil de coureuse. Elle était plus rapide que le Mississippi, le Colorado, de loin la plus rapide de l'Ouest et ce n'était pas la San Gabriel ni la Ballona qui la prendraient un jour de vitesse.

Paayme Paxaayt charriait plus de mémoire, de terrains, de territoires, de montagnes et de canyons, de plis et de plaines que les deux autres réunies et elle le faisait plus vite que les plus grands fleuves de ce continent, sur un parcours plus court à pente égale ou supérieure et, depuis qu'elle s'était libérée de son carcan, elle avait gagné en sagesse et en vitesse délibérée, elle savait moduler ses états, elle décidait de ses trajets, de ses méandres et de ses replats, elle n'avait rien à prouver, elle l'avait déjà fait et maintes fois, et le recueil de cette petite tempête n'était qu'un rappel.

Elle était souveraine, le bassin versant lui appartenait, elle le définissait, elle le justifiait. Aucun Corps ne pouvait se passer de sa présence et de ses gonflements, dégonflements et décrues, elle les abreuvait, elle les nourrissait, et ils le lui rendaient – les végétaux, les motiles, les immobiles, les songeurs, ils participaient, ils entraient dans son cours chacun à leur façon, en grossissaient le volume, en augmentaient la densité, accéléraient son débit, enrichissaient sa texture, elle les emportait comme le sang dans les veines, mélangé, le souffle dans les corps, chargé de poussières et de pollens, comme les souvenirs oubliés ressurgissent, involontaires et irrépressibles, et poussent en avant vers l'exutoire et l'embouchure, ni début ni fin, un lieu de temps retourné, inversé dès qu'on l'atteint, remonté aussitôt descendu, un mirage.

Ils drainaient avec elle, ils essoraient leur lignée, leur histoire et leurs gènes, ils apportaient leur pierre et la façon singulière de la rouler devant soi, un style, une inflexion, une manière de résister et de suivre, d'y aller, d'y courir comme on embrasse un destin.

Ama abordait la longue glissade sur la Freeway à pleins poumons, les parois abaissées. Le vent s'engouffrait dans l'habitacle, ébouriffait leurs cheveux et gonflait son pourpoint. La langue de Petite Nuit penchée à l'extérieur flottait sur le côté, elle avait les poils plaqués, les canines découvertes, aussi pointues que son sourire. L'Auboisière laissait filer derrière elle les lieux magiques qu'elle n'avait pas visités, auxquels elle renonçait, la Craque, le Piémont, les sommets, Frog-Toh dont elle n'avait rien vu ou si peu, le Bug Blubble une seconde avant la crue, le Dodger Stadium où s'étaient tenus les wowow décisifs du démantèlement, cette arène démesurée entourée de bétume de glisse d'une qualité supérieure inégalée, Kalamata, Citrus et Bois Coupé que les Racoons avaient évoqués, elle les laissait s'éloigner, s'enfoncer dans l'arrière-plan comme elle avait laissé son enveloppe derrière elle quand il avait été temps. Sa métamorphose se poursuivait, elle était en cours, Ama s'allégeait dans la capsule. La conduite de Zeep conférait au bétume les propriétés de l'eau, la portance, la souplesse, une impression de micropesanteur qui infusait les pensées.

La Cruiser pilotait d'une main, l'autre était posée sur le genou d'Ama, elle ne pesait pas, elle irradiait. Sa chaleur transmettait à l'Auboisière le message essentiel, je suis là, je suis avec toi, nous sommes ensemble dans cette capsule et nous respirons le même air, nous partageons le chemin parcouru, le chemin à venir et, dans ce mouvement, Auboisière, je compte nous garder, nous maintenir. L'Océan est un départ et une arrivée. L'Océan est une étape parmi les milliers qui nous attendent et si Hidden ne te suffit pas, mon Expé, nous irons au travers du continent et, au retour, nous camperons dans les Parks où tu voudras, tu m'emmèneras dans ton enveloppe et je verrai Fah, les Toges, les Arbres à rouleaux, les bassins de nage, et si ma capsule ne passe pas, nous irons à pied. Zeep ne pouvait pas aller plus loin, car un Véliste et une Cruiser n'imaginaient rien de plus radical que d'abandonner leur coque et leur capsule pour suivre un amour au bout de n'importe quel chemin d'eau, de bétume ou de terre.

C'était quitter la moitié de leur Corps et Mianeh disait à Litham, ce n'est pas nécessaire, nous irons par les voies d'eau, les rus et les filets nous porteront, ta coque est légère, Duane et Atlal sont à tes côtés, forts comme des Bisons, une coque sur la tête, ils avanceront dans les bosquets, les Déserts, les voies sèches et dans les tunnels. Le Gros-Cerveau connaît le monde sout dans ses moindres replis, il plonge plus profond qu'une rame dans l'eau claire, mais d'abord l'Océan, Litham, nous attend comme il attend le plancton, mon scan est impatient, j'ai mobilisé des capacités gigantesques, pas à sa mesure, à la mienne, et je suis prête à recevoir les datas abyssales, les datas de surface, les histoires de Pisces et d'huile noire, les récifs coralliens, les colonies d'oiselles marines et leur vie dans les îles. Et Litham appuyait sur la pagaie en penchant le buste et pensait lui aussi aux rochers solitaires envahis de plumes blanches, de plumes noires, aux Corps revêtus d'écailles qui planaient au-dessus des jet streams, aux fleurs de roche tactiles, aux villes de fumeurs et à leurs cheminées d'ivoire enrobées de bulles.

La rivière clapotait sous les coques. Elle suivait, elle précédait, elle soutenait leurs efforts, le flovant, les Hydros, la file de coques embarquées attrapaient l'eau devant pour la mettre derrière et ainsi entretenaient le mouvement. D'être naviguée, Paayme Paxaayt était plus rapide. D'être habitée, elle était plus vivante.

Les Vélistes en chœur corrigeaient leurs récits de rivière, ce qu'avait modifié la crue, les détours nouveaux, les brèches. Ils le portaient comme un palimpseste et Paayme Paxaayt lisait dans leurs coups de rame ce qui s'était trouvé là un jour et ne s'y trouvait plus, ce qui s'était trouvé là au début des ères géologiques et s'y trouvait encore, laminé, terrassé ou fondu, transformé, ce qui ne s'était jamais trouvé là et qu'elle allait apporter dans les siècles, les millénaires qui restaient et les Vélistes sur son dos, les Hydros dans son cours, les Pisces et les roches lui apparaissaient comme autant d'événements minuscules nécessaires, inoubliables et noyés, déjà disparus dans son présent et pourtant elle les portait, elle en était grosse, grossie, elle allait les dégueuler, les mettre au monde et les jeter dans l'Océan grand ouvert avec son Corps même et, à son tour, elle allait disparaître et se noyer, elle avait tout l'estuaire pour s'y décider, mais elle savait aussi qu'elle était insubmersible, infiniment recommencée, que cela n'était qu'un saut dans la forme et qu'elle reviendrait.

Par les nuages, les météores, la vapeur, elle glisserait de nouveau sur les montagnes dans ses trois états, dans les canyons, elle se réunirait goutte après goutte au sein du réseau qu'elle s'était taillé, dans son bassin versant, son lit en grand, ses sources innombrables, son pays. Et elle emporterait de nouveau inlassablement les raclures d'humus et de pierres, les Corps vivants, les Corps morts, les branches cassées, les troncs foudroyés, les acides aminés et l'ADN de milliards de chromistes, les ciliés, les diatomées, et de protozoaires, de champignons, de vertébrés.

Elle charriait, elle avait ses raisons. Elle roulait des épaules, elle bombait le torse, c'était une force du monde avec laquelle il fallait compter.

Une force que tous les Corps engagés dans son lit sentaient vibrer dans leurs membres et dans leur sang, une force que Róng accueillait comme une promesse tenue, effective, une faveur renouvelée, une force que Choeps Yanev rêvait de laisser s'exprimer sans limites, qu'elle balaye les époques passées, que la trace du moindre carcan soit de fait effacée, incroyable, inacceptable pour l'esprit, qu'aucun Corps, jamais, ne pense plus à la maîtriser, à l'entraver, à l'exploiter, qu'elle arrache le reste des ponts, les graviers résiduels, jusqu'au souvenir d'un ouvrage de rétention étanche et qu'il n'en demeure que l'impossible graphe sur la paroi d'une grotte d'hibernation, témoin, fable, œuvre de générations mirobolantes peut-être, néanmoins définitivement lessivées, englouties et recyclées à l'instar des innombrables dépouilles compactées qui s'accumulent et s'étagent sur le sol des forêts.

Une force que Bye écoutait chanter sur son flovant comme le font les enfants, d'une oreille attentive et légère, une force qui le ravissait littéralement puisqu'il était dans cette position d'être emporté par elle, sa déesse presque tardive, son amour de jeunesse sans début ni fin, sa révélation majeure, son détournement, il l'écoutait par les oreilles et sous ses doigts, par tout son corps allongé sur son tapis magique que les vaguelettes baisaient de leurs mille bouches humides, il sentait la pression de ses lèvres sans nombre sur ses membres, mais aussi sur les berges, le fond du lit, le bord du ciel, il éprouvait l'amour qu'elle distribuait dans la seule action de couler, de traverser, de réunir autour d'elle le territoire en entier.

Paayme Paxaayt était rivière, animée, elle ne séparait pas l'Est et l'Ouest, elle les unissait depuis les crêtes et la ligne de partage des eaux, elle ramassait dans son geste les gouttelettes d'une seule et même terre, sa puissance était celle de la création et Bye y prenait part en se laissant flotter, flover et ravir par le soulèvement qu'elle était.

Un abandon que le Gros-Cerveau accompagnait à grands coups de rame, les yeux écarquillés sur l'embouchure qui venait, les muscles chauds, déliés, saisi d'un sentiment aussi sensationnel que celui qui l'avait cueilli à sa première sortie de grotte, à l'air libre, il était à l'air libre et lui-même dépris, hors sol, pas délié pour autant et cette découverte il l'avait faite sur l'eau avec son amant derrière lui, à l'instant où il avait sauté dans la coque de Duane accolée à celle de Litham au-dessus de la plage noyée, en arborant la satinette à son poignet, le Scurius à l'épaule, il pouvait maintenant montrer ses yeux verts et se déprendre de la terre sans perdre son monde, ni la vue ni le contact avec les Autres Corps et la partie souterraine des êtres, il naviguait avec détermination, il précéderait Duane aussi loin et longtemps que Duane le désirerait, et si l'Océan devait être traversé, il le serait, Atlal n'avait plus peur de rien et sûrement pas de l'infini, il se sentait de taille à s'envoyer dans l'espace interstellaire pourvu que son Véliste l'accompagne et dirige la coque entre les galaxies et parmi les étoiles, sa confiance n'était pas aveugle, elle était totale et Duane regardait le Gros-Cerveau pagayer parce qu'il ne trouvait rien de plus beau, il avait devant lui la force pure qui répondait à la force pure de la rivière, qui s'y accordait, la prévenait, la caressait et l'augmentait d'une dimension volontaire, il n'avait qu'à imprimer à la barre les petits à-coups décisifs pour maintenir leur trajectoire et c'était à la fois un exercice de précision et de libre intuition, il était lui aussi prêt à s'aventurer au-delà de l'immensité océanique, à y trouver des routes pour leur coque, leurs caps et leurs changements de caps, prêt à y consacrer le reste de sa vie où que le chemin les emmène, et s'ils devaient ne plus toucher terre, ou s'ils devaient s'y enfoncer comme on s'enfonce dans une nouvelle planète, il le ferait, maintenant qu'Atlal était devenu son eau, son fleuve et son milieu, maintenant qu'Atlal lui avait dit tu étais mon objet de quête et je t'ai découvert. Ourá était effrayé et ravi, il allait accomplir le tour du monde en glisse sur les épaules de deux géants et pourrait repérer des enveloppes et des noix faramineuses, enfin un peu d'action.

Au moment où l'Harbour Freeway ébauchait un écart vers l'est et se décollait de sa parfaite parallèle, Ama porta son regard sur le plateau et identifia aussitôt le dernier affluent avant le grand saut, le plus petit, Compton Creek, qui courait en tremblotant à la rencontre et au-devant de celle qui allait l'absorber et les ferait valser autour des îles. La danse qu'ils esquissaient dès le point de confluence était suffisamment rodéo pour que la Freeway l'évite d'instinct. Aussi Ama ne vit-elle pas la réunion des deux flots ni les amas de haillons et de buissons, les cylindres souples et les bouchons qui entravèrent un instant les coques et que les Hydros écartèrent autour d'elles à grands coups de queue, horrifiées par ce qui restait encore de la culture extracte, les déchiets éternels, les poisons solides, les toxines invisibles que les funghis installés en masse au carrefour avaient du mal à digérer et vomir. Elle ne vit pas les longues barbes vertes et violettes dont ils ornaient les berges, la couleur que prenait l'eau après la rencontre et la façon dont les mille nuances d'huile lourde finissaient par s'estomper, mais les Créates en furent témoins et Bye sortit immédiatement ses mains de la rivière, et Daï se boucha le nez tandis que Róng multipliait les efforts pour sortir de ce bourbier sans boue.

Lorsqu'ils retrouvèrent l'eau vivante, passé les parcelles phyto entretenues par les Loutres, et qu'ils purent à nouveau respirer, qu'ils se promirent entre eux de rester ensemble quoi qu'il advînt, la Freeway avait repris sa place sur le flanc de Paayme Paxaayt et Ama faisait de grands gestes à ses cœquipiers en désignant l'aval, le port s'avançait, noyé sous les eaux saumâtres d'une rencontre précipitée.

Zeep freina devant la marée montante, la capsule partit en aquaplaning, Ama s'accrocha d'une main à son siège enveloppant et attrapa Petite Nuit de l'autre pour la ramener dans la capsule. Zeep ferma les parois latérales, appuya sur une touche et tandis que Jonet Noria commençait à raconter l'histoire de Pimungna lieu de l'émergence, les roues s'escamotèrent dans le châssis, la flagelle s'allongea dans l'eau et la Cruiser passa en mode nautique.

Petite Nuit prit une énorme inspiration, Ama comprit qu'elles aborderaient l'île par son enveloppe sous-marine, elles allaient entrer dans la canopée, flâner entre les stipes, côtoyer les Pisces et connaître là, juste avant de toucher Pimungna, leur douce lune de miel suspensive auréolée de paillettes, ensuite peut-être s'installeraient-elles un temps à trois dans un pli de l'île-graine, Litham et Mianeh les rejoindraient, peut-être Firmine, au bord d'un ruisseau bordé de mousse fluorescente, car Pimungna le jardin déclos des mille merveilles était le berceau des Tongvas et des Autres Corps et là tout prenait de nouveau. Les êtres vivants étaient réapparus sur l'île en sortant les uns après les autres d'un trou de la terre plus gros qu'un volcan. Ils s'étaient distribué les rôles, les modes de locomotion, la hauteur des chants et les habitudes alimentaires. Ils avaient fait connaissance à Pimungna, arpenté l'esprit-lieu, remercié la Terre, puis ils s'étaient lancés dans l'eau vers le plateau déployé devant eux et ils avaient mené leur vie.

Jonet Noria parlait des Bisons tandis qu'Ama et Zeep perdaient trace de la Freeway et barraient à bâbord pour rejoindre la voie de l'eau par laquelle tout commence et tout finit, elle décrivait leur bosse dorsale, leur barbe énorme qui pendait jusqu'au sol, la toison fournie de leurs joues, leur paire de cornes. Tandis qu'elle rappelait leur nom dans les multiples langues dont elle se souvenait et rappelait leurs fonctions, protection, nourriture, principe vital, peau de tente et côtes premières, la capsule glissait sous les bras noirs des insectes noirs hauts comme les tours de Down-Toh à demi immergés au-dessus des containers noyés par milliers, enfoncés dans l'eau désormais calme, salée, et, tout à coup, les Vélistes, les Hydros, les oiseaux, les Créates, les capsules ne voguaient plus, ne volaient plus, ne nageaient plus dans Paayme Paxaayt, mais dans l'estuaire.

Pimungna droit devant, ses deux ports, ses canyons et ses plages, ses falaises et sa grotte d'émergence, le monde miniature où tout avait germé et pris Corps avant d'être emporté au continent – et tout autour, loin dans les six directions, l'Océan.

GLOSSAIRE

Activiste : tout Corps ayant pris part au démantèlement.

Arcadeans : bipèdes à cheveux et barbe issus d'ancêtres Extracts, détachés de leur ascendance. Émancipés de la culture extracte et de ses dérivées (Avancés et Réformés). La découverte de la peinture photovoltaïque marque l'avènement des Arcadeans en tant que culture à part entière.

Auboisière : bipède glabre de culture forestière.

Avancés ou Réformés : Extracts pré-Arcadeans, adeptes de l'énergie renouvelable et de la sobriété. Leur mode de vie s'approche de l'équilibre, ils demeurent néanmoins fondamentalement Extracts dans leur façon de penser le monde en termes de ressources.

Bassin versant : zone géographique déterminée par l'écoulement des eaux vers un même point (l'exutoire). Arborescence des continuités hydrographiques qui relient tous les écoulements entre eux. Limités par la ligne de partage des eaux en amont et l'exutoire en aval, les bassins versants forment des régions biophysiques et culturelles cohérentes.

Cage de Faraday : artéfact auboisier. Couvre-chef d'urgence, régule les pics d'activité électrique cérébrale et protège de la foudre.

Corps : organismes vivants sensibles.

Créate : bipède semi-glabre ou semi-fourré de culture désertique.

Craque : lieu d'Hidden, bassin de bétume liquide bouillonnant. Tombeau des Corps Anciens et des cars.

Cruisers : bipèdes issus d'Extracts Avancés, entièrement dévolus à la roule sur Freeway en capsule étanche à déplacement rapide. Propulsion par énergie solaire.

Démantèlement : destruction et recyclement des ouvrages et artefacts sauvages. Période finale de la culture extracte.

Désert : habitat des Créates. Se caractérise par l'entretien de ruines extractes, le respect de l'artificialisation des sols et un climat de sécheresse permanente.

Dragonflies : comité d'accueil ornemental en fonction dans les Zanjas et tout bassin, cours d'eau ou zone humide. Grosse tête, deux paires d'ailes, beau vitrail.

Dronote : Bot de recherche, déplacement aérien. Corps autonome, autorégulé, répliquant et conscient.

Enveloppe : terme auboisier désignant le couvert forestier. Enveloppe signifie également sphère kinesthésique sensible des Auboisières et des individus végétaux. Les Auboisières ont un sens de l'enveloppe très développé.

Expé : terme auboisier, voyage d'exploration, recherche, ou découverte. L'Expé est un choix considéré comme radical dans les enveloppes équilibrées.

Extract : bipède glabre de culture extracte. Dit également Régulier, se différencie des Avancés ou Réformés.

Culture dont le fondement est l'extraction de l'énergie dans les éléments et les Corps. La culture extracte se signale notamment par l'omniprésence de trois matières inertes : le concrete, le bétume et le plastic. Utilisées sous forme de rubans, de briques et de contenants, elles servaient à recouvrir les sols, construire les habitations et transporter les goodies.

Ces trois matériaux à haute valeur symbolique sont étroitement liés à l'extraction de l'Oil noir, matière suprême et pierre de touche de l'ensemble de la culture extracte.

Culture désactivée. Ne subsiste que sous forme de traces et ruines.

Gardenesse : tout Corps, bipède ou non, occupé par la création, l'entretien et l'extension de jardins-lisières, jardins-forêts et bois sacrés. Les activistes lanceurs de bombes à graines du démantèlement sont Gardenesses d'honneur.

Gopher : quadrupède sout, fouisseur de petite taille en activité permanente. Se présente en surface les abajoues gonflées. Rêveur perfectionniste. Les voies des terrains gophes sont parmi les plus souples et les plus étendues d'Hidden.

Graphe : 1) Terme hydro. Surface d'inscription pariétale utilisée par les Hydros Urodèles lors des hivernages. Les graphes transcrivent la plupart du temps la somme des Savoirs, des Souvenirs et des Fabriques d'une époque donnée.

2) Terme auboisier. Dessins et calligraphies exécutés aux fêtes de solstice sur les parois qui entourent l'enveloppe.

Gros-Cerveau : bipède à fourrure de culture cavernicole. Les Gros-Cerveaux sont habiles voleurs et habiles restitueurs. Souts par éducation, ils sont néanmoins capables de parcourir le monde en surface.

Hallte : ouvrage sauvage. La plupart du temps, un parallélépipède rectangle percé d'ouvertures elles-mêmes rectangulaires sur un ou plusieurs niveaux. Utilisé comme hutte provisoire et abri de banquet. Ruine.

Hawk : oiseau de chasse, grand voilier, capable d'atteindre les 390 km/h en piqué.

Hidden : bassin versant de Paayme Paxaayt, dénomination d'origine extracte de Tovaangar. Apparaît dans les mythes d'émergence auboisiers.

Hummingbirds : oiseaux messagers express à l'activité frénétique. Minuscules. Changent de couleur avec la lumière, boivent dans les fleurs en vol stationnaire.

Hydro : Corps de culture aquatique. Lisses, à plumes ou à fourrure, les Hydros sont multiples. Leur relation à l'eau courante les constitue en tant que culture. Les Pisces, dont les Troutes, les Batraridus, les Ardéanes, les Castors, les Héronnes, les Anoures, les Vélistes, sont Hydros. Néanmoins, dans l'usage courant à Hidden, Hydro désigne plus particulièrement les Batraridus amphibies à peau humide.

iios : Intelligence InOrganique. Corps électrique de culture numérique dédié à la Toile et à la construction des Bots.

Kair : grand quadrupède à fourrure courte. Esprit gardien des lieux. Entretient les zones herbeuses des collines et des domaines.

Méditation mitoyenne : compétence gros-cerveau. Faculté d'induire des ondes alpha dans les activités électriques des cerveaux situés à moins de 30 mètres. Un Gros-Cerveau en méditation mitoyenne est capable d'entraîner en sonde profonde tout Corps placé à ses côtés. Dronotes incluses.

Nome et Logue : formatrices Hydros (Batraridus Salamandride), spécialistes de la résilience hydrique et du cycle de l'eau.

Paayme Paxaayt : rivière de l'Ouest, en langage tongva. Cours d'eau qui traverse Hidden. Son débit et sa course varient en fonction des saisons et de ses envies. Déesse des Hydros. Souveraine du bassin versant.

Park : territoire géographique défini par les Extracts Avancés à la période sauvage. Éloignés ou préservés de la grande sauvagerie, les Parks constituaient des échantillons de biotope libre. Par extension, tout Corps né et vivant ou ayant vécu dans ce territoire. Souvent considérés avec indulgence en raison de leur méconnaissance de la sauvagerie radicale.

Racoon : quadrupède à fourrure et masque. Grand voleur et gros mangeur. Le Racoon passe le plus clair de son temps à frictionner et laver ce qu'il se prépare à ingérer.

Relative : terme tongva lié au sens de l'enveloppe. Désigne tout Corps avec lequel on entretient une relation, qu'elle soit de parentèle, d'amitié, de coopération ou de prédation. Dans l'usage courant, Corps proches ou familiers.

Resqius : Loups et Louves transformés par leurs relations d'intimité avec les bipèdes présauvages et extracts, également nommés Chiens et Chiennes. Désensauvagés depuis le démantèlement, certains individus ont fait le choix de continuer à fréquenter des bipèdes.

Rêve : ensemble de galeries et de chambres dessinées, entretenues, et divaguées par les différentes cultures soutes.

Le Rêve est au réseau sout ce que la fiction est à la réalité sub.

Sauvagerie : état du monde à l'époque extracte.

Scurius ou Squirrel : quadrupède sub à petite fourrure, autrement appelé Écureuil. Activité frénétique et réactivité inquiétante. Comme le Racoon, le Scurius est gros mangeur, mais il a d'autres passe-temps. Le commentaire, la chevauchée, la tentative d'intimidation sont ses favoris.

Si Vallée : territoire géographique des iios, des Bots et des Dronotes non dissidentes. La Toile est au centre de la Si Vallée.

Sonde : pratique gros-cerveau initiée par méditation consistant à plonger dans les Rêves.

Sout : caractère de ce qui vit ou se construit en dessous de la croûte terrestre.

Sub : caractère de ce qui vit ou se construit au-dessus de la croûte terrestre.

Tech-Expé : formatrice auboisière spécialisée dans les techniques du Corps en milieu sauvage.

Toge : formatrice auboisière spécialisée dans les savoirs hérités, endogènes et exogènes.

Toile : espace de vie des Bots et des iios. Étanche, retranchée de toute autre culture, la Toile est sans porte ni fenêtre. On peut néanmoins en être expulsé.

Tongva : bipède glabre d'origine présauvage, habitant de Tovaangar.

Trocplatch : pratique cérémonielle tongva consistant à répondre par une offrande de plus grande valeur au cadeau inaugural. Les participants déposent leur don à tour de rôle au centre d'un cercle consacré. La cérémonie prend fin quand la trappe s'active.

Véliste : Arcadean pratiquant la glisse sur rivière et sur Freeway au moyen d'une coque à voile. Utilise exclusivement la propulsion aérienne.

Volumen : terme bot. Espace virtuel d'inscription cartographique infiniment déroulable. Le volumen d'un Bot ou d'une Dronote témoigne de ses déplacements physiques et de ses recherches intellectuelles. Peut être considéré comme son œuvre.

Wash : lit d'un cours d'eau intermittent. Qualification des quartiers de huttes installés sur ses flancs. Par exemple, Wash Tujunga : affluent de Paayme Paxaayt. Tujunga Wash : village des Arcadeans situé en amont de leur convergence.

Wowow : conseil parlementaire à la demande. Le wowow est organisé quand un conflit d'intérêts vital apparaît ou qu'une transmission importante doit être effectuée. Plus le nombre de ses participants est important, plus la fête qui le clôture est fastueuse.

Zanjas : premier système d'irrigation d'Hidden mis en place au début de la période sauvage. Maillage orthogonal de fossés détournant l'eau de Paayme Paxaayt à partir de l'aqueduc d'alimentation principal « Zanja Madre ».

REMERCIEMENTS

Les livres sont comme les rivières, ils n'ont pas une source, mais une foule de sources, et c'est leur rencontre qui permet d'en construire le cours.

Je ne remercierai jamais assez Laure qui m'a invitée et reçue chez elle quatre hivers de suite et m'a montré sa ville – qui n'en est pas une – avec beaucoup de gourmandise.

Merci à Julien Chappuis, Barbara Réthoré et Marin Schaffner qui m'ont parlé, à Arles, de bassin versant d'une manière décisive.

Merci à l'agence Occitane livre et lecture, qui m'a donné le premier coup de pouce.

Merci à Chris Burrill, la native speaker qui a sauvé mon foie et mon projet dans sa langue.

Merci à l'équipe de la villa Albertine, qui m'a tenu la porte alors qu'elle se fermait, et particulièrement à Didier Dutour et Christin Neary grâce à qui j'ai rencontré tous les angelinos qui connaissent leur rivière, ou peu s'en faut.

Parmi eux, Patt Morisson, Katie Moulene, Jessica Henson, Tensho Takemori, Kimberly Johnson, lesquels ont fait preuve d'une patience et d'une disponibilité tout américaines.

Merci à Jenna Didier pour les somptueuses virées sur la L. A. River, des petites sources au Grand Canyon.

Merci à Solal qui s'est gentiment tapé tout le début.

Merci à Léa pour le Bug Blubble, sa frappe minutieuse, attentive, et ses oreilles si délicates.

Et merci enfin à mon éditrice, Émilie Colombani, qui suit, prend, passe, travaille et rassemble tous mes méandres depuis plus de dix ans avec une constance et une confiance remarquables.

TABLE DES MATIÈRES

L'Expé

L'Auboisière 15
La Restitution 23
Les Créates 31
Visite au Désert 47
Sur les traces de l'Hydro 59

La grotte

Et le moyen d'en sortir 91

Du côté de Frog-Toh

Jamais deux fois 121

Aux portes d'Hidden

Les Racoons 131
La sonde 151
Le domaine des Kairs 175
Le Scurius et la Freeway 193
Bazine, Premier berceau du démantèlement 219

Retour à Frog-Toh

La commune 261
Le banquet, la Clématis et le graphe 281

**De Bazine à Toluca,
La glisse**

Les fichiers retrouvés 313
Le Véliste 339
Tujunga wash, wash Tujunga 361
Les Arcadeans, Leur quartier de huttes 383
Les Gardenesses 413

Les Troutes

La montaison 453

**De l'Observatoire à Down-Toh,
La crue**

Bois sacrés 489
Les Cruisers 505
Le jardin-monde Huntington 519

**De Frog-Toh à Pimungna,
La course**

Le tapis flovant 531
Les Tongvas 547
Maywood 581
Le wowow 633
Tovaangar 657

Glossaire 673
Remerciements 683

pca
cmb
édition pré-presse
livres numériques
44400 Rezé

Achevé d'imprimer en mai 2025
sur les presses de Normandie Roto Impression s.a.s.
à Lonrai (Orne)
pour le compte des Éditions Payot & Rivages
60/62, avenue de Saxe -75015 Paris
N° d'impression : 2501986
Dépôt légal : août 2025

Imprimé en France

IMPRIM'VERT